Michael Meinert

Ehrlicher SCHWINDLER

Hochwald-Saga Band 3

BOAS Verlag

Die Bibelzitate sind der Elberfelder Übersetzung (Edition CSV Hückeswagen) entnommen.

Titelfotos:

Haus	©	www.fotolia.com, 45095812, Doin Oakenhelm
Junge Frau	©	www.istockphoto.com, iStock_000043334214
Junger Mann	©	www.shutterstock.com, 29228236, Svetlana Yudina
Foto Coverrückseite:	©	Michael Meinert, Privatfoto

Lektorat: Friedhelm von der Mark
Umschlaggestaltung und Satz:
dtp-medien.de, Andre Dietermann, Haiger
Druck und Verarbeitung:
CPI books GmbH, Leck

Paperback:
ISBN 978-3-942258-07-4
Bestell-Nr. 176.807

eBook (ePub):
ISBN 978-3-942258-57-9
Bestell-Nr. 176.857

www.boas-verlag.de

Für

Lieber Anonym,

die/der uns am 21. Januar 2015 von der E-Mail-Adresse *sagichnicht@wegwerfadresse.de* eine Ermunterung hat zukommen lassen. Sie kam gerade zur richtigen Zeit. Ich hoffe, der Dank erreicht Dich auf diesem Wege!

Und für alle, die diese Arbeit durch Gebet und mündliche oder schriftliche Ermutigungen unterstützen.

Danke!

Vorwort

Wurden Sie schon einmal entführt? Nein? Dann haben Sie noch kein gutes Buch gelesen. Denn Autoren sind Entführer. Sollten sie zumindest sein.

Aber Autoren sind freundliche Entführer. Ich verrate Ihnen immerhin, wohin ich Sie verschleppe. Und gebe Ihnen vorher ein paar Hinweise, was Sie erwartet.

Zunächst verschleppe ich Sie – wie jeder echte Entführer – an einen anderen Ort: nach Schlesien. Aber ich verschleppe Sie auch – und das schaffen echte Entführer nicht – in eine andere Zeit: ins 19. Jahrhundert, als Schlesien noch zu Deutschland gehörte, das damals *Deutsches Reich* hieß.

Genau genommen bringe ich Sie in das Venedig an der Oder: die wunderschöne Provinzhauptstadt Breslau (heute polnisch *Wrocław*). Und in das Jahr 1877, als die Industrienationen unter der Gründerkrise ächzten, in Breslau die erste Pferdebahn fuhr und die Gutsbesitzer unter der Missernte des Jahres 1876 litten.

Wenn es Ihnen in der Stadt zu laut und stickig wird, schleppe ich Sie einfach 100 Kilometer weiter in den Süden, in das winzige Dörfchen Wölfelsgrund (heute ca. 700 Einwohner, polnisch *Międzygórze*), umgeben von den Bergen der Sudeten. Übrigens schon damals ein Kurort, wovon noch heute die vielen Villen im Schwarzwälderstil zeugen. – Ich sage doch, Autoren sind freundliche Entführer.

Sie müssen sich trotz des Zeitsprungs zurück auch gar nicht groß umstellen. Die deutsche Reichseinigung vom 18. Januar 1871 hat den Deutschen das metrische System gebracht – die preußischen Maße Zoll, Elle und Meile können Sie getrost vergessen. Auch der preußische Thaler hat ausgedient, im Jahr 1877 zahlen wir im ganzen Deutschen Reich mit der Mark. Damit Sie eine ungefähre Vorstellung haben, wie viel die Mark wert ist (falls es zu einer Lösegeldforderung kommen sollte): 1 Mark von 1873-1899 hat einen Wert von 9,86 Euro (lt. Hamburger Staatsarchiv und Statistischem

Bundesamt, Stand: 2013, Auskunft vom *Zentrum Militärgeschichte und Sozialwissenschaften der Bundeswehr*, Potsdam).

Und mehr müssen Sie für den Moment gar nicht wissen. Wie viel von dem, was Sie während Ihrer Entführung erleben werden, wirklich wahr ist, werde ich Ihnen im Nachwort verraten – wenn ich Sie wieder freilasse.

Aber ein Entführer kommt selten allein. Ich habe selbstverständlich Komplizen. Der Mann, der dafür sorgt, dass Ihre Fesseln richtig fest angelegt sind und Sie mir ja nicht entspringen können, ist mein Lektor Friedhelm von der Mark. Seine Waffen: manchmal fast anstrengende Genauigkeit und sein Drängen, den Text auch zum zehnten Mal kritisch zu überprüfen.

Dann darf ich Sie mit meinen vier harmlos wirkenden Komplizinnen bekannt machen. Gestatten, meine Probeleserinnen. Catharina, die besonders geistliche Themen hochsensibel hinterfragt hat. Anne-Kathrin, die rasend Schnelle und die wie der Rettungsdienst bei meinen Hilferufen immer zu einem nächtlichen (Lese-)Einsatz bereit war. Liliane, die sich trotz hoher Belastung mit erstaunlicher Gewissenhaftigkeit durchs Manuskript gewühlt hat. Elisabeth, die dafür gesorgt hat, dass Ihnen unterwegs ganz andere Charaktere begegnen als ursprünglich geplant.

Und noch eine Komplizin darf ich nicht vergessen: Franzi, meine Dialekt-Übersetzerin. Ihre Spuren sind im Buch nicht zu übersehen.

Diesen fünf Komplizinnen gilt mein ganz besonderer Dank, denn – obwohl es schier unglaublich klingt – sie bekommen vom Lösegeld leider keinen Cent ab. Ein Dankeschön meinerseits, eine kleine Aufmerksamkeit des Verlags und das Bewusstsein, diese Arbeit für ihren Herrn Jesus getan zu haben und von Ihm entlohnt zu werden – mehr kann ich ihnen nicht bieten. Aber vielleicht ist gerade das Letztere das Wertvollste.

Herzlichen Dank auch an alle, die mich auf verschiedenste Weise motiviert haben, bei der Recherche unterstützt haben, nach Rechtschreib- und Grammatikfehlern gesucht haben – und an meine Frau für ihre Geduld mit ihrem ewig (und viel zu laut) tippenden Ehemann.

So, genug der Plauderei. Entführer sind alles, aber ganz sicher keine geduldigen Menschen. Jetzt blättern Sie endlich um – und schon sind Sie in Schlesien.

Datteln, im Juli 2015 Michael Meinert

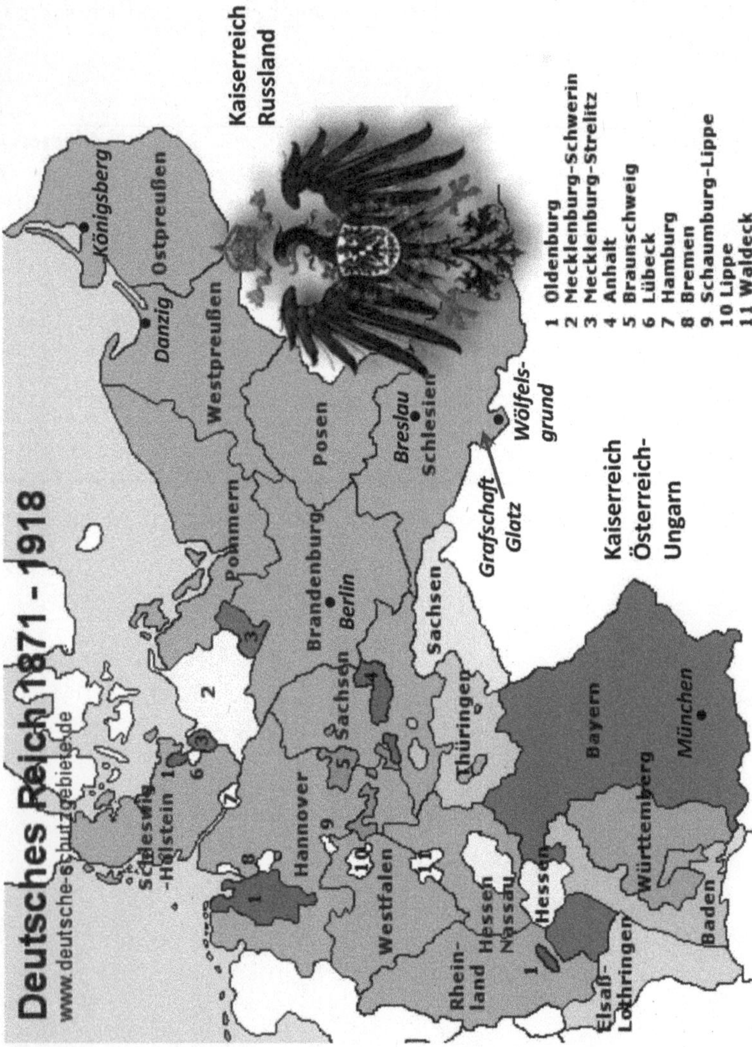

Karte: © www.deutsche-schutzgebiete.de
Abdruck mit freundlicher Genehmigung des Betreibers des Internetprojekts www.deutsche-schutzgebiete.de.

Kapitel 1

Schneeberger Forst, 14. Mai 1877

Als der Jagdhund seines Vaters unvermittelt zu knurren begann, hielt Ferdinand Grüning inne und lauschte. Aus einiger Entfernung drang das Poltern eines näherkommenden Wagens herüber.

Ferdi nahm den Hund an die kurze Leine und schaute in den Abgrund zur Wölfel hinab, die parallel zum Weg verlief. „Elko, mach die Pferde nicht scheu! Das gäbe auf diesem schmalen Waldweg eine Katastrophe!“

Bestimmt waren es wieder Sommerfrischler aus dem Dorf, denen die wenigen Schritte hinauf zur Maria-Schnee-Kapelle schon zu viel waren. Alte Damen, die ihre Falten unter riesengroßen Hüten verbargen und durch Balancieren auf schwindelerregenden Absätzen Jugend vortäuschen wollten. Wenn sie schon in den Hochwald gefahren kamen, sollten sie wenigstens auf den Hauptwegen bleiben!

Da tauchte ein offener Einspänner zwischen den Bäumen auf. Elko schien das gar nicht zu behagen. Er stellte sich auf die Hinterbeine und bellte, als wollte er eine ganze Kompanie von Wilderern stellen.

Ferdi zog an der Leine. „Still doch!“, rief er.

Das Kutschpferd stieß ein lautes Wiehern aus, dann bäumte es sich hoch auf und schlug mit den Vorderhufen in die Luft. Ferdi unterdrückte ein derbes Schimpfwort. Das hatte ihm bei seinem letzten Gang durch den Hochwald, bevor er nach Breslau an die Universität zurückkehren musste, gerade noch gefehlt.

Aus dem Phaeton[1] erklangen spitze Schreie, die das Pferd noch nervöser machten. Diese beiden Fregatten hielten sich offenbar für erfahren genug, selbst einen Wagen durch den Hochwald zu lenken.

Mit wütendem Wiehern ließ sich das Pferd wieder auf alle vier Hufe fallen, und Ferdi atmete schon erleichtert auf, als das Tier

1 eine Herrenkutsche, d.h. eine kleine, meist zweiachsige Kutsche, die nicht von einem Bediensteten, sondern von der Herrschaft selbst gelenkt wurde. Das E wird abgetrennt vom A gesprochen, also *nicht* wie „Ä“.

plötzlich schnaubend den Kopf zurückwarf. Ruckartig zog es an und jagte mit wehender Mähne auf dem schmalen Weg dahin, den leichten Phaeton wie einen Spielball hinter sich herziehend. Anscheinend waren den Insassen die Zügel entglitten, denn sie hielten stattdessen krampfhaft ihre wagenradgroßen Hüte fest.

Der Phaeton schleuderte hinter dem wild gewordenen Pferd her, dass der Dreck von den Rädern spritzte. Mal kam er dem Abgrund auf der einen, mal der mannshohen Böschung auf der anderen Seite des Weges gefährlich nahe. Jeden Augenblick musste es zu einem furchtbaren Unglück kommen. Und dann gnade Gott den beiden Damen!

„Los, hoch da!“, scheuchte Ferdi seinen Hund den Hang hinauf. „Und jetzt: Sitz!“

Dann presste er sich selbst an die Böschung. Wie Blitze zuckten die Gedanken durch seinen Kopf. Um die Damen zu retten, hatte er nur eine einzige Möglichkeit: das Pferd am Zügel erfassen und versuchen, es auf seiner Seite gegen die Böschung zu ziehen. Blieb nur zu hoffen, dass die Kutsche bei dem Manöver nicht umfiel und die beiden Damen in die Schlucht der Wölfel hinuntergeschleudert wurden.

Dem Pferd flogen Schaumflocken ums Maul und die Insassen der Kutsche stießen immer lautere Angstschreie aus.

Ferdi richtete seinen Blick auf die Zügel, die auf dem Boden neben dem Pferd herschleiften, und spannte jeden Muskel von der Zehenspitze bis zur Haarwurzel an. Er musste genau den richtigen Augenblick abpassen, um den Zügel zu ergreifen. Sollte ihm das nicht gelingen, würde ihn der taumelnde Wagen sicherlich erschlagen.

Als das Pferd nur noch wenige Sprünge entfernt war, wandte Ferdi sich in die Laufrichtung des Pferdes und duckte sich zum Sprung. *Herr, hilf mir!*

Er schnellte los, versuchte die Geschwindigkeit der Kutsche aufzunehmen und haschte nach dem Zügel. Ein scharfer Ruck riss ihn von den Beinen und er wurde mitgeschleift. Er spürte, wie seine Hose an den Knien zerriss und seine Haut abschürfte. Trotzdem ließ er den Zügel nicht los, sondern versuchte mit aller Kraft, den Kopf des Pferdes gegen die Böschung zu ziehen.

Ein empörtes Wiehern war die Antwort. Dennoch wurde das Pferd durch das Gewicht am Zügel zur Seite gezwungen – und blieb endlich vor der Böschung stehen. Den Zügel noch fest in den Händen, sank Ferdi neben dem Pferd zu Boden. Doch da bäumte es sich erneut auf, riss ihn mit hoch und schlug mit den Vorderhufen in die Luft, als wolle es die mannshohe Böschung erklimmen.

„Ruhig“, stieß er zwischen zwei Atemzügen hervor. Er versuchte, sich aufzurichten, um aus dem Bereich der schlagenden Hufe fortzukommen, doch es gelang ihm nur, sich ein wenig zur Seite zu rollen. Wenn er das Tier nicht schnellstens beruhigte, würde die wilde Jagd gleich von Neuem beginnen.

Die beiden Damen kreischten wieder los, was das Pferd dazu anspornte, mit noch mehr Wut zu steigen.

„Seien Sie doch still!“, rief er, und augenblicklich verstummten die Schreie. „Beruhige dich, Brauner“, sagte er mit tiefer Stimme zu dem Pferd und endlich ließ es seine Vorderhufe wieder auf die Erde fallen.

Ferdi lag mit pumpenden Lungen auf dem Waldweg, den Zügel hielt er immer noch umklammert. Erst jetzt bemerkte er, dass seine Hände bluteten, weil ihm der Lederriemen ins Fleisch geschnitten hatte.

„Danke, Herr“, murmelte er und spürte dabei, dass Staub und Sand zwischen seinen Zähnen knirschten.

„Welch ein Unglück!“ Wie aus weiter Ferne drang eine helle Frauenstimme an Ferdis Ohr. „Lena, sieh nur den schrecklichen Abgrund neben uns!“

„Wie mag es unserem Retter gehen?“, antwortete eine andere Stimme, die so lieblich klang wie Schuberts *Lebensstürme*, wenn sie von seiner Schwester und ihrem Mann vierhändig auf dem Klavier gespielt wurden. „Wir müssen unbedingt nach ihm sehen! Er wird doch hoffentlich nicht ernsthaft verletzt sein?“

Diese Worte brachten Ferdi dazu, sich auf die Knie zu erheben. Er warf einen Blick auf das Pferd, das immer noch unruhig hin und her tänzelte, ehe er ganz aufstand und an sich hinunterblickte. Anscheinend war er bis auf die Schürfwunden wirklich unverletzt geblieben, nur seine Kleidung befand sich in einem Zustand, der nicht für die Gegenwart von Damen taugte. Doch für diese leichtsinnigen Fregatten, die er ohnehin nie wiedersehen würde, musste es genügen.

Mit wenigen Schritten war er an der Kutsche und sah unter die weit ausladenden Hüte. „Donnerw... Verzeihung!“ Er wollte seinen Hut ziehen, doch der war ihm offenbar abhanden gekommen, denn er fühlte nur sein staubverkrustetes Haar.

Die Dame, die ihm am nächsten saß, beugte sich zu ihm herab. „Mein Herr, sind Sie verletzt?“

Vor lauter Verwirrung brachte Ferdi keinen Ton heraus. Das waren keine alten Schachteln, sondern zwei Mädchen, die höchstens 20 Jahre alt sein konnten. Und statt der mit Schminke übertünchten Falten sahen ihn zwei jugendliche Gesichter an, deren Schönheit ihn atemloser machte als der Kampf mit dem Pferd.

„Bitte verzeihen Sie“, stotterte Ferdi. „Mein Anzug ...“

Das Mädchen trat auf das Vorderrad und ließ sich von ihm aus dem Wagen heben. „Mein Herr, wir sind Ihnen zu tiefstem Dank verpflichtet.“ Sie streckte ihm beide Hände entgegen.

Ferdi starrte auf die fein manikürten Hände, dann in das lächelnde Gesicht, aus dem ihn zwei azurblaue Augen anstrahlten. Honigblondes Haar ringelte sich unter dem Hut hervor und schmiegte sich an ihre Wangen, in denen sich Grübchen bildeten.

„Gnädiges Fräulein ...“ Ferdi versuchte eine Verbeugung. „Es ist mir ein Vergnügen, Ihnen einen kleinen Dienst erwiesen zu haben.“

„Klein? Oh, ich bitte Sie! Sehen Sie nur diesen schauderhaften Abgrund! Ohne Ihre Hilfe wären wir ohne Zweifel hinuntergestürzt.“ Sie zog ihre Hände zurück und fingerte zitternd nach der silbernen Kette, die um ihren Hals hing.

Nun erhob sich auch das andere Mädchen und schickte sich an, aus dem Wagen zu steigen.

Eilfertig trat Ferdi näher und reichte ihr die Hand. „Sie gestatten trotz meines ramponierten Äußeren?“

Sie deutete ein Lächeln an, und Ferdi war augenblicklich fasziniert von dem Leuchten ihrer dunklen Augen. Nach kurzem Zögern ergriff sie seine schmutzstarrende Hand.

Ferdi bemerkte mit Entsetzen, dass seine Hand Blutspuren an ihrem blütenweißen Handschuh hinterließ. „Bitte verzeihen Sie“, murmelte er.

„Oh, meine Güte, Sie sind ja doch verletzt!“, rief die Blonde und ergriff seine Hand. „Lena, was tun wir nur?“

„Es ist nicht der Rede wert“, erwiderte Ferdi, zog seine Hand zurück und schob sie in die Hosentasche. „Sie sind wohl Sommerfrischler?"

„Ja, wir wohnen mit unserer Mutter in Wölfelsgrund im Hotel *Zum gelben Dragoner*. Heute ist unser letzter Tag und wir wollten uns vom Hochwald verabschieden."

„Gerade so wie ich. Nur wählte ich dazu meine eigenen Füße, was offensichtlich bedeutend weniger gefährlich ist."

„Es lag nur daran, dass Stefanie unbedingt selbst lenken wollte", warf die Brünette ein, die Lena genannt worden war. „Ein unverzeihlicher Leichtsinn."

„Zu Hause auf Gut Schönwalde lenken wir doch oft selbst." Die Blonde drehte die Kette um ihren Zeigefinger. „Und es ist nie ein Unglück geschehen."

„Dort kennst du aber das Pferd und das Pferd dich", wandte Lena ein. „Mit der Mietkutsche vom Hotel auf diesen schmalen und steilen Wegen war es nichts anderes als Leichtsinn."

„Bitte streiten Sie nicht, meine Damen." Ferdi lächelte sie an. „Es ist ja glücklicherweise nichts geschehen."

„Das wäre auch entsetzlich gewesen! Lena, denk nur! Wenn ich in Breslau auf dem Ball einen gebrochenen Arm oder gar einen verstauchten Knöchel hätte und nicht tanzen könnte ..."

Lena verdrehte die Augen. „Stefanie! Wir sollten Gott danken, dass weder wir noch unser Retter das Leben verloren haben."

Ferdi warf Lena ein Lächeln zu. Dieser Stefanie schien ein Ball wichtiger zu sein als alles andere. Aber wer konnte es ihr verdenken? Offenbar wuchs sie auf einem Gutshof auf und hatte wohl nur selten Gelegenheit, einen Ball zu besuchen. Deshalb war es in diesem Fall wahrscheinlich auch für ein junges Mädchen von adeligem Stand ein ganz besonderes Ereignis. Allerdings schien Lena anders zu sein.

Er schüttelte den Kopf. Was gingen ihn diese vornehmen Mädchen an, dass er über ihre Charaktere sinnierte? Er würde sie ohnehin nie wiedersehen, obwohl sie – genauso wie er – nach Breslau gingen. Schließlich stammten sie aus einer völlig anderen Welt als er, Ferdinand Grüning, der einfache Sohn eines Oberförsters.

Lena wandte sich wieder dem Wagen zu. „Komm, Stefanie, wir müssen zurück ins Hotel."

Sie ließ sich von Ferdi in die Kutsche helfen, wobei ihn ein leichter Lavendelduft umschmeichelte, und schenkte ihm wieder ein angedeutetes Lächeln. Er neigte den Kopf und half dann auch Stefanie beim Einsteigen.

Sie hielt seine Hand länger fest, als nötig gewesen wäre, und strahlte ihn mit ihren azurblauen Augen an. War es Zufall, dass eine ihrer blonden Locken seine Wange streifte? „Nehmen Sie meinen herzlichsten Dank, mein Herr. Ich wünschte, wir würden uns noch einmal wiedersehen."

Ferdi hätte am liebsten geantwortet, dass er diesen Wunsch mindestens ebenso heftig verspürte, doch er beherrschte sich. Diese Mädchen waren von Adel und seine Bemerkung dementsprechend unangemessen.

Er hob die Zügel auf und reichte sie der offenbar besonneneren Lena. „Fahren Sie vorsichtig. Das rechte Hinterrad ist lädiert, sollte aber noch bis Wölfelsgrund halten."

Lena schnalzte mit der Zunge, und als das Pferd sich langsam in Bewegung setzte, warf Stefanie ihm noch eine Kusshand zu.

Unbeweglich blieb Ferdi stehen und sah der Kutsche nach. Da fuhren sie davon. Für immer. Aber in Kürze würden sie in Breslau sein – ebenso wie er. Sollte es nicht eine Möglichkeit geben, diese beiden Mädchen wiederzusehen? Wenn er bloß ihre Namen wüsste, dann könnte er vielleicht herausfinden, wo sie in Breslau wohnten.

Oder wenn es ihm gelingen würde, an einem Ball teilzunehmen. Sein Kommilitone Max von Bassewitz bekam regelmäßig solche Einladungen und erzählte immer wieder mit Begeisterung von den Bällen, Soireen, Wasserfahrten und Konzerten der gehobenen Gesellschaft. Und seine Schwester Lisa gehörte als Gräfin Schleinitz auch zu diesen erlesenen Kreisen. Bestimmt würde sich da etwas arrangieren lassen.

Der Phaeton mit den beiden Grazien verschwand hinter der nächsten Wegbiegung. Ferdi rief Elko heran und schob die Hände in die Hosentaschen. Er *musste* die Mädchen wiedersehen, und er war sicher, dass ihm dazu ein Weg einfallen würde.

* * *

Baronesse Helena von Hohenau fasste die Zügel lockerer, um das Beben ihrer Hände zu unterdrücken. Ihre Schwester Stefanie musste nicht merken, wie sehr der gefährliche Vorfall und die Begegnung mit dem Fremden sie aufgewühlt hatte. Und wie sehr sie sich über sich selbst ärgerte. Nicht einmal einen Dank hatte sie über die Lippen gebracht.

„Was für ein schneidiger Mann!", unterbrach Stefanie ihre Gedanken. „Hast du seine stolze Figur gesehen? Bestimmt ist er Offizier."

Lena presste die Lippen aufeinander. „Offizier? Daran glaube ich nicht."

„Aber sicher doch! Diese Reiterfigur und solche Muskeln ... Stelle ihn dir nur in der blauen Uniform der Kürassiere vor. Ich bin überzeugt, dass er von Adel ist!"

Lena konnte ein Lächeln nicht unterdrücken. „Seine Manieren waren aber weniger adelig."

„Wie bitte?" Stefanie blitzte sie mit ihren blauen Augen an. „Er setzt sein Leben für uns ein und du zweifelst an seinen Manieren? Und das, obwohl du selbst nicht ein einziges Wort des Dankes für ihn übrig hattest, was doch das Mindeste an Höflichkeit gewesen wäre?"

Musste Stefanie das unbedingt erwähnen? Sie ärgerte sich doch schon genug darüber, dass sie es wieder einmal nicht geschafft hatte, ihre Gefühle auszusprechen. „Nicht jeder, der uns das Leben rettet, muss gleich ein Adeliger sein. Er hat uns nicht einmal seinen Namen genannt, er hat nicht angeboten, uns nach Hause zu fahren, ja, er hat sogar zu einem Fluch angesetzt – nein, er scheint mir ein einfacher Bürger zu sein." Lena versetzte das Pferd in Trab.

„Ach, Unsinn! Sagte er nicht, dass er einen Abschiedsgang durch den Hochwald machte? Sicherlich hat er die Jagd gepachtet und kehrt jetzt wieder auf sein Schloss zurück. Wahrscheinlich ist er ein Prinz aus regierendem Hause, der sich nicht vorgestellt hat, um sein Inkognito zu wahren."

„Du träumst wieder einmal, Stefanie." Lena starrte auf ihren Handschuh, an dem noch seine Blutspuren zu sehen waren. Ihr gut aussehender Retter wollte auch ihr nicht aus dem Kopf. Auch wenn sie nicht an den Prinzen glaubte, sah sie ihn doch auf einer Stufe mit den hochwohlgeborenen Personen der Gesellschaft. „Aber Adel hin oder her, er ist jedenfalls ein mutiger Mann. Das zählt viel mehr als ein *von* im Namen."

„Und er sieht fabelhaft aus. Ich sage dir, er ist ein Prinz."

„Allenfalls ein Märchenprinz." Lena löste die Riemchen ihres hochhackigen Schuhs und schlüpfte hinaus.

„Stelle dir bloß vor, wir würden ihn wiedersehen. Vielleicht sogar bei dem Ball in Breslau, der uns zu Ehren gegeben wird." Stefanie richtete einen verzückten Blick zum Himmel. „Denke ihn dir im Frack, auf spiegelblankem Parkett ..."

„Stefanie, höre endlich auf zu träumen!" Doch im Stillen musste sie zugeben, dass die Vorstellung ihrer Schwester etwas für sich hatte. Dieser Mann würde im Frack einen atemberaubenden Anblick bieten.

„Wie gern würde ich einmal mit ihm tanzen. Er ist bestimmt ein grandioser Tänzer. Aber ... hm."

„Was?" Lena warf Stefanie einen kurzen Blick zu, ehe sie ihre Aufmerksamkeit wieder auf Pferd und Weg richtete.

„Hast du mitbekommen, was Johanna mir sagte, bevor wir in den Wald fuhren?"

„Hat die alte Zofe schon wieder aus dem Nähkästchen geplaudert?" Lena lächelte. Ihr ehemaliges Kindermädchen meinte immer, irgendwelche Geschichten erzählen zu müssen, mochten sie nun stimmen oder nicht.

„Sie hat mich gewarnt. Wenn wir in Breslau sind, sollen wir uns in Acht nehmen wegen irgendetwas, das vor langer Zeit vorgefallen sei. Es könne dort Menschen geben, die davon wüssten."

Lena verdrehte die Augen. „Solch vage Andeutungen nimmst du ernst? Und was hat das überhaupt mit unserem Retter zu tun?"

„Wenn nun aber wirklich etwas vorgefallen ist? Wenn Johanna recht hat? Wenn es tatsächlich etwas gibt, das als Hindernis zwischen mir und meinem Prinzen stünde?"

Lena bog an einem Wegweiser, der nach Wölfelsgrund wies, ab. Zwischen den Bäumen konnte sie schon den mickrigen Kirchturm des Dorfes sehen. „Aber Stefanie. Was soll denn schon vorgefallen sein? Du wirst dich doch wegen eines Ammenmärchens nicht beunruhigen lassen."

„Das dachte ich zuerst auch." Stefanies Stimme zitterte. „Aber als ich Johanna gedrängt habe, zu sagen, was sie weiß, wurde sie furchtbar nervös und hat mich angefleht, Mama nur ja nicht zu verraten, dass sie mir davon erzählt hat."

Lena zog die Stirn in Falten. Offenbar hatte ihre Mutter der Zofe verboten, über diese Sache zu sprechen. Sollte an dem Geschwätz also doch etwas dran sein?

„Meinst du, Tante Valeria weiß etwas darüber?", grübelte Stefanie weiter. „Oder Onkel Mutius? Ich würde sie zu gern fragen."

„Ich glaube nicht, dass du gerade *sie* danach fragen solltest. Mir war die Mutius-Familie schon immer suspekt. Vergiss, was Johanna gesagt hat. Du kennst doch ihre farbige Fantasie."

„Sie wirkte aber so ernsthaft – fast ängstlich. Ich hatte das Gefühl, dass es da wirklich etwas gibt. Ich würde Mamas Geschwister gerne danach fragen, sie könnten am ehesten etwas darüber wissen." Stefanie seufzte. „Wir werden ja schließlich in die Gesellschaft eingeführt, um möglichen Heiratskandidaten zu begegnen. Ich finde, da sollten wir Bescheid wissen. Stelle dir nur vor, ich würde dort meinen Märchenprinzen wiedersehen und er ..."

Lena verdrehte die Augen. „Deine Fantasie ist beinahe noch farbenprächtiger als die Johannas." Doch tief in ihrem Innern träumte auch sie davon, ihren schneidigen Retter wiederzusehen. Die Vorstellung, ihm beim Ball zu begegnen ... Lena sah auf ihre Hand mit dem blutigen Handschuh hinab. Wenn sie wenigstens wüsste, wer dieser Mann war! Dann könnte sie vielleicht nach ihm forschen. Aber das kam bei einem wildfremden Mann ja ohnehin nicht in Frage.

Sie sah zum Himmel hinauf, der zwischen den Wipfeln der Bäume hindurchschimmerte. *Mein Gott, Du weißt am besten, was gut für mich ist.* Und das Beste war bestimmt, dass sie keinen weiteren Gedanken an diesen Märchenprinzen verschwendete. Wenn er ihnen wirklich noch einmal begegnete, würde er wahrscheinlich nur ihre schillernde Schwester umschwärmen und sie, Lena, übersehen. Und falls er doch Interesse an ihr zeigte – eine Entzweiung mit ihrer Schwester eines Mannes wegen war das Letzte, was sie sich wünschte.

* * *

Als Ferdi das Forsthaus durch die Stämme schimmern sah, blieb er stehen und schaute den breiten Fahrweg hinunter, der nach Wölfelsgrund führte, dorthin, wo sich die beiden Mädchen jetzt befanden.

Am liebsten wäre er sofort ins Dorf hinuntergelaufen, um nach den beiden Sommerfrischlerinnen Ausschau zu halten. Besonders die dunkelhaarige Lena mit den warmen braunen Augen wollte er unbedingt noch einmal wiedersehen. Und dazu musste er herausfinden, wo die beiden in Breslau logierten. Wenn sie erst einmal in der Hauptstadt waren, würde es ihm ungleich schwerer fallen, sie ausfindig zu machen. Allerdings sah er gerade aus, als habe er einen kapitalen Bock mit bloßen Händen erlegt. Also musste er sich zuerst umziehen. Hoffentlich bemerkte ihn seine Mutter nicht, sie würde ihn sonst mit tausend Fragen durchbohren, für die er keine Zeit hatte und auf die er keine Antwort geben wollte.

Vorsichtig näherte er sich der Haustür des elterlichen Forsthauses. Sein Vater hatte sich bestimmt in seinem Arbeitszimmer unter einem Berg von Papieren vergraben oder streifte irgendwo durch seinen Forst, aber seine Mutter konnte ihn leicht durch das Küchenfenster sichten.

Langsam drückte er die grüngestrichene Haustür auf, damit sie nicht in den Angeln kreischte. Auf Zehenspitzen tappte er durch den dämmrigen Flur, bis er die Treppe erreichte. Er setzte gerade seinen Fuß auf die unterste Stufe ...

„Da bist du ja, Ferdi."

Er fuhr herum. Mit seinen vom Sonnenlicht geblendeten Augen konnte er nur mühsam die Gestalt seiner Mutter erkennen.

„Aber wie siehst du aus!"

Ferdi versuchte ein freches Grinsen. „Vermutlich leicht lädiert."

„Vermutlich? Leicht?" Sie lachte. „Man könnte meinen, du hättest dich mit einem Wildschwein gebalgt!"

„Vielleicht war es etwas Ähnliches." Ferdi wollte die nächste Stufe nehmen, doch seine Mutter war mit zwei Schritten bei ihm.

„So entkommst du mir nicht, Bursche." Trotz der Dämmerung sah er das Lachen in ihren Augen. „Ich will wissen, was dich in diesen Zustand versetzt hat."

Ferdi seufzte leise. Die Mädchen in Wölfelsgrund zogen ihn an wie ein Magnet, aber seine Mutter schien ihn nicht so schnell entkommen lassen zu wollen. Wahrscheinlich hätte er einfach vor seine Mutter hintreten und ihr die Wahrheit erzählen sollen, dann wäre er schneller wieder aus dem Haus gewesen – aber noch schneller wäre er gewesen, wenn sie ihn gar nicht entdeckt hätte. „Nur ein unglücklicher Sturz."

„Ich merke, wenn du flunkerst. So sahst du früher nicht einmal aus, wenn du beim Klettern von einem Baum gestürzt bist. Also: Heraus mit der Sprache!"

„Gestürzt bin ich schon, bloß ... Es war eine Kutsche."

„Wie? Bist du angefahren worden?"

„Beinahe. Das Pferd war durchgegangen. Ich brachte die Kutsche zum Stehen, denn ich konnte die beiden Damen doch nicht in den Abgrund rasen lassen."

„Ah, zwei Damen!" Seine Mutter drohte lachend mit dem Finger. „Wohl jung? Und hübsch?"

Sie konnte aber auch hartnäckig sein! „Über Schönheit lässt sich streiten. Und jung – ganz jung waren sie nicht mehr." Schließlich waren sie ja schon den Windeln entwachsen.

„Mache mir nichts vor, Ferdi. Du druckst doch sonst nicht so herum. Es waren bestimmt reiche Sommerfrischler aus dem Dorf, die dir in kürzester Zeit den Kopf verdreht haben."

Ehe Ferdi eine Antwort geben konnte, tönte die tiefe Stimme seines Vaters aus dem Dämmerlicht des Flures. „Lass ihn doch, Rahel, wenn er nicht davon erzählen mag."

Ferdi war selten so froh gewesen, dass sein Vater sich in ein Gespräch mit seiner Mutter einmischte.

„Vielleicht hast du recht, Albert." Seine Mutter legte Ferdi die Hand auf den Arm. „Gehe nach oben und ziehe dich um. Ich habe zu deinem Abschied noch einen großen Rhabarberkuchen gebacken."

„Aber Mutter, ich – ich ..."

„Was denn?" Seine Mutter lachte hell auf. „Sind dir die beiden Damen so auf den Magen geschlagen, dass du nicht einmal mehr deinen Lieblingskuchen essen magst?"

„Doch, doch. Nur – ich – ich wollte eigentlich noch einmal hinaus in den Wald ..."

„Trifft sich gut." Sein Vater trat zu ihm an die Treppe. „Habe einen prächtigen Wildwechsel an der Wölfel entdeckt, den ich dir unbedingt zeigen will. Das wäre doch das Richtige an deinem letzten Abend zu Hause."

Ferdi musste ein Stöhnen unterdrücken. An jedem anderen Tag

wäre er gerne mit seinem Vater durch den Wald gegangen. Seit den Auseinandersetzungen wegen seiner Schwester Lisa vor sieben Jahren war sein Verhältnis zu seinem Vater viel besser geworden. Aber gerade heute Abend – es war die letzte Gelegenheit, nach Wölfelsgrund hinunterzugehen und sich im *Gelben Dragoner* nach den Mädchen zu erkundigen.

„Vater, gerade heute Abend passt es mir nicht so gut ..."

„Hast du noch etwas anderes vor?"

„Eigentlich nicht, bloß ..."

„Nun, was denn?"

Was sollte er nur sagen? „Ich wollte noch einige meiner Lieblingsplätze im Wald aufsuchen. Ich werde ja, bis mein Studium beendet ist, nicht mehr zurückkehren."

„Dann gehe ich mit und zeige dir zum Abschluss den Wildwechsel."

„Und jetzt ziehe dich um, dann kannst du den Kuchen vorher noch warm probieren, so wie du ihn am liebsten magst." Seine Mutter gab ihm einen Klaps auf das Hinterteil.

Mit hängendem Kopf stampfte Ferdi die Treppe hinauf. Das war es dann mit Wölfelsgrund und den beiden Damen. Er würde sie nie mehr wiedersehen. Nur in seiner Erinnerung würde ihm der sanfte Blick aus Lenas braunen Augen erhalten bleiben – und Stefanies fröhliches, von honigblonden Locken umrahmtes Gesicht. Es sei denn, es gelang ihm, Bassewitz oder Lisa zu überreden, ihn zu einem Ball mitzunehmen – und die beiden Mädchen wären zufällig auch zugegen.

Kapitel 2

„Sage einmal, Bassewitz ..." Ferdi wippte auf dem Stuhl vor dem Schreibtisch seines Freundes vor und zurück. „Du bist doch bisweilen zu Veranstaltungen der gehobenen Gesellschaft von Breslau eingeladen."

Max von Bassewitz schlug mit lautem Knall das Reichsforstgesetz zu. „Selbstverständlich. Mein Vater ist doch gleichsam ein angesehener Großgrundbesitzer und hat gute Beziehungen hier in Breslau."

„Ich weiß." Ferdi stand auf, ging zum Fenster und sah auf die Kutschen hinunter, die in pausenloser Abfolge an der Studentenwohnung seines Kommilitonen vorüberratterten. „Steht in nächster Zeit nicht wieder einmal ein Ball an? Oder eine Soiree, eine Matinee oder was es da alles gibt?"

Bassewitz stand von seinem Schreibtisch auf und griff nach einer Zigarre. „Gerade vorgestern habe ich wieder eine Einladung erhalten. Aber bitte, seit wann interessiert dich so etwas?"

Ferdi schob die Hände so tief wie möglich in die Hosentaschen. „Nun, ich dachte ... Von wem kam denn die Einladung?"

„Ach, was fragst du mich? Wo habe ich sie überhaupt?" Er klemmte die Zigarre zwischen die Zähne und wühlte in den unzähligen Papieren auf seinem Schreibtisch. „Irgendeine junge Dame vom Lande soll in die Gesellschaft eingeführt werden, aber ich habe ihren Namen schon wieder vergessen."

Unwillkürlich musste Ferdi an die beiden Mädchen denken, die er im Hochwald getroffen hatte. Ob sie auch zu diesem Ball eingeladen waren? „Es sind wohl viele vornehme Herrschaften geladen?"

„Gleichsam die ganze bessere Gesellschaft von Breslau. Ein Debüt ist immer etwas Besonderes." Bassewitz schnitt seine Zigarre an und setzte sie in Brand. „Ich glaube, es hing irgendwie mit der Familie von Mutius zusammen. Ich muss die Einladung unbedingt wiederfinden."

„Mutius?" Der Name sagte sogar ihm etwas. Als vor sechs Jahren Graf Ludwig von Schleinitz seine Schwester Lisa geheiratet hatte, hatte es mit dieser Familie von Mutius Schwierigkeiten gegeben.

Aber sein Schwager wollte nie eingehender darüber sprechen – jedenfalls nicht mit ihm. Und inzwischen war sicher auch Gras über die Sache gewachsen.

„Genau, ich entsinne mich. Der Ball findet bei Schwentins statt – seine Frau ist eine geborene von Mutius."

Also war der Gastgeber auch nur mit den Mutius' verschwägert. „Bassewitz – ich möchte dich zu dem Ball begleiten."

Sein Kommilitone sah ihn an, als habe er gerade erzählt, er sei zum Minister für Landwirtschaft, Domänen und Forsten des Deutschen Reiches ernannt worden. „Bist du übergeschnappt? Du willst ...? Ich soll dich ...?"

Ferdi zog seine Hände so weit aus den Taschen, dass er die Daumen in die Gürtelschlaufe stecken konnte. „Ich bin nicht übergeschnappt. Ich habe es mir genau überlegt. Ich bin ein weitläufiger Verwandter von dir, besuche dich in Breslau – was liegt da näher, als dass du mich mit zum Ball nimmst?"

„Grüning? Sind die Rädchen in deinem Kopfe gleichsam aus der Ordnung geraten? Du bist weder mit mir verwandt noch von Adel ..."

„Was tut das zur Sache? In den Kreisen, in denen du verkehrst, kennt mich kein Mensch. Es ist nur ein einziges Mal, danach ist dein Verwandter wieder abgereist und niemand schöpft Verdacht."

Bassewitz schüttelte den Kopf. „Ich zweifle fürwahr an deinem Verstand, Grüning. Du kannst dich doch nicht einfach in die Gesellschaft einschleichen! Wenn das herauskommt, bist nicht nur du in größten Schwierigkeiten, sondern gleichsam auch ich und meine Familie! Denke doch an meine Stellung!"

„Warum sollte es denn herauskommen?" Ferdi hatte sich schon gedacht, dass sein Freund so reagieren würde. Er war immer ein wenig ängstlich, wenn es um seinen Ruf ging, wahrscheinlich aus Angst, dann zu keiner Gesellschaft mehr eingeladen zu werden.

„Du kennst die Gepflogenheiten der Gesellschaft nicht, die Manieren, die Sprache!"

„Nun, dein *gleichsam* kann auch ich in jeden zweiten Satz einfügen", lachte Ferdi. „Außerdem vergisst du, dass meine Schwester eine Gräfin von Schleinitz ist."

„Was heißt das schon! Sie ist eine geborene Grüning und die ganze Stadt zerreißt sich noch immer das Maul über die Mesalliance des Grafen Schleinitz!“

„Nun, zumindest kenne ich die Gepflogenheiten eurer hochwohlgeborenen Gesellschaft. Ich habe meinen Schwager Schleinitz oft genug beobachtet. Und du vergisst, dass ich bei Schleinitz’ Schwester Regina von Pritzen und ihrem Mann wohne – ebenfalls adeliger Abstammung. Darf ich dich darüber hinaus noch an die Abstammung meiner Mutter erinnern? Von Bredow – ebenfalls adelig.“

„Aber deswegen kannst du doch nicht ...!“ Bassewitz schlug sich mit der flachen Hand an die Stirn. „Das ist verrückt, gleichsam vollständig verrückt!“

„Meinetwegen erkläre es für verrückt. Aber ist es nicht das Privileg der Studenten und der Jugend, verrückte Dinge zu tun? Es ist ein einmaliger Scherz, über den wir noch in zwanzig Jahren herzhaft lachen werden.“

Bassewitz konnte ein Grinsen nicht unterdrücken. Er lehnte sich gegen seinen Schreibtisch und sah Ferdi an. „Verrückte Einfälle sind allerdings deine besondere Spezialität. Dann erkläre mir doch bitte genauestens, wie du dir das vorstellst.“

Ferdi ließ die Hände wieder tief in die Hosentaschen sinken. Er spürte, dass es ihm gelingen könnte, seinen Freund zu überzeugen. „Nehmen wir an, ein weit entfernt lebender Verwandter von dir kommt aus geschäftlichen Gründen nach Breslau. Selbstverständlich besucht er dich, wohnt auch bei dir, weil die spartanische Studentenbude des reichen Vetters Bassewitz genügend Platz bietet. Er kommt meinetwegen aus Berlin, weeßte, spricht perfekt det Berlinerische, und weil du jrad zu einem Ball injeladen bist, besorgst du deinem Vetter aus de Hauptstadt eene Einladung. Am Tag nach dem Ball reist der jute Vetter wieder ab und det war et dann schon.“

„Und woher bitte will besagter Vetter einen Abendanzug bekommen? Wie ich deine Kasse kenne, wirst du dir so etwas nicht leisten können, und meinen eigenen benötige ich erstens selbst und zweitens wird deine Hünengestalt nicht in einen Frack passen, der für meine Kugelgestalt geschneidert wurde.“

Ferdi grinste. „Nüscht is so einfach wie det. Den Jottfried samt Zylinder borge ich mir bei meinem Schwager Schleinitz, ohne dass er etwas merkt.“ Noch einfacher wäre es zwar, den Frack seines

Gastvaters auszuleihen, doch leider hatte Pritzen eine ebensolche Kugelgestalt wie Bassewitz.

„Du brauchst aber mehr als nur Anzug und Zylinder." Bassewitz fuhr mit dem Zeigefinger unter seinen Hemdkragen, als wäre ihm zu warm. „Schuhe, Binder, Handschuhe ..."

„Ooch det is keene Schwierigkeit. Da wird der Herr Papa um een bissken Jeld jebeten."

„Das klingt alles so einfach. Wenn aber herauskommt, dass ich dazu meine Hand gereicht habe ..."

„Das kommt nicht heraus, mein Freund." Ferdi trat nahe vor Bassewitz hin und senkte die Stimme, um seinen letzten Trumpf auszuspielen. „Denke einmal an die letzte Forstkunde-Klausur, als ein gewisser Maximilian von Bassewitz nicht ausreichend präpariert war. Da musste so ein hergelaufener Bengel aus Wölfelsgrund auch seine Hand zu einer Unredlichkeit reichen."

„Das stimmt zwar." Bassewitz wiegte den Kopf. „Aber es ist doch gleichsam ein Unterschied, nur zu einer guten Klausur zu verhelfen oder direkt zu einer falschen Identität."

Ferdi beugte sich vor. „Eine Hand wäscht die andere, mein Freund. Es steht doch bald wieder eine Rechtskunde-Klausur an – dein Lieblingsfach, nicht wahr? Ich höre dich schon sagen: Mein lieber Grüning, könntest du mir gleichsam ..."

Bassewitz zerstampfte seine Zigarre im Ascher und konnte dabei ein Grinsen nicht verbergen. „Ich fürchte, du hast recht." Er atmete tief durch. „Und wenn ich ehrlich bin: Dein Vorschlag ist zwar verrückt, aber er klingt auch nach einem Heidenspaß. Also gut: Hier meine Hand!"

Lachend schlug Ferdi ein. „Ich wusste doch, dass du für diesen Spaß zu haben bist, alter Junge."

„Aber nur ein einziges Mal, verstanden? Nach dem Ball reist mein Vetter unverzüglich wieder ab."

„Selbstverständlich."

„Und aus Berlin darfst du auch nicht kommen. Das ist zu gefährlich. Es gibt zu viele Kontakte von hier in die Reichshauptstadt."

„Na, det is nu wirklich schade." Ferdi setzte sich auf den Schreibtisch. „Was meinst denn, Spezl, wenn i aus dem Süden kimm? Aus München vielleicht?"

Bassewitz konnte ein Lachen nicht unterdrücken. „Wenn du das Bayerische so perfekt nachahmen kannst wie das Berlinerische, wäre das eine grandiose Lösung. Ich glaube kaum, dass jemand hier in Breslau Beziehungen hinter den Weißwurstäquator hat."

„Na do schau her, dann bin i hoid a Bayer." Der Dialekt barg natürlich auch eine Gefahr. Wenn er auf dem Ball wirklich die beiden Sommerfrischlerinnen aus Wölfelsgrund wiedersah, würde ihnen bestimmt auffallen, dass er im Hochwald nicht bayerisch gesprochen hatte. Dann musste er ihnen eben erzählen, dass er inkognito in Wölfelsgrund gewesen war und deshalb hochdeutsch gesprochen hatte. „Jetzt müssen wir nur noch einen Namen für mich finden."

„Jedenfalls musst du von Adel sein."

„Wie wäre es mit einem Prinzen?"

Bassewitz riss die Augen auf. „Bist du denn des Wahnsinns Kofferträger? Du solltest so wenig Aufsehen wie möglich erregen!"

Ferdi musste über den entsetzten Gesichtsausdruck seines Freundes lachen. „Aber unter einem Grafen tue ich es nicht. Ich mag nicht von oben herab angesehen werden. Das geschieht mir als Ferdi Grüning schon oft genug."

„Aber denke doch nur nach! Gleich ein Graf! Wenn das ans Licht kommt, kommst du wegen Hochstapelei vor Gericht!"

„Das droht mir auch als schlichter *von*. Wenn ich schon nur ein einziges Mal zu einem Ball gehe, dann nicht als unscheinbarer Krautjunker. Nein, mein Vater ist Großgrundbesitzer in Oberbayern und ich soll mir die Forstwirtschaft in den Sudeten ansehen. Deshalb mache ich einige Tage in Breslau bei meinem Vetter Station."

„Aber warum gerade hier? So berühmt sind die schlesischen Wälder nun auch nicht, sondern eher unsere Industrie."

„Nun, dann will mein Vater eben ein großes Stahlwerk aufbauen. Deshalb werfe ich einen Blick auf die schlesischen Industriegebiete."

„Bist du denn auf diesem Gebiet bewandert? Es könnte sein, dass auch jemand von den Industriebaronen geladen ist, das würde dich gleichsam in Gefahr bringen. Wir sollten doch besser bei der Holzwirtschaft bleiben. In unseren Kreisen hat man für gewöhnlich viel Landbesitz."

„Die Besitzungen meines Vaters könnten im Gebirge liegen,

und deshalb schaue ich mir die Forstwirtschaft in den Sudeten an. Schließlich war ich ja in Wölfelsgrund." Ferdi grinste.

„Warum ausgerechnet dieses Kaff?"

Weil ihn die beiden Mädchen dort gesehen hatten. Und wenn sie – wie er hoffte – auf dem Ball waren, musste er selbstverständlich gerade aus Wölfelsgrund angereist sein. Aber das sollte Bassewitz besser nicht wissen. Wenn der merkte, dass er hübsche junge Damen wiederzusehen hoffte, würde er das ganze Unternehmen sofort absagen. „Wölfelsgrund kenne ich eben am besten, kann also nicht durch Unwissenheit auffallen. Und da ich einmal in der Gegend bin, lasse ich es mir nicht nehmen, meinen Vetter in Breslau zu besuchen."

„So könnte es gehen." Bassewitz' Wangen röteten sich mehr und mehr. Sein Freund schien langsam Spaß an der Sache zu bekommen.

Lächelnd hüpfte Ferdi vom Schreibtisch. „Nun brauchen wir für den bayerischen Grafen nur noch einen Namen. Huber ist wohl zu auffällig bayerisch?"

„*Von Huber* klingt nicht gut." Bassewitz legte die Fingerspitzen zusammen. „Aber im Gotha stehst du natürlich auch nicht."

„Im was? Was hat das winzige Gotha mit meinem Namen zu tun?"

„Da hast du es schon. Ich sagte doch, dass du vom Adel gleichsam nicht die geringste Ahnung hast." Bassewitz ging zum Bücherregal und zog ein kleines, aber umso dickeres Buch hervor. „Der *Gothaische Hofkalender*. Das genealogische Nachschlagewerk des Adels. Hier sind alle Regenten und ihre Familien sowie alle fürstlichen und gräflichen Häuser, die Anspruch auf die Anrede *Erlaucht* haben, aufgeführt."

„Fantastisch." Ferdi schnappte sich das Buch und blätterte darin. „Wäre doch perfekt, wenn mein Name in diesem ominösen *Gotha* steht. Falls jemand auf den Gedanken kommt, meine Identität nachprüfen zu wollen."

„Es gibt aber viele Grafenfamilien, die nicht im *Gotha* verzeichnet sind – dein Schwager Graf Schleinitz zum Beispiel. Einen solchen Namen zu überprüfen, dauert gleichsam viel länger. Außerdem kannst du dann nicht durch deine Unwissenheit über die Verwandtschaftsverhältnisse auffallen."

Das Argument seines Freundes hatte etwas für sich. Aber Ferdi gefiel es nicht, als unscheinbarer Graf aufzutreten.

Er blätterte durch den *Gotha*. „Da!“ Er hielt Bassewitz das Buch unter die Nase. „Unter den Verwandten des Königs von Bayern steht ein Graf von Wedell. Offenbar ist dort jemand eine Mesalliance eingegangen.“

„Lass sehen.“ Bassewitz blätterte weiter. „In der zweiten Abteilung bei den fürstlichen und gräflichen Häusern ist kein Wedell aufgeführt. Falls wirklich jemand ernsthaften Verdacht schöpfen sollte, könnten wir gleichsam notfalls auf diese Verbindung einer Prinzessin von Bayern mit einem Grafen von Wedell hinweisen.“

„Warum notfalls? Ich finde es reizvoll, mit dem König von Bayern verwandt zu sein.“

Bassewitz beugte sich vor und fuchtelte mit dem *Gotha* vor Ferdis Nase herum. „Diese Verbindung wird nur im Notfall genutzt, wenn jemand Verdacht äußert. Nicht zum Spaß, hast du mich verstanden? Sonst gehe ich allein zum Ball und du kannst die Nase in das Reichsforstgesetzbuch stecken.“

„Nun gut.“ Daran sollte das Unternehmen nicht scheitern. „Graf Ferdinand von Wedell. Der Name hat Noblesse.“

Bassewitz stand auf und verbeugte sich übertrieben. „Herr Graf, es ist mir eine Ehre, Ihre Bekanntschaft zu machen.“

Ferdi verbeugte sich ebenfalls. „Ganz meinerseits, mei gschätzter Herr von Bassewitz.“

„Aber es geht ja doch nicht.“

„Wie bitte?“

„Deine Gasteltern sowie deine Schwester und ihr Mann sind doch sicherlich auch zu dem Ball eingeladen. Und ein Debüt werden sie kaum verpassen wollen.“

Ferdi ließ die Schultern hängen. Das war allerdings eine Schwierigkeit. Zumal er auch nicht Schleinitz’ Abendanzug nehmen könnte, wenn sein Schwager selbst den Ball besuchte. „Ich würde mich sehr wundern, wenn Ludwig und Lisa hingingen. Meine Schwester ist von der Schwindsucht arg in Mitleidenschaft gezogen, weshalb ich ja auch nicht bei ihr wohne.“

Er schloss die Augen. Wie eine Welle überrollte ihn die Sorge um seine Schwester. Immer wieder musste sie zur Kur nach Görbersdorf, was ihr zeitweilig Erleichterung brachte, aber die tückische Krankheit kehrte immer wieder zurück und fesselte sie ans Bett. Auch sein Schwager Ludwig hatte sich von seiner Verwundung, die er im Krieg gegen Frankreich erlitten hatte, nie ganz erholt.

„Bei meinen Gasteltern ist es etwas anderes. Sie sind zwar wegen ihres Glaubens keine großen Freunde der weltlichen Vergnügungen, aber es ist doch möglich, dass sie ihren gesellschaftlichen Verpflichtungen nachkommen werden."

„Tja, mein lieber Herr Graf, damit wäre dieser Traum gleichsam ausgeträumt." Bassewitz schien traurig und erleichtert zugleich zu sein.

„Ich werde herausfinden, ob Pritzens an diesem Ball teilnehmen. Falls nicht, kannst du den Grafen von Wedell doch noch anmelden."

„Gut, einverstanden. Aber nur, wenn ganz sicher ist, dass keiner dort ist, der dich kennt. Auch deine Schwester und dein Schwager nicht." Bassewitz wühlte erneut in den Papieren auf seinem Schreibtisch. „Wenn ich bloß wüsste, wo die Einladung ist!"

Ferdi wandte sich zur Tür. „Während ich in Erfahrung bringe, ob jemand von meinen Bekannten dort ist, kannst du ja weiter nach der Einladung suchen."

„Hier ist sie!" Triumphierend zog Bassewitz die Karte zwischen den Zeitungen von gestern und vorgestern hervor. „Familie von Schwentin und Herr Oberst a.D. von Mutius geben sich die Ehre, und zwar am 9. Juni."

„Das ist in zweieinhalb Wochen. Zeit genug, an den Abendanzug zu kommen und meine adeligen Verwandten auszuhorchen." Allerdings so auszuhorchen, dass sie keinen Verdacht schöpften. Besonders Regina von Pritzen und seine Schwester Lisa konnten außerordentlich hellhörig sein. Eine Mission, für die er eine gute Portion diplomatischen Geschicks benötigte. Aber wenn er dadurch die Möglichkeit bekam, das Mädchen mit den sanften Reh-Augen und ihre honigblonde Schwester wiederzusehen, würde er es wagen.

Kapitel 3

Julian von Mutius legte die Hand auf die Klinke zum Salon seiner Nichten. Er war sehr gespannt, die beiden Mädchen wiederzusehen, denen er zuletzt auf ihrem elterlichen Gut Schönwalde begegnet war, als sie noch Kinder waren.

„Aber Lena, ich möchte wirklich wissen, ob Johanna recht hat", klang es gedämpft durch die Tür. „Wenn es wirklich ein Geheimnis in unserer Familie gibt ..."

Mutius hielt inne. Geheimnis? Das Wort alarmierte ihn. Sollte in der ach so frommen Familie seiner Schwester Aurelia doch nicht alles so sauber sein, wie es nach außen den Anschein hatte?

„Ich möchte nicht mehr darüber reden", entgegnete eine andere Mädchenstimme. „Wir sollten uns nicht von Johannas Grillen beunruhigen lassen."

Mutius wartete noch eine Weile, aber das Gespräch schien sich nicht in die für ihn so interessante Richtung weiterzuentwickeln. Zu dumm. In seiner finanziellen Situation wäre es zweifellos hilfreich, die Geheimnisse der Familie seiner wohlhabenden Schwester Aurelia von Hohenau zu kennen.

Seinen Antrittsbesuch bei den Mädchen würde er verschieben. Zuerst wollte er erfahren, ob seine Schwester etwas von diesem Geheimnis wusste, dann konnte er sein Verhalten den Mädchen gegenüber entsprechend einrichten.

Mit leisen Schritten kehrte Mutius um und suchte die Räume seiner Schwester Valeria auf. Er traf sie mit ihrem Mann Otto von Schwentin und ihrer kleinen Tochter Livia in ihrem Salon an.

„Nun, hast du die beiden Schönheiten ausgiebig bewundert?", fragte Valeria augenzwinkernd.

„Ich denke, es ist früh genug, wenn ich sie beim Diner begrüße." Mutius flegelte sich in einen Sessel und wandte sich an seinen Schwager Schwentin, der den Arm um die kleine Livia gelegt hatte. Es war ihm noch heute ein Rätsel, warum Schwentin Valeria trotz der unehelichen Tochter geheiratet hatte und den kleinen Balg auch noch so verwöhnte. „Hatte der Herr Oberstaatsanwalt einen anstrengenden Dienst?"

Otto von Schwentin machte eine müde Handbewegung und zog Livia auf seinen Schoß. „Nichts als Verdruss. Richter, die viel zu milde Urteile fällen, ein Vorgesetzter, dem jede Strafforderung zu streng ist, Verteidiger, die für jede noch so schlimme Tat eine Entschuldigung finden – aber lassen wir das, im Feierabend möge der Dienst mir fernbleiben."

„Aber mein lieber Bruder, du siehst ebenfalls aus, als wäre dir der Weizen verhagelt." Valeria griff nach ihren Zigaretten. „Stimmt etwas nicht?"

Mutius sah seine Schwester an. Sie kannte ihn viel zu gut, als dass er etwas vor ihr verbergen konnte. Aber er wollte sich ja ohnehin mit seinen Überlegungen an seine Schwester wenden. „Immer das leidige Geld. Es gibt so viel davon, nur vor mir nimmt es stets Reißaus."

Valeria ließ sich von ihrem Mann Feuer geben. „Seit dieser Schleinitz-Affäre hält das Pech mit Nibelungentreue zu uns. Gibt es neue Schwierigkeiten auf Gut Juliendorf?"

„Nicht gerade neu. Es sind immer die alten: Mahnungen, fällige Zinsen, Kredite, die abgelöst werden müssen ... Die schlechte Ernte vom letzten Jahr hat die Lage noch verschärft. Ich brauche dringend Geld."

„Das Lied höre ich nicht erst seit der schlechten Ernte, sondern schon solange ich dich kenne, mein lieber Schwager", lachte Schwentin und strich der gähnenden Livia über die blonden Locken.

Mutius verdrehte die Augen. Der kleine Rotzlöffel gehörte ins Bett und sollte nicht immer auf dem Schoß seines Schwagers einschlafen.

„Ich rate dir", fuhr Schwentin fort, „dich mehr um dein Gut zu kümmern, statt ständig in der Stadt deine wenigen Reichtümer zu verprassen."

Mutius fühlte sich, als habe er in eine Zitrone gebissen. „Du weißt, dass ich nicht für das Landleben tauge. Außerdem gibt es einen viel einfacheren Weg, an Geld zu kommen."

„Dann beschreite ihn, wenn er so einfach ist", sagte Schwentin.

Valeria blies elegante Kringel aus Zigarettenrauch in die Luft. „Wahrscheinlich ist der einfache Weg nicht ganz ungefährlich."

„Wir haben doch eine Schwester", tastete Mutius sich langsam vor. „Die mit ihrem Mann auf einem florierenden Gut sitzt und überdies von unbeschreiblicher Frömmigkeit ist. Warum sollte Aurelia nicht in wahrhaft christlicher Gesinnung etwas von ihrem Reichtum abgeben?"

Valeria lächelte. „Ein feiner Gedanke. Aber glaubst du wirklich, Aurelia würde ausgerechnet dir finanziell unter die Arme greifen? Unsere fromme Schwester hat eine ganze Steppe von Haaren auf den Zähnen."

„Das scheint bei den Mutius-Töchtern im Erbgut befindlich zu sein", warf Schwentin ein.

„Dafür hat Aurelias Mann eher eine Glatze auf den Zähnen." Mutius zog an seinem rechten Ohrläppchen. „Aus diesem frommen Bauerntrampel werde ich mühelos einige Märker herauspressen."

„Und bist dabei nicht eingedenk, dass es sich um deine eigene Familie handelt." Schwentin schüttelte den Kopf.

„Warum sollte ich das vergessen? Ich erinnere mich ja gerade in Zeiten der Not daran, dass ich eine vorteilhaft verheiratete Schwester habe!"

„Ich kenne dich." Schwentin zog seinen Zwicker aus der Westentasche und klemmte ihn auf die Nase. „Du wirst dich wie ein Blutegel an sie hängen und sie aussaugen, bis kein Pfennig mehr aus ihr herauszusaugen ist."

„Aber Otto!" Valeria legte ihrem Mann die Hand auf den Arm. „Bitte sei nicht so gehässig. Es gibt doch einen noch viel einfacheren Weg, an Geld zu kommen. Jetzt, wo Lena und Stefanie bei uns sind."

„Du meinst ...?" Mutius sah sie scharf an.

Sie nahm einen tiefen Zug und ließ den Rauch langsam beim Sprechen entweichen. „Eine gute Partie, genau. Wenn wir eine Verlobung mit einem gut situierten Herrn begünstigen, vielleicht sogar arrangieren, wird aus Dankbarkeit sicherlich etwas für uns abfallen. Und wenn nicht aus Dankbarkeit, dann ..."

„... dann hilft man eben etwas nach", lachte Mutius.

Wieder schüttelte Schwentin den Kopf. „Zu einer Erpressung werde ich meine Hand niemals reichen."

„Oh, der Herr Oberstaatsanwalt! Nenne es doch nicht gleich mit einem so unfeinen Wort. Wir werden natürlich niemanden erpressen, sondern lediglich darauf hinweisen, dass eine Verbindung mit unseren hübschen Nichten eben ihren Preis hat. Nenne es meinetwegen Vermittlungsprovision."

Valeria lächelte ihren Mann verführerisch an. „Otto, du hast eben gesagt, dass du im Feierabend den Dienst beiseitelassen willst. Du bist jetzt nicht der gefürchtete Oberstaatsanwalt von Schwentin, sondern Schwager und Ehemann. Es ist doch selbstverständlich, dass wir meinem Bruder helfen werden, das Familiengut zu retten, nicht wahr?"

Er legte einen Arm um sie und drückte mit dem anderen die mittlerweile eingeschlafene Livia an sich. „Selbstverständlich, mein Liebling. Aber doch nicht um jeden Preis."

„Natürlich nicht. Aber wir wollen doch nur zwei gute Dinge miteinander verbinden: Lena und Stefanie haben das Glück, standesgemäß und gut abgesichert zu heiraten, gleichzeitig erhält Julian die nötigen Mittel, Gut Juliendorf wieder in Schwung zu bringen."

Mutius unterdrückte ein Lächeln. Gegen die sorgfältig gewählten Worte seiner Schwester war selbst der eloquente Staatsanwalt machtlos.

„Es wäre fürwahr schön, wenn es uns gelingen würde, die Mädchen während ihrer Zeit in Breslau in den sicheren Hafen der Ehe zu führen." Schwentin nahm seinen goldenen Zwicker wieder ab, hauchte die Gläser an und berieb sie mit seinem Schnupftuch. „Wenn sie sich erst wieder in Schönwalde befinden, haben sie kaum mehr eine Möglichkeit, einem geeigneten Kandidaten zu begegnen. Aber ich lege Wert darauf, dass sie nicht gegen ihren Willen in eine Ehe gepresst werden!"

Fragend sah Mutius seine Schwester an, die mit den Schultern zuckte. So kannte er seinen Schwager nicht. Der legte zwar immer großen Wert auf Gerechtigkeit und korrektes Vorgehen, war auch als scharfer Staatsanwalt bekannt, doch solange man die Lücken in den Paragrafen geschickt auszunutzen verstand, konnte man sich für gewöhnlich seines Wohlwollens gewiss sein. Und es war ja nicht verboten, die Mädchen zu einer Ehe zu überreden, die nur des Geldes wegen geschlossen wurde.

Valeria lächelte ihren Mann wieder zuckersüß an. „Es kann ja gar nicht die Rede davon sein, die Mädchen zu einer Ehe zu zwingen."

„Es gibt bereits jemanden, der, wie ich glaube, starkes Interesse an Helena hat." Schwentin sah seine Frau aufmerksam an. „Er ist auf dem Wege zu Reichtum und Ansehen, kennt die Mädchen gut und würde bestens zur Familie Hohenau passen, da er auch zu den Frommen zählt."

Mutius verdrehte die Augen. „Eine fromme Schwester reicht mir bereits. Aber sage an, wen meinst du?"

„Ich weiß es schon." Valeria drückte ihre Zigarette in den Aschenbecher. „Du meinst den Vetter der Mädchen, Christian von Güssow?"

Als Schwentin nickte, fuhr Mutius auf. „Bist du noch bei Sinnen? So jemand ist doch nicht standesgemäß!"

„Warum nicht? Er ist von Adel, mit Reichtumspotenzial und allem Anschein nach zu urteilen bereits in Helena verliebt."

„Hast du vergessen, woher sein vermeintlicher Reichtum kommt? Güssow arbeitet als Buchhalter bei diesem neureichen Plebejer Ruffer ..."

„*Von* Ruffer, wenn ich mir erlauben darf", unterbrach Schwentin. „Und Herr von Güssow ist sogar Anteilseigner der *Maschinenbauanstalt G. H. von Ruffer*, seitdem er das Unternehmen trotz der anhaltenden Depression vor dem Ruin bewahrt hat."

„Was tut das zur Sache! Dieser Ruffer wurde soeben erst geadelt. Es ist eine Unart, diese – diese unmöglichen Subjekte uns, die wir seit Jahrhunderten dem Adel angehören, gleichzustellen, nur weil sie das Glück hatten, zu etwas Geld zu kommen! Und nun erst dieser Güssow! Vergisst die Ehre seines alten Namens und begibt sich in abhängige Stellung bei diesem schmierigen Maschinenbauer!" Mutius schüttelte sich. Sein Schwager hatte manchmal wirklich schauderhafte Ideen.

„Ich bin überzeugt, dass es dieser *schmierige Maschinenbauer* noch zu unerhörtem Reichtum bringen wird", wandte Schwentin ein. „Das Eisenbahnnetz wird immer weiter ausgebaut und Herr von Ruffer hat sich bereits einen guten Namen als Lokomotivbauer gemacht. Und da Güssow sich im Besitz von Anteilen an der Firma befindet, wird auch er ungeheuer reich werden, wenn er weiterhin ein so glückliches Händchen besitzt. Da ist es doch geradezu unsere Pflicht, diesen Reichtum wieder in die Kreise des alten Adels zu bringen, der mehr und mehr mit pekuniären Schwierigkeiten zu kämpfen hat."

Mutius ballte die Faust. Das hatte ihm gerade noch gefehlt, dass ein weiterer Frömmling in die Familie kam. Es war schon schlimm genug, dass Aurelia damals plötzlich mit diesem frommen Getue angefangen hatte und auch ihre Töchter so erzogen hatte. Nein, dieser Güssow kam wirklich nur im äußersten Notfall in Frage.

Seinen Schwager konnte er allerdings nicht verstehen. Zwar liebte Schwentin seine Frau und sogar seine Stieftochter über alles, trotzdem war es erstaunlich, dass er sich so für ihre beiden Nichten engagierte.

Valeria lächelte Mutius beruhigend zu und wandte sich dann an ihren Mann. „Du hast sicherlich recht, Otto. Aber denke dir nur diesen ungeschlachten Menschen an der Seite einer unserer zierlichen Nichten. Natürlich, darauf achtest du als Mann nicht, aber ich als Tante muss darauf achten. Güssow ist groß wie eine Giraffe, breit wie ein Elefant und hat Pranken wie ein Bär. Er würde Lena in seinen Armen zerquetschen."

„Wir wollen nichts überstürzen. Die Mädchen sind erst wenige Tage in Breslau." Vorsichtig legte Schwentin den Kopf seiner Stieftochter gegen seine Schulter und stand auf. „Ich werde nun Livia zu Bett bringen."

Mutius atmete tief durch. Er hatte nicht so viel Zeit, seine Gläubiger saßen ihm im Nacken. Also musste er wieder einmal auf eigene Faust zu unsauberen Mitteln greifen – sei es, dass er die Mädchen schnell an den richtigen Mann brachte, bevor Schwentin das verhindern konnte, oder dass er seine Schwester anzapfte. Denn Geld gab es bei Aurelia und ihrem Mann mehr als Mäuse auf dem Heuboden – sogar trotz der Missernte des letzten Jahres. Und seine Schwester würde bestimmt gerne zahlen, wenn er das Familiengeheimnis für sich behielt, von dem die Mädchen gesprochen hatten. Doch dazu musste er es zuerst kennen.

Er wartete, bis Schwentin die Tür von außen geschlossen hatte, dann wandte er sich an seine Schwester. „Valeria, ist dir etwas bekannt von – einem Geheimnis in Aurelias Familie?"

„Von einem Geheimnis?" Valeria starrte ihn an. „Was meinst du?"

„Wenn ich das wüsste! Als ich gerade zu den Mädchen gehen wollte, schnappte ich einen Gesprächsfetzen auf, der sich um irgendein Geheimnis drehte."

„Und du bist selbstverständlich sofort hellhörig geworden." Valeria lachte. „Hast du irgendeine Ahnung, um was es sich handeln könnte?“

„Leider nicht.“ Mutius legte seine Fingerspitzen aneinander. „Sie sprachen von einer Johanna, offenbar ihrer Zofe.“

„Das geschwätzige Weibsbild kenne ich noch aus meiner Zeit auf Schönwalde. Darauf solltest du nicht viel geben.“

„Etwas Ähnliches sagte eines der Mädchen auch. Trotzdem, wenn es ein Geheimnis gäbe ...“

„Ich weiß, was du meinst. Es könnte dir nützlich sein.“

„Uns allen“, korrigierte er. „Wenn wir die Mädchen zweckmäßig verheiraten wollen, müssen wir alles über etwaige Geheimnisse wissen.“

„Es gibt nur eine Möglichkeit, diese zu ergründen: Wir müssen bei den Mädchen ansetzen. Aurelia wird uns niemals freiwillig etwas verraten.“

Mutius stand auf. „Dann gehen wir doch zu ihnen.“

* * *

Stefanie lauschte an der Tür zum Salon, den sie mit ihrer Schwester gemeinsam nutzte. Es herrschte tiefste Stille nebenan. Bestimmt war Lena wieder in ihre Bibel oder diesen Spitta-Gedichtband abgetaucht, *Psalmen und Schalmei* oder wie auch immer er hieß. Stefanie konnte nicht begreifen, was Lena an dieser frommen Lektüre fand.

Sie setzte sich wieder an ihren Schreibtisch und sah auf den Brief hinab, den sie gerade an ihre Eltern geschrieben hatte. Es war besser, wenn Lena nicht erfuhr, dass sie sich bei ihnen nach dem Geheimnis erkundigte. Ihre Schwester würde nur wieder versuchen, sie davon abzubringen, weil sie gar nicht daran glaubte, dass es überhaupt ein Geheimnis gab, und befürchtete, ihre Zofe dadurch in Schwierigkeiten zu bringen.

Aber Stefanie wollte einfach erfahren, ob es wirklich einen dunklen Punkt in der Vergangenheit ihrer Familie gab. Und wenn sie von ihren Eltern keine zufriedenstellende Antwort bekam, würde sie Tante Valeria danach fragen – aber auch erst dann. Je nachdem, welche dunklen Geschichten ans Licht kamen, war es besser, wenn so wenige Personen wie möglich darum wussten. Aber erfahren musste sie es. Sie stand kurz vor ihrem Debüt und wie schnell es mit dem

Verlieben gehen konnte, hatte sie am letzten Tag im Schneeberger Forst bemerkt. Sie sollte auf alle Fälle vorbereitet sein und wissen, ob es Hindernisse für eine Verbindung in die besten Kreise gab.

Sie drehte das Familienwappen an ihrer Halskette zwischen Daumen und Zeigefinger. Wie dumm sie gewesen war, sich nicht nach dem Namen ihres Retters zu erkundigen! Nur anhand seines spitzbübischen Gesichtsausdrucks und seiner verwegen blitzenden braunen Augen, die sich unauslöschlich in ihr Gedächtnis geprägt hatten, würde sie ihn in Breslau nicht wiederfinden.

Schwungvoll setzte sie ihren Namen unter den Brief und rieselte Streusand darauf. Sie legte die Ecken aufeinander, um ihn zusammenzufalten – da wurde die Verbindungstür zum Salon geöffnet. Lena.

„Du bist ja doch da, Stefanie. Es war so still hier, dass ich dich bei Tante Valeria wähnte, die du ja so spontan ins Herz geschlossen hast."

Stefanie verdrehte die Augen. „Es liegt nicht an mir, dass dir unsere Tante unsympathisch ist."

„Ich begreife nicht, wie du diese Frau so mögen kannst." Lena fasste ihr offenes Haar im Nacken und legte es nach vorn über die Schulter. „Mama hat uns doch extra gewarnt, dass sie ein raffiniertes Frauenzimmer ist."

„Lena! Du sprichst von unserer Tante!"

„Das ändert nichts an der Tatsache." Ihre Schwester zog sich einen Stuhl heran und schlug die Beine übereinander. „Oh, ein Brief! Schon Heimweh nach Schönwalde?"

Als Lena nach dem Brief griff, legte Stefanie blitzschnell die Hand darauf.

„Er steckt wohl voller Geheimnisse?"

Stefanie zuckte mit den Achseln. „Ich verlange ja auch nicht deine Briefe an unsere Eltern zu lesen."

Lena legte ihr den Arm auf die Schulter. „So wenig Vertrauen zu mir, Schwesterchen? – Aber was sehe ich da? Du fragst die Eltern danach, ob in der Vergangenheit wirklich etwas Geheimnisvolles vorgefallen ist?"

Sie sah auf den Brief, den sie immer noch mit der Hand bedeckte. Doch ihre Hand war zu klein, und gerade die Stelle, wo sie nach dem

Geheimnis fragte, hatte sie unbedeckt gelassen. Seufzend zog sie die Hand zurück.

„Deshalb wolltest du mir den Brief also nicht zeigen." Lena schlüpfte mit der Ferse aus ihrem Schuh und ließ ihn am Riemchen an den Zehen baumeln. „Hältst du es wirklich für richtig ..."

„Ja. Sonst hätte ich den Brief ja nicht geschrieben." Ihre Schwester konnte manchmal unglaublich anstrengend sein.

„Ich bin überzeugt, dass es nur leeres Geschwätz ist."

„Dann schadet es ja nicht, wenn ich mich danach erkundige."

„Aber Johanna wird deshalb zur Rede gestellt werden. Willst du ihr das antun?"

Stefanie zog so fest an dem Anhänger ihrer Kette, dass sie ihr in den Nacken schnitt. „Ich will wissen, ob es in der Tat nur leeres Geschwätz ist. Wir sind hier, um in die Gesellschaft eingeführt zu werden, und daraus kann sich sehr schnell etwas ergeben, was für unsere Zukunft ..."

„Träumst du immer noch von deinem Märchenprinzen?"

„Ich träume nicht, aber ich halte es für möglich. Und dann will ich sicher sein, dass es keine Hindernisse gibt. Wenn später etwas ans Licht käme ..."

„Du kannst es wohl nicht erwarten, endlich eine gute Partie zu machen?" Lena schüttelte ihr langes Haar in den Nacken.

„Lena, wir haben hier in Breslau die einmalige Gelegenheit dazu!" Stefanie konnte nicht begreifen, dass ihre Schwester das so kalt ließ.

„Ich vertraue darauf, dass Gott mir zu Seiner Zeit einen Ehepartner zuführt. Dazu hat Er bestimmt keinen Ball nötig."

Stefanie verdrehte die Augen. „Dann warte meinetwegen, bis du eine alte Jungfer bist. Ich werde ..."

An der Salontür klopfte es.

Rasch schlüpfte Lena wieder in ihren Schuh, und Stefanie rief: „Herein! Wir sind in meinem Zimmer."

Ihre Tante trat mit einem Mann ein, der ihrer Mutter zum Verwechseln ähnlich sah. Endlich sah sie also ihren Onkel Mutius wieder, an den sie nur schwache Erinnerungen aus ihrer Kindheit hatte.

Was für ein schneidiger Mann! Sie sah auf den ersten Blick, dass er früher Offizier gewesen war. Warum er bloß so überstürzt seinen Abschied hatte nehmen müssen? Ihre Mutter hatte erzählt, dass er unsaubere Geschäfte gemacht habe, aber Tante Valeria hatte heute Morgen beim Frühstück etwas ganz anderes gesagt: Er sei über die Intrige eines eifersüchtigen Grafen gestolpert. Wenn sie ihn so sah, wollte sie den Worten ihrer Tante viel eher Glauben schenken.

Onkel Mutius begrüßte zuerst Lena mit ausgesuchter Höflichkeit, dann sie selbst. „Ich bin stolz, meine hübschen Nichten bei ihrem Debüt vorstellen zu dürfen."

Stefanie wollte gerade etwas Artiges antworten, als ihr Blick auf den Tisch fiel. Dort lag noch der Brief an ihre Eltern. Sie musste versuchen, ihn irgendwie vor ihrem Onkel und ihrer Tante zu verbergen.

„Bitte entschuldigt mich." Lena knickste. „Ich fühle mich etwas angegriffen und möchte mich zurückziehen."

Stefanie schüttelte unmerklich den Kopf. Manchmal konnte Lena geradezu unhöflich sein. Rasch, beinahe hastig verschwand ihre Schwester durch die Verbindungstüren, die zum Salon und von dort zu ihrem eigenen Zimmer führten.

Ihr Onkel sah Stefanie lächelnd an. „Ich hoffe nicht, dass wir euch beide in traulicher Unterredung störten. – Oh, was sehe ich, ein Brief in die Heimat!" Er legte ihr den Finger unter das Kinn. „Doch wohl kein Heimweh?"

„Keine Spur!", lachte Stefanie und hakte sich bei ihm unter, um ihn zu einem Kanapee zu ziehen, doch er widersetzte sich und sein Blick klebte an dem Brief.

Als er sie wieder ansah, konnte sie an seinen Augen sehen, dass er ihre Frage nach dem Geheimnis der Hohenaus gelesen hatte.

* * *

Als Mutius mit seiner Schwester Stefanies Zimmer verließ, schloss er die Tür hinter sich und fasste Valeria am Arm. „Hast du den Brief gesehen, den Stefanie geschrieben hat?"

Valeria sah ihn mit großen Augen an. „Selbstverständlich. Ein Brief an ihre Eltern ist doch nichts Außergewöhnliches."

„In diesem Fall doch. Sie fragt ihre Mutter nach einem Familiengeheimnis."

„Ah, das ist interessant. Ich habe mich schon gewundert, warum du gar nicht auf dieses Thema zu sprechen gekommen bist."

Mutius zog seine Schwester mit sich fort. „Wenn Stefanie ihre Mutter danach fragt, scheint sie selbst nichts zu wissen. Also brauchen wir sie nicht zu fragen, sondern ..."

„... wir warten einfach auf den Antwortbrief." Valeria lächelte ihn an.

„Ganz mein Gedankengang." Er legte den Arm um seine Schwester. Manchmal war es ihm fast unheimlich, wie ähnlich sie dachten. „Es ist immer von Vorteil, die Geheimnisse anderer Menschen zu kennen."

„Vor allem, wenn sie reich sind und man selbst eher klamm ist, nicht wahr, Brüderchen?"

Er zog spielerisch an der Locke, die an ihrer Schläfe herabhing. Es war nicht gerade nett, dass sie ihn an seine finanziellen Probleme erinnern musste, aber recht hatte sie trotzdem.

Kapitel 4

Vor der Wohnung seiner Schwester ließ Ferdi die Droschke halten und sprang hinaus. Obwohl Schleinitz ein enterbter Graf war, wohnten sie am Stadtgraben immer noch in einer noblen Gegend, wenn auch nur in einer – jedenfalls für die Verhältnisse der Hautevolee – kleinen Wohnung.

Drei Stufen auf einmal nehmend sprang er die Treppe hinauf und läutete. Hoffentlich hatte er Glück und sein Schwager Ludwig war noch nicht zu Hause, dann konnte er auch gleich versuchen, an den Frack zu kommen. Aber vor allen Dingen musste er herausfinden, ob die beiden zu dem Ball eingeladen waren und hingingen.

Das schmucke Dienstmädchen mit einer blitzsauberen, weißen Schürze öffnete.

„Guten Tag, Anna." Er hängte seinen Hut an die Garderobe. „Herrschaften zu Hause?"

Das Mädchen knickste. „Jawohl. Sie befinden sich im Salon."

„Danke." Dann war Schleinitz also doch schon zu Hause. Die Beamten im Forstministerium hatten ein Leben!

Im Salon brannte trotz des Frühlingswetters ein Feuer im Kamin und der Sessel, in dem seine Schwester saß, stand nahe dabei. Schleinitz saß hemdsärmelig neben ihr – die Hitze des Kaminfeuers hielt ihn offenbar nicht ab, die Nähe seiner Frau zu suchen.

Ferdi küsste Lisa artig die Hand und verbeugte sich vor seinem Schwager. „Ich hoffe, ich störe das glückliche Ehepaar nicht in der trauten Zweisamkeit."

„Du weißt, dass du uns immer willkommen bist, Ferdi." Lisa lächelte ihn an und wies auf ein Kanapee.

Während er sich darauf niederließ, sah er sie prüfend an. Trotz der Schwindsucht war Lisa immer noch eine außerordentliche Schönheit. Zwar war sie schmaler als früher, aber aus ihren braunen Augen leuchtete das warme Licht wahren Glücks. „Ich wollte mich nach deinem Befinden erkundigen – und natürlich auch nach dem deinigen, lieber Schwager."

Schleinitz lächelte. „Es ist schön von dir, dass du regelmäßig zu uns kommst. Gott sei Dank geht es uns recht gut."

Aufmerksam musterte Ferdi den Grafen. Er war auch nicht mehr die Heldengestalt wie damals, als er ins Forsthaus gekommen war. Er litt immer noch an den Folgen der Lungenverletzung, die er sich im Krieg gegen Frankreich zugezogen hatte. Bei der Operation war es nicht gelungen, alle Granatsplitter zu entfernen.

Lisa griff nach der Hand ihres Gatten. „Ich bin froh, dass es Frühling ist. Der Winter macht mir immer arg zu schaffen."

Ferdi wagte ihr kaum in die Augen zu sehen. Wenn seine Schwester ahnte, weswegen er hier war! Das würde nicht nur seinen lustigen Plan zunichtemachen, sondern auch Lisa das Herz brechen. Sie waren während ihrer Jugendzeit gemeinsam durch dick und dünn gegangen – und jetzt wollte er sie heimlich aushorchen! Trotzdem musste er das Gespräch irgendwie auf den Ball bringen.

„Fällt es dir nicht manchmal schwer, dass du so selten ausgehen kannst? Du warst doch immer voller Unternehmungsdrang, und jetzt musst du wegen deiner Krankheit so oft das Haus hüten." Er schob seine Hände in die Rocktasche.

„Manchmal ist es wirklich schwer. Aber ich habe einen Mann, der mich liebevoll umsorgt." Sie warf Schleinitz ein Lächeln zu.

„Und wenn es dir im Sommer besser geht, werden wir auch wieder ausgehen können", fügte ihr Mann hinzu.

Ferdi biss die Zähne zusammen, dass es knirschte. Wollten sie doch die Gelegenheit nutzen und an dem Ball teilnehmen? „Es wird dir gewiss guttun, etwas unter Leute zu kommen, Lisa. Ich hoffe nur, dass du dich nicht zu sehr anstrengst."

„Darauf gibt mein Ludwig schon acht." Lisa lachte.

„Wie wäre es mit einer Reise in den Hochwald? Sicherlich würde die frische Waldluft euch beiden zuträglich sein."

„Die Waldluft vielleicht schon, nicht aber die Reise", entgegnete Schleinitz. „Außerdem bin ich im Amt gerade unentbehrlich."

Also blieben sie in der Stadt. Und damit bestand weiter die Gefahr, dass sie zu dem Ball gingen. „Dann werdet ihr euch wohl hier in Breslau Zerstreuung suchen? Aber in den Sommermonaten gibt es wohl nur wenige Gelegenheiten?"

„Die meisten Gesellschaften finden allerdings in den Wintermonaten statt.“ Lisa wickelte die Bänder ihres Kleides um den linken Mittelfinger. „Doch auch im Sommer gibt es vereinzelt Veranstaltungen. Aber du weißt ja, dass wir an diesen Vergnügungen wenig Interesse haben.“

Im Gegensatz zu ihm.

„Ganz können wir uns dem gesellschaftlichen Zwang jedoch nicht entziehen, auch wenn es meiner lieblichen Gemahlin schwerfällt.“ Schleinitz strich Lisa mit der Hand über das im Feuerschein schimmernde Haar.

So kam er nicht weiter. Aber er konnte doch nicht fragen, ob sie an dem Ball im Hause Schwentin teilnahmen! Er zog die Hand aus der Rocktasche und fuhr sich durchs Haar. „Bist du denn wirklich stark genug, Lisa, um ein größeres gesellschaftliches Ereignis zu besuchen?“

„Wenn es noch wärmer wird, werde ich es bestimmt schaffen. Wir werden nicht tanzen, sondern nur zum Diner anwesend sein und dann zeitig wieder gehen, vor allem, da die meisten Bälle samstags stattfinden. Schließlich wollen wir doch am Sonntagmorgen wieder frisch für den Gottesdienst sein. – Und ein Diner ohne Tanz werde sogar ich überstehen.“ Sie lächelte ihn so spitzbübisch an wie das junge Mädchen, das sie im Hochwald gewesen war.

„Du scheinst jedenfalls große Sorge um deine Schwester zu hegen, Ferdi.“

Wurde Schleinitz etwa schon hellhörig? Er musste noch vorsichtiger sein, sonst konnte es geschehen, dass sein scharfsinniger Schwager schon allein deshalb zu dem Ball ging, um herauszufinden, weshalb der Bruder seiner Frau so genau danach gefragt hatte. „Selbstverständlich sorge ich mich um Lisa. Du weißt doch, wie sehr sie mir am Herzen liegt.“

„Ich wundere mich nur, dass du dich so angelegentlich nach unseren Aktivitäten in der Gesellschaft erkundigst. Hast du einen besonderen Grund dazu?“

„Aber nein doch!“ Er schüttelte so heftig den Kopf, dass ihm beinahe schwindelig wurde. „Mir sind nur die Gepflogenheiten des Adels nicht so geläufig und ich fürchtete, Lisa würde auf Kosten ihrer Gesundheit ...“

„Das lass nur meine Sorge sein. Ich werde schon dafür sorgen, dass sich deine Schwester nicht überanstrengt.“

„Dann bin ich beruhigt." Doch in Wirklichkeit war er alles andere als das. Offenbar blieb ihm nichts anderes übrig, als kurz vor dem Ball noch einmal bei Lisa vorbeizuschauen, um zu sehen, ob sie hingehen würde.

Seufzend erhob er sich und reichte seiner Schwester die Hand. „Schone dich, Lisa, damit du mir keinen Kummer machst."

Er ging, wie er gekommen war: ohne Frack und ohne eine Ahnung, ob Schleinitz und Lisa zu dem Ball kommen würden.

* * *

Lena legte den Brief ihrer Eltern in Spittas *Psalter und Harfe* und faltete die Hände. Sie würde erst wieder glücklich sein, wenn sie wieder in Schönwalde wären. Schon allein ihrer Schwester wegen, die in besorgniserregendem Maße von dem Flitterglanz des Adels beeindruckt war. Aber ihre Eltern hatten ihre Bitte, sie und Stefanie nach Hause zurückzuholen, abgelehnt; sie bestanden darauf, dass sie den Verpflichtungen ihres Standes nachkamen.

Energisch warf Lena ihr offenes Haar über die Schulter zurück, schlüpfte in ihre bestickten Seidenschuhe und ging zu Stefanie hinüber. Als ihr ein Diener eben die Post gebracht hatte, hatte sie auf dem Silbertablett ein weiteres Kuvert mit dem Wappen der Hohenaus gesehen. Bestimmt war das der Antwortbrief ihrer Eltern an Stefanie – ob er etwas über das vermeintliche Geheimnis enthielt?

Als sie bei Stefanie eintrat, sah sie gerade noch, wie diese einen Brief zusammenfaltete und in ihren Schreibtisch schob. Ein ungutes Gefühl beschlich sie. Warum versuchte Stefanie, den Brief vor ihr zu verbergen? Enthielt er so unangenehme Nachrichten?

Sie setzte sich in einen Sessel und schlug die Beine übereinander. „Hast du auch Post aus Schönwalde erhalten?"

Stefanie setzte einen betont harmlosen Gesichtsausdruck auf. „Ja, aber der Brief enthielt nichts Besonderes."

„Wirklich nicht?" Lena balancierte ihren Schuh auf der Fußspitze. „Warum hast du ihn dann so schnell versteckt?"

„Ich habe ihn nicht versteckt, sondern nur in den Schreibtisch geräumt, wo ich all meine Briefe aufbewahre." Stefanies Stimme klang gereizt.

„Dann hast du doch sicherlich nichts dagegen, wenn ich ihn lese?"

„Ich sagte doch, dass er nichts Besonderes enthielt. Rosamunde hat gekalbt ..."

„Das hat Papa mir auch geschrieben."

„Typisch." Stefanie verdrehte die Augen. „Und Mama schickt wieder tausend Verhaltensmaßregeln, wie immer. Du kennst sie ja. Benimm dich ordentlich, mach unserem Namen keine Schande, lies jeden Tag in der Bibel ..."

„Wie wäre es, wenn du Mamas Ratschläge ausnahmsweise beherzigen würdest?"

„Woher wusste ich bloß, dass du das sagen würdest?" Stefanie öffnete ein Schubfach und griff nach einer Zigarettenschachtel. „Schau, die hat mir Tante Valeria geschenkt."

„Stefanie!" Polternd fiel Lenas Schuh zu Boden. „Was fällt dir ein?"

„Was denn? Tante Valeria sagt, dass es schon viele Frauen gibt, die rauchen, und dass es bestimmt nicht mehr lange dauert, bis sie es auch in der Öffentlichkeit tun. Du musst dich von den verstaubten Konventionen lösen. Wir sind hier in einer modernen Stadt und nicht auf unserer hinterwäldlerischen Kornklitsche."

Lena schüttelte den Kopf. Sie hatte doch geahnt, dass Tante Valerias Einfluss schädlich für ihre Schwester war. „Ich glaube, Mamas Maßregeln sind dringend nötig."

„Unsinn." Lachend riss Stefanie ein Streichholz an und zündete sich eine Zigarette an. „Wir müssen mit der Zeit gehen."

„Wenn so etwas" – Lena wies auf die Zigarette – „modern sein soll, bleibe ich gerne rückständig."

„Die fromme Helene! Fürwahr, an dir hätte Mama ihre Freude."

„Ich möchte meinem Herrn Jesus gefallen und nicht um jeden Preis die Aufmerksamkeit der Menschen auf mich ziehen."

„Pah, du und dein frommes Gerede. Du weißt, dass ich das nicht ausstehen kann. Lies du meinetwegen Spittas *Sprüche und Trompeten*, mich fesseln Tante Valerias Modemagazine mehr."

Lena schüttelte den Kopf. Wie kam es nur, dass sie so verschieden waren? Während ihr der Glaube ihrer Eltern zum Lebensinhalt geworden war, schien Stefanie sich immer weiter davon zu entfernen.

Seufzend schob Lena sich ihren Schuh wieder über den Fuß. „Was haben sie denn zu deiner Frage geschrieben? Wegen des Geheimnisses?"

„Warum fragst du danach? Du glaubst doch gar nicht daran, dass es wirklich ein Geheimnis gibt."

„Ich halte es tatsächlich für eine von Johannas Fantasiegeschichten. Oder haben unsere Eltern etwas anderes geschrieben?"

Stefanie blies elegante Kringel vor sich hin. „Sie haben nichts geschrieben."

„Nichts? Sie haben deine Frage übergangen?"

„Nein, das nicht gerade ..."

„Rede schon! Ist es nun ein Hirngespinst von Johanna oder ...?"

Stefanie hob nur die Schultern.

„Bitte, Stefanie. Wenn es ein Geheimnis gibt, geht es mich ebenso an wie dich." Lena merkte, dass eine merkwürdige Unruhe sie ergriff.

„Ach, auf einmal glaubst du nicht mehr daran, dass es ein Produkt von Johannas Fantasie ist?" Stefanie tippte mit dem Zeigefinger auf ihre Zigarette, dass feine Aschestäubchen im Sonnenlicht tanzten.

„Deine Reaktion zeigt mir, dass ich mich vielleicht geirrt habe."

„Du hast dich geirrt. Aber mehr weiß ich auch nicht." Stefanie drückte die Zigarette in den Aschenbecher. „Mama schreibt, wir sollen nie wieder danach fragen und am besten gar nicht daran rühren."

„Also doch." Lena stützte das Kinn in die Hand. „Und du hast keine Ahnung, um was es sich handeln könnte?"

Ihre Schwester schüttelte den Kopf. „Sie schreibt nichts davon. Aber ich werde es dennoch herausbekommen. Wenn unsere Eltern es nicht sagen wollen, muss ich eben doch Tante Valeria fragen."

„Aber wenn Mama schreibt, wir sollen nicht daran rühren? Wer weiß, was geschieht, wenn wir diese Warnung missachten!"

„Haben wir nicht ein Recht, es zu erfahren?" Stefanie zog an ihrer filigranen Halskette und drehte sie um den rechten Zeigefinger.

„Wenn Mama es nicht will, nicht."

„Du mit deinem blinden Gehorsam. Ich will es erfahren und ich werde es auch erfahren. Und wenn Mama nicht reden will, muss es eben jemand anders tun."

Seufzend stand Lena auf. Sie merkte, dass sie ihre eigensinnige Schwester heute nicht mehr überzeugen würde. Sie mochte gar nicht darüber nachdenken, was für ein Unglück Stefanie mit ihren Nachforschungen heraufbeschwören könnte.

Kapitel 5

„Regina, ich mache mir Sorgen." Ferdi lümmelte sich seiner Gastmutter gegenüber in einen Sessel.

Sie zog die Stirn kraus. „Du und Sorgen? Das ist so wahrscheinlich wie ein Umzug deines Vaters in die Stadt."

Er musste schmunzeln, obwohl ihn das auch daran erinnerte, dass er sein Studium so schnell wie möglich abschließen sollte, damit seine Eltern nicht das Forsthaus räumen mussten.

Aber jetzt ging es ihm erst einmal darum zu erfahren, ob Pritzens zu dem Schwentin'schen Ball zu gehen gedachten. Er hätte zwar viel lieber Pritzen danach gefragt, aber der war so viel im Büro, dass er ihn kaum einmal in Ruhe sprechen konnte. Bei Regina musste er jedoch vorsichtiger sein und geschickter vorgehen, damit sie nicht ebenso hellhörig wurde wie vor ein paar Tagen ihr Bruder Ludwig von Schleinitz.

„Es geht um Lisa. Sieben Jahre schleppt sie die Krankheit nun schon mit sich herum. Jetzt im Frühling geht es ihr zwar etwas besser, aber ich fürchte, jede Anstrengung ist zu viel für sie."

Regina seufzte. „Diese Krankheit ist schlimmer als die Pest. Aber was sollen wir dagegen tun?"

„Sie muss sich mehr schonen. Und dein Bruder auch."

„Aber das tun sie doch. Lisa war im Winter wieder in Görbersdorf und Ludwig ..."

„Aber die gesellschaftlichen Verpflichtungen! Sie haben mir erzählt, dass sie vorhaben, während der Sommermonate einige Bälle zu besuchen. Ich hörte etwas von einem Ball bei einem Herrn von Schwein... Schwin..." Gespannt sah er seine Gastmutter an.

„Schwentin? Ach, der Herr Oberstaatsanwalt. Dort wollen sie hin? Das kann ich mir kaum denken."

„Ich wünschte, du hättest recht. Ein Ball mit all dem Lärm und der Aufregung wäre ihrer beider Gesundheit sicherlich nicht zuträglich." Wenn Regina dafür sorgte, dass Schleinitz und Lisa nicht dorthin gingen, wäre schon viel gewonnen.

„Es würde mich wundern, wenn sie gerade diesen Ball besuchen würden. Dir dürfte bekannt sein, dass die Beziehung zwischen den Familien Schleinitz und Schwentin-Mutius nicht unbedingt eng zu nennen ist."

Offenbar hatte sich in den letzten Jahren nichts daran geändert. Wenn die Wahrscheinlichkeit groß war, dass Schwester und Schwager nicht dort erschienen, war er schon einigermaßen vor Entdeckung sicher. Und da Regina auch eine geborene Schleinitz war ... „Dann werdet wohl auch ihr die Einladung nicht annehmen?"

„Ich weiß es noch nicht, denn immerhin handelt es sich um ein Debüt. Andererseits findet auch dieser Ball – wenn ich mich recht erinnere – wieder einmal an einem Samstag statt. Das ist etwas ungünstig wegen des Gottesdienstes am Sonntagmorgen."

Ferdi nickte vor sich hin. Eine Einladung hatten sie also erhalten. Aber es war zum Verzweifeln, er bekam einfach nicht heraus, ob jemand von den gerade einmal vier Personen, die er aus der besseren Gesellschaft kannte, dort sein würde.

Ob er es einfach wagen sollte, auf dem Ball zu erscheinen, ohne sicher zu wissen, dass sie nicht kommen würden? Wenn es zwischen der Schleinitz- und Mutius-Sippe immer noch Missstimmungen gab, war die Wahrscheinlichkeit gering, dass sie gerade diesen Ball besuchten. Aber sie würden sicherlich hellhörig werden, wenn er sonntags nicht zum Gottesdienst erschien oder zumindest so erschöpft war, dass er immer wieder einnickte. Mit dem Risiko musste er leben.

Nur ob Bassewitz mit dem Risiko leben konnte, nicht sicher zu wissen, ob Schleinitz' oder Pritzens dort erschienen? Aber ... Bassewitz musste ja nicht unbedingt erfahren, dass er das selbst nicht wusste.

Wichtig war vor allem, dass er endlich an Schleinitz' Frack kam. Denn nachdem er seinen Vater vorgestern brieflich um eine zusätzliche Summe Geldes gebeten hatte, um sich davon Schuhe, Binder und dergleichen kaufen zu können, konnte er unmöglich schon wenige Tage später um noch viel mehr Geld bitten – um so viel Geld, dass es für Frack und Zylinder reichte.

* * *

Julian von Mutius stand in seinem Arbeitszimmer an der Tür und lugte durch einen Spalt auf den Korridor hinaus. Perfekt. Da gingen seine beiden Nichten zu Valeria in den Salon. Sie hatte sie zu sich rufen lassen, wahrscheinlich um sie auf ihr Debüt vorzubereiten. Und er konnte derweil in Ruhe nach dem Antwortbrief aus Schönwalde suchen.

Er wartete, bis sich die Salontür seiner Schwester geschlossen hatte, dann schlich er zu Stefanies Zimmer. Vorsichtig drückte er die Klinke hinunter – abgeschlossen. Er murmelte einen Kraftausdruck vor sich hin. Dann ging er weiter zur Salontür der beiden Mädchen. Ein Glück, sie war nicht verschlossen.

Rasch sah er sich im Salon um, ob er den Brief irgendwo entdecken konnte. Bis auf einige Modezeitschriften sowie einen dicken Schinken mit der Aufschrift *Psalter und Harfe* lag nichts herum.

Mutius pirschte zur Tür, die zu Stefanies Zimmer führte, und drückte die Klinke hinunter. Die Tür schwang auf. Er grinste. Typisch Frauen.

Mit zwei Schritten war er an ihrem Schreibtisch. Neben dem Schreibzeug lag ein angefangener Brief. *Liebe Anna Catharina* – wahrscheinlich eine Pensionatsfreundin. Uninteressant.

Er öffnete das oberste Schubfach. Ein neues Tintenfass, einige Federn, Streusandbüchse, daneben ein Päckchen Zigaretten. Valeria hatte also bei ihrer Nichte schon Spuren hinterlassen.

Die nächste Lade. „Aaah!", entfuhr es Mutius. Ein Brief mit dem Wappen der Hohenaus. Er sah nach dem Datum. 30. Mai 1877. Das musste er sein.

Mit fliegenden Fingern faltete er den Brief auseinander. Erst kamen einige Zeilen in eckigen Buchstaben. Er las etwas von einer Rosamunde, die gekalbt hatte – das konnte nur Georg Friedrich von Hohenau geschrieben haben. Weiter. Dort änderte sich die Schrift, zierliche, geschwungene Buchstaben. Aurelia. Und dann sprang ihn das Wort Geheimnis an.

Liebe Stefanie, ich bitte Dich, nie wieder nach diesem Geheimnis zu fragen. Rühre nicht daran, sondern vertraue mir, dass es so besser ist.

Nichts weiter. Das war bitter wenig. Er faltete den Brief zusammen, legte ihn sorgfältig ins Schubfach zurück und schloss die Lade. Aufatmend trat er vom Schreibtisch zurück ...

„Mutius!“ In der Verbindungstür zum Salon stand sein Schwager Otto von Schwentin. „Was schnüffelst du hier in Stefanies Zimmer herum?“

Mutius zog den Kopf ein. So musste sich ein Angeklagter fühlen, wenn der Oberstaatsanwalt ihm auf den Zahn fühlte. „Warum glaubst du, ich würde schnüffeln? Ich habe lediglich meine Zigarillodose geholt, die ich hier vergessen hatte.“ Er holte die Dose aus der Tasche und hielt sie hoch.

„So? In Stefanies Zimmer hast du sie vergessen? Vielleicht gar in einem ihrer Schubfächer?“ Schwentins Blicke durchbohrten ihn.

Mutius lachte. „Aber nein. Ich hatte sie im Salon vergessen, aber Stefanie hat sie mit in ihr Zimmer genommen. Ich nehme an, dass sie ein Zigarillo probieren wollte. Sie lagen hier auf ihrem Schreibtisch.“

„Komm mit.“ Schwentin hielt ihm die Tür auf, und als Mutius an ihm vorbeiging, herrschte er ihn an: „Wenn ich dich noch einmal allein in den Gemächern der Mädchen antreffe, kannst du deine Zimmer in meinem Haus räumen.“

Kapitel 6

Albert Grüning trat durch die Hintertür in den Garten des Forsthauses, wo seine Frau gerade die schwere Gießkanne von Beet zu Beet schleppte und ihre Blumen goss. Die Rosen und Stiefmütterchen waren ihre ganze Freude, und er folgte ihrer jugendlichen Gestalt mit einem lächelnden Blick. Auch 27 Jahre nach ihrer Hochzeit war er seinem Gott immer noch dankbar, dass Er ihm Rahel von Bredow zur Frau gegeben hatte.

Er zog die beiden Briefe, die der Postbote Möller eben gebracht hatte, aus der Rocktasche und ging hinter seiner Frau her, die gerade die Stiefmütterchen mit einem feinen Regen übergoss, in den das Sonnenlicht einen Regenbogen zauberte. Elko lag faul mitten auf dem Rasen und blinzelte ihn nur kurz an, um seine Augen dann wieder zu schließen und sich irgendwelchen abenteuerlichen Träumen hinzugeben.

Als Rahel ihn bemerkte, stellte sie die Kanne ab und strich sich eine Haarsträhne hinters Ohr. „Haben wir Post aus Breslau bekommen?"

Er reichte ihr den einen der beiden Briefe. „Von Ferdinand. Sicherlich für dich."

„Und der andere? Du machst so ein düsteres Gesicht wie damals, als deine Trine dir zu dünnen Kaffee serviert hat."

Er musste schmunzeln. Seine gute alte Trine. Doch als er den Umschlag aufriss, wurde er sofort wieder ernst. „Vom Ministerium. Referat Personal. Ich fürchte, es geht um meine Pensionierung." Er legte den Arm um ihre Hüfte und führte sie zur Gartenbank.

Rahel entfaltete Ferdinands Brief, während er das Schreiben vom Ministerium las. Dann sah er Rahel an und entdeckte in ihren blauen Augen einen Schimmer von Sorge. „Unangenehme Nachrichten von Ferdinand?"

Sie wiegte den Kopf. „Wie man es nimmt. Was will das Ministerium?"

Er stand auf und ging vor ihr auf und ab. „Klarheit, wann ich in den Ruhestand trete. Sie meinen, ich sei in einem Alter, in dem ich um meine Pensionierung nachsuchen sollte."

Sie nickte vor sich hin. „Sie haben ja nicht ganz unrecht. Aber wenn wir das Forsthaus räumen müssten …“

„Eben. Kann mir nicht vorstellen, an einem anderen Ort zu leben. Aber mein Nachfolger hat ein Recht auf dieses Haus. Können nur sicher sein, hierzubleiben …“

„… wenn Ferdi schnell genug sein Studium beendet, um dein Nachfolger zu werden. Das wolltest du doch sagen, nicht wahr?“

„Genau. Muss unbedingt eine Stellungnahme ans Ministerium schreiben und sie überreden, mir noch so viel Zeit als Oberförster zu gönnen. Und meinen Sohn als Nachfolger einzusetzen.“

„Letzteres sollte dir nicht schwerfallen. Es ist doch übliche Praxis, dass der Sohn das Amt vom Vater übernimmt. Außerdem hat Ferdi bislang glänzende Zeugnisse und kennt den Wald so gut wie kein anderer außer dir.“

„Müssen unbedingt dafür sorgen, dass seine Noten so gut bleiben. Was schreibt der Junge? Geht es ihm gut? Mir scheint, der Brief bereite dir Sorgen.“ Er zeichnete mit dem Finger ihren schnurgerade gezogenen Scheitel nach.

„Es geht ihm gut, die letzten Klausuren sind auch hervorragend gewesen, aber …“

„Was?“

„Er möchte mehr Geld.“

„Geld? Sieht Ferdinand gar nicht ähnlich. Ist bisher immer mit seinem Wechsel ausgekommen.“ Grüning faltete das Schreiben des Ministeriums zusammen. „Wozu braucht er es?“

„Er schreibt, für neue Bücher, damit er sich bestmöglich auf das nächste Semester vorbereiten kann.“

„Hervorragend. Soll das Geld sofort erhalten. Habe doch gerade gesagt, wie viel mir daran liegt, dass er sein Studium schnell und mit besten Noten beendet.“

„Ja, aber mir kommt es sonderbar vor. Wir haben Mai. Das Semester hat gerade erst begonnen. Da will er jetzt schon Bücher für das nächste kaufen?“

„Unser Junge ist eben vorausschauend. Oder glaubst du etwa nicht daran?“ Er setzte sich wieder neben Rahel auf die Bank.

„Bis jetzt hat er uns nie betrogen. Aber ich habe ein ungutes Gefühl.“ Rahel seufzte. „Der Brief ist viel kürzer als sonst, nicht so herzlich, kein Wort davon, dass er sich nach dem Hochwald sehnt, wie er sonst immer schreibt. Nur die Bitte um Geld."

„Verbringt seine Zeit wahrscheinlich mit Lernen. Da muss das Briefeschreiben zurückstehen." Rahels Misstrauen kam ihm merkwürdig vor. Seit Ferdinand studierte, hatte er ihnen noch keinen Anlass zur Sorge gegeben. Warum sollte er sie jetzt belügen?

„Du magst in allem Recht haben. Aber ich meine trotzdem, dass Ferdi lernen muss, mit dem Geld auszukommen, das du ihm schickst."

„Verstehe dich nicht. Wollen ihm doch die besten Bedingungen schaffen, sein Studium bald abzuschließen."

„Die hat er doch. Er hat kostenloses Logis bei Regina, hat seine Schwester in der Stadt, bekommt monatlich einen nicht zu knappen Wechsel ..."

„Bist zu streng mit ihm." Grüning schloss die Augen. „Haben einmal erlebt, wohin es führt, wenn wir zu streng mit unseren Kindern sind. Möchte eine solche Katastrophe nicht noch einmal erleben."

Rahel legte die Arme um ihn. „Ich verstehe dich, Albert. Wir haben schlimme Erfahrungen gemacht. Aber das darf uns auch nicht blind machen."

„Du siehst Gespenster. Würde mir wünschen, du würdest mehr hinter mir stehen. Es geht um unser Bleiben im Forsthaus. Ist dir das denn nichts wert?"

„Albert, du weißt, wie sehr ich das Forsthaus, den Wald und vor allem dich liebe."

„Immerhin stammst du aus der Stadt. Vielleicht ist es dir ganz recht, aus der Waldeinsamkeit hinauszukommen."

Sie nahm seine beiden Hände und sah ihm in die Augen. „Ich bitte dich, Albert, wohin verirrst du dich. Wenn du es für richtig hältst, dann schicke Ferdi das Geld. Aber ich habe kein gutes Gefühl dabei."

Er entzog ihr seine Hände und stand auf. „Selbstverständlich erhält er das Geld." Er hatte keine Ahnung, warum Rahel so misstrauisch war. All ihren Worten zum Trotz hatte er das Gefühl, dass ihr das Wohnen im Forsthaus nicht so wichtig war wie ihm.

Grüning kehrte in sein Arbeitszimmer zurück und ließ sich am

Schreibtisch nieder. Nun musste er also eine überzeugende Stellungnahme an das Ministerium schreiben. Wie er solche Schreibarbeit hasste! Hoffentlich fand er, der er doch alles andere als ein Held mit der Feder war, die richtigen Worte. Seine Zukunft hing davon ab.

* * *

Mit zögernden Schritten ging Stefanie auf Tante Valeria zu, die in einem Pavillon im Park der Schwentin'schen Villa saß und ihre Tochter beim Spielen auf der großen Wiese beaufsichtigte. Was ihre Tante bloß von ihr wollte? Sie hatte ihnen beiden doch vor ein paar Tagen schon Hinweise für das Debüt gegeben, warum wollte sie heute mit ihr allein sprechen?

„Steffi!" Ihre kleine Cousine Livia winkte ihr mit einem Blumenstrauß zu, der beinahe größer war als sie selbst.

Steffi. Wie sie diese Namensverstümmelung hasste! „Ich heiße Stefanie!", rief sie zurück und trat zu ihrer Tante in den Pavillon.

Lächelnd stand Valeria auf. „Komm schnell in den Schatten, Stefanie. Wenn du ohne Hut durch den Park gehst, verdirbst du dir den Teint."

Stefanie schüttelte über sich selbst den Kopf. „Du hast recht, den Hut habe ich ganz vergessen."

Tante Valeria zog sie spielerisch an einer ihrer langen Locken. „Du bist doch nicht mehr in Schönwalde, wo es vielleicht auf einige Sonnenstrahlen nicht ankommen mag. Denke an dein bevorstehendes Debüt! Willst du dann wie ein Bauernmädchen aussehen?"

„Bloß nicht! Stelle dir nur vor, ich bekäme Sommersprossen!" Stefanie ließ sich von ihrer Tante auf die Bank ziehen. „Ich bin froh, dass du mich daran erinnerst, liebe Tante. Meine Eltern haben nie auf dergleichen geachtet."

Ihre Tante seufzte beinahe theatralisch. „Ach ja, meine Schwester Aurelia. Früher war sie ganz anders, aber kaum war sie einige Zeit mit deinem Vater verheiratet und Gutsherrin auf Schönwalde, da hatte sie ihre gute Erziehung vergessen."

Stefanie drehte ihr verschlungenes Korallenarmband um den rechten Zeigefinger. „Warum wünschtest du mich zu sprechen, Tante?"

Ihre Tante legte den Arm um ihre Schultern. „Ich dachte, du könntest meine Hilfe gebrauchen."

„Für den Ball? Hast du noch weitere Hinweise für mich?"

„Daran dachte ich gerade nicht." Tante Valeria sah ihr in die Augen. „Dein Onkel hat mir erzählt, du habest bei deinen Eltern nachgefragt. Wegen eines Geheimnisses in eurer Familie."

Sie hatte also richtig vermutet, ihr Onkel hatte ihre Frage in dem Brief gelesen. Sollte sie es nun wirklich wagen, sich ihrer Tante, die sie noch so wenig kannte, anzuvertrauen? Lenas Worte, dass sie, wie von ihrer Mutter gefordert, nicht nach dem Familiengeheimnis forschen solle, kamen ihr in den Sinn. Aber durfte sie einfach darüber hinweggehen, dass es möglicherweise irgendeine Fußangel für ihre Zukunft gab? Und da ihre Eltern nichts verraten wollten ... „Tante Valeria, ich ..."

„Nun?" Tante Valeria lächelte sie an, und Stefanie wunderte sich erneut, wie faszinierend ihre Tante dann aussah.

„Eigentlich sollte ich nicht daran rühren, meine Mutter möchte es nicht, und auch Lena hat mich gewarnt, aber ..."

„Es ist doch nichts Schlimmes? Stefanie, du machst mir Angst!" Sie zog sie näher an sich. „Du kannst mir doch alles anvertrauen, was dich bedrückt."

Stefanie seufzte. „Wenn doch nicht alles so kompliziert wäre!"

„Komm, nimm erst einmal eine Zigarette." Sie griff nach der Schachtel, die neben ihr lag. „Und dann erzähle mir in Ruhe, was du von dem Geheimnis weißt."

Stefanie starrte auf die Zigaretten, die sie ebenfalls an mahnende Worte von Lena erinnerten. Schon wollte sie ablehnen, aber dann griff sie doch zu und ließ sich von ihrer Tante Feuer reichen. „Es muss in unserer Familie irgendetwas vorgefallen sein. Irgendwann vor längerer Zeit."

„Etwas vorgefallen? Was könnte das sein, meine Liebe?" Ihre Tante vergaß ganz, sich ihre eigene Zigarette anzustecken, sondern hielt sie nur lose zwischen den Fingern.

„Ich weiß es ja eben nicht. Kannst du mir nicht weiterhelfen?"

Nachdenklich sah ihre Tante zu Livia hinüber, die ihren Blumenstrauß abgelegt hatte und nun wie ein bunter Schmetterling über die Wiese flatterte. „Ich kann mir nicht vorstellen, worum es gehen könnte. Wie kommst du überhaupt darauf?"

„Unsere Zofe, die früher unser Kindermädchen war, sprach von etwas, das in der Vergangenheit geschehen sei und jetzt während unseres Aufenthalts in Breslau ans Licht kommen könne."

„Und deine Eltern? Was sagen sie dazu?"

Stefanie zog an ihrer Zigarette. „Sie wollen nichts sagen. Und haben mir sogar verboten, danach zu forschen."

„Sonderbar. Was sollte meine fromme Schwester für ein Geheimnis haben, dessen Enthüllung sie so sehr fürchtet?" Ihre Tante legte ihre Zigarette beiseite und schüttelte langsam den Kopf. „Du sagst, eure Zofe war früher euer Kindermädchen?"

„Sie wurde schon eingestellt, als Lena geboren wurde."

„Dann ist sie also schon 19 Jahre bei euch auf Schönwalde." Tante Valeria nahm die Zigarette wieder zur Hand und klopfte gedankenverloren damit auf die Bank. „Langjährige Dienstboten wissen oftmals mehr als der Herrschaft lieb ist."

„Es ist zu schade, dass du nichts davon weißt. Und Johanna möchte ich auch nicht fragen, die plauderhafte Zofe könnte mich bei meinen Eltern verraten."

„Es tut mir leid, Stefanie."

Sie drückte den Rest ihrer Zigarette in den Aschenbecher. „Aber du wirst mich nicht bei Mama verraten?"

„Wo denkst du hin! Niemals!"

Stefanie hoffte allerdings, dass sie ihrer Tante vertrauen konnte. Wenn Lena oder gar ihre Eltern herausbekamen, dass sie mit Tante Valeria über das Geheimnis gesprochen hatte – sie mochte gar nicht darüber nachdenken.

Kapitel 7

Ferdi verließ mit seinem Freund Max von Bassewitz die Universität durch den Torbogen und überquerte die Burgstraße, um auf die Universitätsbrücke zu gelangen.

„Konntest du mir schon eine Einladung besorgen?" Ferdi sah sehnsüchtig einer Equipage nach. Ob „seine" Damen darin saßen?

„Wie sollte ich. Du hast mir noch nicht gesagt, ob gleichsam niemand von deinen Bekannten bei dem Ball erscheint."

Langsam schob Ferdi seine Hände in die Hosentaschen. „Ich habe bei meiner Schwester und meinen Gasteltern nachgeforscht. Lisa geht es gesundheitlich nicht gut, und Regina berichtete mir, dass es Differenzen mit der Familie Schwentin gibt."

„Weißt du Näheres darüber?"

Sie blieben auf der Brücke stehen und sahen oderaufwärts zum Sand[2] und zur Dominsel hinüber. „Nein. Hast du denn vielleicht einmal mitbekommen, worum es geht?"

Bassewitz zündete sich eine Zigarre an. „Otto von Schwentins Ehefrau Valeria ist eine geborene von Mutius, die Tochter des Generals, der während des 66er Krieges starb. Sie hat einen Bruder, vor dem ich dich gleichsam warnen muss. Der Mann ist gefährlich."

Ferdi lehnte sich gegen das Geländer. Das war sicherlich Schleinitz' Intimfeind. „Wie meinst du das? Warum sollte er mir gefährlich werden?"

„Wenn es wirklich ernsthafte Differenzen zwischen den Schleinitz' und den Mutius' gibt, rate ich dir dringend, deine Schnapsidee mit dem Grafen von Wedell aufzugeben. Dieser Julian von Mutius ist ohnehin schon sehr auf seine Ehre bedacht und – wie man sagt – gleichsam skrupellos. Wenn er bemerken sollte, dass der Schwager des Grafen Ludwig von Schleinitz ihn hintergeht, könntest du in größte Schwierigkeiten geraten. Immerhin ist sein Schwager Oberstaatsanwalt."

„Wie sollte er es schon bemerken. Ich bin ein einziges Mal in der Gesellschaft, da wird er mir kaum große Beachtung schenken." Fer-

2 eine Insel in der Oder

di trommelte mit den Fingern auf das Geländer. Sein Freund Bassewitz war wirklich übervorsichtig.

„Dieser Mutius soll ein gefährlicher Intrigant sein und seine Schwester Valeria von Schwentin steht ihm darin gleichsam wenig nach. Wir wissen nicht genau, was in der Vergangenheit vorgefallen ist – aber ich würde mir an deiner Stelle die beiden nicht zu Feinden machen wollen."

„So ein kleines Wagnis werde ich schon überstehen", lachte Ferdi und sah einem Ausflugsdampfer entgegen, der langsam flussabwärts glitt. „Du hast mir versprochen, eine Einladung zu besorgen, wenn niemand von meinen Bekannten dort erscheint. Nun, dies ist der Fall." Das entsprach zwar nicht ganz der Wahrheit, aber wenn er zugab, dass er sich nicht sicher war, dass wirklich niemand kam, würde Bassewitz erst recht nicht mehr mitspielen.

„Und der Frack? Hast du den schon besorgt? Und hat dein Vater schon Geld für die übrige Ausstattung geschickt?"

„Darüber zerbrich dir nicht den Kopf." Das tat er schließlich schon selbst. „Pünktlich zum Ball werde ich im Besitz eines Frackes und aller weiteren Utensilien sein." So hoffte er jedenfalls.

Bassewitz stäubte seine Asche in den Fluss. „Ich warne dich, Grüning. Wenn du erwischt wirst, habe ich gleichsam von nichts gewusst."

„Du kannst sicher sein, dass ich in jeder Hinsicht mein Bestes geben werde." Ferdi klopfte seinem Freund auf den Rücken.

„Du darfst meine Stellung nicht vergessen. Der Ruf meines Namens wäre für alle Zeiten ruiniert, wenn etwas schief ginge."

Das würde Bassewitz ihm bestimmt noch oft genug predigen. Er schien wirklich Angst zu haben. Kein Wunder. Für Bassewitz gab es kaum etwas Wichtigeres, als Gesellschaften zu besuchen, und wenn herauskam, dass er einen falschen Grafen eingeschleust hatte, würde er zweifellos zu keiner Gesellschaft mehr geladen. Doch Ferdi wollte ja ohnehin allergrößte Vorsicht walten lassen, damit kein Unglück geschah.

Und als er sich das Bild der beiden Mädchen im Phaeton wieder ins Gedächtnis rief, wusste er, dass sich das Risiko lohnen würde.

* * *

Christian von Güssow sah auf die Karte, die ihm sein Diener überreicht hatte. *Otto von Schwentin.* Das war ungewöhnlich. Die Familie seiner angeheirateten Tante Aurelia von Hohenau wollte doch sonst so wenig wie möglich mit ihm zu tun haben. „Ich lasse bitten."

Der Diener huschte hinaus, und Güssow schlug die Bibel zu, in der er wie jeden Tag nach der Arbeit gelesen hatte. Was mochte Schwentin von ihm wollen?

Wenige Augenblicke später trat der Oberstaatsanwalt ein, und Güssow bot ihm einen Platz an. „Was führt Sie zu mir, Verehrtester?"

Schwentin nahm seinen goldenen Zwicker ab, hauchte die Gläser an und putzte sie so eifrig mit seinem Schnupftuch, als habe sich der ganze Staub der Namib-Wüste darauf versammelt. „Es ist mir eine besondere Ehre, Sie heute aufzusuchen, mein lieber Güssow."

Eine Ehre? Mein lieber Güssow? Er schüttelte unwillkürlich den Kopf. Seit er bei dem „neureichen" Maschinenfabrikanten von Ruffer arbeitete, statt als Offizier oder wenigstens als Beamter in den Staatsdienst einzutreten, war er für die meisten in der Hautevolee von Breslau nicht mehr gesellschaftsfähig. Und ausgerechnet der dünkelhafte Schwentin sprach davon, es sei ihm eine Ehre, ihn aufzusuchen?

„Sicherlich ist bereits zu Ihren Ohren gelangt", fuhr Schwentin fort, „dass Ihre Cousinen in Breslau befindlich sind?"

„Meine Cousinen? Sie meinen doch nicht etwa – die Hohenau-Mädchen?" Dann war seine Cousine Helena in Breslau? Er hatte also die Möglichkeit, sie zu sehen?

„Ganz recht, die beiden Töchter Ihres Onkels Baron Georg Friedrich von Hohenau weilen in Breslau, und zwar in meinem Hause."

„Sie sehen mich erstaunt." Sein Onkel und seine Tante auf Gut Schönwalde waren doch gläubige Menschen, warum gaben sie ihre Töchter in die Obhut der alles andere als frommen Familie Schwentin? „Was ist der Zweck ihres Aufenthalts in der Hauptstadt?"

„Es ist an der Zeit, die beiden Mädchen – oder vielmehr: Damen – in die Gesellschaft einzuführen. Selbiges ist auf dem Lande mit Schwierigkeiten verbunden."

Das stimmte allerdings. Er hatte gar nicht daran gedacht, dass Helena und Stefanie irgendwann ihr Debüt geben mussten, das waren sie ihrem Stand als Baronessen von Hohenau schließlich schuldig. Bloß was hatte er damit zu tun? Oder sollte man sich seiner erinnert haben, um ihn und Helena zusammenzubringen? Sollte sein Traum doch in Erfüllung gehen?

„Nun, ich will es kurz machen. Der Ball für die beiden Damen findet am 9. Juni in meinem Hause statt. Und es wäre uns eine Freude, wenn Sie, mein verehrter Herr von Güssow, uns mit Ihrer Anwesenheit beehren würden."

Irgendetwas war hier sonderbar. „Ich bin ein wenig überrascht. Sie überbringen mir die Einladung persönlich?" Und das, obwohl man ihn sonst gerne zu solchen Gelegenheiten übersah?

„Daraus mögen Sie ersehen, wie wichtig mir und vor allem Ihren Fräulein Cousinen Ihr Erscheinen ist."

Sollten wirklich die Mädchen – sollte Helena hinter dieser Einladung stecken? Er spürte, wie ihm das Blut in den Kopf stieg. Er musste unbedingt herausfinden, ob er sich Hoffnung machen durfte oder ob er einem Phantom nachjagte. „Ich bedanke mich herzlich für die Einladung und nehme gerne an."

„Das freut mich."

Güssow faltete die Hände und krachte mit seinen Fingern. „Es sind wohl meine Cousinen, die Wert auf mein Erscheinen legen?"

„Oh, Sie werden auch meiner Gemahlin und mir eine ganz außerordentliche Freude bereiten", beeilte Schwentin sich zu versichern.

„Sicherlich wollen Sie die Gelegenheit nutzen und die Mädchen mit geeigneten Heiratskandidaten in Verbindung bringen?" Güssow kraulte seinen Bart.

„Wenn sich etwas ergibt, wäre das durchaus begrüßenswert, denn Schönwalde liegt doch recht einsam. Aber das letzte Wort haben die Eltern und natürlich die Mädchen selbst zu sprechen."

Güssow nickte vor sich hin. „Das klingt beinahe, als hätten Sie schon etwas in Aussicht. Oder irre ich mich?"

„So angelegentlich, wie Sie fragen, könnte man fast glauben, Sie selbst hätten Interesse!"

„Und" – Güssow starrte auf seine viel zu großen Hände – „wenn es wirklich so wäre?"

Schwentin sah ihn mit gefurchter Stirn an. „Mein lieber Güssow, geben Sie den beiden Damen erst einmal Gelegenheit, die Herren der Gesellschaft kennenzulernen. Noch haben sie nicht einmal ihren ersten Ball erlebt."

„Vielleicht wäre das gar nicht mehr nötig."

„Wollen Sie gleich beide heiraten? Das wäre Bigamie!" Schwentin lachte wiehernd. „Nein, mein Lieber, lassen Sie ihnen Zeit. Wir wollen nichts überstürzen."

Güssow atmete tief durch. Das war weder ein Ja noch ein Nein. Warum gab Schwentin ihm keine klare Antwort? Hatte er – oder allen voran dieser Julian von Mutius – schon andere Pläne? Aber warum dann dieses widersprüchliche Verhalten, dass er ihm die Einladung persönlich überbrachte?

Mein Gott, was hast Du mit mir vor? War es gar nicht Seine Absicht, ihn mit Helena zusammenzubringen? War seine Liebe zu ihr ein Irrweg?

Er betrachtete Schwentins Fuchsgesicht. Es war klar, dieser Mann lotete gerade die Möglichkeiten aus, um danach zu entscheiden, was zu seinem eigenen größten Vorteil war. Und jemand wie er, Christian von Güssow, war in Schwentins Spiel natürlich nur ein unbedeutender Bauer, der beliebig hin- und hergeschoben – oder geopfert werden konnte.

Kapitel 8

Als Julian von Mutius in den Hof von Schönwalde einritt, stoben die Hühner gackernd auseinander. Er rümpfte die Nase. *Kornklitsche.* Allein der Gestank war unerträglich. Er wusste schon, warum er sein eigenes Gut Juliendorf möglichst mied.

Mutius sprang vom Pferd und warf dem Stallknecht, der dienstbeflissen herbeieilte, die Zügel zu. Auf diesem Gut herrschte allerdings vorbildlichste Ordnung. Das Gutshaus war anscheinend erst kürzlich neu gestrichen worden und sein Schwager Hohenau hatte seit seinem letzten Besuch noch weitere Stallungen errichtet. Hier steckte Geld, und zwar nicht wenig. Und das trotz der miserablen Ernte im vergangenen Jahr. Er würde dafür sorgen, dass von diesem Reichtum etwas auf ihn übertragen wurde. Heute. Jetzt.

Er sprang die Stufen zum Eingangsportal hinauf, wo wieder ein eilfertiger Diener auf ihn zukam.

„Zum Herrn Baron bitte."

Eine devote Verbeugung. Erstklassig geschultes Personal. Sicherlich mit horrendem Gehalt. „Der Herr Baron befinden sich in seinem Arbeitszimmer. Wen darf ich melden?"

„Danke, ich finde den Weg allein."

Mutius stieg die Treppe zum Obergeschoss hinauf und trat nach kurzem Klopfen in das Arbeitszimmer seines Schwagers. Immer wieder überwältigte ihn die Aussicht aus den Fenstern, die die ganze Breite des Raumes einnahmen. Unten dehnte sich der wohlgepflegte Park aus und dahinter Kornfelder soweit das Auge reichte – alles im Besitz dieses Bauerntrampels Georg Friedrich von Hohenau.

Von selbigem war kaum etwas zu sehen. Seine riesigen Hände wühlten in dem vollen Haar, das dringend eines Frisörs bedurfte, und sein Gesicht verbarg sich hinter einem wahrhaft patriarchalischen Vollbart.

Als Mutius näher trat, hob er den Blick von den Papieren auf seinem Schreibtisch. „Mutius! Welch seltener Besuch auf Schönwalde! Sei willkommen!"

Mutius ergriff die dargebotene Pranke seines Schwagers und

hatte das Gefühl, bei dem Händedruck gingen alle Knochen seiner Hand in Trümmer. Er unterdrückte einen Schmerzenslaut. „Vielen Dank, lieber Schwager. Ich bin immer wieder neu beeindruckt, wie vorbildlich dein Gut geführt ist."

Hohenau wies auf einen Stuhl. „Mein Gott ist wirklich gnädig mit mir. Rosamunde hat ein prächtiges Kalb zur Welt gebracht, die Ernte steht bestens und meine Töchter – es geht ihnen doch gut?"

„Sie sind gesund und genießen das Stadtleben in vollen Zügen." Mutius setzte sich auf den angebotenen Stuhl.

„Wunderbar." Hohenau kratzte seinen wüsten Bart. „Es ist wirklich fantastisch, wie sie die Geburt überstanden hat."

Mutius benötigte einen Augenblick, bis er begriff, dass sein Schwager schon wieder bei seiner Kuh war. „Ich freue mich, dass dein Gut so ertragreich ist." Er zog ein Zigarillo hervor, doch als ihm einfiel, dass Hohenau keinen Tabakrauch bei sich duldete, steckte er es rasch wieder weg. Schließlich wollte er etwas von seinem Schwager.

„Hast du den neuen Schweinestall gesehen? Der letzte Wurf war so groß, dass ich anbauen musste, obwohl ich viele Ferkel verkauft habe."

Mutius atmete tief durch, um die Ruhe zu bewahren. Was interessierten ihn die Schweine auf Gut Schönwalde!

„Und wenn meine Töchter zurückkommen, habe ich eine Überraschung für sie. Besonders Stefanie waren meine Ackergäule immer zu behäbig. Vorgestern konnte ich eine famose Zuchtstute erwerben, eine echte Trakehner. Ich habe vor, neben der Landwirtschaft noch eine kleine Pferdezucht aufzubauen."

Mutius unterdrückte einen Aufschrei der Wut. Seinem ungeschlachten Schwager schien das Geld nur so zuzufliegen, und er selbst wusste nicht, wie er seine Zinsen bezahlen sollte! Eine Trakehner Zuchtstute, die musste Unsummen gekostet haben!

„Ich gratuliere", presste er zwischen den Zähnen hervor. „Ich wünschte, auf Juliendorf stünde es ebenso gut."

„Gibt es Schwierigkeiten? Bei dir muss die diesjährige Ernte doch ebenfalls hervorragend sein, das Wetter war nahezu ideal!"

Mutius verdrehte die Augen. „Leider lässt das Wetter keine Goldstücke regnen. Mein Gut ist mit Hypotheken schwer belastet und die

Erträge werden von den Tilgungsraten und Zinsen aufgefressen."

„Aber ich verstehe das nicht." Sein Schwager fuhr sich mit beiden Händen durchs Haar, dass es in langen Pinseln in alle Richtungen abstand. „Hast du es nicht schuldenfrei von deinem Vater übernommen?"

Am liebsten wäre Mutius seinem Schwager ins Gesicht gesprungen. Musste er unbedingt noch in seinen Wunden wühlen? „Das Leben als Offizier war teuer, ein paar unglückliche Spekulationen" – er dachte an Schleinitz' Ehrenschulden, von denen er wegen des damaligen Skandals nie wieder einen Groschen gesehen hatte – „da kam ich um einige Hypotheken nicht herum. Und jetzt drücken mir die Zinsen den Hals zu."

„Das ist allerdings eine missliche Lage. Was hast du vor, um dagegen anzugehen?"

Mutius zog an seinem Ohrläppchen. „Ich habe bereits etwas unternommen."

„Darf man die Maßnahme erfahren? Verspricht sie Erfolg?"

„Ich hoffe, dass sie erfolgreich ist." Er beobachtete seinen Schwager genau. „Ich bin zu dir gekommen."

Unter Hohenaus Bartgewirr erahnte Mutius einen verdutzten Gesichtsausdruck. „Was soll das bedeuten? Willst du einen guten Rat?"

„Vielleicht auch. Wenn du ihm mit einer kleinen Unterstützung den nötigen Nachdruck verleihen würdest ..."

„Ah, ich begreife. Du willst Geld."

Sein Schwager war wirklich begriffsstutzig. „Wenn deine Schweinezucht und deine Ernte so gut sind, dass du dir sogar eine Trakehner Stute leisten kannst, dachte ich, du könntest auch etwas für deinen Schwager, der in Not geraten ist, erübrigen."

„Hm." Hohenau wühlte in seinem Bart.

„Wenn ich die Zinsen bezahlen und einen Teil der Hypothek ablösen könnte, wäre mir geholfen. Sonst fürchte ich, dass ich das Gut, das sich seit Jahrhunderten im Besitz unserer Familie befindet, nicht mehr lange werde halten können." Mutius sah seinen Schwager an. In seiner christlichen Gesinnung würde er ihm bestimmt seinen Geldbeutel nicht verschließen. Wenn nur Aurelia nicht dazwischenkam. Seine Schwester war nicht so gutmütig und würde wahrscheinlich dafür sorgen, dass er – wenn überhaupt – nur eine kleine Summe bekam.

„Wie viel benötigst du?“

Das war doch ein Wort. „Wenn du mir 20 000 Mark ...“

„Zwanz...“ Der Rest schien Hohenau im Hals stecken zu bleiben. „Weißt du, was das für eine ungeheure Summe ist?“

„Sehr wohl, ich muss sie ja schließlich aufbringen.“

„Aber so viel kann ich dir unmöglich leihen. Wenn du 5 000 gesagt hättest!“

Mit dieser lächerlichen Summe war ihm nicht geholfen. Er überlegte, ob er etwas von dem Geheimnis sagen sollte, das es offenbar in der Familie gab. Aber noch hatte er zu wenige Informationen, doch wenn er erst einmal mehr wusste, wäre das sicherlich ein probates Mittel, den Geldhahn seines Schwagers weiter aufzudrehen. Bis dahin musste er weiter auf ein anderes und leider schwächeres Argument setzen.

„Ich bin wirklich enttäuscht von dir, Hohenau.“ Mutius faltete die Hände. „Ich dachte, du wärst ein guter Christ und deshalb zur Nächstenliebe bereit.“

„Selbstverständlich, ich will dir ja auch helfen. Aber gleich eine solch horrende Summe!“

„Bitte, lieber Schwager, wenn du wenigstens 10 000 oder 15 000 Mark ...“

Da sprang die Tür auf und seine Schwester Aurelia trat ein.

Das hatte ihm gerade noch gefehlt. Seine resolute Schwester würde ihm keinen Pfennig vorschießen, weil sie wusste, dass er immer wiederkommen und niemals zurückzahlen würde.

Er erhob sich und schüttelte seiner Schwester die Hand. „Wie blendend du aussiehst, Aurelia. Man könnte meinen, du würdest von Jahr zu Jahr jünger.“

„Alter Schmeichler!“ Sie gab ihm einen leichten Schlag auf den Arm. „Wenn du so auftrittst, willst du bestimmt Geld.“

Durchschaut. Diese Frau merkte einfach alles.

„Stelle dir nur vor, dein Bruder steht vor dem Bankrott. Er benötigt 20 000 Mark!“, echauffierte Hohenau sich.

Aurelias Blick flog zu Mutius herüber. „Also wirklich Geld? Und dann gleich eine solche Summe?“

Er sah ihr schon an, dass seine Bitte vergebens war.

„Dann rate ich dir, nicht ständig in der Stadt deinen teuren Vergnügungen nachzugehen. Kümmere dich als ordentlicher Gutsherr um Juliendorf, dann wirst du merken, wie schnell es wieder aufwärtsgeht."

„Aber Schwester, denkst du denn gar nicht an unseren Familienbesitz?"

„Daran erinnerst *du* mich? Du verprasst das Familienvermögen in Breslau und scherst dich einen Pfifferling um das Gut, aber wenn du bankrott bist, soll ich mich an den Familienbesitz erinnern?" Die Augen seiner Schwester funkelten ihn an. „Und du brauchst auch gar nicht auf unsere christliche Nächstenliebe zu pochen, damit erpresst du mich nicht."

Diese Frau war einfach – unglaublich. Sie machte seine Argumente zunichte, noch bevor er sie vorbringen konnte. Aber einen Trumpf hatte er noch. „Du musst bedenken, dass ich Soldat bin und kein Studium der Landwirtschaft genossen habe. Wenn Juliendorf wieder florieren soll, benötige ich einen Anschub, dann werde ich es – wenn mein lieber Schwager mir mit Ratschlägen zur Seite steht – wieder zum Blühen bringen."

„Aurelia, meinst du nicht, wir sollten deinem Bruder ..." Hohenau sah zu seiner Frau auf.

„Du hast recht, Georg. Wir sollten meinem Bruder ..." Sie winkte ihren Mann aus seinem Sessel. „Kommt mit."

Mutius musste wider Willen lachen. Seine zierliche Schwester war neben diesem Bär von einem Menschen einfach ein sonderbarer Anblick.

Aurelia nahm Hohenau bei der Hand. „Wir haben etwas, das ihm sicherlich helfen wird." Sie zog ihren Mann hinter sich her und zur Tür hinaus.

Mutius folgte ihnen mit einem mulmigen Gefühl. Aurelias Gesichtsausdruck verriet ihm, dass sie eine Posse im Schilde führte.

Sie gingen durch die Eingangshalle, dann verließen sie das Herrenhaus und betraten den Hof. Mutius sah seinen Schwager an, doch der schien ebenso ratlos zu sein wie er selbst.

Aurelia steuerte zielstrebig auf die Stallungen zu. Hatte sie da einen Tresor einbauen lassen, weil ihn dort niemand vermutete?

Der beißende Gestank von tierischen Exkrementen stach ihm in den Atemwegen. Rasch zog er sein Schnupftuch hervor und hielt es sich vor die Nase.

Mit einem pfiffigen Lächeln sah Aurelia ihn an. „Wenn du diesen Duft nicht mehr gewöhnt bist, bist du tatsächlich viel zu selten auf Gut Juliendorf."

Duft! Er warf ihr einen giftigen Blick zu und zog es vor, keine Antwort zu geben.

„So, mein lieber Bruder, hier sind wir am Ziel." Sie blieb vor einem Stall stehen.

Als Mutius durch die Gitter schaute, streckte sich ihm ein dicker, brauner Kopf entgegen. Das Maul öffnete sich und ein ohrenbetäubendes „Muh" ließ ihn zurückfahren.

„Was soll das, Aurelia? Die Lage auf Gut Juliendorf ist ernst! Du solltest dir keinen Spaß damit erlauben."

„Es ist kein Spaß. Darf ich dir diese Dame vorstellen? Rosamunde, unsere beste Milchkuh. Du bekommst sie, dazu genügend Schweine, um dir eine Ertrag bringende Zucht aufzubauen. Außerdem stellen wir dir Saatgut allererster Güte zur Verfügung, dann kannst du deine diesjährige Ernte komplett verkaufen ..."

„Aurelia, das ist ein genialer Einfall!" Hohenau nahm seine Frau in die Arme, dass sie beinahe komplett darin verschwand, während Mutius dastand und seinen Ohren nicht traute.

„Aurelia, das ist nicht dein Ernst!"

„Oh doch, mein völliger. Und wie du siehst, habe ich bereits die Zustimmung des Gutsherrn."

Mutius zog an seinem Ohrläppchen. „Aber davon kann ich doch die fälligen Zinsen nicht bezahlen. Ich brauche Geld, bares Geld!"

„Wie wäre es, wenn du deine sündhaft teuren Möbel, die in deiner Stadtwohnung bei Schwentin stehen, verkauftest? Und wenn du nicht Unsummen" – sie zog an seinem Rock – „für den neuesten Modeschrei aus Paris ausgeben würdest?"

Er presste die Zähne aufeinander, dass es knirschte. Was ihn am meisten ärgerte, war die Tatsache, dass Aurelia recht hatte. Aber das würde er nie zugeben.

Er ballte die Faust und trat nahe vor sie hin. „Deine Kuh und dein Saatgut kannst du dir meinetwegen an den Hut stecken. Da sehe ich doch wieder, wie fromm ihr Christen wirklich seid. Reden könnt ihr gut, aber wenn es darum geht, jemandem, der in Not ist, zu helfen, ist es mit der sogenannten Frömmigkeit schnell vorbei."

„Aurelia, sollten wir nicht zusätzlich doch wenigstens eine kleine Summe ...?" Der Baron sah seine Frau mit schief gelegtem Kopf an.

„Nur damit Julian sich eine neue Equipage anschaffen kann, um in Breslau zu protzen? Nein, er kann alles haben, nur kein Geld."

„Und alles andere außer Geld könnt ihr behalten. Aber ich warne dich, Aurelia." Mutius baute sich vor seiner Schwester auf. „Ich komme wieder, und dann wirst du zahlen müssen, ja, du wirst mich sogar darum bitten, dein Geld anzunehmen."

„Ich wüsste nicht, was mich dazu bringen sollte."

Mutius drehte sich auf dem Absatz um und verließ den Stall. Er würde seine Drohung wahr machen – wenn er nur erst das Familiengeheimnis der Hohenaus kannte. Von seiner Schwester und seinem Schwager würde er es freiwillig nie erfahren, deshalb würde er sie gar nicht erst fragen. Sie sollten nicht ahnen, dass er ihnen auf der Spur war, damit sie nicht auf den Gedanken kamen, etwas zu verschleiern.

Er ließ sich sein Pferd bringen und stellte einen Fuß in den Steigbügel. Doch dann hielt er inne. Ob er bei der alten Johanna mit einem großzügigen Geldgeschenk etwas erreichte? Nein, das Risiko war zu groß. Wenn sie als Kindermädchen angefangen hatte und jetzt noch als Zofe im Dienst der Baronessen stand, war sie sicherlich eine verlässliche Dienerin, die nicht für ein paar Mark Familiengeheimnisse ausplauderte. Wahrscheinlich würde sie ihn eher verraten, und dann käme er nie zum Ziel.

„Aber ich werde trotzdem zu meinem Ziel kommen", murmelte er, während er sich in den Sattel schwang. Irgendwie musste dieses Geheimnis ja zu lüften sein.

Kapitel 9

Ferdi schlug die Beine übereinander und sah seine Schwester an, die in eine Decke gewickelt auf ihrer Chaiselongue ruhte. „Wie kommt es nur, dass es dir so plötzlich schlechter geht? Als ich letzte Woche bei dir war, ging es dir doch noch viel besser."

„Das ist eben das Tückische an der Krankheit." Lisa seufzte. „Aber ich werde mich bestimmt in wenigen Tagen schon wieder erholt haben."

Normalerweise würde Ferdi sich darüber freuen, dass sie die Hoffnung auf Besserung hatte. Wenn da nur nicht der Ball wäre ... Immerhin bot sich ihm heute eine gute Möglichkeit, an Schleinitz' Frack zu kommen. Denn sein Schwager befand sich noch im Dienst und Lisa war kaum imstande, sich von der Chaiselongue zu erheben. Und trotzdem kam er sich wie ein Schuft vor, weil er Lisas Schwäche ausnutzte. Aber es war ja nur ein harmloser Scherz.

„Ich möchte dich nicht länger belasten, Lisa. Du siehst müde aus." Er stand auf und nahm ihre Hand. „Du solltest noch etwas schlafen." Dann konnte er in Ruhe ins Schlafzimmer eindringen und sich den Frack ausleihen.

„Ja, ein wenig Schlaf wird mir guttun." Ihr Händedruck war erschreckend schwach.

Er küsste sie auf die Stirn. „Wenn ich das nächste Mal komme, bist du wieder so kräftig, dass du mir etwas auf dem Pianoforte vorspielst. Du weißt ja, wie gern ich dich höre."

Sie lächelte schwach. „Ich werde mir Mühe geben."

„Leben Sie wohl, gnädigste Frau Gräfin", sagte er mit einer übertriebenen Verbeugung. Und dachte daran, dass dieser Traum von der gehobenen Konversation in genau einer Woche für ihn Wahrheit werden würde.

Er verließ den Salon. Im Vorsaal wartete Anna schon mit dem Hut auf ihn.

„Gehen Sie nur zur Gnädigen hinein, vielleicht hat sie Aufträge für Sie. Ich finde den Weg auch allein." Er nahm den Hut entgegen, stülpte ihn auf den Kopf und wartete, bis das Mädchen im Salon verschwunden war.

Perfekt. Nachher ging Anna sicherlich in ihr Zimmer oder in die Küche, und er konnte – mit Schleinitz' Frack – ungesehen das Haus verlassen.

Er öffnete die Wohnungstür und verschloss sie wieder vernehmlich von innen, dann pirschte er sich so leise wie möglich zum Schlafzimmer. Seine Hand zitterte ein wenig, als er sie auf die Klinke legte. Wenn Schleinitz plötzlich nach Hause kam oder Anna unvermittelt wieder in den Vorsaal zurückkehrte ... Was sollte er dann sagen?

Fort mit den Bedenken. Er brauchte den Frack und er würde ihn bekommen. Lautlos drückte er die Klinke hinunter und öffnete die Tür so weit, dass er sich durch einen schmalen Spalt ins Schlafzimmer schieben konnte. Ebenso leise schloss er die Tür wieder hinter sich.

Tief aufatmend blieb er stehen. So weit war er also gekommen. Doch trotz seiner Erleichterung fühlte er sich unglaublich mies. Nebenan lag seine Schwester in übergroßer Schwäche und er nutzte diese Situation schamlos aus. Aber er hatte ja nichts Böses vor, versuchte er sich selbst zu beruhigen. Dieser harmlose Scherz sollte sein Gewissen eigentlich nicht belasten.

Also weiter. Er öffnete den ersten Kleiderschrank. Staunend blieb er stehen. Er hatte gar nicht geahnt, dass seine Schwester so herrliche Kleider besaß. Wie mussten erst die beiden Mädchen, die er im Hochwald getroffen hatte, in solchen Kleidern aussehen!

Er schloss den Schrank und öffnete den nächsten. Das sah schon besser aus. Dort hing ein Anzug neben dem anderen, und ganz links Schleinitz' Abendanzug. Oben lagen einige Hutschachteln, und er brauchte nicht lange zu suchen, bis er einen Zylinder fand. Blieb nur zu hoffen, dass alles einigermaßen passte.

Ferdi verstaute den Frack in der Hutschachtel und verschob die anderen Schachteln so, dass das Fehlen der einen nicht gleich auffiel. Dann verschloss er den Schrank wieder sorgfältig und schlich zur Tür.

Lauschend blieb er stehen. War Anna im Vorsaal? Oder noch bei Lisa im Salon? Oder schon in ihrem Zimmer?

Es war nichts zu hören. Wahrscheinlich hatte Lisa das Dienstmädchen gleich wieder weggeschickt und war eingeschlafen. Er sollte es also wagen.

Millimeter für Millimeter drückte er die Klinke hinunter, öffnete dann die Tür ebenso langsam, bis er seine Nasenspitze hindurchstecken konnte. Immer noch alles still, und zu sehen war ebenfalls nichts. Also hinaus.

Er öffnete die Tür weiter und schlüpfte hinaus. Der Vorsaal war leer. Vorsichtig zog er die Tür hinter sich zu ...

„Gnädiger Herr sind noch hier?"

Beinahe wäre Ferdi die Hutschachtel aus der Hand gefallen. Da stand Anna in der Salontür.

Verschwörerisch legte er den Finger auf den Mund. „Psst, Anna!"

„Ist mein Bruder noch da?"

Zu spät! Rasch legte er die Schachtel auf eine Kommode und trat in den Salon. „Ich habe meinen Hut vergessen, Lisa."

Ferdi presste die Lippen aufeinander. Er hatte sie belogen. Seine Schwester, die er über alles liebte. Am liebsten wäre er vor ihrer Chaiselongue auf die Knie gefallen und hätte es ihr sofort bekannt. Doch dann dachte er an das, was er vorhatte, und drehte sich um.

„Lebe wohl ..." *Schwesterherz*, hatte er sagen wollen, doch er brachte das Wort nicht über die Lippen.

Er verließ den Salon, und Anna schloss die Tür hinter ihm.

„Es handelt sich nur um einen Scherz", raunte er dem Mädchen zu. „Bitte verraten Sie mich nicht, Anna."

Das Mädchen strahlte ihn an. „Aber nein, gnädiger Herr", flüsterte sie. „Ein lustiger Streich wird der gnädigen Frau Gräfin guttun."

Ferdi drückte ihr einen Groschen in die Hand. „Danke, Anna."

Er hatte seinen Frack. Aber er konnte sich nicht darüber freuen.

Kapitel 10

„Hier finden wir dich endlich.“ Die Stimme ihrer Schwester riss Lena aus ihrer Lektüre.

Sie legte Spittas *Psalter und Harfe* beiseite und sah den Kiesweg entlang, auf dem Stefanie und Tante Valeria sich dem Pavillon näherten. Lena sog die frische Luft tief in ihre Lungen. „Bei dem schönen Wetter zog es mich in den Park. Warum suchtet ihr mich?“

Tante Valeria nahm neben ihr Platz, während Stefanie eine der ersten Rosenblüten, die den Pavillon umrankten, abbrach und sich in die blonden Locken steckte.

„Morgen ist doch endlich unser großer Tag.“ Stefanie sah sie mit leuchtenden Augen an. „Bist du denn gar nicht aufgeregt, Lena?“

„Wahrscheinlich nicht so aufgeregt wie du.“ Sie lächelte ihre Schwester an und zog sie neben sich auf die Bank.

„Euer Debüt ist das wichtigste Ereignis eures Lebens.“ Ihre Tante drehte an dem Ring, den sie am linken Mittelfinger trug. „Möglicherweise wird dieser Tag euer ganzes weiteres Leben beeinflussen.“

Lena fand diese Darstellung reichlich übertrieben, aber sie nickte ergeben. Immerhin gab sich ihre Tante viel Mühe mit der Ausrichtung des Balles.

„Wie ich euch schon gesagt habe: Das Wichtigste an eurem Debüt ist, dass ihr sogleich den besten Eindruck bei den Herren hinterlasst – und zwar bei den richtigen Herren.“

„Aber wie kann ich denn erkennen, ob es die richtigen sind?“ Stefanie schien die Worte ihrer Tante in sich aufzusaugen. „Leider steht niemandem auf die Stirn geschrieben, ob er eine gute Partie ist.“

„Stefanie, du kannst doch auf unserem ersten Ball nicht gleich aufs Heiraten aus sein!“ Hatte ihre Schwester denn gar nichts anderes im Kopf?

„Doch, meine Liebe, Stefanie hat ganz recht.“ Tante Valeria zündete sich eine Zigarette an. „Der erste Ball kann entscheidend sein. Vor allem für euch, die ihr ja nicht regelmäßig in Breslau seid.“

Lena seufzte so leise wie möglich. Ihre Tante hatte sie doch kürzlich erst mit Hinweisen für ihr Debüt überschüttet, das sollte doch ausreichen. Die stete Wiederholung würde Stefanie nur noch mehr in eine verderbliche Richtung beeinflussen.

„Vor allem solltet ihr nicht nur an die Herren denken“, fuhr ihre Tante fort, „sondern auch an deren Eltern.“

„Wie können wir denn den besten Eindruck vermitteln?“ Stefanie zog so heftig an ihrer silbernen, mit türkisfarbenen Steinchen verzierten Halskette, dass Lena fürchtete, sie werde das Erbstück ihrer Großmutter jeden Augenblick zerreißen.

„Zunächst selbstverständlich durch euer Äußeres. Dafür werde ich mit meiner Zofe morgen schon sorgen. Ihr solltet dabei alles vermeiden, was irgendwie anstößig sein könnte, zum Beispiel so etwas.“ Sie wies auf ihre Zigarette. „Die bessere Gesellschaft ist unglaublich spießig und konservativ.“

„Können wir uns nicht einfach geben wie wir sind?“ Lena wäre am liebsten aufgestanden und nach Hause gefahren.

„Aber ich bitte dich, meine Liebe. Die Gesellschaft *will* doch beeindruckt werden. Und solange man nicht verheiratet ist, muss man eben etwas vorsichtig sein.“

Lena hätte beinahe eine bissige Bemerkung über die uneheliche Tochter ihrer Tante gemacht, doch sie konnte sich gerade noch beherrschen.

„Denkt einfach an eure gute Erziehung“, fuhr Tante Valeria fort. „Dann werdet ihr nicht viel verkehrt machen.“

„Und wen könntest du uns besonders empfehlen?“, fragte Stefanie.

„Ich möchte vorher keine Namen erfahren.“ Lena schlug die Beine übereinander und balancierte ihren Schuh auf ihrer Fußspitze. „Was nützt mir ein alter Name mit vielen Millionen, wenn mir die Person, die Träger desselben ist, nicht gefällt?“

„Wir sind in unseren Kreisen gezwungen, auf den Namen zu achten.“ Tante Valeria zog an ihrer Zigarette und blies den Qualm beim Sprechen in die Luft. „Und hinter einem guten Namen steht fast immer eine ehrenwerte Person.“

„Du gestattest, liebe Tante, dass ich anderer Meinung bin. Wie sollte der Name für den Charakter einer Person bürgen?“

„Du kannst dich auf meine Erfahrung verlassen, Lena.“ Die Stimme ihrer Tante wurde schärfer. „Eure Eltern haben euch nach

Breslau geschickt, damit ihr in die Gesellschaft eingeführt werdet. Und dazu gehört nun einmal, nach einer guten Partie Ausschau zu halten."

„Ich glaube kaum, dass sich diese Ansicht mit der christlichen Gesinnung meiner Eltern deckt." Lena wippte so heftig mit ihrem Schuh, dass er zu Boden polterte. „Meine Eltern haben mich gelehrt, dass es Gott selbst ist, der mir einen Ehepartner zuführen wird, und das wird mit Sicherheit die beste Partie für mich sein."

Stefanie blitzte sie an. „Lass doch diese Albernheiten."

Jetzt fiel ihr also auch noch ihre Schwester in den Rücken.

„Du weißt doch, Lena, wie hinterwäldlerisch wir auf Schönwalde leben. Da ist es kein Wunder, dass die Ansichten unserer Eltern etwas verstaubt sind."

„Glaubst du denn nicht, dass sie es gut mit uns meinen?"

„Das sicherlich schon, bloß passen ihre Auffassungen nicht mehr in die heutige Zeit und schon gar nicht in die Stadt. Wann waren sie denn zuletzt auf einem Ball? Da lebten wir noch gar nicht! Die Zeiten haben sich eben geändert und wir müssen mit der Zeit gehen."

„Stefanie hat recht." Ihre Tante warf die Zigarette fort. „Eure Mutter war das letzte Mal auf einem Ball, kurz nachdem sie geheiratet hat, und ich weiß nicht, ob euer Vater jemals einem gesellschaftlichen Ereignis beigewohnt hat."

Stefanie lachte. „Es wäre bestimmt ein lustiger Anblick, den Bären im Frack auf dem Parkett zu sehen!"

Tante Valeria stimmte mit ein, aber Lena konnte darüber nicht lachen. Ihr Vater war zwar etwas linkisch und sie kannte ihn fast nur in seiner einfachen Feldkleidung, aber er war der beste Vater der Welt.

„Ich empfehle euch also besonders die Familie des Grafen Götzen", setzte ihre Tante schließlich ihre Belehrungen fort. „Sie stammen aus der Grafschaft Glatz und sollen ungeheuer reich sein. Dann gibt es Herrn von Bassewitz, dessen Vater ausgedehnte Wälder in Schlesien besitzt. Auch die Familie von Gedigk ..."

Lena strich ihr offenes Haar zurück und ließ die Worte ihrer Tante an sich vorbeirauschen. Sie würde sich garantiert keinem Mann an den Hals werfen, wie ihre Tante es offenbar erwartete.

Erst der Name von Güssow ließ sie wieder aufhorchen. „Meinst du unseren Vetter? Er ist ebenfalls geladen?"

„Ja, leider", seufzte Tante Valeria. „Ich möchte euch bitten, Abstand von ihm zu halten, denn Christian von Güssow ist bei der Maschinenbauanstalt Ruffer beschäftigt. Zwar heißt es, Ruffer habe es ihm zu verdanken, dass die Fabrik der Krise trotzt, aber da er in abhängiger Stellung tätig ist, ist er für die Gesellschaft selbstverständlich nicht akzeptabel."

„Aber ich kann daran nichts Ehrenrühriges erkennen", warf Lena ein.

„Das kann sogar ich dir erklären." Stefanie wickelte ihre Kette um den Zeigefinger. „Ein Mann von Adel, der etwas auf seinen Namen hält, begibt sich nicht in abhängige Stellung. Entweder lebt er von den Einkünften seines Grundbesitzes oder er tritt in den Staatsdienst ein. Aber unser Vetter hat es ja nicht einmal zum Offizier gebracht."

Lena schüttelte den Kopf. Eben hatte Tante Valeria sich noch über die Rückständigkeit der Gesellschaft echauffiert. „Ich dachte, wir müssten mit der Zeit gehen? Außerdem halte ich es für bedauerlich, dass du dir diese unguten Ansichten zu eigen gemacht hast, Stefanie. Wir sollten doch einen Menschen nicht nach seiner Stellung ..."

„Lena, bitte! Ich finde es reichlich unverschämt von dir, den Hinweisen unserer Tante ständig zu widersprechen. Von ihrer Erfahrung können wir nur lernen, und wir sollten dankbar sein, dass sie sich so viel Mühe mit uns Landeiern gibt."

„Auf diese Mühe könnte ich verzichten", zischte Lena zwischen den Zähnen hindurch.

„Du undankbares Geschöpf!" Stefanie ballte die Faust. „Du musst doch einsehen, dass du es nicht besser wissen kannst als unsere Tante!"

„Lass sie." Tante Valeria winkte ab. „Diese überzeugten Christen meinen doch immer, alles besser zu wissen."

Lena legte die Hand auf den Mund. Das hatte getroffen. War es wirklich so, dass sie besserwisserisch und hochmütig war? Aber konnte sie, durfte sie den Ausführungen ihrer Tante, die so im Gegensatz zu dem standen, was sie aus Gottes Wort gelernt hatte, widerspruchslos zuhören? Andererseits durfte sie sich auch nicht erlauben, die Tante, bei der sie zu Gast war, zu verärgern.

Sie schlüpfte in ihren Schuh und stand auf. „Bitte verzeih mir, Tante Valeria, ich wollte dich nicht kränken. Es ist wohl besser, ich ziehe mich zurück."

Lena nahm ihren Spitta und verließ langsam den Pavillon. Was hatte sie gerade noch gelesen?

> *Ich will nicht, was mein Wille will,*
> *nur Deinen Willen fromm und still*
> *mir stets zur Richtschnur ausersehen,*
> *niemals auf eignen Wegen gehen;*
> *ich will, geführt von Deinen Händen,*
> *beginnen, fortgehn und vollenden.*

Ihr Herr Jesus würde sie ganz sicher den richtigen Weg führen. Zwar gefiel es ihr gar nicht, ihre Schwester nun allein dem Einfluss ihrer Tante ausgesetzt zu wissen, aber wenn sie blieb, würde es doch nur nutzlose Diskussionen geben. Sie war eben nicht für die bessere Gesellschaft geschaffen. Wenn der Ball vorbei war, würde sie nach Schönwalde zurückkehren.

Kapitel 11

9. Juni 1877. – Endlich war der ersehnte Tag gekommen.

Ferdi legte den „geborgten" Abendanzug und Zylinder in die Schachtel. Jetzt musste er nur noch Regina überzeugend erklären, dass er aus Gründen des gemeinsamen Lernens über Nacht bei Bassewitz blieb. Dass es nicht um das Lernen forstwissenschaftlicher Dinge, sondern um das Kennenlernen eines Balles ging, musste sie ja nicht erfahren.

Er schob seine Hände in die Taschen und begab sich hinunter zum Salon seiner Gastmutter. Als er eintrat, legte sie ihr Buch beiseite und lächelte ihn an.

„Du siehst angespannt aus, Ferdi. Hast du so viel zu lernen?"

Aufatmend ließ er sich in einen Sessel plumpsen. „Es wird immer mehr."

„Gut, dass dir das Lernen leichtfällt."

„Das kann auch ein Nachteil sein." Regina lieferte ihm gerade die beste Möglichkeit, seine Abwesenheit zu erklären. „Viele, denen es nicht so leichtfällt, erbitten meine Hilfe. Darüber wollte ich gerade mit dir sprechen."

„Mit mir? Willst du etwa auch mir Nachhilfe erteilen?", lachte sie.

„Ich wüsste nicht, was du noch zu lernen hättest." Er grinste. Regina liebte nichts so sehr wie pfiffige Komplimente.

„Danke. Was willst du dann von mir?"

„Bassewitz braucht meine Hilfe. Du weißt, dass er arge Schwierigkeiten hat, den Stoff zu lernen. Deshalb gehe ich heute Abend zu ihm und werde wohl auch über Nacht bei ihm bleiben."

„Über Nacht? Wollt ihr etwa bis morgen früh lernen?"

„Ich hoffe nicht. Aber dann können wir in Ruhe arbeiten, ohne dass ich bei meiner Rückkehr hier jemanden aufwecke." Ihr prüfender Blick ließ ihn zu Boden schauen.

„Bis zu Bassewitz gehst du knapp eine Viertelstunde zu Fuß. Das sollte kaum ein Hinderungsgrund sein, nach Hause zu kommen. Und selbst wenn wir wirklich einmal kurz aufwachen, wird uns das nicht gleich den Rest der Nachtruhe rauben."

Er starrte das Fischgrätenmuster des Teppichs an. Einerseits mochte er zwar den Nervenkitzel des heimlichen Unternehmens, aber dass er Regina belügen musste, gefiel ihm gar nicht. Sie hatten immer ein so gutes Verhältnis gehabt. Aber der Ball war ihm zu wichtig. „Da Bassewitz mich einmal eingeladen hat, ist es bequemer, zumal ich dann nicht mitten in der Nacht durch die dunklen Gassen gehen muss."

„Mitten in der Nacht? Du willst mir doch nicht erzählen, dass ihr so lange lernen wollt? Denke daran, dass morgen Sonntag ist, wir wollen doch zum Gottesdienst ..."

Er hatte es doch gewusst, dass genau dieser Punkt Reginas Misstrauen wecken würde. „Der Stoff ist so umfangreich, dass wir morgen weiterlernen müssen. Leider muss ich ausnahmsweise einmal auf den Gottesdienst verzichten – das verstehst du doch, nicht wahr?"

„Ferdi?" Regina beugte sich vor. „Was hast du wirklich vor? Ich kenne Maximilian von Bassewitz ein wenig. Er ist bekannt dafür, hin und wieder über die Stränge zu schlagen. Ich glaube eher, du bist nicht sicher, ob du nach eurem *Lernen*" – sie betonte das Wort auf sonderbare Weise – „den Weg nach Hause noch findest."

„Was willst du damit sagen?" Er versuchte, seiner Stimme einen ruhigen Klang zu geben.

„Das weißt du gut genug. Wir sehen diese enge Freundschaft mit Bassewitz mit gemischten Gefühlen. Ich glaube, er ist kein guter Umgang für dich."

Ferdi starrte wieder auf das Fischgrätenmuster des Teppichs. Dass Regina aber auch so schnell misstrauisch werden musste! Hoffentlich kam sie ihm nicht noch wegen des Balles auf die Schliche. „Du kannst unbesorgt sein, Regina. Bassewitz ist kein Trunkenbold, wie du zu glauben scheinst. Und ich noch viel weniger."

„Bis jetzt glaube ich das von dir. Aber du musst verstehen, dass es mich stutzig macht, dass du bei ihm nächtigen und dafür sogar deinen Gott hintanstellen willst."

Das war ja genau seine Schwierigkeit. Aber er konnte unmöglich nach dem Ball noch nach Hause zurückkehren – denn das würde wohl erst in den frühen Morgenstunden sein. Und dann würde er im Gottesdienst zweifellos einschlafen. „Wir haben uns vorgenommen, gleich morgen früh mit dem Lernen fortzufahren. Warum soll ich dann zum Schlafen hierher kommen, um morgen zum Frühstück wieder zurückzulaufen?"

„Ferdi, die Bibel lehrt uns, dass die Freundschaft der Welt Feindschaft gegen Gott ist. Bassewitz stammt zwar aus gutem Hause, aber auch über seinen Vater erzählte man sich schon zweifelhafte Dinge, als er noch in Breslau lebte. Ich möchte nicht, dass du auf ein falsches Gleis gerätst."

Ferdi stand auf und sah Regina so treuherzig wie möglich an, obwohl er sich gleichzeitig schlecht vorkam. „Bassewitz ist ein Studienkamerad, mehr nicht. Du machst dir ganz unnötig Sorgen."

„Du musst bedenken, dass du mir von deinen Eltern anvertraut bist. Für alles, was du tust, werde ich ihnen Rechenschaft ablegen müssen."

„Das kannst du unbesorgt tun." Er küsste ihr die Hand. „Du bist die beste Gastmutter, die meine Eltern für mich aussuchen konnten. Wahrscheinlich werden sie erstaunt sein, wie wohlerzogen ich ins Forsthaus zurückkehre."

Regina lächelte schwach. „Du unverbesserlicher Schmeichler." Doch sie wurde unmittelbar wieder ernst. „Ich bitte dich, Ferdi, keinen Unsinn zu machen. Wenn ihr miteinander lernt – gut. Aber bitte sucht keine Orte auf, die du als Christ – ich denke, ich muss nicht deutlicher werden."

„Wir werden weder den *Wilden Mann* noch den *Schweidnitzer Keller* aufsuchen." Das stimmte sogar. Er sah zur Standuhr hinüber. Er musste sich beeilen, sonst kam er zu spät zu Bassewitz. Und es sah seinem Freund ähnlich, dann ohne ihn aufzubrechen. „Lebe wohl, Regina, und grüße deinen Mann von mir."

Er war schon an der Tür, als sie ihm nachrief: „Ferdi, bist du dir wirklich sicher, dass ich mir keine Sorgen machen muss? Wirst du mir morgen noch gerade in die Augen schauen können?"

Ferdi war versucht, sie nicht anzusehen, doch er zwang sich dazu. „Ja, natürlich." Er warf ihr lachend eine Kusshand zu und eilte aus dem Salon.

Draußen blieb er tief aufatmend stehen. Regina schien einen sechsten Sinn zu haben, wenn es darum ging, Geheimnisse zu erahnen. Es wäre nicht verwunderlich, wenn sie heute Abend einen Boten zu Bassewitz schickte, um nach ihm zu sehen – wenn sie nicht sogar höchstselbst erschien. Am besten kam er dem zuvor, indem er Bassewitz' Diener beauftragte, zu Pritzens zu gehen und noch einige Bücher zu holen. Das sollte Regina eigentlich davon überzeugen, dass sie wirklich fleißig lernten.

Nun aber vorwärts. Er eilte die Treppe hinauf, schnappte sich die Schachtel und verließ das Haus.

* * *

Ferdi verbeugte sich vor seinem eigenen Spiegelbild. „In diesem Anzug bekomme ich direkt Respekt vor mir selbst."

Bassewitz, ebenfalls bereits im Frack und den Zylinder in der Hand, trat neben ihn. „Ich gestehe, dass mein Respekt in dem Maße schwindet, wie dir dein klarer Verstand gleichsam entschwunden zu sein scheint. Deine Verbeugung war alles andere als salonfähig – hast du vergessen, was ich dir beigebracht habe?"

Er musste sich wirklich konzentrieren, damit er heute Abend nicht auffiel. Schließlich konnte er sich nicht immer mit anderen Manieren in Bayern herausreden. Er verbeugte sich erneut. „So besser?"

„Besser, ja." Bassewitz seufzte. „Aber sieh dich nur an! Die Ärmel sind zu lang, die Hosen ebenfalls – der Herr Graf von Schleinitz ist eben doch noch einige Zentimeter größer als du."

„Dem ist leicht Abhilfe zu schaffen." Ferdi zog sich die Hose beinahe bis zu den Achseln. „Schon stimmt die Länge. Unter der Weste wird es kaum auffallen."

„Wenn du die Hosenträger entsprechend einstellst, könnte es gehen. Aber die Ärmel!" Bassewitz schüttelte den Kopf. „Grüning, das ganze Unternehmen ist ein einziger Unsinn!"

„Ruhig, mein Freund. Es gibt doch eine einfache Ausrede. Wer konnte denn ahnen, dass der Vetter aus München zu einem Ball eingeladen wird? Ich musste mir eben auf die Schnelle einen Frack ausleihen – da ist es doch nur natürlich, dass er nicht perfekt sitzt."

Bassewitz seufzte. „Das stimmt zwar, aber ..."

„Was *aber*?"

„Wenn das herauskommt! Ferdi, das ist Hochstapelei! Du, der Sohn eines Oberförsters, als Graf! Und das auch noch im Hause des Oberstaatsanwalts von Schwentin!"

„Nicht unken, Bassewitz. Niemand wird etwas bemerken, am wenigsten dieser scharfe Oberstaatsanwalt oder der ehrpusselige Mutius." Er schlug Frack und Weste zurück, um die Hosenträger auf die richtige Länge zu bringen.

„Was ist das?" Bassewitz fasste ihn am Revers. „Nein, Grüning, das ist gleichsam unmöglich!"

Ferdi folgte dem Blick seines Freundes. Das Monogramm des Grafen von Schleinitz. An der Innentasche. Das war allerdings höchst unangenehm. Doch das durfte er Bassewitz nicht merken lassen. „Was soll das schon. Ich werde den Frack ja nicht ablegen, da fällt niemandes Blick auf das Monogramm."

„Und dann kommt ein dummer Zufall, und schon bist du entlarvt." Bassewitz stand die Angst ins Gesicht geschrieben.

„Dann bin ich immer noch nicht entlarvt. Du vergisst, dass der Frack geliehen ist."

„Und was ist, wenn jemand dieses Monogramm erkennt? Wie bitte willst du begründen, dass du gleichsam Schleinitz' Frack geliehen hast?"

Ferdi presste die Lippen aufeinander. Wenn ihm jetzt keine gute Antwort einfiel, dann war das Abenteuer vorbei, ehe es begonnen hatte. „Wer sollte Schleinitz' Namenszeichen erkennen? Er pflegt kaum noch Kontakte zur Gesellschaft, und sieh nur, wie verschlungen die Buchstaben sind. Bei einem kurzen Blick wird niemand das Monogramm erkennen."

Bassewitz ging wie ein Tiger auf und ab. „Du bringst mich um Kopf und Kragen, Grüning."

„Das wohl kaum. An den Kragen wird es keinem von uns gehen."

„Aber die Ehre meiner Familie! Mein alter Herr wird mich zerreißen, wenn er etwas erfährt!"

Ferdi richtete den Frack. „Er wird nichts erfahren. Ich verspreche es dir. Und nun komm, ich möchte nicht zu spät bei dem einzigen Ball meines Lebens erscheinen."

Kopfschüttelnd klappte Bassewitz seinen Zylinder aus. „Ich hätte niemals einwilligen dürfen. Was für ein Wahnsinn! Versprich mir, dass wir den Ball sofort verlassen, wenn es gleichsam Schwierigkeiten gibt!"

„Ehrenwort! Das Ehrenwort des Grafen von Wedell." Ferdi lachte. Obwohl ihm nicht nach Lachen zumute war. Es gab viel zu viele Unwägbarkeiten, mehr, als Bassewitz überhaupt ahnte.

Bis zuletzt hatte er nicht sicher in Erfahrung bringen können, ob seine Schwester und ihr Mann sowie Pritzens tatsächlich nicht zu dem Ball gehen würden – und dann war da natürlich auch noch Reginas Misstrauen. Er würde zwar gleich noch Bassewitz' Diener beauftragen, zu Pritzens zu gehen, um Bücher zu holen und bei Nachfragen zu berichten, er und Bassewitz seien fleißig mit Lernen beschäftigt. Aber ob das alle Zweifel bei Regina beseitigen würde? Es würde hoffentlich so weit wirken, dass Pritzens nicht unvermittelt bei Bassewitz erschienen, um sie zu kontrollieren – und sie dann nicht anzutreffen.

Kapitel 12

Was hat die Welt für wahre Freude?
Ist alles, was sie gibt, nicht Schein?
Ist nicht ihr Glück ein schwach Gebäude,
das über Nacht vielleicht stürzt ein?
Wie lastet ihre Not so schwer,
wie lässt doch ihre Lust so leer.

Lena schloss ihren Spitta. Das waren genau die Worte, die sie für heute Abend brauchte. Wie oft schon hatte Gott durch Spitta zu ihr geredet. *Herr Jesus, bitte sei bei mir auf dem Ball und hilf mir, mich so zu verhalten, dass es Dir gefällt.*

„Wenn ich mir vorstelle, dass all diese Menschen nur unseretwegen kommen ...", erklang Stefanies Stimme vom Fenster her.

Lena sah zu ihrer Schwester hinüber. Sie hatte den Vorhang ein wenig beiseitegeschoben, um freien Blick auf die Zufahrt zum Haus zu haben.

„Komm fort vom Fenster, Stefanie. Der Anblick macht dich doch noch nervöser als du ohnehin schon bist."

Stefanie schüttelte die blonden Locken, die die Zofe ihrer Tante zu einer kunstvollen Frisur aufgesteckt hatte. „Ich muss jede Sekunde dieses Tages genießen. Wie kannst du bloß so ruhig dasitzen und deinen trübseligen Dichter lesen! Und wie siehst du überhaupt aus! Nicht einmal Locken hast du dir drehen lassen und du trägst ein Kleid, das bestenfalls für den Hausgebrauch genügt ..."

Immerhin hatte sie sich heute ihr Haar zu einem Chignon[3] aufstecken lassen und trug es nicht offen, wie sie es zu Hause gerne tat. Und das Kleid war zwar schlicht, aber immerhin nach der neusten Mode der *Kürasstaille* geschnitten, obwohl sie die enge Schnürung hasste, weil sie das Gefühl hatte, als würde ihr die Luft wegbleiben. Selbst Tante Valeria hatte gemeint, dass die weiße Seide mit der rosa Schärpe perfekt zu ihrem dunklen Teint passe. „Du weißt doch, dass der äußerliche Schmuck Gott nicht gefällt. Und selbst wenn ich mich

3 Haarknoten

herausputze – neben deiner eleganten Erscheinung werde ich immer wie ein verkleidetes Findelkind aussehen." Sie legte den Spitta auf ihre Bibel, stand auf und strich ihr Kleid glatt.

„Das ist doch Unsinn! Außerdem ist es unser Debüt! Ich verstehe nicht, warum du dich nicht wenigstens mir zuliebe etwas hübscher gemacht hast, denn es fällt doch auch auf mich zurück. Schau dir nur mein fantastisches Ballkleid an!" Sie raffte es mit den Fingerspitzen und drehte sich lachend im Kreis, dass sich der Rock um ihre Waden zu einer blassblauen Wolke aufblähte.

„Stefanie, es ist nur ein Ball. Danach werden wir hoffentlich bald nach Schönwalde zurückkehren."

„*Nur ein Ball!* Wo denkst du hin! Willst du mir die Freude verderben?"

Lena trat zu ihrer Schwester und legte den Arm um sie. „Du weißt, dass es nicht so ist. Ich fürchte nur, dass du dieses Ereignis viel zu wichtig nimmst."

„Es ist das wichtigste Ereignis in meinem Leben!", fuhr Stefanie auf und entzog sich ihrer Umarmung.

„Du wirst zugeben, dass es durchaus Wichtigeres gibt. Bitte nimm doch Vernunft an, Stefanie."

„Was soll das heißen? Du möchtest wohl am liebsten, dass ich meinem eigenen Debüt fernbleibe?"

Das wäre wahrscheinlich das Beste. Stefanies Einstellung bereitete ihr immer mehr Sorge. „Stefanie ..."

Ihre Schwester stemmte die Hände in die Hüften und blitzte sie mit ihren blauen Augen an. „Was willst du eigentlich erreichen? Dass du allein auf den Ball gehst, um alle Verehrer für dich allein zu haben?"

Lena wandte sich ab. Glaubte Stefanie das wirklich von ihr? Eigentlich sollte sie wissen, dass genau das nicht ihre Absicht war.

„Du mit deinen ewigen Nörgeleien!", schimpfte Stefanie weiter und sah in den Spiegel. „Der Ärger treibt mir das Blut zu Kopf, sodass ich ganz derangiert aussehe!"

„Es tut mir leid, Stefanie. Aber du musst doch einsehen, dass dieser Tand ..."

„Tand! Das sehe ich überhaupt nicht ein!" Stefanie stampfte zum Fenster. „Ich war so froh darüber, dass ich mit dir gemeinsam auf den Ball gehen kann. Ich dachte, wir könnten uns gegenseitig zur Seite stehen, aber wenn du nur darauf aus bist, mir die Freude zu verderben ..."

Lena seufzte. Sie war auch froh gewesen, ihre Schwester an ihrer Seite zu wissen. Doch nach diesem Streit musste sie den Ball wohl allein durchstehen.

Sie trat neben Stefanie ans Fenster, aber ihre Schwester wandte sich von ihr ab und ging weg. Lena öffnete schon den Mund, um etwas Begütigendes zu sagen, doch dann stockte sie. An der Rampe hielt ein leichter Wagen, dem zwei junge Herren entstiegen. Sie griff mit der Hand zum Herzen. War das nicht ...?

Das Klackern von Stefanies Absätzen klang bereits von der Tür herüber. „Wenn du nicht mit mir kommst, gehe ich allein hinunter. Es ist schon spät."

Lena konnte den Blick nicht von dem Mann dort unten abwenden, bis er im Eingang verschwand. Ihr Retter aus dem Hochwald, ihr Märchenprinz. Warum galoppierte ihr Herz plötzlich so wie damals das Pferd?

Ruckartig wandte sie sich ab. Stefanie war ebenfalls von ihrem *Märchenprinzen* fasziniert gewesen, und falls sich das nicht geändert hatte, würde sie zurückstehen müssen. Es durfte niemals dazu kommen, dass der Vorwurf, ihr den besten Verehrer ausspannen zu wollen, berechtigt war.

So rasch, wie das bis zu den Knien furchtbar eng geschnittene Kleid es zuließ, eilte sie ihrer Schwester nach, sodass ihr der nach hinten weit ausgestellte Rock um die Knöchel schlug.

* * *

„Lisa, ich habe ein sonderbares Gefühl wegen deines Bruders." Regina setzte sich an die Chaiselongue ihrer Schwägerin. „Eigentlich wollte ich dich deswegen nicht beunruhigen, aber ..."

„Die Sorge um Ferdi ist größer als die Sorge um mich?" Lisa strich ihr über den Arm. „Es ist mir lieber, ich weiß, was mit meinem Bruder ist, als dass ihr mir etwas verschweigt. Also bitte, was ist geschehen?"

Ja, was war eigentlich geschehen? Wenn sie ehrlich war: nichts.

Und trotzdem ... „Ferdi ist heute Abend bei Max von Bassewitz. Zum Lernen."

„Bassewitz? Zwar kenne ich die Namen nicht alle so gut, aber dieser sagt mir etwas. Er hat nicht den besten Klang."

„Der junge Bassewitz, der hier in Breslau studiert, ist – soviel ich weiß – kein Kind von Traurigkeit. Eben ein Student." Regina lächelte. „Und schon sein Vater genoss nicht den besten Ruf. Es heißt, er habe vor Jahren wegen einer Affäre die Stadt verlassen müssen."

„Also kein guter Umgang für meinen Bruder Leichtfuß."

„Ich fürchte nicht. Vor allem wundert es mich, dass er diese Nacht bei Bassewitz übernachten will, obwohl die Entfernung zu uns nur wenige Schritte beträgt."

Lisa zog die Stirn kraus. „Das ist allerdings sonderbar. Ferdi war schon immer für fast jeden Unsinn zu haben, und wenn er dann noch unter schlechten Einfluss gerät ..."

„Ich konnte es ihm unmöglich verbieten, obwohl mich seine Gründe nicht überzeugt haben." Regina seufzte. War sie zu misstrauisch? Aber genau das hoffte sie von Ferdis Schwester zu erfahren. „Wäre es möglich ... Ich vermute eine feucht-fröhliche Studentenfeier."

Lisa wiegte den Kopf. „Ob Ferdi so etwas tun würde? Ich habe noch nie erlebt, dass er angeheitert oder gar betrunken war."

„Aber was soll es dann sein? Warum sein eigentümliches Vorhaben, bei Bassewitz zu nächtigen? Er sagte, sie wollten morgen früh gleich weiterlernen, aber dass er deshalb nicht zum Gottesdienst gehen will, erscheint mir merkwürdig."

„Das ist es wirklich. Bisher hat er keine Stunde ausgelassen, obwohl er schon öfters viel zu lernen hatte."

„Ich habe einfach ein eigentümliches Gefühl – mehr eine Ahnung." Regina starrte an die Decke.

„Ferdi benahm sich bei seinen letzten Besuchen bei mir auch etwas sonderbar", erzählte Lisa. „Einmal hat er sich so angelegentlich nach unseren gesellschaftlichen Aktivitäten erkundigt, dass Ludwig schon hellhörig wurde."

„Deshalb war er bei dir?" Regina glaubte, die Sturmglocken in ihrem Kopf läuten zu hören. „Mir hat er erzählt, er habe mit dir über deinen Gesundheitszustand gesprochen – und hat sich dann ebenfalls genauestens nach *unseren* gesellschaftlichen Aktivitäten erkundigt."

„Meine Güte, Regina! Was hat das zu bedeuten?" Lisa setzte sich auf und schlang die Hände ineinander.

„Eben das hoffte ich von dir zu erfahren."

„Anfangs, als wir jung verheiratet waren, war Ferdi immer an den gesellschaftlichen Ereignissen interessiert. Er wollte genau wissen, auf welchen Bällen ich war, welches Kleid ich getragen habe, wer zugegen war, mit wem ich getanzt habe ..."

Das war nur zu verständlich. Ferdi war jung, seine Schwester, mit der er so eng verbunden war, plötzlich eine Gräfin geworden und damit in eine ganz andere Welt aufgestiegen. Und Ferdi war schon immer die Neugier in Person gewesen.

„Aber nach einiger Zeit", fuhr Lisa nachdenklich fort und drehte die Schleifen ihres Kleides um den linken Mittelfinger, „war sein Interesse daran erloschen. Sonderbar, dass es plötzlich wieder aufflammt."

„Mit mir hat er auch hin und wieder darüber gesprochen. Aber dieses Mal war es keine belanglose Frage, die er aus Höflichkeit gestellt hat – auch wenn es so wirken sollte."

„Ludwig fand es auch auffällig. Regina, ich – ich habe Angst."

Offenbar hatte Lisa den gleichen Verdacht wie sie selbst – und der war noch viel schlimmer als eine hochprozentige Studentenfeier. „Meinst du ... Könntest du dir vorstellen ... Wäre es denkbar, dass ..."

Lisa schlug die Hände vors Gesicht. „Ich mag es gar nicht zu Ende denken."

„Wenn er zu irgendeinem gesellschaftlichen Ereignis gehen würde – das wäre allerdings ein Streich, der an Tollkühnheit kaum zu überbieten wäre."

„Aber genau deshalb ist er meinem Bruder zuzutrauen", seufzte ihre Schwägerin.

„Es wäre kaum zu glauben. Jedoch ..." Regina sprang auf. „Ihr habt doch auch eine Einladung zu dem Debüt bei den Schwentins erhalten? Weißt du noch, wann der Ball stattfinden sollte?"

Lisa riss die Augen auf. „Wie kommst du ausgerechnet auf diesen Ball?"

„Weil Ferdi sich gerade dafür besonders interessierte. Auch für unser Verhältnis zur Familie Schwentin-Mutius."

„Regina, wenn das wahr sein sollte ..." Sie wies mit einer müden Handbewegung zu einem Tischchen hinüber. „Die Einladung muss dort zwischen den Papieren liegen."

Als Regina aufstand und zu dem Tischchen ging, merkte sie, wie ihre Knie zitterten. Mit bebenden Fingern blätterte sie die Briefe durch und zog dann die Einladung hervor. Noch bevor sie sie öffnete, wusste sie, was sie erwartete.

Sie sank auf ihren Stuhl. „Der Ball findet am 9. Juni statt."

„Und der ist heute."

Regina schüttelte fassungslos den Kopf. „Bassewitz ist dafür bekannt, niemals eine Festivität auszulassen. Wenn sogar ein Debüt ansteht, wird er ganz sicher nicht zu Hause sitzen und lernen. Obwohl mich, kurz bevor ich mich auf den Weg zu dir machte, noch ein Bote von Ferdi erreichte, der Bücher für ihn holen sollte."

„Das ist nur eine Finte. Dieser gerissene Bursche." Lisa sprang beinahe von der Chaiselongue. „Wenn jemand etwas bemerkt! Und das bei dem angespannten Verhältnis zwischen unseren Familien! Wir müssen sofort zu Bassewitz und ihn daran hindern!"

„Dazu ist es zu spät." Regina sah zur Uhr auf dem Vertiko hinüber. „Bis wir dort ankommen, hat der Ball längst begonnen."

„Dann müssen wir eben zu den Schwentins fahren, nachsehen, ob er wirklich dort ist, und ihn notfalls von dort wegholen! Er wird sich doch unsterblich blamieren! Er ist ein einfacher Bursche aus dem Wald, jeder wird sogleich merken, dass er nicht in diese Gesellschaft passt. Und wenn er entlarvt wird ...!"

Regina wäre auch am liebsten sofort losgestürmt. Und wenn es sich um eine Studentenfeier gehandelt hätte, hätte sie auch genau das getan. Aber wenn er wirklich auf einem Ball war, war dann damit etwas gewonnen? Noch handelte es sich nur um eine Vermutung. Selbst wenn Bassewitz auf dem Ball war, konnte Ferdi sich trotzdem anderswo herumtreiben. „Wir wollen nichts überstürzen, Lisa."

„Aber wir können doch nicht tatenlos zusehen, wie Ferdi sich ins Unglück stürzt! Er ist kein schlechter Mensch, aber er ist bodenlos leichtsinnig!" Lisa sank wieder auf die Chaiselongue und zog so heftig an den Bändern ihres Kleides, dass die Nähte krachten.

Regina atmete tief durch. Sie durften jetzt nicht unüberlegt handeln. „Wenn Ferdi tatsächlich auf dem Ball ist und wir ihn dort herausholen, wird es erst recht einen Skandal geben. Wir müssen hoffen, dass heute alles gut geht, und ihm dann ernsthaft ins Gewissen reden."

„Das kann ich nicht!" Lisas Schluchzen schnitt Regina ins Herz. „Ich kann nicht hier sitzen und abwarten. Er ist mein Bruder! Regina, du hast auch einen Bruder, der einmal kurz davor stand, im Sumpf der Sünde unterzugehen. Du hast damals alles getan, um ihn herauszuziehen, nicht wahr?"

Regina dachte an die furchtbare Zeit zurück, als ihr Bruder Ludwig durch eigene Schuld und Mutius' Intrigen beinahe versunken wäre. Ja, sie hatte alles getan, was in ihrer Macht stand. „Wenn wir Ferdi jetzt nachlaufen, retten wir ihn nicht, sondern stürzen ihn erst recht ins Unglück. Bitte, Lisa, sieh es doch ein! Es ist nicht Gleichgültigkeit, die mich so reden lässt. Wir müssen einen kühlen Kopf bewahren, damit wir nicht überstürzt etwas Falsches tun."

„Ach, Regina." Lisa legte die Hände vor die Augen.

Als Regina die Tränen sah, die zwischen Lisas Fingern hervorquollen, spürte sie einen apfelgroßen Kloß im Hals. Sie legte ihrer Schwägerin den Arm um die Schultern. „Wir haben das Beste vergessen, das wir tun können."

Lisa lächelte sie unter Tränen an. „Unseren Vater im Himmel anzuflehen."

Gemeinsam brachten sie ihre Sorge vor ihren Gott. Doch als Regina wenig später ihre Schwägerin verließ, ärgerte sie sich trotzdem darüber, dass sie nichts weiter für Ferdi tun konnte, außer zu beten. Und auch für Lisa musste sie beten. Die junge Frau schien von der Sorge stark angegriffen zu sein.

Kapitel 13

Die Knie zitterten Ferdi doch ein wenig, als er den Fuß auf das Trittbrett der Kutsche setzte. Nun war der entscheidende Augenblick gekommen. Würde alles gut gehen, oder sah man ihm auf den ersten Blick an, dass er ein falscher Graf war?

Der Lakai, der den Schlag geöffnet hatte, verbeugte sich tief und gab ihm damit eine ordentliche Portion Sicherheit. Er stülpte den Chapeau claque auf den Kopf und sah sich nach Bassewitz um, der nach ihm den Wagen verließ. Die zusammengezogenen Augenbrauen seines Freundes erinnerten Ferdi an die Gefährlichkeit des Unternehmens. Doch rasch schob er den Gedanken beiseite.

Er richtete sich auf, gab seinem Gesicht einen möglichst distinguierten Ausdruck, wie er es dutzende Male vor dem Spiegel geübt hatte, und trat zu seinem Freund. „Lächeln, Maxl, allweil schee lächeln! Mia san bei einem Ball, da schaut man net so grantig."

Bassewitz schnitt eine Grimasse. „Sorge du dafür, dass mir das Lächeln nicht vergeht."

„Psst, net so laut." Ferdi hakte sich bei seinem Freund unter und zog seine Taschenuhr hervor. „Nun komm nei, sonst fangt man ohne uns an."

„Nicht so eilig", raunte Bassewitz. „Ein wenig Verspätung gilt gleichsam als fein."

Ferdi vermochte seine Ungeduld kaum zu zügeln, als sie Stufe für Stufe zur Eingangshalle hinaufstiegen. Er richtete noch einmal seine Hose und versuchte, seine Hände soweit wie möglich aus den Ärmeln herausschauen zu lassen.

„Höre auf, ständig an deinem Frack herumzuzupfen", flüsterte Bassewitz. „Man könnte sonst meinen, du wärst nicht gewohnt, ihn zu tragen. Dabei bist du als Graf doch gleichsam damit auf die Welt gekommen."

„Und wenn du mich allweil korrigierst, werden mia grad erst recht auffallen."

Sie reichten ihre Zylinder einem Lakaien und ließen sich von ihm den Weg zum Festsaal weisen.

„Sitzt dein Binder korrekt?" Bassewitz ergriff ihn bei den Oberarmen, um ihn zu sich herumzudrehen.

„Sakra, lasst du wohl die Finger von mir!", zischte Ferdi. „Du machst mi ganz nervös mit deinen Narreteien!"

„Irgendjemand muss doch auf dich Acht geben. Wenn du dir einen einzigen Fauxpas erlaubst, ist das Theater gleichsam schlagartig vorbei."

„Na, Maxl, a Fauxpas werd i mia scho net leisten." Er versuchte ein beruhigendes Lachen. „I sag di, i freu mi riesig, all die Herrschaften kennenzulernen."

Bassewitz zog die Stirn kraus, sagte aber nichts mehr.

Aus dem Ballsaal schlug ihnen ein Stimmengewirr wie aus einem Bienenkorb entgegen. Ferdi reckte sich, um mehr erkennen zu können, doch er sah nur ein buntes Durcheinander aus prächtigen Ballkleidern und dunklen Abendanzügen. Der flimmernde Schmuck der Damen, die glänzenden Lackschuhe der Herren, der in der Luft liegende Geruch von feinsten Duftwässerchen, der vornehm gedämpfte Plauderton – er fühlte sich wie in einem Märchen aus Tausendundeiner Nacht.

Sein Freund Bassewitz trat so sicher auf, als habe er in seinem ganzen Leben nichts anderes getan, als Bälle zu besuchen, und so ungefähr war es ja auch. Ihn aber überfluteten die Reize, dass er beinahe nach Luft schnappen musste.

Bassewitz stieß ihm seinen Ellenbogen in die Seite. „Reiß dich zusammen!"

Ferdi bemerkte, dass etliche Augenpaare auf ihn gerichtet waren. Wahrscheinlich kannte sich die ganze Gesellschaft untereinander, umso mehr fiel er als einziger Fremder auf. Er verbeugte sich lächelnd zu einigen jungen Damen hin, worauf diese kichernd die Köpfe zusammensteckten.

„Vorsicht, Vetter", raunte Bassewitz. „Nicht übertreiben!"

„Nu sei endlich staad, Maxl", zischte Ferdi zurück. Die dauernden Kommentare gingen ihm auf die Nerven. Er reckte den Kopf, um zu sehen, ob er irgendwo die beiden Mädchen aus dem Schneeberger Forst entdecken konnte, aber in der großen Menge bekam er keinen rechten Überblick.

„Sieh dich nicht so auffällig um!" Wieder ein Stoß von Bassewitz.

„Du musst aussehen, als wärst du gleichsam seit deiner Geburt an solche Gesellschaften gewöhnt."

Ferdi verdrehte die Augen. „Wenn du net bald dei Goscherl hältst ...! Sag mir lieber, wer der Hausherr und wer dieser Mutius ist, den ich so arg zu fürchten hätt."

„Sie werden wahrscheinlich gemeinsam mit den Debütantinnen den Raum betreten. Dann wirst du sie bestens sehen können."

„Debütantinnen?" Ferdi hielt seinen Freund am Arm fest. „Des sind glei mehrere?"

Bassewitz starrte ihn an. „Natürlich, es ist doch das Debüt der Hohenau-Schwestern. Habe ich dir das etwa nicht gesagt?"

„Na, kei einzigs Wörtl hast drüber verlorn. Du warst wohl so damit beschäftigt, mia Maniern beizubringen, dass du ganz vergessen hast, mia des Wichtigste zu erzähln."

„Oh, das tut mir gleichsam leid." Bassewitz kratzte sich an der Nasenspitze. „Wenn sie gleich den Gästen vorgestellt werden, wirst du alles Nötige erfahren."

„Sag du mia no amal, i sollt kei Fauxpas begehn", brummte Ferdi grinsend und sah sich wieder nach den beiden Schönheiten aus dem Hochwald um. Doch vergeblich. Wahrscheinlich waren sie gar nicht hier. Oder kamen sie noch? Aber es schienen bereits alle Gäste versammelt zu sein, sie selbst waren ja schon zu spät gekommen.

Wenn die Mädchen nicht da waren, war das ganze Unternehmen im Grunde umsonst. Zwar würde er trotzdem jede Minute genießen, aber er spürte eine seltsame Leere, die sich in seinem Innern ausbreitete.

* * *

Vor der Tür zum Ballsaal blieb Mutius stehen und hielt auch Valeria und ihren Mann auf. „Es ist an der Zeit. Sind die Mädchen bereit?"

Seine Schwester zupfte ihr verführerisches Ballkleid zurecht. Ihre Zofe hatte wieder einmal ganze Arbeit geleistet, sie sah bezaubernd jung aus. „Sie werden wenige Augenblicke nach uns den Saal betreten. Und glaube mir: Sie sind wunderschön."

„Das hoffe ich." Mutius zog an seinem Ohrläppchen. „Heute

bietet sich die einmalige Gelegenheit, sie den Herren der Gesellschaft zu präsentieren."

„Hast du nichts anderes als eine gute Partie im Sinn?" Schwentin schüttelte den Kopf.

„Ich denke an das Wohl meiner Nichten. Wie sollen sie denn in Schönwalde an einen passenden Ehemann kommen?"

„Mir scheint, du hast eher das Wohl deines Geldbeutels im Blick." Schwentin nahm seinen Zwicker ab und hauchte die Gläser an. „Außerdem hat Aurelia ihre Töchter mir und Valeria anvertraut. Also überlasse diese Planungen gefälligst mir."

Mutius ballte unter seinen Rockschößen die Faust. „Du musst doch einsehen, lieber Schwager, dass wir an diesem Ziel gemeinsam arbeiten müssen. Schließlich ist die Gelegenheit günstig."

„Ich stimme dir zu. Aber du wirst mir erlauben, wegen der Vehemenz, mit der du dieses Ziel zu verfolgen scheinst, konsterniert zu sein."

„Müsst ihr denn schon wieder streiten?" Valeria legte jedem von ihnen eine Hand auf den Arm. „Lena und Stefanie sind gerade auch noch in einen Streit geraten, und ich musste mir alle Mühe geben, sie so weit zu versöhnen, dass sie gemeinsam den Saal betreten. Also haltet wenigstens ihr Frieden."

Mutius schüttelte ihren Arm ab. „Was sollen diese Kindereien! Hier geht es um die Zukunft der Mädchen!"

„Wohl noch mehr um deine eigene Zukunft." Schwentin konnte das Sticheln nicht lassen. „Wir werden nichts überstürzen. Besonders Helena benötigt Zeit."

„Unsinn." Mutius winkte ab. „Warum sollten wir uns Zeit lassen? Wenn sich ein geeigneter Kandidat findet ..."

„Wie du weißt, habe ich bereits jemanden im Auge." Schwentin putzte immer noch hingebungsvoll seine Gläser.

„Bleibe mir mit diesem Frömmling Güssow vom Hals. Schlimm genug, dass du ihn eingeladen hast."

„Immerhin ist er der Vetter der Mädchen. Mir scheint, dass er ernsthaftes Interesse an Helena hat, und da er ihren Glauben teilt ... Aber auch das werden wir abwarten."

„Abwarten!" Mutius spie das Wort beinahe aus. „Du willst wohl so lange warten, bis alle gut situierten Herren anderweitig vergeben sind."

„Du fürchtest doch nur, dass dein heruntergewirtschaftetes Gut unter den Hammer kommt!"

„Bitte echauffiert euch nicht", fuhr Valeria mit erhobener Stimme dazwischen. „Julian, Otto hat recht."

„Was? Das sagst du? Die du genau weißt ..."

„... wie es um Juliendorf steht?", ergänzte Schwentin.

Das hatte er allerdings sagen wollen, aber rechtzeitig abgebrochen.

„Das sage ich." Valeria nickte. „Deine Eile macht auch mir Angst. Ein Schnellschuss birgt immer ein hohes Risiko."

Mutius zog so heftig an seinem Ohrläppchen, dass er vor Schmerz das Gesicht verzog. „Auf meine Menschenkenntnis kannst du dich schon verlassen."

„Das habe ich damals bei Schleinitz gemerkt", giftete seine Schwester. „Nein, es gilt wohlüberlegt zu handeln."

„Und deshalb", schloss Schwentin, „werden wir keine überstürzten Unternehmungen beginnen, schon gar nicht in Bezug auf Helena."

„Und jetzt schnellstens hinein in den Saal, sonst wundert man sich noch, warum wir so lange verziehen." Valeria ergriff den Arm ihres Mannes und ging mit ihm voran.

Mutius folgte ihnen zähneknirschend.

* * *

„Danke, Anna." Lisa blies vorsichtig in den Tee und sah dem Mädchen nach, als es den Salon verließ.

Seit Regina gegangen war, grübelte Lisa nur noch über ihren Bruder nach. Und je länger sie grübelte, umso sicherer wurde sie, dass er wirklich auf dem Ball war. Sie kannte die Flausen in Ferdis Kopf und seine Abenteuerlust. Es konnte gar nicht anders sein.

Wenn doch Ludwig bald käme! Es gefiel ihr gar nicht, dass er so lange im Büro bleiben musste, da seine Gesundheit immer noch nicht stabil war, und gerade heute wäre sie am liebsten zu ihm ins Ministerium geeilt, um ihm ihr Herz auszuschütten.

Endlich hörte sie seine Schritte im Vorsaal und kurz darauf ging die Salontür auf.

Ludwig setzte sich auf den Rand ihrer Chaiselongue und nahm ihre Hände. „Wo ist das warme Leuchten in deinen Augen geblieben, das mich sonst immer begrüßt?“

Sie genoss seinen Kuss und war versucht, wenigstens für einen Augenblick alle Sorgen zu vergessen. Doch sie hingen wie eine gewitterschwangere Wolke im Raum.

Er legte seine Nasenspitze an die ihre. „Meine Prinzessin wird doch kein Heimweh nach ihrem Hochwald haben? Befehlen Sie, und ich werde Sie noch heute Abend ins Forsthaus fahren.“

„Ich fürchte, dass wir heute nicht mehr dort ankommen würden.“ Lisa versuchte ein Lächeln. „Außerdem habe ich kein Heimweh. Mein Heim ist dort, wo du bist.“

„Und doch sehe ich deutlich, dass du geweint hast. Was bekümmert dich?“

Sie seufzte tief und ein quälender Husten erschütterte sie. „Ach Ludwig. Ferdi ... Deine Schwester ...“

Er fuhr ihr mit dem Finger über die Augenbrauen. „Dein Bruder? Meine Schwester? Was ist mit ihnen?“

„Die Einladung von Otto von Schwentin – du erinnerst dich?“

„Lisa, soll ich dir ein Geheimnis verraten? Ich verstehe kein Wort!“

Sie liebte es, wenn seine Schnurrbartenden schalkhaft zuckten. Doch sie musste ihm von Ferdi erzählen. „Er ist dort.“

„Ferdi ist bei Regina? Nun, das ist doch völlig normal.“

„Er ist bei Schwentin. Auf dem Ball. Bei dem Debüt der Baronessen von Hohenau.“

Er legte ihr die Hand auf die Stirn. „Hast du Fieber? Wie sollte Ferdi zu dem Ball kommen? Und dann auch noch gerade bei Schwentin?“

„Du musst ihn von dort wegholen, Ludwig.“

„Ihn von dort wegholen, wo er gar nicht sein kann?“ Er nahm wieder ihre Hände und sah ihr fest in die Augen. „Jetzt erzähle mir bitte der Reihe nach. Hast du geträumt?“

„Leider nicht. Deine Schwester war hier und hat es mir erzählt.“

„Aber das ist doch völlig unmöglich!“ Er fuhr mit der Hand durch die Luft. „Ferdi bei einem Ball!“

„Ich glaube, dass es stimmt. Er hat Regina gesagt, dass er zu

Bassewitz gehe, um zu lernen, und dass er über Nacht dort bleiben werde. Glaubst du nicht, dass Bassewitz auf dem Ball ist?"

„Wenn eine wichtige Klausur ansteht, wird er vielleicht darauf verzichten."

„Und der Gottesdienst? Ferdi will angeblich morgen weiter mit Bassewitz lernen. Glaubst du, dass gleich zwei Leute auf Dinge verzichten, die ihnen wichtig sind? Bassewitz auf den Ball und Ferdi auf den Gottesdienst?"

Ludwig schien wankend zu werden. „Das ist allerdings eigentümlich. Aber es bedeutet trotzdem nicht, dass Ferdi gleich zu einem Ball geht."

„Aber erinnere dich doch, Ludwig, wie auffällig Ferdi sich nach unseren gesellschaftlichen Aktivitäten erkundigt hat. Du hast dich doch selbst gewundert."

Ihr Mann zupfte an seinem Schnurrbart. „Trotzdem, Lisa. Ist es nicht reichlich weit hergeholt, dass er deswegen gleich auf dem Ball sein muss? Wie soll er sich denn dort einschleichen? Er hat weder den Namen noch die Kleidung oder die Kenntnisse dazu."

„Du kennst doch meinen Bruder. Wenn es ein Abenteuer zu erleben gilt, findet Ferdi unter Garantie einen Weg. Außerdem hat er sich auch bei Regina nach ihren gesellschaftlichen Aktivitäten erkundigt – sogar ganz gezielt nach dem Ball bei Schwentin."

„Und wie bitte will er dort eingelassen werden? Er hat doch gar keine Einladung!"

„Als ob ihn das hindern würde. Ferdi ist ein findiger Bursche, und er hat mit Bassewitz einen Freund in höheren Kreisen – das ist für die beiden leicht zu arrangieren."

Ludwig schüttelte den Kopf. „Das ist völlig unglaublich! Ferdi mag ein Abenteurer sein, aber er ist doch kein Schwindler!"

„Er ist leichtsinnig und denkt über die Folgen gar nicht nach."

„Aber ausgerechnet bei Schwentin! Bei Valeria von Mutius! Und ihrem Bruder!" Er sprang auf und lief im Zimmer auf und ab. „Wenn das wahr wäre! Bei der Vorgeschichte! Nach dem, was zwischen Mutius und mir vorgefallen ist!"

„Bitte, Ludwig, lass uns hinfahren und nachsehen, ob er dort ist."

Abrupt blieb er stehen. „Nein, Lisa, das ist unmöglich. Wie sollte ich unser plötzliches Erscheinen rechtfertigen?"

„Aber wenn mein Bruder dort ist?“ Lisa schossen Tränen in die Augen. „Ferdi ist in großer Gefahr! Denke nur, im Haus des Staatsanwalts! Womöglich unter falschem Namen!“

„Ich kann immer noch nicht daran glauben. Nur weil Ferdi sich bei uns und Regina nach den Bällen erkundigt hat und er zufällig heute, am Tag des Balles, bei Bassewitz übernachten will, muss er nicht gleich dort sein!“

„Ludwig, lass uns bitte nachsehen.“

Er kam wieder an ihre Chaiselongue. „Nimm doch Vernunft an, Lisa. Die Angst um deinen Bruder raubt dir den klaren Blick.“

Gab es denn niemanden, der sie unterstützte? „Ludwig, wenn du nicht mitkommst, dann gehe ich allein.“

„Du? Lisa, du wirst doch deinem Bruder nicht ernsthaft solch einen Unsinn zutrauen.“

„Ferdi ist zu vielem fähig. Er ist bodenlos leichtsinnig.“

Ludwig atmete tief durch. „Was sagt denn Regina? Ist auch sie überzeugt, Ferdi sei auf dem Ball?“

„Ja. Sie will ihn aber erst zur Rede stellen, wenn er zurückkehrt, um einen Skandal zu vermeiden.“

„Dann könnte es längst zu spät sein. Wenn Ferdi wirklich dort ist ... Mutius ist kein Mann, der sich so leicht täuschen lässt. Und der Staatsanwalt schon gar nicht. Aber ich kann es einfach nicht glauben!“

„Dann lass uns bitte hinfahren. Ich muss Gewissheit haben, Ludwig.“

„Ich werde zu Regina fahren. Ich will aus ihrem eigenen Mund hören, was sie weiß und glaubt.“

Lisa richtete sich auf. „Gut, lass uns zu Regina fahren. Aber wir wollen uns beeilen, bevor es zu spät ist.“

„Lisa, nicht *wir*.“ Seine Stimme war leise, fast zärtlich. Er nahm ihre Hand und fuhr mit dem Daumen sanft über ihren Handrücken. „Ich fahre allein. Gehe du nur schon zu Bett und schone dich, damit deine Augen morgen wieder strahlen, meine Prinzessin.“

Sie starrte ihn an. „Du willst mich allein lassen, Ludwig? In dieser Situation? Bitte nicht!“

„Du weißt, wie gerne ich dich mitnehmen würde. Aber es ist besser bei deinem angegriffenen Zustand.“

„Bitte nimm mich mit!" Eine Träne kitzelte ihre Wange.

Ludwig wischte sie mit dem Daumen weg. „Sei vernünftig, Lisa. Es würde deine Kräfte übersteigen. Ich fahre schnell zu Regina hinüber, dann komme ich sofort zurück und kann dich bestimmt beruhigen. Wahrscheinlich sitzt Ferdi wirklich bei Bassewitz und brütet überm Reichsforstgesetz."

Erneut schüttelte sie ein Hustenanfall. Sie war sich sicher, dass ihr Mann unrecht hatte. Sie fühlte, dass Ferdi auf gefährlichen Wegen unterwegs war.

Ludwig gab ihr noch einen Kuss, dann war er schon zur Tür hinaus.

Kapitel 14

Als das Orchester einen Tusch spielte, wandte Ferdi sich um und sah zwei Herren und eine Dame eintreten.

Bassewitz stieß ihn an. „Dort kommt der Herr Oberstaatsanwalt mit seiner Gemahlin, Herr und Frau von Schwentin. Hinter ihnen der Bruder der Dame, Herr von Mutius."

So gefährlich sah dieser Mutius gar nicht aus. Er lächelte die Gäste gewinnend an. Für einen Moment ruhte sein Blick auch auf ihm, und Ferdi verbeugte sich unwillkürlich.

Erneut spielte das Orchester einen Tusch, dann schob Schwentin seinen Schwager zur Seite und trat rasch einen Schritt vor. „Werte Gäste, ich gebe mir die Ehre, Ihnen vorstellen zu dürfen" – er wies zur Eingangstür – „Baronesse Helena von Hohenau, Baronesse Stefanie von Hohenau."

Diese Namen ... Konnte es möglich sein? Ferdi richtete sich auf, um über die anderen Gäste hinweg freien Blick zur Eingangstür zu haben.

Dort erschienen zwei junge Damen, wie sie gegensätzlicher kaum sein konnten: Die eine in einem raffinierten, blassblauen Kleid, das über und über mit dunkelblauen Rüschen und Posamenten verziert war, die andere in einem weißen Kleid, das sich durch seine Schlichtheit erstaunlich von den anderen abhob. Die Herausgeputzte war blond und hatte ihre Locken zu einer modischen Frisur aufgetürmt, die Schlichte war dunkelhaarig, trug das Haar in der Mitte gescheitelt und am Hinterkopf zu einem einfachen Knoten zusammengebunden.

Ferdi spürte, wie ihm alles Blut zum Herzen schoss. Die Blonde und die Brünette, die Modische und die Schlichte, Stefanie und Helena – seine Sommerfrischlerinnen aus dem Hochwald! Wer hatte schon ahnen können, dass gerade diese beiden heute ihr Debüt feierten!

Ein breitschultriger Offizier, der es offenbar eilig hatte, in die Nähe der Mädchen zu kommen, nahm ihm die Sicht. Ferdi schob Bassewitz ein wenig zur Seite, worauf dieser ihm ob der rüden Behandlung irgendetwas von Anrempeln zuraunte, aber er hörte gar nicht hin.

Die Blonde in ihrem Traum aus hellblauer Seide sah wirklich hinreißend aus. Dann wanderte sein Blick zu der Brünetten – neben diesem Mädchen mussten alle anderen, sogar die Blonde, verblassen. Das weiße Kleid mit dem hochgeschnürten rosa Gürtel schmiegte sich um ihre schlanke Gestalt und unterstrich auf malerische Weise das dunkle Haar und den brünetten Teint. Wahrscheinlich ahnte sie gar nicht, wie sie gerade durch ihre Schlichtheit beeindruckte.

Ein Hut so groß wie ein Wagenrad schob sich zwischen ihn und die Mädchen. Er reckte sich erneut, um darüber hinwegzusehen, während die Menschen um ihn herum sich in die Richtung vorkämpften, wo die beiden Debütantinnen standen.

Soeben begrüßten ein grauhaariger General und eine ältere Dame, offenbar die Frau Generalin, die beiden Mädchen. Die Dunkelhaarige antwortete dem General mit höflichem Lächeln, doch die Blonde schien gar nicht auf das Gespräch zu achten, sondern ließ ihren Blick über die Menge schweifen. Plötzlich hielt sie inne und sah Ferdi direkt an. Ihre Augen wurden kugelrund, sie stieß ihre Schwester an und flüsterte ihr etwas zu, dann sahen beide zu ihm herüber.

Ferdi brachte seine beste Verbeugung, die er sorgsam einstudiert hatte, in Anwendung, suchte den Blickkontakt zu der Brünetten und warf ihr ein Lächeln zu. Da wandte sie den Kopf ruckartig in eine andere Richtung, und im selben Augenblick spürte Ferdi einen merkwürdigen Stich in der Herzgegend. Doch über das Gesicht ihrer honigblonden Schwester zog ein strahlendes Lächeln und aus den azurblauen Augen brach ein Leuchten hervor, das Ferdi beinahe blendete.

Ein Stoß in die Seite brachte ihn in die Wirklichkeit zurück.

„Nicht übertreiben, Wedell“, zischte Bassewitz. „Du solltest gleichsam keiner Dame, schon gar nicht den Debütantinnen, den Kopf verdrehen, das führt in deinem Fall nur zu unguten Verwicklungen.“

Vor allem sollte er Acht geben, dass *ihm* niemand den Kopf verdrehte. „'s wird doch wohl die Höflichkeit erfordern, dass ma den Damen a Griaßgott sagen, gä?“

„Selbstverständlich werden wir sie begrüßen, aber ohne gleichsam zu drängeln.“

Die letzten Worte ignorierte Ferdi. Die beiden Mädchen zogen ihn an wie ein Magnet. Allerdings schien das nicht nur bei ihm so zu sein. Die Debütantinnen wurden von den Gästen förmlich umlagert.

Ferdi versuchte, Bassewitz mit sich fortzuziehen, doch der hielt ihn von hinten, während die Traube, die sich um die jungen Damen herum bildete, vorne ein unüberwindliches Bollwerk darstellte. Am liebsten hätte er den Kreis gesprengt, doch er musste einsehen, dass er nur mit Geduld zu seinem Ziel kam – eine Tugend, die ihm gerade in diesen Augenblicken abhanden gekommen zu sein schien, falls er sie überhaupt jemals besessen hatte.

* * *

Als Otto von Schwentin seine beiden Nichten ankündigte, richtete Christian von Güssow seinen Frack. Er musste die Gelegenheit dieses Balles nutzen, endlich näher an seine Cousine Helena heranzukommen. Sicherlich hatte sein Gott es so geführt, dass er trotz aller Vorbehalte, die man in besseren Kreisen gegen ihn hegte, eingeladen worden war.

Mit einem Stoßgebet schob er sich an einigen Gästen vorbei und sah den Mädchen entgegen, die soeben den Raum betraten. Beim Anblick der jungen Damen lächelte er unwillkürlich. Helena schien sich immer treu zu bleiben. Ob er sie zu Hause auf Schönwalde gesehen hatte oder heute bei ihrem Debüt, sie versuchte nie, durch raffinierte Äußerlichkeiten auf sich aufmerksam zu machen. Ganz im Gegensatz zu ihrer Schwester.

Es gefiel ihm gar nicht, wie die beiden sogleich umlagert wurden. Er hätte sie viel lieber im häuslichen Rahmen wiedergesehen.

Plötzlich bemerkte er ein strahlendes Lächeln, das über Stefanies Gesicht huschte, während Helena sich gleichzeitig abwandte. Wem galt dieser überaus freundliche Gruß?

Güssow folgte Stefanies Blick und bemerkte einen jungen Herrn, der sie ebenfalls anzulächeln schien und sich formvollendet verbeugte. Diesen Herrn hatte er noch nie gesehen, aber das war auch nicht außergewöhnlich. Sein letztes gesellschaftliches Ereignis lag bereits lange zurück.

„Verzeihen Sie.“ Er schob einen älteren Herrn beiseite, der dadurch beinahe über seinen Gehstock stolperte.

„Geben Sie doch Acht, junger Mann!“

Güssow verbeugte sich flüchtig. Er musste irgendwie in Helenas Nähe kommen, bevor sie von anderen Männern so in Beschlag genommen wurde, dass sie ihn gar nicht wahrnahm.

Er warf einen Blick zurück zu dem Herrn, den Stefanie so freundlich gegrüßt hatte. Kein Wunder. Er sah blendend aus, sogar in diesem Frack, der bei der Reinigung offenbar nicht eingelaufen, sondern größer geworden war. Der Mann war bestimmt der Schwarm der gesamten Damenwelt. Er durfte nicht zulassen, dass dieser Kerl seine Cousinen beeindruckte.

Offenbar hatte der Fremde die gleiche Absicht wie er selbst. Er strebte auf die Mädchen zu, wurde aber nicht nur durch die anderen Gäste, sondern auch noch durch einen kleinen, kugeligen Herrn behindert, der ihn am Arm festhielt und in ein leises, aber heftiges Wortgefecht verstrickte. Sonderbar. Dieser Kleine war doch der junge Herr von Bassewitz, wenn er sich nicht irrte.

Güssow tippte einem Offizier von hinten auf die Schulter. „Pardon, bitte vorbeigehen zu dürfen.“ Der Offizier sah ihn kopfschüttelnd an, als er sich vorbeischob. Die Schleppe der Dame, die der Offizier am Arm führte, wickelte sich um seine Füße, dass er beinahe gestolpert wäre.

„Rüpel!“, zischte die Dame.

Er ignorierte sie.

Obwohl der Fremde sich schon wieder in einem Wortwechsel mit Herrn von Bassewitz befand, kam der Mann genauso schnell voran wie er. Er musste unbedingt verhindern, dass dieser gut aussehende Kerl ihm zuvorkam, denn schon jetzt flogen ihm die Blicke aller Damen zu. Auch Stefanie warf ihm, während sie von anderen Herren begrüßt wurde, immer wieder einen Blick zu, begleitet von einem leichten Lächeln. Und jetzt irrten sogar Helenas Augen zu dem Fremden hinüber, obwohl sie dann wieder abrupt in eine andere Richtung sah.

Güssow sog die Luft ein. Eigentlich kannte er Helena nur so, dass sie sich allen Männern gegenüber gleichgültig verhielt. Wenn sie den Fremden so bewusst ignorierte, war Gefahr im Verzug.

Er krachte mit seinen Fingern. Diesen Herrn sollte er scharf im Auge behalten, damit ihm seine liebreizende Cousine nicht vor der Nase weggeheiratet wurde.

Als er nur noch wenige Schritte von den beiden Baronessen entfernt war, stieß er mit dem Fremden zusammen. Rasch trat Güssow einen Schritt vor. „Sie gestatten."

Zwar vertrug sich dieser Wettlauf sicherlich nicht mit der Gesinnung seines Herrn Jesus, aber heute stand zu viel auf dem Spiel, als dass er sich darüber Gedanken machen wollte.

Endlich war er in Reichweite seiner Cousinen angekommen. Eigentlich wäre es ihm lieber gewesen, der Fremde wäre nicht unmittelbar hinter ihm gewesen, aber immerhin war er *hinter* ihm.

Er wartete, bis Graf Götzen, der soeben mit den Mädchen sprach, zur Seite trat, dann sprang er beinahe vor. „Cousinchen, welch eine Freude!"

Helena reichte ihm mit einem leichten Lächeln die Hand, und er versuchte, ihre zarten Finger nicht mit seiner viel zu großen Pranke zu zerquetschen. Er hauchte einen Kuss auf ihre Hand und bemerkte, dass ein Schatten über ihre Züge glitt. Sollte sein Bart ihre Hand gekitzelt haben? Seine Mutter hatte das bereits einmal moniert. Und da flog schon wieder ein verstohlener Blick von ihr zu dem Mann hinüber, der hinter ihm stand.

Am liebsten hätte er Helenas Hand gar nicht wieder losgelassen, doch sie zog sie zurück. Also streckte er Stefanie die Rechte entgegen, die allerdings nur einen Knicks andeutete, dabei aber weiterhin den Mann hinter ihm anstrahlte.

„Liebe Helena", wandte Güssow sich wieder an seine ältere Cousine, doch dann brach er ab. Fast selbstvergessen ruhte auch deren Blick auf dem unverschämt ansehnlichen Kerl.

Vorsichtshalber fuhr er sich mit seinen dicken Fingern in den Bart – nicht dass er sich noch dazu hinreißen ließ, sie dem Unbekannten um den Hals zu legen.

Kapitel 15

Lena hatte das Gefühl, als würde ihr Herz gleich davongaloppieren. Da nahte ihr Märchenprinz, und Stefanie hatte damals im Hochwald tatsächlich recht gehabt: Im Frack sah er umwerfend aus. Seine verwegenen braunen Augen ruhten auf ihr und sie war versucht, ihm ein Lächeln zuzuwerfen. Doch schnell richtete sie ihren Blick zu Boden – und ärgerte sich noch im gleichen Moment über sich selbst. Warum konnte sie ihn nicht wenigstens durch ein schlichtes Lächeln willkommen heißen?

Onkel Mutius schob Christian von Güssow ein wenig zur Seite. „Meine lieben Nichten, bitte gestattet mir, dass ich Euch Herrn von Bassewitz vorstelle. Wegen des umfangreichen Waldbesitzes seines Vaters ist er Student der Forstwissenschaften an der hiesigen Universität."

Der kleine kugelige Mann, der ihren Retter begleitete, trat vor und küsste ihr charmant die Hand, aber Lena nahm es kaum war. Sie warf wieder einen Blick auf den Fremden und bemerkte, dass er sie immer noch ansah – nicht aufdringlich, sondern respektvoll. Sie schaute zu Stefanie hinüber. Auch ihr Blick hing an dem gut aussehenden Fremden.

Wie aus weiter Ferne hörte sie ihren Onkel fragen: „Herr von Bassewitz, dieser Herr ist sicherlich Ihr Vetter, dessen Besuch Sie uns avisiert haben?"

Der Kugelbauch trat einen Schritt zur Seite. „Gestatten Sie mir gleichsam die Ehre zu haben, meine Damen, Ihnen meinen Vetter vorzustellen, der überraschend aus dem Königreich Bayern zu Besuch in Breslau weilt. Graf Ferdinand von Wedell."

Ein Graf aus Bayern also. Was trieb den nach Breslau? Und sogar in den abgelegenen Hochwald bei Wölfelsgrund?

„Griaß Gott, die Damen." Er nahm Lenas Hand, warm umschlossen seine Finger die ihren. „'s is mia a großes Vergnügen, dass mia uns hier wiedersehn."

Lena brachte keinen Ton heraus, sie wünschte nur, er würde ihre Hand nie wieder loslassen. Warum gelang es ihr bloß nicht, ihn herzlich auf ihrem Debüt zu begrüßen?

„Das Vergnügen ist ganz auf unserer Seite." Stefanie warf dem Grafen ein strahlendes Lächeln zu.

Natürlich, Stefanie fand sofort die rechten Worte. Es schmerzte Lena beinahe, als der Graf ihre Hand losließ und sich an ihre Schwester wandte.

„I dank a, des mia die Ehre zuteil wurd, an Ihrem Debüt teilnehmen zu dürfen. Wer hätt des gedacht, des mia uns so schnell wiedersehn." Er widmete auch Stefanie einen formvollendeten Handkuss.

Hatte ihr Retter damals im Wald auch schon im bayerischen Dialekt gesprochen? Lena konnte sich nicht daran erinnern.

Ihr Onkel sah von einem zum anderen. „Sie kennen sich bereits? Dürfte ich die Umstände erfahren?"

Auch der Kugelbauch schaute nicht sehr geistreich drein.

„Wir hatten bereits im Kurort Wölfelsgrund das Vergnügen", erzählte Stefanie mit glühenden Wangen. „Der Herr Graf weilte inkognito dort und hatte die Güte, uns aus einer misslichen Lage zu befreien."

„Na, des war nix Großes." Wedell grinste, und wieder trafen sich ihre Blicke.

Lena spürte, wie ihr die Röte ins Gesicht schoss, und sie wandte sich rasch zur Seite. Doch dort stand noch ihr Vetter.

„Helena, wenn du nachher – vielleicht ...", stotterte Christian von Güssow. „Könntest du eventuell einige Minuten für mich erübrigen?"

Lena atmete tief durch. Sie hatte sich gefreut, als sie ihren gläubigen Vetter gesehen hatte, doch sein unverhohlenes Interesse, das er ihr schon länger bewies, dämpfte diese Freude.

Sie sah in sein Bartgesicht und schüttelte den Kopf. „Ich fürchte, dass es heute nicht gut möglich ist."

Rasch drehte sie sich wieder zur anderen Seite, damit ihr Vetter nicht weiter in sie dringen würde – und sah geradewegs in die leuchtenden Augen des Grafen von Wedell.

„Hätt i bloß geahnt, dass Sie die Debütantinnen sind, dann hätt i mi noch mehr auf den Ball gfreut." Warum sah er sie dabei so intensiv an?

Sie suchte noch die passenden Worte zu einer höflichen Antwort, als Stefanie schon heiter rief: „Wir ahnten ja auch nicht, dass Sie heute Abend hier erscheinen würden. Ich habe Sie seit unserer Begegnung im Wald nicht mehr vergessen."

Lena schloss die Augen. Stefanie schien Feuer und Flamme für den feschen Grafen zu sein. Und wahrscheinlich war das auch gut so, damit ihre flatterhafte Schwester endlich zur Ruhe kam. Falls Wedell trotz ihres kühlen Empfangs noch Interesse an ihr haben sollte, musste sie dann eben zurückstehen. – Aber warum fiel ihr das nur so schwer? *Mein Gott*, betete sie im Stillen, *bitte hilf mir, das Rechte zu tun.*

Wedell wandte sich wieder an sie, doch sie drehte den Kopf erneut zu ihrem Vetter. Wahrscheinlich war es einfacher, Christian von Güssow auf Abstand zu halten als den Grafen, dessen Anblick allein schon jeden klaren Gedanken auslöschte.

„Aber ihr werdet doch längere Zeit in Breslau verweilen?", fragte Güssow hastig, ehe sie die Möglichkeit hatte, das Gespräch auf unverfängliches Terrain zu lenken. „Sicherlich besteht die Möglichkeit, euch in den nächsten Tagen meine Aufwartung zu machen?"

Sie zuckte mit den Schultern. „Leider weiß ich nicht, was mein Onkel und meine Tante in den nächsten Tagen für uns geplant haben."

Als sie sich erneut von ihm abwandte, fürchtete sie, gleich wieder von Wedell angesprochen zu werden, doch offenbar war es Stefanie in der Zwischenzeit gelungen, seine Aufmerksamkeit ganz auf sich zu ziehen. Stattdessen fing sie einen verweisenden Blick ihres Onkels auf. Wahrscheinlich passte es ihm nicht, dass sie mit keinem der Männer reden wollte.

Lena schloss für einen Augenblick die Augen. Es war wie immer. Sie brachte es einfach nicht fertig, ein wenig Herzlichkeit zu zeigen, während niemand dem Liebreiz ihrer schillernden Schwester widerstehen konnte. *Bitte, Herr Jesus, keine Eifersucht auf meine Schwester!*

* * *

Gespannt beobachtete Mutius den famosen Grafen. Gut, dass er es selbst in die Hand genommen hatte, die Mädchen mit Wedell bekannt zu machen. Seinem Schwager, dessen Aufgabe es als Hausherr eigentlich gewesen wäre, wäre es bestimmt nicht gelungen, die Mädchen sofort mit diesem gutaussehenden Bayern ins Gespräch zu bringen. Und der Graf sah nicht nur blendend aus, sondern schien auch ein glänzender Unterhalter zu sein. Stefanie war ja buchstäblich von ihm hingerissen. Er musste unbedingt mehr über ihn erfahren.

Schließlich wandten sich seine Nichten anderen Gästen zu, die sie ebenfalls begrüßen wollten – Stefanie schien es direkt schwer zu fallen, so zögerlich, wie sie sich von dem Grafen löste.

Mutius trat rasch zu dem Bayern. „Herr Graf, erlauben Sie, dass ich Sie auf dem Ball herzlich willkommen heiße. Ihr Vetter, Herr von Bassewitz, sagte, Sie seien Bayer?"

Sofort gesellte sich der kleine Bassewitz dazu. „Ich danke Ihnen, dass ich meinen Vetter mitbringen durfte."

„Selbstverständlich, Herr von Bassewitz." Mutius lächelte gönnerhaft. „Es ist eine Ehre für uns, einen Grafen aus Bayern in unserer Mitte zu haben. – Sie kommen wohl aus München?"

„Mia ham a Stadthäusl in München, ja. Unsre Besitzungen liegen aber mehr im Süden."

„Darf ich fragen, welche Geschäfte Sie nach Breslau führen?"

„Die Forstwirtschaft. Sie müssen wissen, mei Vater hat großen Waldbesitz."

Also ein Großgrundbesitzer. Das war doch schon etwas. „Aber Schlesien ist nun nicht gerade berühmt für seine außerordentliche Forstwirtschaft, am allerwenigsten Breslau."

„Do hams recht." Der Graf lächelte verbindlich. „Aber der Besitz unserer Familie liegt in Oberbayern. Sagt Ihnen des ebbas?"

„Wenn mich meine Geografiekenntnisse nicht täuschen, liegt das im Süden zu den Alpen hin."

„Richtig, im Gebirg. Und deshalb bin i hier. I soll mia im Auftrag mei Vaters a Einblick verschaffen in da Holzwirtschaft in den Sudeten. Bevor i nach Breslau kam, war i a paar Tag in der Grafschaft Glatz."

„Ich verstehe. Dort haben Sie dann wohl auch meine beiden Nichten kennengelernt?"

„Richtig. I hatt des Vergnügen, sie bei einer Ausfahrt im Wald zu treffen."

Sollte er noch weiter nach der Begegnung fragen? Am liebsten hätte er auf der Stelle jede Einzelheit erfahren, die sich damals im Wald zugetragen hatte, aber das konnte er sich auch später noch von den beiden Mädchen erzählen lassen – die Verhältnisse des Grafen waren zunächst vorrangig. „Wenn Ihr Herr Vater Sie wegen seiner Holzwirtschaft auf so weite Reisen schickt, scheint er ein umsichtiger Mann zu sein."

„Ja, des kann man wohl sagen."

Mutius zog an seinem Ohrläppchen. „Die Besitzungen Ihres Herrn Vaters sind wohl sehr groß?"

„Was man so groß nennt. Bei uns in Bayern ist net alls so beengt wie hier, wo die Industrie große Flächen benötigt."

Ehe Mutius noch weiter fragen konnte, traten Schwentin und Valeria zu ihnen, um den Grafen nun ebenfalls zu begrüßen. Und zu seinem Bedauern entwickelte sich daraus gleich wieder ein intensives Gespräch – der bayerische Adonis schien sofort jedermann für sich einzunehmen.

Mutius zog den Vetter des Grafen, der mit seiner kurzen, rundlichen Figur kaum gegensätzlicher hätte aussehen können, ein wenig zur Seite. „Herr von Bassewitz, Ihr Vetter redet wohl nicht gerne über seine Verhältnisse?"

„Sie müssen ihn entschuldigen." Bassewitz sah sich nach dem Grafen um, der sich eifrig mit Schwentin und Valeria unterhielt. „Er muss sich gleichsam den ganzen Tag mit der Forstwirtschaft auseinandersetzen, darum ist er froh, wenn er des Abends nichts damit zu tun hat."

„Das ist nur zu verständlich. Dieser Bayer soll es ruhig einmal genießen, wie wir in Preußen feiern." Mutius lachte. „Wahrscheinlich lebt er sehr einsam?"

„Nun, stark frequentiert ist die Gegend gleichsam nicht, die der Herr Graf seine Heimat nennt. Abgesehen von dem Stadthaus in München, selbstverständlich."

Mutius sah zu der hohen Gestalt des Grafen hinüber. Wenn er nur die genauen finanziellen Verhältnisse wüsste! Aber er durfte auch nicht zu auffällig fragen. „Sie müssen verstehen, Herr von Bassewitz, dass ich unsere Gäste gerne näher kennenlerne. Die Freundschaft zu Ihrem Herrn Vetter stammt wohl von früher her?"

„Ja, selbstverständlich."

„Dann haben Sie ihn vermutlich auch einmal in Bayern besucht?"

„Das leider nicht. Er war vor vielen Jahren, als wir noch Kinder waren, auf einige Wochen bei uns zu Gast. Daher rührt unsere Freundschaft noch."

„Aber Sie wissen sicherlich ..." Mutius legte den Finger auf die Lippen. „Wo pflegt der Herr Graf denn zu residieren, wenn er nicht gerade in München weilt? Sie sagten, seine Heimat liege abgelegen."

„Ja, im Gebirge. Bis zum nächsten Dorf ist es bestimmt eine Stunde zu Fuß." Immer wieder sah Bassewitz sich um, als ob ihm die Fragen unbequem würden. Wollte der Graf etwa nicht, dass über seine Verhältnisse geredet wurde? Wollte er auch hier ein gewisses Inkognito wahren?

Doch er musste Weiteres erfahren. „Es handelt sich bestimmt um ein großes Anwesen?"

„Wie mein Vetter schon sagte: Was man so groß nennt."

„Dann besitzt er außer dem Wald sicher auch noch zahlreiche Ackerflächen?"

„Herr von Mutius, wünschen Sie vielleicht einen Steckbrief meines Vetters? Samt den Auszügen seiner Konten und der Grundbucheinträge?"

„Bitte, Herr von Bassewitz, beruhigen Sie sich." Mutius legte ihm die Hand auf den Arm. „Verzeihen Sie, wenn meine Fragen zudringlich erscheinen ..."

„Da Ihnen so an den Verhältnissen meines Verwandten gelegen zu sein scheint, liefere ich Ihnen freiwillig alle Antworten, damit Sie sich nicht weiter mit Ihren Fragen bemühen müssen." Der kleine, kugelige Bassewitz richtete sich so hoch auf, wie er nur konnte. „Mein Vetter, Graf Ferdinand von Wedell, ist der Sohn des Majoratsherrn von Wedell, seine Mutter ist gleichsam mit dem König von Bayern verwandt. Der Familie gehören ungeheure Flächen in Oberbayern, die überwiegend bewaldet sind. Aus der Forstwirtschaft beziehen die Wedells Einkünfte, die in die Millionen gehen. Der Majoratsherr unterhält Beziehungen zum bayerischen Königshaus und ist königlich-bayerischer Hofholzlieferant – unter der Regierung des bauwütigen Königs Ludwig II. ist jeder Baumstamm eine Stange Gold. Und wenn Sie es genau wissen wollen: Das Anwesen der Wedells im Gebirge ist ein Schloss, das erst vor wenigen Monaten weiter ausgebaut wurde.

Graf Ferdinand ist der einzige Sohn, wird also beim Ableben des alten Grafen Majoratsherr und damit Erbe des gesamten Vermögens. Ich hoffe, dass Sie nun gleichsam genug über meinen Vetter wissen." Bassewitz verbeugte sich und tauchte in der Menge unter.

Konsterniert sah Mutius ihm nach. Das war ja ungeheuerlich! Wenn dieser Graf von Wedell wirklich so unverschämt reich war und seine Nichten – zumindest Stefanie – für ihn schwärmten, dann dürften seine finanziellen Schwierigkeiten bald ein Ende haben. Dann sollte ihm seine impertinente Schwester Aurelia noch einmal eine fette Kuh anbieten!

Wenn er nur nicht zu aufdringlich gefragt hatte! Bassewitz hatte so ungehalten reagiert, und wenn er dem Grafen alles erzählte ...

Da entdeckte er Wedell am Ende des Saales – und Bassewitz eilte direkt auf ihn zu. Nun steckten die beiden bereits die Köpfe zusammen. Hoffentlich nahm der Graf es nicht übel, dass er so eingehend nach seinen Verhältnissen gefragt hatte. Sonst war der Traum von dem exzellenten Heiratskandidaten schon ausgeträumt, ehe er recht begonnen hatte.

Kapitel 16

Bassewitz hätte sich am liebsten geohrfeigt. Er hatte sich durch die zudringlichen Fragen so aus der Fassung bringen lassen, dass er eine große Dummheit begangen hatte.

Hektisch sah er sich nach Ferdi um und verfluchte im Stillen seine geringe Körpergröße. Am liebsten wäre er auf einen Stuhl gestiegen. Da, endlich! Mithilfe seiner Ellenbogen kämpfte er sich durch die Menge, bis er endlich vor seinem „Vetter" stand.

„Ferdi, ich habe gerade bei Herrn von Mutius ein wenig aufgeschnitten."

„Was hast ihm gsagt über mi?", lachte er.

„Ich wollte ihn irgendwie loswerden, deswegen bist du jetzt der Sohn eines Majoratsherrn mit einem noblen Schloss in den Bergen, du bist der einzige Erbe eines riesigen Vermögens, die Verwandtschaft zum bayerischen Königshaus habe ich natürlich auch angebracht ..." Was hatte er noch alles erzählt? Schließlich musste Ferdi das ganz genau wissen, damit sie sich nicht widersprachen.

Ferdi krümmte sich beinahe vor Lachen. „Des gfreut mi! Woast, was i glaub? Er wird mi glei mit sei Nichten verkuppeln wolln."

„Das sähe ihm allerdings ähnlich. Ferdi, ich flehe dich an, lasse dich auf nichts ein!"

„Bist narret? Warum denn net? I werd diesem aufgeblasenen Mutius a Heiratskandidat vorspieln, den er sich net amal im Traum ausdenken könnt, und am End bin i verschwunden und er schaut dumm aus der Wäsch." Ferdi lachte erneut.

„Ferdi, nur das nicht!" Sein Freund war imstande, das wirklich zu tun. „Ich komme in allergrößte Schwierigkeiten!"

„Ah na, da geb i scho Acht. Und jetzt werd i sehn, dass i a Tanzerl mit den Baronesserln bekomm. I wünsch dir a guats Amüsemang." Ferdi grinste ihn frech an und entfernte sich.

Kopfschüttelnd blieb Bassewitz zurück. Auf was hatte er sich bloß eingelassen! Dieser Abenteurer würde noch die ganze Gesellschaft rebellisch machen!

* * *

„Ich will wissen, wie du zu diesem Verdacht kommst." Schleinitz tigerte im Salon seiner Schwester auf und ab. „Lisa ist vollkommen außer sich, aber ich kann mir nicht vorstellen, dass Ferdi solch eine Dummheit begeht."

Sein Schwager Wilhelm von Pritzen lachte vor sich hin. „Das Gleiche habe ich ihr auch gesagt. Als ob Ferdi sich irgendwie in die Gesellschaft einschleichen könnte. Solch ein Hirngespinst."

Schleinitz blieb vor Regina stehen. „Du verlierst doch sonst nicht so schnell den Kopf. Wie kommst ausgerechnet du auf diesen wahnwitzigen Verdacht?"

„Bitte setze dich, Ludwig, dann werde ich in Ruhe erzählen." Regina wies auf einen Sessel, und Schleinitz nahm Platz. „Dir ist doch neulich selbst aufgefallen, dass Ferdi sich auffällig nach euren gesellschaftlichen Aktivitäten erkundigt hat. Das Gleiche hat er bei mir getan, ganz besonders hat er sich für den Ball bei den Schwentins interessiert. Und ausgerechnet heute, da der Ball stattfindet, bleibt er über Nacht fort, ausgerechnet bei Bassewitz, der doch nie einen Ball auslässt. Wegen des angeblichen Lernens will er sogar morgen auf den Gottesdienst verzichten. Bleiben da noch Zweifel?"

Schleinitz starrte auf das Fischgrätenmuster des Teppichs. Die Argumente seiner Schwester hatten etwas für sich, aber ob Ferdi sich wirklich so sehr in Gefahr brachte? „Dann müsste er sich einen falschen Namen zugelegt haben, irgendwie an die entsprechende Garderobe gekommen sein, über das gebotene Auftreten auf einem Ball unterrichtet worden sein ..."

„Du vergisst, dass er mit einem adeligen Kommilitonen befreundet ist. Vielleicht hat Bassewitz ihm geholfen, an einen Frack zu kommen, und ihm auch die Regeln der Etikette beigebracht. Und für einen Namen braucht man nur etwas Fantasie – wovon Ferdi unzweifelhaft genug hat."

Pritzen lachte wieder. „Regina, ich fürchte, du selbst bist diejenige, die gerade eine überschäumende Fantasie offenbart!"

„Mir will es auch nicht in den Kopf." Schleinitz zupfte an seinem Schnurrbart. „Aber wenn es wirklich so sein sollte, wie du vermutest, Regina, dann brächte Ferdi sich in große Gefahr."

Sie nickte. „Das ist meine größte Befürchtung. Der Ball findet ausgerechnet bei Schwentin statt, dem Oberstaatsanwalt, der für seine harte Linie berüchtigt ist."

„Und der der Ehemann von Valeria von Mutius ist", setzte Schleinitz hinzu.

„Seit dem Skandal vor sieben Jahren glaubt die Mutius-Sippe noch ein Hühnchen mit uns zu rupfen zu haben – und genau in diese Gesellschaft schleicht Ferdi sich ein." Regina seufzte.

„Zumindest vermutest du es. Aber wenn es wahr wäre ..." Schleinitz ballte die Faust. „Ich werde ihn eigenhändig da herausholen."

„Bitte echauffiere dich nicht, lieber Schwager." Pritzen sah ihn ernst an. „Es ist immer noch nur ein Verdacht, den ich für ein Hirngespinst der überreizten Fantasie unserer Frauen halte. Deshalb sollten wir jetzt keinesfalls etwas Unbedachtes tun."

„Ich will aber vom Verdacht zur Gewissheit kommen." Schleinitz sprang auf. „Und das gelingt am schnellsten, wenn ich unverzüglich zu Schwentin fahre und nachsehe, ob Ferdi wirklich dort ist." Er wandte sich zur Tür.

„Ludwig, warte." Regina eilte ihm nach und hielt ihn am Arm fest. „Wilhelm hat recht, wir dürfen nicht unbedacht handeln. Wenn wir zu Schwentin fahren und Ferdi von dort wegholen, gäbe es erst recht einen Skandal, gegen den deine Affäre mit Valeria von Mutius eine Kleinigkeit war."

„Was willst du denn nun?" Er schüttelte ihren Arm ab. „Erst setzt du den unglaublichsten Verdacht in die Welt, und jetzt, da ich ihn überprüfen will, willst du das verhindern?"

„Ludwig, bitte beruhige dich. Wir können nur hoffen, dass Ferdi den Ball übersteht, ohne entlarvt zu werden. Danach kannst du ihn meinetwegen so lange ins Gebet nehmen, wie du nur willst. Aber wenn jetzt jemand in die Gesellschaft platzt – noch dazu ausgerechnet du! –, wird es ein pyramidales Aufsehen geben."

Schleinitz atmete tief durch. Er musste zugeben, dass Regina recht hatte. „Dann sollten wir wenigstens zu Bassewitz fahren und nachsehen, ob Ferdi wirklich dort ist oder nicht."

„Wozu die ganze Aufregung." Pritzen schüttelte den Kopf. „Wenn wir zu Bassewitz fahren und nach Ferdi sehen, wird er sich kontrolliert fühlen. Dann haben wir das vertrauensvolle Verhältnis zu ihm zerstört."

„Ich wäre schon längst bei Bassewitz gewesen." Regina nahm wieder Platz. „Aber Wilhelm will es partout nicht."

„Weil ich nicht an dein Hirngespinst glaube!"

„Dann werde ich zu Bassewitz fahren. Und sollte der Bursche nicht dort sein, dann ..." Schleinitz knirschte mit den Zähnen.

„Versprich mir, dass du dann *nicht* zu Schwentin fährst! Ludwig, bitte bewahre deine Contenance!" Regina sah ihn flehend an.

„Und ich bitte auch an meine Stellung beim Oberpräsidenten zu denken", fügte Pritzen an. „Ein familiärer Skandal könnte mich womöglich den Posten kosten."

„Schon gut, ich verspreche, nicht zu Schwentin zu fahren." Schleinitz hatte schon die Klinke in der Hand, da wurde die Tür plötzlich von außen geöffnet und ein Diener stand im Rahmen.

„Herr Graf, Ihre Frau Gemahlin hat einen Boten geschickt."

Der Bote folgte dem Diener auf den Fuß. „Gnädiger Herr Graf, der gnädigen Frau Gräfin geht es nicht gut. Sie ersucht Sie dringend, nach Hause zu kommen."

„Was ist mit ihr?" Schleinitz packte den Boten an den Schultern.

„Sie war eben einer Ohnmacht nahe. Dazu Husten mit blutigem Auswurf ..."

„Ich komme." Er spürte die Angst um seine Frau wie eine Welle über sich schwappen. Mochte Ferdi tun, was er wollte, Lisa ging vor. Den Bengel, der an all dem schuld war, würde er sich später vorknöpfen.

Kapitel 17

Ferdi sah sich um. Baronesse Stefanie stand in einer Traube junger Mädchen. Wahrscheinlich ihre Freundinnen, die ihr zum Debüt gratulierten. Wo bloß ihre dunkelhaarige Schwester war? Sie hatte ihn zwar nur distanziert begrüßt, aber wenn er allein mit ihr sprechen würde, wäre sie bestimmt anders. Dummerweise konnte er sie nirgendwo entdecken. Nun, dann würde er eben zuerst mit Baronesse Stefanie tanzen. Er wollte gerade in ihre Richtung gehen, als Herr von Mutius gemeinsam mit Valeria von Schwentin auf ihn zukam.

„Herr Graf, ich hoffe, Sie verzeihen mir mein zudringliches Fragen ..."

Diesem Herrn von Mutius schien enorm viel an seiner Gunst zu liegen. „Sorgens sich net. I versteh scho, dass Sie wissen wolln, wer auf dem Ball ist."

„Vielen Dank." Mutius verbeugte sich.

„Wir sind sehr erfreut, dass Sie uns heute beehren", flötete Frau von Schwentin. „Ich hoffe, Sie verweilen länger in unserer Gegend."

„Des is noch unbstimmt."

Lächelnd wies sie auf die illustre Gesellschaft. „Vielleicht gelingt es uns ja, Sie für immer an Breslau zu fesseln."

Er sah sich wieder nach Baronesse Helena um, doch er konnte sie nirgendwo finden. Stattdessen geriet Stefanie wieder in sein Blickfeld. Lächelnd sah er die Hausherrin an. „I lieb ma Heimat scho sehr. Aber man weiß freili nie, was passiern mag. Die Lieb hat schon manchem den Kopf verdreht."

„Wir Männer tun manchmal die unsinnigsten Dinge, wenn wir verliebt sind", lachte Mutius.

Ferdi beobachtete einen Herrn mit wüstem Vollbart, der sich suchend umblickte. War das nicht der Herr, der es eben so eilig gehabt hatte, die Debütantinnen zu begrüßen? „I glaub, da seh i einen von diesen Männern." Er grinste.

Mutius sah sich um und verzog das Gesicht. „Wie kommen Sie darauf?"

„Dieser Herr hat mi grad mehrfach rüd beiseitegedrängt, um Ihren Nichten vor mi Griaßgott zu sagen."

Das Vollbartgesicht schien zu bemerken, dass von ihm die Rede war, und trat in ihre Runde.

„Darf ich Ihnen Herrn von Güssow vorstellen?", fragte Mutius mit saurer Miene. „Der Vetter meiner Nichten. – Herr Graf von Wedell."

„Angenehm", murmelte Ferdi und deutete eine Verbeugung an.

Frau von Schwentin war offenbar noch nicht gewillt, das Thema aller Themen fallen zu lassen. „Ist es wirklich so unsinnig, verliebt zu sein? Ist es nicht ehrenvoll, wenn ein Mann alles gibt für seine Liebe?"

Ferdi schielte zu Stefanie hinüber und stellte dabei fest, dass ihr Blick auf ihm ruhte. „Manchmal ists vielleicht besser zu sterben, als des Madl, des ma liebt, dem Falschen zu überlassen", murmelte er. Sein Schwager Schleinitz hatte so gehandelt. Er hatte sein Leben riskiert und um ein Haar verloren, um Lisa vor ihrem zudringlichen Verehrer Gustav Elzner zu retten.

„Das war edel gesprochen." Frau von Schwentins braune Augen strahlten ihn an, während Güssow ihn anstarrte, als habe er gerade etwas Ungeheuerliches gesagt.

Hatte er das vielleicht sogar? Legte man in dieser Gesellschaft mehr in seine Worte hinein, als er zu sagen beabsichtigt hatte? Hoffentlich hatte er sich nicht gerade um Kopf und Kragen geredet.

„Jedenfalls lehrt die Bibel, dass mia unser Leben für andre einsetzen solln, wie's Jesus Christus getan hat", stieß er hastig hervor. Dann verbeugte er sich vor den Herrschaften. „Bitte entschuldigen Sie mich." Er wollte endlich einen Tanz mit Stefanie erobern.

* * *

Lena saß hinter einem Pflanzenkübel verborgen in einem Sessel und schaute auf das bunte Treiben im Saal. Endlich war es ihr gelungen, den endlosen Vorstellungen und Komplimenten zu entfliehen. Ihre Schwester hatte sich, nachdem ihre Freundinnen ihr gratuliert hatten, von einigen Herren in Beschlag nehmen lassen, aber Lena brauchte erst einmal Ruhe. Dieser Ball war noch schlimmer, als sie sich vorgestellt hatte.

Das Orchester spielte die ersten Takte eines Walzers. Wahrscheinlich vermisste man sie gerade, aber ihr stand der Kopf überhaupt nicht nach einem Tanz. Wenn sie doch erst wieder in ihrem ruhigen Schönwalde wäre!

Vorsichtig lugte sie an den Pflanzen vorbei. Dort stand ihre Schwester, strahlend vor Freude, und vor ihr verbeugte sich soeben – der Graf von Wedell. Lachend nahm Stefanie seine Hand und ließ sich von ihm zur Tanzfläche führen. Ein wenig wünschte Lena sich, an der Stelle ihrer Schwester zu sein, doch so unbefangen könnte sie gar nicht mit einem fremden Herrn umgehen. Ganz abgesehen davon, dass sie jeden Anflug von Neid unterdrücken musste!

Lena sah zur Seite. „Herr, bitte gib mir die Kraft, zurückzustehen, wenn es dem Glück meiner Schwester dient", murmelte sie.

„Hast du gebetet?"

Sie riss den Kopf in die Höhe. Dort stand ihr Vetter Christian von Güssow. Wie lange beobachtete er sie schon?

Sein Bartwald verzog sich in einer Weise, dass sie ein Lächeln darunter vermutete. „Verzeih, liebe Cousine, ich wollte dich nicht erschrecken. Und du brauchst auch keine Sorge zu haben: Ich werde dich nicht zum Tanz auffordern."

Sie atmete erleichtert auf. „Danke, Christian."

„Ich verstehe, dass dir das Treiben missfällt. Die Fassaden sehen wunderschön aus, aber unter den prächtigen Kleidern und eleganten Fräcken verbergen sich Sorgen, Missgunst und Hass."

Sie musste an einen der Verse Spittas zurückdenken, den sie gelesen hatte, bevor sie zum Fest gegangen war:

Was hat die Welt für wahre Freude?
Ist alles, was sie gibt, nicht Schein?
Ist nicht ihr Glück ein schwach Gebäude,
das über Nacht vielleicht stürzt ein?
Wie lastet ihre Not so schwer,
wie lässt doch ihre Lust so leer.

Fast hätte sie ihrem Vetter von dem Bibelvers erzählt, den sie dazu gelesen hatte: *Die Welt vergeht und ihre Lust; wer aber den Willen Gottes tut, bleibt in Ewigkeit.* Doch sie hielt inne. Nein. Sie musste achtgeben, dass sie ihn nicht zu nahe an sich heranließ, sonst würde sein Interesse an ihr nur neue Nahrung bekommen.

„Ich bin froh, Helena, dass ich in dir eine Gleichgesinnte finde." Er trat näher zu ihr und stützte sich auf die Lehne ihres Sessels. „Ich dachte mir gleich, dass du dich hier nicht wohlfühlen würdest."

Sie nickte. „Es war überhaupt ein absonderlicher Einfall unserer Eltern, uns hierher zu schicken."

„Sie meinten es sicherlich nur gut." Er krachte mit seinen Fingern, dass sie eine Gänsehaut bekam. „So ein Ball ist eine hervorragende Gelegenheit, in der Gesellschaft bekannt zu werden und Eindruck zu hinterlassen. Du weißt ..."

Die Wendung, die ihr Vetter dem Gespräch gab, gefiel ihr gar nicht. „In *dieser* Gesellschaft möchte ich gar nicht bekannt werden."

„Wahrscheinlich wollen eure Eltern euch die Gelegenheit geben, die Gesellschaft kennenzulernen. Denn auch unter all diesen schillernden Strasssteinen gibt es echte Edelsteine."

„Bloß sind sie – wie im wahren Leben – rar gesät und schwer zu finden."

„Helena, ich ..."

„Schau nur meine Schwester an", bemühte sie sich, rasch wieder auf unverfängliches Terrain zu entkommen. „Sie amüsiert sich königlich."

Er schaute gar nicht zur Tanzfläche hinüber. „Sie ist nicht wie du, Helena. Du ... Ich ... Ich meine, wir beide ..."

„Ja, wir sind sehr verschieden, Stefanie und ich. Der Einfluss, dem sie hier ausgesetzt ist, ist schädlich für sie."

Christian von Güssow kraulte seinen langen Bart. „Ich freue mich, dass du nicht wie deine Schwester dem Flittertand nachjagst. Es gibt nur wenige Menschen, die hinter der gleißenden Pracht die schäbige Wahrheit sehen. Helena, wollen wir hinausgehen in den Garten?"

Nichts hätte sie lieber getan – nur nicht mit ihm. „Ich würde sicherlich vermisst werden. Und ich möchte Tante Valeria nicht verärgern."

Er seufzte. „Helena, wenn der Ball vorüber ist – in den nächsten Tagen – erlaubst du, dass ich dir meine Aufwartung mache?"

So sehr sie ihren Vetter auch mochte – besonders wegen ihres gemeinsamen Glaubens –, seine Hartnäckigkeit brachte sie in eine prekäre Lage. Merkte er denn nicht, dass sie seine Avancen nicht mochte? „Christian“, versuchte sie es noch einmal auf freundliche Art, „ich müsste zuerst meinen Onkel und meine Tante um Erlaubnis bitten. Ich kann dir keine Antwort darauf geben.“

„Bist du denn so sehr auf sie angewiesen? Helena, ich möchte dich gerne wiedersehen, und zwar nicht in großer Gesellschaft. Wenn du das auch möchtest, dann würdest du nicht nach Onkel und Tante fragen.“

Ja, wenn sie es wollte, würde sie nicht danach fragen, da hatte er recht. Zog er denn gar nicht den Schluss, dass sie es eben *nicht* wollte?

Er streckte ihr seine riesige Hand entgegen. „Bitte, Helena. Erlaube mir, morgen nach Dienst zu dir zu kommen.“

Ruckartig stand sie auf. „Verzeihe mir, Christian. Ich wünsche es nicht.“

Sein betroffener Gesichtsausdruck ließ sie ihre deutlichen Worte sofort bereuen, aber hatte sie eine andere Wahl, wenn er ihre sanften Hinweise nicht begriff? Oder war sie wieder einmal ihrer Unfähigkeit, ihre Gefühle angemessen in Worte zu kleiden, zum Opfer gefallen?

„Es tut mir leid, lieber Vetter. Es ist schön, jemanden zu treffen, der ebenfalls an den Herrn Jesus glaubt. Aber das bedeutet nicht gleich, dass wir – bitte lass mich nicht noch deutlicher werden.“

Sie knickste und verließ die Nische hinter dem Pflanzenkübel. Armer Christian.

Und sie hatte den Einzigen auf dem Ball, der ihre Abneigung gegen dieses bunte Treiben verstand, verloren.

* * *

Mutius zog seine Schwester und ihren Mann ein wenig zur Seite und wies zur Tanzfläche. „Seht ihr, wie hingebungsvoll sie mit ihm tanzt?“

Valeria schmunzelte. „Er ist aber auch ein schneidiger Mann. Diese Figur, die blitzenden Augen – er kann ein Mädchenherz schon bezaubern.“

„Weiß jemand etwas Näheres über ihn?" Schwentin kniff die Augen zusammen und sah dem Paar zu.

„Da fragt der Herr Oberstaatsanwalt", lachte Mutius. „Aber du kannst beruhigt sein, ich habe dir die Ermittlungsarbeit abgenommen."

„Erzähle ihm, was du herausgefunden hast, als du vorhin mit ihm und Herrn von Bassewitz sprachst." Valeria lächelte ihn aufmunternd an.

Mutius senkte seine Stimme. „Er sieht nicht nur blendend aus, sondern er ist auch eine blendende Partie. Sozusagen goldglänzend."

„Er ist nämlich reich!" Die Augen seiner Schwester funkelten.

„Reich ist gar kein Ausdruck. So wie Herr von Bassewitz mir erzählte, scheint ihm halb Oberbayern zu gehören. Und er soll nicht nur geschäftliche Beziehungen zum bayerischen Königshaus unterhalten, seine Mutter ist sogar mit dem König verwandt."

„Tatsächlich?" Schwentin nahm seinen Zwicker ab und hauchte die Gläser an. „Und warum trägt er dann so einen schlecht sitzenden Frack?"

„Wahrscheinlich weil er auf der Reise ist und ihn sich leihen musste." Valerias Stimme klang genervt. „Wenn sein Vermögen wirklich nach Millionen zählt, kann ich über einen schlecht sitzenden Frack hinwegsehen."

„Und wie es den Anschein hat, ist Stefanie ganz vernarrt in ihn." Mutius grinste. Das entwickelte sich doch prächtig.

„Wir werden nichts überstürzen." Sein Schwager hatte natürlich wieder etwas daran auszusetzen. Der Beamte eben. „Wir sehen den Grafen heute zum ersten Mal und kennen ihn noch gar nicht."

„Fang nur nicht wieder von deinem Güssow an." Mutius verdrehte die Augen. „Dieses Rauschebartgesicht wirst du niemals an die Mädchen vermitteln." Er wies zu einer Pflanzengruppe, wo soeben die Köpfe von Lena und Güssow sichtbar wurden.

„Mir scheint, unsere liebe Lena hält sich ihren Vetter gerade vom Hals", lachte Valeria.

„Trotzdem sollten wir mit dem Grafen vorsichtig sein." Schwentin putzte hingebungsvoll seine Brillengläser. „Ich werde die Mädchen sicherlich nicht an einen unbekannten Mann vergeben."

Dieser überkorrekte Jurist kostete wirklich Nerven. Aber er würde den Grafen von Wedell schon irgendwie mit den Mädchen in Verbindung bringen. Da ihm das Glück ausnahmsweise einmal hold war, würde er sich bestimmt nicht von seinem Schwager aufhalten lassen.

Kapitel 18

Die Rhythmen des Feenmärchen-Walzers gingen Ferdi unmittelbar ins Blut. Trotz seiner rudimentären Tanzkenntnisse fiel es ihm nicht schwer, dem Takt zu folgen – vielleicht lag es auch an Baronesse Stefanie, die eine exzellente Tänzerin war. Sie wiegte sich in seinen Armen und er hatte das Gefühl, dass sie sich mit zunehmender Länge des Walzers immer enger an ihn schmiegte. Ihre azurblauen Augen leuchteten wie zwei Sterne und ihre honigblonden Locken kitzelten bei jedem Schritt seine Hand, die auf ihrem Rücken lag.

„Feenmärchen“, raunte sie ihm zu. „Glauben Sie mir, dass ich mich wie im Märchen fühle?“

Wem sagte sie das? Für ihn war das noch viel mehr der Fall. „Die guade Fee hab i a scho gfunden.“

Ihr Lächeln verzauberte ihn. „Offenbar versteht man sich in Bayern auf originelle Komplimente.“

Wenn er ihr noch länger in die Augen sah, würde sie ihn noch vollends in ihren Bann ziehen. Wie sollte es dann erst werden, wenn er mit ihrer Schwester tanzte? Er sah über ihre Schulter hinweg und versuchte, Baronesse Helena ausfindig zu machen, doch unter den Tanzenden konnte er sie nicht entdecken.

„Ich hoffe, Sie werden noch länger in Breslau verweilen, Herr Graf?“

Ferdi richtete seinen Blick wieder auf seine Tanzpartnerin. „Des ist noch net bestimmt. I werd wahrscheinlich scho in den nächsten Tagen abreisen.“

„Oh, das werden Sie uns doch gewiss nicht antun!“ Sie zog einen entzückenden Schmollmund. „Bitte entziehen Sie uns Ihre Gegenwart nicht so schnell!“

„I ko Ihnen nix versprechen, gnädigs Baronesserl.“ Bassewitz würde ihm den Kopf abreißen, wenn er sich das Versprechen zu einem Wiedersehen abringen lassen würde. „I bin ja net für mei Gaudi in Breslau.“

„Aber auf einige Tage wird es Ihnen oder Ihrem Herrn Vater sicherlich nicht ankommen.“

Er schaute wieder über ihre Schulter hinweg, ob er ihre Schwester irgendwo entdecken konnte. Sah er recht? Dort in einer Nische, fast verborgen durch ein Pflanzenbouquet, saß sie in einem Sessel, und bei ihr stand ein Herr – war es nicht dieser Güssow, der sich bei der Begrüßung der Baronessen vorgedrängelt hatte? Er lehnte jedenfalls auffällig vertraulich an der Sessellehne.

„Herr Graf?" Die Stimme seiner Tänzerin riss ihn aus seinen Beobachtungen.

„Bitte verzeihns, was hams gsagt?"

„Sie müssen mir versprechen, dass wir uns noch einmal wiedersehen. Wenn Sie erst nach Bayern zurückgekehrt sind, werden Sie sicherlich nicht so schnell noch einmal nach Breslau kommen."

„Na, wahrscheinlich net." Fieberhaft suchte er nach einer neuen Ausrede, auch wenn er ihr am liebsten eine Zusage gegeben hätte. Diese junge Baronesse war einfach allerliebst.

Das Ende des Walzers enthob ihn einer weiteren Antwort. Er verbeugte sich elegant vor seiner Tanzpartnerin, wie er es von Bassewitz gelernt hatte, und trat zurück. Sofort eilte ein junger Leutnant auf Baronesse Stefanie zu und bat sie um den nächsten Tanz. Sie warf Ferdi noch einen Blick zu und ließ sich dann von dem Offizier zurück auf die Tanzfläche führen.

Grinsend steuerte Ferdi auf die Nische zu, in der er eben Baronesse Helena gesichtet hatte. Doch noch ehe er die Nische erreichte, kam sie ihm mit hastigen Schritten entgegen, während der Herr mit dem Rauschebart anscheinend gedankenverloren immer noch an dem Sessel lehnte.

„Gnädigs Baronesserl, was für a Glück, des i Sie grad treff. Wollens mir die Ehre erweisen, mir den nächsten Tanz zu gönnen?"

Sie blieb vor ihm stehen und schlug die Augen zu ihm auf. Täuschte er sich oder lag Kummer in ihrem Blick? „Herr Graf, bitte verzeihen Sie mir ..."

„Jo mei, gnädigs Fräulein, gehts Ihnen net guat?"

Sie senkte den Kopf. „Danke. Ich bin nur eine denkbar schlechte Tänzerin."

„Des macht doch goar nix." Er lachte. „I bin a nur die Ländler gwöhnt, so a feiner Walzer fällt mir a schwer."

„Dann sollten wir erst recht nicht zusammen tanzen. Wir würden uns zum Gespött dieser feinen Gesellschaft machen."

„Glaubens wirklich, dass i Ihnen abnehm, dass Sie a schlechte Tänzerin sind? I hatt grad des Vergnügen mit Ihrem Fräulein Schwester, die ist a sakrische Tänzerin. Warum sollt es bei Ihnen anders sein?“

Sie seufzte. „Weil meine Schwester und ich sehr verschieden sind.“

„Aber des Tanzen lernt man in unseren Kreisen doch von Kindesbeinen an. Des wird in Preußen net anders sein als bei uns in Bayern.“

Sie sah zu ihm auf und zog die Stirn kraus. „Herr Graf, ich möchte nicht tanzen.“ Urplötzlich legte sie die Hand über die Augen. „Verzeihen Sie mir“, klang es gequält.

„Gnädigs Baronesserl?“ Er beugte sich zu ihr hinab. „Ko i Ihnen irgendwie helfen?“

Sie richtete sich auf, ihre Stimme klang beinahe hart. „Ja. Indem Sie nicht versuchen, mich zum Tanzen zu überreden.“

Betroffen sah er sie an, und als sich ihre Blicke trafen, trat ein weicherer Ausdruck in ihre wunderbaren braunen Augen.

„Bitte verzeihen Sie mir, Herr Graf. Es tut mir leid.“

„Hab i irgendwas getan, was Ihr Missfalln erregt hat? Als mia uns im Wald gtroffen ham, warens no anders.“

„Sie waren im Wald ja auch anders.“

„No freili. Nachdem Ihr Pferd mi einige Meter mitgezogen hat, war mei Habit a weng derangschiert.“

„Nicht nur das.“ Sie sah ihn aufmerksam an. „Mir ist damals nicht aufgefallen, dass Sie im bayerischen Dialekt sprachen.“

Sie hatte es also bemerkt, sie schien eine aufmerksame Beobachterin zu sein. „Bitte bedenks, dass i damals inkognito in Wölfelsgrund war. Mei Herkunft sollt weder an der Sprach no an da Kleidung erkannt werden.“

„Ach so.“ Sie sah nicht überzeugt aus.

„Bleibt mir denn keine Hoffnung auf a Tanzerl mit Ihnen?“ So schnell wollte er nicht aufgeben. Er hatte nur diesen einen Ball, und ein Tanz mit Baronesse Helena erschien ihm noch weit erstrebenswerter zu sein, als mit ihrer Schwester zu tanzen.

„Ich ersuche Sie, mich nicht zu bedrängen.“

Wahrscheinlich taugte der Bayer mit seinem ungehobelten Dialekt nicht für die feine Baronesse von Hohenau, mochte er ihr nun das Leben gerettet haben oder nicht. Sollte sie doch weiter mit dem Herrn plaudern, der immer noch hinter der Pflanzengruppe stand und sich hämisch die Hände rieb.

Nun ja, vielleicht tat er ihr auch unrecht. Vielleicht war sie längst an das Bartgesicht vergeben und traute sich nicht, unter seinen Augen mit einem anderen Mann zu tanzen.

Ferdi zuckte mit den Schultern. „Dann wünsch i weiter a guats Amüsemang."

Und er würde sich weiter mit ihrer Schwester amüsieren. Die war nicht so unnahbar und schien einem kleinen Abenteuer nicht abgeneigt zu sein. Wenn nur Baronesse Helena nichts von seinem Schwindel ahnte. Ihre Worte hatten eine Spur Misstrauen enthalten.

* * *

Mutius sah Lena nach, als sie sich eilig von der Pflanzengruppe, hinter der sie gesessen hatte, entfernte. Von der anderen Seite näherte sich ihr der Graf von Wedell. „Jetzt wollen wir doch einmal sehen, welche Wirkung unser Graf auf Lena hat."

Valeria lächelte. „Ich glaube, dieser Mann bleibt auf keine Frau ohne Wirkung."

„Du solltest auf deine Gattin Acht geben, lieber Schwager", lachte Mutius.

Schwentin machte eine wegwerfende Handbewegung. „Was ihr bloß mit dem Grafen habt. Er mag ja eine ansehnliche Erscheinung sein, aber deshalb gleich so vernarrt zu sein ..."

„Wir müssen eben vorausschauend denken. Wann kommt es schon einmal vor, dass ein steinreicher Mann mit entsprechendem Adelstitel und blendendem Äußeren in unsere Gesellschaft platzt?" Mutius konnte nicht begreifen, dass Schwentin so zurückhaltend war. „Sieh nur, wie angeregt er sich mit Lena unterhält."

„Mein lieber Mutius, ich sage es dir zum letzten Mal: Ich werde meine Nichten – und besonders Helena – nicht an einen Unbekannten verheiraten." Die Stimme seines Schwagers war gefährlich leise.

„Warum willst du es gerade bei Lena unbedingt verhindern? Ich denke, Stefanie steht dir genauso nahe."

„Aber Helena ist mehr des Schutzes bedürftig. Und wenn ihr sie" – Schwentin sah Valeria und Mutius nacheinander durchdringend an – „für eure Zwecke, und besonders du, Mutius, wegen deiner pekuniären Misere verschachern wollt, dann lasst euch gewarnt sein. Ich werde es zu unterbinden wissen."

„Beruhige dich, Otto." Valeria legte ihrem Mann eine Hand auf die Schulter. „Wir wollen niemand verschachern. Und natürlich wollen auch wir den Grafen erst besser kennenlernen."

„Trotzdem ist Eile geboten", sagte Mutius. „Wir wissen nicht, wie lange Wedell in Breslau bleibt. Es kann sein, dass er schon in wenigen Tagen abreist, und dann wäre der Grafentitel samt dem fetten Vermögen dahin." Warum konnte sein Schwager nicht einmal auf die Vorteile sehen?

„Ich schlage vor, dass wir in Kürze zu einer kleinen, aber erlesenen Gesellschaft einladen." Valeria warf Mutius einen verschwörerischen Blick zu. „Wir könnten einen Musikabend arrangieren, zu dem wir auch den Grafen von Wedell invitieren. In kleinem Kreise werden wir ihn besser kennenlernen können als heute bei dem großen Ball. Und dann werden hoffentlich auch bei dir, Otto, die Zweifel schwinden."

„Wenn dem so ist, werde ich mich einer Verbindung nicht widersetzen. Aber das braucht Zeit."

„Die von dir präferierte Verbindung zwischen Lena und Güssow wirst du jedenfalls vergessen können, so wie sie ihm eben die kalte Schulter gezeigt hat." Mutius sah wieder zu Lena und Wedell hinüber.

„Mir scheint, dass es auch bei Wedell einige Hindernisse gibt." Schwentin grinste ihn an. „So, wie Helena mit dem Grafen spricht, scheint es sich nicht unbedingt um Liebesgeflüster zu handeln."

Gerade trat Wedell schulterzuckend zurück. Es hatte wohl doch nicht an Güssow gelegen, dass Lena so abweisend war.

„Ich hoffe nicht, dass das Mädchen schwer zu vermitteln ist", fasste Valeria seine Bedenken in Worte. „Gerade schon wies sie Güssow ab, nun auch Wedell. Ich fürchte, an Lena müssen wir noch hart arbeiten."

„Kein Druck, verstanden?" Natürlich musste Schwentin wieder Partei für Lena ergreifen. „Meinetwegen stelle ich meinen Plan mit Herrn von Güssow zurück, aber ich wünsche und dulde keinen Druck auf Helena!“

Mutius seufzte. Hoffentlich gelang es ihnen, seinen Schwager von dem Grafen zu überzeugen. Der Vorschlag seiner Schwester, eine Soiree in erlesenem Kreis zu veranstalten, hatte jedenfalls etwas für sich. Am besten würde er Wedell gleich heute bei der Verabschiedung dazu einladen, damit Schwentin nicht auch noch gegen diesen Plan Bedenken äußern konnte.

Kapitel 19

Christian von Güssow konnte ein Grinsen nicht unterdrücken. Seine Cousine Helena hatte wirklich Talent, Männer abblitzen zu lassen. Und dass sie dies gerade auch beim Grafen von Wedell getan hatte, erfüllte ihn mit diebischer Freude.

Aber war das richtig? Durfte er sich über die Niederlage seines Nebenbuhlers freuen? Er senkte den Kopf. Sein Herr und Meister hätte bestimmt anders gehandelt.

Trotzdem wollte er noch einmal einen Versuch unternehmen, eine Verbindung mit seiner Cousine zu forcieren. Wenn Helena sogar den feschen Grafen abwies, schien sie heute grundsätzlich nicht gut auf Männer zu sprechen zu sein. Dann hatte ihre Abfuhr nichts mit seiner Person zu tun und für ihn bestand doch noch Hoffnung. Sicherlich war auch das von Gott so gewollt.

Güssow sah zu Schwentin hinüber, der sich gerade von seiner Frau und seinem Schwager trennte und auf den Herrn Justizminister zusteuerte. Am besten wandte er sich direkt an den Staatsanwalt. Der hatte ihn schließlich höchstselbst zu dem Ball eingeladen und würde seine Werbung daher sicherlich begünstigen.

Er krachte mit den Fingern und trat rasch vor. „Ein prächtiges Fest, nicht wahr, Herr von Schwentin? Ich bin Ihnen immer noch außerordentlich verbunden, dass Sie mich zu diesem hohen Anlass eingeladen haben."

Schwentin rückte an seinem Zwicker. „Immerhin sind die Damen Ihre Cousinen."

„Ich bin in der Tat stolz auf sie. Besonders Helena in ihrer schlichten Natürlichkeit ..."

„Sagen Sie, Güssow, haben Sie eigentlich schon die Urteilsbegründung zu dem Prozess gelesen, den Ihr Arbeitgeber kürzlich geführt hat?"

Verwirrt sah Güssow ihn an. Wie kam Schwentin gerade jetzt auf Ruffers Gerichtsverfahren zu sprechen? „Ich weiß nicht, welches Verfahren Sie meinen. Herr von Ruffer hat zumeist mehrere anhängig."

„Ich meine das Strafverfahren gegen Ihren Lieferanten Kleinschmidt & Söhne. Herr von Ruffer hatte ihn wegen Betrugs angezeigt und ich war der zuständige Staatsanwalt."

„Selbstverständlich habe ich die Urteilsbegründung gelesen. Ich musste sie sogar genauestens studieren, denn der Herr Kommerzienrat war einigermaßen empört über das milde Urteil. Aber ich wollte eigentlich wegen meiner Cousine ..."

„Das milde Urteil haben Sie nicht mir zu verdanken." Schwentin nahm seinen Zwicker ab. „Leider durfte ich keine höhere Strafe fordern, obwohl das Gesetz es zuließ."

Güssow schielte zu Helena hinüber, die an einem der hohen Fenster stand und in den Garten hinaussah. „Herr von Schwentin, ich möchte mir die Erlaubnis ausbitten, in den nächsten Tagen meiner Cousine Helena meine Aufwartung machen zu dürfen."

„Sie müssen die Situation verstehen, Güssow. Mein Vorgesetzter, der Leitende Oberstaatsanwalt von Dümpten, ist leider völlig anderer Rechtsauffassung als ich."

Konnte Schwentin nicht einmal aufhören, von seinen beruflichen Dingen zu sprechen? Ihm war es gegenwärtig völlig gleichgültig, wie es zu dem Urteil gekommen war. Oder *wollte* Schwentin nicht mit ihm über Helena sprechen? „Bitte meine Frage wiederholen zu dürfen ..."

„Augenblick." Schwentin wischte fieberhaft mit einem seidenen Schnupftuch über die Gläser seines Zwickers. „Meine milde Strafforderung kam also nicht aus freien Stücken. Mein Vorgesetzter verlangte es so."

„Dann ist daran wohl nichts zu ändern. Erlauben Sie mir, meine Bitte zu wiederholen ..."

„Ruhig, mein lieber Güssow. Bitte nehmen Sie mein Bedauern wegen des Urteils zur Kenntnis. Aber was soll ich gegen die Anweisungen meines Vorgesetzten tun?"

„Wollen Sie das nicht mit Herrn von Ruffer selbst besprechen? Mir ist es ein Anliegen, mit Ihnen über meine Cousine Helena ..."

„Sie sind doch die rechte Hand Herrn von Ruffers. Bitte richten Sie ihm mein Bedauern aus und teilen Sie ihm mit, dass ich lediglich auf Weisung meines Vorgesetzten gehandelt habe."

Güssow deutete eine Verbeugung an. „Gern. Wenn Sie mir nun gütigst die Erlaubnis erteilen wollten ..."

„Ich habe die Befürchtung, dass wir irgendwann einen Verweis aus Berlin bekommen werden." Schwentin quetschte seinen Zwicker wieder auf die Nase. „Ich habe schon einmal erlebt, dass wir von allerhöchster Stelle gerügt wurden."

„Von Seiner Majestät persönlich? Kümmert sich denn der Kaiser um die Justiz?"

„Leider kommt es häufiger vor, dass Seine Majestät sich in einzelne Fälle einmischen." Schwentin seufzte. „Dies ist zumeist mit viel Verdruss verbunden."

„Ich werde Herrn von Ruffer Ihr Bedauern übermitteln." Hoffentlich war Schwentin jetzt endlich mit diesem Fall fertig und würde sich seinem Anliegen zuwenden. „Ich bitte Sie also nochmals ..."

„Bitte entschuldigen Sie mich. Ich habe noch ein dringendes Wort mit Seiner Exzellenz dem Herrn Justizminister zu wechseln." Dabei klopfte Schwentin ihm freundschaftlich auf die Schulter und eilte dann auf den Minister zu.

„Aber ..." Güssow schüttelte den Kopf. Hatte er in die persönliche Einladung des Hausherrn zu viel hineingelegt?

* * *

„Endlich bist du da!" Lisa streckte ihrem Mann erleichtert die Hand entgegen.

Mit zwei Schritten war Ludwig bei ihr und umschlang ihre Hand mit beiden Händen. „Was machst du bloß, Prinzessin?"

Sie sah die Sorge in seinen Augen. Mühsam unterdrückte sie einen neuerlichen Hustenanfall. „Es tut mir leid, Ludwig", keuchte sie und schloss die Augen. „Was hast du bei deiner Schwester erfahren?"

„Ich weiß noch nicht, was ich glauben soll. Aber dein Bruder ist mir jetzt gleichgültig. Zuerst muss es dir wieder besser gehen."

Sie sagte ihm lieber nicht, dass es die Sorge um Ferdi war, die sie erneut niedergeworfen hatte. „Ludwig, ich möchte, dass Ferdi sofort zu mir kommt."

„Aber Lisa, es ist zu anstrengend für dich, Besuch zu empfangen! Du siehst erschöpft aus, und ich fürchte, dass dir jeden Augenblick das Bewusstsein entschwindet!"

Das fürchtete sie allerdings auch. Aber es ging jetzt nicht um sie und ihre Gesundheit, sondern um ihren Bruder. Dahinter musste alles andere zurückstehen. „Ferdis Anblick wird mir helfen. Wenn ich ihn unbeschadet vor mir sehe und sicher bin, dass er nicht mehr an gefährlichen Orten weilt, werde ich mich schnell wieder erholen."

„Es ist also die Angst um Ferdi, die diesen Anfall ausgelöst hat? Dieser ..." Das letzte Wort verstand sie nicht, aber es war bestimmt kein Kompliment.

„Sei nicht böse auf ihn. Wenn du ihn zu mir bringst, wird alles wieder gut."

„Aber woher soll ich ihn denn holen? Ich weiß doch nicht einmal, wo er überhaupt steckt!"

„Aber ich weiß es. Wenn du zu Schwentin fährst, wirst du ihn finden."

„Bitte Lisa, beruhige dich. Du solltest etwas schlafen und nicht weiter an den Bengel denken."

Sie klammerte sich an seine Hände. „Ich kann jetzt nicht schlafen. Ich kenne meinen Bruder Leichtfuß und du solltest ihn inzwischen auch kennen. Er ist zu jedem Unsinn bereit, und ich bitte dich, ihn dort herauszuholen."

Ludwig seufzte. „Ich bin mit meiner Schwester übereingekommen, dass wir heute Abend nicht zu Schwentin fahren. Wenn wir ihn während des Balles herausholen, gibt es ein gewaltiges Aufsehen, das Ferdi mehr schadet als nützt. Wir können nur hoffen und beten, dass Ferdi unentdeckt zurückkehrt, und ihm dann den Kopf zurechtrücken. Und glaube mir: Das werde ich gründlich besorgen!"

„Aber wenn er entdeckt wird? Er schwebt dort in größter Gefahr! Ludwig, wenn du nicht zu Schwentin fährst, dann tue ich es selbst!"

„Lisa, bitte nimm doch Vernunft an!" Er beugte sich zu ihr herab. „Du würdest es doch nicht einmal bis zur Kutsche schaffen."

„Dann tue du es für mich. Ich kann es nicht ertragen, dass wir gar nichts zu seiner Rettung unternehmen!"

„Glaube mir, dass auch ich am liebsten sofort etwas unternehmen würde. Aber ich habe Pritzens versprochen, nicht zu Schwentin zu fahren."

Sie legte den Kopf auf das Kissen und schloss die Augen. Gab es denn gar keine Möglichkeit? Waren denn alle so begriffsstutzig, dass sie nicht merkten, in welche Gefahr Ferdi sich begeben hatte?

„Bitte sei so vernünftig und schlafe jetzt." Er gab ihr einen Kuss auf die Stirn. „Wichtiger als Ferdi ist deine Erholung."

Da war sie allerdings anderer Meinung. Sie setzte sich auf, obwohl sie dabei von einer Welle der Dunkelheit übermannt wurde. „Ich sage dir, Ludwig, wenn du nicht gehst, dann gehe ich!"

„Ich werde einen Boten zu Pritzens senden und sie bitten, Ferdi hierher zu schicken, sobald er zurückgekehrt ist. Vielleicht machen sie sich, wenn sie erfahren, wie schlecht es dir geht, sogar auf den Weg zu Bassewitz oder Schwentin und schauen nach Ferdi. Mehr können wir wirklich nicht für ihn tun."

„Das ist zu wenig!" Sie schrie es beinahe, und die Folge war ein heftiger Hustenanfall, der ihr die Lunge zu zerreißen drohte.

Er schlang beide Arme um sie. „Lisa, bitte denke auch ein wenig an dich!"

„Ich darf jetzt nicht an mich denken. Ich gehe zu Schwentin, auch wenn es meinen Tod bedeutet!"

„Es muss dir genügen, wenn ich einen Boten sende. Außerdem schreibe ich einen Brief an deine Eltern, dann werden sie sich – besonders dein Vater! – in bewährter Art der Sache annehmen."

„Aber das dauert alles viel zu lange!" Sie löste sich aus der Umklammerung seiner Arme und setzte sich an den Rand ihrer Chaiselongue. „Ferdi muss *sofort* geholfen werden!"

Sie stand auf und schüttelte Ludwigs Hand ab, der sie zurückhalten wollte. Wenn sie jetzt nur nicht in Ohnmacht fiel! Doch da wurde es schon wieder dunkel um sie, Millionen silberner Sternchen rasten auf sie zu. Sie merkte nur noch, wie ihre Knie durchsackten und zwei Arme sie umfingen.

Kapitel 20

Mutius straffte seinen Frack. Es wurde Zeit, dass er die Fäden in die Hand nahm. Wenn er auf die Zustimmung seines Schwagers wartete, war dieser famose Graf von Wedell wahrscheinlich schon mit einer bayerischen Prinzessin verheiratet, ehe sie einen einzigen Schritt unternommen hatten, ihn an eine seiner Nichten zu binden.

Er eilte zu Stefanie, die gerade von ihrem Tanzpartner, einem armseligen Leutnant, entlassen wurde. „Ich hoffe, du vergnügst dich gut, liebe Stefanie?"

Das Mädchen sah ihn mit glühenden Wangen an. „Es ist herrlich, Onkel Mutius. Ich könnte jeden Tag auf einen Ball gehen!"

Er zog sie lachend an einer ihrer blonden Locken. „Sage mir, meine Liebe, was hältst du eigentlich von dem Grafen von Wedell?"

„Oh!" Sie keuchte, noch ganz atemlos vom Tanz. „Er ist charmant, hinreißend, pyramidal! Genauso habe ich mir die Kavaliere in meinen Träumen vorgestellt."

„Das freut mich. Hat er dir von seinen riesigen Gütern in Bayern erzählt?"

„Nein, davon sagte er nichts. Aber ich dachte mir schon, dass er aus reichem Hause kommt. Sein ganzes Auftreten deutet darauf hin."

„Er ist viel reicher als wir uns vorgestellt haben. Seine Familie ist sogar mit dem bayerischen Königshaus verwandt. Du hast doch sicherlich von dem exzentrischen Ludwig II. gehört?"

„Von dem Märchenkönig? Natürlich. Er soll doch überall in Bayern sagenhafte Schlösser bauen. Dann ist der Graf vielleicht sogar in Wirklichkeit ein Prinz? Und weilt nur inkognito in Breslau?"

„Das wohl leider nicht." Mutius musste schmunzeln. Er legte den Arm um ihre Schultern und führte sie in einen angrenzenden Salon. „Die Familie von Wedell ist offizieller Hofholzlieferant. Du kannst dir denken, welche Reichtümer damit zu verdienen sind."

„Du meinst also ...?"

Mutius lächelte. Stefanie schien ihn zu verstehen. „Da du offenbar Gefallen an ihm gefunden hast, habe ich nichts dagegen, wenn du den Grafen ein wenig – fesselst."

„Es wird mir ein Vergnügen sein." Ihre azurblauen Augen leuchteten übermütig auf. „Ich wage sogar zu behaupten, dass auch der Graf mir gegenüber nicht völlig abgeneigt ist."

„Dann solltest du dir diesen appetitlichen Grafen nicht entgehen lassen. Bitte bedenke, dass wir nicht viel Zeit haben."

„Er sagte bereits, dass er in Kürze wieder abreisen wird und wir uns wahrscheinlich nicht noch einmal sehen werden."

„Das wäre unangenehm." Mutius zog an seinem Ohrläppchen. „Ich habe schon mit Valeria besprochen, dass wir eine Soiree arrangieren wollen, an der er jedenfalls teilnehmen soll. Du musst ihn überreden, wenigstens so lange in Breslau zu bleiben. Ich werde ebenfalls mein Möglichstes tun."

„Du kannst dich ganz auf mich verlassen, Onkel." Sie hakte sich bei ihm ein. „Ich hoffe nur, dass ich nicht so ende wie meine Tante. Mama hat mich vor unserer Abreise mehrfach davor gewarnt."

„Wie? Was willst du damit sagen?"

„Ich weiß doch, was es mit meiner kleinen Cousine Livia auf sich hat." Stefanie lächelte verschmitzt. „Lena und ich waren zwar damals im Pensionat, aber Mama hat uns natürlich davon erzählt."

Sonderbar. Natürlich hatte sich nicht dauerhaft vor den Mädchen verbergen lassen, dass Valerias Kind unehelich war, aber Aurelia hatte versprochen, ihren Töchtern so wenig wie möglich zu erzählen.

„Aber selbst wenn mir solch ein Missgeschick begegnen sollte, habe ich ja ebenfalls eine fromme Schwester, bei der ich Asyl finden würde und die mich bestimmt ebenso liebevoll aufnehmen würde, wie Mama es bei Tante Valeria getan hat."

Mutius sah seine Nichte scharf an. „Du meinst, dass deine Mutter Valeria damals *liebevoll* aufgenommen hat?"

Das sah seiner älteren Schwester gänzlich unähnlich. Aurelia war sonst mit Vorwürfen und Maßregeln schnell bei der Hand – wie er erst kürzlich noch erfahren hatte, als sie ihn zu der fetten Kuh geführt hatte. Es war einfach zu ärgerlich, dass er gerade zu der Zeit, als Valeria nach Schönwalde gegangen war, um die Geburt ihrer unehelichen Tochter zu verschleiern, in Frankreich im Felde gewesen war und sich mit dem widerwilligen Schleinitz hatte herumschlagen müssen. Dass er immer ausgerechnet die wichtigen Ereignisse verpasste!

„Mama hat nie ein schlechtes Wort über Tante Valeria verloren. Im Gegenteil hat sie immer davon gesprochen, dass sie ihr leidtue und dass es ein schweres Schicksal sei. Als Tante Valeria dann Onkel Schwentin geheiratet hat, hat Mama sich unglaublich darüber gefreut."

Das war mehr als sonderbar. Sollte das wirklich stimmen? Er musste unbedingt Valeria danach fragen.

„Nun will ich dich aber nicht länger vom Vergnügen fernhalten." Mutius führte seine Nichte in den großen Saal zurück. „Sieh nur, deine Verehrer schielen schon ungeduldig herüber – ich meine sogar, den Grafen von Wedell unter ihnen zu erkennen." Er zwinkerte ihr zu. Den Grafen würde er nachher bei der Verabschiedung zu der Soiree einladen. Bis dahin sollte Stefanie erst einmal Vorarbeit leisten.

Er beobachtete das Mädchen, wie sie zu der ausgelassenen Menge zurückkehrte. Sofort trat Wedell auf sie zu, verbeugte sich formvollendet vor ihr und führte sie zur Tanzfläche.

Zufrieden lächelnd wandte Mutius sich ab und winkte einen Diener herbei, der ihm auf seine Frage hin mitteilte, dass Valeria bei ihrer Tochter sei, die gerade zu Bett gebracht werde. Ein letzter Blick bestätigte ihm, dass seine Gegenwart im Ballsaal im Moment nicht vonnöten war – hier lief alles wunschgemäß –, und so eilte er zu Valerias Privatgemächern.

Er traf sie auf dem Korridor, als sie gerade Livias Zimmer verließ. „Julian, was treibt dich her? Bitte verzeih mir, dass ich das Fest verließ. Livia verlangte ihren Gutenachtkuss."

„Schon gut, ich bin froh, dass ich dich so ungestört treffe. Was ich mit dir bereden möchte, ist nicht für jedermanns Ohren bestimmt. Komm mit in deinen Salon." Er ignorierte ihren fragenden Blick und ging voran in den benachbarten Salon.

Sie setzte sich ihm gegenüber, nahm sich eine Zigarette und schob ihm die Schachtel herüber. „Nimm, du siehst ganz echauffiert aus. Was ist geschehen?"

Als er eine Zigarette aus der Schachtel nahm, merkte er, dass seine Finger zitterten. „Valeria, was ist damals geschehen, als du schwanger auf Schönwalde ankamst?"

„Wie kommst du so plötzlich darauf?" Sie klemmte sich ihre Zigarette zwischen die Lippen und zündete sie an. „Ich bekam von Aurelia und Georg Friedrich ein Zimmer angewiesen und einige Monate später kam Livia zur Welt."

„Wie wurdest du von Aurelia empfangen? Hat sie dir keine Vorwürfe gemacht?" Mutius steckte sich ebenfalls eine Zigarette an und sog den Rauch tief in die Lungen.

„Ich hatte damit gerechnet, zwar aufgenommen, aber gleichzeitig auch mit einer Lawine von Vorwürfen erschlagen zu werden. Deshalb hatte ich überlegt, ob ich Aurelia überhaupt die Wahrheit sagen sollte. Das Kind hätte ja auch die Folge eines Verbrechens sein können."

„Aber du hast ihr die Wahrheit gesagt?"

„Ja. Unsere Schwester ist scharfsinniger, als uns manchmal lieb sein kann, und hätte es ohnehin gemerkt." Valeria lächelte und klopfte die Asche in den Becher. „Also sagte ich ihr, was vorgefallen war, und machte mich auf das Schlimmste gefasst."

„Und?" Mutius zog so heftig an seiner Zigarette, dass er den Rauch mit einem heiseren Husten wieder von sich gab.

„Aurelia nahm mich in den Arm und sagte, es sei das Selbstverständlichste auf der Welt, dass ich bei ihnen bleiben könne. Die ganze Zeit über machte sie mir keinen einzigen Vorwurf, sondern brachte mir nur Mitempfinden entgegen."

Mutius schüttelte den Kopf. Er hatte also wirklich ein wichtiges Ereignis verpasst. Hätte er damals schon von Aurelias unerwarteter Reaktion erfahren, hätte er es bestimmt nicht so gedankenlos hingenommen. „Hat es dich nie gewundert, dass Aurelia so freundlich war?"

Valeria wiegte den Kopf. „Ich schob es auf ihre christliche Einstellung. Obwohl sie ja bekanntermaßen manchmal merkwürdige Vorstellungen von christlicher Nächstenliebe zu haben scheint und einem gehörig den Kopf waschen kann."

Er musste wieder an die Kuh denken. „Stefanie erzählte mir soeben davon. Auch später hat Aurelia angeblich nie etwas Böses über dich gesagt. Ist das nicht sonderbar?"

„Wirklich nicht? Ich dachte, sie hätte mich ihren Töchtern vielleicht als die verwerfliche Frau schlechthin dargestellt. Das würde jedenfalls Lenas Vorbehalte mir gegenüber erklären."

„Nein, Stefanie erzählte mir soeben, dass Aurelia ihre Töchter zwar gewarnt hat, dass sie nicht so enden sollen wie du, aber ein schlechtes Wort habe sie nie über dich verloren. Im Gegenteil: Sie hat sogar Mitleid geäußert." Mutius starrte dem Rauch seiner Zigarette nach. „Weißt du, dass mich das stutzig macht?"

„Ich gebe zu, dass es erstaunlich ist. Aber was willst du damit sagen?" Sie plusterte ihre Wangen auf und stieß eine Rauchwolke aus.

„Bevor Aurelia fromm wurde, als sie noch hier in Breslau lebte, war sie der Stern jedes Festes. Die Männer umschwärmten sie und sie nahm deren Huldigungen gern entgegen. Entsinnst du dich daran?"

„Schwach. Ich war damals noch ein Kind." Valeria drückte ihre Zigarette in den Aschenbecher.

„Dann heiratete sie Baron Georg Friedrich von Hohenau, vermutlich wegen des prächtig dastehenden Gutes Schönwalde."

Valeria zündete sich eine neue Zigarette an. „Ich verstehe bis heute nicht, was sie an diesem frommen Bauerntrampel gefunden hat. Sie muss ihn wohl wirklich nur wegen des Geldes geheiratet haben."

Ein brennender Schmerz an seinen Fingern ließ ihn auffahren. Er hatte gar nicht bemerkt, dass seine Zigarette abgebrannt war. Fluchend warf er sie in den Aschenbecher. „Keine Vorwürfe für dich, als du ein uneheliches Kind erwartetest, im Gegenteil begegnete dir Aurelia mit unerwartetem Verständnis, und jetzt sprechen die Mädchen von einem Geheimnis in ihrer Familie ..."

Valerias Augen wurden immer größer. „Julian! Willst du damit etwa sagen, dass sie so milde war, weil sie etwas Ähnliches selbst ...?"

„Ich weiß es nicht sicher. Aber ist es auszuschließen?"

„Soweit ich Aurelias Leben von damals kenne – nein." Seine Schwester zog hastig an ihrer Zigarette. „Das wäre ungeheuerlich! Sollte es denkbar sein, dass mit der Abstammung der Mädchen etwas nicht stimmt?"

„Das müssen wir unbedingt herausfinden. Wenn sie, oder zumindest eine von ihnen, wirklich nicht Georg Friedrich von Hohenau zum Vater haben sollten, dann müssen wir sie schnellstmöglich und bestmöglich verheiraten, bevor das Geheimnis ans Licht kommt." Und gleichzeitig bot ihm das Wissen endlich die geeignete Waffe, statt der Kuh bares Geld aus Hohenau herauszupressen. Aber dazu fehlten ihm noch die Beweise.

Valeria rauchte unterdessen wie einer der Schlote von Ruffers Fabriken und drehte dabei so heftig an ihrem Ring, dass er fürchtete, sie würde sich gleich den Finger aus dem Gelenk reißen. „Bloß welche der beiden betrifft es?", sinnierte sie. „Es hätte ins Bild gepasst, wenn Aurelia den einfältigen Hohenau geheiratet hätte, um ein uneheliches Kind zu vertuschen. Aber Lena ist 16 Monate nach Aurelias Hochzeit geboren – so weit hätte noch nicht einmal ich gewagt, einen Geburtstermin zu manipulieren."

Mutius grinste. „Zumal der brave Hohenau bei dem Betrug sicher nicht mitgespielt hätte."

„Lena oder Stefanie?" Valeria tippte bei jeder Silbe auf ihre Zigarette. „Wenn wir das bloß wüssten!"

„Wir müssen es herausfinden. Aber unabhängig davon benötigen wir für beide so schnell wie möglich einen geeigneten Ehepartner, denn die Schande liegt ohnehin auf der ganzen Familie."

„So schnell wie möglich einen geeigneten Ehepartner", wiederholte Valeria. „Vielleicht noch weit weg von hier? Wenn sie zum Beispiel in München wohnen würden, wäre die Gefahr einer Entdeckung bedeutend geringer."

Mutius schnippte mit dem Finger. Seine Schwester war an Genialität nicht zu überbieten. Wahrscheinlich hatte sie das strategische Geschick ihres Vaters geerbt. „Wedell. Graf Ferdinand von Wedell. Er kennt unsere Verhältnisse nicht, wird wieder nach Bayern zurückkehren – und wenn wir ein wenig nachhelfen, bringen wir Stefanie und ihn noch heute Abend zusammen."

„Und Lena und Güssow. Dieser fromme Trampel wird sie mit Handkuss nehmen und schweigen, wenn wirklich etwas ans Licht kommen sollte."

Mutius verzog das Gesicht. Güssow – allein der Name bereitete ihm schon Zahnweh. Aber wahrscheinlich hatte Valeria recht. „Mit Wedell müssen wir uns beeilen. Stefanie sagte, dass er in Kürze schon wieder abreisen wird."

„Dann sollte das unser erstes Ziel sein. Wenn wir herausgefunden haben, wen von beiden es wirklich betrifft, müssten wir unsere Pläne eventuell entsprechend anpassen."

„Ich habe Stefanie schon gebeten, Wedell die Einladung zu einer Soiree anzudeuten. Und beim Abschied werde ich ihn offiziell einladen. Dann kann er kaum Nein sagen." Mutius stand auf. „Nun müssen wir aber zurück zum Fest, man könnte uns vermissen. Außerdem habe ich die Mädchen gerne unter Beobachtung."

„Ich rauche zu Ende und sehe noch einmal nach Livia, dann komme ich nach."

Langsam kehrte Mutius zum Ballsaal zurück. Die Erkenntnisse des heutigen Abends waren mit Gold nicht zu bezahlen – und waren doch noch viel zu wenig. Er musste so schnell wie möglich Einzelheiten herausfinden: ob sein Verdacht überhaupt richtig war, wenn ja, wen von den beiden Mädchen es betraf – oder sogar beide? –, und ob es noch weitere Mitwisser gab. Freiwillig würde ihm diese Informationen allerdings niemand geben.

* * *

Als der Tanz zu Ende war, verbeugte Wedell sich vor Baronesse Stefanie von Hohenau. „'s war mir a großes Vergnügen, Baronesserl."

„Ich wünschte, wir könnten das Vergnügen wiederholen." Sie sah ihn bekümmert an. „Gibt es nichts, was Sie überzeugen könnte, noch einige Tage länger in Breslau zu verweilen?"

Er sah ihr in die fantastischen Augen. Dieses Mädchen schaffte es wirklich, ihn um den Verstand zu bringen. Niemals hätte er zu träumen gewagt, dass ausgerechnet eine Hauptperson des Balles Interesse an ihm haben könnte – aber es war ganz offensichtlich so. Wenn er nicht vorsichtig war, würde er innerhalb weniger Minuten zuerst den Kopf und dann sein Herz verlieren. „Ihre Bitte ist mir a große Ehre, bloß ists leider net möglich."

„Mein Onkel hat mir soeben angedeutet, dass er beabsichtigt, eine Soiree im erlesenen Kreis zu geben, zu der er Ihr Erscheinen begrüßen würde."

Ferdi merkte, wie er wankend wurde. Der Gedanke war viel zu verlockend, die Baronessen im kleinen Kreis noch einmal wiederzusehen. Sollte es vielleicht sogar Gott so geführt haben, dass Baronesse Stefanie Interesse an ihm hatte und ihn einlud? Das Aufeinandertreffen im Hochwald konnte ja auch kein Zufall gewesen sein.

„Ich sehe, dass Sie überlegen." Sie legte ihm vertraulich die Hand auf den Arm und schmiegte sich so nah an ihn, dass er den Veilchenduft ihres Haares riechen konnte. „Sie würden mich zum glücklichsten Menschen in ganz Schlesien machen, wenn Sie Ihre Abreise wenigstens bis zu diesem Abend verschieben würden."

Ihre kleine Hand auf seinem Arm bewirkte ein seltsames Feuer in seinem Innern. Am liebsten hätte er diese Hand ergriffen und ihr alles versprochen, was sie nur wollte. Aber was würde Bassewitz sagen, wenn er zu einer weiteren Veranstaltung gehen wollte?

Er sah sich nach seinem Freund um und fand ihn in einer Traube junger Damen, die er offenbar mit lustigen Anekdoten unterhielt, denn in regelmäßigen Abständen klang ihr Kichern herüber.

Sollte Bassewitz dieses Vergnügen allein haben? Und er musste zurückstehen? Er sah Stefanie in die erwartungsvollen Augen. Ihr Blick war beinahe flehend – empfand sie wirklich so viel für ihn? So wie er nicht leugnen konnte, dass er etwas für sie empfand? Das war doch sicherlich kein Zufall, sondern eine Fügung des Himmels!

Er fasste sich ein Herz und griff nach ihrer Hand. „Baronesserl ..."

Sie machte keine Anstalten, ihm ihre Hand zu entziehen. „Ja?"

„Wenns Sie glücklich macht, dann will i scho solang in Breslau bleiben."

In ihren Augen ging die Sonne auf. „Herr Graf, ist das wahr? Das tun Sie für mich? Oh, ich danke Ihnen!"

Er stand kurz davor, sie in die Arme zu schließen. Doch da fiel sein Blick über ihre Schulter und er sah ihre Schwester. Fast hätte er sie über Baronesse Stefanie vergessen, doch als er Helena sah, keimte sofort der Wunsch in ihm auf, es noch einmal bei ihr zu versuchen. Wahrscheinlich hatte sie nur nicht tanzen wollen, doch wenn sie gesehen hatte, wie unbefangen ihre Schwester mit ihm umging, würde sie sich vielleicht wenigstens auf ein Gespräch mit ihm einlassen.

Er verbeugte sich vor Stefanie und eilte auf Baronesse Helena zu. Als er sie vor sich sah, war er erneut wie geblendet von ihrer schlichten Schönheit. Dagegen verblasste sogar Baronesse Stefanie.

Kapitel 21

Lena spürte beinahe körperliche Schmerzen, als sie Stefanie so vertraut mit dem Grafen von Wedell beieinanderstehen sah. Sie raffte ihr weißes Kleid, um sich wieder in ihre Nische hinter dem Pflanzenkübel zu flüchten, als sie den Grafen auf sich zukommen sah.

„Gnädigs Baronesserl, Ihr Schwesterl hat mir grad gsagt, dass Ihre Familie in Kürze a Soiree zu geben gedenkt. Sie werden do a zugegen sein?“

Sonderbar, davon wusste sie gar nichts. Hatte Stefanie sich das nur ausgedacht? „Von einer Soiree ist mir nichts bekannt.“

„Aber Sie werden doch gwiss kimma, wenns stattfindet?“

Sie blickte in sein markantes Gesicht. Wie gern würde sie ihn wiedersehen! Aber für ihre Herzensruhe war es nicht gut. „Ich habe die Absicht, in Kürze auf das Gut meiner Eltern zurückzukehren.“

Er sah sie betroffen an. War da wirklich Enttäuschung in seinen Augen zu lesen? „Sie wolln Breslau scho wieder den Rücken kehrn?“

„Es ist besser so.“ Wie sollte sie ihm das erklären, ohne zu lügen und ohne Nachfragen zu provozieren, die sie nicht beantworten konnte oder wollte? „Herr Graf, ich glaube an den Herrn Jesus und daran, dass er für mich am Kreuz gestorben ist. Die Beziehung zu meinem Heiland ist für mich Lebensinhalt. Deshalb fühle ich mich auf solchen Festen nicht wohl.“

Er machte ein konsterniertes Gesicht. „Ist das ... Is des wirklich woahr?“

Sie lächelte schmerzlich. „Es mag Sie verwundern, Herr Graf, aber auch in Preußen gibt es Menschen, die Jesus Christus als ihren Herrn und Heiland kennen und lieben.“

Er schüttelte immer wieder den Kopf. „Is des a Überraschung, Baronesserl. Wissens, des i auch in a gläubigs Haus aufgwachsen bin? Diese Beziehung zu mei Heiland kenn i auch!“

Nun war es an ihr, betroffen zu sein. Wenn sie gehofft hatte, ihn mit ihrem Geständnis auf Abstand zu halten, war wohl genau das Gegenteil eingetreten.

„’s gfreut mi sehr, des i in dieser Gesellschaft a Gleichgesinnte treff." Er streckte ihr seine Hand entgegen. „Wolln ma net Freundschaft schließen, wenn uns da gleiche Glaube verbindet?"

In seinen sonst so übermütigen Augen lag ein warmes Leuchten. Wie sehr hätte sie sich gefreut, in ihm einen Gleichgesinnten zu treffen – wenn da nicht Stefanie wäre. War es nicht das Beste für ihre Schwester, wenn der Mann, den sie offensichtlich verehrte, sie auf den Weg des Glaubens zurückführen würde?

Lena hob schon die Hand, um einzuschlagen, doch sie zog sie rasch wieder zurück. „Verzeihen Sie, Herr Graf." Sie raffte ihr Kleid und rannte mit klackernden Absätzen aus dem Saal, so schnell ihr enges Kleid es zuließ.

Als sie den Korridor erreichte, der zu ihren Privatgemächern führte, blieb sie aufatmend stehen. Was war sie für eine dumme Gans! Was mochte der Graf jetzt von ihr denken? Warum gelang es ihr einfach nicht, freundlich zu sein? Es schien ja schon fast eine Wahnvorstellung zu sein, dass sie hinter jeder Aufmerksamkeit, die ihr ein junger Mann entgegenbrachte, gleich ein Interesse vermutete, das sie nicht wollte.

Zum Fest konnte sie unmöglich zurückkehren. Blind vor Tränen eilte sie durch die Gänge, um ihr Zimmer zu erreichen – und wäre beinahe mit Tante Valeria zusammengestoßen.

„Lena, wo willst du denn hin?"

Sie blinzelte zu ihrer Tante auf. „Bitte lass mich. Ich muss allein sein."

Tante Valeria fasste sie an den Schultern. „Aber Lena, du kannst doch nicht jetzt schon den Ball verlassen! Was ist geschehen?"

Sie schüttelte nur den Kopf. Mit Tante Valeria wollte sie als letztes darüber reden.

„Komm, ich bringe dich zur Gesellschaft zurück." Sie reichte ihr ein Schnupftuch. „Wisch deine Tränen ab ..."

Lena stieß die Hand mit dem Schnupftuch zurück. „Bitte nicht, Tante!" Dann rannte sie an ihr vorbei, dass die Nähte des engen Rockes protestierend krachten.

In ihrem Zimmer warf sie die Tür hinter sich zu und schob klirrend den Riegel vor. Aufatmend blieb sie stehen und riss die Spangen und Klammern aus ihrem Haar, dass es offen niederwallte. *Ich kann es nicht mit ansehen, Herr, wie meine Schwester dem Grafen den Kopf verdreht!*

Sie ging zu ihrer Kommode hinüber und zog das oberste Schubfach auf. Dort lag auf ihrer Bibel ein Paar weißer Handschuhe. Als sie sie auseinanderfaltete, sah sie die rotbraunen Flecken – *sein* Blut. Sie hatte es nicht übers Herz gebracht, die Handschuhe zu waschen, nachdem sie im Hochwald seine blutigen Hände ergriffen hatte.

Aufschluchzend presste sie die Handschuhe an die Lippen. Steckte darin nicht noch der harzige Duft des Hochwaldes? Sie meinte wieder das Gezwitscher der Vögel und das Hämmern des Spechtes zu hören.

Wahrscheinlich wäre es am besten, wenn sie die Handschuhe in den Kamin warf. Doch nein, das brachte sie nicht fertig.

Sie legte sie wieder in das Schubfach und sank auf ihr Sofa – genau neben Spittas *Psalter und Harfe.*

Ein Tränenstrom ergoss sich über ihre Wangen und tropfte auf die Seiten des Buches, das sich an einer Stelle aufgeschlagen hatte, die sie schon oft gelesen hatte.

Ich höre Deine Stimme,
mein Hirt, und allgemach,
wenn auch in Schwachheit, klimme
ich Deinen Schritten nach.
Oh lass zu allen Zeiten
mich Deine Wege gehn,
und Deinem sanften Leiten
mich niemals widerstehn.

Dein Stab und Stecken trösten
mich, wenn Gefahr mir droht,
Du zeigest Dich am größten
mir in der größten Not.
Will mir die Kraft verschwinden
und aller Mut entfliehn,
weißt Du doch Rat zu finden,
mich aus der Angst zu ziehn.

Die Worte, die sie so gut kannte, bekamen heute eine ganz neue Bedeutung.

„Mein Hirte, bitte sei mir in meiner Not nahe“, betete sie. „Mir ist alle Kraft entschwunden, ich weiß nicht mehr, was ich tun soll.“

Sie richtete ihren Blick wieder auf ihren Spitta.

Oft fühl ich mich so traurig
in dieser argen Welt,
die Zukunft sich so schaurig
mir vor die Seele stellt.
Dein Wort, zum Heil beschieden,
spricht dann mir tröstend zu,
da geb ich mich zufrieden
und finde in Dir Ruh.

Würde sie noch einmal Ruhe finden? Würde sie die Kraft finden, zugunsten ihrer Schwester zurückzustehen? „Mein Herr, wenn das Dein Wille für mich ist, dann gib mir auch die Kraft dazu. Dann will ich zufrieden sein.“

Mein Hirt, mein Gnadenspender,
zieh mich Dir kräftig nach,
ich folgte gern behänder,
allein ich bin so schwach.
O komm, mir beizuspringen,
wenn ich nicht weiter kann,
es wird mir wohl gelingen,
nimmst Du Dich meiner an.

Sie klappte das Buch zu und richtete ihren Blick zur Zimmerdecke. Die Verse aus dem Propheten Jesaja kamen ihr in den Sinn: *Fürchte dich nicht, denn ich bin mit dir; schau nicht ängstlich umher, denn ich bin dein Gott; ich stärke dich, ja, ich helfe dir, ja, ich stütze dich mit der Rechten meiner Gerechtigkeit.*

Neue Kraft durchströmte sie und sie brachte sogar ein Lächeln zustande. „Danke, dass Du mich nicht allein lässt, dass Du Dich meiner immer wieder annimmst – weil Du mich liebst.“

* * *

Regina hielt sich krampfhaft an der Sitzbank der Kutsche fest. „Wilhelm, wenn wir gegen eine Hauswand geschleudert werden, werden wir Ferdi auch nicht schneller zu Lisa bringen!"

Ihr Mann schüttelte nur den Kopf – wahrscheinlich hatte er sie bei dem Klappern der Hufe und dem Poltern der Räder nicht einmal verstanden.

Sie war ja froh, dass Wilhelm es so eilig hatte, Ferdi nach Hause zu holen. Der Bote von ihrem Bruder Ludwig hatte ihn offenbar in große Sorge um Lisa versetzt. Allerdings fürchtete sie, dass die Fahrt zu Bassewitz umsonst war – dort würden sie Ferdi bestimmt nicht antreffen. Aber das wollte ihr Mann ja partout nicht glauben.

Ruckartig hielt der Wagen vor der Wohnung von Maximilian von Bassewitz. Ihr Mann sprang vom Bock, sie aber blieb sitzen. „Siehst du, Wilhelm? Alles dunkel – wie ich vermutet habe."

„Unsinn, wahrscheinlich liegt das Zimmer, wo sie arbeiten, nach hinten hinaus. Oder sie schlafen längst."

Regina sagte nichts dazu. Ihr Mann würde es ja gleich selbst sehen.

Er sah sich nach ihr um, doch als sie keine Anstalten machte, die Kutsche zu verlassen, verschwand er im Hauseingang.

Regina faltete die Hände. *Herr Jesus, bitte lass uns keinen Fehler machen. Wir haben Angst um Ferdi, aber auch um Lisa. Hilf uns, das Richtige zu tun.*

Ihr Mann kehrte zum Wagen zurück. Er sah niedergeschlagen aus. „Es hat nur sein verschlafener Diener geöffnet. Bassewitz ist in Begleitung von Ferdinand ausgegangen."

„Dann sollten wir ihn doch bei Schwentin suchen."

„Ich kann es einfach nicht glauben. Aber wenn du so überzeugt davon bist ..." Er kletterte wieder auf den Bock.

„Wir müssen uns beeilen, wir haben schon unnötig Zeit verloren."

Wilhelm knallte mit der Peitsche und die Kutsche ruckte an. In halsbrecherischer Geschwindigkeit ging es quer durch die Stadt. Einige Passanten, die trotz der vorgerückten Stunde noch unterwegs waren – wahrscheinlich kamen sie aus irgendwelchen Kneipen – sprangen oder wankten schreiend zur Seite. Regina hatte das Gefühl, bald aus der Kutsche geschleudert zu werden.

Als sie in die Nähe des Central-Bahnhofs kamen, erklang plötzlich ein schriller Pfiff aus einer Trillerpfeife. – Der Nachtwächter.

Regina stöhnte. Es hatte ja so kommen müssen.

Auch ihr Mann stieß einen Laut aus, der alles andere als ein Freudenschrei war, und brachte den Wagen zum Stehen. Im schummrigen Licht der Gasbeleuchtung tauchte die massige Gestalt des Nachtwächters auf, der mit seiner Blendlaterne zum Bock hinaufleuchtete. „Mein Herr, wissen Se nich, dass Galopp innerhalb von die Stadt verboten is?“

„Bitte, halten Sie uns nicht auf.“ Wilhelm zückte seine Börse und hielt dem Wächter der nächtlichen Ruhe ein großes Silberstück entgegen.

„Nee nee, mein Lieber, so einfach geht das nich.“ Der Nachtwächter hob abwehrend seine fleischige Hand. „Das darf ich nich annehmen. Sie wissen schon, von wegen die Vorteilsnahme.“

„Aber bitte, wir sind in großer Eile!“

„Nee nee, das muss alles seine Ordnung haben. Ich muss Se aufschreiben und melden. Name?“

„Pritzen, Wilhelm von Pritzen. Aber so hören Sie doch, guter Mann, ich bin ja bereit, die Strafe zu zahlen, nur lassen Sie mich bitte weiterfahren!“

„Nee nee, mein Gutester. Das muss alles seinen Gang gehen. Schließlich sin wir in Preußen und nich in de Walachei.“ Der Wächter zog umständlich Block und Stift hervor. „Wie bitte war der Name?“

Regina legte den Kopf gegen das Polster. Wenn der Hüter der preußischen Ordnung in dieser Geschwindigkeit weiterarbeitete, kamen sie erst im Morgengrauen bei Schwentin an.

Der Nachtwächter lehnte seine Laterne gegen das Kutschrad und malte mit großer Gewissenhaftigkeit die Buchstaben aufs Papier. Regina wartete nur darauf, dass die Laterne umfiel und er sie mit aufs Polizeibüro nehmen musste, weil er im Dunkeln nicht weiterschreiben konnte.

„So, Herr von Plitzki ...“

„Pritzen!!!“ Ihr Mann sprang beinahe vom Bock.

„Wie? Nich Plitzki? Warum sagen Se das denn nich gleich? Jetzt muss ich nen neuen Vordruck ausfüllen.“

Wilhelm knallte so laut mit der Peitsche, dass die Pferde unruhig wurden.

„He! Nu mal ganz schön ruhig mit die ungestüme Pferde!“ Der Nachtwächter sah böse zu ihm auf. „Wie war der Vorname noch mal? Willibald?“

„Wilhelm, wie unser Kaiser! Geben Sie den Wisch her, ich schreibe lieber selbst, bevor sie noch einmal den falschen Namen schreiben.“

„Das is nich nach die Ordnung. Den Beleg darf nur der königlich-preußische Nachtwächter ausfüllen.“

Endlich hatte der Mann seine schweißtreibende Schreibarbeit vollendet und reichte den Bescheid zum Bock hinauf. „Bitte. Das Bußgeld is sofort in Mark oder Talern an de Reichskasse, vertreten durch meine Person, zu entrichten.“

Wilhelm gab dem Wächter eine Banknote. „Ich hoffe, Sie haben Wechselgeld.“

Der Ordnungshüter hielt den Schein ins Licht der Laterne. „Bedaure. Sie sind mein erster Kunde.“

„Das kann nicht Ihr Ernst sein!“

Regina beugte sich vor. „Dann behalten Sie meinetwegen den Rest, nur lassen Sie uns endlich weiterfahren!“

„Aber das is nich nach die Ordnung. Sie wissen schon, von wegen die Vorteilsnahme ...“

„Nun ist es genug.“ Wilhelm gab den Pferden die Peitsche und die Kutsche zog an. Klirrend zerbrach die Laterne und der penible Gesetzeshüter blieb zeternd im Dunkeln zurück.

Trotz des Erlebnisses versetzte Wilhelm schon an der nächsten Straßenecke die Pferde wieder in Galopp.

Im Osten kündete ein lichter Streifen schon den neuen Tag an, als sie endlich die Tauenzinstraße erreichten, und Regina richtete sich erwartungsvoll auf. Dort lag hell erleuchtet die Schwentin'sche Villa – und gerade verließ ein Wagen nach dem anderen die Einfahrt.

Ihr Mann hielt die Kutsche an. „Zu spät, man ist bereits im Aufbruch begriffen.“

Regina sackte auf ihrem Sitz zusammen. Bei diesem Betrieb konnten sie unmöglich nach Ferdi suchen, ohne einen Aufruhr hervorzurufen.

„Wir müssen umkehren, ich möchte mich hier um diese Uhrzeit nicht unnötigerweise sehen lassen.“ Wilhelm wendete die Kutsche. „Wir fahren zu Bassewitz und erwarten Ferdi dort.“

Kapitel 22

Ferdi ließ sich von einem Lakaien den Zylinder reichen, während Bassewitz schon zur Kutsche ging. Er wollte ihm gerade folgen, als Herr von Mutius die Treppe herunter- und auf ihn zu eilte. „Noch auf ein Wort bitte, Herr Graf."

Was wollte Mutius so plötzlich von ihm? Er würde doch hoffentlich nichts von seinem Schwindel bemerkt haben? Doch das freundliche Lächeln zerstreute Ferdis Sorgen.

„Meine Nichten würden mich steinigen, wenn ich Ihnen nicht die Einladung zu unserer Soiree persönlich überbringen würde."

Die Soiree. Wahrscheinlich war es Stefanie, die dahintersteckte. „Baronesse Stefanie hatte bereits da Güte, mia a Andeitung zu machen."

„Leider können wir Ihnen noch keinen Termin nennen. Wir hoffen jedoch inständig, dass Sie lange genug in Breslau verweilen werden."

Ferdi sah zu Boden. Er hatte Baronesse Stefanie zwar schon eine Zusage gegeben, aber es war doch noch einmal etwas anderes, dies ihrem Onkel gegenüber zu wiederholen. Dann hatte er kaum noch die Möglichkeit, doch noch abzusagen, ohne das Gesicht – oder besser gesagt: seine Maske – zu verlieren.

Mutius streckte ihm seine Hand entgegen. „Sie würden uns eine große Ehre erweisen, Herr Graf."

Sollte er einschlagen? Bassewitz würde im Dreieck tanzen! Aber wenn er die Baronessen wiedersehen konnte ... Er erfasste die dargebotene Hand. „I dank schee, Herr von Mutius. I werd alles dafür tun, Ihnen und den gnädigen Baronesserln a Freid zu machen."

Huschte da etwa ein erleichtertes Lächeln über Mutius' Fuchsgesicht? Was hatte das zu bedeuten?

„Ich danke Ihnen, Herr Graf." Mutius schien seine Hand kaum loslassen zu wollen. „An welche Adresse dürfen wir die förmliche Einladung übermitteln?"

„Bitte an Herrn von Bassewitz." Ferdi verbeugte sich. „Bitte gestatten Sie – ma Vetter wird leicht ungeduldig."

Wenig später ließ Ferdi sich aufatmend in die Polster der Kutsche fallen. „Was für ein Fest!“

„Ja, was für ein Fest.“ Bassewitz gab dem Kutscher einen Wink, loszufahren.

Irgendetwas an Bassewitz’ Tonfall machte Ferdi stutzig. Das war keine Begeisterung, sondern Verdruss. „Stimmt etwas nicht? Es ist doch alles bestens gegangen.“

„Ja, fürwahr bestens.“ Bassewitz schlug mit der flachen Hand auf sein Knie, dass es klatschte. „Nur, dass Baronesse Helena frühzeitig den Ball verlassen hat ...“

„Kann ich etwas dafür? Diese stolze Baronesse fühlte sich offenbar nicht wohl in der Gesellschaft.“

„Ist dir aufgefallen, dass sie nach einem Gespräch mit *dir* geradezu hinausgestürzt ist? Und ihre Schwester hast du gleichsam über Gebühr in Beschlag genommen.“

„Höre ich da Neid in deiner Stimme?“, neckte Ferdi. Bassewitz sollte sich nur nicht so aufspielen. Anstatt froh zu sein, dass das Abenteuer geglückt war, machte er ihm Vorwürfe.

„Wenn du nicht gerade versucht hast, dich mit Baronesse Helena zu unterhalten – mit dem Erfolg, dass sie das Fest verlassen hat! –, hast du Baronesse Stefanie okkupiert. Fast alle Herren haben sich darüber echauffiert, dass sie kaum eine Möglichkeit hatten, den Baronessen näherzukommen.“

„Baronesse Stefanie hat sich jedenfalls nicht echauffiert, im Gegenteil.“ Sie hatte ihn sogar ermuntert, demnächst an der Soiree teilzunehmen, zu der ihn ihr Onkel eben eingeladen hatte – aber das sollte er Bassewitz lieber noch nicht sagen. Er würde es noch früh genug erfahren, wenn die schriftliche Einladung von Mutius kam.

„Ich habe dich vorher gewarnt, du sollest keiner Dame den Kopf verdrehen. Mein Vetter reist schließlich wieder ab und ich will nicht, dass er gleichsam weinende Mädchen zurücklässt.“

Dazu schwieg Ferdi lieber. Der Vetter würde eben nicht abreisen. Er wusste zwar nicht, ob er der Baronesse wirklich den Kopf verdreht hatte – umgekehrt stimmte es aber auf jeden Fall. „Baronesse Stefanie ist einfach hinreißend, ganz das Gegenteil von ihrer Schwester, die der reinste Eisblock zu sein scheint.“

„Leider hatte ich kaum das Vergnügen, mir selbst ein Bild davon zu machen“, schmollte Bassewitz.

„Mir schien aber, du habest dich bestens amüsiert. Du warst doch von Mädchentrauben umgeben.“

„Aber die Perlen des Balles hattest du für dich reserviert. Ich bin froh, dass dies dein einziger Ball war.“

Es würde noch ein ganzes Stück Arbeit bedeuten, Bassewitz zu überreden, ihn auch zu der Soiree mitzunehmen. Aber schließlich hatte er Herrn von Mutius und Baronesse Stefanie sein Wort gegeben.

Der Wagen bog in die Straße ein, in der Bassewitz' Wohnung lag.

„Was steht denn da für eine Karosse vor dem Haus?“, fragte Bassewitz. „Sollte mein Vater überraschend zu Besuch gekommen sein? Das wäre gleichsam sonderbar, er meidet doch die Stadt, wo er nur kann.“

Ferdi spürte, wie sein Herzschlag sich beschleunigte. Hoffentlich war es wirklich nur Bassewitz' Vater. Sein Magen fühlte sich plötzlich an, als habe er einen Eimer voll Tollkirschen verspeist.

Die Kutsche hielt und Bassewitz öffnete den Schlag.

Im trüben Licht einer Gaslaterne sah Ferdi zwei Personen, die dem anderen Wagen entstiegen. „Herr von Bassewitz, wenn ich mich nicht irre? Ich nehme an, dass sich Herr Grüning in Ihrer Begleitung befindet.“

Diese Stimme! Am liebsten wäre Ferdi auf den Bock gesprungen und davongejagt. Aber er durfte jetzt nicht die Nerven verlieren.

„Grüning?“ Bassewitz streckte den Kopf in den Wagen. „Besuch für dich.“

Neben Bassewitz' Kopf erkannte er die Gesichter von Regina von Pritzen und ihrem Mann.

* * *

„Lena? Bitte öffne die Tür!“ Mutius klopfte so sanft wie möglich an die Zimmertür seiner Nichte. Glücklicherweise war Schwentin noch mit der Verabschiedung der letzten Gäste beschäftigt, sonst hätte er ihn sicherlich nicht allein zu Lena gelassen.

„Ich möchte allein sein, Onkel.“

„Sei doch vernünftig. Sage mir wenigstens, warum du den Ball verlassen hast. Ich möchte dir doch helfen!"

Langsam wurde der Riegel zurückgeschoben, und Mutius betrat das Zimmer seiner Nichte.

„Geht es dir nicht gut, Lena? Du hast geweint."

Sie schniefte in ihr Schnupftuch. „Onkel, ich möchte nach Hause. Nach Schönwalde."

Er zog sie mit sich auf ein Sofa. „Nun sage mir doch erst einmal, was geschehen ist. Hat dich jemand verletzt?"

Sie rückte von ihm fort. „Bitte, Onkel, lass mich fort. Ich kann hier nicht bleiben."

„Aber warum denn nur? Ich will dir ja gerne helfen, aber du musst mir schon sagen, was mit dir los ist."

Sie hielt sich wieder das Schnupftuch vors Gesicht und schüttelte nur den Kopf.

Mutius atmete tief durch. Er musste unter allen Umständen verhindern, dass Lena abreiste. Gerade jetzt, da er dem Geheimnis auf der Spur war und entsprechende Pläne schmiedete, durfte sie nicht zurück nach Schönwalde.

Er strich ihr sanft mit der Hand über den Rücken. „Lena, ist dir einer der Herren zu nahe getreten? Oder ..." Der Gedanke durchzuckte Mutius wie ein Blitz. Das Geheimnis!

Sollte jemand der Gäste eine Bemerkung fallen gelassen haben? Wusste jemand davon? Lag die Lösung vielleicht sogar bei Lena und er musste sie nur zum Sprechen bringen?

„Liegt es an dem Geheimnis in deiner Familie? Hat jemand etwas dazu gesagt?"

Ruckartig ließ sie die Hände sinken und riss den Kopf in die Höhe. „Was weißt du davon?"

Er hatte gar nicht damit gerechnet, dass Lenas sanfte Augen so blitzen konnten. „Ich weiß nur das, was Stefanie erzählt hat", sagte er. „Also nichts. Aber sollte jemand der Gäste dir etwas enthüllt haben?"

„Onkel, wenn du mir einen Gefallen tun willst, dann sprich bitte nie wieder von diesem Geheimnis. Mama hat gesagt, wir sollen nicht daran rühren, dann wird es am besten sein, wir richten uns danach. Ich will nichts davon wissen, hörst du?"

„Beruhige dich, ich möchte dir doch nur helfen!“ Er griff nach ihrer Hand, aber sie zog sie hastig weg.

„Du kannst mir helfen. Indem du mich allein lässt.“

Er starrte sie an. So kannte er die fromme Lena gar nicht. Sollte sie wirklich nichts von dem Geheimnis wissen? Oder reagierte sie nur so heftig, weil sie etwas wusste und die vollständige Enthüllung fürchtete?

Fürs Erste war es wahrscheinlich am besten, er trat den Rückzug an – vorübergehend. Er würde schon herausfinden, was vorgefallen war und ob die Lösung des Geheimnisses bei Lena lag.

Er stand auf und lächelte sie so freundlich wie möglich an. „Schlafe dich zuerst aus. Morgen scheint die Sonne wieder und dann sieht die Welt wieder anders aus.“

Sie antwortete nicht, und er verließ leise ihr Zimmer.

Kapitel 23

Ferdis Knie waren wie gelähmt, als er aus der Kutsche stieg.

Sofort packte Regina ihn am Revers und warf ihn beinahe um. „Wo bist du gewesen?“

„Ruhig, Regina.“ Pritzen zog sie zurück. „Bitte, Ferdi, verzeih, dass sie so aufgeregt ist.“

„Ist schon gut.“ Ferdi versuchte ein Lachen. „Was hast du denn, Regina?“

„Du hast mir erzählt, du würdest zu Maximilian von Bassewitz gehen, um zu lernen. Nun, wie ihr gelernt habt, sehe ich.“ Sie zog an seinem langen Rockschoß.

„Regina, so lass dir doch erklären ...“

„Ich bin gespannt, wie du deine Lüge erklären wirst.“

„Regina!“ Pritzen legte von hinten die Hände auf die Schultern seiner Frau.

„Lass mich!“, fauchte sie. „Rede, Ferdi!“

Ferdi steckte die Hände in die Taschen. Würde er es wirklich fertig bringen, sie dreist zu belügen? „Ich wusste ja, dass du es nicht gutheißen würdest, und deshalb ...“

„Was? Dich bei einem Ball einzuschleichen?“

„Wie kommst du denn darauf, Regina?“ Er versuchte, ein außerordentlich erstauntes Gesicht zu machen. Zwar war der Frack nicht wegzuleugnen, aber wusste sie wirklich, wo er gewesen war?

„Deine Kleidung redet eine deutliche Sprache. Soll ich etwa glauben, du trägst den Frack aus Ehrfurcht vor deinen Büchern?“

„Aber Regina.“ Ferdi lachte, doch es klang sogar in seinen eigenen Ohren gezwungen. Fast glaubte er, sein Gewissen würde so laut schreien, dass Regina es hören musste. „Ich gebe zu, dass wir nicht gelernt haben, aber von einem Ball kann doch keine Rede sein. Wie sollte ich denn da hineinkommen? Als einfacher Student?“

„Wo bitte willst du denn sonst gewesen sein?“ Ihre Augen durchbohrten ihn beinahe, während Bassewitz von einem Bein auf das andere trat.

„Unser Professor ist heute 60 Jahre alt geworden“, berichtete Ferdi und fühlte sich gleichzeitig so schlecht wie damals, als er die Flucht seiner Schwester verraten hatte. „Er hat uns zu einem kleinen Fest eingeladen. Da war großer Abendanzug selbstverständlich Pflicht. Glücklicherweise konnte Bassewitz mir einen Frack besorgen."

Sein kugeliger Freund nickte eifrig.

„Siehst du, Regina. Ich habe doch gleich gesagt, dass es ein völlig harmloser Anlass war." Pritzens ruhige Stimme gab Ferdi neue Sicherheit. „Es war freilich nicht recht von dir, Ferdi, dass du uns nicht die Wahrheit gesagt hast. Aber es tut mir leid, dass wir dich einer schlimmeren Sache verdächtigt haben."

Ferdi atmete erleichtert auf, während Regina ihren Mann mit offen stehendem Mund ansah. „Bitte verzeiht mir meine Unehrlichkeit. Ich fürchtete nur, ihr würdet dieses harmlose Vergnügen nicht gutheißen."

„Und diese Geschichte soll ich dir glauben?" In Reginas Augen flackerte das Misstrauen. „Ich werde gleich am Montag bei der Universität nachfragen, ob es wirklich eine Festivität zum 60. Geburtstag eines Professors gab."

Erneut kroch die Angst in Ferdi hoch. „Regina, was soll ich von deinem Misstrauen halten?"

Pritzen legte den Arm um sie. „Du wirst nicht zur Universität gehen, Regina. Wie stehe ich denn da, wenn du dich so offen nach den Aktivitäten unseres Gastsohnes erkundigst? Bitte gedenke meiner Reputation!"

„Das ist doch lächerlich!", fauchte Regina.

„Mache es nicht schlimmer, als es ist." Pritzen bewahrte immer noch die Ruhe. „Du solltest vielmehr darüber nachdenken, was du wegen deines grundlosen Verdachtes ausgelöst hast."

„Grundlos!" Sie lachte hart auf.

„Ja, grundlos, du hörst es doch", ereiferte Pritzen sich. „Wir sind mitten in der Nacht kreuz und quer durch die Stadt galoppiert, dass wir vom Nachtwächter aufgeschrieben wurden – wer weiß, welcher Ärger mit der Polizei noch folgt, was in meiner Position beim Oberpräsidenten höchst unangenehm ist – und wären schließlich beinahe bei Schwentin in die Gesellschaft geplatzt, und das alles, weil Ferdi beim Geburtstag seines Professors war! Auf euch hysterische Weiber soll noch einmal jemand hören!"

Ferdi musste grinsen. Wenigstens Pritzen hatte seine Ausrede geschluckt.

„Du willst ernsthaft behaupten, dass du dieser fadenscheinigen Ausrede glaubst?“, fuhr Regina auf. „Dass Herr von Bassewitz, der sonst keinen Ball auslässt, statt zu dem Debüt der Baronessen von Hohenau zu seinem Professor geht?“

„Aber gnädige Frau!“ Sein Freund räusperte sich. „Wie kommen Sie mir vor! Ich bedaure gleichsam, den Ball verpasst zu haben, aber die Verpflichtung dem Herrn Professor gegenüber ließ mir keine andere Wahl.“

„Da hörst du es.“ Pritzen verbeugte sich vor Bassewitz. „Bitte verzeihen Sie die Aufregung meiner Frau. Ich fürchte, sie weiß nicht mehr, was sie spricht.“

„Ich glaube, ich bin die einzige, die hier noch weiß, was sie spricht!“ Im Schein der Gaslaterne konnte Ferdi erkennen, dass ihr Gesicht puterrot angelaufen war.

„Regina, gib doch zu, dass du dich verrannt hast.“ Pritzen ließ nicht locker. „Dann wird dir niemand böse sein.“

„Ich habe mich nicht verrannt!“ So keifend hatte Ferdi die sonst so fröhliche Regina noch nie erlebt. Wusste sie wirklich so viel, wie sie sagte? „Ferdi, du kommst jetzt sofort mit. Deiner Schwester geht es sehr schlecht.“

Ferdi spürte, wie ihm der Schreck durch alle Glieder fuhr. Sollte es erneut schlimmer mit Lisa geworden sein? Er spürte beinahe körperliche Schmerzen bei dem Gedanken, dass es ihr schlecht ging.

Wenn er sie in diesem Zustand sehen würde, wenn sie ihn mit ihren warmen, braunen Augen ansehen würde, würde sein Lügengebäude einstürzen wie ein Kartenhaus beim leichtesten Luftzug. Wahrscheinlich wollte Regina genau das bezwecken – dass er in Lisas Gegenwart alles bekannte. Wer wusste schon, ob Lisa überhaupt so krank war, wie Regina behauptete.

Als Regina ihn am Arm fasste und fortziehen wollte, schüttelte er sie ab. „Nein!“

„Aber Ferdi, deine Schwester wartet auf dich!“

„Unsinn. Soll ich dir das etwa glauben?“

„Wie bitte?“ Regina starrte ihn an, als hätte er soeben die Welt aus den Fugen gehoben.

„Regina", erklärte er so ruhig wie möglich, auch wenn ihm jedes Wort wie eine Nadel ins Gewissen stach, „ich merke doch, dass dir jedes Mittel recht ist, mich nach Hause zurückzuholen."

„Du glaubst doch nicht ernstlich, dass ich dich belüge?" Reginas Augen waren unwirklich weit aufgerissen. Für sie schien buchstäblich eine Welt zusammenzubrechen.

Sollte es Lisa in der Tat plötzlich so schlecht gehen? Aber jetzt konnte er nicht mehr klein beigeben. „Wenn du von mir glaubst, ich sei ein so großer Schwindler, warum sollte ich es dann nicht auch von dir glauben?" Er wusste, wie sehr er sie damit verletzte. Aber hatte sie sich nicht gerade selbst noch wie eine Furie aufgeführt? Mit Gewalt unterdrückte er jedes Mitleid und jeden Gedanken an Lisa.

Wankend lehnte Regina sich an ihren Mann. „Wilhelm, bitte sage du etwas. Ich kann nicht mehr."

„Es stimmt, Ferdi. Ludwig hat uns einen Boten geschickt, Lisa geht es wirklich schlecht."

Am liebsten wäre Ferdi in die Kutsche gesprungen und zur Wohnung seiner Schwester am Stadtgraben gerast. *Morgen*, vertröstete er sich selbst. Er konnte seiner Schwester heute Nacht einfach nicht in die Augen sehen. „Verzeih mir, Pritzen, aber du musst verstehen, dass ich erschüttert bin, wie wenig Vertrauen Regina zu mir hat. Sie jagt dich wegen eines Hirngespinstes grundlos durch die Stadt – wer weiß, was sie mit ihrem Bruder zusammen ausgeheckt hat, um mich nach Hause zu bringen. Ich werde zuerst zu Bassewitz gehen und mich umziehen. Bitte gebt Lisa Bescheid, dass ich bald bei ihr sein werde."

Er drehte sich um und ging auf den Hauseingang zu.

„Das hast du nun von deinem Übereifer, Regina", hörte er Pritzen hinter sich schimpfen.

Aber viel lauter als Pritzens Stimme schrie sein Gewissen. Die Vorstellung, wie Lisa todesmatt daniederlag, war so greifbar, als stünde er wirklich vor ihr. *Was bin ich für ein Schuft*, murmelte er unhörbar. Krampfhaft versuchte er, an die azurblauen Augen und das übermütige Lachen von Baronesse Stefanie zu denken, aber es wollte ihm nicht gelingen.

Kapitel 24

„Und ich sage euch: Dieser Graf von Wedell ist genau der Mann, den wir für Stefanie gesucht haben." Mutius sah seine Schwester und ihren Mann aufmerksam an.

Schwentin nahm seinen Zwicker ab, rieb sich die Augen und gähnte. „Ich höre seit gestern Abend nichts anderes mehr als Wedell, Wedell, Wedell."

„Nicht ohne Grund." Valeria zündete sich schon die dritte Zigarette an – offenbar ihr Mittel, nach der kurzen Nacht gegen die Müdigkeit anzukämpfen. „Julian hat uns doch die Vorzüge dieses Mannes genugsam dargelegt."

„Ich protestiere nur gegen eure Eile." Schwentin hauchte seine Brillengläser an. „Es war der erste Ball der Mädchen. Sie werden noch eine Weile bei uns sein und noch andere Männer kennenlernen. Vielleicht ist darunter einer, zu dem sie echte Zuneigung empfinden."

Mutius ballte die Faust. Sein Schwager verstand einfach gar nichts. „Lena hat gestern den Ball verlassen und darum gebeten, unverzüglich nach Schönwalde zurückkehren zu dürfen. Und es kann sein, dass Aurelia ihre Tochter darin unterstützen wird. Die Mädchen sind in die Gesellschaft eingeführt, und die frommen Hohenaus werden der Ansicht sein, ihre Pflicht damit erfüllt zu haben."

„Das muss unbedingt verhindert werden!" Valeria wollte offenbar noch mehr sagen, doch sie schien sich an ihrem Rauch verschluckt zu haben, was in einem keuchenden Hustenanfall endete.

Schwentin klopfte ihr gleichmütig auf den Rücken. „Ich halte es nicht für eine Katastrophe, wenn die Mädchen nach Schönwalde zurückkehren. Sollte jemand ernsthaftes Interesse an ihnen verspüren, wird er den Weg dorthin zu finden wissen."

Mutius verdrehte die Augen. Wenn Schwentin nicht bald einlenkte, mussten sie ihm wohl oder übel von dem Geheimnis um die Mädchen berichten, um ihn von ihrer Eile zu überzeugen. Aber es war besser, wenn es so wenig Mitwisser wie möglich gab. „Du wirst doch einsehen, dass die Gelegenheit einmalig günstig ist, einen vornehmen und zudem noch reichen Mann für sie zu finden. Sollen wir den stolzen Grafen wirklich nach Bayern entkommen lassen? Du hast doch selbst gesagt, dass es geschehen kann, dass sie zu jemandem Zuneigung fassen. Genau das scheint bei Wedell und Stefanie geschehen zu sein."

Schwentin warf seinen Zwicker klirrend auf den Tisch. „Genug der Ausreden, Mutius. Ich weiß, warum du es so auf den Grafen abgesehen hast. Du hast wohl gerade erst wieder einen Berg von Mahnungen erhalten."

„Bitte", krächzte Valeria vom Husten noch außer Atem, „fangt doch nicht schon wieder davon an."

Ehe Schwentin erneut etwas sagen konnte, ergriff Mutius das Wort. „Valeria und ich haben beschlossen, eine Soiree im kleinen Kreis zu geben. Ich habe gestern erfahren, dass die berühmte Sängerin Anna Grobecker[4] ihrer Heimatstadt Breslau einen Besuch abstattet. Vielleicht ist sie bereit, einige Lieder zum Besten zu geben. Bei der Gelegenheit werden wir den Grafen besser kennenlernen und deine Zurückhaltung, Schwentin, wird sich verflüchtigen wie der Qualm hier in der Luft."

„Deine Hast, Mutius, missfällt mir sehr." Sein Schwager gab sich aber auch nie zufrieden. „Ich habe beschlossen, eine Anfrage an das bayerische Oberappellationsgericht zu richten. Dieser Graf ist mir suspekt, nicht allein wegen seines schlecht sitzenden Fracks. Ein Graf aus Bayern, der sich die Holzwirtschaft in den Sudeten ansehen will – ich muss wissen, ob es wirklich einen Grafen von Wedell mit derart ausgedehnten Ländereien gibt."

„Und wie lange wird diese Anfrage dauern? Bei deiner Beamtenmühle wahrscheinlich ein halbes Jahr?" Mutius zog an seinem Ohrläppchen.

„Du wirst es kaum glauben, aber untereinander können Behörden sehr zügig arbeiten. Wenn ich die Anfrage mit einem *EILT* versehe, könnte ich innerhalb von zwei Wochen, vielleicht sogar schneller, Antwort erhalten."

Zwei Wochen. Bis dahin konnte der Graf längst abgereist sein. „Von mir aus frage beim Gericht nach, wenn es dich beruhigt.

4 deutsche Operettensängerin, geboren 1829 in Breslau, gestorben 1908 in Althofen (Kärnten)

Valeria und ich werden gleichzeitig mit der Planung der Soiree beginnen und die Gäste einladen."

„Tut das meinetwegen."

Mutius atmete auf.

Doch dann fuhr sein Schwager fort: „Aber der Graf von Wedell wird erst eingeladen, wenn ich eine positive Rückmeldung über ihn in Händen halte."

„Zu spät, mein lieber Schwentin." Mutius grinste. „Sowohl Stefanie als auch ich haben den Grafen bereits zur Soiree geladen. Und er hatte die Güte, sein Erscheinen zuzusagen."

Schwentin quetschte seinen Zwicker auf die Nase und funkelte Mutius durch die Gläser an. „Ist das wahr? Du hast Wedell bereits zu einer Soiree eingeladen, deren Ausrichtung noch gar nicht feststeht? In einem Haus, in dem du selbst nur Gast bist? Was fällt dir ein?"

„Ich habe lediglich vorausschauend gehandelt." Und seinen Schwager vor vollendete Tatsachen gestellt.

Valeria legte Mutius die Hand auf den Arm. „Mag Otto doch forschen – es kann ja nicht schaden, wenn wir mehr über den Grafen erfahren."

„Und sollte ich etwas erfahren, was irgendwelche Zweifel an ihm zulässt, wirst du persönlich, Mutius, den Grafen wieder ausladen."

Wie er den pedantischen Schwentin kannte, würde er garantiert einen Grund zu Zweifeln an der Person des Grafen finden.

* * *

Ferdi reichte dem Dienstmädchen seinen Hut und ließ sich dann bei seiner Schwester anmelden.

Er schob die Hände in die Hosentaschen und sah dem Mädchen nach. Erinnerungen überkamen ihn an die gemeinsame Jugendzeit mit seiner Schwester im Forsthaus, als sie zusammen im Obergeschoss des Forsthauses gewohnt hatten. Damals hatte er sich nicht anmelden lassen müssen – aber seine Schwester war eben eine Gräfin geworden. Er grinste. Und er ein Graf, wenn auch nur ein falscher.

„Die Frau Gräfin lassen bitten."

Er lächelte das Dienstmädchen an. „Danke, Anna."

Ferdi ging auf die Tür zum Salon zu, doch das Mädchen schüttelte den Kopf. „Bitte, wenn gnädiger Herr mir folgen wollen. Gnädigste Frau Gräfin befinden sich im Schlafgemach."

Dann musste es Lisa wirklich schlecht gehen. Sein Gewissen fiel über ihn her wie ein ausgehungerter Wolf. Auch wenn er sich einzureden versucht hatte, dass die Nachricht von Lisas schlimmem Zustand ein Kniff von Regina war – spätestens jetzt wurde ihm klar, dass es nicht so war.

Anna führte ihn zum Schlafzimmer, rückte ihm einen Stuhl ans Bett und ging dann leise hinaus.

„Endlich kommst du, Ferdi. Ich habe so auf dich gewartet."

Die Stimme seiner Schwester war erschreckend schwach. Ein ganzer Sturzbach von Schuldgefühlen ergoss sich über ihn. Wäre er doch gleich in der Nacht zu ihr gegangen, aber die Angst, dass er ihr alles gestehen würde, war einfach zu groß gewesen. Außerdem hätte sie sicherlich den Frack ihres Mannes erkannt.

Nun war es schon fast Nachmittag und Lisa hatte bestimmt qualvolle Stunden damit verbracht, auf ihn zu warten, während er nach der langen Ballnacht vor Erschöpfung eingeschlafen war.

„Es tut mir leid, Lisa. Ich wusste nicht ..." Was sollte er sagen? Natürlich hatte er gewusst, dass Regina ihn nicht belog.

„Hat Regina dir nicht gesagt, dass es mir nicht gut geht?"

Er senkte den Kopf. „Doch, Lisa, sie hat es mir gesagt. Aber ..."

Sie zog ihre schmale Hand unter der Bettdecke hervor und tastete nach der seinen. „Ferdi?"

Er ergriff ihre Hand. „Lisa, bitte quäle dich nicht mit unnützen Gedanken. Du musst schnell wieder gesund werden. Sobald ich Semesterferien habe, fahren wir gemeinsam nach Hause, streifen wie früher durch den Hochwald, rasten an der Altenburg, schwimmen in der Wölfel ..."

„Ferdi, ich möchte wissen, wo du gewesen bist."

Es schien ihm nicht zu gelingen, sie abzulenken. „Hat Regina es dir nicht erzählt?"

Ihre klaren Augen richteten sich voller Besorgnis auf ihn. „Ich möchte wissen, ob du mir das Gleiche sagen kannst wie ihr. Ob du mir ins Gesicht lügen kannst."

Er war versucht, den Blick abzuwenden, aber das durfte er nicht.

„Warum sollte ich dir etwas anderes sagen als Regina?"

„Weil ich von dir die Wahrheit erwarte."

Er starrte auf den Fußboden. Lisa hatte recht. Ihr gegenüber fiel es ihm noch viel schwerer zu lügen als bei Regina. Aber er konnte nicht mehr zurück. Schon allein um Lisas willen nicht. Wenn sie wüsste, wo er gestern gewesen war, würde sie wahrscheinlich vollends zusammenbrechen.

„Ich kann dir nichts anderes sagen, Lisa. Weil ich dir sonst nicht die Wahrheit sagen würde."

Sie umklammerte seine Hand. „Ferdi, ich ahne, ich spüre, dass du auf unguten Wegen unterwegs bist. Von allen Menschen hier in Breslau bin ich doch diejenige, die dich am besten kennt. Wir haben so viel miteinander erlebt, du hast immer zu mir gestanden, auch in der schwersten Zeit damals, als ich mit Ludwig aus dem Forsthaus fortlaufen wollte. Und jetzt ist es meine Aufgabe als deine Schwester, für dich zu sorgen, auf dich achtzugeben."

„Du machst dir unnötig Sorgen, Schwesterchen." Ferdi versuchte ein aufmunterndes Lächeln. „Deine Ahnung, dein Gefühl täuscht dich. Ich setze mit allem Fleiß mein Studium fort, damit Vater nächstes Jahr im Frühling in Pension gehen kann, und dabei würdest du mich viel mehr unterstützen, wenn du dich nicht um mich sorgtest, sondern schnell wieder gesund würdest."

„Ferdi, ich frage dich noch einmal: Wo warst du gestern?"

„Lisa ..."

„Schau mir in die Augen und dann sage mir die Wahrheit."

Sie machte es ihm wirklich schwer. Er konnte seiner Schwester doch nicht noch einmal ins Gesicht lügen!

„Ich fürchte, dass ich nicht mehr lange zu leben habe", fuhr sie fort. „Die Krankheit zehrt seit über sieben Jahren an mir. Willst du wirklich, dass eine Lüge zwischen uns steht, wenn ich dich verlassen muss?"

„Nein." Das wollte er als Allerletztes. Aber ihr die Wahrheit sagen? Erst recht: nein. Damit würde er alles nur noch schlimmer machen. Er hob den Kopf und sah ihr in die Augen. „Ich war mit Max von Bassewitz beim Geburtstag meines Professors. Mehr ist nicht gewesen."

Ihre Augen füllten sich mit Tränen, und Ferdi spürte: Es fehlte nicht viel und es erginge ihm ebenso. Mit erstickter Stimme fragte sie: „Warum sagst du mir nicht, wo du wirklich warst? Glaubst du, ich würde so ungemütlich werden wie unser Vater?"

Er streichelte ihre Hand. „Das könntest du niemals, Schwesterchen."

„Wir haben unseren Eltern geschrieben. Dass es mir wieder einmal schlecht geht – und dass wir uns um dich sorgen."

„Ihr habt ..." Der Satz blieb ihm im Hals stecken. Auch das noch. Wahrscheinlich würde sein Vater ihm direkt nach Erhalt des Briefes alle Geldzuwendungen streichen. Und wenn sein Vater dann noch herausfand, wo er wirklich gewesen war – er mochte gar nicht darüber nachdenken, was dann passieren würde.

„Es ist nur die Angst, Ferdi. Ich möchte nicht, dass mein einziger Bruder den Versuchungen der Stadt erliegt. Ich kenne den Flitter des Adels seit sechs Jahren und weiß, wie viele Gefahren hier überall lauern. Und ich kenne dich, mein Bruder Leichtfuß." Sie lächelte ihn schwach an.

„Es ist gut." Er ließ ihre Hand los und stand auf. „Lass es dir gesagt sein, dass du dich völlig grundlos sorgst. Höre auf, dir unnötig schlimme Gedanken zu machen und werde schnell wieder gesund."

Sie lächelte erneut, aber es war ein schmerzliches Lächeln, beinahe trauriger, als wenn sie geweint hätte.

Langsam ging er zur Tür und drehte sich dort noch einmal zu ihr um. Brüderliche Seile zogen ihn zurück, drängten ihn, an ihrem Bett niederzuknien und ihr alles zu bekennen. Denn er fürchtete, dass die Sorge um ihn ein Gutteil ihres derzeitigen Zustandes ausmachte.

Doch nein. Um ihretwillen nicht. Und um seinetwillen nicht. Er sah die beiden Mädchen vor sich, die Blonde und die Brünette. Er musste sie wiedersehen und vielleicht – vielleicht würde er sogar noch mehr erreichen, als bloß ein einfaches Wiedersehen. Schließlich hatte seine Schwester auch einen Grafen und sein Vater eine *von* geheiratet.

Er warf Lisa eine Kusshand zu und eilte schnell aus dem Schlafzimmer.

Kapitel 25

Stefanie ging in dem Salon, den sie sich mit ihrer Schwester teilte, auf und ab. „Ich begreife nicht, wie du nach diesem Ball immer noch so kalt bleiben kannst, Lena!" Sie blieb an dem Beistelltisch zwischen Sofa und Sessel stehen, griff nach einer Zigarette und schob sie spielerisch zwischen den Fingern hin und her. „Es war atemberaubend! Die Männer lagen uns zu Füßen, schmachteten uns an, sogar unser Prinz aus dem Hochwald war zugegen, und du – du bist einfach fortgelaufen!"

Lena lehnte sich auf dem Sofa zurück und lächelte nur.

„Hat es dir etwa nicht gefallen? Hast du denn statt Blut Wasser in den Adern?" Sie war jetzt noch atemlos, wenn sie an den gestrigen Abend dachte.

Das Lächeln ihrer Schwester war beinahe schmerzlich. „Ach Stefanie."

„Was soll das heißen?" Sie setzte sich Lena gegenüber in den Sessel und klopfte mit der Zigarette auf ihren Oberschenkel. „Ich begreife dich einfach nicht. Nicht ein einziges Mal hast du getanzt, noch nicht einmal mit dem Grafen von Wedell, unserem Retter. Ich meine, wenigstens ihm wärst du aus reiner Dankbarkeit einen Tanz schuldig gewesen."

„Ich dachte, du wärest mir dafür dankbar." Lena fasste ihre Haare im Nacken und legte sie nach vorn über die Schulter. „Schließlich habe ich dir den Grafen fast allein überlassen."

„Für einen Tanz hätte ich ihn dir schon abgetreten", lachte Stefanie. „Er ist ein fantastischer Mensch. So liebenswürdig, so unaufdringlich und mit so kreativen Komplimenten!"

„Du bist verliebt, nicht wahr?"

Stefanie hörte auf, mit der Zigarette zu spielen, und fingerte nach dem Wappen der Hohenaus an ihrer Kette. Diese Frage hatte sie nicht erwartet. – War sie verliebt? Konnte es sein, dass sie sich praktisch über Nacht in einen Mann verliebt hatte, den sie erst einmal gesehen hatte? Oder hatte es schon damals im Schneeberger Forst begonnen? „Du magst recht haben, Lena. Ich glaube, ich bin wirklich verliebt."

Warum verzog Lena das Gesicht so sonderbar?

„Gönnst du mir das Glück nicht?"

Fast sah es aus, als blinkten Tränen in Lenas Augen, doch ehe Stefanie das genau erkennen konnte, wandte ihre Schwester den Blick schnell ab. „Stefanie, ich wünschte, du würdest wirklich glücklich."

Stefanie klemmte die Zigarette zwischen die Lippen, nahm sie aber wieder in die Hand, ohne sie anzuzünden. „Ich glaube, ich würde wirklich glücklich mit ihm. Wenn da bloß nicht ..."

„Was ist? Was bedrückt dich?"

„Wenn er wirklich ein Prinz ist, dann bin ich doch gar nicht standesgemäß für ihn."

„Ach Stefanie. Warum versteifst du dich so sehr darauf, dass der Graf ein verkappter Prinz ist?"

Stefanie drückte die Zigarette mit den Fingern so fest zusammen, dass sie zerbrach und der Tabak über ihr Kleid krümelte. Hastig wischte sie die Reste auf den Teppich. „Denke doch an unsere Begegnung im Hochwald. Seine einfache Kleidung. Jetzt ist er plötzlich in Breslau und spricht im bayerischen Dialekt, den er im Hochwald nicht hatte. Ich bin überzeugt, dass er seine wahre Identität verbergen will – und warum sollte er das sonst tun, wenn er nicht ein Prinz wäre?"

„Aber das sind doch Hirngespinste." Lena schüttelte den Kopf. „Ich habe ihn gefragt, warum er im Hochwald hochdeutsch sprach. Dort weilte er in der Tat inkognito, aber seine wahre Identität ist der Graf von Wedell."

Stefanie lachte. „Du kannst noch so viel reden, Lena, den Prinzen redest du mir nicht aus. Und denke nur, er würde mich wirklich heiraten – deine Schwester würde Prinzessin!"

„Träumerin."

„Wenn er mich als einfache Baronesse überhaupt nimmt. Und dann ist da ja noch das Geheimnis. Ich glaube, ich bin ihm auf der Spur."

„Wie bitte?" Flackerte da Angst in Lenas Augen? „Wie kommst du darauf?"

„Onkel Mutius hat mich danach gefragt, wie es war, als Tante Valeria damals nach Schönwalde kam und Livia zur Welt brachte. Irgendetwas muss ich da gesagt haben, was ihn hellhörig gemacht hat. Ich bin sicher, dass es mit dem Geheimnis zusammenhängt."

„Dann bist doch nicht *du* dem Geheimnis auf der Spur, sondern *er*. Was hast du ihm denn gesagt?"

„Nur, dass Mama Tante Valeria herzlich aufgenommen und nie schlecht über sie geredet hat. Er hat so merkwürdig reagiert, als wäre das eine unglaublich wichtige Information für ihn."

Lena warf ihre Haare über die Schulter nach hinten. „Stefanie, du solltest wirklich Mamas Rat befolgen und der Sache nicht weiter nachgehen. Wenn Onkel Mutius so reagiert, hast du ihm vielleicht etwas offenbart, ohne es zu wissen."

„Aber wir müssen doch erfahren, worum es geht!"

„Nein, das müssen wir nicht. Meinst du nicht auch, dass unsere Eltern es uns schon längst gesagt hätten, wenn es wichtig wäre?"

„Vielleicht ist es auch zu wichtig, als dass sie es uns gesagt hätten. Ich will wirklich wissen, was vorgefallen ist, und ich werde es herausbekommen, schon allein des Prinzen wegen."

„Aber ich will es nicht!" Lena sprang auf. „Höre bitte auf, nach dem Geheimnis zu forschen."

„Das werde ich nicht. Ich hatte vielmehr gehofft, du würdest mir helfen." Aber ihre Schwester schien ja überhaupt nicht mehr zu ihr zu halten, seit sie in Breslau waren.

„Nein, ich unterstütze dich nicht, im Gegenteil." Mit diesen Worten rauschte Lena aus dem Zimmer und ließ Stefanie allein.

Stefanie zog an dem Anhänger ihrer Kette. Irgendetwas stimmte mit Lena nicht. Warum war sie so übellaunig? Sie waren zwar schon immer verschieden gewesen, hatten aber trotzdem stets zusammengehalten. Wusste Lena vielleicht mehr über das Geheimnis, als sie zugab?

Fest stand, dass sie das Geheimnis ergründen musste. Es würde schon Schwierigkeiten genug geben, wenn sie einen Prinzen heiraten wollte, da konnte sie nicht noch ein dubioses Geheimnis gebrauchen.

* * *

„Herr Kämper." Schwentin nahm seinen Zwicker ab, als er an den Schreibtisch des Justizsekretärs trat. „Ich habe einen Auftrag für Sie."

Der Sekretär schob einige Aktenstücke beiseite, wobei er beinahe ein paar andere Akten von dem übervollen Schreibtisch geworfen hätte. „Was kann ich für Sie tun, Herr Oberstaatsanwalt?"

„Machen Sie bitte eine Eingabe beim königlich-bayerischen Oberappellationsgericht zu München."

„Zu München? Arbeiten Sie an einem neuen Fall?"

„Nicht direkt." Warum stellte Kämper bloß immer so neugierige Fragen? „Ich muss erfahren, ob ein Graf von Wedell bei irgendeinem Gericht im Königreich Bayern ein Verfahren anhängig hat."

Kämper kritzelte etwas auf ein Blatt Papier. „Graf von Wedell. Ist er auch hier in ein Verfahren verwickelt?"

„Beinahe." Schwentin hauchte die Brillengläser an. „Hier in Breslau ist ein Sohn des Grafen Wedell aufgetaucht. Ich muss erfahren – nun, fragen Sie nach, inwieweit er mit der Justiz in Kontakt geraten ist."

„Ich werde morgen eine Anfrage abschicken." Der Sekretär wollte sich schon wieder in seine Akten vergraben, doch Schwentin räusperte sich.

„Nein, sofort. Die Sache ist eilig."

„Sofort? Aber Herr Oberstaatsanwalt, Sie sehen doch, was hier los ist!" Er wies auf seinen Schreibtisch, von dessen Oberfläche kein Quadratmillimeter zu sehen war.

„Hören Sie, es ist dringend. Übermitteln Sie die Anfrage bitte telegrafisch und vermerken Sie, dass es eilt. Ich muss in spätestens einer Woche Antwort haben." Er freute sich schon auf den Gesichtsausdruck seines Schwagers Mutius, wenn der den Grafen von Wedell wieder ausladen musste, weil der eben doch nicht so lupenrein war, wie er glaubte.

„In einer Woche? Herr Oberstaatsanwalt, das ist unmöglich! Wenn die Kollegen in Bayern bei allen Gerichten anfragen müssen …"

„Zum Donnerwetter, dann machen Sie es gefälligst möglich! Die Kollegen jenseits des Weißwurstäquators sollen weniger Weißbier trinken und sich stattdessen mehr um ihre Dienstobliegenheiten kümmern! Haben Sie mich verstanden?" Dieser renitente Sekretär sollte gefälligst tun, was ihm aufgetragen wurde.

„Das werde ich aber besser nicht in die Depesche hineinschreiben. Wenn beim königlich-bayerischen Oberappellationsgericht dann noch bekannt würde, dass es sich offenbar um eine Privatangelegenheit handelt ..."

Schwentin klemmte seinen Zwicker so schwungvoll auf die Nase, dass er sich fast das Nasenbein brach. „Mein guter Herr Kämper. Sie stellen augenblicklich die Anfrage, ohne weitere Fragen zu stellen oder sich anzügliche Bemerkungen zu erlauben. Sie haben Aufträge, die von einem Oberstaatsanwalt kommen, nicht zu hinterfragen oder zu kommentieren. Verstanden?"

„Schon gut", brummte Kämper. „Wird sofort erledigt. Ich wollte nur darauf hinweisen, dass ich nicht verpflichtet bin, private Anfragen der Staatsanwälte zu bearbeiten."

„Habe ich gesagt, dass es privat ist? Nun? Natürlich nicht. Also arbeiten Sie gefälligst." Er sah den Sekretär noch einmal durchdringend an, ehe er sein Büro verließ.

Kapitel 26

Ferdi klappte das Buch *Das moderne Forstwesen im preußischen Staate unter besonderer Berücksichtigung der Gesetzgebung des Deutschen Reiches* mit einem dumpfen Schlag zu und sah Bassewitz an. „Als ich meine Schwester aufsuchte, musste ich feststellen, dass es ihr wirklich schlecht geht."

„Sie hat unser Abenteuer aber hoffentlich nicht aus dir herausgequetscht?" In Bassewitz' Augen flackerte Angst.

„Du brauchst dir keine Sorgen zu machen." Ferdi senkte den Kopf. Allein bei dem Gedanken an das Gespräch mit seiner Schwester wurde ihm beinahe schlecht.

„Ich hoffe, du konntest auch den Frack ungesehen zurückbringen?" Bassewitz lehnte sich zurück und zündete sich eine Zigarre an.

„Ich hätte es wahrscheinlich gekonnt, aber ..."

„Was für ein Aber? Es wäre wohl besser, wenn du den Frack gleichsam so schnell wie möglich zurückbringst, ehe er vermisst wird!"

„Nur ruhig." Ferdi faltete die Hände auf dem Forstlehrbuch. „Ich werde den Frack schon beizeiten zurückbringen – wenn ich ihn nicht mehr benötige."

Bassewitz sah ihn durch eine Wand von Tabaksqualm an. „Du wirst ihn nicht mehr benötigen, *Grüning*."

Ferdi grinste. Er wusste schon, warum sein Freund den Namen so betonte. Aber er würde alles dafür tun, um wenigstens noch einmal in die Rolle des Grafen von Wedell zu schlüpfen. „Ich denke doch, dass ich den Frack noch ein weiteres Mal nutzen werde. Baronesse Stefanie kündigte mir an, dass eine Soiree in Planung sei, zu der sie mein Erscheinen unbedingt wünsche."

„Ausgeschlossen. Du hast mir versprochen, dass der Ball gleichsam eine einmalige Sache sein solle, und dabei bleibt es."

„Und wenn ich wirklich eine offizielle Einladung erhalte?"

„Auch dann nicht. Woher sollte auch eine Einladung für Ferdinand Grüning kommen?" Bassewitz klopfte so heftig auf seine Zigarre, dass er die Asche auf dem ganzen Schreibtisch verteilte. „Für die Gesellschaft ist der Graf von Wedell längst wieder nach Bayern abgereist."

„Bedaure." Es machte Ferdi diebische Freude, seinen ersten Trumpf aus dem Ärmel zu ziehen. „Der Graf von Wedell hat versprochen, seine Abreise bis nach der Soiree zu verschieben, weil Baronesse Stefanie von Hohenau die Güte hatte, ihn so innig darum zu bitten."

„Bist du von allen guten Geistern verlassen, Grüning?" Bassewitz fiel beinahe die Zigarre aus der Hand. „Wie kannst du solch ein Versprechen abgeben, obwohl wir gleichsam besprochen hatten ..."

„Den Bitten der Baronesse hättest auch du nicht widerstehen können. Und Herr von Mutius ..."

In diesem Augenblick trat der Diener ein und übergab Bassewitz einen Brief.

Ferdi verdrehte die Augen. Die Störung kam denkbar ungelegen. Sein zweiter Trumpf, dass er auch Mutius bereits eine Zusage gegeben hatte, würde Bassewitz bestimmt überzeugen, ihn mit zu der Soiree zu nehmen.

„Bassewitz, Herr von Mutius hat mich auch bereits ..."

„Nanu, von meinem Vater?" Bassewitz legte die Zigarre beiseite und riss den Brief auf. „Seit wann bequemt sich mein alter Herr zum Briefeschreiben?"

Ferdi lehnte sich zurück und schob seine Hände in die Hosentaschen. Es hatte keinen Sinn, sein Freund hörte ohnehin nicht zu.

„Das ist ja sonderbar." Bassewitz kniff die Augen zusammen. „Ich habe meinem Vater doch gar nicht davon erzählt, dass ich auf dem Debüt der Hohenau-Baronessen war. Woher weiß er bloß davon?"

„Hohenau? Dein Vater schreibt etwas über die Baronessen?"

Bassewitz winkte ab und vertiefte sich wieder in die Lektüre.

Ferdi beobachtete seinen Freund. Er schloss beim Lesen immer wieder die Augen oder rieb sie, als könnte er nicht glauben, was ihm die Buchstaben mitteilten. Dabei verlor sein Gesicht nach und nach die gesunde Farbe, sogar die Lippen sahen seltsam weiß aus.

„Bassewitz? Schlechte Nachrichten?"

Sein Freund reagierte überhaupt nicht. Was hatte sein Vater geschrieben, das ihn offenbar so sehr aus der Fassung brachte? Und das anscheinend mit den Baronessen von Hohenau zu tun hatte?

Bassewitz ließ den Brief sinken. „Das – das muss ein Missverständnis sein. Ich sollte sogleich zu ihm fahren."

„Was ist geschehen?"

„Lass mich, Grüning. Diese Nachricht muss ich zuerst verarbeiten." Sein Freund wirkte völlig fassungslos. Es schien wirklich etwas kolossal Wichtiges zu sein.

„Hat dein Vater – weiß er etwas von unserem Spiel mit dem Grafen von Wedell?"

„Bitte, Grüning, lass mich jetzt allein."

Ferdi packte seine Bücher zusammen. Heute würde er Bassewitz nicht mehr überreden, ihn mit zur Soiree zu nehmen – dafür war er zu sehr mit dem Inhalt des merkwürdigen Briefes beschäftigt.

Er sollte ihm aber unverzüglich mitteilen, dass er Mutius bereits versprochen hatte, an der Soiree teilzunehmen, damit sein Freund die förmliche Einladung nicht unterschlug und dadurch große Schwierigkeiten heraufbeschwor. Mutius hatte so sehr auf das Erscheinen des Grafen Wedell gedrängt, dass er Bassewitz sicherlich heftige Vorhaltungen machen würde, wenn der Graf nicht erschien. Ganz abgesehen davon, dass ein Graf, der etwas auf seine Ehre hielt, sein Wort nicht brach – wenn er es doch tat, könnte es sogar geschehen, dass Mutius Verdacht schöpfte.

Kapitel 27

Mutius öffnete die Salontür seiner Nichten und schaute in den behaglichen Raum. Es war, wie er vorausgesehen hatte: Stefanie blätterte schwungvoll in einem Modemagazin, während Lena mit ernster Miene über ihrem traurigen Dichter grübelte.

Als er eintrat, sahen die Mädchen zu ihm auf. Stefanie lächelte ihm freundlich entgegen, Lena jedoch warf ihm einen Blick zu, der all ihr Misstrauen widerspiegelte. Seine ältere Nichte war eindeutig ein schwieriger Fall. Aber bis auf den durchtriebenen Schleinitz hatte ihm noch niemand seine Pläne durchkreuzt. Auch Lena würde sich beugen müssen.

Er setzte sich Stefanie gegenüber in einen Sessel. „Es ist gut, dass ich euch gemeinsam antreffe. Ich muss euch etwas fragen."

„Möchtest du uns noch einmal fragen, wie unsere Mutter Tante Valeria aufgenommen hat?" Stefanie grinste ihn schelmisch an. „Glaubst du dadurch herauszufinden, welches Geheimnis es in unserer Familie gibt? Ich möchte auch wissen, um was es sich dabei handelt."

„Du glaubst doch nicht, dass er dir etwas sagen würde, wenn er etwas wüsste." Lena legte das abgegriffene Buch beiseite und ging mit trotzig verschränkten Armen zum Fenster.

Mutius unterdrückte ein Seufzen. „Lena, du musst endlich begreifen, dass ich nur Gutes für euch im Sinn habe. Wenn ich herausfinden will, was in der Vergangenheit geschehen ist, dann nur, um euch vor Gefahren schützen zu können."

„Ich hoffe, wir können dir vertrauen, Onkel." Stefanie beugte sich vor und sah ihm lächelnd in die Augen, während Lena stur aus dem Fenster starrte.

„Leider konnten wir in der Gesellschaft nicht offen darüber sprechen, Stefanie." Am besten ignorierte er Lena und hoffte, dass sie das Gespräch nicht unterbrach. „Ich möchte mich in der Tat noch einmal mit dir über die Zeit unterhalten, als eure Tante nach Schönwalde kam."

„Ich weiß davon, wie ich schon sagte, nur wenig. Wir waren damals beide im Pensionat und nur in den Ferien zu Hause."

„Aber immerhin weißt du, dass eure Mutter herzlich und mitleidig gewesen ist."

„Ja, selbstverständlich. Warum wundert dich das so? Das kann doch nichts mit dem Geheimnis zu tun haben?"

Mutius wiegte den Kopf. „Eure Mutter kann manchmal ungehalten reagieren, wenn jemand – nun, wenn jemand nicht so ein heiliges Leben führt wie sie."

Stefanie lachte. „Hast du das etwa selbst schon erlebt, Onkel?"

Schon viel zu oft. „Hat eure Mutter denn später nicht mit euch über Tante Valeria und Livia gesprochen?"

„Doch, das hat sie schon. Sie hat uns gewarnt, dass wir nicht auch so etwas tun sollen. Aber ein böses Wort hat sie nie über Tante Valeria verloren. Oder erinnerst du dich daran, Lena?"

„Ich möchte nicht darüber nachdenken." Lena sah immer noch aus dem Fenster.

Mutius atmete tief durch. Lena war wirklich keine Hilfe. Er setzte sich zu Stefanie auf das Sofa. „Lassen wir sie, wenn sie nicht mag. Ihr wart aber einmal zu Hause, als Valeria bei euch auf Schönwalde war?"

„Ja, ich weiß es noch genau. Livia war damals drei oder vier Monate alt."

„Und was hat eure Mutter gesagt, warum eure Tante plötzlich mit einem Kind in Schönwalde war?"

„Sie hat uns erklärt, dass unsere Tante ein Kind bekommen habe, das sie eigentlich nicht hätte bekommen dürfen. Aber wir sollten nicht schlecht darüber reden. Es sei ein schweres Schicksal, das unsere Tante ereilt habe. Nicht wahr, Lena, so war es doch?"

Lena zuckte mit den Schultern. „So wird es wohl gewesen sein."

„Hat eure Mutter euch etwas dazu gesagt, wieso es ein schweres Schicksal war?" Er hatte das Gefühl, dass er auf der richtigen Fährte war. Wenn es ihm nur gelänge, den entscheidenden Hinweis zu bekommen!

Stefanie zog an ihrer Perlenkette. „Ich glaube, sie hat gar nicht viel dazu gesagt. Wir waren damals ja noch sehr jung. Wahrscheinlich hat sie uns erklärt, dass Tante Valeria aus der Gesellschaft ausgestoßen werden könne ..."

„Gibt es denn in eurer Verwandtschaft einen ähnlichen Fall, wo eure Mutter so etwas schon einmal erlebt hat?"

„Nein, ich glaube nicht. Ich habe jedenfalls nie etwas davon gehört." Stefanie warf einen Blick zu Lena hinüber, aber die sah so geflissentlich aus dem Fenster, dass Stefanie sie anscheinend nicht erneut anzusprechen wagte.

So kam er nicht weiter. Stefanie schien wirklich nicht mehr zu wissen und wenn Lena etwas wusste, würde er es ohne Druck nicht aus ihr herausbekommen.

„Mama hat einmal erzählt, als Lena damals geboren wurde ..."

„Stefanie, du solltest aufhören." Lena wandte sich unvermittelt um. „Merkst du nicht, dass er dich examiniert wie ein Dorfschullehrer?"

„Was soll das denn, Lena? Wenn es dich stört, dass ich mich mit meinem Onkel unterhalte, kannst du uns ja verlassen."

„Ich möchte nicht, dass du ihm Dinge erzählst, die ihn nichts angehen. Er will mit aller Gewalt herausbekommen, was in unserer Familie vorgefallen ist. Ich glaube jedoch, dass es besser ist, wenn es ein Geheimnis bleibt."

„Aber wir haben ein Recht, es zu erfahren!"

„Ganz recht." Mutius lächelte Stefanie an. „Schließlich gehört auch ihr zur Familie."

„Aber wenn unsere Eltern es für besser halten, dass wir es nicht erfahren, dann vertraue ich ihnen!" Lenas sonst so sanfte Augen sprühten Blitze.

„Ich *will* es aber erfahren!" Stefanie riss sich beinahe ihre Kette vom Hals.

„Und ich werde dir dabei helfen", versicherte Mutius.

Da lief Lena plötzlich zum Klingelzug. Ehe Mutius wusste, was geschah, zog sie daran, und wenige Augenblicke später trat ein Diener ein. „Ich lasse Herrn von Schwentin zu mir bitten."

„Kannst du mir erklären, was das zu bedeuten hat?" Mutius sah seine Nichte fassungslos an.

„Ich habe es satt, von dir wegen des Geheimnisses bedrängt zu werden. Und da Onkel Schwentin der Einzige zu sein scheint, der in diesem Hause zu mir hält – da ist er schon."

Schwentin trat ein und sah Lena über seine Brillengläser hinweg an. „Du hast mich rufen lassen, Helena?"

Sie nickte. „Ich wusste mir leider keinen anderen Rat mehr. Onkel Mutius gräbt nach einem Geheimnis in unserer Familie ..."

„Bitte lass dir erklären, lieber Schwager …" Mutius schnellte vom Sofa empor.

„Bitte lasse Helena ausreden." Schwentin nahm seinen Zwicker ab. „Ich nehme an, du möchtest nicht über dieses Geheimnis reden, Helena?"

„Ich kenne es nicht und will es auch nicht kennen. Ich möchte dich bitten, Onkel Mutius davon abzuhalten, weiter danach zu forschen und uns mit seinen Fragen zu bedrängen."

Schwentin baute sich vor Mutius auf. „Höre ich recht, du *bedrängst* unsere Nichten? Bitte daran zu gedenken, dass du dich in *meinem* Hause befindest."

„Aber Schwentin, höre mich doch an …"

„Ich habe genug gehört und ich kenne dich gut genug. Ich verbitte mir ein für alle Mal, dass du die Mädchen belästigst. Wenn Helena nicht wünscht, dass nach dem Geheimnis geforscht wird, wirst du dich danach richten. Ihre Wünsche sind auf jeden Fall zu respektieren."

„Aber lieber Schwager! Du schätzt die Lage gänzlich falsch ein!" Es war Mutius unbegreiflich, dass Schwentin sich so vehement auf Lenas Seite stellte.

„Sollte meine Nichte noch einmal gezwungen sein, sich Hilfe gegen dich zu erbitten", fuhr sein Schwager unbeirrt fort, „sehe ich mich gezwungen, von meinem Hausrecht Gebrauch zu machen, auch wenn du der Bruder meiner Frau bist. Auf Juliendorf wäre deine Anwesenheit ohnehin viel nötiger als hier."

Mutius blieb beinahe der Mund offenstehen. Schwentin war zwar schon immer ein Mensch gewesen, dem seine Familie über alles ging, aber so hatte er ihn noch nicht erlebt.

„Ich bitte dich nun, mit mir den Salon zu verlassen." Schwentin klemmte seinen Zwicker auf die Nase und zog Mutius aus dem Zimmer.

* * *

Als Ferdi die Straße erreichte, in der sein Freund wohnte, blieb er überrascht stehen. Vor Bassewitz' Wohnung stand ein geschlossener Reisewagen und der Diener trug soeben eine riesige Kiste zu der Kutsche. Was ging dort vor?

Eigentlich wollte er seinem Freund heute sagen, dass er Mutius bereits für die Soiree zugesagt hatte. Drei Tage hatte er ihm Zeit gegeben, den ominösen Brief seines Vaters zu verarbeiten, nun aber begann die Zeit zu drängen: Die offizielle Einladung konnte jeden Tag eintreffen.

Ferdi eilte zum Haus und sprang die Treppen hinauf. In der Wohnung fand er Bassewitz, der schnaufend auf einem Koffer saß und ihn mit seinem Gewicht zuzudrücken versuchte.

„Bassewitz? Was hast du vor? Du willst doch nicht etwa mitten im Semester verreisen?"

Sein Freund wischte sich mit dem Schnupftuch den Schweiß von der Stirn. „Du kommst gerade zur rechten Zeit, Grüning. Bitte hilf mir, den Koffer zu schließen."

„Aber was soll das bedeuten?" Ferdi schloss eine Schnalle.

„Es tut mir leid, Grüning, vielleicht erzähle ich dir davon, wenn ich zurückgekehrt bin. Ich muss dringend mit meinem Vater reden."

Der Brief! Irgendetwas hatte der alte Bassewitz seinem Sohn geschrieben, das diesen völlig aus der Bahn geworfen hatte. Ferdi schloss auch die zweite Schnalle des Koffers. „Hat dein Vater dich nach Hause gerufen? Was ist denn geschehen?"

Bassewitz stand keuchend von dem Koffer auf und tupfte sich erneut den Schweiß von der Stirn. „Lass mich jetzt, Grüning. Ich muss meinen Zug erreichen. In knapp einer Woche bin ich zurück." Er hievte den Koffer vom Boden.

Der Diener erschien im Vorzimmer, eilte herbei und wuchtete den Koffer auf seine Schultern.

Eine Woche. Er musste unbedingt zugegen sein, wenn Bassewitz zurückkehrte und seine Post durchsah, damit er die Einladung zur Soiree nicht vernichtete und angab, der Graf von Wedell sei bereits abgereist.

* * *

Auf dem Korridor hielt Mutius seinen Schwager an. „Schwentin, jetzt möchte ich wirklich erfahren, was in dich gefahren ist!"

„Ich werde es nicht dulden, dass du die Mädchen nur wegen deiner Geldgier bedrängst. Glaubst du, ich wüsste nicht, dass du das Geheimnis nur erfahren willst, um es zu Geld zu machen?"

Mutius versuchte, ein möglichst harmloses Gesicht aufzusetzen, obwohl er erschrocken war, wie gut der Oberstaatsanwalt ihn wieder einmal durchschaute. Gerade erst gestern hatte er einen Brief von seinem Bankier erhalten, der darin dringend um ein Gespräch bat. „Du siehst Gespenster, Schwentin. Nur weil du jeden Tag mit Verbrechern zu tun hast, musst du nicht gleich auch in jedem Verwandten kriminelle Energien vermuten."

„Mache dich nicht lächerlich, Mutius. Menschen wie dich kenne ich gut genug. Deshalb sage ich dir: Ich werde nicht zulassen, dass du deine Habgier auf Kosten der Mädchen befriedigst!"

Mutius sah seinen Schwager scharf an. „Weißt du, wie du mir vorkommst? Als ob du selbst mehr von dem Geheimnis weißt, als du zugeben willst."

„Woher sollte ich ein Geheimnis der Familie Hohenau kennen? Ich bin erst seit drei Jahren mit Valeria verheiratet."

„Aber du lebst in Breslau, solange ich denken kann. Du kennst also meine Schwester Aurelia aus der Zeit vor ihrer Ehe. Ist es nicht so?"

„Durchaus, aber wer sagt denn, dass sie die Geheimnisträgerin ist? Ich vermute vielmehr, dass es Hohenau und das Gut betrifft. Schönwalde floriert trotz der Wirtschaftskrise und der Missernte des vergangenen Jahres in ungewöhnlichem Maße. Mir scheint, dass dort das Geheimnis liegt."

Mutius stutzte. Sollte sein Schwager recht haben? War er auf einer ganz falschen Fährte? „Ist es nur eine Vermutung? Oder weißt du nicht doch mehr darüber?"

„Ich sagte bereits, dass ich Hohenau erst seit drei Jahren kenne."

„Aber dein Verhältnis zu Lena scheint besonders eng zu sein. Vielleicht hat sie dir das Geheimnis anvertraut?"

„Mutius, deine Fantasie geht wirklich mit dir durch. Ich nehme Helena in Schutz, weil sie offensichtlich von unseren Gesellschaften und deinen Nachforschungen weniger angetan ist als Stefanie. Und ich werde sie weiterhin vor dir schützen, wenn du deine Heiratspläne und das Wühlen in der Vergangenheit nicht aufgibst."

Mutius kniff ein Auge zusammen und fixierte seinen Schwager. „Könnte es sein, Schwentin, dass auch dir daran liegt, die Offenbarung des Geheimnisses zu verhindern?"

Da brach Schwentin in schallendes Gelächter aus. „Ich beginne an deinem Verstand zu zweifeln. Dein Eifer, das Geheimnis zu ergründen, bringt dich zur Raserei. Da ich das Geheimnis nicht einmal kenne, hält sich mein Interesse daran in engen Grenzen." Dann wurde er wieder ernst und trat nahe vor ihn hin. „Sollte ich noch einmal bemerken, dass du die Mädchen damit belästigst, findest du dich schneller auf Gut Juliendorf wieder, als dir lieb ist. Das ist meine letzte Warnung." Damit wandte er sich um und ließ ihn stehen.

Mutius ballte die Faust. Er würde sich von seinem Schwager nicht einschüchtern lassen, mochte er auch zehnmal Oberstaatsanwalt sein. Nur musste er noch vorsichtiger vorgehen, damit Schwentin seine Drohung nicht wahrmachte.

Kapitel 28

Als der Briefträger den Garten der Oberförsterei betrat, stellte Rahel Grüning die Gießkanne ab und strich sich die Haare hinters Ohr. „Haben Sie den weiten Weg bis zu uns herauf wieder einmal geschafft, Herr Möller?“

Der Beamte nahm die Dienstmütze ab und tupfte sich mit seinem Sacktuch den Schweiß von der Stirn. „Ich hoffe, ich bringe nur gute Nachrichten. Hier ist ein Brief mit einem wichtigen Wappen ...“

„Ah, vom Ministerium. Mein Mann wartet schon gespannt darauf.“

„... und wenn dies nicht das Wappen der Grafen von Schleinitz ist, dann bin ich Seine Exzellenz der Reichspostminister.“

Lächelnd nahm Rahel den Brief entgegen. „Sie haben recht.“

Aber die Schrift auf dem Umschlag war nicht Lisas Schrift. Sonderbar, sonst hatte immer nur Lisa geschrieben. Sollte es ihr so schlecht gehen, dass sie nicht selbst schreiben konnte?

„Kommen Sie mit in die Küche, Herr Möller. Ich habe eben noch einen frischen Kaffee aufgebrüht, Sie wissen schon, schön stark, wie mein Mann es gern hat – und Sie auch.“

Unter dem gewaltigen grauen Schnauzer blitzte ein Lächeln auf. „Sie sind zu freundlich, Frau Oberförster. Ich kann unmöglich ablehnen.“

Rahel führte den Postbeamten in die Küche und goss ihm eine Tasse Kaffee ein. „Bitte entschuldigen Sie mich, ich will meinem Mann rasch den Brief ins Arbeitszimmer bringen.“

Während sie durch den Flur zum Arbeitszimmer huschte, schob sie ihren kleinen Finger unter die Lasche des Umschlags mit dem Schleinitz'schen Wappen und riss ihn auf. Er enthielt nur ein einzelnes Blatt, das sie schon im Gehen entfaltete.

Im Arbeitszimmer fand sie ihren Mann mit Schreibarbeiten beschäftigt. Erst als Elko aufstand und sie mit einem leisen Bellen begrüßte, sah er auf und lächelte. „Bringst du die Post, Rahel? Ist etwas vom Ministerium gekommen?“

Sie reichte ihm den Umschlag mit dem Adler der Provinz Schlesien. „Und ein Brief von Lisa – nein, Ludwig hat ihn geschrieben.“

Doch Albert hörte nicht mehr zu. Er riss hastig den dienstlichen Brief auf und vertiefte sich in das Schreiben.

Rahel trat ans Fenster und las die wenigen Zeilen, die ihr Schwiegersohn geschrieben hatte. Je weiter sie kam, desto mehr zitterten ihre Finger. Ihre Befürchtungen stimmten also. Lisa ging es wirklich schlecht. Und ihre Sorge um ihren Sohn war auch nicht unbegründet.

Sie ließ das Blatt sinken und beugte sich gedankenverloren zu Elko hinab, der sich an ihre Waden schmiegte und mit seinem Schwanz regelmäßig gegen ihr Kleid schlug.

Da lehnte Albert sich aufatmend zurück. „Meiner Eingabe ist stattgegeben worden.“

„Du darfst Oberförster bleiben, bis Ferdi das Amt von dir übernimmt?“

„Unter einer Bedingung. Er muss das Studium bis zum Ende des nächsten Semesters abschließen. Soll ihn dann noch ein halbes Jahr einarbeiten.“

Rahel wusste nicht, ob sie sich wirklich darüber freuen konnte. Zwar war so sichergestellt, dass sie im Forsthaus wohnen bleiben konnten, aber ob Ferdi wirklich bis zum geforderten Zeitpunkt sein Studium beendet haben würde – sie zweifelte nicht erst seit Ludwigs Brief daran.

„Freust du dich nicht?“ Albert sah sie an und furchte die Stirn.

„Doch, bloß ... Ich bin immer noch in Sorge um Ferdi.“

Er stand auf und legte den Arm um sie. „Schreibt Lisa etwas von ihm?“

„Lisa kann nicht schreiben. Es geht ihr zu schlecht. Aber Ludwig berichtet davon, dass sie beide Angst um Ferdi haben. Er soll sich in schlechter Gesellschaft befinden.“

„Er wohnt doch bei Regina von Pritzen. Ich denke, sie gibt gut auf ihn acht.“

„Du kennst den Lümmel doch. Und jetzt beginnt er sogar schon, den Gottesdienst auszulassen.“

„Hatte sicherlich einen triftigen Grund dazu. Gibt Zeiten im Studium, da man viel lernen muss.“

Es war wie immer in der letzten Zeit: Albert fand alle möglichen Entschuldigungen für seinen Sohn. Rahel sah wieder in den Brief.

„Lisa bittet uns, sobald wie möglich nach Breslau zu kommen. Was im Einzelnen vorgefallen ist, wollen sie uns dann berichten."

Albert lehnte sich an das Fensterbrett und atmete tief durch. „Immer diese Andeutungen. Möchte wissen, was mit dem Bengel nicht in Ordnung sein soll. Er liefert doch nur beste Noten ab."

„Wie ich Ludwig und Lisa kenne, werden sie so etwas nicht grundlos schreiben. Ferdis Bitte um mehr Geld hat mich ja auch schon stutzig gemacht. Ich möchte wirklich so schnell wie möglich nach Breslau reisen."

„Das ist doch völlig ausgeschlossen. Ich bin nicht abkömmlich und muss peinlichst darauf achten, meine Dienstobliegenheiten zu erfüllen. Die Reise solltest du dir aus dem Kopf schlagen."

„Aber wenn Ferdi wirklich krumme Wege geht, müssen wir doch mit ihm sprechen. Schließlich geht es auch darum, dass er rechtzeitig sein Studium beendet." Noch viel wichtiger war ihr jedoch, dass ihr Sohn nicht auf Abwege geriet und dass er seinen Glauben nicht für vergängliche Vergnügungen wegwarf. Aber sie hatte den Eindruck, dass ihr Mann das erst recht als Hirngespinst abtun würde.

„Werden einen Brief schreiben. Muss genügen."

„Bitte, Albert, wenn wir hinführen, hätte es bestimmt eine bedeutendere Wirkung auf ihn."

„Mag sein. Geht aber nicht." Er kreuzte die Arme vor der Brust. „Schreiben ihm, dass er alles tun soll, um sein Studium schnellstmöglich zu beenden. Wenn er erfährt, was auf dem Spiel steht, wird er dem Folge leisten."

„Aber ich habe Angst, Albert."

Er nahm sie in den Arm. „Wo ist dein Gottvertrauen geblieben, Rahel? Und warum misstraust du unserem Sohn? Als ich damals mit Elisabeth viel zu streng war, wolltest du mich immer zurückhalten. Bist du entschlossen, nun meine Fehler zu begehen?"

Sie war ja froh, dass er daraus gelernt hatte. Nur schien er nun gleich auf der anderen Seite vom Pferd zu fallen. „Ich muss zurück in die Küche, Herr Möller trinkt dort seinen Kaffee."

Rasch eilte sie zurück, um dem Briefträger noch einige Minuten Gesellschaft zu leisten.

Als sie eine halbe Stunde später ins Arbeitszimmer zurückkehrte, hielt Albert ihr ein Kuvert entgegen. „Schau, habe etwas für Ferdi verfasst. Zufrieden?"

Sie zog den Briefbogen aus dem Umschlag – und mit ihm einen Wechsel. „Zwanzig Mark! Du willst ihm wirklich noch mehr Geld geben?"

„Begreifst du denn nicht? Er soll das Studium abschließen! Dazu benötigt er Bücher und andere Dinge mehr."

„Wenn er das Geld auch wirklich für Bücher ausgibt."

„Habe ihm genau das geschrieben."

Rahel seufzte leise. Dann musste sie wohl an Schleinitz und Lisa schreiben, dass sie nicht kommen würden.

Albert war viel zu milde geworden. Sie konnte seine Furcht ja verstehen, hatte seine Strenge Lisa und Ludwig doch beinahe in den Tod getrieben, aber Ferdi brauchte eine feste Hand. Bloß ließ ihr Mann sich – wie zumeist – nicht umstimmen. „Albert, wollen wir nicht wenigstens zusammen beten?"

Er nahm ihre beiden Hände und brachte ihrer beider Sorgen vor ihren Gott und Vater. Lächelnd lehnte sie ihren Kopf an seine Brust. Vor dem Thron Gottes wurden sie immer wieder eins, auch wenn sie unterschiedlicher Meinung waren.

* * *

„Ich habe eine Antwort vom Oberappellationsgericht in München erhalten." Schwentin wedelte mit dem Brief aus Bayern.

„Das wurde auch Zeit. Ich fürchte, der Graf von Wedell ist längst dorthin zurückgekehrt." Mutius sah ihn erwartungsvoll an, und auch aus Valerias Gesicht sprang ihn die Spannung geradezu an.

Schwentin setzte sich neben seine Frau und kramte in seiner Westentasche nach seinem Zwicker.

„Du hast ihn auf der Nase, Otto." Seine Frau strich ihm lachend mit dem Finger über die Wange.

Er lachte mit und faltete das Schreiben auseinander. „Es taucht tatsächlich ein Graf von Wedell auf, allerdings in den letzten zwei Monaten nur ein einziges Mal im Zusammenhang mit einer Geringfügigkeit. Weiter zurückliegende Verfahren werden noch geprüft."

„Fabelhaft!“ Mutius sprang auf. „Ich wusste sofort, dass dieser Graf von Wedell eine weiße Weste hat.“

„Du erlaubst mir, lieber Schwager, ein wenig anderer Meinung zu sein.“

„Was hast du denn nun schon wieder auszusetzen?“ Mutius trommelte mit allen zehn Fingern auf die Tischplatte. „Es ist doch das Beste, was uns geschehen konnte. Damit ist erwiesen, dass es den Grafen wirklich gibt, aber er hat sich offenbar keiner größeren Vergehen schuldig gemacht.“

„Von diesen Dingen verstehst du offenbar nichts.“ Schwentin nahm seinen Zwicker ab. „Es geht nicht darum, ob der Graf von Wedell sich eines Vergehens schuldig gemacht hat. Ein Graf, der solch ausgedehnte Ländereien besitzt und darüber hinaus sogar Geschäfte mit dem bayerischen Königshaus macht, benötigt immer wieder die Gerichte. Es gibt Grenzstreitigkeiten, Mahnverfahren und viele Dinge mehr.“

„Ich begreife nicht, worauf du hinauswillst. Es ist doch möglich, dass der Graf von Wedell eben zwei Monate lang kein Verfahren dieser Art bestritten hat.“

„Unmöglich wohl nicht, aber unwahrscheinlich. Noch unwahrscheinlicher wird die Geschichte unseres Grafen, wenn ich mir das eine Verfahren, das mir das Oberappellationsgericht zu München gemeldet hat, genauer betrachte. Der Gegenstand ist nahezu lächerlich.“

Valeria wollte sich gerade eine Zigarette anzünden, hielt aber inne. „Worum ging es in dem Verfahren?“

„Im Englischen Garten zu München wurde der Hund – übrigens ein echter deutscher Langhaardackel – des Bäckermeisters Praxmahler von einem der neumodischen Hochräder überfahren. Abgesehen von der Tatsache, dass im Englischen Garten das Fahren mit dem Hochrade polizeilich verboten ist, hat der renitente Bäckermeister Praxmahler den Fahrer des Hochrades verklagt und sogar eine ansehnliche Entschädigung zugesprochen bekommen. Nun dürft ihr raten, wer der Mann war, der im Englischen Garten auf dem Hochrade spazieren fuhr.“

„Was soll das Ganze, Schwentin?“, fuhr Mutius auf. „Wenn wirklich der Graf von Wedell – ich vermute, dass es sich um *unseren*

Grafen handelt, wohl kaum um seinen Vater – in München mit dem Hochrade fährt, was ist daran für uns von Belang? Willst du deiner Nichte etwa verbieten, einen Mann zu heiraten, weil dieser das Verbrechen begangen hat, auf dem Hochrade durch irgendwelche bayerischen Gärten zu fahren?"

„Aber begreifst du denn nicht?" Schwentin beugte sich vor. „Hast du schon einmal jemanden aus unseren Kreisen mit dem Hochrade fahren sehen? Wenn der Graf von Wedell wirklich so unermesslich reich ist, warum kurvt er dann mit einem Hochrade durch die Landschaft?"

„Ich kenne genug Herren aus unseren Kreisen, die eine mehr oder minder ausgeprägte Marotte haben", knurrte Mutius.

„Lächerlich." Schwentin faltete das Schreiben zusammen. „Wenn Wedell so reich wäre, wie er behauptet, hätte er wahrscheinlich im Monatsrhythmus Verfahren wegen irgendwelcher finanziellen Streitigkeiten. Stattdessen gibt es nur ein einziges Verfahren wegen dieses lächerlichen Vorfalls, den ein steinreicher Herr unserer Kreise mit einem großzügigen Geldgeschenk abgetan hätte."

Valeria drehte ihre Zigarette zwischen den Fingern. „Was willst du damit sagen, Otto?"

„Ich vermute, dass der Graf von Wedell tüchtig aufgeschnitten hat. Wahrscheinlich ist sein Vater verarmt und hat seinen Sohn auf eine weite Reise geschickt, wo ihn niemand kennt, um sich von dort eine reiche Frau mitzubringen."

„Das sind doch Hirngespinste!" Mutius schlug sich mit der flachen Hand vor die Stirn. „Nur wegen dieser Hochrad-Affäre ist er doch nicht gleich ein Aufschneider!"

Valeria zündete sich ihre Zigarette an. „Ich glaube auch, Otto, dass du mit deinem Verdacht zu weit gehst. Sind solche Schlussfolgerungen nicht ein wenig gewagt?"

„Ich halte sie für durchaus realistisch." Er zog sein Schnupftuch hervor und rieb seine Brillengläser. „Ich kenne die Gepflogenheiten der hohen Herren vor Gericht zur Genüge. Wir haben viele Groß- grund- und Fabrikbesitzer in Schlesien, die ich alle aus regelmäßigen Gerichtsverfahren kenne."

„Ich nehme an, dass der Graf von Wedell in Bayern eine solche Position einnimmt, dass niemand wagt, gegen ihn zu opponieren –

bis auf diesen aufmüpfigen Bäckermeister Praxlmayr oder wie auch immer er hieß." Mutius zog an seinem Ohrläppchen.

Schwentin verdrehte die Augen. Wenn sie doch bloß seiner Erfahrung vertrauen würden. Schließlich war er seit Jahren im Justizdienst und wusste, wovon er sprach.

„Ich kann mir ebenfalls nicht vorstellen, dass Wedell ein Aufschneider ist." Seine Frau schüttelte den Kopf. „Er machte auf mich den Eindruck eines durch und durch ehrlichen Mannes."

„Ich warne euch dringlich vor diesem Grafen. Wir sollten jeden Kontakt zu ihm abbrechen."

„Du gehst zu weit, Otto." Valeria klopfte auf ihre Zigarette. „Julian hat ihn schon zur Soiree eingeladen und der Graf hat sein Erscheinen bereits avisiert. Und auf welchem Wege könnten wir ihn besser kennenlernen?"

„Ganz richtig." Mutius beugte sich vor. „Außerdem ist es doch ein Leichtes, den Wahrheitsgehalt seiner Aussagen zu überprüfen. Habt ihr nicht einen Gotha hier?"

Schwentin lächelte. „Das fällt dir früh ein, Mutius. Ich habe selbstverständlich längst im Gotha nachgeschlagen." Er triumphierte innerlich über das säuerliche Gesicht seines Schwagers.

„Und was hat deine Recherche ergeben, du vortrefflicher Staatsanwalt?", knirschte Mutius.

„Er steht im Gotha – wie ich es erwartet habe."

„Ich erwartete ebenfalls nichts anderes." Mutius zog an seinem Ohrläppchen. „Also was gibt es noch für Zweifel an dem Grafen?"

„Die gleichen wie vorher." Sein Schwager war so auf die Millionen des undurchsichtigen Grafen fixiert, dass er jede Vorsicht außer Acht ließ. „Selbst der übelste Betrüger weiß, dass der Gotha für jedermann zugänglich ist. Niemand wird behaupten, mit dem König von Bayern verwandt zu sein, wenn es nicht im Gotha steht."

„Das sind doch nur die Hirngespinste eines überspannten Staatsanwalts!" Mutius trommelte wieder mit den Fingern auf die Tischplatte. „Wenn wirklich etwas mit dem Grafen nicht stimmen sollte – aber ich bin überzeugt, Schwentin, dass du dich irrst! –, dann werden wir es nur herausfinden, wenn wir ihn näher kennenlernen."

„Aber Stefanie ist bereits jetzt in ihn vernarrt. Wie schnell entsteht daraus etwas Ernsteres – schneller als wir herausfinden können, was der Graf wirklich für ein Mensch ist. Ganz zu schweigen von Lena, bei der eine Neigung wahrscheinlich noch viel tiefer ginge." Seine Frau und ihr Bruder waren wirklich wie betört von diesem Mann.

„Eine Neigung zu dem Grafen kann ich nur begrüßen", lachte Mutius. „Besonders, wenn Lena endlich Zuneigung fassen würde."

„Außerdem wird es sich sehr schnell herausstellen." Valeria zog kräftig an ihrer Zigarette und drückte sie dann in den Aschenbecher. „Sollten deine Bedenken wirklich begründet sein, wird jede Neigung schnell erstickt sein. – Also, ich fahre noch heute zu Anna Grobecker und ersuche sie, bei der Soiree einige Lieder zum Besten zu geben. Julian, du solltest Graf Götzen bitten, sie auf dem Pianoforte zu begleiten. Er ist ein hervorragender Pianist. Dann können die Einladungen schon morgen in die Post."

Mutius sprang auf, als wolle er den Auftrag sofort ausführen.

„Einen Augenblick." Schwentin hielt seinen Schwager am Rockschoß fest. „Vergesst nicht, auch Christian von Güssow eine Einladung zukommen zu lassen."

„Schon wieder dieser Frömmling?" Mutius riss seinen Rockschoß aus Schwentins Hand. „Ich meine, es genügt wirklich, dass wir ihn zum Debüt eingeladen haben."

„Keine Diskussion. Güssow wird eingeladen."

„Aber Otto ..." Valeria griff nach seiner Hand.

„Ich sagte: Keine Diskussion." Schwentin zog seine Hand weg. „Ohne Güssow keine Soiree."

Mutius seufzte theatralisch. „Dann werde ich diesen heiligen Priester wieder einmal einen Abend ertragen müssen. Der ungehobelte Bär sollte besser eine Missionsstation in Timbuktu eröffnen."

„Du wirst es überleben." Schwentin quetschte seinen Zwicker auf die Nase. „Und noch etwas: Sollten mir irgendwelche Ungereimtheiten auffallen, werfe ich Wedell sofort und eigenhändig aus dem Haus." Wahrscheinlich wäre es das Beste, den seltsamen Grafen erst gar nicht hereinzulassen. Aber wenn er das durchsetzte, würde Mutius sich hinter seinem Rücken etwas Neues ausdenken, und dann könnte er die Kontrolle über das Geschehen verlieren. Also war es klüger zuzustimmen, aber die Spielregeln selbst zu bestimmen. „Und ich werde dafür sorgen, dass die Mädchen nicht bedrängt werden.

Insbesondere Helena, die solche Veranstaltungen offenbar nicht sonderlich liebt, steht unter meinem persönlichen Schutz."

„Ja ja." Mutius lachte. „Der Herr Oberstaatsanwalt mag tun, was ihm beliebt."

Am liebsten hätte er seinem Schwager eine Ohrfeige verpasst.

Kapitel 29

Ferdi reichte dem Dienstmädchen Anna seinen Hut. „Bitte melden Sie mich bei meiner Schwester."

„Bitte verzeihen Sie, gnädiger Herr, ich habe Anweisung vom Herrn Grafen, niemanden zu der Frau Gräfin zu lassen."

„Aber dieses Verbot erstreckt sich sicherlich nicht auf mich."

„Doch, Ferdi." Aus einem Nebenzimmer trat sein Schwager. „Deiner Schwester geht es sehr schlecht."

„So schlecht, dass selbst ich nicht zu ihr darf?" Ferdi spürte, wie die Angst in ihm hochkroch. War ihre Sorge um ihn schuld daran?

„Du weißt, dass sie sich deinetwegen viele Gedanken macht." Schleinitz sah ihn durchdringend an. „Das schadet ihrer ohnehin schwachen Gesundheit ungemein."

„Eben deshalb will ich doch zu ihr. Wenn sie mich sieht, wird sie merken, dass ihre Sorge unbegründet ist. Mir geht es gut, mein Studium schreitet erfolgreich voran ..." Blieb nur zu hoffen, dass Lisa ihn nicht durchschaute.

„Ist das wirklich so, Ferdi?" Schleinitz trat näher und legte ihm die Hände auf die Schultern. „Ist wirklich alles in schönster Ordnung bei dir? Oder willst du deiner Schwester ein Theater vorspielen?"

Natürlich wäre es ein Theater und niemand außer ihm wusste, wie unglaublich schwer ihm das fiel. Doch die Wahrheit wäre für Lisa so schädlich, dass er diese Unehrlichkeit in Kauf nehmen musste. „Aber wo denkst du denn hin! Wenn du freilich Lisa solche Flausen in den Kopf setzt, wundert es mich nicht, dass es ihr nicht gut geht. Lass mich zu ihr, damit sie mich sieht, dann wird es mir gelingen, sie zu beruhigen."

Schleinitz ließ die Hände sinken. „Nein. Du gehst nicht zu ihr. Lisa hat ein feines Gespür dafür, ob du ehrlich mit ihr bist oder ihr etwas vorspielst."

„Du willst mir wirklich verweigern, meine Schwester zu besuchen?" Ferdi konnte es nicht glauben. Dabei war es unbedingt wichtig, Lisa zu beruhigen – einerseits für sie selbst und andererseits für ihn. Wenn er ihre Zweifel beseitigen konnte, würden auch die seiner Eltern, Schleinitz' und Pritzens schwinden.

„Du hörst es doch. Wenn sie merkt – und sie wird es merken! –, dass du nicht ehrlich mit ihr bist, wird es ihr noch schlechter gehen."

Ferdi nahm dem Dienstmädchen seinen Hut wieder aus der Hand. „Dann entschuldige bitte die Störung. Ich hoffe, du bist dir bewusst, dass du meiner Schwester damit mehr schadest als nützt."

„Ich bin vom Gegenteil überzeugt."

Wie gerne hätte Ferdi seinem Schwager einige Nettigkeiten an den Kopf geworfen, doch er beherrschte sich. Es brachte nichts, wenn die Situation eskalierte.

Er stülpte den Hut auf den Kopf und machte sich auf den Weg zu Bassewitz. Schon in den letzten Tagen hatte er regelmäßig bei seinem Freund vorbeigesehen, um endlich mit ihm über den neuerlichen Auftritt des Grafen von Wedell bei der geplanten Soiree zu sprechen, aber er war noch nicht von seiner geheimnisvollen Reise zurückgekehrt. Doch dieses Mal sah er schon von Weitem, dass die Fenster der Wohnung geöffnet waren – offenbar war Bassewitz wieder zurück.

Als Ferdi die Treppe hinaufeilte, stieß er beinahe mit dem Postboten zusammen, und oben angekommen, stand sein Freund noch in der geöffneten Tür.

„Mensch, Bassewitz, endlich bist du wieder zurückgekehrt! Kannst du mir nun sagen, was deine Reise ..." Was war das? Warum hielt sein Freund die rechte Hand unter der Weste verborgen? Sollte der Postbote gerade die Einladung gebracht haben und Bassewitz versuchte sie vor ihm zu verbergen? „Willst du mir nicht die Hand reichen? Oder stimmt etwas nicht mit deiner Hand?"

„Ver... verzeih mir", stotterte Bassewitz. „Als ich eben meinem Diener geholfen habe, meinen Koffer nach oben zu tragen, habe ich mich gleichsam an der Tür gestoßen. Meine Rippe ..."

„Das kannst du mir bei deinen Fettpölsterchen nicht erzählen, Freund!" Ferdi packte Bassewitz' rechten Arm und zog ihn mit einem Ruck unter der Weste hervor, dass zwei Knöpfe quer durch den Raum flogen.

„Was fällt dir ein!", protestierte Bassewitz.

„Aha, zwei Billetts. Habe ich es doch geahnt." Ferdi grinste. Da war er ja gerade im richtigen Augenblick gekommen.

„Grüning, bist du gleichsam übergeschnappt?“ Bassewitz befreite seinen Arm und fuchtelte mit den beiden Billetts vor seiner Nase herum.

„Das frage ich dich. Ich sehe eindeutig den Namen des Grafen von Wedell auf dem einen Billett. Wolltest du es mir etwa unterschlagen?“

„Du bist nicht der Graf von Wedell.“

„In der hiesigen Gesellschaft sehr wohl. Und jetzt her mit dem Billett.“ Ferdi riss Bassewitz das an Wedell adressierte Schreiben aus der Hand und überflog die Einladung. „Familie von Schwentin gibt sich also die Ehre, den Grafen von Wedell zu einer Soiree einzuladen, bei der die berühmte Sängerin Anna Grobecker einige Lieder zu Gehör geben wird. Das ist doch fantastisch. Warum echauffiert dich das so?“

„Lies bitte die Rückseite.“ Bassewitz zog eine Zigarre aus der Westentasche und schnitt sie an.

„Es wäre uns eine Ehre, wenn der Herr Graf seine mündliche Zusage nicht zurückzöge, sondern beizubehalten geruhte.“ Ferdi grinste. „Nun, Wir werden jedenfalls geruhen.“

„Du hast also wirklich bereits dein Erscheinen zugesagt? Sogar Herrn von Mutius gegenüber? Obwohl wir gleichsam abgemacht hatten, dass es bei dem einmaligen Ballbesuch bleiben sollte?“

„Ich hatte kaum eine andere Wahl. Baronesse Stefanie bat mich so inständig, dass ich nicht absagen konnte. Warum sollte ich meine Zusage dann gegenüber Herrn von Mutius zurückziehen?“

Bassewitz riss ein Streichholz so heftig an, dass der Kopf abbrach und gegen die Wand flog. „Hast du gesehen, wann die Soiree stattfinden soll? Am 29. Juni. Einen Tag vor unserer Rechtskunde-Klausur. Ich kann unmöglich hingehen. Ich habe in den letzten Tagen schon viel zu viel versäumt, und wenn ich die Klausur nicht mit einer guten Note bestehe, wird mir mein alter Herr eigenhändig die Paragrafen auf den Rücken gerben!“

„Du hättest ja nicht mitten im Semester verreisen müssen.“

„Du weißt ja gar nicht, um was es sich handelt“, blaffte Bassewitz. „Wärst du an meiner Stelle, wärst du auch sofort nach Hause gereist.“

„Was ist denn geschehen?“, fragte Ferdi ruhig.

„Das geht dich gleichsam nichts an. Nach diesem Vertrauensbruch“ – Bassewitz wies auf die Einladung – „werde ich dir das nicht anvertrauen.“

Langsam schob Ferdi die Hände in die Hosentaschen. Sein Freund schien wirklich ernsthaft verstimmt zu sein. „Es tut mir leid, Bassewitz. Ich konnte den Bitten der Baronesse unmöglich widerstehen.“

„Ich hätte dich erst gar nicht zu dem Debüt mitnehmen sollen. Die Soiree kannst du jedenfalls vergessen. Ich werde lernen.“

„Dann bleibe du meinetwegen zu Hause und lerne. Ich werde mich derweil an dem Gesang der Anna Grobecker und an den beiden Baronessen erfreuen.“

„Bist du denn von allen guten Geistern verlassen?“ Bassewitz traten beinahe die Augen aus den Höhlen. „Du kannst nicht allein dort hingehen. Du brauchst jemanden, der gleichsam auf dich achtgibt und dir in brenzligen Situationen zur Seite steht. Ich sehe aber keine Möglichkeit, dorthin zu gehen.“

„Aber wird es nicht auffallen, wenn der Graf von Wedell plötzlich seine Zusage zurückzieht?“ Ferdi lächelte Bassewitz an. „Wenn ein Graf sein Wort nicht hält, würde man nicht Verdacht schöpfen?“

„Das ist es ja eben!“ Mit zitternden Fingern riss Bassewitz ein neues Streichholz an und setzte die Zigarre in Brand. „Du hast uns in eine höchst unangenehme Situation gebracht!“

Ferdi konnte ein Grinsen nicht unterdrücken. Für ihn war die Situation alles andere als unangenehm. Die Klausur würde er schon irgendwie bestehen und sogar Bassewitz sah ein, dass er seine Zusage schwerlich zurücknehmen konnte.

„Nimm das Grinsen aus dem Gesicht!“ Bassewitz gab eine riesige Rauchwolke von sich. „Entweder werde ich die Klausur nicht bestehen oder du wirst in Verdacht geraten – und damit auch ich. Beides würde fatale Folgen haben.“

„Da wäre eine schlechte Klausur eher zu verschmerzen, nicht wahr?“

„Es sei denn, du würdest mir helfen. Wie schon einmal.“

Ferdi stockte. Das war nun nicht gerade nach seinem Geschmack. „Wir sind beim letzten Mal schon beinahe erwischt worden ...“

„Dann musst du es diesmal eben noch raffinierter anstellen.“

Jetzt grinste Bassewitz. „Sonst bist du doch nie um eine pfiffige Idee verlegen."

„Du weißt, wie viel von meinem Studium abhängt. Ich soll Nachfolger meines Vaters werden ..."

„Ich weiß. Aber du kannst dich nicht drücken. Wenn ich dich mit zur Soiree nehmen soll, dann wirst du mir gleichsam diese kleine Gegenleistung bringen können."

Ferdi ballte die Fäuste in den Hosentaschen. Sein Freund hatte nicht ganz unrecht. Wenn sie jedoch erwischt wurden – sein Vater würde toben. Dann sollte er sich also besser nicht erwischen lassen.

Bassewitz streckte ihm die Hand entgegen. „Du hast die Wahl, Grüning. Entweder wirst du mich bei der Klausur unterstützen, oder du lässt dir eine passende Ausrede einfallen, um die Soiree abzusagen."

Zögernd legte Ferdi seine Hand in die seines Freundes. „Nun gut. Wir gehen zur Soiree und ich werde dir in bewährter Manier bei der Klausur helfen."

„Und wir werden die Soiree zeitig verlassen, damit wir am nächsten Tag ausgeschlafen sind."

Ferdi seufzte. Auch das noch. Aber wenn er seinem Freund nicht nachgab, hatte er keine Möglichkeit, die Baronessen wiederzusehen.

Kapitel 30

„Onkel Mutius, hast du einen Augenblick Zeit für mich?" Stefanie war froh, ihren Onkel allein in seinem Arbeitszimmer anzutreffen.

Seine Augen leuchteten auf, als er sie ansah. „Für dich jederzeit. Darf ich erfahren, was dich zu mir führt?" Er stand hinter seinem Schreibtisch auf und geleitete sie zu einer Sitzgruppe.

Stefanie nahm Platz und versuchte, ihre zitternden Finger in den Falten ihres Kleides zu verbergen. „Onkel, ich möchte endlich erfahren, welche geheimnisvollen Dinge in unserer Vergangenheit geschehen sind. Vor einer Woche wurden wir unsanft unterbrochen ..."

Er grinste. „Fürwahr, es war etwas unsanft. Aber ich freue mich, dass du zu mir kommst. Gemeinsam werden wir dem Geheimnis auf die Spur kommen. Wie du siehst, bin ich nicht untätig." Er wies auf die Dokumente, die auf dem Schreibtisch ausgebreitet waren. „Die Annalen der Familie Mutius."

„Du durchforschst die Familienchronik? Hast du schon etwas herausgefunden?" Ihr Herz galoppierte ihr beinahe zum Hals hinaus.

„Leider sind die Dokumente wenig ergiebig. Ich weiß nur, dass es ein dunkles Ereignis gibt, aber ich habe noch keine Ahnung, auf was es sich bezieht. Bestimmt wirst du mir einige Anhaltspunkte geben können."

„Ich will dir gerne alles sagen, was ich weiß. Doch das ist vermutlich nicht viel."

Er nickte vor sich hin. „Dein Vater – hat er außer Christian von Güssows Mutter noch weitere Geschwister?"

„Nein." Worauf wollte ihr Onkel hinaus?

„Du bist dir sicher, dass er keinen Bruder hatte? Jemanden, der früh verstorben ist?"

„Ich weiß nichts davon. Warum fragst du danach?"

„Euer Vater hat das Gut also durch Erbfolge von eurem Großvater übernommen, und es war niemand da, der ihm das Erbe hätte streitig machen können?"

Darum ging es also. „Nein. Das war zwar alles, bevor ich geboren wurde, aber ich habe nie davon gehört, dass es bei der Übernahme des Gutes zu Unregelmäßigkeiten gekommen wäre."

Ihr Onkel zog an seinem Ohrläppchen. „Und jetzt, wie man hört, floriert das Gut trotz der Wirtschaftskrise außerordentlich. Hat euer Vater einen Geschäftsfreund, mit dem er besonders häufig zusammenarbeitet?"

Machte ihr Vater etwa unredliche Geschäfte? Sie konnte sich kaum denken, dass er so etwas tat. „Er handelt mit den gleichen Leuten wie die anderen Gutsbesitzer in der Umgebung. Da ist keiner, mit dem er auffällig häufig Geschäfte macht. Zwar scheint es bei uns um größere Summen zu gehen als bei den meisten anderen Gutshöfen, aber ich glaube, mein Vater hat einfach eine besonders geschickte Hand für die Landwirtschaft."

Wieder nickte ihr Onkel vor sich hin. „Ich glaube auch nicht, dass sich das Geheimnis darauf bezieht. Aber es wäre ja immerhin möglich gewesen." Er zündete sich ein Zigarillo an. „Wir sprachen beim letzten Mal von der Zeit, als deine Tante in Schönwalde ankam. Weißt du, seit wann eure Eltern fromm sind?"

Stefanie zog an dem Kettchen an ihrem Handgelenk. „Meine Eltern sind Christen, solange ich denken kann. Weißt du etwas über die Zeit, bevor sie sich bekehrten?"

„Euren Vater kenne ich erst, seit er mein Schwager wurde – soweit ich mich erinnere war er damals schon ziemlich religiös. Aber eure Mutter lebte vorher hier in Breslau und führte ein lustiges Leben wie wir alle."

„Ich kann es mir kaum vorstellen." Stefanie kicherte. „Meine Mutter auf einem Ball – das kommt mir so unwahrscheinlich vor wie du in einem Gottesdienst!"

„Trotzdem war es so. Auch eure Mutter hat einmal ein normales Leben geführt." Ihr Onkel zog an seinem Zigarillo. „Auch zu Anfang ihrer Ehe kam sie hin und wieder nach Breslau, um an gesellschaftlichen Ereignissen teilzunehmen. Als ihr dann geboren wurdet, hörte es plötzlich auf."

„Ich glaube, das war auch die Zeit, als sie sich dem Glauben zuwandte."

Ihr Onkel setzte sich kerzengerade hin. „Bist du dir sicher? Ich dachte immer, sie wäre wegen der Verpflichtungen, die durch ihre

Kinder entstanden sind, nicht mehr nach Breslau gekommen. Aber du meinst, dass sie sich in dieser Zeit plötzlich verändert hat?"

„Mama hat mir einmal erzählt, dass sie durch Lenas Geburt zum Glauben gefunden habe. Und dass sie Papa außerordentlich dankbar sei, weil er ihr damals ganz besonders zur Seite gestanden habe."

Ihr Onkel starrte dem Rauch seines Zigarillos nach und schien gar nicht zu bemerken, dass die Asche auf den Teppich fiel. „Interessant, hochgradig interessant", murmelte er vor sich hin.

„Was meinst du damit?" Sie sah ihn aufmerksam an. Er wirkte, als habe sie ihm gerade den Schlüssel zu ihrer Vergangenheit gegeben.

Hinter seiner Stirn schienen sich die Gedanken zu überschlagen, sie meinte beinahe die Rädchen rattern zu hören. „Lenas Geburt", murmelte er. „Und sie war deinem Vater sehr dankbar?"

„Ich glaube, Papa hat ihr den Glauben nahegebracht."

Er lehnte sich zurück und schloss die Augen. Was für Gedanken zogen durch seinen Kopf? Er sollte sie doch endlich aussprechen!

Als ihr sein Grübeln zu lange dauerte, fragte sie: „Glaubst du, dem Geheimnis auf der Spur zu sein?"

Er schüttelte den Kopf.

„Onkel, ich bin zu dir gekommen, um mit dir gemeinsam das Geheimnis zu entschlüsseln. Bitte sage mir, was du denkst!"

„Es ist nichts, Stefanie." Er öffnete die Augen und drückte sein Zigarillo in den Aschenbecher.

„Aber ich sehe es dir doch an!" Offenbar hatte sie ihm mit ihrer Bemerkung über Lenas Geburt den entscheidenden Hinweis gegeben. „Hat es etwas mit meiner Schwester zu tun?"

„Nein, beruhige dich." Er stand auf. „Wir sollten uns nicht weiter damit beschäftigen."

„Aber ich möchte doch endlich erfahren, was damals geschehen ist! Du darfst es mir nicht verschweigen, Onkel!" Sie sprang auf und krallte sich an seinen Arm.

„Ruhig, meine Liebe." Er strich ihr mit der Hand über den Kopf. „Wenn ich etwas Sicheres weiß, werde ich es dir bestimmt sagen. Aber ich weiß einfach noch nicht genug."

Sie hatte allerdings einen anderen Eindruck. „Ich bin sicher, dass du mehr weißt, als du zugeben willst. Bitte, Onkel, lass mich nicht weiter in Ungewissheit!“ In einer Ungewissheit, die noch größer war als vorher.

„Leider habe auch ich noch keine Gewissheit.“

Sie glaubte ihm kein Wort. Er presste alle Informationen aus ihr heraus, aber zu seinen Schlussfolgerungen wollte er kein Wort sagen – genau wie Lena es vorhergesagt hatte.

Er schüttelte ihre Hand von seinem Arm und schob sie auf die Tür zu. „Wir werden zu gegebener Zeit darauf zurückkommen.“

Willenlos ließ Stefanie sich aus dem Arbeitszimmer hinausschieben. Sie spürte Tränen der Wut in ihren Augen. Hoffentlich hatte sie gerade nicht einen großen Fehler begangen.

* * *

Mutius blieb an der Tür stehen und legte den Finger auf die Lippen. Das Gespräch mit seiner Nichte war aufschlussreich gewesen – und doch nicht aufschlussreich genug.

Kurz entschlossen ging er in den Park, wo Valeria sich um diese Zeit aufzuhalten pflegte. Seine Schwester war zwar erst 14 Jahre alt gewesen, als Lena geboren worden war, aber sie war schon immer eine aufmerksame Beobachterin gewesen. Dummerweise war er selbst zu dieser Zeit als junger Offiziersanwärter in die Armee eingetreten und hatte vom Leben seiner älteren Schwester Aurelia nicht viel mitbekommen.

Er fand Valeria wie vermutet im Pavillon. Bei seinem Eintritt legte sie ein Buch von der Dicke eines Lexikons beiseite. „Vergiftest du dich schon wieder mit einem dieser neumodischen Romane?“

Valeria streichelte den Ledereinband. „Er wird zurzeit von jedermann gelesen. Von Felix Dahn, Professor an der Universität zu Königsberg.“

„Fangen schon die Professoren an, so etwas Triviales zu schreiben?“ Er kniff die Augen zusammen, um den Titel entziffern zu können. „*Ein Kampf um Rom* – das kann ja nichts taugen. Allein schon die Gestaltung des Einbands ...“

„Du solltest ihn unbedingt lesen. Es geht um die Ostgoten in Italien ...“

„Ich habe wirklich wichtigere Dinge im Kopf.“ Mutius setzte sich neben seine Schwester. „Soeben war Stefanie bei mir.“

Sofort hatte er Valerias volle Aufmerksamkeit. „Was wollte sie von dir?"

„Mit mir gemeinsam das Geheimnis ergründen." Er lachte. „Aber ihr Wissen über die Vergangenheit ist nun einmal äußerst bruchstückhaft. Eine Sache hat sie mir jedoch offenbart, die uns einen Schritt weiterbringen könnte: Aurelias *Bekehrung*, wie sie es nannte, steht im Zusammenhang mit Lenas Geburt."

„Das ist allerdings interessant. Ich habe nie verstehen können, wie unsere lebensfrohe Schwester sich dem verstaubten Glauben zuwenden konnte, und habe immer vermutet, dass es durch ein einschneidendes Erlebnis ausgelöst wurde."

„Ob die Geburt einer Tochter aber solch ein einschneidendes Erlebnis ist?" Mutius öffnete seine Zigarillodose und entnahm ihr ein Zigarillo.

„Die Geburt allein sicher nicht. Wenn jedoch unsere Vermutung stimmt, dass eine ihrer Töchter nicht von Hohenau ist, wäre es schon eher erklärlich."

„Aber es ist noch lange kein Beweis." Er riss ein Streichholz an und entzündete das Zigarillo. „Valeria, versuche dich noch einmal ganz genau an die Zeit zu erinnern, als Aurelia heiratete und Lena zur Welt brachte."

„Ich habe schon seit unserem letzten Gespräch über fast nichts anderes mehr nachgedacht." Sie drehte den Ring an ihrem Mittelfinger, als könnte sie dadurch verschüttete Erinnerungen wieder freilegen. „Aurelia war für ihren mehr als lockeren Lebenswandel bekannt. Sie verpasste keine Festivität und ließ sich bereitwillig von jedem halbwegs ansehnlichen Mann den Hof machen. Auch nachdem sie Hohenau geheiratet hat, war sie noch etliche Male in der Stadt. Ich kann mich noch genau erinnern, dass Papa damals gar nicht erbaut war. Er hielt es für unschicklich, dass sie als verheiratete Frau mit anderen Männern poussierte."

„Gibt es irgendjemanden ...", er kniff die Augen zusammen und nahm einen Zug aus seinem Zigarillo. „Kannst du dich an jemanden erinnern, zu dem Aurelia ein besonders enges Verhältnis hatte? Auch noch nach der Eheschließung?"

„Wenn ich mir alle Verehrer hätte merken wollen, brauchte ich ein Gedächtnis, mit dem ich dieses Buch auswendig lernen könnte." Sie wies lachend auf den *Kampf um Rom*.

„Ich kann mich leider nur an wenige Verehrer erinnern, weil ich damals als junger Fähnrich in der Festung Glatz stand und kaum nach Breslau kam.“ Mutius zog an seinem Ohrläppchen. „Ich weiß aber noch, dass der Name Schwentin damals häufig fiel.“

„Nicht nur dieser Name. Es stimmt, dass Otto zu Aurelias eifrigsten Verehrern gehörte, aber das hat nicht viel zu bedeuten. Ich erinnere mich auch noch gut an Hermann von Bassewitz ...“

„Den Vater von Maximilian von Bassewitz?“

Valeria nickte. „Auch Graf Götzen reihte sich in das unübersehbare Heer ein, das Aurelia zu Füßen lag. Man munkelte damals sogar von einem Prinzen von Preußen, der in Breslau diente.“

Mutius starrte dem Rauch seines Zigarillos nach. „Mich lässt der Gedanke an Schwentin nicht los.“

„Was willst du damit sagen? Glaubst du, Otto habe ein Verhältnis mit Aurelia gehabt?“

„Ein Verhältnis allemal, ich frage mich nur, wie eng es war. – Er war doch zu dieser Zeit Student in Breslau, wenn ich mich recht erinnere. Irgendwann wechselte er dann die Universität.“

„Ja, er ging nach Danzig, um dort sein Studium zu beenden.“ Plötzlich wurde Valeria blass. „Julian!“

„Nun? Sollte es um Lenas Geburtsjahr 58 herum gewesen sein?“

Mit zitternden Fingern steckte Valeria sich eine Zigarette an. „Es stimmt haargenau. Zum Sommersemester 58 ging Otto nach Danzig – im Mai wurde Lena geboren.“

Waren sie endlich auf der richtigen Fährte? Mutius tippte auf sein Zigarillo. „Valeria, auf einmal ergibt alles einen Sinn. Ist dir nie aufgefallen, wie vehement dein Mann Lena in Schutz nimmt?“

„Doch, es ist mir aufgefallen. Allerdings bin ich nicht auf den Gedanken gekommen ...“

„Und jetzt verstehe ich auch, warum Schwentin so großzügig über deinen Fehltritt hinweggesehen und Livia sogar als eigene Tochter adoptiert hat.“

Valeria saß da wie erschlagen. Die Zigarette glomm vergessen zwischen ihren Fingern und ihre Augen stierten ins Leere.

„Valeria?“

„Der Gedanke ist ungeheuerlich“, flüsterte sie. „Die Tochter meiner Schwester soll auch die Tochter meines Mannes sein? Ich wusste zwar, dass er eine wilde Studentenzeit hinter sich hat, aber dass er so etwas getan hat?“

Mutius drückte sein Zigarillo in den Aschenbecher. „Es tut mir leid, Valeria. Aber hast du nicht das Gleiche getan?“

„Im Gegensatz zu mir wusste er davon, als er mich geheiratet hat. Warum hat er es mir verschwiegen?“

„Glaubst du, du hättest es ihm gesagt, wenn du es hättest verschweigen können? Bei dir war es jedoch unmöglich, immerhin ist Livia nicht wegzuleugnen.“

„Wahrscheinlich hast du recht.“ Seine Schwester atmete tief durch. „Wie gehen wir nun weiter vor?“

„Jedenfalls scheint es sich bei dem Geheimnis wirklich um Lena zu handeln. Aurelia hätte nach ihrer Hinwendung zum Christentum sicherlich keinen Fehltritt mehr begangen.“ Mutius zog an seinem Ohrläppchen. „Trotzdem handelt es sich immer noch um Vermutungen, um einen Verdacht, der auf Indizien beruht. Die einzigen, die definitiv die Wahrheit kennen, sind Aurelia und dein Mann.“

„Aber sie werden uns die Wahrheit nicht freiwillig sagen.“

Mutius lächelte vor sich hin. „Das lass mich nur machen.“

Wenn der Verdacht richtig war, hatte er nicht nur die Familie seiner Schwester Aurelia mit ihren ergiebigen Geldquellen in der Hand, sondern auch noch seinen Schwager Schwentin, der seine Pläne mit den Mädchen so gerne durchkreuzte. Perfekter ging es kaum.

Er musste nur noch die Wahrheit aus Schwentin oder Aurelia herausbekommen.

* * *

Mutius tupfte sich mit der Serviette die Lippen, ehe er sein Weinglas leerte. „Schwentin, hast du einen Augenblick Zeit für mich?“

Seufzend schob sein Schwager seinen Stuhl zurück. „Wenn es wieder um die Verheiratung der Mädchen mit deinem Grafen von Wedell geht, lautet die Antwort: nein.“

„Ich habe eine andere wichtige Angelegenheit mit dir zu besprechen. Wollen wir in die Bibliothek gehen?“

Valeria warf ihm einen Blick zu, der ihm ihre ganze Anspannung offenbarte. Kein Wunder, wollte sie doch auch wissen, ob ihr Mann vor ihrer Heirat ein Verhältnis mit ihrer Schwester gehabt hatte.

„Dann komm." Schwentin warf seine Serviette auf den Tisch und gab dem Diener einen Wink, abzuräumen.

In der Bibliothek zündete Mutius sich ein Zigarillo an, während Schwentin eine Upmann-Zigarre anschnitt.

„Also bitte, womit kann ich dir dienen, Mutius?"

„Ich bin hier im Auftrag meiner Schwester Valeria." Mutius strich liebevoll über das Familienwappen auf seiner Zigarillodose. „Ich hoffe, dass du mir eine wahrheitsgemäße Antwort gibst."

„So feierlich? Soll ich vielleicht noch schwören, nichts als die reine Wahrheit zu sagen?"

„Lass die Scherze, danach ist mir nicht zumute." Mutius zögerte, um sich die nächsten Worte genau zurechtzulegen. Er musste vorsichtig vorgehen, damit es ihm wirklich gelang, seinem gewieften Schwager die gewünschte Aussage zu entlocken. „Ich möchte von dir wissen, was dir über die Geburt unserer Nichte Lena bekannt ist."

Wurde Schwentin um einen Schein bleicher? Oder bildete er sich das nur ein?

Bedächtig zog sein Schwager seine Streichhölzer hervor. „Was soll ich darüber wissen? Nicht mehr als du selbst. Sie wurde am 10. Mai 1858 auf Gut Schönwalde als Tochter von Baron Georg Friedrich von Hohenau und seiner Gemahlin, Baronin Aurelia geborene von Mutius, geboren. Was soll die Frage?"

„Es deutet vieles darauf hin, dass eben das nicht stimmt."

„Sollte ich mich im Geburtsdatum irren?"

„Nein, die Geburtsdaten deiner Familie hast du noch nie vergessen." Mutius beugte sich etwas vor. „Kannst du dich auch noch erinnern, wann du zur Universität in Danzig gewechselt bist?"

„Was sollen die Fragen? Ich bin doch nicht senil!"

„Sollte es zum Sommersemester 58 gewesen sein?"

Schwentin warf seine Zigarre und die Streichhölzer auf den Tisch. „Möchtest du mir bitte verraten, worauf du hinauswillst?"

„Nun gut, ich werde dir auf die Sprünge helfen. Ich bin dem Geheimnis um die Mädchen auf der Spur."

„Ich habe dir bereits einmal gesagt, dass du daran nicht rühren sollst. Ich ..."

„Warum bist du so versessen darauf, dass das Geheimnis nicht ans Licht kommt?"

„Sollte ich es etwa nicht? Ein Geheimnis ist immer eine unangenehme Sache und die Hohenaus werden gute Gründe haben, es nicht zu offenbaren. Willst du die Mädchen unglücklich machen, indem du in ihrer Vergangenheit herumwühlst?"

„Es wird sie eher glücklich machen, die Last der Vergangenheit loszuwerden. Sie sind voller Unruhe. Eine quälende Ungewissheit ist oftmals schlimmer als eine schlimme Gewissheit."

„Als ob du um die Mädchen besorgt wärest. Wenn du so weitermachst, werde ich eines Tages noch gezwungen sein, dich wegen Erpressung anzuklagen."

„Erpressung!? Dass du immer gleich mit deinen juristischen Spitzfindigkeiten kommen musst." Mutius zog an seinem Ohrläppchen. Immerhin war es ihm gelungen, seinen Schwager in Rage zu bringen. Offenbar hatte er tatsächlich einen wunden Punkt bei ihm getroffen. „Aber ein Geheimnis könnte tatsächlich eine Möglichkeit sein, an Geld zu kommen", tastete er sich weiter vor. „Es gibt nur verschiedene Möglichkeiten, von wem man es bekommt."

„Ich habe keine Lust mehr, mir dein unsinniges Geschwätz anzuhören." Schwentin sprang auf und lief zur Tür.

„Es würde dir bestimmt nicht gefallen, wenn du derjenige wärst, der dafür zahlen müsste."

Abrupt blieb sein Schwager stehen. „Was willst du damit sagen?"

„Du dürftest ein großes Interesse daran haben, dass das Geheimnis nicht ans Licht kommt. Deine Karriere, dein Ansehen in der Gesellschaft, deine Familie – all das dürfte darunter leiden."

Schwentin drehte sich langsam um. „Darf ich erfahren, welche wilden Fantasien dein Hirn ausgebrütet hat?"

Mutius lehnte sich gemütlich in seinem Sessel zurück. Das käsige Gesicht seines Schwagers sprach Bände. „Ich habe auch kein Interesse an einem Skandal in unserer Familie. Du könntest ihn vermeiden, Schwentin."

„Ich wüsste nicht, wie es überhaupt zu einem Skandal kommen sollte."

„Sehr einfach. Indem publik wird, was ich herausgefunden habe.

Aber ich werde natürlich alles tun, um das zu verhindern – wenn du mit mir kooperierst."

Mit zitternden Fingern tastete Schwentin nach einer Sessellehne. „Ich bitte dich, mir geradeheraus zu sagen, was du von mir wünschst, und dich nicht mit Andeutungen aufzuhalten."

„Nun gut, du willst es nicht anders." Mutius legte seine Fingerspitzen aneinander und lächelte seinen Schwager an. „Wenn du zugibst, dass Lena nicht deine Nichte – sondern deine Tochter ..."

„Bist du irrsinnig?"

„... ist, werde ich dieses Geheimnis hüten, als sei es mein eigenes." Natürlich nur, wenn Schwentin seinen Eheplänen mit dem reichen Grafen zustimmte. Und wenn Hohenaus sein Schweigen angemessen bezahlten – da war ohnehin mehr zu holen als bei Schwentin. Aber dazu brauchte er das Geständnis.

„Ich fürchte, du bist wirklich übergeschnappt. Warum sollte ich so einen Unsinn zugeben?"

„Weil es eben kein Unsinn, sondern die Wahrheit ist."

Schwentin schlug mit der Faust in seine andere Hand. „Mutius, ich muss doch sehr bitten!"

„Es ist doch kein Geheimnis, dass du damals ein inniges Verhältnis zu meiner Schwester Aurelia hattest – wie zugegebenermaßen viele andere Herren auch. Du jedoch hast just zu dem Zeitpunkt, als Aurelia ein Kind erwartete, Breslau verlassen und bist nach Danzig gegangen. Kurz darauf, als Lena geboren war, entdeckte meine Schwester völlig überraschend die tiefste Frömmigkeit als ihr Lebensziel. Später hast du gnädig über Valerias Fehltritt hinweggesehen und Livia sogar adoptiert. Und jetzt, da unsere Nichten bei uns sind, nimmst du Lena auffallend in Schutz. Sollten mir diese Beweise nicht zu denken geben?"

„Das nennst du Beweise?" Schwentin lachte – für Mutius klang es auffallend gezwungen. „Das sind bestenfalls vage Indizien. Diese Geschichte glaubt dir kein Mensch."

„Wenn in der Gesellschaft bekannt wird, dass du Lenas Vater bist, fragt niemand mehr nach Beweisen. Das Gerücht allein wird einen Skandal heraufbeschwören."

„Und welches Interesse solltest du an dem Skandal haben?"

„Keines." Mutius drückte sein Zigarillo in den Aschenbecher. „Ich will ihn eben vermeiden."

„Das ist doch vollkommener Irrsinn! Ich kann doch keine Unwahrheit zugeben, nur damit du keine falschen Gerüchte in die Welt setzt!"

„Wenn es aber die Wahrheit ist? Du hast die Wahl, Schwentin. Entweder bestätigst du meinen Verdacht und die Angelegenheit bleibt unter uns. Oder ich fahre gleich morgen nach Schönwalde und werde mir die Bestätigung von Aurelia holen. Spätestens dann wird nicht mehr zu verhindern sein, dass die Angelegenheit in der Stadt publik wird."

„Du erlaubst mir, daran zu zweifeln, dass Aurelia dir etwas dergleichen bestätigen würde."

„Willst du es auf einen Versuch ankommen lassen?" Mutius wiegte den Kopf. „Aurelias Glaube verbietet ihr schließlich jede Lüge."

Schwentin stützte sich schwer auf die Sessellehne. „Darf ich erfahren, was du für ein Interesse an diesem Geständnis hast?"

Nur mit Mühe unterdrückte Mutius ein Grinsen. „Kannst du dir nicht denken, dass Valeria wissen möchte, was vor eurer Hochzeit geschehen ist? Und ob ihre Nichte deine Tochter ist? Sie hat mich beauftragt, der Sache auf den Grund zu gehen."

„Dann wundert es mich, dass sie es nicht selbst tut."

„Sie ist durch unsere Entdeckung stark mitgenommen. Aber wenn du es wünschst, rufe ich sie gern herbei." Mutius stand auf und ging zur Tür. „Valeria, wenn du dich bitte zu uns bemühen würdest." Er wandte sich wieder an seinen Schwager. „Ich hätte es dir gern erspart, das Geständnis vor deiner Frau abzulegen."

Schwentin sagte nichts darauf. Er krampfte nur seine Finger um die Sessellehne, dass die Knöchel weiß hervortraten.

Als Valeria hereinkam, eilte sie direkt auf ihren Mann zu und packte seine Unterarme. „Nun sage schon! Ist es wahr?"

Schwentin schwieg immer noch, und Valeria wandte sich an Mutius. „Was hat er gesagt?"

„Valeria." Schwentins Stimme klang brüchig. „Ich verstehe nicht, was hier vorgeht."

„Otto, bitte!" Sie zog ihn sanft vom Sessel fort. „Nimm mir die Ungewissheit! Ich werde dir nicht zürnen – du kennst meine eigene Vergangenheit, und ich bin dir heute noch dankbar, dass du mich, die Verfemte, zu deiner Frau gemacht hast. Aber lass mich bitte nicht im Unklaren!"

Mutius grinste. Valeria machte ihre Sache vortrefflich. Er konnte selbst nicht sagen, wie viel echtes Gefühl und wie viel gutes Schauspiel war. Aber vermutlich war es für seine Schwester eine unendliche Genugtuung, bei ihrem Mann den gleichen Fehltritt aufzudecken, den sie selbst einst begangen hatte.

Schwentin schien wankend zu werden. Er legte seine Hände auf die Schultern seiner Frau und sah sie mit verzerrtem Gesichtsausdruck an. „Valeria, ich ..."

Sie legte ihre Arme um ihn und sah zu ihm auf. „Otto, sei sicher, dass ich dich trotz allem liebe."

Mutius zündete sich ein neues Zigarillo an. Genauso hatte seine Schwester Schwentin auch damals schon bezirzt, bis er sie geheiratet hatte. Er spürte, dass diese Methode auch heute zum Erfolg führen würde.

„Valeria ..." Schwentin räusperte sich. „Ich – ich weiß es nicht."

„Du weißt es nicht?" Valeria warf Mutius einen raschen Seitenblick zu. „Was meinst du damit?"

„Ich ..." Er nahm die Hände von ihren Schultern und ließ die Arme hängen. „Ich vermute wirklich, dass Helena meine Tochter ist. Aber ich habe keine Gewissheit. Aurelia hat es mir nie gesagt."

Mutius wäre beinahe ein Fluch entfahren.

„Es gab tatsächlich eine Zeit", fuhr Schwentin leise fort, „als Hohenau für einige Wochen verreist war – erlasse mir bitte alles Weitere. Helena wurde genau neun Monate später geboren."

Das passte perfekt dazu, dass Aurelia ihre schwangere Schwester so verständnisvoll aufgenommen hatte. Mutius brauchte keine weitere Bestätigung mehr. Im Geist sah er schon die Berge von goldenen Zwanzig-Mark-Münzen vor sich, die Aurelia und ihr Mann ihm zahlen mussten, damit das Geheimnis genau das blieb, was es war: ein Geheimnis. Hoffentlich ließ sich sein Bankier noch so lange vertrösten, bis Hohenaus gezahlt hatten.

Er achtete nicht mehr auf die liebevolle Szene, die Valeria und ihr Mann ihm boten. In Gedanken bereitete er schon die nächsten Schritte vor. Und die waren alles andere als einfach.

Es ging also um Lena, nicht um Stefanie. Somit musste Lena möglichst schnell gut verheiratet werden, am besten weit weg – am besten mit dem steinreichen Grafen von Wedell, der für jeden Tag, den das Geheimnis um seine Frau geheim blieb, in barer Münze bezahlen würde. Aber Lena an den Mann zu bringen, war ungleich schwieriger, als Stefanie zu dieser Ehe zu bewegen, da sie ohnehin schon in den Grafen verschossen war. Stattdessen musste er Stefanie nun davon überzeugen, zurückzustehen.

Dummerweise musste er noch heute nach Juliendorf reisen, um das Gespräch mit seinem Bankier hinter sich zu bringen. Nach seiner Rückkehr blieben ihm dann bis zur Soiree nur noch wenige Stunden, um die Mädchen entsprechend zu instruieren. Aber wenn alles nach Plan lief, konnte er den Grafen von Wedell nach der Soiree schon seinen angeheirateten Neffen nennen – was seine Kreditwürdigkeit zweifelsohne schlagartig erhöhen würde.

Kapitel 31

Ferdi nahm Schleinitz' Frack aus dem Schrank und strich liebevoll über den feinen Stoff. Heute war es endlich soweit: der 29. Juni, an dem die Soiree stattfinden sollte.

Er sah zu der alten Standuhr hinüber. Gleich sechs Uhr. In wenigen Minuten würde Bassewitz kommen und ihn abholen. Dann würde er im Wagen schnell in den Frack schlüpfen.

Sorgfältig faltete er den Frack zusammen und legte ihn zusammen mit Chapeau claque, Hemd und Binder in eine große Schachtel. Hoffentlich kam er ungesehen aus dem Haus, damit er nicht wieder unangenehme Fragen beantworten musste.

Gerade wollte er den Deckel auf die Schachtel legen, als an die Tür geklopft wurde. Rasch verschloss er die Schachtel.

„Herein."

Ein Diener trat ein. „Gnädiger Herr, es ist Besuch für Sie gekommen. Ihre Hochgeboren die Gräfin von Schleinitz."

„Lisa?" Kürzlich erst hatte Schleinitz ihn wegen Lisas Krankheit nicht zu ihr lassen wollen und jetzt war sie plötzlich hier? „Führen Sie sie herein, Grollmann."

Er schob die Kiste in den Schrank, damit Lisa nicht auf gefährliche Gedanken kam, dann trat seine Schwester schon ein.

War das wirklich seine Schwester? Ihr Gesicht war weiß, wirkte beinahe schon grau. Seit er sie zuletzt gesehen hatte, schien sie noch dünner geworden zu sein, und sie musste sich am Türrahmen festhalten. Mit wenigen Schritten war er bei ihr, fasste sie unterm Arm und führte sie zu einem Sessel. „Lisa, Schwesterchen!"

Mit einem tiefen Seufzer sank sie in den Sessel und legte den Kopf an die Rückenlehne. Für einen Moment schloss sie die Augen, dann sah sie ihn an. „Ich bin froh, dass ich es bis zu dir geschafft habe."

Wie matt ihre Stimme klang! „Warum hast du mich nicht rufen lassen? Ich wäre doch sofort gekommen, insofern dein Mann mich zu dir lassen würde."

„Er weiß gar nicht, dass ich hier bin. Wahrscheinlich würde er toben, wenn er es wüsste." Sie lächelte schwach. „Er ist sehr besorgt um mich – aber meine Sorge um dich ist größer."

Er zog sich einen Stuhl heran und setzte sich ihr gegenüber. „Deine Sorge ist ganz unbegründet. Schau mich an! Ich bin gesund, im Studium erfolgreich, werde im nächsten Frühling mein Examen ablegen, um dann in Vaters Nachfolge eingearbeitet zu werden. Was gibt es für einen Grund zur Sorge?"

„Ferdi, denkst du noch an unsere schöne Jugendzeit im Hochwald? Wir haben alles miteinander geteilt, hatten kaum ein Geheimnis voreinander. Aber seit einigen Wochen ist es anders geworden."

„Du täuschst dich." Er tätschelte ihre Hand. „Nichts hat sich geändert. Deine Angst ist bestimmt nur eine Folge deiner Krankheit. Wenn es dir in einigen Tagen wieder besser geht, wirst du sehen, dass alles nur Hirngespinste waren."

„Ich bin nicht die Einzige. Auch Ludwig merkt, dass du auf falschen Wegen bist. Von Regina ganz zu schweigen."

„Ihr macht euch gegenseitig nervös." Er sah ihr so offen wie möglich in die Augen. „Pritzen hat doch gemerkt, dass ihr alle auf dem Holzweg seid. Und wie sehr mich euer Misstrauen schmerzen muss, solltest du als meine Schwester am ehesten erahnen können."

„Pritzen kennt dich am wenigsten von uns allen." Lisa wurde von einem heftigen Hustenanfall geschüttelt. „Ich aber kenne dich beinahe so gut wie mich selbst. Ich weiß um deine Abenteuerlust und deinen Leichtsinn."

Er senkte den Kopf. Lisa kannte ihn wirklich durch und durch. Es war wahrscheinlich ihre Liebe zu ihm, die ihre Sinne so schärfte, dass sie intuitiv immer das Richtige erahnte. Aber er konnte doch jetzt nicht nachgeben! Gerade heute, da die Soiree anstand und er Stefanie wiedersehen würde!

„Bitte, Ferdi, mein Bruder", fuhr Lisa japsend fort, „sage mir die Wahrheit. Sie wird leichter zu ertragen sein als die Ungewissheit. Du warst bei Herrn von Schwentin bei dem Debüt der Baronessen von Hohenau, nicht wahr?"

Er konnte ihr nicht mehr in die Augen sehen, denn sie würde ihm bis in das Herz hineinsehen. Alles in ihm drängte ihn dazu, vor ihr niederzuknien und ihr die Wahrheit zu sagen. Er wusste, dass Lisa ihm niemals Vorwürfe machen würde. Wahrscheinlich würde sie ihn einfach in den Arm nehmen und ihn auf den rechten Weg zurückbringen – den Weg, den sie für recht hielt.

Aber war das wirklich der richtige Weg? War es nicht vielmehr Gottes Führung, die ihn in Breslau wieder mit den Baronessen hatte zusammentreffen lassen und ihm Stefanies besondere Aufmerksamkeit geschenkt hatte? Warum sollte eine Verbindung mit Stefanie unmöglich sein, wenn Gott es doch sowohl bei seinem Vater als auch bei seiner Schwester so geführt hatte, dass sie als Bürgerliche Adelige geheiratet hatten?

Bloß wenn er Lisa das sagte, würde sie ihm nicht zustimmen. Und deshalb konnte er ihr nichts bekennen.

„Ich war bei der Geburtstagsfeier meines Professors." Die Lüge wollte ihm kaum über die Lippen. In seinem Innern klang es: *Du bist ein Schuft, deine todkranke Schwester so zu belügen.* Aber er konnte nicht anders.

Lisa sank in sich zusammen, Tränen kullerten über ihre schmalen Wangen. „Ferdi!"

Er nahm ihre Hände und drückte sie fest. „Du beschäftigst dich viel zu sehr mit mir und kommst dabei auf die abenteuerlichsten Ideen. Und darunter leidet deine Gesundheit."

Draußen fuhr eine Kutsche vor, jemand knallte auffallend laut mit der Peitsche. Das war bestimmt Bassewitz. Wenn Lisa wüsste, dass der Frack ihres Mannes schon bereit lag für die Soiree heute Abend bei Schwentin ...

„Komm, Lisa, ich bringe dich zu deinem Wagen. Der Weg hierher hat dich viel zu sehr angestrengt."

Beinahe willenlos reichte sie ihm den Arm und er zog sie aus dem Sessel hoch. Er musste dringend mit Schleinitz sprechen, dass Lisa zur Kur nach Görbersdorf kam. Doktor Brehmers Anwendungen hatten ihr bisher immer Besserung gebracht, und es war bestimmt auch hilfreich, wenn sie für einige Zeit aus Breslau hinauskam.

Lisa hängte sich schwer an seinen Arm, Schritt für Schritt näherten sie sich der Tür. Plötzlich sackte sie zusammen, er konnte sie gerade noch mit beiden Armen auffangen. „Lisa!"

Ihre Augen verdrehten sich, ehe sie sich schlossen.

„Lisa!" Schnell, aber doch so sanft wie möglich legte er sie auf den Boden, dann riss er die Tür auf. „Grollmann!"

Auch das noch. Gerade jetzt, da er zur Soiree wollte, musste Lisa ohnmächtig werden. Irgendwie musste er mit seiner Schachtel aus dem Haus kommen, ohne aufzufallen oder sich unangenehmen Fragen auszusetzen.

Regina stürzte herein, hinter ihr Grollmann.

* * *

Mutius ärgerte sich immer noch, dass der Bankier ihn unbedingt gestern auf Juliendorf hatte treffen wollen. Aber den Termin mit seinem wichtigsten Geldgeber hatte er keinesfalls absagen können, auch wenn er noch so ungelegen kam. Immerhin war es ihm gelungen, den Bankier von seinen Plänen mit seinen Nichten zu überzeugen. Und glücklicherweise fuhren die Züge mehrmals täglich, sodass er früh genug nach Breslau zurückgekehrt war, um vor der Soiree noch mit seinen Nichten sprechen zu können.

Er klopfte an die Salontür der Mädchen. „Ich bin es, euer Onkel. Darf ich hereinkommen?"

Stefanie öffnete ihm. „Entrez! Ich dachte erst, du wärst die Zofe, die Tante Valeria uns schicken wollte."

„Du siehst auch so schon fantastisch aus." Er nahm Stefanies Hand und hob ihren Arm. „Selbst im einfachen Hauskleid umwerfend."

„Danke, Onkel."

Mutius sah zu Lena hinüber, die am Fenster stand. Auch sie sah in ihrem schlichten Kleid hinreißend aus. Trotzdem hoffte er, dass sie nicht beschlossen hatte, auf große Toilette zu verzichten. Obwohl ihr das offene Haar gut stand – das wäre eine reizvolle Alternative zu dem strengen Knoten, den sie in der Öffentlichkeit zumeist trug.

„Du willst uns doch noch nicht abholen, Onkel?" Stefanie tanzte von einem Fuß auf den anderen. „Wir sind noch gar nicht präpariert."

„Du kannst es wohl kaum noch abwarten?" Er grinste sie an. „Nein, ich habe vorher noch etwas mit euch zu besprechen. Mögt ihr euch nicht setzen?" Er ließ sich in einen Sessel fallen und schlug die Beine übereinander.

„Aber Onkel", lachte Stefanie, „dazu bin ich viel zu aufgeregt."

„Ich wollte euch nur daran erinnern, dass es sich heute Abend um einen kleinen, erlesenen Kreis handelt.“

„Aber das wissen wir doch längst.“ Stefanie blieb vor ihm stehen. „Was willst du nun von uns?“

„Ich möchte, dass ihr beide zu allen Gästen, insbesondere zu den männlichen Gästen, gleichermaßen freundlich seid. Und nicht einzelne Herren auffallend bevorzugt.“

Stefanie zog die Augenbrauen zusammen, dass zwei kleine Falten über ihrer Nasenwurzel entstanden. „Hast du mir nicht bei unserem Debüt noch gesagt, ich solle den Grafen von Wedell nicht wieder von der Angel lassen?“

„Stefanie!“, kam es in verweisendem Ton vom Fenster.

Mutius unterdrückte ein erneutes Grinsen. „Selbstverständlich ist der Graf eine gute Partie. Aber heute Abend sind – einmal abgesehen von eurem Vetter Christian von Güssow – nur Herren im Hause, die eine gute Partie sind. Wie ich bereits sagte: eine erlesene Gesellschaft. Und ich möchte nicht, dass ihr einen dieser Herren brüskiert.“

„Ich werde niemandem etwas vorheucheln.“ Lena wandte sich halb um.

„Und ich werde meine gerade erst geschlossene Bekanntschaft mit dem Grafen von Wedell nicht aufs Spiel setzen.“ Stefanies blaue Augen funkelten ihn an.

„So hört mir doch in Ruhe zu.“ Mutius stöhnte innerlich. Nun wurde auch noch Stefanie widerspenstig. Sie war bestimmt noch ärgerlich, dass er ihr kürzlich seine Erkenntnisse über das Geheimnis verschwiegen hatte. Zu dumm auch, dass er ausgerechnet Stefanie dazu ermuntert hatte, sich den Grafen warmzuhalten – und nun sollte doch Lena den Grafen bekommen! „Ihr sollt weder heucheln noch Bekanntschaften abbrechen. Aber du, Stefanie, solltest den Grafen nicht so auffällig bevorzugen. Niemand weiß, ob sich daraus wirklich etwas Ernstes entwickelt. Wenn du dann alle anderen Herren bereits verschreckt hast ...“

Stefanie ließ ein fröhliches Lachen hören. „Zweifelst du etwa daran, dass ich den Mann bekomme, den ich mir in den Kopf gesetzt habe? Ich glaube, darum brauchst du dir keine Sorgen zu machen.“ Sie drehte sich im Kreis, dass ihre Locken flogen.

„Stefanie, so nimm doch Vernunft an. Du weißt noch nicht, wie das Spiel läuft und welche mächtigen Hände manchmal im Hintergrund die Fäden ziehen. Dagegen kommt selbst die betörendste Frau der Welt nicht an." Mutius wandte sich mit seinem freundlichsten Lächeln wieder Lena zu. „Und dir, Lena, empfehle ich insbesondere, den Grafen mit ausgesuchter Höflichkeit zu behandeln."

„Wie?" Ein spöttischer Blick traf ihn von seiner älteren Nichte, dann sah sie wieder aus dem Fenster. „Gerade sagtest du noch, wir sollten alle gleich behandeln."

„Ich wünschte, du hättest dich bei eurem Debüt schon danach gerichtet. Du hast den Grafen brüskiert! Ich hoffe, du siehst ein, dass du einiges gutzumachen hast."

„Nein, das sehe ich nicht ein." Lena stieß sich von der Fensterbank ab. „Ich werde mich so verhalten, wie ich es mit meinem Gewissen und vor meinem Gott vereinbaren kann."

„Ihr kennt die Regeln der Gesellschaft kaum, ihr könnt auch nicht abschätzen, welche Verwicklungen entstehen, wenn ihr meine Hinweise missachtet", versuchte er es erneut. Der Widerstand der Mädchen musste doch zu brechen sein!

„Lena hat recht." Stefanie trat neben ihre aufmüpfige Schwester. „Wir werden uns von dir nicht vorschreiben lassen, wen wir mit unserer Gunst bedenken – zumal mein Verhalten noch vor wenigen Tagen deine ausgesprochene Billigung fand."

Da hatte er auch noch nicht gewusst, dass Lena die Uneheliche war. „Bedenkt bitte, dass ich nur euer Bestes im Sinn ..."

Es klopfte, und auf Stefanies *Herein* öffnete eine Zofe die Tür. „Die gnädige Frau schickt mich. Ich soll Sie für die Soiree zurechtmachen."

„Endlich!", jubelte Stefanie, und Mutius wunderte sich fast, dass sie der Zofe nicht um den Hals fiel.

„Ich werde meine Toilette selbst machen." Lena schlüpfte in ihre Schuhe – Mutius bemerkte erst jetzt, dass sie sie schon wieder ausgezogen hatte – und ging nach nebenan in ihr Zimmer.

Stefanie zog die Zofe am Arm. „Kommen Sie schnell. Ich habe schon genaue Vorstellungen, wie ich heute Abend aussehen möchte."

Kopfschüttelnd sah er seiner jüngeren Nichte nach, die mit der Zofe in ihrem Zimmer verschwand. Kaum war von Putz die Rede, liefen sie beide – wenn auch aus völlig unterschiedlichen Gründen – davon. Dann musste er notfalls während der Soiree eingreifen, wenn die Entwicklungen nicht den Lauf nahmen, den er wünschte.

* * *

Regina eilte mit gerafften Röcken zu Ferdis Zimmer. Der aufgeregte Ruf nach Grollmann hatte sie alarmiert.

Der Diener schoss von der anderen Seite herbei und ließ ihr den Vortritt. In der Tür prallte sie fast mit Ferdi zusammen.

„Regina – Lisa – sie ist ohnmächtig geworden."

Sie hatte gar nicht mitbekommen, dass Lisa überhaupt hier war. Sofort kniete sie bei ihrer Schwägerin nieder. „Was ist vorgefallen?"

„Ich wollte sie soeben hinausgeleiten." Ferdi war kreideweiß im Gesicht. „Da brach sie plötzlich zusammen. Ich konnte sie gerade noch auffangen."

„Grollmann, lassen Sie sofort eine Trage bringen!" Der Diener hastete davon. „Ferdi, ein Kissen."

Er reichte ihr eins herüber, und sie schob es Lisa unter den Kopf.

„Regina ..."

Seine Stimmlage ließ sie alarmiert aufschauen.

„Wenn du jetzt hier bist und dich um Lisa kümmerst ..." Er ging zum Schrank und nahm eine Schachtel heraus.

„Was hast du vor, Ferdi?"

„Ich habe einen wichtigen Termin, den ich nicht aufschieben kann. Ich werde morgen wieder nach Lisa sehen."

Regina traute ihren Ohren nicht. „Du willst wirklich gehen, Ferdi?"

„Ich muss." Er hechtete zur Tür.

„Was kann so wichtig sein, dass du jetzt – gerade jetzt, da deine Schwester vor deinen Augen zusammengebrochen ist! – gehen willst?"

„Es gibt Verpflichtungen, Regina."

Sie stand auf und trat nahe vor ihn hin. „Worin bitte besteht diese Verpflichtung?"

„Ich habe jetzt wirklich keine Zeit mehr, mit dir darüber zu diskutieren." Als er den Blick auf seine Schwester richtete, war der

Schmerz deutlich in seinem Gesicht zu lesen. Doch dann straffte er sich. „Außerdem würdest du mir ja doch nicht glauben."

Unwillkürlich zuckte Regina zusammen. Das tat weh. Sollte sie Ferdi mit ihren Verdächtigungen wirklich Unrecht getan haben? Aber sie war so sicher, dass ihr Verdacht gerechtfertigt war!

„Wenn dein Vorhaben wirklich nichts Böses ist, dann lass mich bitte einen Blick in diese Schachtel werfen." Sie tippte auf den Karton, den er beinahe krampfhaft an sich drückte.

„Du willst mich kontrollieren? Wie ein Grenzer, wenn jemand aus dem Reich ausreisen will? Regina, ich bin erwachsen!"

„Und deine Schwester? Rührt dich ihr Anblick gar nicht?"

In seinen Augen blinkten Tränen. „Wie sehr ich meine Schwester liebe, nach allem, was wir zusammen erlebt haben – ich will nicht davon sprechen. Aber ich weiß sie bei dir in besten Händen."

Grollmann stürmte wieder herein. „Gnädige Frau, die Diener stehen mit der Trage vor der Tür."

Sofort nutzte Ferdi die Unterbrechung und huschte hinaus.

Kopfschüttelnd sah Regina ihm nach. Sie wusste, dass Ferdi seine Schwester über alles liebte. Wenn er sie in diesem Zustand zurückließ und seine Pläne nicht änderte, musste er etwas vorhaben, das für ihn von außergewöhnlicher Bedeutung war.

Am liebsten wäre sie hinter ihm hergelaufen, doch zuerst musste sie sich um Lisa kümmern. Aber wenn Lisa versorgt war, würde sie sich Ferdi vornehmen. Davon würde sie nichts und niemand abhalten, nicht einmal ihr viel zu gutgläubiger Mann. Und wenn es in der Gesellschaft einen Skandal geben sollte, wie ihn die Welt noch nicht erlebt hatte – wenn Ferdi wirklich wieder an einer Veranstaltung teilnahm, würde sie ihn persönlich da herausholen. Aufruhr hin oder her.

Kapitel 32

Während die Kutsche über das Breslauer Pflaster holperte, zog Ferdi sich den Frack über. „Bitte, Maxl, magst mi no grad mit dem Binder helfen."

„Lass doch das bayerische Gequatsche!", brummte Bassewitz und band ihm dabei die Krawatte so eng um, dass ihm beinahe die Luft wegblieb. „Mir reicht es schon, wenn ich es gleich während der Soiree hören muss."

Als der Binder endlich saß, lehnte Ferdi sich aufatmend zurück. Lisas Zusammenbruch und der Disput mit Regina lagen ihm noch schwer im Magen. Wahrscheinlich würde er von den erlesenen Speisen kaum etwas kosten können. Aber die in Aussicht gestellte Darbietung der Anna Grobecker würde ihn hoffentlich ablenken – und vor allem Baronesse Stefanie.

„Meinst du, es passt alles? Sitzen das Hemd und der Frack?"

Bassewitz nickte nur.

„Was hast du? Hat dir etwas den Magen verdorben?"

„Gib lieber auf dich selber acht", knurrte Bassewitz.

„Na, du brummst ja wie ein Bär, obwohl der letzte in Deutschland doch schon anno 35 in Ruhpolding geschossen wurde."

Wieder gab Bassewitz keine Antwort. Irgendetwas stimmte mit seinem Freund nicht.

„Willst du heute Abend die Gesellschaft vergraulen? Wenn du mit diesem Gesicht dort erscheinst, werden die Baronessen gewiss vor dir Reißaus nehmen."

„Ich hoffe, dass nicht du gleichsam wieder dafür sorgst, dass jemand das Fest frühzeitig verlässt."

Ferdi verdrehte die Augen. Diese Sache hatte Bassewitz ihm anscheinend immer noch nicht verziehen. Dabei konnte er doch wirklich nichts dazu, dass Baronesse Helena sich so früh zurückgezogen hatte. „Was ist los mit dir, Bassewitz? Nun sage doch schon, warum du heute so übellaunig bist."

„Es ist nichts, Grüning. Nichts, hast du verstanden?"

„Das glaube ich dir nicht. Du braust doch sonst nicht gleich auf."

„Mir schmeckt gleichsam das ganze Unternehmen nicht. Wenn wir auffallen, gibt es einen unglaublichen Skandal, und ich fürchte, dass du dich wieder so wenig wirst zurückhalten können wie beim letzten Mal. Insbesondere Baronesse Helena schien das überhaupt nicht gefallen zu haben."

„Sooo?", fragte Ferdi gedehnt. „Du meinst wohl, ich sollte mich von Baronesse Helena fernhalten?"

„Das wäre gleichsam das Beste."

Ferdi lachte leise. „Mein lieber Bassewitz, du möchtest wohl die Baronesse für dich allein haben? Ja ja, ich durchschaue dich schon!"

„Unsinn!" Bassewitz trommelte mit beiden Fäusten auf seine Knie.

„Ich glaube doch." Ferdi grinste. Offenbar hatte Bassewitz wirklich selbst Interesse an den Mädchen – hoffentlich erwuchs ihm da kein Konkurrent! Aber wenn Bassewitz sich mehr für Baronesse Helena interessierte, konnte es ihm gleichgültig sein. Trotzdem – warum gab es ihm einen Stich ins Herz? Helena hatte ihm unmissverständlich gezeigt, dass sie kein Interesse an ihm hatte, Stefanie dagegen schien umso mehr an ihm interessiert zu sein. Sollte sich doch Bassewitz an der frostigen Baronesse die Zähne ausbeißen. „Ich wünsche dir viel Glück, Bassewitz. Baronesse Helena ist eine harte Nuss."

„Lass dieses unsinnige Gerede! Sonst werde ich den Wagen wenden und gleichsam wieder nach Hause fahren lassen!"

Ferdi zuckte mit den Schultern. Das würde sein Freund bestimmt nicht tun, dafür hatte er viel zu viel Angst, die Klausur ohne seine Hilfe schreiben zu müssen.

* * *

Mithilfe zweier Diener brachten Wilhelm und Regina von Pritzen Lisa in die Schleinitz'sche Wohnung. Regina war froh, dass Lisa unterwegs wieder erwacht war, aber sie drohte jeden Augenblick erneut wegzudämmern.

„Wie konnte das nur geschehen?", fragte Ludwig und dirigierte dabei die Diener, die Lisa in ihren Salon trugen und dort auf eine Chaiselongue legten. „Warum bist du überhaupt ausgefahren?"

Regina legte ihre Hand auf den Arm ihres Bruders. „Lass deine

Frau doch erst einmal zur Ruhe kommen. Willst du nicht einen Arzt holen lassen?“

Ludwig murmelte irgendetwas, das wie „Du hast ja recht“ klang, und stürmte aus dem Salon.

Aufatmend setzte Regina sich auf den Rand von Lisas Chaiselongue. „Was machst du bloß für Geschichten, kleine Schwägerin?“

„Bitte sage mir: Wo ist Ferdi? Ich will meinen Bruder sehen!“

Da stürmte Ludwig schon wieder herein. „Ich habe Anna zum Arzt geschickt.“ Er schob Regina beiseite und setzte sich an Lisas Lager. „Bist du allein zu Pritzens gefahren? Warum tust du solch unvernünftige Dinge?“

„Ich musste noch einmal mit Ferdi sprechen. – Bitte, Regina, sage mir, wo er ist.“

Regina sah zu ihrem Mann auf. Sollte sie Lisa die Wahrheit sagen? Würde sie diese verkraften?

Wilhelm zuckte mit den Schultern. „Es hilft nichts, wenn wir es zu verheimlichen suchen“, raunte er ihr zu. „Die liebende Schwester hat ein viel zu feines Empfinden, als dass wir ihr etwas vormachen könnten.“

Regina atmete tief durch. Wahrscheinlich hatte Wilhelm recht. „Dein Bruder hat das Haus verlassen, während wir uns um dich gekümmert haben.“

Lisa schien etwas sagen zu wollen, doch Ludwig kam ihr zuvor. „Er ging fort, während seine Schwester ohnmächtig war? Er hielt es nicht für nötig, sich um sie zu kümmern?“

„Er schien einen wichtigen Termin zu haben“, erklärte Regina.

„Wisst ihr, wo er hinging?“ Lisas Stimme klang so schwach wie das Piepsen eines verschüchterten Spatzen.

Regina schüttelte den Kopf, obwohl sie ahnte, was Ferdi vorhatte. Die Schachtel unter seinem Arm war genau passend für einen Abendanzug.

„Du weißt es wohl.“ Ihr Bruder trat vor sie hin und durchbohrte sie beinahe mit seinen Blicken. „Ich sehe es dir an, Schwester!“

Sie versuchte ihn mit einem warnenden Seitenblick auf Lisa zu beruhigen, doch ihre Schwägerin bemerkte das sofort.

„Sage, was du vermutest, Regina. Ich will es ebenfalls wissen.“

„Und wir haben ein Recht, alles zu erfahren!", grollte Ludwig. „Schließlich trägt er die Schuld an Lisas Zustand."

„Bitte beruhigt euch." Wilhelms Stimme klang angenehm besänftigend. „Wir wissen nichts von Ferdis Vorhaben. Es gibt nur haltlose Spekulationen."

„Vielleicht sind es mehr als Spekulationen." Regina richtete sich kerzengerade auf. „Ferdi verließ das Haus in auffälliger Eile und trug eine Schachtel unter dem Arm, in der ich einen Abendanzug vermutete."

Ihr Mann schüttelte unwillig den Kopf. „Regina, das ist doch Unsinn. Warum sollte in der Schachtel ausgerechnet ein Frack sein? Nach deiner Beschreibung könnte es ebenso gut eine Hutschachtel gewesen sein."

„Warum sollte Ferdi mit einer Hutschachtel das Haus verlassen?" Ihr Bruder drehte an seinen Schnurrbartenden. „So harmlos, wie du es darstellst, Wilhelm, scheint mir das alles nicht zu sein."

„Ich bitte dich, Ludwig, bleibe doch realistisch. Ferdi hat eilig das Haus verlassen, obwohl seine Schwester ohnmächtig geworden ist, ja. Aber aus einer Schachtel unter seinem Arm gleich die wildesten Verdächtigungen zu konstruieren, ist doch maßlos übertrieben."

„Du vergisst, dass ihr ihn bereits einmal im Frack angetroffen habt", erinnerte Ludwig.

„Ja, als er von der Geburtstagsfeier seines Professors kam. Es ist mir jetzt noch peinlich, dass wir ihn grundlos verdächtigten." Wilhelm schlug mit der Faust in seine andere Hand.

Lisa richtete sich auf ihrer Chaiselongue etwas auf. „Von wem könnte Ferdi den Frack bloß haben?"

„Wahrscheinlich hat Bassewitz ihn besorgt." Regina stützte ihre Schwägerin, damit sie nicht hintenübersank.

„Ich erinnere mich – es mag jetzt vier Wochen her sein –, dass Ferdi bei mir war." Lisas Stimme war so leise, dass Regina sie kaum verstehen konnte. „Er war längst gegangen, wie ich glaubte. Aber auf einmal traf Anna ihn noch im Flur an. Er wirkte sonderbar verlegen und behauptete dann, er habe seinen Hut vergessen."

„Vor vier Wochen?" Ludwigs Stimme klang wie fernes Donnergrollen. „Das muss doch dann etwa eine Woche vor dem Ball bei Schwentin gewesen sein, wenn ich mich nicht irre."

Lisa nickte nur, Tränen strömten über ihre Wangen.

Prüfend sah Regina zu ihrem Bruder auf. „Du hast beinahe Ferdis Statur, du bist nur ein wenig größer ..."

Schon stürmte Ludwig aus dem Salon, und Regina ließ ihre Schwägerin wieder zurücksinken.

„Sollte mein Bruder mich dermaßen belügen?", murmelte Lisa.

Auch Wilhelm schien erschrocken zu sein, er sah nur gespannt zur Tür, bis Schleinitz wie eine Furie hereinstob. „Der Frack ist fort. Ebenso mein Zylinder – samt Hutschachtel."

Schluchzend schlug Lisa die Hände vors Gesicht, während Regina zu ihrem Mann aufsah. Wilhelm knirschte mit den Zähnen. „Ich erinnere mich einer Einladung, die ich vor einigen Tagen erhielt."

„Welche meinst du?" Als rechte Hand des Oberpräsidenten bekam Wilhelm zu fast jeder erlesenen Gesellschaft eine Einladung – es konnte ja sein, dass man irgendwann einmal seinen Einfluss benötigte.

„Zu einer Soiree mit Anna Grobecker. Sie will in ihrer Heimatstadt einige Schubert-Lieder singen. Im Hause Schwentin. Heute."

Lähmendes Schweigen folgte. Regina legte den Arm um Lisa, der unaufhaltsam Tränen über die Wangen strömten. Am liebsten wäre sie sofort zu Schwentin gerast und hätte Ferdi dort herausgeholt, aber sie konnte Lisa jetzt unmöglich zurücklassen. Wenigstens bis der Arzt kam, musste sie ihrer Schwägerin zur Seite stehen, bis sie sie in fachkundigen Händen wusste und Gewissheit über ihren Zustand hatte. So lange konnte sie nur hoffen, dass Ferdi nicht in Schwierigkeiten geriet.

Kapitel 33

Lena lächelte ihr Spiegelbild an und zupfte noch eine Haarsträhne zurecht. Gleich war es soweit: Sie würde ihn wiedersehen.

Rasch zwängte sie die Füße in ihre spitzen Absatzschuhe und ging zu ihrer Schwester hinüber, die noch von der Zofe bearbeitet wurde.

Stefanie warf ihr im Spiegel einen Blick zu – und riss dann die Augen auf. „Lena, was ist in dich gefahren?"

Sie lächelte nur.

„So hübsch habe ich dich noch nie gesehen. Dieses himmelblaue Kleid passt perfekt zu deinem Teint, und du hast tatsächlich einmal Wert auf deine Frisur gelegt! Ohne deinen zu offiziellen Gelegenheiten obligatorischen langweiligen Knoten kenne ich dich kaum wieder!"

„Gefällt sie dir?" Sie sagte lieber nicht, dass es der Gedanke an den Grafen von Wedell gewesen war, der sie verleitet hatte, auf den Knoten zu verzichten und ihr Haar stattdessen offen, mit lediglich zwei geflochtenen Strähnen an den Seiten, zu tragen.

Doch Stefanie war schon längst wieder mit ihrer eigenen Frisur beschäftigt. Endlich schickte sie die Zofe hinaus, sprang von ihrem Frisierstuhl auf und drehte sich lachend im Kreis. „Nun? Was sagst du?"

„Du siehst bezaubernd aus, wie immer."

Ihre Schwester machte einen tiefen Knicks, dass sich der Rock unterhalb ihrer Knie wie eine Woge aus rosa Seide aufbauschte. „Meinst du, ich werde dem Grafen von Wedell gefallen?"

Lena hatte das Gefühl, als würde ihre Vorfreude von einer Ladung Stangeneis zerschlagen. „Du wirst jedem Mann gefallen", presste sie hervor.

„Ach Lena, ich bin so aufgeregt! Denke nur, ich werde ihn – meinen Prinzen! – wiedersehen! Seit dem Ball habe ich beinahe jede Nacht von ihm geträumt. Glaubst du, er wird mich beachten?"

„Es wird ihm kaum etwas anderes übrig bleiben." Lena sank auf einen Stuhl und strich ihr Kleid glatt. Der Traum aus himmelblauer Seide machte ihr keine Freude mehr und am liebsten hätte sie sich die Spangen aus ihrer Frisur gerissen.

„Ich begreife nicht, wie du bei seinem Anblick so ruhig bleiben kannst. Ist er nicht ein fabelhafter Mann? Hast du seine Augen gesehen? Dieses leuchtende Braun! Und die neckische Locke, die ihm immer in die Stirn fällt?"

Sie schloss die Augen. Ja, so sah sie ihn vor sich, den verwegenen Ausdruck in den Augen und die freche Locke in der Stirn.

„Dabei ist er so natürlich mit seinem bayerischen Dialekt." Offenbar bemerkte Stefanie gar nicht, dass sie keine Antwort gab. „Alle anderen drechseln sich die schönsten Komplimente zurecht, aber wenn er mich mit seinem hinreißenden Lächeln *Baronesserl* nennt – oh Lena! Ich spüre es – ich fühle es, dass er mich zu seiner Prinzessin machen wird, allen gesellschaftlichen Konventionen zum Trotz. Ich kann es kaum erwarten, ihn wiederzusehen!"

Und sie konnte kaum erwarten, dass Stefanie endlich mit dem Schwärmen aufhörte. Jeder Satz drang ihr wie eine Nadel aus Eis ins Herz. „Du solltest wirklich den Rat unseres Onkels befolgen und dich dem Grafen nicht an den Hals werfen."

„Ach Lena, du weißt ja nicht, wie mein Herz brennt! Außerdem hat Onkel Mutius mich bei unserem Debüt noch eigens dazu aufgefordert, den Grafen zu bezirzen und ihn zu der Soiree einzuladen. Warum sollte ich da Zurückhaltung üben?"

„Unser Onkel wird schon gute Gründe haben, wenn er jetzt etwas anderes von dir verlangt." Es fiel ihr zwar schwer, Onkel Mutius recht zu geben, aber dieses Mal schien es angebracht zu sein. „Es geziemt sich wirklich nicht, ihn dermaßen zu bevorzugen. Was sollen die anderen Gäste von dir denken?"

Stefanie lachte girrend auf. „Auf solche Gedanken kannst auch nur du kommen, Lena. Manchmal glaube ich, du hast nicht nur im Kopf, sondern auch in der Brust den Verstand sitzen. Ich möchte dich einmal erleben, wenn du so verliebt bist wie ich, dann würdest du anders sprechen."

Lena presste die Lippen aufeinander. Stefanie ahnte ja nicht, dass sie gerade genau das erlebte: Sie war mindestens genauso in den Grafen verliebt wie ihre Schwester. Aber davon durfte Stefanie nie ein Wort erfahren. Auf keinen Fall wollte sie in einen Wettstreit mit ihrer Schwester treten, den sie ohnehin nur verlieren würde. Und wenn Wedell wirklich, wie er gesagt hatte, ein gläubiger Mann war, wäre es für Stefanie vermutlich das Beste, wenn sie ihn heiratete, um von ihm wieder auf die richtige Spur gebracht zu werden.

Stefanie summte den Feenmärchenwalzer vor sich hin und tanzte im Zimmer umher. „Ich finde es fantastisch von Tante Valeria, dass sie nach der Vorstellung von Anna Grobecker noch einen Tanz arrangieren will. Auch wenn der Graf nur ein mäßiger Tänzer war – ich habe jeden Takt in seinen Armen genossen."

Lena spürte den Puls an ihrem Hals heftig pochen. Sie hätte auch einen Tanz mit *ihm* genießen können, wenn sie ihn nicht abgewiesen hätte. Aber sie schaffte es ja nicht, sich für jemanden zu öffnen. Und es war auch besser so – um Stefanies willen. „Ich bitte dich lediglich, dass du nicht aufdringlich bist. Tanze bitte nicht nur mit ihm, sondern auch mit den anderen Herren."

Abrupt beendete Stefanie ihren Tanz und blieb vor Lena stehen. „Was willst du eigentlich von mir? Gönnst du mir das Vergnügen nicht? Oder die Gunst des Grafen?"

Lena zuckte wie unter einem Peitschenhieb zusammen. „Ich wünsche dir, dass du wirklich glücklich wirst. Und obwohl ich nicht an den Prinzen glaube, würde ich mich freuen, wenn dein Traum, den Grafen zu heiraten, in Erfüllung ginge." Hoffentlich merkte Stefanie nicht, wie viel Überwindung sie diese Worte kosteten.

„Warum willst du mich dann von ihm fernhalten?" Stefanie drehte ihre Perlenkette um den Zeigefinger. „Du bist doch nur neidisch auf meinen Erfolg bei dem Grafen. Aber ich habe dich nicht zu diesem Mauerblümchendasein bestimmt. Wenn du nicht jeden Tanz ablehnen und dich jedes Mal so nett kleiden würdest wie heute, würdest du ebenso erfolgreich sein wie ich."

„Und wenn ich das nicht möchte?" Lena stand auf und ging zur Tür.

„Deine Schuhe."

Lena hatte gar nicht bemerkt, dass sie sie ausgezogen hatte. Sie kehrte zu ihrem Stuhl zurück und zwängte die Füße wieder in ihre Schuhe.

„Wenn du es nicht willst" – Stefanie ließ ihre Kette los – „dann verdirb wenigstens nicht auch noch mir das Vergnügen."

Lena stolperte fast über den Saum ihres langen Kleides, als sie zur Tür eilte. Blind vor Tränen tastete sie nach der Türklinke. Stefanie durfte keinesfalls bemerken, was in ihr vorging. Und vor allem durfte Wedell nichts davon ahnen. Sie musste ihm kühl, ja, nötigenfalls mit Ablehnung begegnen, auch wenn das unhöflich war – und sie sich selbst damit wehtun würde.

Kapitel 34

Mit leisem *Klack* sprang der Zylinder in die Form, die ihm seinen Namen gegeben hatte. Noch einmal prüfte Ferdi den Sitz seines Fracks. Schleinitz' Monogramm war gut versteckt und konnte eigentlich niemandem auffallen. Nur die zu lang geratenen Ärmel ärgerten ihn. Wenn er noch öfter solche Veranstaltungen besuchte, sollte er überlegen, seinen Vater noch einmal um Geld zu bitten, damit er sich einen maßgeschneiderten Frack zulegen konnte – obwohl die Ermahnungen seines Vaters in dessen letztem Brief das nicht ratsam erscheinen ließen.

Gemeinsam mit Bassewitz betrat er die Eingangshalle, wo ein Diener ihnen die Hüte abnahm und sie zum Musikzimmer wies.

Durch die Verzögerung wegen Lisas Ohnmacht waren sie wieder einmal spät dran und es schien so, als seien schon alle Gäste versammelt. Gedämpftes Stimmengewirr schlug ihnen entgegen, der Duft verschiedenster Parfums drang Ferdi in die Nase.

„Herzlich willkommen! Ich freue mich, dass Sie es einrichten konnten, uns die Ehre Ihrer Gegenwart zu gewähren!" Julian von Mutius ergriff Ferdis Hand und verbeugte sich formvollendet.

„Ganz meinerseits, die Ehre", erwiderte Ferdi. „I dank a schön für die Einladung."

„Selbstverständlich, Herr Graf. Wann haben wir schon einmal einen Grafen aus dem fernen Bayern bei uns in Breslau?" Mutius wandte sich lachend an Bassewitz, dann führte er sie zu seinen Nichten. „Sehen Sie, die beiden Damen sind auch voller Vorfreude auf diesen Abend."

Baronesse Helena war diese Freude allerdings nicht anzusehen. Sie sah blass aus und ihre Augen waren gerötet, als hätte sie eben noch geweint. Trotzdem war sie hinreißend. Das himmelblaue Kleid mit der hoch gegürteten Taille legte sich geschmeidig um ihre schlanke Gestalt und betonte ihren dunklen Teint und das braune Haar. Die geschmackvolle Frisur, die ihr Haar bis weit über den Rücken herniederwallen ließ, stand ihr ausnehmend gut.

Ferdi streckte ihr die Hand entgegen. Sie schien einen Augenblick zu zögern, ehe sie ihm die ihre reichte, und als er sie an die Lippen führte – sie duftete verführerisch nach Lavendel –, zog sie sie rasch wieder zurück.

„Baronesserl ..."

Ehe er fortfahren konnte, wandte sie sich schon von ihm ab und Bassewitz zu, dem sie sogar ein Lächeln schenkte.

„Herr Graf, ich bin sehr erfreut, diesen Abend mit Ihnen verbringen zu dürfen." Stefanie. Ihre azurblauen Augen strahlten ihn an und bei ihrem Lächeln entstanden in ihren Wangen reizende Grübchen.

Er sah noch einmal zu Helena zurück. Vielleicht konnte er später noch einige Worte mit ihr wechseln. Dieses unnahbare Mädchen faszinierte ihn und er wollte gern mehr über sie erfahren, wie sie war und was sie dachte.

Doch Stefanie hielt ihm ihre Hand entgegen und er zog sie rasch an die Lippen. Ein sonderbarer Tabakduft umwehte ihn dabei – wahrscheinlich hatte sie eben noch in der Nähe eines rauchenden Herrn gestanden.

„Baronesserl, des is a damische Freud, Sie wiederzusehn. Dankschön für Ihr herzliches Griaßgott."

Ihre Augen leuchteten, als würde darin die Sonne aufgehen. „Ich bin sehr froh, dass Sie noch nicht abgereist sind. Wahrscheinlich hätten wir uns dann nie wiedergesehen."

Er sah sich erneut nach Helena um. Sonderbar, mit Bassewitz plauderte sie erstaunlich unbefangen. Warum hatte sie ausgerechnet ihn so kühl begrüßt? War er beim letzten Ball wirklich zu aufdringlich gewesen? Hatte er damit alle Sympathien bei Helena verscherzt?

„Herr Graf", fuhr Stefanie im Plauderton fort, „es wäre mir eine Ehre, wenn ich dem Gesang der Grobecker an Ihrer Seite lauschen dürfte."

Er wandte sich ihr wieder zu. Diese Bitte war wahrscheinlich gegen jede gesellschaftliche Konvention, aber Stefanie schien es wirklich ein Anliegen zu sein, in seiner Nähe zu sein. Und er konnte nicht behaupten, dass ihm diese Vorstellung nicht ebenfalls behagte.

„Die Ehr liegt ganz auf meiner Seit." Er verbeugte sich und reichte ihr den Arm.

Er warf noch einen letzten Blick zu Helena hinüber. Sie lachte gerade herzlich, so herzlich, wie er es bei ihr noch nie gesehen hatte. Wahrscheinlich sollte er sie vergessen, da sie offenbar Bassewitz' Avancen zugeneigt war.

Als Stefanie ihre Hand auf seinen Arm legte, zog er sie ein wenig enger an sich und führte sie in die Nähe des Klaviers.

* * *

Noch einmal schärfte der Arzt Schleinitz ein, für unbedingte Ruhe zu sorgen, weil jede Aufregung Lisas angeschlagener Gesundheit schaden würde. Dann verabschiedete er sich mit einer Verbeugung, und Schleinitz schloss die Tür hinter ihm.

Als er in den Salon seiner Frau zurückkehrte, herrschte dort betretenes Schweigen. Er setzte sich auf die Kante von Lisas Chaiselongue und nahm ihre Hand. „Was machst du bloß für unsinnige Dinge, Lisa? Kaum geht es dir einen Tag etwas besser ..."

Unter ihrem Lächeln schwand sein Ärger. „Ludwig, ich habe es für meinen Bruder getan."

„Und damit einen schweren Rückfall provoziert." Er strich mit seinem Daumen über ihren Handrücken und sah zu seiner Schwester auf. „Was mache ich mit so einer Frau, Regina?"

Regina lächelte ihn an, obwohl in ihren Augen Tränen schimmerten. „Bewundern."

Das sollte er wirklich. Sie liebte ihren Bruder so sehr, dass sie bereit war, dafür ihre Gesundheit zu opfern. „Du hättest ebenso gehandelt, nicht wahr, Regina?"

„Wenn es nötig wäre – vielleicht."

„Ludwig, ich bitte dich, kümmere dich jetzt um Ferdi." Die Stimme seiner Frau war erschreckend matt.

Am liebsten wäre er sofort losgestürmt und hätte sich um den Bengel gekümmert – wahrscheinlich anders, als Lisa es meinte. Er spürte eine unbändige Wut im Bauch, wenn er an seinen Schwager dachte, schließlich war der schuld daran, dass es Lisa so schlecht ging. Und dann ließ Ferdi sie auch noch einfach liegen und machte sich davon, höchstwahrscheinlich zu einem zweifelhaften Vergnügen.

Er sah Pritzen und Regina an. „Wir sollten sofort aufbrechen und Ferdi da herausholen."

Pritzen legte seinen Arm um Regina. „Wir werden es tun, Ludwig, aber du solltest bei deiner Frau bleiben."

„Ich soll hierbleiben?" Schleinitz ballte die Faust. „Das ist ausgeschlossen. Ihr habt gehört, dass Lisa Ruhe braucht. Also kann ich ebenso gut mitgehen."

„Ich glaube nicht, dass es klug ist, wenn du bei Schwentins Soiree erscheinst", gab Pritzen zu bedenken. „Erinnere dich der Vergangenheit."

„Darauf kann ich keine Rücksicht nehmen. Ich habe mit meinem kleinen Schwager ein Wörtchen zu reden."

„Bitte schimpfe nicht mit ihm, Ludwig." Lisa versuchte, sich etwas aufzurichten. „Er ist mein Bruder. Ich möchte nicht, dass ihr streitet. Bringe ihn zu mir und lasse mich mit ihm reden."

„Wir werden gehen und ihn zu dir bringen. Und du, Ludwig, bleibst bei deiner Frau." Seine Schwester schlug einen Kommandoton an, der ihm gar nicht gefiel.

„Ferdi ist Lisas Bruder und steht mir damit um einiges näher als euch. Also werde ich euch jedenfalls begleiten. Wenn ihr Sorge um Lisa habt, mag einer von euch bei ihr bleiben."

„Nicht streiten." Lisa legte den Kopf zurück und schloss die Augen. „Bitte bringt mir meinen Bruder."

Mit einem Schritt war Regina an Lisas Lager. „Wir bringen ihn dir, und dein Mann wird derweil über dich wachen. – Komm, Wilhelm."

Schleinitz sprang auf, um seiner Schwester zu folgen, aber ein Laut von der Chaiselongue ließ ihn innehalten. „Lisa?"

Doch sie gab keine Antwort. Wahrscheinlich hatte der Streit mit Pritzen und Regina ihr erneut das Bewusstsein geraubt.

Kapitel 35

Auf Flügeln des Gesanges,
Herzliebchen, trag ich dich fort,
fort nach den Fluren des Ganges,
dort weiß ich den schönsten Ort.

Mutius lehnte sich an eine Säule und verzog das Gesicht. Diese gefühlsduseligen Lieder mochte er gar nicht leiden, aber Valeria hatte darauf bestanden, dass Anna Grobecker statt ihrer Operetten-Chansons Liebeslieder singen sollte. Wahrscheinlich ein kluger Schachzug, wenn sie den Grafen so schnell wie möglich entflammen wollten.

Dort liegt ein rotblühender Garten
im stillen Mondenschein;
die Lotosblumen erwarten
ihr trautes Schwesterlein.

Valeria trat zu ihm und legte ihre Hand auf seinen Arm. „Hat Heinrich Heine nicht wunderbar gedichtet?"

„Ich fände es bei Weitem wunderbarer, wenn Lena sich weniger von Bassewitz den Hof machen ließe." Er wies mit dem Kopf auf das Paar, das seit der Begrüßung fast ununterbrochen zusammenstand. „Dabei habe ich den beiden Mädchen vorhin erst befohlen, keinen der Herren übermäßig zu bevorzugen."

„Ich wundere mich überhaupt, dass Bassewitz solches Interesse an Lena zeigt. Bei ihrem Debüt hat er sich nicht so auffällig um sie bemüht."

„Während der Graf wieder nur mit Stefanie zusammensteckt." Mutius schüttelte den Kopf. „Ich habe Lena doch nachdrücklich darauf hingewiesen, dass sie bei dem Grafen noch etwas gutzumachen habe!"

„Höre ich schon wieder Helenas Namen?" Unbemerkt war Schwentin zu ihnen getreten.

„Es kann doch nur in deinem Interesse sein, wenn deine *Nichte*“ – Mutius grinste seinen Schwager an – „mit dem Grafen von Wedell zusammenkäme.“

„Augenscheinlich geschieht genau dieses.“ Schwentin wies auf Stefanie und den Grafen.

„Ich meine hingegen deine andere Nichte. Sie ist doch diejenige, die von dem Geheimnis umwoben ist.“

„Wichtig ist, dass die Mädchen glücklich werden.“

Mutius seufzte, während die Sängerin von kichernden und kosenden Veilchen trällerte, und wandte sich wieder zu Lena um.

Gerade versuchte Güssow, sich ihr zu nähern, aber offenbar lauschte sie ganz hingerissen dem Gesang. Ab und zu flüsterte Bassewitz ihr etwas zu, worauf sie nickte oder auch einmal lächelte.

„Wir müssen wirklich sehen, dass Stefanie nicht den ganzen Abend mit Wedell verbringt.“ Valeria drehte den Ring an ihrem linken Mittelfinger. Mit einem Seitenblick auf ihren Mann fügte sie hinzu: „Es könnte anstößig wirken, nicht wahr, Otto?“

„Da mir der Graf nach wie vor suspekt ist, stimme ich dir in diesem Punkte zu.“

Mutius zog an seinem Ohrläppchen. Er musste irgendwie Lena mit dem Grafen zusammenbringen. Es konnte doch nicht so schwer sein, die richtigen Leute miteinander zu verheiraten!

Da wagte Güssow einen Vorstoß bei Lena, doch sie wies ihn mit einem kurzen Kopfschütteln ab. Was für ein Mädchen! Sie schien wirklich jede Anstandsregel zu vergessen, wenn sie einen Mann nicht mochte.

Endlich beendete Anna Grobecker ihren schmachtenden Gesang. Unwillkürlich atmete Mutius auf, obwohl er fürchtete, dass er heute Abend noch einige solcher Liebesschnulzen würde ertragen müssen. Widerwillig applaudierte er zusammen mit den anderen Gästen und beobachtete dabei, dass Lena sich mit einem Knicks von Bassewitz trennte.

„Ob sie jetzt zu Wedell geht?“, flüsterte er Valeria zu.

„Du kennst sie doch, freiwillig tut sie nichts, was ihrem heiligen Gewissen nicht genehm erscheint. Und Wedell scheint sich seinerseits liebend gern von Stefanie einwickeln zu lassen.“

„Zum Kuckuck! Er soll sich nicht von Stefanie, sondern von

Lena einwickeln lassen! Mir scheint, du hast Stefanie zu gut in deine Schule genommen."

Valeria lächelte. „Und deine Instruktionen haben überhaupt nicht gefruchtet."

„Du hättest sie vorher gar nicht instruieren sollen", knurrte Schwentin. „Ich glaube, die Mädchen bringen dir gerade die Lektion bei, dass nicht immer alle nach deiner Pfeife tanzen."

Wedell schien gar nicht zu bemerken, dass Lena in seiner Nähe vorüberging. Denn Stefanie redete unermüdlich auf ihn ein – und Mutius musste sich zu seinem Ärger gestehen, dass er selbst es gewesen war, der Stefanie damals bei dem Ball dazu ermuntert hatte.

Mutius folgte Lena mit seinem Blick, die sich allein zu einer Sitzgruppe zurückzog. Wenn es so weiterging, konnte er nicht nur seinen Plan, Lena mit Wedell zu verheiraten, vergessen, sondern er bekam sie überhaupt nicht verheiratet. Seine Nichte schien ja beinahe an einer Männer-Phobie zu leiden – ausgerechnet seine uneheliche Nichte.

* * *

Ein fürchterlicher Hustenfall schüttelte Lisa und ließ ihr beinahe wieder die Sinne entschwinden. Schwarze Kreise flogen auf sie zu, ihre Lunge brannte wie Feuer.

Ludwig schob seinen Arm in ihren Rücken und richtete sie etwas auf. „Lisa! Prinzessin!" Seine Stimme klang, als wäre er im Nebenzimmer.

Endlich ließ der Anfall nach. Sie wischte sich die Tränen aus dem Gesicht, während ihr Mann sie sanft zurückgleiten ließ.

„Ludwig ..." Sie japste immer noch nach Luft.

Sein Gesicht war totenbleich, in seinen Augen flackerte Angst.

So schlecht wie seit ihrem heutigen Besuch bei Ferdi war es ihr noch nie gegangen. Ihre Gedanken eilten gut sieben Jahre zurück. Damals hatte sie ihre Tante Rosina gepflegt, die ebenfalls an der Schwindsucht erkrankt war. Als sie in diesem Zustand gewesen war, hatte sie nur noch wenige Tage zu leben gehabt.

Ludwigs gequälter Gesichtsausdruck schnitt ihr ins Herz. *Herr Jesus, ist es wirklich soweit? Ist der Augenblick gekommen? Gerade jetzt, wo mein Bruder meiner so dringend bedarf?*

Plötzlich durchzuckte sie ein Gedanke. *Herr, ist es das, was Du willst? Ist das Deine letzte Aufgabe für mich?*

Als Ludwig ihre Hand ergriff, schloss sie die Augen. Ihr war, als sollte sie einen Weg geführt werden – ihren letzten Weg; an einen Ort, von dem sie nie zurückkehren würde. Aber vielleicht war gerade ihre Krankheit – oder vielmehr: ihr Tod – das Mittel, das Ferdi zur Besinnung bringen würde, das Mittel, das verhindern könnte, dass er in den gleichen Sumpf gezogen wurde, in dem Ludwig damals beinahe untergegangen wäre.

Als sie die Augen öffnete, sah sie Ludwig zunächst nur verschwommen. Dann waren nur noch seine Augen verschwommen, und endlich begriff sie, dass darin Tränen standen. „Ludwig?"

Er drückte ihre Hand so fest, dass es ihr wehtat, doch sie gab keinen Laut von sich.

„Lisa", seine Stimme klang gepresst, „ich – ich habe Angst."

Diese Worte hatte wahrscheinlich noch nie ein Mensch aus dem Mund des einstmals so stolzen Offiziers gehört. Sie versuchte zu lächeln. „Du musst jetzt stark sein, Ludwig. Ich brauche dich."

Er sah zur Seite, wahrscheinlich sollte sie seine Tränen nicht sehen, die sie doch längst entdeckt hatte. Mühsam hob sie den Arm und legte ihre freie Hand an seine Wange.

„Es ist nicht mehr zu leugnen, dass es mit mir ..." Sie würgte an einem apfelgroßen Kloß in ihrem Hals. „Ludwig, ich habe keine Zeit mehr."

„Nein!" Er schrie es beinahe, und ihr Kopf fühlte sich an, als begänne ein Specht darin zu hämmern. „Du wirst dich wieder erholen. Ich gehe gleich morgen früh zur Bank und treibe das nötige Geld für eine Kur in Görbersdorf auf."

„Auch Doktor Brehmer kann mir nicht mehr helfen. Aber ich habe noch einen Wunsch. Wirst du ihn mir erfüllen?"

„Ich tue doch alles, was du wünschst, meine Prinzessin!" Er sank vor ihrer Chaiselongue auf die Knie.

Lächelnd fuhr sie ihm mit der Hand durch sein dichtes blondes Haar, durch das sich erste silberne Fäden zogen. „Lass mich nicht hier in der Stadt sterben. Bitte bringe mich heim – ins Forsthaus."

Er griff nach ihrem langen Zopf und ließ ihn durch seine Finger gleiten. „Ich verspreche es dir. Sobald es dir ein wenig besser geht, fahren wir in den Hochwald."

„Nein. Nicht warten. Jetzt, sofort."

Ludwigs Kopf ruckte hoch, er starrte sie an, als zweifelte er an ihren Geisteskräften. „Du kannst doch nicht in diesem Zustand reisen, geschweige denn die weite Reise bis nach Wölfelsgrund! Lisa, das könnte dein ..." Er verstummte jäh.

Wahrscheinlich hatte er recht. Die Reise würde ihren Tod beschleunigen. Sie konnte nur hoffen, dass sie das Forsthaus noch lebend erreichte – und dass Ferdi seiner sterbenden Schwester sofort folgen würde.

„Der Tod kommt unaufhaltsam näher." Sie unterdrückte mühsam einen neuen Hustenanfall. „Ich möchte vorher noch einmal meine Heimat wiedersehen, meine Eltern, meinen Wald."

„Aber doch nicht so! Wenn es dir etwas besser geht, oder wenigstens erst morgen früh!"

„Wer weiß, ob es mir jemals besser gehen wird. Und wenn wir erst morgen reisen, bin ich nicht sicher, ob ich das Forsthaus noch lebend erreiche."

Er sprang auf und rannte mit harten Schritten, die in ihrem Kopf dröhnend widerhallten, im Zimmer auf und ab. „Stelle mich doch nicht vor eine solche Entscheidung! Diese Fahrt ist viel zu anstrengend für dich, ich *darf* nicht einwilligen, auch wenn ich dir jeden nur erdenklichen Wunsch erfüllen möchte."

„Und wenn es meine letzte Bitte an dich ist?"

Er blieb an ihrer Chaiselongue stehen und sah auf sie herab. In seinen Zügen arbeitete es, sie konnte ihm den inneren Kampf buchstäblich ansehen. „Muss es ausgerechnet diese Bitte sein? Ich werde mir bis an mein Lebensende Vorwürfe machen, wenn ..."

„Und wenn du meinen Wunsch abschlägst? Wird es dich mehr beruhigen, wenn ich von dir gehe, ohne dass du meine letzte Bitte erfüllt hast?"

„Lisa!"

Sein Schrei zerriss ihr beinahe das Herz, aber es musste sein. Sie musste ins Forsthaus. Nicht nur um ihrer selbst willen – besonders um Ferdis willen.

Sie streckte ihm ihre Hand entgegen, auch wenn es sie schier unüberwindliche Mühe kostete. „Bitte, Ludwig."

Minutenlang stand er regungslos da und sagte kein Wort. Sie wusste, dass er betete.

Unwillkürlich tat sie dasselbe. *Mein Herr, wenn der Gedanke wirklich von Dir ist, dass ich durch meinen Tod Ferdi aus der gefährlichen Gesellschaft herausziehen kann, dann bringe mich bitte lebend ins Forsthaus.*

Plötzlich wandte Ludwig sich um und riss die Tür auf. „Anna! Wir benötigen einen Wagen. Und packen Sie bitte Effekten für mehrere Tage für die Frau Gräfin und mich."

Als er zu ihr zurückkehrte, lächelte sie ihn an. „Danke, Ludwig."

Er setzte sich zu ihr und nahm wieder ihre Hände. „Du weißt, dass es Wahnsinn ist, was wir tun?"

„Nein. Ich habe noch einen letzten Auftrag zu erfüllen, und dazu wird Gott mir die Kraft geben. Bitte reiche mir Feder und Papier."

Er holte beides und setzte sich wieder. „Bitte diktiere, ich schreibe."

„Nein, ich muss es selbst tun. Ferdi kennt meine Handschrift. Und dieses Mal muss er glauben, dass es mir wirklich schlecht geht, sonst ist es für immer zu spät."

Sie ließ sich von ihm aufrichten, dann brachte sie unter großen Mühen einige Worte zu Papier:

Bruderherz!
Ich bin unterwegs ins Forsthaus. Bitte folge mir, so schnell Du kannst. Ich werde dort sterben, und wenn Du nicht schnell genug kommst, wirst Du mich nicht mehr lebend antreffen. Es ist meine letzte Bitte an Dich, mein Bruder: Eile!
Deine Dich ewig liebende Schwester
Lisa

Hoffentlich bewirkten diese Zeilen, dass Ferdi ihr unmittelbar folgte. Wenn er erst einmal den Einflüssen der Stadt entzogen war, würden Ludwig und ihre Eltern schon dafür sorgen, dass Ferdi wieder auf den richtigen Weg kam, und ihr Tod würde das Übrige tun. So hatte ihr frühes Ende wenigstens einen Sinn.

Sie reichte Ludwig den Brief und die Feder. „Bitte lass ihn zu Pritzens bringen. Sie sollen Ferdi den Brief so schnell wie möglich einhändigen."

Sie schaute ihrem Mann nach, wie er in den Vorsaal eilte, seinen

Kammerdiener rief und ihm den Brief übergab. „Zu Wilhelm und Regina von Pritzen damit. Und zwar auf schnellstem Wege."

Der Kammerdiener verbeugte sich und eilte davon.

„Halt, noch eins", rief Ludwig ihm nach. „Übergeben Sie das Billett den Herrschaften unbedingt persönlich."

„Sehr wohl, Herr Graf."

Dann schlug eine Tür zu.

Kraftlos sank Lisa in die Kissen zurück. Ihre Lunge bäumte sich wieder auf, der Husten packte und schüttelte sie wie ein Löwe sein Opfer. Das Zimmer begann sich um sie herum zu drehen.

Wenn allein schon das Schreiben sie so sehr anstrengte, würde sie dann die stundenlange Fahrt bis nach Wölfelsgrund überleben? Sie fürchtete fast, dass sie sich zu viel zugemutet hatte. Aber sie musste es versuchen – für ihren Bruder.

Kapitel 36

Ferdis Atem flog, als wäre er von Wölfelsgrund zum Forsthaus hinaufgespurtet. Doch es war Baronesse Stefanies Gegenwart, die ihn atemlos machte, während sie sich im Dreivierteltakt des Feenmärchenwalzers wiegten.

„Das ist mein Lieblingswalzer." Ihre azurblauen Augen strahlten ihn an.

„I erinnre mich." Schon bei ihrem Debüt hatten sie zusammen den Feenmärchenwalzer getanzt.

„Ich freue mich, dass meine Tante durchgesetzt hat, zwischen den gesanglichen Darbietungen einige Walzer spielen zu lassen. Und ich wünschte, wir könnten endlos so weitertanzen." Ihr Lächeln verschwand nicht, obwohl er ihr zum wiederholten Male auf den Fuß trat.

„Bitte verzeihns mir. Wenns endlos mit mir tanzen wolln, werdens bald net mehr laufen könn."

„So habe ich wenigstens in den nächsten Tagen noch eine Erinnerung an Sie. Und an unseren Tanz."

„I wünscht net nur, wir könnten heut endlos tanzen, sondern auch drüber 'naus." Die Worte kamen ihm unwillkürlich über die Lippen und er erschrak selbst darüber. Selbstverständlich wollte er sie wiedersehen, aber durfte er ihr das sagen?

„Wie lange gedenken Sie noch in Breslau zu bleiben, Herr Graf? Vielleicht lässt es sich ermöglichen."

Ferdi sah ihr tief in die Augen. Wollte sie das wirklich? Aber wenn er sie wiedersah, wo würde das enden? Irgendwann, früher oder später, würde sein Schwindel auffallen. Und dann gab es einen unglaublichen Skandal. „Mei Vater drängt drauf, dass i na Bayern zurückkehr."

Er sah die Enttäuschung in ihren Zügen. „Ist Ihre Anwesenheit dort so dringend erforderlich? Oder ist Ihr Herr Vater so streng?"

Sein Vater war allerdings streng. Wenn der wüsste, wo er sich herumtrieb ...

Der Walzer war zu Ende. Am liebsten hätte er Stefanies Hand nicht wieder losgelassen. Und augenblicklich wusste er, dass er sie wiedersehen wollte, nein: musste. Er verbeugte sich tief. „Baronesserl ..."

In diesem Moment trat ein schneidiger Rittmeister zu ihnen, der sich vor der Baronesse verbeugte. „Ich hoffe, gnädige Baronesse fühlen sich in Breslau wohl?"

Ferdi trat einige Schritte zurück hinter eine Säule, wo er das Mädchen unbemerkt beobachten konnte. Sie schien sich von dem feschen Rittmeister nicht beeindrucken zu lassen, sondern sah hin und wieder zu ihm herüber. Dabei flog ein leichtes Lächeln über ihr Gesicht.

Sollte es ihm wirklich möglich sein, dieses Mädchen zu erringen? Auch wenn er hier nicht der einfache Förstersohn, sondern ein Graf war, hätte er sich das in seinen kühnsten Träumen nicht vorstellen können.

Er musste einfach herausfinden, wie Stefanie reagieren würde, wenn er ernsthafte Absichten – und dann auch seine wahre Identität offenbarte. Dann würde sich zeigen, ob es nur ein Spiel für sie war oder mehr. Und das konnte er nur erfahren, wenn er sie wiedersah, am besten allein und ungestört, abseits der Gesellschaft.

Der Offizier schien sie gar nicht mehr aus seinen Fängen lassen zu wollen. Endlich aber machte Stefanie einen formvollendeten Knicks. „Sie verzeihen, Herr Rittmeister."

Ferdi trat hinter der Säule hervor und Stefanie war mit wenigen Schritten bei ihm.

„Ich fürchte, wenn ich länger als vier Minuten mit Rittmeister von Donnersmarck spreche, fallen mir die Augen zu."

„Baronesserl, würdens die Güte haben ..."

„So förmlich? Und so eine ernste Mimik? Was haben Sie vor, Herr Graf?"

„I würd gern ... Könn mer net 'naus in den Garten gehen?"

„Ein famoser Gedanke, die Luft ist furchtbar stickig im Saal. Kommen Sie nur, Herr Graf." Sie legte ihre Hand auf seinen Arm.

„Stefanie, auf ein Wort." Urplötzlich tauchte Mutius aus dem Hintergrund auf.

Ferdi verdrehte die Augen. Er hatte heute einfach kein Glück. Ob das ein Wink war, dass er doch nicht allein mit Stefanie sein sollte?

Sie ließ ihre Hand von seinem Arm gleiten und wandte sich mit einem entschuldigenden Lächeln von ihm ab und ihrem Onkel zu.

Ferdi sah ihr nach – und da streifte sein Blick Baronesse Helena. Sie stand in einer nahegelegenen Fensternische bei Bassewitz, der sie anscheinend mit lustigen Reden zu unterhalten versuchte, aber ihre Augen waren nicht auf ihren Gesprächspartner, sondern auf ihn, Ferdi, gerichtet.

Als er sie ansah, wandte sie den Blick rasch ab – und doch drang ihm dieser Blick ins Herz. Es schien ihm, als lägen alle Empfindungen der Baronesse in diesem einen Blick. Er konnte es kaum benennen. War ihr Blick traurig? Verzweifelt? Fast erschien er ihm wie ein Hilfeschrei.

Er sollte doch noch einmal versuchen, mit der so unnahbar wirkenden Baronesse zu tanzen, schon allein um dem offensichtlich an ihr interessierten Bassewitz ein Schnippchen zu schlagen – bei dem Gedanken musste er unwillkürlich schmunzeln.

Kapitel 37

„Willst du nicht schneller fahren lassen?“ Regina knetete ihr spitzenbesetztes Taschentuch zu einem unförmigen Klumpen.

Ihr Mann schüttelte den Kopf. „Ich kann es mir nicht erlauben, dass wir noch einmal vom Nachtwächter aufgeschrieben werden.“

„Aber wir müssen Ferdi so schnell wie möglich zu Lisa bringen. Ich fürchte, dass sie nicht mehr viel Zeit hat.“ Sie blinzelte die Tränen weg.

„Glaubst du, dass es wirklich so schlimm um sie steht? Bisher hat sie sich immer wieder erholt. Und sie ist noch jung ...“

Viel zu jung, um diese Erde schon zu verlassen. „So schlecht wie heute ging es ihr noch nie. Und die Schwindsucht hat schon viele junge Menschen dahingerafft.“

„Wir werden Ferdi binnen kurzer Zeit zu ihr bringen. Vorausgesetzt, er ist wirklich bei der Schwentin'schen Soiree.“

„Zweifelst du noch immer daran?“

„Du darfst nicht aus dem Auge verlieren, Regina, dass zwar einiges dafür spricht, wir aber keine Beweise haben.“

Hoffentlich hatte ihr Mann mit seinen Zweifeln recht. In wenigen Minuten würden sie es wissen.

„Wenn Ferdi wirklich dort ist“ – Wilhelm lüftete seinen Zylinder und fuhr sich mit der Hand übers Haar –, „wird es die größte Schwierigkeit, ihn ohne Aufsehen herauszuholen. Wir wissen ja nicht einmal, wie er sich nennt.“

„Ich werde darauf keine Rücksicht mehr nehmen. Ferdi muss zu Lisa, und zwar sofort.“

„Ruhig, Regina.“ Ihr Mann legte ihr seine Hand auf den Arm. „Wir sollten tunlichst einen Skandal vermeiden. Auch wir würden mit hineingezogen, denn Ferdi ist unser Gast.“

„Das ist doch gleichgültig. Es geht um Lisa und Ferdi, dahinter muss alles andere zurückstehen.“

„Nein. Auch Schleinitz und Lisa würden in diesen Skandal hineingezogen. Bedenke nur das angespannte Verhältnis zwischen Mutius und Schleinitz! Und das wäre Lisas Gesundheit erst recht nicht zuträglich."

„Aber was willst du denn tun?" Regina versuchte, ihrem Mann in die Augen zu sehen. „Wir können doch nicht warten, bis sich eine günstige Gelegenheit ergibt, Ferdi allein zu sprechen. Solch eine Gelegenheit wird sich auf der Soiree kaum ergeben."

„Wollen wir nicht abwarten, welchen Ausweg unser Gott hat?" Wilhelms ruhige Worte wirkten wie ein kühler Umschlag auf ihre aufgewühlten Gefühle. „Ich bete dafür, dass Er es so führt, dass wir Ferdi ohne Aufsehen zu Lisa bringen können."

„Aber wäre es nicht ein größerer Denkzettel für ihn, wenn andere es mitbekommen würden? Dann hätte er gar keine Möglichkeit mehr, sich noch einmal in der Gesellschaft sehen zu lassen."

„Regina, so nimm doch Vernunft an. Ich bin überzeugt, dass Lisa ihn genugsam zur Raison bringen wird."

„Und wenn er uns wieder nicht glaubt, dass es ihr so schlecht geht?" Der Gedanke an die Diskussion mit Ferdi nach dem Ball ließ sie schwindelig werden.

„Er war doch nachher bei Lisa und hat gemerkt, dass wir ihn nicht belogen haben. Bitte überlass es mir, ihn mit sanfter Hand zurückzubringen."

„Und wenn deine sanfte Hand nichts fruchtet? Dann wirst du mich nicht hindern, ihn notfalls auch mit harter Hand dort herauszuholen."

„Nein, Regina." Wilhelms Stimme war immer noch ruhig, aber sie konnte seine Entschlossenheit heraushören. „Du wirst nichts tun, was einen Skandal heraufbeschwört. Überlasse mir das Handeln. Versprich es mir!"

Am liebsten hätte sie ihm ihren Pompadour auf den Zylinder gehauen. „Dieses Versprechen kann ich dir nicht geben."

„Dann werde ich sofort nach Hause fahren und dich dort absetzen."

„Wilhelm!"

„Es ist mein Ernst."

Sie knirschte mit den Zähnen. Was bildete er sich überhaupt ein? Dass er weiser als Salomo war?

„Regina? Du hast die Wahl."

„Fahr zur Villa Schwentin. Ich werde mich fügen." Nur mit mühsam unterdrücktem Zorn presste sie die Worte zwischen den Zähnen hervor.

* * *

Für Güssows Geschmack duldete Helena Herrn von Bassewitz viel zu lange in ihrer Nähe. Es war an der Zeit, dass er seine Cousine darauf aufmerksam machte. Oder war es nur Eifersucht darüber, dass Helena diesen Gesellschaftslöwen so bevorzugte, was doch eigentlich gar nicht ihre Art war?

Güssow senkte den Kopf. Wahrscheinlich war es falsch, dass er so empfand und sich als Christ nicht der Eifersucht enthielt. Aber er konnte doch nicht zusehen, wie Helena vor seinen Augen mit diesem Bassewitz anbändelte! Wusste sie denn nicht, was der für ein Mann war? Sie wollte sich doch bestimmt nicht an einen Mann binden, der ihren Glauben nicht teilte.

Güssow richtete seinen Binder und fuhr sich mit der Hand durchs Haar. Er musste nun wirklich einschreiten.

Mit raschen Schritten trat er auf das Paar zu, das sich gerade in einer Sitzecke niederließ. Er verbeugte sich flüchtig vor Bassewitz, um dann seine Cousine mit einer viel tieferen Reverenz zu beehren. „Liebe Helena, ich bin glücklich, dich wiederzusehen. Sicherlich wird es dir Freude machen, mich bei einer Promenade durch den Park zu begleiten."

Sie schaute zu ihm auf, und er meinte zu sehen, dass sie ein Stöhnen unterdrückte.

Sofort ergriff Bassewitz das Wort. „Verehrter Herr von Güssow, mir scheint, Ihr Fräulein Cousine ist gleichsam der Ruhe bedürftig."

Güssow würdigte Bassewitz nur eines flüchtigen Seitenblicks. „Ein wenig frische Luft wird meiner Cousine rasch ihre Kräfte wiedergeben. Nicht wahr, Helena?"

Sie legte ihre Haare nach vorn über die Schulter. „Lieber Vetter, Herr von Bassewitz unterhält mich vortrefflich. Einer Promenade durch den Park bin ich nicht bedürftig."

„Aber Helena." Er krachte lautstark mit seinen Fingern. „Ich vermeine, Herr von Bassewitz sei nicht der rechte ..."

„Oh, der besorgte Herr Vetter!" Bassewitz brach in lautes Lachen aus. „Fürchten Sie gleichsam um das Seelenheil der Baronesse?"

Am liebsten hätte Güssow dem frechen Kerl die Innenseite seiner Hand mit Schwung gegen die Wange gedrückt. Doch er erinnerte sich an die Gesinnung seines Herrn und Meisters und unterdrückte diese Regung. „Helena, ich fürchte, der Umgang mit einem solchen Herrn kann nur schädlich sein. Böser Verkehr ..."

„Bitte, Christian, mäßige dich. Ein harmloses Gespräch mit Herrn von Bassewitz wird kaum meine guten Sitten verderben."

„Böser Verkehr!", prustete Bassewitz. „Hören Sie nur, Baronesse. Will der besorgte Herr Vetter mich gar als heimtückische Schlange darstellen?"

„Nehmen Sie ihm seine Worte nicht übel." Helena schenkte dem kleinen Dicken ein Lächeln, was Güssow noch mehr in Rage brachte.

„Helena, ich kenne dich kaum wieder! Ich meine, Herr von Bassewitz ist doch bekannt ..."

„Offenbar kennen Sie mich nicht gut genug. Aber dem kann abgeholfen werden." Bassewitz sprang auf und verbeugte sich so tief vor Güssow, dass seine Nasenspitze beinahe das Parkett berührte. „Mein Name ist gleichsam Bassewitz, Maximilian von Bassewitz. Zu Ihren Diensten, Hochwürden."

„Lassen Sie den Unsinn!" Doch sofort erinnerte er sich wieder an die Gesinnung seines Herrn, dem sein Aufbrausen bestimmt nicht gefiel. „Helena, ein Herr, der jeder Dame auf jedem Fest den Hof macht ..."

„Auch wenn ich noch nicht lange in Breslau bin, ist Herr von Bassewitz mir inzwischen hinreichend bekannt, lieber Christian." Helena lächelte ihn an. „Es bedarf deiner Fürsorge nicht."

„Erst wenn man vielen Damen den Hof gemacht hat, erkennt man den Wert der einen, die aller Ehren würdig ist", warf Bassewitz grinsend ein. Er nahm wieder Platz und drehte Güssow demonstrativ den Rücken zu. „Baronesse, würden Sie mir die Ehre erweisen, der nächsten Darbietung der Anna Grobecker an Ihrer Seite lauschen zu dürfen?"

Güssow wartete Helenas Antwort gar nicht erst ab. Sie hätte ihn kaum deutlicher abweisen können.

Er wandte sich ab und war kaum einige Schritte gegangen, als er den Grafen von Wedell auf die Sitzecke zusteuern sah. Auch das noch. Wenn Helena schon dem Charme eines Herrn von Bassewitz erlag, musste dann nicht der schillernde Graf von Wedell einen noch größeren Eindruck machen?

Ihm blieb wohl nichts anderes, als für seine Cousine zu beten.

Kapitel 38

Kurz entschlossen steuerte Ferdi auf die Sitzecke zu, wo Baronesse Helena mit Bassewitz saß. Entsprach es nicht der mindesten Höflichkeit, dass er sie wenigstens einmal zum Tanz aufforderte? Und wenn sie so unbefangen mit Bassewitz plauderte, warum sollte sie ihn dann abweisen? Vielleicht war sie beim letzten Mal nicht guter Dinge gewesen und hatte ihn deshalb so kalt behandelt.

Während er sich der Sitzecke näherte, kam ihm Herr von Güssow entgegen. Der Mann sah aus, als wäre ihm gerade die ganze Maschinenfabrik von Ruffer um die Ohren geflogen. Hatte Güssow sich etwa mit Bassewitz angelegt? Oder hatte Baronesse Helena ihm eine Abfuhr erteilt? Trotzdem würde er es noch einmal mit der Baronesse versuchen.

Als er zu den beiden trat, warf Bassewitz ihm einen Blick zu, der ihn wahrscheinlich verscheuchen sollte. Doch Ferdi grinste ihn nur frech an. Sein Freund brauchte nicht zu meinen, er habe die Baronesse gepachtet.

Ferdi wandte sich dem Mädchen zu und brachte seine beste Verbeugung in Anwendung. „Gnädigs Baronesserl, würdens mir die Ehre des nächsten Tanzes gwährn?“

Lena warf Bassewitz ein flüchtiges Lächeln zu. „Bitte entschuldigen Sie mich noch einmal einen Augenblick.“

Sollte er tatsächlich Erfolg haben? Bassewitz zog sich mit säuerlicher Miene zurück, und Ferdi bot der Baronesse seinen Arm. „Darf i bitten?“

„Herr Graf, Sie wissen, dass ich nicht ...“

„Baronesserl.“ Er versuchte ihr tief in die Augen zu sehen. „Wollens mir wirklich net die Ehre gwährn?“

„Es ist ...“ Sie wich seinem Blick aus. „Wie ich schon bei dem Ball sagte: Ich bin eine denkbar schlechte Tänzerin.“

Er spürte, dass sie wankend wurde. „I bin selbst ka guter Tänzer net, Baronesserl. Des passt doch zsamm.“

„Herr Graf, bitte seien Sie mir nicht böse, aber ...“

„Was, wenn i mir d’Frag erlauben darf, hält Sie vom Tanzen ab?“

„Ich sagte es doch: Ich tanze schlecht. Und nicht gern."

„Aber für a Ausnahm wirds do vielleicht genügen, Baronesserl. Wahrscheinlich ists heut d'letzte Gelegenheit, dass mer uns sehn. Wenn mer heut net tanzen, dann tun mer's nie."

Sie atmete tief durch. Ihr Blick irrte zu ihm, und wieder war er überrascht von der Welt widerstreitender Gefühle, die in ihren braunen Augen lagen. Diese Baronesse war ihm ein abgrundtiefes Rätsel: einerseits unnahbar wie ein Leopard, andererseits schien sie aber auch die anschmiegsame Seite eines Kätzchens in sich zu haben.

Er beugte sich zu ihr hinab und raunte ihr mit einem Lächeln zu: „Kommens, Baronesserl. I werd Ihnen nur ganz sanft auf die Fußerln treten."

Über ihr Gesicht irrte ein Lächeln, in ihre Augen trat ein warmes Leuchten, das aber sofort wieder verschwand. „Herr Graf, bitte entschuldigen Sie mich."

Also doch der Leopard. Ferdi richtete sich auf. „Bitte verzeihns, dass i mi erdreistet hab, Sie zu fragen." Die gute Preußin tanzte wohl nicht mit einem Bayern. Mochte Bassewitz sich an ihr die Zähne ausbeißen.

Es schien ihm, als wollte sie noch etwas sagen, aber dann wandte sie sich mit einer unbeschreiblich hoheitsvollen Bewegung ab.

Er sah, dass Bassewitz wieder zu ihr trat, und sie ließ es zu, dass er sie zu der samtbezogenen Sitzecke zurückführte. Dabei konnte sein Freund ein Grinsen nicht unterdrücken.

Rasch drehte Ferdi sich um. Er würde es nicht noch einmal bei Helena versuchen.

* * *

Mutius zog seine Nichte Stefanie in einen ruhigen Winkel des Saales. „Erinnerst du dich nicht mehr an das, was ich dir heute Abend gesagt habe? Du solltest dich wirklich nicht nur mit dem Grafen von Wedell beschäftigen. Du forderst sonst die Eifersucht der anderen Herren heraus!"

Sie warf ihm einen erstaunten Blick zu. „Ich habe dir doch gesagt, dass ich die Freundschaft des Grafen nicht riskieren werde – so, wie du es selbst bei unserem Debüt ..."

„Ich weiß schon." Er winkte ab. „Aber ich konnte doch nicht ahnen, dass du es gleich so übertreiben würdest! Du hast ja mit kaum einem anderen Menschen gesprochen und getanzt als mit ihm."

Über ihr Gesicht huschte ein Lächeln – ein für seinen Geschmack viel zu verliebtes Lächeln. „Er ist eben der sympathischste Mann auf diesem Fest."

Wenn ihre Schwester doch nur der gleichen Meinung wäre! Offenbar versuchte Wedell gerade, mit ihr ins Gespräch zu kommen, aber Lena schien wieder einmal so zugänglich zu sein wie ein Igel.

„Stefanie, ich bitte dich, es mit dem Grafen von Wedell nicht zu übertreiben. Es könnte leicht zu Verwicklungen führen, von denen du keine Ahnung hast."

Sie lachte. „Was soll schon geschehen. Der Graf hat doch gar kein Interesse an anderen Frauen außer mir. Und ich möchte, dass das auch so bleibt."

„Höre mir gut zu." Er packte sie am Oberarm und zog sie nah an sich heran. „Ich habe Pläne, die weitreichender sind, als du dir vorzustellen vermagst. Und ich werde sie mir nicht von dir durchkreuzen lassen. Deshalb wirst du für den Rest des Abends die Finger von Wedell lassen, verstanden?"

„Aber Onkel, wie kommst du mir vor?"

„Wenn du dich nicht fügst, kannst du meinetwegen nach Schönwalde zurückkehren." Er schielte wieder zu Wedell und Lena hinüber – genau in diesem Augenblick zog Wedell sich mit einer Verbeugung zurück. Lena hatte also wieder einmal die Stacheln ausgefahren.

„Ich glaube kaum, dass du mich so einfach nach Hause schicken wirst." Stefanie lachte ihn an. Sie schien ihn wirklich nicht ernst zu nehmen. „Sieh nur, meine Schwester hat den Grafen schon wieder abgewiesen. Das muss ich als ihre Schwester doch wiedergutmachen, nicht wahr?"

„Es sind genügend Damen hier, die ihn trösten können", zischte er. „Und genügend Herren, die sich deiner Gegenwart erfreuen würden."

„Aber ich mich nicht ihrer. Ich wünsche dir einen vergnüglichen Abend, lieber Onkel." Sie hauchte einen Kuss auf seine Wange und flatterte wie ein Schmetterling davon.

Er musste dieses Mädchen unbedingt zur Raison bringen. Und Lena gleich mit. Sonst ging sein feiner Plan gründlich schief.

Stefanie steuerte unmittelbar auf Wedell zu, der ihr schon auf halbem Wege entgegenkam. Sie hakte sich bei ihm unter und dann verließen sie den Saal durch die Tür, die zum Balkon führte.

Er sah zu Lena hinüber. Maximilian von Bassewitz führte sie gerade zu der Sitzecke zurück. Sonderbar. Seit wann hatte Bassewitz so auffallendes Interesse an Lena? Das fromme Mädchen passte doch gar nicht zu dem Salonhelden. Und warum duldete sie ihn in ihrer Nähe?

Mutius schüttelte den Kopf. Bassewitz würde wahrscheinlich nicht zu einem ernsthaften Antrag zu überreden sein, außerdem war die Familie zwar gut betucht, aber nicht reich genug für seine Ansprüche. Nein, es musste schon Wedell sein. Er würde dafür sorgen, dass Lena Gräfin von Wedell würde, allen Widerständen zum Trotz.

Kapitel 39

Bassewitz' Geplauder rauschte an Lena vorbei wie die murmelnde Wölfel während ihrer Spaziergänge im Hochwald.

Sie legte den Kopf an die Lehne und schloss die Augen. Wölfelsgrund. Der Name dieses winzigen Dorfes klang wie Musik in ihren Ohren. Damals, vor sieben Wochen, war ihre Welt noch in Ordnung gewesen. Doch dann war Wedell in ihr Leben getreten und sie fühlte, dass er es nie wieder verlassen würde.

„Gnädiges Fräulein? Fühlen Sie sich unwohl?"

Noch eine Sekunde wehrte sie sich dagegen, die Augen zu öffnen. Sie wollte noch in der rasenden Kutsche sitzen bleiben und sich von Wedell retten lassen.

Endlich sah sie Bassewitz an. „Danke, es geht mir gut." Das war eine glatte Lüge.

„Sie sehen angegriffen aus, gnädige Baronesse."

Lena wandte den Blick von ihm ab. Am liebsten hätte sie ihn gebeten, ihr von seinem Vetter Wedell zu erzählen – der eigentliche Grund, warum sie ihn überhaupt in ihrer Nähe duldete. Doch da sah sie, wie der Graf auf ihre Schwester zuging. Stefanie hakte sich bei ihm unter und schenkte ihm ein strahlendes Lächeln.

Und sie hatte ihn wieder einmal abgewiesen, hatte es wieder einmal nicht gewagt, freundlich zu ihm zu sein. Sie hätte nur *Ja* zu sagen brauchen, dann würde sie jetzt in seinen Armen über das Parkett gleiten. Doch sie fürchtete, dass sie dann endgültig die Gewalt über ihr Herz verloren hätte. Es war besser, sie blieb bei Bassewitz, der trotz seines Rufs als Salonheld angenehm unaufdringlich war.

„Baronesse?" Er beugte sich vor und sah ihr in die Augen. „Ich weiß, dass Sie das Vergnügen des Tanzes gleichsam nicht mögen. Aber wären Sie so freundlich, mit mir eine Ausnahme zu machen?"

Sie öffnete schon den Mund zu einem schroffen *Nein*, da sah sie, wie Wedell und Stefanie durch die Tür zum Balkon hinausgingen, gerade in dem Moment, als die Kapelle einen Tusch spielte. Alle Gäste, die auf dem Balkon gestanden hatten, strömten in den Saal, um sich den Tanz nicht entgehen zu lassen – nur Wedell und Stefanie nicht. Sie wechselten einige Worte miteinander, dann sah sie sie auf der Treppe, die vom Balkon in den Garten hinabführte, verschwinden.

Lena schloss wieder die Augen. Erneut schoss ihr das Bild Wedells, so wie sie ihn in Wölfelsgrund kennengelernt hatte, durch den Kopf. Warum hatte sie ihn überhaupt dort getroffen, wenn es sie nun so quälte? Warum hatte Gott es so geführt? Aber es musste ja gut so sein.

Ein Vers von Spitta kam ihr in den Sinn:

Doch Du, Herr, hast mich wohlbedacht,
hast alles recht und gut gemacht.

Sie öffnete die Augen und wollte Bassewitz gerade den Tanz ausschlagen, als sie ihren Vetter Christian von Güssow schon wieder vor sich stehen sah. Sein Bartgewirr verzog sich zu etwas, was wohl ein Lächeln sein sollte, und er krachte mit seinen Fingern, dass es klang, als würde ein riesiger Baum umfallen.

„Liebe Cousine, magst du mir diesen Walzer schenken?"

Das hatte ihr gerade noch gefehlt. Güssow mochte zwar ein Gläubiger sein, aber seine plumpe Art konnte sie einfach nicht ausstehen. „Bitte verzeih mir, Christian. Herr von Bassewitz hat mich bereits aufgefordert."

Bassewitz sprang auf und reichte ihr die Hand. „Ich danke Ihnen, gnädige Baronesse. Ich bin mir der Ehre vollauf bewusst."

Sie seufzte möglichst unhörbar. Hoffentlich hatte sie jetzt keinen Fehler gemacht. Bassewitz hatte ihr zwar bisher keine Avancen gemacht, aber wahrscheinlich hatte sie ihn durch ihre Zusage, mit ihm zu tanzen, so weit ermuntert, dass sie nun einen weiteren unerwünschten Verehrer hatte. Und der Einzige, den sie sich insgeheim an ihre Seite wünschte, weilte mit ihrer Schwester allein im Park.

* * *

Der Kies knirschte leise unter ihren Schuhen. Ferdi legte den Arm um die Taille von Baronesse Stefanie. Er fühlte sich etwas linkisch dabei, doch sie schmiegte sich enger an ihn und schenkte ihm ihr strahlendes Lächeln.

„Ich bin froh, der Hitze im Saal entflohen zu sein“, wisperte sie. „Riechen Sie, wie herrlich die Blumen duften?“

Er bemerkte viel mehr den Duft des Veilchenparfums, der ihrem Haar entstieg. Am liebsten hätte er sie fest an sich gezogen, um sie nie mehr loszulassen.

Wäre das vielleicht sogar möglich? Immerhin stand sie ihm alles andere als ablehnend gegenüber – allerdings als Graf von Wedell. Wenn er herausfinden wollte, ob sie ihn wirklich mochte, und zwar als Ferdinand Grüning, hatte er keine andere Wahl, als ihr zu offenbaren, wer er wirklich war.

Er sah zu ihr hinab und zog sie noch ein wenig enger an sich. Er würde es versuchen.

Vor ihnen kam ein Pavillon in Sicht, der vom letzten Abendschein beleuchtet war. „Wolln mer nübergehn?“

„Sehr gern. Dieser Pavillon gehört zu meinen Lieblingsplätzen.“

Ferdi führte sie hinein und nahm mit ihr auf der umlaufenden Bank Platz. „A fantastischs Platzerl. ’s könnt auch mei Lieblingsplatzerl werden.“

Sie lehnte sich an ihn und schenkte ihm ein verträumtes Lächeln. „Warum können wir nicht immer hier sitzen und die lauen Abende genießen?“

„Baronesserl …“ Er zögerte. Dann fasste er sich ein Herz und nahm ihre Hand, die in ihrem Schoß lag. Sie zuckte zusammen, doch zog sie ihre Hand nicht zurück. „Baronesserl, i würd Sie gern wiedersehn.“

* * *

Endlich kam die Villa Schwentin in Sicht. Regina richtete sich auf. Am liebsten wäre sie schon aus der noch fahrenden Kutsche gesprungen, doch ihr Mann legte ihr seine Hand auf das Bein. „Ruhig. Fahre bitte nicht wie eine Furie in die Gesellschaft.“

Sie sagte besser nichts darauf.

Endlich hielt der Wagen vor dem Portal und der Kutscher öffnete den Schlag.

Vor der Freitreppe blieb sie stehen und sah zum Portal hinauf. Ein Balkon wurde von vier Säulen getragen und aus den geöffneten Fenstern drangen die Klänge eines Walzers.

Wilhelm trat zu ihr und nahm ihren Arm. „Komm."

Sie stiegen die wenigen Stufen hinauf. In der Eingangshalle wies ein Lakai sie die geschwungene Treppe zum ersten Stock empor. Als sie oben ankamen, blieb Regina schwer atmend stehen. Was würde sie erwarten? War Ferdi wirklich hier?

Zielstrebig führte Wilhelm sie zu den geöffneten Flügeltüren, woher die schwungvollen Walzerklänge kamen. An der Schwelle blieben sie erneut stehen. Es schien sich wirklich um eine illustre Gesellschaft zu handeln. Einige Paare drehten sich auf der Tanzfläche, und Regina sah nur die ranghöchsten Persönlichkeiten der Breslauer Gesellschaft.

„Wenn Ferdi sich wirklich hier eingeschlichen haben sollte ..."

„Psst!" Ihr Mann kniff sie in den Arm. „Mutius hat uns bereits entdeckt und kommt auf uns zu."

Tatsächlich näherte sich der Mann, der noch vor wenigen Jahren ihren Bruder hatte verderben wollen. Regina musste sich mühsam bezwingen, ihm nicht einige Nettigkeiten an den Kopf zu werfen.

„Gnädige Frau, Herr von Pritzen, was verschafft uns die Ehre Ihres späten Besuches?"

Ihr Mann lächelte – viel zu freundlich für ihren Geschmack. „Wir danken für Ihre liebenswürdige Einladung. Leider war es uns schon bei dem Debüt Ihrer Nichten wegen dienstlicher Notwendigkeiten nicht möglich, Ihre Einladung anzunehmen. Meine Gemahlin ist jedoch arg von Neugier geplagt, Ihre beiden Nichten kennenzulernen. Deshalb ließ sie es sich nicht nehmen, heute trotz der vorgerückten Stunde noch zu erscheinen."

Regina revanchierte sich für seinen Kniff in ihren Arm. Wie konnte er es wagen, solch dreiste Lügen zu erzählen! „Herr von Mutius, bitte lassen Sie sich erklären ..."

„Oh, gnädige Frau, die Erklärung Ihres Mannes genügt mir vollauf. Wegen des anstehenden Kaiserbesuches gibt es im Oberpräsidium sicherlich viel zu tun?"

Wilhelm seufzte. „Leider. Sie wissen, wie es um die Finanzen der Provinz Schlesien bestellt ist."

„Umso höher rechne ich es Ihnen an, dass Sie die Mühe nicht gescheut haben. Sehen Sie" – Mutius wies mit der Hand zur Tanzfläche –, „meine ältere Nichte widmet sich gerade dem Vergnügen eines Walzers. Die Tänzerin Herrn von Bassewitz' ist Baronesse Helena."

Regina trat einen Schritt zur Seite, um in den Schatten einer Säule zu gelangen. Bassewitz musste sie nicht gleich entdecken, sonst konnte es geschehen, dass er Ferdi warnte. Sie versuchte, ihren Mann mit sich zu ziehen, doch der warf ihr nur einen Blick zu, der wohl eine Warnung sein sollte, sich nicht auffällig zu benehmen.

„Wir wollen den Tanz nicht unterbrechen", sagte er zu Mutius. „Befindet sich Ihre andere Nichte ebenfalls beim Tanz?"

„Nein, sie verließ soeben mit dem Grafen von Wedell den Saal, offenbar um im Park zu promenieren. Wenn Sie gestatten, werde ich sie sogleich rufen lassen, damit Sie sie begrüßen können."

„Bemühen Sie sich nicht unnötig, Herr von Mutius." Regina zupfte ihren Mann am Arm. „Wir werden selbst in den Park gehen und die junge Baronesse begrüßen." Da Ferdi sich offenbar nicht im Saal befand und wahrscheinlich nur schlecht tanzen konnte, lag es nahe, dass er mit einer Dame in den Park gegangen war. Dort würden sie ihn schon zu finden wissen.

Wilhelm folgte ihr auf den Balkon, von wo eine Treppe in den Park hinabführte. „Was fällt dir ein, Wilhelm, dermaßen zu lügen?"

„Blieb mir etwas anderes übrig?", zischte er. „Wolltest du Mutius etwa sagen, dass uns unser Gast abhandengekommen ist und sich vielleicht unter falschem Namen hier befindet?"

Sie schüttelte unwirsch den Kopf. Ihr Mann war einfach unbegreiflich. Er konnte doch als Christ nicht mit solchen Lügen kommen!

„Sei jetzt still, Regina. Wenn er wirklich hier im Park ist, sollten wir uns nicht schon von Weitem verraten."

„Aber ich werde bei deinen Lügenspielchen nicht weiter mitmachen!", herrschte sie ihn an.

„Sei doch vernünftig. Ich weiß schon, was ich tue. – Ist dir eigentlich der Name aufgefallen, den Mutius vorhin erwähnte?"

„Meinst du den Grafen von Wedell? Ich habe den Namen noch nie zuvor gehört."

„Ich auch nicht. Da offenbar nur die ersten Bürger der Stadt eingeladen sind, wundere ich mich, dass ein Name dabei ist, der mir unbekannt ist."

Plötzlich blieb Regina stehen und hielt auch ihren Mann fest. „Schau! Dort in dem Pavillon!"

Die Dämmerung war tief herabgesunken und wob geheimnisvolle Schatten zwischen den Bäumen des Parks, aber ein Pavillon, der auf einer freien Wiese stand, wurde noch vom letzten Abendschimmer beleuchtet. Dort standen zwei Personen, ein Herr und eine Dame.

„Wenn das nicht Ferdi ist!", flüsterte sie.

Sie spürte, wie ihr Mann alle Muskeln anspannte. „Er scheint mit der Dame sehr vertraut zu sein", keuchte er. „Sieh nur, wie nahe er vor ihr steht!"

„Und jetzt! Wilhelm! Er küsst sie!" Sie wollte losstürmen, aber ihre Beine versagten ihr den Dienst. Ihre schlimmsten Befürchtungen wurden noch übertroffen.

Kapitel 40

Gespannt sah Ferdi die Baronesse an.

Stefanie kicherte leise. „Wenn Sie mich wiedersehen wollen, werde ich Ihnen keine Steine in den Weg legen."

Sein Herz begann zu rasen und jagte eine Hitzewelle nach der anderen durch seinen Körper. „'s wird nur net mehr offiziell gehen. I muss scho in a paar Tag zurück nach Bayern."

„Das ist unangenehm. Aber ich glaube nicht, dass mein Onkel und meine Tante Sie abweisen werden, wenn Sie mir Ihre Aufwartung machen wollen."

Er schüttelte den Kopf. Er musste sie allein treffen, ohne dass jemand davon wusste, denn sonst war immer eine Anstandsdame zugegen. Was er Stefanie zu sagen hatte, war aber nicht für die Ohren eines Dritten bestimmt. „Meinens net, Baronesserl, mia könnten uns abseits vom gsellschaftlichen Zwang treffen?"

Ihre Augen wurden kugelrund. „Sie wollen mich – heimlich treffen?" Das schien selbst der unkonventionellen Stefanie eine Ungeheuerlichkeit zu sein.

„Sonst wird uns kaum a Gelegenheit geboten, uns ungstört zu unterhalten. Und, Baronesserl, i hab Ihnen ebbas Wichtigs zu sagen." Er atmete tief durch. Wie würde sie reagieren, wenn er ihr seine Herkunft gestand? Würde sie sich angeekelt von ihm, dem Schwindler, abwenden? Oder war ihre Zuneigung echte Liebe, die ihm verzieh und über alle Standesgrenzen hinweg zu ihm stand?

„Aber, Herr Graf, es ist doch unanständig, wenn wir uns heimlich treffen. Denken Sie nur, es würde uns jemand sehen. Der Skandal wäre ungeheuerlich."

Einen Skandal würde es ohnehin geben, wenn er sich als Ferdi Grüning zu erkennen gab.

„Ist es denn völlig unmöglich, das, was Sie mir zu sagen haben, bei einer Aufwartung zu sagen?"

„Ja, des is scho so. I bitt schön, Baronesserl, wollens mia net diesen einen Wunsch gwährn?"

Sie zog mit ihrer freien Hand an ihrer Halskette. „Ich möchte schon gerne. Ich freue mich doch sehr, Sie wiederzusehen. Aber ich fürchte um meinen Ruf. Wollen Sie nicht lieber den offiziellen Weg gehen?"

Er ließ ihre Hand los und sprang auf. Natürlich. Aus seinen Worten, ihr etwas Wichtiges sagen zu müssen, hatte sie geschlossen, dass er um ihre Hand anhalten wollte – was sollte sie auch anderes denken? Dann wäre es allerdings schicklich, zuerst bei ihrem Onkel oder bei ihren Eltern anzufragen. Aber bevor er an diesen Weg überhaupt nur denken konnte, musste sie die Wahrheit über seine Identität erfahren.

„Baronesserl, bitte bedenkens, dass i, um den offiziellen Weg zu gehn, zuerst nach Bayern reisen müsst. Sie wissen scho, wegen mei Eltern. Bevor i diese Reise antret, hätt i Ihnen ebbas zu sagen."

Fasziniert beobachtete er, wie ihr die Röte in die Wangen stieg. Ihre Augen glänzten, als sie zu ihm aufsah. „Herr Graf, ich bin überwältigt, dass Sie wirklich die Absicht haben ..." Sie brach ab.

Er streckte ihr seine beiden Hände entgegen und zog sie zu sich empor. „Also wollens si wirklich mit mia treffn?"

„Können Sie mir denn nicht heute sagen, was so ungemein wichtig ist?"

„Hier, wo mer jederzeit gstört werden können? Naa, Baronesserl, des geht net." Er zog sie näher zu sich heran und sah ihr tief in die Augen, die in der Abenddämmerung wie Sterne schimmerten. „Fürchtens sich vor mir?"

Sie lehnte sich an seine Brust und umklammerte seine Finger. „Aber nein, Herr Graf. Ich vertraue Ihnen. Bestimmen Sie Ort und Zeit, ich werde kommen."

Ferdi beugte sich so tief zu ihr hinab, dass sich ihre Nasenspitzen berührten. „Baronesserl ..." Ehe er weiter darüber nachdenken konnte, presste er seine Lippen auf die ihren. Oder war sie ihm entgegengekommen?

Um ihn herum versank der Park, die Soiree, sein ganzes Leben in einem Taumel des Glücks. Er hielt Stefanie in seinen Armen – Baronesse Stefanie von Hohenau! Und er wusste, dass er alles dafür tun würde, sie zu seiner Frau zu machen.

Urplötzlich riss sie sich von ihm los und blieb schwer atmend vor ihm stehen. „Es kommt jemand", hauchte sie.

Ferdi hatte das Gefühl, zu einer Eissäule zu erstarren. Tatsächlich hörte er Schritte hinter sich. Langsam drehte er sich um. Aus dem Schatten der Bäume lösten sich zwei Gestalten, die gemessenen Schrittes näherkamen.

„Bitte, die Herrschaften mögen die Störung verzeihen ..."

Schon wieder diese Stimme! Alles Blut schoss ihm zum Herzen, seine Nackenhaare sträubten sich. Das war Wilhelm von Pritzen – und die Frau an seiner Seite war niemand anderes als Regina.

* * *

Lisa ließ sich von ihrem Mann enger in ihre Decke wickeln und lehnte den Kopf an seine Schulter. Er legte den Arm um sie, wodurch sie vor dem grauenhaften Schaukeln der Kutsche wenigstens einigermaßen geschützt war, und sie dankte ihm mit einem Lächeln, obwohl er das in der Dunkelheit wahrscheinlich kaum sehen konnte.

„Wie weit ist es noch, Ludwig?" Sie erschrak selbst über ihre schwache Stimme, die das Poltern des Wagens kaum übertönte.

„Wir haben bald die Hälfte des Weges hinter uns. Ich hoffe, dass wir im ersten Morgenlicht das Forsthaus vor uns sehen."

Sie hoffte, dass sie das Forsthaus überhaupt noch sehen würde. Sie hatte zwar damit gerechnet, dass die mörderische Reise sie anstrengen würde, aber die Wirklichkeit übertraf ihre Vorstellung bei Weitem.

Ein Hustenanfall schnürte ihr die Brust zusammen. Ihr Kopf drohte zu zerplatzen und sie hatte das Gefühl, sie würde sich die Lunge aus dem Leib husten. Sie konnte sich nicht erinnern, jemals einen solch heftigen Hustenanfall erlitten zu haben.

„Lisa!" Ludwigs Stimme klang, als würde er gewürgt. Er hämmerte mit der Faust gegen das Fenster zum Kutscher. „Anhalten!", brüllte er.

Das Schaukeln der Kutsche hörte auf, während sie sich zusammenkrümmte. Der Schweiß platzte ihr aus allen Poren.

Endlich ließ der Anfall nach. Ludwig schlang beide Arme um sie und streichelte ihren Kopf. „Lisa, so schlimm war es ja noch nie!"

Sie schüttelte nur den Kopf, reden konnte sie nicht.

„Wir werden sofort nach Breslau zurückkehren. In der Stadt hast du wenigstens eine erstklassige medizinische Versorgung."

Diese Worte gaben ihr die Sprache wieder. „Nein!“ Ihre Stimme klang kratzig wie eine rostige Trompete. „Ich muss ins Forsthaus!“

„Aber doch nicht in diesem Zustand, Lisa! Du wirst dir den Tod holen!“

Ludwig durfte jetzt nicht umkehren lassen. Sonst war alle Anstrengung umsonst. „Bitte, Ludwig. Nicht umkehren.“ Sie keuchte noch immer atemlos. „Du hast mir versprochen, mich ins Forsthaus zu bringen.“

„Aber doch nicht um den Preis deines Lebens! Sei doch vernünftig, Lisa. Wir werden nach Wölfelsgrund fahren, sobald es dir besser geht.“

Sie schmiegte sich an ihn und genoss es, dass seine Hand durch ihr ohnehin schon zerzaustes Haar fuhr. „Es wird mir nicht mehr besser gehen. Ich fühle, dass mein Leben nur noch nach Stunden zählt. Wenn du mich jetzt nicht ins Forsthaus bringst, werde ich nie mehr dort ankommen – und meine letzte Aufgabe bleibt unerfüllt.“

„Lisa!“ Er schrie es heraus und der Schrei hallte tausendfach in ihrem Kopf wider.

„Es ist die Wahrheit, Ludwig. Selbst wenn du mich nach Breslau zurückbringst, wird mein Leben nicht länger dauern. Und ich will im Forsthaus sterben.“

Sie spürte, wie er in sich zusammensackte. „Ich hätte niemals meine Einwilligung zu dieser Reise geben dürfen.“

„Doch. Sie hat einen Sinn. Ich glaube, ich weiß, warum Gott mich so früh aus dem Leben nimmt. Ferdi wird mir in den Hochwald folgen und mein Tod wird ihn auf den rechten Weg zurückbringen.“

„Deshalb also wolltest du unbedingt nach Wölfelsgrund? Du setzt dein Leben ein für deinen Bruder?“

Sie nickte. „Wir sind doch schuldig – *schuldig*, Ludwig! –, das Leben für die Brüder hinzugeben.“

Ludwig nahm ihre Hand und drückte sie fest. „Lisa“, seine Stimme klang, als würde sie in einer Flut von Tränen erstickt, „du bist die tapferste und heldenhafteste Frau, die ich je erlebt habe.“

„Was ist denn mein Leben noch? Höchstens einige Tage, bestenfalls ein paar Wochen.“

Er zog ihre Hand an die Lippen. „Für mich ist es unendlich wertvoll. Aber wenn du dem Vorbild deines Meisters folgen willst, werde ich dich jedenfalls unterstützen."

Diese Worte gaben ihr neue Kraft. „Bitte lass uns weiterfahren, Ludwig. Ich möchte nicht zu spät kommen."

Ludwig gab den entsprechenden Befehl, dann sank er mit einem tiefen Seufzer ins Polster zurück.

„Ludwig, strengt dich die Reise sehr an?"

„Frage nicht danach. Ich werde alle meine Kräfte einsetzen, um deinen Wunsch zu erfüllen."

Sie zog seinen Kopf zu sich herab und legte ihre Hände an seine Wangen. „Du brauchst mir nichts vorzuspielen, ich merke es doch."

Sie hätte daran denken müssen, dass die überstürzte Reise zusammen mit der Belastung durch ihren Zustand auch an seiner Gesundheit nagte. Hoffentlich schadete sie nicht auch noch ihm dadurch.

Plötzlich spürte sie etwas Feuchtes zwischen ihren Fingern. „Ludwig?"

„Ich will dich nicht verlieren, meine Prinzessin", brach es aus ihm heraus.

Seine Tränen erschütterten sie. Er ließ seinen Gefühlen selten freien Lauf.

„Es wird das Schwerste für mich sein, dich zu verlieren", sagte er gepresst.

Sie nickte. Wenn sie auch wusste, dass der Tod nur ein Tor zur himmlischen Herrlichkeit war, fürchtete sie doch den Augenblick des Abschieds.

Kapitel 41

Regina wollte sich vom Arm ihres Mannes lösen, doch er hielt sie unbarmherzig fest. „Überlass die Angelegenheit mir!“, zischte er.

Die beiden Gestalten im Pavillon lösten sich voneinander, dann drehte Ferdi sich zu ihnen um. Der Schreck schien ihm in alle Glieder gefahren zu sein, denn er starrte ihnen bewegungslos entgegen.

Ihr Mann gab nun endlich ihren Arm frei und trat rasch einige Schritte vor. „Bitte, die Herrschaften mögen die Störung verzeihen ...“

Das Mädchen lächelte sie verbindlich an. „Entschuldigen Sie, mit wem habe ich die Ehre?“

Wilhelm verbeugte sich. „Ministerialdirigent von Pritzen. Meine Gattin. Habe ich die Ehre mit der Baronesse von Hohenau?“

Das Mädchen knickste. „Baronesse Stefanie von Hohenau. Mein Begleiter, Graf von Wedell.“

Graf von Wedell. Regina glaubte, der Pavillon müsse über dem schnöden Schwindler zusammenbrechen. Sie raffte ihre Röcke, um auf Ferdi zuzustürmen, doch Wilhelm trat ihr in den Weg. „Ich bitte nochmals um Verzeihung, gnädige Baronesse, Herr Graf.“

Hatte ihr Mann wirklich *Herr Graf* gesagt? Er redete ihn tatsächlich mit diesem falschen Titel an? „Wilhelm, lass mich ...“

Mit einer unwirschen Handbewegung schnitt er ihr das Wort ab. „Bitte entschuldigen Sie die Aufregung meiner Gattin. Leider sehen wir uns gezwungen, Sie zu stören.“

„Ich freue mich, Sie kennenzulernen, Herr von Pritzen. Und auch Sie, gnädige Frau.“ Die Baronesse knickste wieder. „Meine Tante erzählte mir von Ihnen, dass Sie die rechte Hand Seiner Exzellenz des Oberpräsidenten seien.“

Wilhelm verbeugte sich erneut. „Es ehrt mich, dass mein Name schon bis zu Ihren Ohren vorgedrungen ist.“

„Bitte ...“ Regina versuchte ihren Mann beiseitezuschieben. Sie verstand nicht, warum er sich in so salbungsvollen Reden erging. Außer der Baronesse war niemand zugegen, also konnten sie Ferdi auch ohne sonderliche Rücksichten mitnehmen.

„Meine Gattin ist ein wenig echauffiert." Wilhelms Worte brachten sie beinahe zum Platzen. „Herr Graf, leider müssen wir Ihnen mitteilen, dass es der Frau Gräfin sehr schlecht geht. Wir fürchten um ihr Leben."

„Lisa?" Ferdi stützte sich an einer Säule ab und ließ den Kopf hängen.

Ja, deiner Schwester!, wollte Regina dazwischen schreien, doch ihr Mann kam ihr zuvor.

„Sehr wohl, der Frau Gräfin", wiederholte er betont langsam.

„Sie haben Verwandtschaft hier in Breslau?", fragte die Baronesse. „Ich dachte, Sie kennten nur Herrn von Bassewitz."

Regina schüttelte den Kopf. Sie hatte das Gefühl, als wäre sie in einer schlechten Theateraufführung. War das wirklich Ferdi, der da vor ihr stand? Und ihr Mann, der sich nicht scheute, die Posse dieses Bengels mitzuspielen?

Ferdi trat einige Schritte auf sie zu. „Ist es – ists so schlimm, dass i die Soiree unmittelbar verlassen muss?"

Am liebsten hätte Regina ihm ins Gesicht geschrien: *Deine Schwester stirbt!*, aber ihr Mann entwickelte eine erstaunliche Gewandtheit, ihr zuvorzukommen. „Ich bedaure außerordentlich, Ihnen diese traurige Nachricht überbringen zu müssen. Aber die Frau Gräfin bat ausdrücklich darum, Sie sofort holen zu lassen, weil sie fürchtet, Sie sonst nicht noch einmal zu sehen."

„So schlimm?", flüsterte Ferdi.

„Schlimmer." Wilhelm wandte sich an die Baronesse. „Bitte pardonieren Sie uns. Ich habe Ihrem Onkel, Herrn von Mutius, gegenüber vorgegeben, Sie kennenlernen zu wollen. Wir wollten das Fest nicht durch eine traurige Nachricht trüben."

„Sie sind sehr rücksichtsvoll, Herr von Pritzen, ich danke Ihnen." Die Baronesse streckte ihm die Hand entgegen. „Leider entführen Sie mir meinen treuesten Verehrer."

„Herr von Pritzen." Als Ferdi ihren Mann so anredete, durchfuhr Regina ein Schauer. Was für eine Komödie! Oder vielmehr eine Tragödie. „Bitte erlaubens mir, mich von der Baronesse zu verabschieden."

Das war der Gipfel der Unverfrorenheit. „Wilhelm ..."

„Schon gut, Regina. Ich weiß um deine Eile. Aber die wenigen

Minuten werden wir erübrigen können. Baronesse, gibt es einen Ausgang aus dem Park, der direkt zur Straße führt? Ich möchte nicht noch einmal den Saal durchqueren."

„Ich danke Ihnen für Ihre Rücksichtnahme." Die Baronesse wies ihm den Weg, während Regina wie versteinert dastand.

Was ihr Mann gerade tat, war ungeheuerlich. Enttäuschung und Wut schnürten ihr die Kehle zu.

* * *

Ferdi sah seinen Gasteltern so lange nach, bis sie in der Dunkelheit verschwanden. Dann trat er zu Stefanie. „Baronesserl, bitte verzeihns mir ..."

„Herr Graf, bitte erlauben Sie mir, dass ich mich wundere." Ihre Stimme klang etwas zu schnippisch für seinen Geschmack. „Ich glaubte, Herr von Bassewitz sei der einzige Mensch, den Sie in Breslau kennen."

„Für Breslau ist des durchaus korrekt." Ferdi hasste sich selbst dafür, dass er wieder neue Lügengeschichten erfinden musste. „In Trebnitz wohnt a ledige Tant von mir."

„Eine Komtesse von Wedell?"

„Naa, sie ist a Tant mütterlicherseits. Sie leidet scho lang an der Schwindsucht. Ihr Zustand hat si offenbar so sehr verschlechtert, dass Herr von Pritzen meinte, mi rufen zu müssen." Langsam verließ er mit ihr den Pavillon und ging auf das Haus zu.

„Und darf ich auch erfahren, woher Sie bitte Herrn von Pritzen kennen?"

Er seufzte. Eigentlich wollte er mit Stefanie ein Wiedersehen vereinbaren und sich nicht rechtfertigen. Die Störung durch seine Gasteltern hätte nicht ungünstiger kommen können, obwohl er Pritzen andererseits dankbar sein musste, dass er so rücksichtsvoll vorgegangen war. Regina hatte offenbar vorgehabt, ihn vor der Baronesse zu entlarven.

„Baronesserl, i kenn Herrn von Pritzen nur flüchtig. I weiß nur, dass er mit meiner Tant bekannt ist. Wärens so freundlich, Herrn von Bassewitz zu sagen, dass i zu meiner Tante Gräfin Lisa grufen worden bin?"

Sie nickte nur.

„'s tut mir außerordentlich leid, dass i Sie jetzt verlassen muss." Er blieb stehen und drehte sie an den Schultern zu sich herum. „Bitte sagens, könn mia uns wiedersehn?"

„Es ist also völlig ausgeschlossen, dass Sie noch verharren? Sie müssen wirklich unmittelbar fort?"

Er nickte. Er hoffte zwar, dass seine Gasteltern die Krankheit seiner Schwester nur als Vorwand gebraucht hatten, um ihn hier wegzuholen, aber als er eben fortgegangen war, befand Lisa sich ja bereits in schlechter Verfassung. Und wenn Lisa ihn rufen ließ, weil sie glaubte, dass es mit ihr zu Ende ging, dann würde selbst Baronesse Stefanie ihn nicht halten.

„'s gibt leider kein andern Weg." Er überlegte schnell, wann er sich mit Stefanie treffen konnte, ohne an der Universität zu viel zu versäumen. „Am Mittwoch um fünf Uhr am Nachmittag, Baronesserl? An der Ziegelbastion?"

Stefanie senkte den Kopf und schien angestrengt nachzudenken. Unwillkürlich faltete Ferdi die Hände und betete, dass sie ihn nicht abweisen möge.

„Baronesserl, wenn mer uns nächste Woche net treffen, dann werden mer uns wahrscheinlich nimmer wiedersehn."

Ruckartig hob sie den Kopf. „Sie werden abreisen und niemals wiederkommen?"

Es tat ihm selbst leid, sie unter Druck setzen zu müssen. Aber wahrscheinlich war es die einzige Möglichkeit, noch einmal mit ihr zu sprechen und ihr sein Geheimnis zu offenbaren. Was dann geschah, lag in ihrer – und in Gottes Hand.

„Leider hab i keine andre Wahl. Bitte, Baronesserl, gebens mir dies Funkerl Hoffnung."

„Gut, ich will das Wagnis eingehen, auch wenn mein Ruf dadurch Schaden nehmen kann. Ich hoffe, dass wir an der Ziegelbastion unbeobachtet bleiben."

„I dank Ihnen." Er nahm ihre Hand und drückte sie so fest, dass ihr ein leiser Wehlaut entfuhr. „Mia werden bstimmt niemanden dort treffen, zumindest niemanden aus der Gsellschaft, der uns kennen könnt. Schließlich sind wir beide noch net lang in der Stadt."

Am liebsten hätte er sie noch einmal in seine Arme gerissen, aber er wagte es nicht. Dass er gerade jetzt die Soiree verlassen und Stefanies berauschende Gegenwart gegen die Vorwürfe seiner Gasteltern eintauschen musste!

„Herr Graf, ich ..." Sie zögerte. „Ich hätte mir unser Wiedersehen anders gewünscht. Aber – ich freue mich, erneut mit Ihnen zusammenzutreffen."

„Baronesserl, Sie machen mi zum glücklichsten Menschen auf Erden. Und nun lebens wohl – für heut!"

Er wollte ihre Hand freigeben, doch sie klammerte sich an ihm fest. „Ich wollte, Sie müssten nicht gehen."

Das Gleiche wünschte er sich mindestens so sehnlich wie sie.

Endlich ließ sie seine Hand los. „Bis Mittwoch, Herr Graf."

Er verbeugte sich. „Servus, Baronesserl." Damit verließ er den Park.

* * *

Mutius zog seinen Schwager Schwentin mit sich auf den Balkon, wo sie einen guten Blick in den Park hatten. „Ich halte es für eine große Ehre, dass die rechte Hand Seiner Exzellenz des Oberpräsidenten hier erschienen ist, um unsere Nichten kennenzulernen. Obwohl ich die ganze Schleinitz-Sippe nicht ausstehen mag."

Schwentin klemmte seinen Zwicker auf die Nase. „Sehe ich recht? Dort gehen sie doch zu dem Pavillon, wo – sollte das Wedell sein? Mit Stefanie?"

„Fürwahr, Schwager, du hast selbst in der Dämmerung scharfe Augen." Mutius presste die Lippen aufeinander. Dieses Stelldichein im Park passte gar nicht in seine Pläne. Vor allem gefiel ihm nicht, dass die beiden nun von Pritzens angetroffen wurden.

„Was Pritzens bloß mit ihnen zu reden haben? Mir scheint, als wäre Frau von Pritzen etwas echauffiert, jedenfalls dünkt mich, dass sie anderer Meinung als ihr Gatte ist."

Mutius zündete sich ein Zigarillo an. Pritzen sprach nun sehr angelegentlich mit Wedell. Irgendetwas schien tatsächlich nicht zu stimmen.

„Ich finde es ohnehin merkwürdig, dass der Ministerialdirigent, der doch sonst nichts mit uns zu tun haben will, plötzlich zu unserer

Soiree erscheint." Schwentin lehnte sich auf die Balustrade. „Dass sie die Mädchen kennenlernen wollen, war augenscheinlich nur ein Vorwand."

„Ich frage mich vielmehr, welche Verbindung Pritzen zu Wedell hat. Ich dachte, Bassewitz wäre der Einzige, den Wedell in Breslau kennt."

„Ich habe dir doch immer gesagt, dass mir dieser Graf nicht ganz geheuer ist."

Mutius nahm einen tiefen Zug und stieß den Rauch durch die Zähne. „Du siehst viel zu schwarz. Schau, jetzt geht Pritzen mit seiner Frau davon, während Wedell noch weiter mit Stefanie spricht."

„Ich möchte wirklich wissen, was dort vor sich geht." Schwentin nahm seinen Zwicker ab, putzte ihn mit seiner Weste und klemmte ihn wieder auf die Nase. „Irgendetwas ist dort nicht so, wie es sein sollte. Du solltest dem Grafen gegenüber äußerst vorsichtig sein, dein Leichtsinn ist hier nicht mehr am Platze."

„Wer nicht wagt, der nicht gewinnt." Mutius tippte auf sein Zigarillo und starrte in die immer dichter werdende Dunkelheit. Nur noch schemenhaft konnte er die beiden Gestalten vor dem Pavillon erkennen. „Vielleicht ist der Graf ja sogar ein geheimer Abgesandter des bayerischen Königs, der politische Geschäfte mit unserem Oberpräsidenten zu verhandeln hat."

Schwentins Antwort bestand nur aus einem Grunzen.

Jetzt kamen der Graf und Stefanie auf das Haus zugeschritten, aber nur Stefanie stieg die Treppe zum Balkon herauf. Wedell ging am Haus vorbei, dorthin, wo auch Pritzen und seine Frau auf einem schmalen Weg, der zur Straße führte, verschwunden waren.

Irgendetwas war geschehen, weshalb der Graf das Fest vorzeitig und ohne sich zu verabschieden verließ. Damit war alle Hoffnung, ihn heute doch noch mit Lena zusammenzubringen, dahin. Und wahrscheinlich würde sich auch keine Gelegenheit mehr bieten, da der Graf vermutlich in Kürze abreisen würde – es sei denn, er würde den Grafen gleich morgen aufsuchen und eine Verheiratung mit Lena forcieren.

Mutius warf sein Zigarillo auf die Erde und zerstampfte es unter seinem Lackschuh.

Kapitel 42

Lena war heilfroh, dass der Walzer endlich zu Ende war. Sie hatte viel zu lange mit Herrn von Bassewitz getanzt, aus dem einen Walzer waren drei geworden. Immer wieder hatte er sie überredet, und sie hatte mit einem Blick auf Christian von Güssow, der am Rande der Tanzfläche auf sie zu lauern schien, zugestimmt.

„Baronesse?" Bassewitz wollte sie anscheinend immer noch nicht aus seinen Armen entlassen.

„Es ist genug, Herr von Bassewitz. Ich benötige frische Luft."

„Ich begleite Sie gern hinaus in den Park, Baronesse."

Sie warf einen Blick zu der Stelle, wo Güssow gestanden hatte. Er war verschwunden. Wahrscheinlich hatte er eingesehen, dass es nutzlos war, auf sie zu warten. „Ich danke. Ich freue mich, die Kühle der Nacht allein zu genießen."

Bassewitz trat mit einer Verbeugung zurück und sie war ihm dankbar dafür. Er drängte ihr seine Gesellschaft nicht ununterbrochen auf, obwohl sie das Gefühl hatte, heute Abend viel zu viel mit ihm zusammen gewesen zu sein. Hoffentlich hatte sie damit keine Hoffnung in ihm geweckt, die sie nicht erfüllen konnte und wollte.

Sie raffte ihre Röcke und ging durch den Saal zur Glastür, die auf den Balkon hinausführte. Gerade wollte sie hinaustreten, als sie ihre beiden Onkel dort stehen sah. Am liebsten wäre sie sofort umgekehrt, doch Onkel Mutius hatte sie bereits entdeckt.

„Komm nur heraus, Lena, die Nachtluft ist fantastisch."

Im selben Augenblick kam Stefanie die Treppe aus dem Park herauf. Ihr Anblick veranlasste sie, doch nicht umzukehren, sondern auf den Balkon hinauszutreten. Das Gesicht ihrer Schwester glühte förmlich.

Lena machte einen Schritt auf sie zu. „Stefanie? Was ist mit dir geschehen?"

Stefanie trat an die Brüstung und zog ihr Zigarettenetui aus ihrem Pompadour. „Er ist fort."

„Stefanie, doch nicht hier!" Onkel Mutius wollte ihr die Zigaretten wegnehmen, doch sie entwand sich ihm und zündete sich mit zitternden Fingern eine Zigarette an.

„Hier sieht mich gewiss keiner." Hastig sog Stefanie den Qualm ein und klopfte dann unaufhörlich auf die Zigarette.

Lena trat zu ihr und legte den Arm um sie. „Wer ist fort?"

„Was für eine Frage! *Er!* Wedell!"

Mutius starrte Stefanie an. „Wedell ist also wirklich fort? Warum das?"

Sie zog erneut an der Zigarette. „Herr und Frau von Pritzen kamen, um ihm zu sagen, dass seine Tante schwer erkrankt sei, deshalb musste er sofort gehen."

„Seine Tante? Höre ich recht?" Jetzt mischte sich auch Onkel Schwentin ein. „Er hat doch außer Bassewitz niemanden hier. Und woher kennt Pritzen ihn überhaupt?"

„Sie schienen sich nicht näher zu kennen." Stefanie klopfte auf die Zigarette, dass die Funken stoben. „Jedenfalls ließ Wedell sich von mir vorstellen. Herr von Pritzen ist wohl mit Wedells Tante bekannt."

„So so." Schwentin nahm seinen Zwicker ab. „Die Sache wird immer dubioser. Plötzlich hat Wedell doch noch eine Verwandte hier, Herr von Pritzen weiß rein zufällig, wo er ihn zu suchen hat – dabei haben Pritzens angegeben, dass sie gekommen seien, um unsere Nichten kennenzulernen. Das hat er doch gesagt, nicht wahr, Mutius?"

„Ja. Ich gebe zu, dass auch ich einigermaßen stutzig bin."

„Herr von Pritzen hat es mir erklärt." Stefanie stellte eine Rauchwolke in die klare Nachtluft. „Er wollte jede Aufregung vermeiden und die Soiree nicht stören. Deshalb gab er bei dir, Onkel, diesen Grund an. Ich meine, das ist sehr rücksichtsvoll von ihm."

„Faule Ausrede", knurrte Schwentin.

„Mitnichten." Mutius zog an seinem Ohrläppchen. „Es ist immerhin möglich, dass alles der Wahrheit entspricht. Ich meine auch, dass Herr von Pritzen sich äußerst rücksichtsvoll verhalten hat."

Lena seufzte und lehnte sich gegen die Brüstung. Die Diskussion langweilte sie. In ihrem Kopf hallten nur die Worte wider, dass Wedell das Fest verlassen hatte. Würde sie ihn noch einmal wiedersehen? Oder würde er in Kürze nach Bayern zurückkehren und nur sein Bild in ihrem Herzen zurücklassen?

Unwirsch warf sie den Kopf zurück. Sie musste ihn vergessen. Sie hatte ihn oft genug zurückgewiesen, dass er wohl jegliches Interesse an ihr verloren hatte. Und dass er mit Stefanie allein im Park gewesen war, schien genau das zu bestätigen.

Stefanie schnippte ihre Zigarette über die Balustrade. „Jedenfalls ist es mehr als ärgerlich, dass er die Soiree so zeitig verlassen musste."

Vielleicht war es auch besser so. Lena löste sich langsam von der Brüstung und ging zur Tür, die in den Saal führte. Sie würde sich ebenfalls von dem Fest zurückziehen. Dann würde ihr Vetter ihr keine weiteren Avancen machen können, und sie würde auch Bassewitz keine falschen Hoffnungen machen. Wenn nur ihre Onkel sie ohne Fragen gehen ließen.

Die stickige Hitze im Saal traf Lena wie ein Faustschlag an den Kopf. Das Klimpern des Klaviers und der Diskant der Anna Grobecker gellten in ihren Ohren. Das schmachtende Schubert-Lied *Leise flehen meine Lieder, Liebchen, durch die Nacht zu dir* schien ihren Gefühlen Hohn zu schreien. Eilig versuchte sie den Raum zu durchqueren, doch plötzlich fühlte sie sich am Oberarm gefasst.

„Wohin so schnellen Schrittes?" Mutius. Ihr Onkel musste sie wieder einmal verfolgen.

„Ich werde mich zurückziehen."

„Das wirst du nicht tun", zischte er.

Sie entwand sich seinem Griff und lief weiter, bis sie die große Flügeltür hinter sich hatte. Im Korridor klangen die Töne nur noch gedämpft, trotzdem drangen ihr die Worte des Liedes bis ins Herz.

Hörst die Nachtigallen schlagen,
ach, sie flehen dich.
Mit der Töne süßen Klagen
flehen sie für mich.

Mitten in diesen Liebesschmerz hinein tönte Mutius' barsche Stimme: „Du kannst doch nicht zum zweiten Mal das Fest frühzeitig verlassen! Nur weil der Graf von Wedell sich bereits entfernt hat!"

Abrupt blieb sie stehen. „Der Graf ist mir völlig gleichgültig." Die Lüge wollte ihr kaum über die Lippen. Aber sie konnte ihm doch nicht die Wahrheit sagen!

„Ich will aber nicht, dass er dir gleichgültig ist! Ich werde dafür sorgen, dass du noch einmal mit ihm zusammenkommst, und dann wirst du ihn nicht mehr so kalt behandeln, hast du mich verstanden?“

„Genügt es dir nicht, wenn Stefanie in den Grafen vernarrt ist? Willst du einen Eifersuchtskampf zwischen uns heraufbeschwören?“

„Bist du denn blind, Lena? Du hättest Wedell längst erobert, wenn du ihn nicht ständig abgewiesen hättest. Er vergnügt sich nur mit Stefanie, weil du ihn immer wieder abweist.“

Lena ließ den Kopf hängen. Hatte ihr Onkel recht? Wenn Wedell sich wirklich nur für Stefanie interessierte, hätte er dann immer wieder versucht, sich ihr, Lena, zu nähern?

Sie verstehn des Herzens Sehnen,
kennen Liebesschmerz,
rühren mit den Silbertönen
jedes weiche Herz,

schmachtete Anna Grobecker im Saal.

Am liebsten wäre Lena in Tränen ausgebrochen. Hatte sie wirklich alles falsch gemacht? Könnte sie jetzt an Wedells Seite sein? Aber was wäre dann mit ihrer Schwester? Sie konnte doch nicht zulassen, dass sie sich wegen eines Mannes entzweiten!

Unvermittelt packte ihr Onkel sie am Arm. „Du liebst ihn, nicht wahr?“

„Lass mich los!“, fauchte sie.

„Oder warum sonst willst du plötzlich das Fest verlassen, kaum dass er gegangen ist?“

Sie wand sich unter seinem Griff, aber er packte nur umso fester zu.

„Du kannst es ruhig zugeben, Lena. Ich sehe es dir doch an der Nasenspitze an. Und ich habe durchaus Möglichkeiten, dich mit ihm zusammenzubringen. Du musst mir nur vertrauen.“

„Dir vertrauen!“ Sie spie die Worte beinahe aus. „Ich will diesen Grafen von Wedell niemals wiedersehen. Und ich werde ihn auch nie wiedersehen, da er ohnehin in Kürze wieder abzureisen gedenkt.“

„Wenn ich es will, wirst du ihn wiedersehen. Gleich morgen werde ich zu ihm gehen und alles arrangieren. Ich will, dass du diesen

Mann heiratest, Lena. Und tust du es nicht freiwillig – ich habe Mittel, dich zu zwingen."

Sie sah in sein Gesicht, aus dem seine Augen sie anfunkelten. „Wenn du mich nicht augenblicklich los- und in meine Gemächer gehen lässt, reise ich noch in dieser Nacht nach Schönwalde zurück. Dann will ich sehen, mit welchen Mitteln du mich zwingen willst."

Ein abstoßendes Lächeln zuckte um seine Mundwinkel. „Ich glaube nicht, dass du diese Mittel wirklich kennenlernen willst. Füge dich mir freiwillig ..."

„Nein!"

„... sonst mache ich meine Drohung wahr." Er legte eine Kunstpause ein. „Das dunkle Geheimnis, das dich umgibt, wird dich mir schon gefügig machen."

„Was willst du damit sagen?"

„Genau das, was du gehört hast: Ich kenne das Geheimnis, das sich um deine Person rankt, und es gibt dich in meine Hand. Wenn du dich nicht freiwillig meinem Willen fügst, werde ich von meinem Wissen Gebrauch machen." Er ließ ihren Arm los und ließ sie stehen.

Wie Hohn drang die Musik aus dem Saal an ihre Ohren. Was wusste ihr Onkel? Beinahe wäre sie ihm nachgestürzt, aber er würde ihr doch nicht mehr sagen als gut für ihn war.

Sollte es bei diesem dubiosen Familiengeheimnis tatsächlich um *sie* gehen? Und wusste ihr Onkel wirklich, was es damit auf sich hatte? Wenn es so war, dass er ihr aufgrund dieses Geheimnisses seinen Willen aufzwingen konnte, dann schwebte sie in größter Gefahr. Um dieser Gefahr zu entgehen, musste sie selbst das Geheimnis so schnell wie möglich kennenlernen.

* * *

Als Ferdi in das Polster der Kutsche sank, glaubte er die Wolke der Vorwürfe durch den engen Raum wabern zu sehen. Regina nahm ihm gegenüber Platz, dann stieg auch Pritzen zu, nachdem er dem Kutscher aufgetragen hatte, sie nach Hause zu fahren.

„Wir fahren nicht zu Lisa?" Kurz entschlossen riss Ferdi das Gespräch an sich. „Ich dachte, Lisa sei so krank, dass ich sofort zu ihr kommen soll? Oder ist sie etwa noch bei euch?"

„Wir haben sie, nachdem du uns verlassen hast, mit Mühe wieder nach Hause gebracht.“ Pritzens ruhige Stimme wirkte wohltuend auf Ferdi. „Jetzt wollen wir sie nicht mitten in der Nacht stören.“

„Dann hättet ihr auch warten können, bis ich zurückkehre.“ Angriff war immer noch die beste Verteidigung.

„Ferdi!“ Reginas Stimme war beinahe ein Kreischen. „Du solltest froh sein, dass wir dich aus der gefährlichen Lage herausgeholt haben!“

„Gefährlich?“ Er versuchte, möglichst ruhig zu klingen. „Die Lage wurde erst durch eure Dazwischenkunft gefährlich.“

„Wie kommst du überhaupt dazu, dich unter falschem Namen in die Gesellschaft einzuschleichen?“ Pritzen ließ sich nicht aus der Ruhe bringen. „Du kannst dir unsere Überraschung denken, als du uns als Graf von Wedell vorgestellt wurdest.“

Ferdi versuchte ein zwangloses Lachen. „Aber es handelt sich doch nur um einen harmlosen Scherz. Ich habe euch von der Geburtstagsfeier meines Professors erzählt. Bassewitz und ich hatten gemeinsam viel Spaß dort. Als dann die Einladung zur Soiree kam, war die Idee schnell geboren, dass ich ihn begleite – in der illustren Gesellschaft natürlich als Graf.“

„Das soll ich glauben?“ Reginas Stimme schrillte in Ferdis Ohren. „Wie bitte kamst du denn an eine Einladung?“

Ferdi hatte mit diesen Zweifeln gerechnet. Und er hasste es, dass er immer neue Lügen erfinden musste. „Nichts war einfacher als das. Bassewitz hat Herrn von Schwentin darüber in Kenntnis gesetzt, dass er Besuch von seinem Vetter aus Bayern erhalten habe, und darum gebeten, ihn mitbringen zu dürfen, was selbstverständlich gestattet wurde.“

„Ferdi, ist es wirklich die erste Bekanntschaft, die du mit der Schwentin-Familie machst?“ Pritzen beugte sich vor. „Immerhin haben wir dich in sehr verfänglicher Position angetroffen, die darauf schließen lässt, dass deine Bekanntschaft mit Baronesse Stefanie nicht erst nach Stunden zählt.“

„Du hast recht.“ Eigentlich wollte er gar nicht davon sprechen, aber er sah ein, dass es nicht anders möglich war. „Ich kenne die Baronessen schon aus dem Hochwald. Sie waren in Wölfelsgrund zur Sommerfrische.“

„Daher also." Regina beugte sich herüber und griff nach seinem Arm. „Ist dir eigentlich bewusst, in welche Gefahr du dich begeben hast? Dich unter falschem Namen in diese illustre Gesellschaft einzuschleichen – und das ausgerechnet bei Schwentin und Mutius? Und dann auch noch eines der Mädchen ... Ich wage es kaum auszusprechen!"

Er schüttelte ihre Hand ab. „Ich weiß schon genau, was ich tue."

„Ich zweifle stark daran. Ferdinand! Gerade Julian von Mutius meint, mit unserer Familie noch mehr als nur eine Rechnung offen zu haben. Schließlich war deine Schwester es, die meinen Bruder geheiratet hat – den Grafen Schleinitz, den Valeria von Mutius unter allen Umständen bekommen wollte."

„Höre mir doch mit diesen alten Geschichten auf." Das war doch längst Vergangenheit.

„Es ist erst sieben Jahre her. Und Mutius vergisst so etwas nicht, selbst wenn Jahrzehnte vergangen wären. Mit welchen Intrigen Mutius und seine Schwester gearbeitet haben, um Valeria zur Gräfin Schleinitz zu machen, ist dir wahrscheinlich nicht im vollen Umfang bekannt. Oder wusstest du, dass sie Ludwig betrunken gemacht haben, um ihn in Valerias Bett zu bringen und ihm Valerias uneheliches Kind unterzuschieben?"

„Regina!", rief Pritzen mahnend.

Doch Regina ignorierte ihn. „Ich erzähle es dir, um dir zu zeigen, wie gefährlich diese Familie ist. Wenn Mutius erfährt, dass der Bruder von Lisa Grüning sich seinen Nichten genähert hat ... Es könnte dir an den Kragen gehen, Ferdi."

Ferdi versuchte ein Lachen. „An den Kragen wohl kaum." Aber ihm wurde plötzlich sehr unbehaglich zumute. Er hatte zwar gewusst, dass Schleinitz sich mit der Mutius-Familie überworfen hatte, aber dass solch haarsträubende Dinge vorgefallen waren, hatte man ihm verschwiegen – bis jetzt. Da war er offenbar wirklich in ein Wespennest geraten. Andererseits erhöhte das für ihn den Reiz.

„An den Kragen geht es dir wahrscheinlich wirklich nicht", schaltete Pritzen sich wieder ein. „Aber du befindest dich in einer äußerst gefährlichen Lage."

„Du musst gleich morgen zu Mutius gehen und dich entschuldigen!", rief Regina.

„Das halte ich für unklug." Pritzen behielt immer noch die Ruhe. „Niemand weiß etwas von dem Schwindel, deshalb sollten wir den Skandal nicht unnötig heraufbeschwören."

„Wilhelm! Wir können das doch nur durch Ehrlichkeit bereinigen!"

Ferdi grinste vor sich hin. Regina wollte immer alles auf dem frommsten Weg erledigen und war dabei manchmal viel zu unweise. Aber immerhin geriet er, solange seine Gasteltern miteinander diskutierten, ein wenig aus dem Schussfeld.

„Es sollte dir jedenfalls klar sein", sagte Pritzen, „dass du niemals wieder dorthin gehen wirst, Ferdi. Ich habe dir erlaubt, dich von Baronesse Stefanie zu verabschieden, aber dir ist hoffentlich bewusst, dass es ein Abschied für immer war."

Ferdi dachte an den kommenden Mittwoch. Er würde Stefanie wiedersehen, und wenn sie sich entschied, trotz seines falschen Namens zu ihm zu stehen, konnte sogar eine Hochzeit daraus werden.

Glücklicherweise hielt die Kutsche endlich vor Pritzens Haus und enthob Ferdi somit einer Antwort.

Als sie die Treppe zum Haus hinaufgingen, legte Pritzen den Arm um seine Schultern. „Ferdi, wir haben Sorgen deinetwegen. Auch Lisa ist in großer Angst, und das ist ihrer Gesundheit alles andere als zuträglich."

Lisa. Der Disput in der Kutsche hatte ihn von der Sorge um seine Schwester abgelenkt. Er würde gleich morgen früh zu ihr gehen.

„Deine Eskapaden müssen sofort aufhören", fuhr Pritzen fort. „Falls noch einmal so etwas vorkommen sollte, sehen wir uns genötigt, dich aus unserem Haus zu entfernen."

„Aber ..."

„Das ist mein Ernst." Pritzen nahm den Arm von seiner Schulter und ging ihm voran ins Haus.

Kapitel 43

Am Himmel zeigte sich die erste Morgenröte, als die Kutsche durch die Villenkolonie von Wölfelsgrund rumpelte. Schleinitz hielt die schlafende Lisa in seinen Armen und versuchte mühsam, sich selbst wach zu halten. Er war zwar, seitdem er die Splitter in der Lunge hatte, auch nicht mehr bei bester Gesundheit, aber wenn schon ihn die Reise so sehr anstrengte, wie musste es dann erst seiner schwerkranken Frau ergehen!

Mittlerweile taten ihm alle Knochen weh, weil er sich seit Glatz nicht mehr bewegt hatte, um sie nicht aufzuwecken.

Er sah auf Lisa hinab. Das Morgenlicht tauchte ihr Gesicht in weiche Farben, trotzdem sah sie blass und abgezehrt aus. Sollten ihre Ahnungen sich wirklich bewahrheiten?

Die Kutsche passierte die letzte Villa, dann ging es hinauf in den Hochwald. War Lisa wirklich hierher gereist, um zu sterben? Würde er die Reise zurück nach Breslau ohne sie antreten müssen? Die Angst um sie ließ ihm das Herz stillstehen. *Oh mein Gott, bitte erhalte mir meine Frau!*

Der Gedanke daran, dass sie auch hierher reiste, damit Ferdi ihr folgte, erfüllte ihn mit immer mehr Bewunderung. Fast schien es ihm, als ob Lisa, je weiter die Krankheit fortschritt, umso mehr über sich hinauswuchs. „Meine kleine Heldin“, flüsterte er ihr ins Ohr.

Anscheinend hatte sie ihn gehört. Langsam hob sie die Augenlider, dann richtete sich ihr seelenvoller Blick auf ihn. „Ludwig“, hauchte sie.

Sie wollte sich aufrichten, doch ihr Kopf sank wieder an seine Brust, für einen Augenblick schloss sie die Augen. „Wie weit ist es noch?“

Er las die Frage mehr von ihren Lippen, als dass er sie hörte. „Wir sind in wenigen Minuten im Forsthaus.“

Diese Antwort schien ihr Kraft zu geben. Sie hob den Kopf und sah aus dem Fenster. Zwischen den Stämmen leuchtete das erste Licht des neuen Tages.

„Der Hochwald", murmelte sie. „Bitte, Ludwig, lass uns zur Altenburg abbiegen."

„Wird es dir nicht zu viel werden?"

„Nein. Ich möchte von diesem Ort Abschied nehmen."

Schleinitz atmete tief durch, dann gab er dem Kutscher die entsprechende Anweisung.

Schon nach wenigen Minuten bog die Kutsche vom Hauptweg ab und erreichte kurz darauf die Lichtung an der Altenburg. Der Wagen hielt und Schleinitz öffnete den Schlag.

Über Lisas Gesicht ging ein verzücktes Lächeln. „Hörst du die Wölfel? So wie sie rauscht kein anderer Fluss."

Er strich ihr eine Locke hinters Ohr. „Und das Rauschen des Windes in den Wipfeln ist ebenfalls einzigartig."

Dort vorne war der Mauerrest mit der großen Eiche, unter der er Lisa damals schlafend angetroffen hatte – vor elf Jahren.

„Hast du heute keinen Strauß Rosen bei dir?" Offenbar kamen ihr die gleichen Erinnerungen.

Er lächelte. „Wir haben uns noch einmal hier getroffen. Entsinnst du dich? Als ich aus dem Krieg gegen Frankreich heimkehrte."

„Ja, ich fiel direkt an deinem Wagenschlag in Ohnmacht."

Damals hatte er erfahren, dass sie an der Schwindsucht litt, dennoch hatte er nicht geglaubt, dass ihr Glück nur von so kurzer Dauer sein würde.

Gerade stieg die Sonne über die Wipfel und tauchte die Lichtung und die grauen Gemäuer der Altenburg in rosiges Licht. „Siehst du, Lisa, der Hochwald legt für seine Prinzessin sein schönstes Gewand an."

Mit glänzenden Augen schien sie den Anblick in sich aufzusaugen, wahrscheinlich glaubte sie, nie mehr hierhin zurückzukehren. Endlich bat sie mit leiser Stimme: „Lass uns weiterfahren."

Schleinitz ließ die Kutsche wenden und dann ging es das letzte Stück zum Forsthaus hinauf. Auch Lisas Elternhaus war in warmes Morgenlicht getaucht, als wolle es die Tochter würdig empfangen.

Als die Kutsche in den Hof rumpelte, öffnete sich die Tür und seine Schwiegermutter erschien im Rahmen.

„Welche Überraschung!", rief sie. Mit wenigen Schritten war sie am Schlag und Schleinitz las in ihren Augen eine seltsame Mischung aus Freude und Furcht. „Stimmt etwas nicht?"

„Mama." Lisa streckte ihrer Mutter die Hand entgegen. „Ich bin so dankbar, hier zu sein."

Schleinitz tauschte einen schnellen Blick mit der Forstfrau und sie schien ihn zu verstehen. „Ich hole deinen Vater, Lisa, dann bringen wir dich ins Haus."

Wenig später ruhte Lisa in der Stube des Forsthauses auf dem Sofa und ihre Mutter eilte hin und her, um es ihr so bequem wie möglich zu machen.

Als sie wieder einmal aus dem Raum lief, nahm Grüning Schleinitz beiseite. „Wie kommt es, dass es Elisabeth so schlecht geht?"

Schleinitz ließ den Kopf hängen. „Die Reise hat sie besonders angestrengt."

„Warum haben Sie sie dann hergebracht? War eine mörderische Fahrt."

„Ich weiß, aber sie wollte es unbedingt. Sie müssen wissen, Vater, dass sie in großer Sorge um Ferdi ist."

„Ferdinand? Was ist mit ihm?" Grünings dunkle Augen durchbohrten ihn beinahe.

„Er scheint sich in schlechter Gesellschaft zu befinden. Irgendwie ist es ihm offenbar sogar gelungen, sich in die besseren Kreise von Breslau einzuschleichen."

„Wie soll das möglich sein? Er studiert und lernt fleißig, sodass er nur die besten Noten erhält."

„Pritzen und Regina haben ihn im Frack angetroffen, und auch in der vergangenen Nacht schien er wieder heimlich bei einer Abendveranstaltung gewesen zu sein. Das hat Lisa so sehr mitgenommen, dass sie zusammenbrach."

„Hysterisches Weibsvolk." Grüning schüttelte den Kopf. „Rahel liegt mir schon lange in den Ohren, nach Breslau zu fahren und nachzusehen, ob Ferdinand keinen Unsinn treibt. Glaube aber nicht an diese Verdächtigungen."

„Ich kann Ihnen bezeugen, Vater, dass Ferdi sich in den letzten Wochen sehr verändert hat. Außerdem kann es kein Zufall sein, dass gerade seit der Zeit, als Ferdi im Frack erwischt wurde, mein Frack plötzlich fehlt."

„Wollen Sie damit sagen, er hätte Ihren Frack gestohlen? Ich bitte Sie!" Grünings tiefe Stimme klang wie Donnergrollen. „Sie werden ihn irgendwo vergessen haben!"

Schleinitz schüttelte den Kopf. Sein Schwiegervater hatte es sich offenbar in den Kopf gesetzt, seinen Sohn in Schutz zu nehmen, und wie er ihn kannte, würde er ihn nicht davon abbringen können. „Ferdi wird wahrscheinlich schon in Kürze hier eintreffen. Wir haben ihm eine Nachricht hinterlassen, dass er uns sofort und so schnell wie möglich folgen soll."

In diesem Augenblick trat Rahel wieder ein. Sie warf einen Blick auf Lisa, die mit geschlossenen Augen auf dem Sofa lag, dann trat sie zu ihnen. „Es ist gut, dass Sie sie hergebracht haben, Ludwig."

Er sah die Wahrheit in den tränengefüllten Augen seiner Schwiegermutter. „Glauben Sie, dass Lisas Ahnung sich erfüllen wird?"

„Ich habe meine Schwägerin Rosina gesehen, kurz bevor sie an der Schwindsucht starb." Ihre Stimme erstickte beinahe. „Sie sah genauso aus."

„Dann sollte Ferdi sich unbedingt beeilen, wenn er seine Schwester ..." Schleinitz deckte die Hand über die Augen.

„Ludwig?" Der Ruf vom Sofa klang so erschreckend schwach, dass Schleinitz sofort hinstürzte. Er umklammerte Lisas Hände. „Ludwig, bitte – eine Depesche ... Ferdi ... Ich habe nicht mehr viel Zeit!"

* * *

„Verreist?" Ferdi starrte das Dienstmädchen Anna an. „Meine Schwester ist verreist?"

„Sehr wohl, gnädiger Herr. Mitten in der Nacht." Anna gähnte hinter ihrer Schürze.

„Ich dachte, sie sei krank?"

Sie knickste. „Es ging der gnädigen Frau Gräfin sehr schlecht."

„Und dann ist sie verreist? Wie passt das zusammen?" Sollte Regina Lisas Krankheit nur aufgebauscht haben, um ihn von der Soiree wegzulocken?

„Sie wollte nach Wölfelsgrund, zu ihren Eltern."

Dann konnte es ihr so schlecht nun auch wieder nicht gehen.

Schleinitz hätte sicherlich nicht in die Reise eingewilligt, wenn Lisa tatsächlich sterbenskrank war, wie Regina behauptete.

„Vielen Dank, Anna."

Er polterte die Treppe hinunter und trat auf die Straße. Über Breslau ging die Sonne auf und beleuchtete die spitzen Giebel. Am liebsten hätte er einen kleinen Umweg zur Tauenzinstraße gemacht, um vielleicht einen Blick auf Baronesse Stefanie zu erhaschen. Doch als vom Dom sechs tiefe Glockenschläge herüberhallten, verwarf er den Gedanken wieder. Sie würde zweifellos noch in süßem Schlummer liegen. Außerdem musste er pünktlich in der Universität sein, heute stand ja die Klausur an, bei der er Bassewitz helfen sollte.

Rasch legte er den Weg zu seinen Gasteltern zurück, die er am Frühstückstisch antraf.

„Du bist schon wieder da? Wie geht es deiner Schwester?" Regina sah ihn gespannt an.

„Es scheint ihr deutlich besser zu gehen. Sie ist auf Reisen gegangen."

„Wie bitte? Scherze nicht in einer solchen Lage!"

„Es ist kein Scherz." Ferdi konnte ein gewisses Triumphgefühl nicht unterdrücken. „Sie ist mit ihrem Mann nach Wölfelsgrund gefahren."

„Aber das ist mir unbegreiflich", stotterte Regina.

„Als wir sie verließen, war sie so schwach, dass wir das Schlimmste befürchteten", ergänzte Pritzen.

„Wahrscheinlich in eurer Fantasie. Ihre Krankheit kam euch wohl gelegen, um mir Angst einzujagen und mich von der Soiree wegzuholen. Es ist euch ja schließlich schon einmal gelungen."

„Ferdi, du hast doch gesehen, wie es Lisa ging, als du weggegangen bist." Pritzen faltete die Hände über seinem runden Bauch. „Der Arzt, der nachher bei ihr war, bestätigte unsere schlimmsten Befürchtungen."

Ferdi zuckte mit den Schultern. „Dann hat sich der alte Quacksalber wohl geirrt."

„Ferdi, du solltest deiner Schwester sofort ins Forsthaus folgen." Regina beugte sich vor und trommelte auf die Tischplatte. „Es ging ihr wirklich sehr schlecht. Dein Anblick würde ihr bestimmt guttun."

„Das ist es, was ihr wollt, nicht wahr?“ Ferdi lachte. „Ich soll aus der Stadt fort, damit mir zu Hause meine Eltern den Kopf geraderücken. Aber so einfach lasse ich mich nicht übertölpeln.“

„Hast du denn gar keine Gefühle mehr für deine Schwester?“ Das Entsetzen sprang ihn aus Reginas Augen geradezu an.

„Mehr als ihr glaubt.“ Der Gedanke an seine kranke Schwester ließ seinen Zorn schnell wieder verrauchen. „Lisa war die beste Kameradin meiner Kindheit und sie ist noch immer der Mensch, den ich auf Erden am meisten liebe. Ich würde alles für sie tun. Aber ihr benutzt doch ihre Krankheit nur, um mich zu manipulieren. Das werde ich nicht mit mir machen lassen, dafür ist mir meine Schwester zu wertvoll.“

„Aber wir belügen dich doch nicht!“, empörte Regina sich.

In diesem Augenblick trat ein Diener ein. „Es ist ein Bote vom Grafen Schleinitz gekommen.“

„Von Ludwig?“ Regina sprang auf. „Sofort hereinführen!“

Der Bote trat ein. „Ich soll dieses Billett bei Ihnen abgeben.“

Regina riss ihm das Blatt aus der Hand und faltete es auseinander. „Ferdi, für dich.“

Hastig griff Ferdi nach dem Papier. Das war Lisas Handschrift. Zwar nicht so klar wie früher, aber eindeutig zu erkennen. Er überflog die wenigen Zeilen. Die Buchstaben begannen vor seinen Augen zu tanzen. Er blinzelte, aber dort stand immer noch dasselbe, und zwar eindeutig von Lisa mit eigener Hand geschrieben: *Ich bin unterwegs ins Forsthaus. Bitte folge mir, so schnell Du kannst. Ich werde dort sterben.*

„Wann haben Sie diesen Brief erhalten?“, herrschte er den Boten an.

Der Mann knetete seine Hände. „Es mag am späten Abend gewesen sein. Aber ich traf hier nur die Dienerschaft an, und ich hatte ausdrücklichen Befehl, das Billett persönlich zu übergeben.“

„Dann ist es bestimmt an die acht Stunden alt!“ *Wenn Du nicht schnell genug kommst, wirst Du mich nicht mehr lebend antreffen*, schrieb Lisa. „Pritzen, ich brauche dein bestes Reitpferd. Sofort.“

Pritzen sprang auf. „Ferdi? Was steht in dem Brief?“

„Lisa ist nach Hause gereist, um das Forsthaus ... um unsere Eltern ... Sie wird dort sterben.“ Er rannte zum Fenster und wieder zum Tisch zurück. Wenn seine Schwester es selbst schrieb, dann stimmte es unbedingt.

Pritzen stürmte zur Tür und brüllte einen Diener herbei. „Sofort Wisumar satteln!“

Kapitel 44

„Bitte, Albert! Ferdi müsste längst hier sein!“

Grüning konnte dem flehenden Blick seiner Frau nicht widerstehen, deshalb sah er aus dem Fenster in den Hochwald hinaus. „So früh am Morgen hat die winzige Telegrafenstation in Wölfelsgrund noch nicht geöffnet.“

„Vater.“

Elisabeths Stimme klang so schwach, dass er sie kaum verstand. Mit drei Schritten war er bei ihr am Sofa.

„Ich habe Angst, dass Ferdi nicht mehr rechtzeitig kommt. Und ich *muss* noch einmal mit ihm sprechen!“

„Ich werde gehen.“ Schleinitz stand auf.

„Nein.“ Elisabeth streckte die Hand nach ihm aus. „Lass mich nicht allein, Ludwig. Wer weiß, was geschieht, während du ins Dorf hinunterläufst.“

„Gut, gehe ich eben ins Dorf.“ Grüning stampfte in den Flur. Es war zwar völlig unsinnig, weil Ferdinand wahrscheinlich längst unterwegs war, aber ehe ihm die Weiber noch länger damit in den Ohren lagen, machte er sich lieber auf den Weg.

Hastig stülpte er seine Stiefel über die Füße, rief Elko zu sich und stürmte aus dem Haus. Das Morgenkonzert der Vögel, das ihn empfing und das er sonst immer genoss, klang in seinen Ohren wie Hohn.

„Könnt ihr heute nicht einmal schweigen?“, brummte er. „Meine Tochter liegt im Sterben und ihr zwitschert, als wäre ihr Geburtstag!“

Elko sah ihn erstaunt an, und Grüning beugte sich zu ihm hinab. „Müssen uns beeilen, mein Freund.“

Mit weit ausgreifenden Schritten nahm er den Fahrweg nach Wölfelsgrund hinunter unter die Stiefel.

Elisabeths Krankheit ging ihm viel näher, als er sich nach außen anmerken lassen wollte. Immer noch nagte die Schuld an ihm. Hätte er vor sieben Jahren seine Einwilligung zu der Ehe mit Schleinitz gegeben, wäre sie vielleicht nie krank geworden. Tag für Tag quälten ihn diese Gedanken, solange Elisabeth nun krank war. Und er spürte, dass es wirklich mit ihr zu Ende ging.

Grüning richtete seinen Blick zum Himmel empor, der blau zwischen den Blättern hindurchschimmerte. „Vater, Du strafst mich hart für meine Schuld. Es tut weh, dass Du mir meine Tochter nehmen willst. Doch wenn es so Dein Wille ist, will ich *Ja* dazu sagen."

Bei Ferdinand achtete er nun peinlich darauf, nicht den gleichen Fehler zu begehen. Nie wieder durfte er so streng sein, deshalb musste er auch unbedingt dafür sorgen, dass Rahel ihren Sohn nicht zu hart an die Kandare nahm. Sonst könnte es eine ähnliche Katastrophe noch einmal geben.

Das Bimmeln der Glocke von Sankt Joseph in Wölfelsgrund verriet ihm, dass er in die Nähe des Dorfes kam. Er beschleunigte noch einmal seine Schritte, stürmte am *Gelben Dragoner* vorüber, wo Rahel vor 28 Jahren als Sommerfrischlerin gewohnt hatte, überquerte die Wölfel und stand endlich vor dem kleinen Telegrafenbüro.

„War ja vorauszusehen. Öffnet erst um neun Uhr." Er sah zum Kirchturm hinauf. Gleich halb acht Uhr.

Glücklicherweise wohnte der Telegrafist direkt über seinem Büro. Musste er ihn eben aus dem Bett klingeln. Energisch zog er an der Klingelschnur.

Nichts rührte sich.

Er trat von einem Bein auf das andere, dann zog er erneut an der Schnur, dieses Mal noch heftiger, und unterstrich seine Eile mit einigen Faustschlägen gegen die Tür.

Nur Stille antwortete ihm.

„Zum Donnerwetter!" Er riss unaufhörlich an der Schnur, sodass im Haus ein dauerndes Läuten zu hören war. Elko entschloss sich, das Klingeln mit wütendem Bellen zu unterstützen.

Endlich klapperte im Obergeschoss ein Fensterflügel. „Das Büro öffnet um neun Uhr."

Grüning sprang einen Schritt zurück. „Weiß ich auch!", schrie er. „Habe aber Eile!"

Zwischen den Gardinen erschien unter einer riesigen Schlafmütze das winzige Köpfchen des Telegrafisten. „Warten Sie gefälligst bis zu den regulären Öffnungszeiten."

„Bomben und Granaten! Wollen Sie wohl öffnen oder nicht! Es geht um Leben und Tod!"

„Nicht so unfreundlich, Herr Oberförster. Warten Sie wenigstens, bis ich mich angekleidet habe."

„Kann nicht so lange warten! Wenn Sie nicht augenblicklich meine Depesche aufgeben, werde ich Sie mit Polizeigewalt dazu zwingen!"

Aus dem Fenster erklang ein meckerndes Lachen. „Die Polizeigewalt braucht es dann nicht mehr. Bis die Hüter der öffentlichen Ordnung aus Habelschwerdt hier eingetroffen sind, ist es längst neun Uhr und das Telegrafenbüro geöffnet."

„Öffnen Sie gefälligst jetzt, sofort, auf der Stelle! Haben Sie verstanden?" Grüning stampfte mit dem Fuß auf. „Werde Sie zur Rechenschaft ziehen!"

„Drohen nutzt nichts, Herr Oberförster. Aber gegen ein kleines Trinkgeld ..."

Grüning wollte erneut auffahren, aber er besann sich. Er sollte den in seiner Nachtruhe gestörten Mann nicht noch mehr verärgern, und wenn eine halbe Mark ihm die Tür öffnete, war es ratsam, sich nicht zu widersetzen. „Ist zwar nicht rechtens", brummte er, „aber da es pressiert – kommen Sie herunter."

Oben schloss sich das Fenster und wenige Augenblicke später wurde endlich die Tür aufgesperrt. Der Telegrafist, noch immer mit Schlafmütze, Schlafrock und Hauspantoffeln, ließ ihn ein. „Wohin soll es denn gehen?"

„An meinen Sohn, bei Familie von Pritzen in Breslau. Los, telegrafieren Sie: *Sofort ins Forsthaus kommen – Elisabeth stirbt.*"

Der Mann tippte fieberhaft auf seinem Telegrafenapparat, hielt dann aber plötzlich inne. „Herr Oberförster, ist das wahr? Ihre Tochter ...?"

„Telegrafieren sollen Sie!" Er knallte die Gebühr auf den Tisch und legte noch eine halbe Mark dazu.

Wenig später stürmte er wieder durch den Hochwald bergan, Elko hechelnd an seiner Seite. Als er den Abzweig zur Altenburg erreichte, blieb er schnaufend stehen.

„Ich bin nicht mehr der Jüngste, Elko." Er kraulte dem Hund den Nacken. „Es ist lange her, dass ich zuletzt so eilen musste. Aber es ist für meine Tochter. Komm."

Obwohl er immer noch außer Atem war, lief er mit unverminderter Geschwindigkeit weiter, bis endlich das Forsthaus zwischen den Stämmen hindurchschimmerte. Er riss die Haustür auf und wollte gerade aus seinen Stiefeln fahren, als Rahel durch den dämmrigen Hausflur auf ihn zugeschossen kam.

„Wie gut, dass du wieder da bist, Albert. Komm schnell, Lisa hat das Bewusstsein verloren."

* * *

Mutius hatte schon schlechte Laune, bevor er überhaupt auf Gut Schönwalde ankam. Den Weg zu Bassewitz, um Wedell zu einem längeren Aufenthalt in Breslau zu bewegen, hätte er sich sparen können. Der verschlafene Diener hatte irgendetwas von einer wichtigen Klausur gemurmelt. So hatte er nur ein Billett für den Grafen hinterlassen und ihn darin gebeten, seine Schwester Valeria oder ihn in den nächsten Tagen aufzusuchen.

Der Anblick von Schönwalde ließ seine Laune nun erst recht auf den Nullpunkt sinken. Wie immer, wenn er hier ankam, packte ihn purer Neid. Auf den Wiesen weideten prächtige Pferde – offenbar lief die Pferdezucht seines Schwagers gut an. Das Herrenhaus leuchtete in frischem Gelb und an den Stallungen baute Hohenau auch schon wieder an – bestimmt für seine Pferde.

Mutius fuhr vor die Rampe und sprang aus dem Wagen. Immerhin wusste er nun genug von dem Geheimnis, um seinen Schwager um einige Goldmark erleichtern zu können. Wenn es um den Ruf und das Glück ihrer Töchter ging, würde Aurelia bestimmt nicht die Frechheit besitzen, ihm abermals die fette Kuh zum Aufbau einer Milchviehwirtschaft anzubieten. Doch am besten wäre es ohnehin, wenn er mit Hohenau allein spräche. Der Bauerntölpel wäre viel leichter zu überreden als seine pfiffige Schwester.

Er stieg die Freitreppe hinauf, ließ sich von einem Diener bei seinem Schwager melden und wurde daraufhin ins Arbeitszimmer geführt.

Erleichtert atmete er auf. Aurelia war nirgendwo zu sehen.

Hohenau kam um seinen Schreibtisch herum und streckte ihm die Hände entgegen. „Willkommen auf Schönwalde, Mutius. Wie geht es meinen Töchtern?"

Sie nahmen Platz und Mutius schlug die Beine übereinander. „Es könnte ihnen nicht besser gehen. Sie genießen das Leben in der Stadt und sind die Sterne jeder Gesellschaft. Sie sprechen davon, solange wie möglich in Breslau zu bleiben."

Hohenau kraulte seinen Bart. „Ich hatte gehofft, sie würden Heimweh nach Schönwalde verspüren. Uns fehlen die beiden sehr, wir können ihre Rückkehr kaum erwarten."

„Ihr müsst euch noch etwas in Geduld üben." Mutius zog an seinem Ohrläppchen. „Gerade jetzt wäre es fatal, sie aus der Stadt zurückzuholen."

„Ich verstehe nicht ..."

Das war klar. Sein Schwager war viel zu begriffsstutzig. Aber gerade das konnte er zu seinem Vorteil nutzen. „Es gibt ernsthafte Bewerber um die Mädchen. Wenn sie jetzt nach Schönwalde zurückkehrten, würde das Interesse der Herren wahrscheinlich schlagartig erlöschen."

„Ja, aber ..." Hohenau starrte auf den Fußboden. „Dass es so schnell gehen würde ..."

„Selbstverständlich braucht es noch etwas Zeit, bis es wirklich zu einer Verlobung kommen wird. Aber es ist ein Graf in Breslau aufgetaucht, ein Graf von Wedell aus Bayern, in den beide Mädchen regelrecht verliebt sind. Und ich muss gestehen, dass ich diese Verbindung durchaus begünstige."

„Aber Mutius, ich bin nicht sicher. Ich müsste zumindest Aurelia ..."

Mutius verdrehte die Augen. Wenn es nicht gerade um Kühe, Schweine oder Pferde ging, war sein Schwager denkbar unbeholfen. „Du kannst mir vertrauen. Der Graf ist ein tiefgläubiger Mann, zudem reich ..."

„Das letztere dürfte für dich das Entscheidende sein."

Mutius zog seine Zigarillodose hervor, doch er steckte sie schnell wieder weg. Immer wieder vergaß er, dass er in Schönwalde nicht rauchen durfte. „Ich muss aufrichtig gestehen, dass du recht hast. Und genau dies ist auch der eigentliche Grund meines Kommens."

„Du willst schon wieder Geld? Ich dachte, Aurelia hätte dir beim letzten Mal klar gemacht ..."

Unwillkürlich drehte Mutius sich zur Tür um. Er hatte das Gefühl, seine Schwester müsste dort jeden Augenblick eintreten. „Ich möchte nichts geschenkt bekommen. Der Graf von Wedell hat mir in Aussicht gestellt ..."

In diesem Augenblick sprang tatsächlich die Tür auf. „Oh, Julian, du in Schönwalde? Dann scheinst du wieder einmal klamm zu sein."

Aurelia. Natürlich. Sie schien es förmlich zu riechen, wenn er ihren Mann auspressen wollte.

„Schwesterchen, sei mir gegrüßt." Er stand auf und wollte den Arm um sie legen, doch sie wich ihm aus.

„Wie viel benötigst du?"

„Lass dir erklären, liebe Schwester." Er zog sein Ohrläppchen beinahe bis zur Schulter. „Ich möchte nichts geschenkt bekommen, sondern ein Darlehen. Es gibt einen Bewerber um die Mädchen, einen Grafen von Wedell, der mir in Aussicht gestellt hat, mir bei einer Verlobung finanziell unter die Arme zu greifen."

„So, ein Kuhhandel also." Aurelias Augen blitzten ihn an. „Du hast also keine Skrupel, deine Nichten – meine Töchter! – zu verschachern."

„Aber Aurelia! Es handelt sich um einen Mann, der allen euren Anforderungen vollauf genügt. Vor allem ist er tiefgläubig."

„Was das bei dir schon heißen mag. Lass dir gesagt sein, Julian: Wenn es um die Verheiratung meiner Töchter geht, lasse ich mir nicht dreinreden, schon gar nicht von dir. Es wird das Beste sein, wenn die Mädchen unverzüglich nach Schönwalde zurückkehren. Und deinem feinen Herrn Grafen magst du ausrichten, dass er gerne bei uns vorstellig werden darf."

Mutius grinste. Gut, dass er noch einen Trumpf im Ärmel hatte. „Du irrst, liebe Schwester. Du solltest mir sogar dankbar sein, dass es mir gelungen ist, eine glänzende Partie für die Mädchen zu finden – besonders für Lena."

Sie richtete sich kerzengerade auf. „Was willst du damit sagen?"

Er grinste immer noch. „Ich denke, das weißt du ganz genau."

„Lass gefälligst deine Andeutungen und sprich geradeheraus!"

Mutius sah zu seinem Schwager hinüber, der mit seinen dicken Fingern unaufhörlich in seinem Bart wühlte. Seine Blicke wanderten unruhig im Zimmer umher – offenbar war er auf der richtigen Fährte. „Es kann doch nur in eurem Interesse sein, dass Lena eine gute Partie macht, bevor jemand erfährt – nun, was eben niemand erfahren soll."

„Mutius!", stammelte Hohenau, doch Aurelia brachte ihn mit einem Wink zum Schweigen.

„Ich wüsste nicht, warum ausgerechnet Helena so eilig standesgemäß verheiratet werden sollte."

„Du brauchst dich nicht zu verstellen, Schwester." Mutius tippte mit dem Zeigefinger auf Hohenaus Schreibtischplatte. „Ich weiß, dass Lena nicht das ist, was sie zu sein scheint. Oder willst du leugnen, Hohenau, dass Lena nicht deine Tochter ist?"

Sein Schwager riss sich beinahe die Barthaare aus. „Mutius, ich bin entsetzt!"

„Ich bekomme alles heraus", lachte er.

„Mir ist es ein Rätsel ...", stotterte Hohenau.

„Genug, ich weiß Bescheid. Ich habe selbstverständlich kein Interesse an einem Skandal, deshalb bin ich bereit, das Geheimnis zu wahren – wenn ihr mir ein Darlehen gewährt."

„Julian, bist du noch ein Mensch?" Aurelia sprang auf ihn zu. „Du willst deine eigene Schwester erpressen? Du setzt den Ruf deiner Nichten aufs Spiel – für Geld? Ich werde unsere Töchter sofort nach Schönwalde zurückholen!"

„Das wirst du nicht tun." Er wich ihrem flammenden Blick nicht aus. „Die Mädchen müssen schnell standesgemäß verheiratet werden, ehe das Geheimnis ans Licht kommt. Und glaube mir: Es würde ans Licht kommen."

Aurelia sank in einen Sessel. „Julian, du bist ein Ungeheuer."

„Du selbst zwingst mich dazu. Hättest du mir beim letzten Mal statt deiner fetten Kuh ein ebenso fettes Geldgeschenk gemacht, hätte ich mich nicht gezwungen gesehen, das Geheimnis zu ergründen und jetzt für mich zu verwenden. Außerdem fordere ich nur ein Darlehen. Sobald Lena mit dem Grafen von Wedell verlobt ist, werde ich euch die Summe zurückzahlen."

„Niemals!", schrie seine Schwester. „Ich lasse mich nicht erpressen!"

„Hast du eine andere Wahl? Oder möchtest du, dass morgen in den Breslauer Zeitungen steht, dass Baronesse Helena von Hohenau gar nicht berechtigt ist, diesen Titel zu führen?" Mutius rieb sich die

Hände. Selbst wenn er heute kein Geld bekommen sollte, hatte seine Schwester ihm gerade bestätigt, dass Hohenau wirklich nicht Lenas Vater war. Und damit hatte er das Mädchen endgültig in der Hand.

„Aurelia, wir sollten vernünftig sein." Hohenau trat zu seiner Frau. „Lass uns nicht wegen einiger Mark das Glück unserer Töchter riskieren."

„Aber Georg, du kennst doch meinen Bruder! Wenn wir jetzt einlenken, wird er immer wiederkommen und uns mit seinem Wissen erpressen."

„Das werde ich nicht." Mutius stand ebenfalls auf. „Gebt mir 50 000 Mark als Darlehen, bis Lena mit dem Grafen von Wedell verlobt ist, dann werde ich euch niemals wieder behelligen." Versprechen konnte er ja alles.

Aurelia stellte sich vor ihn hin. „Du bekommst 30 000 Mark. Und das ist das letzte Mal. Sollte es dir einfallen, noch einmal zu versuchen, uns zu erpressen, werden wir selbst Helena das Geheimnis offenbaren. Skandal hin oder her."

Am liebsten hätte er seiner Schwester eine Ohrfeige verpasst. 30 000 Mark, die reichten kaum hin, seine dringendsten Verbindlichkeiten zu begleichen. Schon bei dem Termin am Tag vor der Soiree hatte sein Bankier unnachgiebig zur Zahlung gedrängt und würde in den nächsten Tagen wieder auf Gut Juliendorf erscheinen, um sich von den Fortschritten bei der Sanierung seines Gutes zu überzeugen. Wenn er dann weder zahlen noch einen guten Plan vorweisen konnte, käme das Gut zweifellos unter den Hammer. Besonders ärgerlich war dabei, dass seine Gläubiger darauf bestanden hatten, er solle sich persönlich um sein Gut kümmern – dabei war seine Anwesenheit in Breslau viel nötiger.

Aber mit den 30 000 Mark musste er sich wohl zunächst zufriedengeben. Aurelia war imstande, ihre Drohung wahr zu machen. Niemals durfte Lena von ihren Eltern erfahren, dass sie nicht Hohenaus Tochter war – deshalb blieb ihm keine andere Wahl, als zuzustimmen und die Verbindung Lenas mit Wedell zu forcieren. Notfalls kehrte er dazu nach Breslau zurück – allen Bankiers der Welt zum Trotz.

„Gut, her mit dem Geld."

Doch als er den von Hohenau akzeptierten Wechsel in seine

Tasche schob, wollte sich kein Triumphgefühl einstellen. Es fühlte sich mehr wie eine Niederlage an.

Kapitel 45

Ferdi preschte aus Glatz hinaus. Sein Pferd war schweißbedeckt, der Schaum flog ihm in dicken Flocken vom Maul, doch er trieb es weiter an. Nur nach Hause, zu Lisa!

Die Straße war so uneben, dass das müde Tier manches Mal ins Straucheln geriet. Glücklicherweise hatte Pritzen ihm sein bestes Pferd zur Verfügung gestellt, sonst würde er wahrscheinlich erst übermorgen im Forsthaus ankommen.

Endlich erreichte er Habelschwerdt. Wegen des Verkehrs auf den Straßen musste er die Geschwindigkeit drosseln, was ihm erlaubte, einen Blick auf die Kirchturmuhr zu werfen. Nach elf Uhr. Hoffentlich kam er nicht zu spät. Er wusste ja nicht, ob Lisa überhaupt lebend im Forsthaus angekommen war. So, wie ihr Brief klang, war noch nicht einmal das sicher.

Er ließ die letzten Häuser von Habelschwerdt hinter sich und gab dem Pferd die Sporen, bis es widerwillig erneut in Galopp verfiel. Wenn alles gut ging, könnte er bis zum Mittag im Forsthaus sein.

In welchem Zustand würde er Lisa antreffen? Würde er noch einmal mit seiner Schwester sprechen können? Allein der Gedanke daran, dass sie offenbar im Sterben lag, ließ ihn erschaudern. Wenn er darüber nachdachte, dass ihr Zusammentreffen kurz vor der Soiree vielleicht ein Abschied für immer gewesen war ... Und er hatte sich so scheußlich ihr gegenüber benommen, hatte ihr glatt ins Gesicht gelogen.

„Mein Gott, bitte gib mir wenigstens Gelegenheit, noch einmal mit ihr zu sprechen!“ Sie konnte doch nicht einfach so von ihm gehen! Ohne Abschied, ohne ein Wort der Entschuldigung, ohne Vergebung.

Da war der Abzweig nach Wölfelsgrund. Er bog ab und jagte weiter. Nun war es nicht mehr weit bis zu seinem Heimatdorf, und dann noch hinauf in den Hochwald. Zu seiner Rechten rauschte schon die Wölfel zu Tal, bald nahmen ihn die Wälder auf, die Wölfelsgrund umgaben.

Erneut trieb er das Pferd zur Eile an. Der Hufschlag schien die

Worte aus Lisas Brief zu wiederholen: *Ich werde dort sterben – ich werde dort sterben.* „Nein! Oh Gott, nein!“

Das Pferd schüttelte die Ohren und schien seine Rufe so zu verstehen, dass es noch schneller laufen sollte. Pritzen hatte ihm wirklich ein vorzügliches Tier gegeben.

Wölfelsgrund. Er jagte über die Wölfelbrücke. Einige Sommerfrischler mit feinen Kleidern und Sonnenschirmen sprangen erschrocken zur Seite und schimpften hinter ihm her. Kurz blitzte die Erinnerung an die beiden jungen Sommerfrischlerinnen, die er vor wenigen Wochen im Hochwald gerettet hatte, in ihm auf. Doch er schob den Gedanken beiseite. Lisa hatte Vorrang vor allem.

Er ließ die letzten Villen hinter sich. Nun ging es steil hinauf in den Hochwald. Er trieb das Pferd zu einer letzten Kraftanstrengung an.

Der Abzweig zur Altenburg – weiter. Bald schon musste das Forsthaus in Sicht kommen. Plötzlich stolperte das Pferd, wieherte laut – dann ging es in die Knie. Ehe er begriff, was geschehen war, lag er im Staub des Weges, während das Pferd wieder aufsprang und mit ungleichmäßigen Sprüngen davonstob.

„Halt! Stehen bleiben!“ Er richtete sich auf die Knie auf und befühlte seine Knochen. Bis auf einige Prellungen schien er nicht weiter verletzt zu sein.

Glücklicherweise war das Pferd so erschöpft, dass es schon bald stehen blieb. Als Ferdi aufstand, um dem Pferd nachzulaufen, bemerkte er die knorrige Wurzel, über die das müde Tier gestrauchelt sein musste.

Hinkend näherte er sich dem Pferd und ergriff es am Zügel. Ein lahmendes Pferd war das Letzte, was er brauchen konnte.

* * *

Die kleine Uhr auf dem Vertiko klingelte leise. Schleinitz warf einen Blick hinüber. Zwölf Uhr. Fast drei Stunden lag Lisa nun schon ohne Bewusstsein.

Das nervtötende Ticken der Uhr zerhackte die Minuten in Sekunden. Und mit jeder Sekunde schwand das Leben seiner Frau dahin. Er hatte nur noch einen Wunsch: Dass sie wenigstens noch einmal aufwachen würde, dass er noch einmal in ihre klaren Augen blicken durfte, noch einmal mit ihr sprechen konnte. Jeder Atemzug war ein stummes Gebet.

Seine Schwiegermutter saß in einem Sessel und sah immer wieder herüber; er war ihr dankbar, dass sie ihm den Platz an Lisas Seite überlassen hatte. Und Grüning hatte sich in sein Arbeitszimmer zurückgezogen, weil er, wie er sagte, das Sterben seiner Tochter nicht mit ansehen könne.

Erinnerungen stürmten über Schleinitz dahin. Schon einmal hatte er sie so liegen sehen, damals, als sie als 15-jähriges Mädchen von den Wilddieben angeschossen worden war. Er wusste noch genau, wie es ihm das Herz zerrissen hatte, als er sie so hatte zurücklassen müssen. Elf Jahre später lag sie wieder hier, doch dieses Mal würde sie ihn zurücklassen, und zwar unwiderruflich.

Plötzlich begannen Lisas Augenlider zu flattern und dann sah sie ihn an – mit großen Augen, beinahe verklärt. Es dauerte einen Augenblick, bis sie ihn erkannte, dann verschönte ein Lächeln ihre bleichen Züge. „Ludwig."

Er kniete am Sofa nieder und ergriff ihre beiden Hände. „Lisa! Meine Prinzessin!"

„Ist Ferdi noch nicht eingetroffen?" Ihre Stimme klang so dünn wie das Piepsen eines jungen Spatzen.

„Er wird sicherlich gleich kommen, Lisa."

„Wenn – wenn er zu spät kommt ..." Sie atmete tief durch, und Schleinitz hörte erschrocken das Rasseln in ihrer Brust. „Sage ihm, warum – ich hierhergekommen bin. Er soll – am besten nicht mehr – nach Breslau zurückkehren."

Schleinitz nickte, obwohl er wusste, dass das unmöglich war. Ferdi musste ja sein Studium beenden.

„Sage ihm, wie sehr – ich ihn liebe. Und dass ich ihm – nicht böse bin."

„Er wird es begreifen, wenn er erfährt, dass du seinetwegen die Fahrt auf dich genommen und damit dein Leben geopfert hast."

Sie lächelte. „Für mich war es kein Opfer."

Für ihn war es sehr wohl ein Opfer – das größtmögliche Opfer. „Ich hoffe, er wird sich deiner Tat würdig erweisen. Ich würde dem Bengel ..."

„Nicht, Ludwig. Sei nicht böse auf ihn. Bedenke, dass auch du – nicht eben ein Engel warst."

Das war leider nur zu wahr. „Aber dass du nun – dass es dein Leben kostet, weil Ferdi diesen Unsinn macht ..."

„Mein Leben wäre – ohnehin bald zu Ende gewesen. Warum sollte ich die wenigen Tage – nicht für meinen Bruder geben? Ich liebe ihn, Ludwig, und bitte – gib meine Liebe – an ihn weiter."

Tränen schossen in seine Augen und er legte den Kopf auf ihre Hände. „Ich werde alles tun, was du sagst. Meine Prinzessin des Hochwaldes."

„Dann habe ich noch eine – letzte Bitte." Sie zog mühsam eine Hand unter der Decke hervor und wühlte ihre Finger in sein Haar. „Spiel mir auf dem Pianoforte das Lied vom Heiland, wie er uns zum Himmel führt."

Nur mit Mühe riss er sich los und wankte zum Klavier, während die Forstfrau hinaushuschte, wohl um ihren Mann zu holen.

Als Schleinitz den Deckel aufklappte und die Finger auf die Tasten legte, strömten tausend Erinnerungen über ihn herein. Wie oft hatte er mit ihr zusammen hier gesessen, damals, als er als Gast ins Forsthaus gekommen war.

Als seine Schwiegereltern eintraten und sich zu Lisa an das Sofa setzten, ließ er die ersten Töne durch den Raum schweben. Nach kurzem Vorspiel folgte die Melodie des Liedes, das Lisa meinte:

Endlich kommt Er leise,
nimmt mich bei der Hand,
führt mich von der Reise
heim ins Vaterland.

Dann ists ausgerungen,
ach, dann bin ich da,
wo Ihm wird gesungen
ein Viktoria.[5]

In großen Bächen strömten Schleinitz die Tränen über die Wangen, und auch Grüning schnäuzte sich vernehmlich. Lebhaft sah

5 Text von Rudolf Flad (1804-1830) – der ebenfalls schon mit 26 Jahren verstarb.

Schleinitz das Bild vor sich, wie Lisa an der Hand ihres Heilands in den Himmel ging – am liebsten wäre er mitgegangen!

Er schaute zum Sofa hinüber, wo Lisa sich von ihren Eltern verabschiedete. Da konnte er nicht anders. Er spielte eine kleine Überleitung und ließ dann Schuberts *Lebensstürme* folgen – das Stück, das er vor elf Jahren zusammen mit Lisa geübt hatte. Aber nie hatte er es mit so vielen Gefühlen gespielt wie heute. Die Lebensstürme packten ihn mit aller Gewalt und schüttelten ihn, wie er es noch nie zuvor erlebt hatte.

Er ließ den letzten Akkord in einem Morendo verklingen – so wie Lisas Leben langsam entschwand. Als er zum Sofa hinübersah, winkte ihm seine Schwiegermutter heftig zu. Sollte es schon ...? Er sprang auf, dass der Klavierstuhl polternd hintenüberfiel, und eilte zu seiner Frau.

Schweiß stand ihr auf der Stirn, ihre Augen waren unnatürlich weit aufgerissen.

Rahel drückte noch einen Kuss auf Lisas Wange, dann nahm sie ihren Mann am Arm. „Komm. Wir wollen sie allein lassen."

„Mama!" Lisas Stimme klang brüchig. „Bitte – öffne – das Fenster. Ich möchte – die Vögel hören – und das Rauschen des Hochwaldes."

Rasch öffnete die Forstfrau das Fenster, dass die würzige Waldluft hereinströmte und die Gardinen aufblähte. Dann ging sie mit einem letzten Blick auf ihre Tochter hinaus.

Schleinitz kniete vor Lisa nieder und umklammerte ihre Hände.

„Du musst stark sein, Ludwig", wisperte sie. „Vergiss nicht – wir werden – uns wiedersehen!"

„Ja, Lisa, im Paradies, bei unserem Herrn – zu dem du mich geführt hast."

„Ich bin – dankbar, dass Gott – mich als Werkzeug – gebraucht hat." Sie schien noch etwas sagen zu wollen, doch ein fürchterlicher Hustenanfall hinderte sie daran.

Schleinitz schob seinen Arm in ihren Rücken und richtete sie etwas auf. Der Schweiß rann ihr die Schläfe hinab und ließ ihre Haare sich zu kleinen Löckchen ringeln.

Endlich bekam sie etwas Luft. Mit einer letzten Kraftanstrengung hob sie den Kopf und sah ihn an. „Dann ists ausgerungen", flüsterte sie. „Ach, dann bin ich da."

„Und bald singen wir gemeinsam unserem Herrn das ewige Loblied."

Sie lächelte, ihre Augen strahlten, als wären Sonnenfunken darin gefangen.

Dann sank ihr Kopf zurück.

Reglos hielt Schleinitz Lisa in den Armen. Totenstille herrschte in der Stube, nur die Uhr auf dem Vertiko tickte überlaut und von draußen drang mit dem Rauschen des Hochwaldes lustiger Finkenschlag herein.

Kapitel 46

Das Pferd am Zügel führend, schleppte Ferdi sich zum Forsthaus. Es lag so friedlich im Mittagssonnenschein wie immer, sodass er beinahe glauben wollte, Lisas Krankheit sei nur ein böser Traum.

Er band das Tier an, stieß die wie immer unverschlossene Haustür auf und stürmte in den dämmrigen Hausflur.

„Ferdi?“

Aus dem Zwielicht tönte ihm die Stimme seiner Mutter entgegen. Er konnte sie nur schemenhaft erkennen, weil er noch vom hellen Sonnenlicht geblendet war, doch dann legten sich zwei Arme um ihn. „Komm schnell in die Stube. Vielleicht bist du noch früh genug.“

Sie zog ihn mit sich, bis sie vor der Tür standen, die in die Wohnstube führte.

„Ludwig ist gerade bei ihr“, flüsterte sie, und er bemerkte erst jetzt, als sich seine Augen an das Dämmerlicht gewöhnten, dass ihr Gesicht tränenüberströmt war.

„Mutter?“

„Sie hat sich bereits von uns verabschiedet. Die letzten Minuten wollten wir ihr mit ihrem Mann gönnen. Doch sie hat sehnsüchtig auf dich gewartet.“

Ferdi jagte ein Stoßgebet zum Himmel, dass er seine Schwester noch lebend antreffen möge, während seine Mutter leise die Klinke hinunterdrückte.

Eine Weile blieb alles still. Dann schob seine Mutter die Tür auf und ging zögernden Schrittes in die Stube.

Er trat von einem Bein auf das andere, bis er es nicht mehr aushalten konnte. Er folgte seiner Mutter hinein und schob sie beiseite. Mit wenigen Schritten war er am Sofa, wo Schleinitz auf der Erde hockte und Lisa in seinen Armen hielt.

„Lisa!“ Ferdi erstarrte.

Seine Schwester hing leblos in Schleinitz’ Armen, ihr Kopf lag an seiner Brust. Unendlich langsam, als kehrte er gerade aus einer anderen Welt zurück, legte Schleinitz Lisa auf das Sofa, dann sah er zu ihm auf.

„Du bist zu spät, Ferdi."

Wie Bleikugeln fielen die wenigen Worte in die Stube und in Ferdis Gewissen. Seine Knie gaben nach und er sank vor dem Sofa nieder. „Lisa!"

Ein Wolkenbruch von Tränen stürzte ihm aus den Augen. Er ergriff ihre Hand, ließ sie aber erschrocken los, weil sie eiskalt war.

„Lisa, kannst du nicht noch ein letztes Mal aufwachen?"

Lebhaft stand ihre letzte Begegnung vor ihm. Wie hatte sie ihn angefleht, ihm die Wahrheit zu sagen! Und er? Hatte gelogen, sie ohnmächtig liegen lassen und war zur Soiree bei Schwentin gegangen.

Und jetzt lag sie hier und konnte ihm nicht mehr vergeben, und er konnte ihr nicht mehr sagen, wie sehr er sie liebte und wie leid ihm das alles tat.

Zu spät! Die Erkenntnis dieser beiden Worte schüttelte ihn. Nie wieder würde er mit seiner Schwester plaudern können, mit ihr Jugend- und Kindheitserinnerungen austauschen, nie wieder würde sie in ihrer sanften Art versuchen, seinen Übermut zu dämpfen.

Als sich ihm eine Hand auf die Schulter legte, fuhr er auf. Schleinitz stand vor ihm und sah ihn ernst an. „Ferdi, deine Schwester hat absichtlich ihr Leben aufs Spiel gesetzt."

„Was willst du damit sagen?" Er hasste sich selbst für seine tränenerstickte Stimme, aber auch in Schleinitz' Augen standen Tränen, und seine Mutter wischte sich mit dem Schnupftuch immer wieder die Augen.

„Ich will es dir erklären." Schleinitz setzte sich auf die Sofakante. „Zunächst soll ich dich grüßen. Sie ist dir nicht böse und hat dich bis zum Schluss innig geliebt."

Mühsam unterdrückte Ferdi ein Schluchzen.

Schleinitz sah ihm ernst in die Augen. „Sie ist für dich gestorben."

„Für mich? Aber sie war doch schon lange krank!"

„Es wäre wahrscheinlich nicht so schnell gegangen, wenn sie nicht die Reise hierher unternommen hätte. Und die hat sie deinetwegen unternommen. In der Hoffnung, dass du ihr folgen würdest und so den bösen Einflüssen in Breslau entzogen würdest."

Von der Tür, wo seine Mutter immer noch stand, war ein ersticktes Schluchzen zu hören. Dann eilte sie hinaus.

Ferdi sah in das friedliche Antlitz seiner Schwester. Sie lächelte, so wie sie immer gelächelt hatte. Ihm war, als müsste sie gleich die Augen öffnen.

„Sie ist eine Heldin", murmelte er, während ihm die Tränen die Wangen hinunterströmten. Den Blick fest auf seine Schwester gerichtet, sagte er: „Ich gebe mein Wort, dass meine Schwindeleien ein Ende haben werden. Lisa soll nicht umsonst gestorben sein."

Ferdi stand auf. Er wusste schon, was er tun würde. Gleich nach der Beerdigung würde er nach Breslau zurückkehren und vor Baronesse Stefanie ein rückhaltloses Bekenntnis ablegen – was dann daraus würde, lag nicht in seiner Hand.

Er trat ans Fenster und sah durch seine Tränen hindurch zum rauschenden Hochwald hinauf. Im Apfelbaum saß ein Fink und schmetterte unermüdlich sein Lied. Flecki, Lisas schwarz-weiße Katze, lag faul auf einem sonnenbeschienen Stein und schlief.

Je mehr er darüber nachdachte, umso größer wurde ihm die Opferbereitschaft seiner Schwester. Und immer schwerer legte sich ihm aufs Gewissen, dass er an ihrem frühen Tod mitschuldig war.

* * *

Als Schwentin den Salon seiner Frau betrat, hüpfte Livia ihm entgegen. „Papa, endlich kommst du! Ich hab schon so auf dich gewartet!"

Er ging in die Hocke und fing den blondlockigen Wildfang in seinen Armen auf. „Was hat denn die Sehnsucht nach mir so unermesslich gesteigert?"

„Mama hat heute gar keine Zeit für mich." Sie wies zu Valeria hinüber, die in ein Modemagazin vertieft war. „Immer sagt sie, ich soll ihr nicht auf die Nerven fallen."

Er strich ihr das Haar aus der Stirn. „Schau, Livia, ich habe dir etwas mitgebracht. In meinem Arbeitszimmer liegt ein Buch auf dem Schreibtisch, das darfst du dir holen."

„Oh, fein!" Sie hopste auf einem Bein zur Tür, kam aber noch einmal zurück, schmatzte ihm einen feuchten Kuss auf die Wange, um dann wieder zu verschwinden.

Er lächelte und nahm Valeria gegenüber in einem Sessel Platz. „Ich hoffe, du hast wenigstens für mich einen Augenblick Zeit."

Seufzend zündete sie sich eine Zigarette an. „Du verziehst das Kind viel zu sehr, Otto. Den ganzen Tag springt sie um mich herum, dass ich hämmernde Kopfschmerzen bekomme."

Schwentin nahm seinen Zwicker ab. „Sie ist doch ein fröhliches Kind. Mir tut ihre Anwesenheit gut. Ich wollte, ich wäre noch einmal so unbeschwert wie sie."

Da stürmte das Mädchen wieder herein und sprang auf seinen Schoß, Wilhelm Buschs *Max und Moritz* fest unter den Arm geklemmt. „Danke, Papa! Liest du mir vor?"

Er schlug das Buch auf. „Schau dir zuerst die Bilder an, während ich noch etwas mit deiner Mama bespreche. Dann werde ich dir vorlesen."

„Was möchtest du mit mir besprechen, Otto? Können wir es nicht auf morgen verschieben? Ich fühle mich fatigiert."

Er ging auf diese Ausrede gar nicht ein. „Da du dich mit deinem Bruder ja trotz aller merkwürdigen Umstände immer noch so intensiv darum bemühst, dass der Graf von Wedell seinen Aufenthalt in Breslau verlängert, habe ich betreffs seiner weiter recherchieren lassen. Mittlerweile weiß ich, dass im ganzen vergangenen Jahr bei keinem weiteren Verfahren in Bayern ein Graf von Wedell aufgetreten ist. Mein Verdacht wächst von Tag zu Tag."

„Ach was, Verdacht." Sie stieß eine Rauchwolke aus. „Ich weiß nicht, was du ständig gegen diesen schneidigen Grafen hast."

„Er mag ja schneidig sein, aber das ist nicht das Entscheidende." Er klemmte seinen Zwicker wieder auf die Nase. „Was vor drei Tagen bei der Soiree passiert ist, muss doch sogar jeden unvoreingenommenen Beobachter misstrauisch machen. Plötzlich hat er eine Tante in der Nähe von Breslau, obwohl es vorher immer hieß, er kenne niemanden hier. Mit Herrn von Pritzen scheint er auch bekannt zu sein, sonst hätte dieser ihn nicht abgeholt. Und warum kommt Pritzen mit dem Vorwand, unsere Nichten kennenlernen zu wollen, obwohl er eigentlich nach dem Grafen von Wedell sucht?"

„Du kannst den Staatsanwalt auch nicht verleugnen." Valeria lächelte. „Hinter Pritzens Rücksicht vermutest du Betrug, die Bekanntschaft des Grafen mit Pritzen ist für dich gleich ein Anlass, ihn zu verdächtigen, obwohl es doch selbstverständlich ist, dass der

Sohn eines angesehenen bayerischen Grafen hier Kontakte zu einflussreichen Personen wie Pritzen knüpft. – Darf denn kein Fremder in unsere Gesellschaft kommen, ohne von dir unter Generalverdacht gestellt zu werden?“

Er legte den Arm um Livia, die fasziniert den Schneider Böck betrachtete, dem eben das heiße Bügeleisen auf den kalten Leib gedrückt wurde. „Es hat doch nichts damit zu tun, dass ich jeden verdächtigen würde. Es gibt unbestreitbar einige Ungereimtheiten bei diesem Grafen. Warum glaubst du so bedingungslos an ihn?“

„Wir haben doch lang und breit erörtert, dass Wedell hervorragend zu den Mädchen passt.“ Valeria drückte ihre Zigarette in einen Aschenbecher. „Wahrscheinlich werden wir nie einen feineren Mann für sie finden. Ein Mann von seiner Distinktion ist doch über jeden Zweifel erhaben. Sein Auftreten ist von einer Noblesse, dass jeder Verdacht hinfällig ist.“

Schwentin schüttelte den Kopf. Mit diesen unsachlichen Aussagen konnte er nichts anfangen. Als Jurist brauchte er Fakten. „Das reicht mir nicht. Bevor irgendwelche weiteren Schritte unternommen werden, Wedell und eines der Mädchen zusammenzubringen, will ich wissen, was er wirklich für ein Mann ist.“

Valeria legte das Modemagazin beiseite. „Ich habe heute von Gräfin Götzen erfahren, dass Seine Majestät der Kaiser die Feierlichkeiten anlässlich des Sedantages[6] in Breslau zu begehen gedenkt.“

„Was hat das damit zu tun?“

„Sicherlich wird es einen Ball im königlichen Palais geben, und als Graf, der sogar mit dem bayerischen Königshaus verwandt ist, wird Wedell, sofern er dann noch in Breslau weilt, ganz gewiss eine Einladung erhalten – schon allein deshalb, weil er offenbar mit Pritzen bekannt ist, der die rechte Hand unseres Oberpräsidenten ist.“

„Ich verstehe nicht, worauf du hinauswillst.“

„Männer!“ Valeria zündete sich eine neue Zigarette an. „Wenn Wedell bis dahin mit Lena oder Stefanie verlobt ist, wird sich die Einladung zweifellos auch auf uns erstrecken.“

Er klemmte seinen Zwicker auf die Nase und sah seine Frau ernst an. „Du willst eine unserer Nichten an diesen zwielichtigen

6 Jahrestag der Schlacht bei Sedan, wo die Franzosen am 2. September 1870 während des Deutsch-Französischen Krieges entscheidend geschlagen wurden.

Grafen verheiraten, nur um am Ball des Kaisers teilnehmen zu können?“

„Der Graf ist nicht zwielichtig, Otto. Begreife es doch endlich!“

„Welche Fakten stützen denn seine Behauptungen? Und erzähle mir nicht nur etwas von seiner Noblesse! Gerade die größten Betrüger treten wie wahre Könige auf.“ Er würde diesem Wedell so schnell wie möglich noch weiter auf den Zahn fühlen, am besten in einem persönlichen Gespräch. Wenn er ihn ordentlich in die Mangel nahm, würde er schnell herausfinden, ob der Graf tatsächlich so nobel war, wie Valeria behauptete.

Seine Frau nahm einen tiefen Zug und stieß den Rauch durch die Nase aus. „Ich verstehe nicht, was du gegen den Grafen hast. Er hat sich vorbildlich verhalten, er huldigt unseren Nichten, hat Kontakte zum bayerischen Königshaus, ist unvorstellbar reich – was willst du mehr?“

„Genau das überprüfe ich, seitdem er aufgetaucht ist. Aber bis auf den vagen Hinweis im Gothaischen Hofkalender gibt es nichts, was darauf hindeutet, dass seine Geschichte stimmt. Dieser Mensch passt zu perfekt in die Pläne deines Bruders. Und ehe ihr irgendwelche Schritte hinsichtlich einer Verlobung unternehmt, werde ich herausfinden, was er wirklich für ein Mensch ist.“ Er schob Livia von seinem Schoß und stand auf. „Komm, Livia, ich werde dir *Max und Moritz* vorlesen.“

Die Kleine hängte sich jubelnd an seine Hand.

„Was hast du vor, Otto?“ Valeria erhob sich von ihrem Sessel und legte ihm ihre Hände auf die Schultern. Der Qualm ihrer Zigarette drang ihm beißend in die Nase.

„Ich werde Livia *Max und Moritz* vorlesen.“

Sie lächelte süßlich und tippte mit dem Zeigefinger auf seine Nasenspitze. „Ich möchte wissen, was du bezüglich des Grafen Wedell planst.“

Er würde es ihr selbstverständlich nicht sagen. Glücklicherweise weilte sein Schwager Mutius auf seinem Gut Juliendorf, denn der würde sonst alles daran setzen, seine Pläne zu durchkreuzen, um sich die angeblichen Millionen des Grafen zu sichern.

„Otto“ – Valeria lehnte sich an ihn –, „mir machst du nichts vor. Das mag dir bei deinen Angeklagten gelingen, aber ich kenne dich gut genug.“

Sie lächelte immer noch und er musste zugeben, dass ihm ihr Lächeln nach wie vor gefiel.

„Komm jetzt, Papa!“ Livia zog an seinem Rock.

„Du hörst, unsere Tochter stellt Ansprüche an mich.“ Er grinste sie an.

„Du willst Wedell zur Rede stellen, nicht wahr? Ich habe Angst deswegen, Otto.“

„Ah, du traust dem Grafen also doch nicht?“

„Nein. Ich habe Angst, dass du ihn verärgerst. Wenn er merkt, dass du einen Verdacht gegen ihn hegst, wird er sich in seiner Ehre gekränkt fühlen.“

„Ich werde tun, was ich für richtig halte.“ Er schob sie von sich fort. Es passte ihm gar nicht, dass sie sein Vorhaben erahnte. Wahrscheinlich würde sie ihrem Bruder noch heute telegrafieren, und dann würde sein Schwager mit dem nächsten Zug nach Breslau zurückkehren und versuchen, Gegenmaßnahmen zu ergreifen. Trotzdem würde er sich nicht davon abbringen lassen. Das war er seinen Nichten – besonders derjenigen, in der er seine Tochter vermutete – schuldig.

„Komm, Livia.“ Er nahm die Kleine bei der Hand und verließ den Salon seiner Frau.

Kapitel 47

Ferdi hängte seine triefend nasse Jacke an den Haken und zog sich die Stiefel von den Füßen. Selbst der Himmel weinte am Beerdigungstag seiner Schwester.

Er ging in die Stube und stellte sich vor den Kamin. Wenig später hörte er Schritte im Hausflur, und dann traten seine Eltern ein.

„Gut, dass ihr allein kommt."

„Schleinitz ist mit seiner Schwester und Pritzen ins Dorf in den *Gelben Dragoner* gegangen", erklärte seine Mutter. „Sie wollten wohl noch etwas unter sich sein."

Ferdi richtete sich hoch auf und sah seine Eltern an. „Ich werde noch heute nach Breslau zurückkehren."

Offenbar hatte er mit dieser Ankündigung sogar seinen Vater überrascht, denn der sagte gar nichts.

Seine Mutter starrte ihn aus weit aufgerissenen Augen an. „Ferdi? Das ist nicht dein Ernst."

„Doch. Ich habe etwas zu erledigen, das keinen Aufschub duldet." Übermorgen war Mittwoch – der Tag, für den er das Treffen mit Stefanie vereinbart hatte.

Die Angst schrie ihn aus den Augen seiner Mutter förmlich an. „Ich möchte, dass du hierbleibst, Ferdi. Breslau ist zu gefährlich für dich."

„Wie stellst du dir das vor? Ich muss doch mein Studium beenden! Ich habe schon die Rechtskunde-Klausur versäumt." Wahrscheinlich hatte Bassewitz geflucht, weil er bei der Klausur nicht die versprochene Unterstützung erhalten hatte.

„Er hat recht." Sein Vater nahm ihn am Arm und zog ihn zum Sofa. „Musst aber nicht gleich heute abreisen. Schon gar nicht nach den Dingen, die wir von dir gehört haben."

Natürlich, Schleinitz und Pritzen hatten geplaudert. „Ich gebe zu, dass ich Dinge getan habe, die nicht gut waren. Aber bitte gebt mir die Möglichkeit, es wiedergutzumachen."

„Sollen wir das glauben?" Seine Mutter setzte sich neben ihn. „Du hast so viele Unehrlichkeiten hinter dir."

„Ihr könnt mir glauben. Ich möchte zu den Leuten gehen, die ich belogen habe, und ein Bekenntnis ablegen." Das stimmte immerhin. Dass er außerdem alles dafür tun würde, dass Stefanie ihm nicht nur vergab, sondern sogar seine Frau wurde – das erzählte er seiner Mutter besser nicht.

„Trotzdem ist die überstürzte Abreise nicht vonnöten." Sein Vater fuhr sich durch das feuchte Haar. „Bleib bis zum Wochenende, dann kannst du mit Schleinitz nach Breslau zurückkehren."

„Ich kann nicht. Wisst ihr, wie ich mich fühle? Hier in dem Haus, wo ich mit Lisa aufgewachsen bin? Im Hochwald, den ich als Junge mit ihr von Ost nach West und Nord nach Süd durchstreift habe? Wo mich alles an sie erinnert? Jeder Baum, jeder Stein?" Er sprang auf und wischte sich die Tränen aus den Augen. Von draußen drang Finkenschlag herein – wie an ihrem Todestag.

Plötzlich fühlte er sich von zwei Armen umschlungen. „Ferdi."

„Mama. Meine Schwester – sie ist tot!" Er kämpfte gegen das Schluchzen an. „Und ich bin schuld."

„Du bist sicherlich nicht unschuldig, aber die Krankheit ließ sich nicht aufhalten." Sie strich ihm eine feuchte Locke aus der Stirn.

„Bitte lasst mich gehen. Ich muss meine Angelegenheiten in Breslau ordnen – und ich muss fort von hier!"

„Was ist vorgefallen?" Seine Mutter zog ihn wieder zum Sofa. „Willst du uns nicht erzählen, was dich bedrückt? Was du getan hast?"

„Ihr habt doch von Schleinitz und Pritzen ohnehin schon alles erfahren."

„Ich möchte es von dir selbst hören." Die Tränen in den Augen seiner Mutter trieben auch ihm das Wasser in die Augen.

Er schüttelte den Kopf. „Lasst es mich zuerst in Ordnung bringen."

„Halte es für anständig, dass er seine Verfehlungen ausräumen will." Sein Vater klopfte ihm auf die Schulter. „Verstehe auch, dass ihn die Erinnerungen von hier forttreiben."

„Ich habe Angst um dich, Ferdi." Seine Mutter sah ihn ernst an. „Wenn du wieder in Breslau bist – wirst du wirklich mit den Schwindeleien aufhören? Oder werden dich deine Freunde erneut verführen?"

Die Frage seiner Mutter tat ihm weh. „Glaubst du das nach dem, was geschehen ist, wirklich?"

„Ich verstehe nur deine Eile nicht!"

„Ist gut, Rahel." Selten war sein Vater einmal so milde gewesen. Wahrscheinlich hatte Lisas Tod das bewirkt. „Lassen wir ihn gehen. – Ferdinand, ich will dir noch einmal vertrauen. Bringe deine Verfehlungen in Ordnung und vollende schnellstmöglich dein Studium."

„Ja, Vater. Ich danke dir. Ich will mich deines Vertrauens würdig erweisen."

„Aber du wirst weniger Geld bekommen." Seine Mutter ließ nicht locker. Offenbar glaubte sie nicht recht an seinen Sinneswandel. Ahnte sie etwa, dass mit seinem Bekenntnis mehr verbunden war?

„Gut, werden den Wechsel um ein paar Mark kürzen." Sein Vater nickte, seine Stimme duldete keinen Widerspruch.

Kapitel 48

Mit zitternden Fingern drückte Stefanie ihre Zigarette in den Aschenbecher. So aufgeregt wie heute war sie noch nie in ihrem Leben gewesen. Gleich würde sie ihren Prinzen treffen.

Ratlos stand sie vor ihrem Kleiderschrank und ging bestimmt zum zehnten Mal alle ihre Kleider durch. Er war ein Prinz – womit konnte sie ihn beeindrucken? Mit etwas Schlichtem? Oder etwas Gewagtem, Ausgefallenem?

Seit der Soiree war sie jedenfalls endgültig überzeugt, dass der Graf von Wedell nur ein Inkognito für einen Prinzen war. Er war von der rechten Hand des Oberpräsidenten höchstselbst abgeholt worden – solche Beziehungen hatte doch kein einfacher Graf aus Bayern, sondern nur jemand, der in allerhöchsten Kreisen verkehrte.

Endlich entschied sie sich für ein weißes Kleid mit der modernen Kürasstaille. Lena hatte einmal gesagt, dass sie darin wie ein Engel aussehe. Zu dumm nur, dass sie heute mit dem Kleid und ihrer Frisur allein zurechtkommen musste. Lena war spazieren gefahren und es durfte auch niemand anderes erfahren, was sie vorhatte!

Was würden ihre Eltern, Verwandten und Freundinnen für Augen machen, wenn sie erfuhren, dass sie sich mit einem Prinzen verlobt hatte!

Bestimmt würde es noch viele Hindernisse geben, aber sein Verhalten und seine Worte hatten ihr klar gemacht, dass er bereit war, sie trotz des Standesunterschieds zu seiner Frau zu machen. Und sie wäre eine Närrin, wenn sie die Gelegenheit, Prinzessin zu werden, nicht trotz aller Widerwärtigkeiten und des ungelösten Geheimnisses ergriff.

Aber wenn sie ehrlich zu sich selbst war – es reizte sie zwar, den stolzen Prinzen zu erobern, aber sie würde Wedell auch als einfachen Grafen nehmen – vielleicht sogar, wenn er weniger als das wäre. Dieser Mann hatte ihr Herz buchstäblich im Sturm erobert.

Rasch schlüpfte Stefanie aus ihrem einfachen Hauskleid und legte das andere an. Mühsam schloss sie die Häkchen am Rücken und drehte sich dann vor dem Spiegel. Wenn sie damit dem Grafen nicht gefiel! Fehlte nur noch die Frisur.

Sie setzte sich vor ihren Spiegel und stützte das Kinn in eine Hand. Ohne Zofe würde sie bestimmt nur eine unzureichende Frisur hinbekommen. Und ein wenig Schminke würde ihr auch guttun. Ihre Wangen waren viel zu blass, bestimmt wegen der Aufregung. Es war ihr erstes Rendezvous, und dann auch noch heimlich!

Sie zündete sich gerade eine neue Zigarette an, als an ihre Tür geklopft wurde.

„Stefanie, bist du da?“

* * *

Schwentin wartete, bis Stefanie ihm öffnete. „Parbleu, heute so fein? Hast du etwas vor?“

„Nein, Onkel, dieses Kleid habe ich neu bekommen und wollte sehen, wie es mir steht.“ Sie zog an ihrer Zigarette, als wollte sie sie in einem Zug zu Ende rauchen.

Er überlegte, ob er das Kleid nicht schon einmal an seiner Nichte gesehen hatte. Aber wahrscheinlich war es nur ein ähnliches gewesen. Frauen mussten ja so viele Kleider wie möglich besitzen, ob sie schon ein ähnliches im Schrank hatten oder nicht. Und er hatte auch Wichtigeres zu tun, als sich mit den Kleidern seiner Nichte zu beschäftigen. Er musste alles von ihr erfahren, was sie über Wedell wusste – nur so konnte er dem Grafen sinnvoll auf den Zahn fühlen.

Und das musste umgehend geschehen, möglichst noch bevor Mutius nach Breslau zurückkehrte, um diese Untersuchungen zu unterbinden und stattdessen seine eigenen Pläne, an Wedells Millionen zu kommen, weiterzuspinnen. Es war zu ärgerlich, dass er es nicht schon früher geschafft hatte, mit Stefanie zu sprechen, aber er hatte im Gericht so viel zu tun.

„Ich hoffe, dass ich dich nicht störe, Stefanie. Du hast doch etwas Zeit für mich?“

Sie setzte sich auf einen Stuhl und tippte auf ihre Zigarette. „Ein wenig. Ich möchte gleich noch mit meiner Schwester eine Ausfahrt machen und muss vorher natürlich aus diesem Kleid heraus.“ Sie lachte – in seinen Ohren klang es fast ein wenig verlegen.

„Ich dachte, Lena wäre schon ausgefahren?“

„Ja, aber ich wollte zuerst dieses Kleid anprobieren. Nachher fahren wir noch etwas zusammen."

Schwentin nahm ihr gegenüber Platz. „Liebe Stefanie, du hast bei eurem Debüt und bei der Soiree viel Zeit mit dem Grafen von Wedell verbracht. Vielleicht kannst du mir ein wenig über ihn erzählen?"

Er sah, wie ihr die Röte ins Gesicht schoss. Schnell nahm sie einen Zug aus ihrer Zigarette und hüllte sich in eine Wolke aus Tabaksqualm. „Er ist faszinierend, Onkel. Charmant und nobel ..."

Er lächelte. Eigentlich wollte er nicht schon wieder eine Lobeshymne auf den Grafen hören. „Hat er dir etwas über seine Familienverhältnisse erzählt?"

„Ich dachte, die kenntest du?"

Er wusste nur das, was Bassewitz beim ersten Ball seinem Schwager erzählt hatte. „Er soll einen reichen Vater haben, den Majoratsherrn von Wedell, der ausgedehnte Wälder in Bayern besitzt. Angeblich ist er sogar Hofholzlieferant."

„So viel hat er mir gar nicht von sich erzählt", lachte Stefanie.

Sollte Wedell wirklich keine weiteren Einzelheiten berichtet haben? Das war erst recht verdächtig. Betrüger erzählten nie viel von sich selbst, um sich nicht in Widersprüche zu verwickeln. Er nahm seinen Zwicker ab. „Bei der Soiree wurde er plötzlich abgeholt – wenn ich mich recht erinnere wegen seiner Tante?"

„Ja, das war sonderbar. Ich hatte gedacht, er habe außer Bassewitz keine Verwandten hier." Stefanie legte ihre Zigarette in einen Aschenbecher und schlug die Beine übereinander. „Allerdings wohnt die Tante nicht in Breslau, sondern in Trebnitz."

Das war ein wichtiges Detail. „Hat er etwas davon gesagt, wie er als Bayer an eine Tante in Schlesien kommt?"

„Nein, davon sagte er nichts. Die Verwandtschaft geht wohl über seine Mutter. Vielleicht stammt sie ja aus Schlesien?"

Das war immerhin denkbar, obwohl Bayern und Preußen bis zur Gründung des Reiches keine guten Freunde gewesen waren. Aber hatte Bassewitz nicht behauptet, Wedell sei über seine Mutter mit dem bayerischen Königshaus verwandt? Und so stand es ja auch im Gotha. „Hat er dir den Namen der Tante oder seiner Mutter genannt?"

Stefanie wickelte ihre Halskette um den Finger und sah überlegend zur Zimmerdecke hinauf. „Ich kann mich nicht erinnern, dass ein Name gefallen ist. Aber warum fragst du so angelegentlich danach?"

„Nun, es wäre doch interessant, die Verwandtschaft des Grafen kennenzulernen, oder nicht?" Er hauchte seine Brillengläser an und putzte sie mit seinem Schnupftuch. „Was mich auch wunderte, ist die Verbindung zu Herrn von Pritzen."

„Darüber war ich ebenfalls überrascht. – Aber, Onkel, ich müsste nun ..."

„Hat er etwas über diese Verbindung gesagt?"

„Er sprach von einer flüchtigen Bekanntschaft. – Bitte verzeih mir Onkel, ich muss nun wirklich ..."

„Einen Augenblick noch." Er klemmte den Zwicker wieder auf die Nase. Er musste unbedingt noch erfahren, aus welchem Ort Wedell stammte. Dann konnte er über das Gericht nachprüfen, ob es dort wirklich einen Grafen von Wedell gab.

Doch in diesem Augenblick öffnete sich die Tür und Lena trat ein.

Sofort sprang Stefanie auf. „Onkel, bitte entschuldige ..."

Er erhob sich seufzend und ließ sich von Stefanie zur Tür hinausschieben.

* * *

Christian von Güssow betrat die Eingangshalle der Schwentin'schen Villa und reichte einem Diener seinen Zylinder. „Melden Sie mich bitte bei Herrn von Schwentin."

Mit einem Bückling entfernte sich der dienstbare Geist, und Güssow sank in einen der weinroten Samtsessel.

Es wurde Zeit, dass er endlich etwas unternahm. Seit der Soiree kreisten seine Gedanken nur noch um seine Cousine Helena und nachdem er in den letzten Tagen immer wieder dafür gebetet hatte, wollte er Schwentin nun um Erlaubnis bitten, um die Baronesse werben zu dürfen.

Als Schritte auf der Treppe erklangen, sah er auf. Doch statt des erwarteten Hausherrn kam Julian von Mutius auf ihn zu. „Herr von Güssow, welch Zufall, Sie hier anzutreffen. Meine Gedanken beschäftigten sich just mit Ihnen."

Güssow stand auf und unterdrückte einen Seufzer. „Ich vermutete Sie gar nicht hier. Ich hatte gehört, Sie weilten auf Ihrem Gut?"

„Es war nur ein kurzer Besuch erforderlich, um ein paar Angelegenheiten zu regeln", lachte Mutius, „dann zog es mich in die Stadt zurück. Bitte begleiten Sie mich doch in den Park."

„Ich wollte eigentlich ... Wo ist Herr von Schwentin?"

„Mein Schwager ist sehr beschäftigt. Aber sicherlich können Sie Ihr Anliegen auch mir vortragen. Ich vermute, dass es um meine Nichten geht? Wahrscheinlich um Baronesse Helena?"

Kopfschüttelnd folgte Güssow dem ehemaligen Offizier in den Park. War dieser Mann allwissend? „Sie haben recht, Herr von Mutius, aber woher ...?"

„Woher ich das weiß?" Lächelnd legte Mutius den Arm um seine Schultern. „Ich bin doch nicht blind, mein Lieber. Meine ältere Nichte hat es Ihnen angetan, nicht wahr?"

Güssow verschränkte seine Finger und ließ sie krachen wie eine Gewehrsalve. „Ich kann Ihnen nicht widersprechen. Das ist tatsächlich der Grund meines Hierseins."

Mutius führte ihn zu einer Bank, wo sie Platz nahmen. „Sie können offen sprechen, Herr von Güssow. Ich schmeichle mir, behaupten zu dürfen, dass mein Einfluss auf Baronesse Helena noch größer ist als der meines Schwagers."

Aber Güssow bezweifelte, dass Mutius ihm wohlgesonnen war. Schwentin würde sein Vorhaben vermutlich eher unterstützen. Wenn aber Mutius' Einfluss so groß war, wie er behauptete, sollte er wenigstens versuchen, ihn auf seine Seite zu ziehen. „Ich bitte um die Erlaubnis, um Baronesse Helena werben zu dürfen."

„Sie stürmen rasch vor!" Mutius lachte. „Die Mädchen sind doch noch gar nicht lange in Breslau und haben erst einen Ball und eine Soiree mitgemacht."

„Ich bitte bemerken zu dürfen, dass ich meine Cousinen bereits länger kenne."

„Dennoch sollten sie die Möglichkeit erhalten, zuerst das Leben in der Stadt und einige andere Herren der Gesellschaft kennenzulernen."

„Aber ich bitte Sie, wozu soll das nötig sein?" Güssow fuhr sich mit den Fingern durch die Haare. Das fehlte ihm noch, dass er warten sollte, bis Helena einen Besseren gefunden hatte. „Wenn sich ein geeigneter Bewerber gefunden hat, worauf sollte man dann noch warten?"

Mutius zündete sich ein Zigarillo an und blies elegante Kringel in die warme Luft. Der Tabaksduft überdeckte sogar den Duft der Rosen, die hinter der Bank standen. „Ich möchte Sie bitten, meinen Nichten Zeit zu geben, damit sie selbst entscheiden können. Und dazu müssen sie auch andere Herren besser kennenlernen."

„Ich denke nicht, dass das erforderlich ist. Bedenken Sie, Herr von Mutius, dass es allein schon der Glaube ist, der Baronesse Helena und mich verbindet. Sie werden in der Gesellschaft wenige finden, die diesem Anspruch der Baronesse genügen."

„Oha, mein Lieber, Sie wollen wohl die ganze Gesellschaft als gottlos hinstellen? Dagegen muss ich mich verwahren!"

„Nein, so meinte ich es nicht ..." Güssow krachte wieder mit seinen Fingern.

„Ich weiß schon. Allerdings gibt es auch andere Herren, die dem strengen Anspruch meiner Nichte genügen."

Unwillkürlich musste Güssow an den Grafen von Wedell denken, der angegeben hatte, ebenfalls ein gläubiger Christ zu sein – obwohl man bisher wenig davon bemerkt hatte. „Bitte bedenken Sie auch meine pekuniären Verhältnisse. Kommerzienrat von Ruffer hat mir erst vor wenigen Tagen eine weitere Erhöhung meiner Bezüge in Aussicht gestellt."

„Auch mit diesem Merkmal sind Sie nicht allein." Mutius zog an seinem Ohrläppchen. „Bitte, Herr von Güssow, geben Sie Baronesse Helena Zeit. Es ist möglich, dass sie Ihre Werbung erhören wird, aber warten Sie noch etwas."

Güssow ballte die Faust hinter dem Rücken. Er wusste schon, was Mutius plante: Er wollte ihn hinhalten, um Helena möglichst noch vorteilhafter zu verheiraten, wahrscheinlich an diesen unerhört reichen und angesehenen Grafen von Wedell. Sollte der Plan nicht gelingen, konnte er, Güssow, immer noch als Lückenbüßer dienen.

„Denken Sie bitte nicht, Sie wären mir als Mann meiner Nichte nicht willkommen." Mutius erhob sich. „Bitte entschuldigen Sie mich."

Güssow nickte nur. Es blieb ihm wohl nichts anderes übrig, als zu verhindern, dass Wedell um Helena warb – wenn er nur wüsste wie.

Kapitel 49

Stefanie war beinahe froh, dass Lena das Verhör ihres Onkels unterbrach. Sie fürchtete, dass der findige Oberstaatsanwalt auch noch das heutige Rendezvous aus ihr herausgequetscht hätte. Die gründliche Befragung war ihr ohnehin schon unheimlich genug.

Zwar bekam sie jetzt in ihrer Schwester eine Mitwisserin um das Stelldichein, aber Lena würde sie hoffentlich nicht verraten. Und sie hatte jemanden, der ihr bei der Frisur helfen konnte, zumal sie schon viel zu viel Zeit verloren hatte.

Als die Tür sich endlich hinter ihrem Onkel schloss, trat Lena vor sie hin und griff nach ihrem Kleid. „Stefanie, was hast du vor?"

„Psst! Du darfst mich nicht verraten!"

„Aber was ist denn? Warum machst du große Toilette? Warum dieses Kleid, in dem du wie ein Engel aussiehst?"

Lenas Kompliment gab ihr Mut. „Versprichst du mir, dass du mich nicht verrätst?"

„Dazu muss ich erst wissen, was du zu tun beabsichtigst."

„Nein. Erst dein Versprechen. Sonst werde ich nichts sagen." Stefanie setzte sich vor ihren Frisiertisch und starrte auf die Zigarette, die immer noch in dem Aschenbecher aus blassgrünem Marmor vor sich hin glomm. Die hatte sie ganz vergessen.

Ihre Schwester seufzte und setzte sich auf einen Stuhl neben sie. „Ich fürchte, dass es nichts Gutes ist, was du vorhast. Geht es um den Grafen von Wedell?"

„Wirst du mich verraten oder nicht?" Sie griff zur Zigarette und sog den Qualm so tief in ihre Lunge, dass sie ihn mit heiserem Husten wieder von sich geben musste.

„Gut, Schwester, ich werde dich nicht verraten."

Stürmisch sprang Stefanie auf und schlang die Arme um Lena. „Ich wusste doch, dass du zu mir stehen würdest. Denke dir nur: Ich werde mich mit ihm treffen. Mit *ihm*!"

„Mit – ihm? Mit Wedell?"

Sah sie recht? Standen in Lenas Augen wirklich Tränen? Doch

ihre Schwester wandte den Blick schnell ab. Wahrscheinlich hatte sie sich getäuscht.

„Du musst mir helfen, Lena. Schau meine Haare an. Ich kann sie nicht allein frisieren."

Lena zog die Spangen aus ihrem eigenen Haar und löste den Knoten auf. „Weiß Onkel Schwentin Bescheid? Oder Onkel Mutius?"

„Natürlich nicht." Stefanie ging zum Frisiertisch zurück und drückte die Zigarette aus. „Sie würden es doch niemals erlauben. Stelle dir vor: Ich werde ihn treffen – heimlich! Ist das nicht romantisch?"

„Bitte tu es nicht, Stefanie."

„Wie bitte? Warum nicht? Bist du etwa eifersüchtig?"

Lena wich ihrem Blick aus und starrte auf ihren Schuh, den sie am Riemchen an den Zehen baumeln ließ. „Du weißt, was ein heimliches Rendezvous für ein Skandal ist. Warum geht der Graf nicht den offiziellen Weg und wirbt bei unseren Eltern um dich? Oder bei Onkel Schwentin?"

„Er will es ja tun. Doch dazu muss er zuerst mit seinen Eltern sprechen. Die Reise nach Bayern und wieder zurück nach Breslau wird furchtbar lange dauern, deshalb möchte er mir zuvor noch etwas unter vier Augen sagen – wahrscheinlich, dass er in Wirklichkeit ein Prinz ist. Und dann wird er mir bestimmt einen Heiratsantrag machen."

„Du träumst ja immer noch. Und wenn es wirklich so wäre, warum hat er es dir nicht bei der Soiree gesagt?"

Stefanie zog an dem goldgefassten Medaillon, das an ihrer Kette hing. „Ich glaube, er wollte es. Aber wir wurden gestört, als Herr von Pritzen ihn zu seiner Tante holte."

„Überhaupt eine merkwürdige Geschichte." Lena ließ den Schuh von den Zehen purzeln. „Aber dann könnte er dir doch seine Aufwartung machen und dir dabei sagen, was er für so wichtig hält."

„Er wünschte aber ausdrücklich ein Gespräch ohne Anstandsdame. Und ich werde mich davon nicht mehr abbringen lassen. Hilfst du mir nun bei meiner Frisur?" Stefanie drehte sich zum Spiegel, griff nach der Bürste und begann ihre Locken zu kämmen.

„Stefanie, ich flehe dich an, tu es nicht. Je mehr du mir erzählst, umso suspekter wird mir die Sache. Ich habe Angst um dich – nicht nur, weil euer Rendezvous zu einem Skandal führen könnte."

Sie fuhr herum, dass ihre Haare ihr ins Gesicht schlugen. „Was willst du damit sagen?"

„Das ist mir alles zu dubios. Du allein mit dem Grafen – nein. Ich werde dich begleiten."

Am liebsten hätte sie ihrer Schwester die Bürste ins Gesicht geworfen. „Das wirst du nicht tun."

„Doch, Stefanie. Oder ich gehe noch in dieser Minute zu Onkel Schwentin und sage ihm alles."

„Wie bitte? Du hast mir versprochen, mich nicht zu verraten! Lena!"

„Ich weiß, dass ich es versprochen habe." Lena zog ihren Schuh wieder über den Fuß. „Aber lieber breche ich mein Versprechen, als dass ich dich allein mit dem Grafen von Wedell ausgehen lasse."

Fassungslos schüttelte Stefanie den Kopf. So kannte sie ihre Schwester überhaupt nicht. Was war bloß in sie gefahren? War es wirklich nur die Angst um sie oder sollten doch tiefere Gefühle für den Grafen dahinterstecken?

Lena schüttelte ihre Haare in den Nacken und stand auf. „Du hast die Wahl, Stefanie."

„Du solltest sagen, dass mir keine Wahl bleibt. Meinetwegen fährst du mit, wenn du mir dafür eine schöne Frisur machst. Und dich in gebührendem Abstand hältst." Sie mochte gar nicht darüber nachdenken, was Wedell sagen würde, wenn sie mit ihrer Schwester kam.

Lena trat auf sie zu und nahm ihre Hände. „Sei mir nicht böse, Stefanie."

„Fang schon an, mich zu frisieren." Sie drückte ihrer Schwester die Bürste in die Hand. „Ich möchte einen Mozartzopf tragen." Das war bei ihren Locken zwar ein Kunststück, aber die schlichte Frisur würde Wedell bestimmt gefallen.

Schweigend machte Lena sich an die Arbeit.

* * *

Mutius war bestimmt schon eine Viertelstunde fort, als Güssow endlich von der Bank aufstand. Es führte zu nichts, wenn er hier sitzen blieb und vor sich hin grübelte. Für Mutius war er nicht mehr als nur eine Notlösung, also musste er versuchen, an Lena selbst heranzukommen – und vor allem diesem Wedell zuvorzukommen.

Er ging an der Villa vorbei zur Straße, wo sein Wagen vor der Rampe stand. Er wartete gerade darauf, dass der Diener ihm seinen Zylinder brachte, da sah er einen Phaeton, der das Grundstück verließ. Sonderbar, darin saßen doch eindeutig zwei Damen – wenn er sich nicht täuschte, waren es seine beiden Cousinen, und zwar allein.

Rasch sprang er in seine Kutsche. „Folgen Sie dem Wagen, aber unauffällig", rief er dem Kutscher zu und schloss den Schlag.

Was hatten die beiden Mädchen vor? Warum fuhren sie allein, ohne Kutscher, ohne Bediensteten? Das gehörte sich doch nicht für anständige Damen! Waren sie darin so unbedarft? Oder hatten sie etwas Unrechtes vor?

Sie folgten der Tauenzinstraße nach Osten und bogen dann nach links zum Stadtgraben ab, dem sie bis zur Oder folgten. Am Gebäude der königlichen Regierung ging es wieder nach links und dann hinauf zur Ziegelbastion. Dort hielt der Wagen an.

Sein Kutscher fuhr nach links in einen Seitenweg und hielt ebenfalls an. Was wollten die Mädchen bloß an diesem Ort? Zu diesem ehemaligen Festungshügel kam selten ein Mensch, obwohl er das nicht verstehen konnte, denn von hier hatte man einen fantastischen Blick über die Oder zum Sand und zur Dominsel hinüber.

Er öffnete den Schlag, kletterte aus der Kutsche und pirschte zum Hauptweg hinüber. Vorsichtig lugte er um die Ecke. Oben auf der Höhe stand der Phaeton seiner Cousinen. Stefanie war ausgestiegen und saß auf einer Bank – und wenn ihn nicht alles täuschte, rauchte sie eine dieser neumodischen Zigaretten. Er schüttelte den Kopf. Unerhört, was seine Cousine sich erlaubte!

Als nun Helena ebenfalls der Kutsche entstieg, hörte er auf dem Hauptweg ein weiteres Gefährt nahen. Rasch sprang er hinter einen Baum, dann klapperte auch schon eine Droschke vorüber.

Das wurde ja immer interessanter. Sollte es hier ein Stelldichein geben? Er musste unbedingt mehr erfahren.

Kapitel 50

Für Ferdis Ungeduld fuhr die Droschke viel zu langsam. Und doch auch wieder zu schnell. Immer wieder versuchte er sich Worte zurechtzulegen, mit denen er Stefanie zu überzeugen hoffte, ihm trotz seines Schwindels zu glauben und ihm ihre Liebe nicht zu entziehen. Doch kaum meinte er, eine passende Formulierung gefunden zu haben, hatte er sie schon wieder vergessen.

Die Droschke fuhr an dem roten Gebäude der königlichen Regierung vorbei, dann ging es den Weg zur Ziegelbastion hinauf. Er öffnete das rechte Seitenfenster und streckte den Kopf hinaus.

Dort stand schon ein Wagen auf der Höhe und eine Dame stieg gerade aus. Aber das war doch nicht Stefanie? Nein, die dunklen Haare wiesen eindeutig auf Baronesse Helena hin. Doch auf einer Bank saß eine zweite Dame, die, als seine Droschke neben ihrem Phaeton hielt, eine Zigarette wegwarf und aufsprang.

Er grinste. Deshalb hatte er an Stefanie des Öfteren einen Tabaksgeruch wahrgenommen. Sie war wirklich modern und unkonventionell, und das gab ihm Hoffnung, dass sie ihm auch über alle Standesgrenzen hinweg ihre Hand reichen würde.

Es war nur verwunderlich, dass sie ihre Schwester mitgebracht hatte. Er hatte doch ausdrücklich darum gebeten, mit ihr allein zu sprechen.

Mit einem Satz sprang Ferdi aus dem Wagen, reichte dem Kutscher einige Münzen hinauf und schickte die Droschke fort.

Dann warf er noch einen raschen Blick auf seinen Anzug – es war sein Sonntagsanzug, aber für einen Grafen war er dennoch viel zu schlicht. Doch das war gleichgültig, denn in einigen Minuten würde Stefanie ohnehin wissen, wer er wirklich war.

Mit wenigen Schritten stand er vor ihr und brachte seine beste Verbeugung in Anwendung. „Gnädigs Baronesserl ..."

Sie streckte ihm die Hand entgegen. Beinahe ehrfürchtig ergriff er sie und zog sie an die Lippen. Nur der Geruch nach Tabaksrauch störte ein wenig.

„I bin Ihnen sehr dankbar, dass Sie Wort ghalten haben."

„Bitte entschuldigen Sie, Herr Graf, dass ich nicht allein gekommen bin.“ Sie schlug die Augen nieder. „Meine Schwester wollte mich unbedingt begleiten.“

Ferdi wandte sich um und verbeugte sich auch vor Baronesse Helena, die ihm zu seinem Erstaunen ebenfalls die Hand entgegenstreckte. Er beugte sich zum Kuss darüber. Dabei umwehte ihn der liebliche Duft von Lavendel, und er musste sich eingestehen, dass er ihm besser gefiel als Stefanies Tabaksgeruch.

Als er ihre Hand loslassen wollte, hielt sie die seine fest. „Bitte verzeihen Sie, Herr Graf.“ Ihre rehbraunen Augen faszinierten ihn immer wieder neu.

„I wüsst net, was es zu verzeihn gäb“, antwortete er artig.

„Ich hielt es für unschicklich, meine Schwester allein fahren zu lassen.“

Er fand es zwar erstaunlich, dass Helena überhaupt von ihrem Stelldichein wusste, aber wahrscheinlich hatten die Mädchen kaum Geheimnisse voreinander.

Sie hielt immer noch seine Hand fest und sah ihn mit einem so unbeschreiblichen Ausdruck an, dass ihm ganz warm wurde.

„Ihre Anwesenheit wird uns nimmer störend sein.“

Da schenkte sie ihm tatsächlich ein winziges Lächeln, das sich voller Wärme in ihren Augen widerspiegelte. Schließlich ließ sie seine Hand los.

Er wandte den Blick von ihr ab – diese Baronesse hatte etwas an sich, er konnte sich selbst nicht erklären, was es war. Waren es ihre Augen, die ihn an seine Schwester erinnerten?

Helena trat zurück und setzte sich auf eine Bank, die einige Meter von ihnen entfernt war, während Stefanie ihn zu der Bank zog, auf der sie bei seiner Ankunft gesessen hatte.

„Ich freue mich so, Sie wiederzusehen, Herr Graf. Sie werden es kaum glauben, aber ich habe die Tage gezählt!“

Wahrscheinlich hätte er das auch getan, wenn da nicht die furchtbaren Erlebnisse der letzten Tage gewesen wären. Lisa. Das erinnerte ihn daran, warum er hier war. „’s is wunderbar, dass Sie wirklich kimma sind. ’s drückt mir fasts Herz ab, was i Ihnen sagen will.“

Sie lehnte sich an ihn und sah mit strahlenden Augen zu ihm auf. „Ich bin sehr gespannt, Herr Graf.“

„Leider fallts mir arg schwer, ’s Ihnen zu offenbaren.“ Er atmete tief durch. Stefanies Blicke beraubten ihn aller Konzentration. Von all den Formulierungen, die er sich in der Kutsche ausgedacht hatte, war nicht eine mehr da.

„Oh, dabei fühle ich mich in Ihrer Gegenwart so leicht, als könnte ich fliegen." Sie legte den Kopf an seine Schulter. „Hören Sie die Vögel zwitschern? Und sehen Sie nur, wie die Sonnenstrahlen auf der Oder glitzern!"

Er schloss die Augen. Über ihnen in der Kiefer sang wirklich ein Vogel – ein Fink. *Wie an Lisas Todestag.* Doch rasch schob er den Gedanken beiseite. Wenn Stefanie ihm sein falsches Spiel jetzt nicht vergab, war es das letzte Mal, dass er mit ihr sprach. Er sollte die Gelegenheit nicht dadurch verderben, dass er sich von seiner großen Aufgabe ablenken ließ.

Eine Strähne ihres Haares kitzelte seine Wange. Es duftete nach Veilchen. Er sah auf sie herab und legte vorsichtig seinen Arm um ihre Schultern. Sie schenkte ihm ein Lächeln dafür.

„Wollen Sie mir wirklich diesen strahlenden Tag durch wortreiche Reden verderben?", flüsterte sie.

Er musste! Es konnte nicht so weitergehen. „Baronesserl ..."

„Nicht so, Herr Graf. Wenn wir schon alle Regeln der Gesellschaft missachten und uns heimlich treffen, müssen wir dann noch bei der *Baronesse* bleiben?"

Für ein paar Sekunden setzte sein Herzschlag aus, um dann wie die Kavallerie bei einer Attacke zu galoppieren. „Aber was soll i denn sagen?"

Die Grübchen in ihren Wangen vertieften sich. „Ich habe einen Vornamen."

„Aber Baronesserl ..."

„Oder gibt es bei Ihnen in Bayern keine Vornamen? Wie hat Ihre Mutter Sie denn gerufen?"

Dieses Mädchen war einfach umwerfend. Am liebsten hätte er sie wieder an sich gezogen und geküsst, wie letztens bei der Soiree im Park. Aber das durfte er nicht, solange noch sein Geheimnis zwischen ihnen stand. „Doch, i hab auch a Vornamen. Ferdinand. Aber in mei Heimat, da heißts Ferdl."

„Ferdl." Sie lachte. „Der Name klingt so fröhlich, fast ein wenig übermütig."

Übermütig. Wenn sie wüsste, wie nahe sie damit der Wahrheit kam. Er beugte den Kopf zu ihr hinab und raunte ihr ins Ohr: „Stefanie."

„Sehen Sie, es geht doch."

Ob es ihm leichter fiel, ihr die Wahrheit zu sagen, wenn er sie beim Vornamen nannte? Er hatte das Gefühl, als sei es dadurch nur noch schwieriger geworden. „Stefanie, wenn i Sie beim Vornamen nenn, bring ichs erst recht net über die Lippen. Aber i darf diese Gelegenheit net vorbeigehn lassen, ohne Ihnen zu sagen ..."

Blitzschnell legte sie ihm den Finger auf die Lippen. „Wie grausig das *Sie* klingt! Manche Dinge, die man sich mitzuteilen hat, kann man doch nur im vertrauten *Du* sagen."

Sie erwartete offensichtlich einen Heiratsantrag von ihm. Ihm grauste davor, ihre wunderschöne Illusion zu zerstören. Vorsichtig nahm er ihre Hand und zog sie von seinem Mund fort. „I möcht dir gern des sagen, was du hörn magst ..."

Sie legte ihre Finger zwischen die seinen. „Warum fällt es dir so schwer?"

Er sah ihr tief in die Augen – und fühlte, dass ihre Erwartung es ihm noch viel schwerer machte, die Wahrheit über die Lippen zu bringen.

* * *

Immer den Schutz der Bäume suchend, pirschte Güssow sich an die Höhe der Ziegelbastion heran. Als er einen Standpunkt gefunden hatte, von wo aus er einen guten Überblick hatte, blieb er unter einer Kiefer stehen und spähte hinüber. Aus der Droschke stieg soeben – der Graf von Wedell.

Beinahe wäre ihm ein Fluch entfahren. Dieser Graf schien die Regeln des Anstands nicht zu kennen oder wenn er sie kannte, missachtete er sie in eklatanter Weise. Was fiel dem Mann ein, sich ganz allein mit zwei jungen Damen zu treffen! Das war ein unerhörter Schlag ins Gesicht der Schicklichkeit!

Wedell verbeugte sich vor Stefanie, schien einige Worte mit ihr zu wechseln und wandte sich dann Helena zu.

Güssow schlich sich näher heran, um vielleicht einige Worte aufzuschnappen. Nach der Soiree war er eigentlich sicher gewesen, dass das Interesse des Grafen sich auf Stefanie bezog. Doch jetzt lächelte Helena ihn an und hielt sogar seine Hand fest!

Was hatte sie so lange mit dem Grafen zu sprechen? Sie, die sich sonst allen Männern und insbesondere Wedell gegenüber wie ein Eisblock verhielt! Oder tat sie das nur in der Öffentlichkeit und zeigte jetzt, da sie sich unbeobachtet glaubte, ihre wahren Gefühle?

Dummerweise konnte er kein Wort verstehen. Endlich – das Gespräch schien ihm eine Ewigkeit gedauert zu haben – drehte Wedell sich wieder zu Stefanie um und ließ sich von ihr zu einer Bank führen, während Helena eine andere Bank etwas entfernt aufsuchte.

Güssow atmete erleichtert auf. Helena war offensichtlich nur die Begleiterin ihrer Schwester. Trotzdem wurmte es ihn, dass sie so lange und freundlich mit dem Grafen gesprochen hatte. Tat sie das nur, weil er wahrscheinlich bald ihr Schwager wurde? So, wie sie ihn angelächelt hatte, vermutete er eher, dass sie tiefere Gefühle für ihn hegte.

Er huschte ein wenig ins Unterholz, um näher heranzukommen. Vielleicht konnte er Helena ansehen, wie sie zu Wedell stand. Das Laub raschelte unter seinen Füßen, doch die drei Personen auf der Ziegelbastion schienen so mit sich selbst beschäftigt zu sein, dass sie ihn nicht bemerkten.

Er sah zu Stefanie und Wedell hinüber. Der Graf hatte einen Arm um das Mädchen gelegt und sie lehnte den Kopf an seine Schulter – ganz offensichtlich ein Liebespaar. Wedell war also kein Konkurrent um Helena.

Als er nahe genug herangekommen war, blieb er hinter dem breiten Stamm einer Buche stehen. Dort saß Helena, und er fand sie schöner als je zuvor. Ihr Haar war ein wenig zerzaust, wahrscheinlich vom Fahrtwind im offenen Wagen. Sie war halb aus ihrem Schuh geschlüpft und wippte ihn auf der Fußspitze, während sie versonnen zu den beiden anderen hinübersah.

Urplötzlich wandte sie den Kopf ab und schlug die Hände vors Gesicht. Er meinte sogar ein leises Schluchzen zu hören. Hastig kramte sie ein Schnupftuch aus ihrem bestickten Pompadour hervor und wischte sich damit über die Augen.

Also doch. Seine Befürchtung schien nicht grundlos zu sein. Der

Anblick der beiden Liebenden war für Helena offenbar nur schwer zu ertragen – weil sie Wedell selbst liebte?

Güssow spürte den Stachel der Eifersucht in seinem Herzen. Was hatte dieser Graf an sich, dass ihm gleich beide Mädchenherzen zuflogen? Er fühlte sich daneben wie ein Bettler.

In seinem Kopf überschlugen sich die Gedanken. Er wollte beten, doch es gelang ihm nicht. Am liebsten wäre er zu Helena geeilt, um sie in die Arme zu nehmen und zu trösten, doch sie würde ihn bestimmt mit harschen Worten fortschicken. Zu ihm war sie noch nie so freundlich gewesen wie vorhin zu diesem bayerischen Grafen.

Aber wäre es nicht ein kluger Schachzug, wenn er in dieses Rendezvous hineinplatzen würde? Dann hatte Wedell keine andere Wahl mehr: Dann *musste* er um Stefanie werben, wenn er sie nicht öffentlich brüskieren wollte – und damit wäre Helena definitiv frei, trotz Mutius' Winkelzügen.

Aber war das richtig? Würde es Helena nicht noch mehr schmerzen, wenn der Graf zu einer Verlobung mit Stefanie gezwungen wäre? Und falls Wedell doch nicht zu einer Verlobung zu bewegen war – konnte er die Verantwortung für das Duell übernehmen, das daraus zweifellos folgen würde? Er hatte nicht den geringsten Zweifel, dass Mutius es sich dann keinesfalls nehmen lassen würde, für die Ehre seiner Nichte mit der Waffe in der Hand einzutreten.

Unschlüssig sah er auf die weinende Helena. Er zweifelte daran, dass er sie jemals würde erringen können.

Noch einmal versuchte er zu beten – wieder fand er keine Worte. Er starrte verzweifelt auf seine Schuhspitzen und krachte mit den Fingern.

Kapitel 51

„Ich möchte wirklich wissen, was Ferdi in Breslau tut.“ Rahel sah zu ihrem Mann hinüber, der in der Stube wie ein Gardesoldat vor des Kaisers Schloss auf- und abmarschierte.

„Ich kann es Ihnen genau sagen, liebe Schwiegermama“, klang Schleinitz’ rasselnde Stimme vom Sessel herüber, wo er in mehrere Decken gehüllt saß. Offenbar hatte ihm die verregnete Beerdigung arg zugesetzt.

„Habe genug von diesen Gerüchten!“ Ihr Mann blieb vor Schleinitz stehen. „Ferdinand ist nach Breslau zurückgekehrt, um seine Verfehlungen auszuräumen. Das sollte uns wirklich genügen.“

Rahel ging zu ihm und legte den Arm um seine Taille. „Albert, ich möchte ihm gerne beistehen. Er ist so allein in der Stadt, dazu voller Trauer und Verzweiflung – du weißt, wie sehr er Lisa geliebt hat. Ich bin mir sicher, dass er uns braucht.“

„Wohnt doch bei Pritzens. Ist dort in bester Obhut.“

„Ich fürchte nicht.“ Schleinitz hustete. „Regina tut zwar alles für ihn, aber Ferdi ist geschickt genug, sich ihrem Einfluss zu entziehen. Und Pritzen ist zu weich.“

„War doch selbst dabei, als Ferdinand versprochen hat, seine Fehltritte auszuräumen. Was verlangt ihr noch?“

„Wenn Lisas Tod“ – Rahel wischte sich eine Träne aus dem Augenwinkel – „wirklich bewirkt hat, dass Ferdi zur Einsicht gekommen ist, dann ...“ Sie seufzte. Sie konnte noch nicht sagen, dass sie dann dafür dankbar sein wollte. Zu sehr schmerzte sie der Tod ihrer Tochter. Sie legte den Kopf an die Brust ihres Mannes. „Trotz seiner guten Vorsätze habe ich Angst um Ferdi. Albert, ich möchte nicht auch noch meinen Sohn verlieren!“

Er fuhr ihr mit einer linkischen Handbewegung übers Haar. „Wirst ihn doch nicht verlieren. Hat schon bald sein Studium beendet, dann ist er immer hier.“

„Vielleicht nicht durch den Tod verlieren.“ Sie hob den Kopf und stellte fest, dass sie einen nassen Fleck auf seinem Hemd hinterlassen hatte. „Aber er ist so vielen schädlichen Einflüssen ausgesetzt.“

„Eben." Schleinitz hustete und japste nach Luft. „Er ist zu viel mit diesem Luftikus Bassewitz zusammen. Außerdem hat Pritzen ihn bei einer Soiree angetroffen, wo er die Nichte des Oberstaatsanwalts von Schwentin geküsst hat!"

„Aber wenn er es doch bereinigen will?", fuhr Albert auf.

„Er hat in der letzten Zeit viel versprochen und wenig gehalten. Er hat binnen weniger Wochen mehr gelogen als Lisa in ihrem ganzen Leben. Und die Sorge um ihren Bruder war es, die sie so früh ins Grab gebracht hat."

„Ist ja nicht wahr." Die Stimme ihres Mannes verriet, dass die Zeichen auf Sturm standen. „Elisabeth war krank und ..." Er atmete tief ein und fuhr dann ganz leise fort: „Es war meine Schuld. Vielleicht wäre sie niemals krank geworden, wenn ich damals nicht so hart gewesen wäre."

Erneut schossen Rahel Tränen in die Augen und sie legte beide Arme um ihren Mann. „Es war Gott, der diese Krankheit geschickt hat. Wir sollten niemandem die Schuld zuweisen. Dir nicht, Albert, und auch Ferdi nicht. Sonst würden wir vor Zorn zerbrechen."

Albert nahm ihr Gesicht zwischen seine rauen Hände und sah ihr tief in die Augen. „Rahel." Mehr sagte er nicht, aber in diesem einen Wort lag seine ganze Liebe und Dankbarkeit.

Sie fuhr mit dem Zeigefinger durch die tiefe Kerbe über seiner Nasenwurzel. „Lass uns zu Ferdi fahren. Ich möchte bei meinem Sohn sein. Ich möchte ihm in den schweren Tagen der Trauer und des Bekenntnisses zur Seite stehen."

„Glaube nicht, dass das gut ist." Er schüttelte den Kopf. „Ich habe aus meinem Fehler gelernt, Rahel. Bei Elisabeth war ich zu streng – und die Folgen tragen wir bis heute." Seine Stimme schwankte bedenklich. „Lass Ferdinand die Freiheit, alles selbst zu bereinigen. Wenn wir ihm hinterherfahren, würde er es nur als Misstrauen auslegen."

Rahel atmete tief durch. „Ich fürchte, du fällst in das andere Extrem, Albert. Bei Lisa warst du zu streng, ja. Aber bist du bei Ferdi nicht zu nachgiebig?"

„Richtig!" Schleinitz richtete sich auf. „Ich würde am liebsten selbst nach Breslau zurückkehren und achtgeben, dass der Bengel nicht noch mehr Unsinn anstellt. Leider bin ich zu schwach dazu."

Der Zustand ihres Schwiegersohnes war allerdings beängstigend, aber Schleinitz wollte nichts davon wissen, einen Arzt kommen zu lassen.

„Ich bin zu nachgiebig?“ Albert wiegte den Kopf. „Nein, meine Liebe. Ich glaube eher, dass du nun in meinen Fehler hineinfällst und zu streng und misstrauisch bist.“

Sie seufzte. Manchmal konnte ihr Mann störrisch sein wie ein Esel – aber er hatte sie ja selbst bei ihrer Verlobung gewarnt, dass es nicht immer leicht sein würde, mit ihm verheiratet zu sein. Trotzdem liebte sie ihn noch immer so wie bei ihrer Hochzeit vor 27 Jahren.

Sie würde ihn heute nicht mehr überzeugen, mit ihr nach Breslau zu fahren, zumal Schleinitz' Ärger über Ferdi ihren Mann noch mehr aufregte.

Still faltete sie die Hände und betete für ihren Sohn.

* * *

Als der Glockenschlag des Doms auf der anderen Seite der Oder die sechste Abendstunde verkündete, gab Ferdi sich einen Ruck und richtete sich auf. „Stefanie, ‘s hat koa Sinn. Irgendwann muss ichs ja sagen.“

Sie lächelte ihn an. „Man könnte meinen, du wärst kein Bayer, sondern ein verknöcherter Preuße. So bürokratisch gehst du die Sache an.“

Wenn Stefanie wüsste, wie nah sie damit der Wahrheit kam! Er fuhr mit dem Daumen über ihren Handrücken. „I würd gern no stundenlang mit dir hier sitzen.“

„Aber genau das können wir doch, wenn du gesprochen hast. Freilich müsstest du auch noch den offiziellen Weg gehen, denn du weißt hoffentlich, dass ich mit diesem Treffen meinen Ruf aufs Spiel setze.“ Sie grinste ihn spitzbübisch an.

Das wusste er sehr wohl. Wenn jemand sie zusammen sah, kam sie in die größten Schwierigkeiten. „I wär den Weg gern scho gangen. Abers is no net möglich.“

„Was hindert dich denn daran? Was willst du mir sagen?“

Er atmete tief durch. „Baronesserl ...“

„Wieder diese Anrede?“ Ihr Blick verriet ihm ihre Verwirrung.

„'s geht net anders." Er nahm ihre beiden Hände in die seinen und sah ihr tief in die Augen. „I mag Sie net verletzen, Baronesserl, aber ..."

„Was *aber*? Ferdl, ist es denn so schwierig, es auszusprechen?"

„I fürcht, dass Sie sich ... Baronesserl, der Graf von Wedell ..." Wie sagte er es nur am besten?

Sie klammerte sich an seinen Händen fest. „Nun?"

Gerade wollte er sagen, dass der Graf von Wedell nur ein Produkt seiner Fantasie war, als Stefanie zusammenzuckte.

„Was war das? Haben Sie es auch gehört?"

„Woas meinens? I hab nix ghört."

„Hinter uns krachte es, als sei jemand auf einen Ast getreten oder ... Ferdl!" In ihren Augen stand Bestürzung.

„Woas hams denn?"

„Dieses Geräusch ... Es hörte sich an, wie wenn jemand mit den Fingern kracht."

Im gleichen Augenblick fuhr Lena auf der anderen Bank hoch. „Da! Im Gebüsch! Dort lauscht jemand!"

„Güssow!" Ferdi sprang auf. Hoffentlich hatte Stefanie sich getäuscht.

Er schlug die Äste hinter ihrer Bank auseinander, gleichzeitig ertönte ein Rascheln und Knacken, das nicht nur von ihm selbst stammen konnte.

„Stehen bleiben!", schrie Ferdi.

Vor sich sah er eine breite Gestalt davonlaufen. Doch der Flüchtende blieb mit dem Ärmel im Geäst hängen. Das war tatsächlich Güssow. Ausgerechnet der Vetter der Baronessen.

Güssow blieb stehen und drehte sich um. „Herr Graf, ich bin überrascht."

„Des bin i a." Angriff war immer noch die beste Verteidigung. „Wie kemmens dazu, den Damen nachzuspioniern?"

„Wie bitte kommen Sie dazu, sich heimlich mit Baronesse Stefanie zu treffen? Sie wissen, was das bedeutet?" Güssow nestelte an seinem Ärmel, bis er ihn vom Ast gelöst hatte.

„Des brauchens mir net zu sagen." Ferdi warf einen Blick durch das Gebüsch auf die Bank, wo jetzt beide Mädchen saßen. „Kimmens mit auf den Weg, mer wolln unsre Unterredung net im Unterholz austragen."

Güssow folgte ihm, und Ferdi ging ein Stück den Weg hinunter, bis sie außer Hörweite der Mädchen waren.

„Herr Graf, Sie machten einmal eine Andeutung, dass Sie überzeugter Christ seien?"

Ferdi nickte, auch wenn er sich gerade nicht wie ein überzeugter Christ fühlte.

„Wie können Sie es als Christ verantworten, sich heimlich mit meiner Cousine zu treffen? Was haben Sie mit ihr vor?"

Ferdi senkte den Kopf. Natürlich hatte er keine bösen Absichten, sondern wollte Stefanie heiraten. Doch wenn er Güssow das sagte, wusste wahrscheinlich in Kürze ihre Familie und wenig später dann auch die ganze Gesellschaft davon – und er war noch nicht einmal sicher, ob Stefanie überhaupt einwilligen würde, wenn sie sein Geheimnis kannte.

„Herr Graf" – Güssow legte ihm seine Pranke auf die Schulter –, „haben Sie ernste Absichten mit meiner Cousine?"

„'s Baronesserl steht mir viel zu hoch, als des i nur mit ihr spieln würd."

„Dann darf ich also erwarten, dass Sie noch heute bei Herrn von Schwentin vorsprechen werden?"

„I muss des Gespräch mit dem Baronesserl erst noch zu Ende führn." Ferdi schielte zu den Mädchen hinüber, die sich eng umschlungen hielten. „'s gibt a paar Dinge, die i klärn muss. I bitt Sie, Herr von Güssow, verratens mi net und gebens mir a weng Zeit mit Ihrer Cousine."

„Ich verstehe Sie nicht. Was sollte es noch zu klären geben, wenn Sie sich bereits mit der Baronesse treffen? Meine Cousine würde in ein solches Treffen niemals einwilligen, wenn Sie ihr nicht die Ehe versprochen hätten!"

„Des stimmt genau. Und i hab da Absicht, ma Versprechen zu halten."

„Was hindert Sie dann, den Weg anzutreten, den der Anstand vorschreibt?"

Gerade das konnte er ihm nicht sagen. „Herr von Güssow, i bitt Sie, lassens mi des Gespräch mit dem Baronesserl beenden. Danach werd i sicherlich genau diesen Weg einschlagen." Das hoffte er jedenfalls. Es sei denn, Stefanie würde ihn empört von sich weisen.

„Ich soll also schweigen und damit Ihre Heimlichkeiten sogar noch unterstützen?" Güssow sah ihn groß an. „Das ist ausgeschlossen, Herr Graf. Ich bin überzeugt, dass Gott mich zum Schutz meiner Cousine hierhergeführt hat. Entweder folgen Sie mir auf der Stelle zu Herrn von Schwentin – oder ich werde ihn allein aufsuchen. Sie haben die Dame in eine Situation gebracht und wenn Sie nicht die nötigen Konsequenzen zu ziehen wissen, werden Sie sie tragen müssen."

In Ferdis Kopf überschlugen sich die Gedanken. Er verstand sehr wohl, dass Güssow ihm unterschwellig mit einem Duell drohte – obwohl er von dem frommen Herrn nicht erwartete, dass er selbst zu solchen Mitteln greifen würde. Aber er konnte sich unmöglich sofort zu Schwentin schleppen lassen! Dann würde er als Schwindler entlarvt, ehe er Stefanie gegenüber ein Bekenntnis abgelegt hatte.

„I versprech Ihnen, dass i bei Herrn von Schwentin um die Hand Ihrer Cousine anhalten werd." Ein Versprechen, das er nur würde halten können, wenn Stefanie ihm vergab. „Gebens mir aber bitte a Woche Zeit, meine Angelegenheiten zu regeln."

Wenn Güssow ihn schon daran hinderte, das Gespräch heute zu beenden, musste diese Woche ausreichen, um noch einmal mit Stefanie zu sprechen und ihr alles zu bekennen.

Güssow tippte ihm mit seinem Wurstfinger an die Brust. „Ich werde meine Cousinen jetzt nach Hause fahren. Und ich werde über das, was ich heute gesehen habe, schweigen – genau zwei Tage lang. Wenn Sie nicht binnen 48 Stunden tun, was Ihre Ehre und der Ruf der Baronesse gebieten – nun, Sie wissen, was dann geschieht."

Ferdi schluckte. Zwei Tage. Das war bitter wenig. Schließlich würde auch sie Zeit benötigen, um die Überraschung und Enttäuschung zu verarbeiten.

Aber er sah an Güssows Gesichtsausdruck, dass er keine weiteren Zugeständnisse würde erreichen können. „Bitte erlaubens, dass i mi von den Baronessen verabschiede."

Doch Güssow trat ihm in den Weg. „Bitte dort entlang."

Ferdi biss die Zähne aufeinander. Dann musste er wirklich eine andere Möglichkeit finden, noch einmal heimlich mit Stefanie zu sprechen.

Kapitel 52

Mit äußerster Vorsicht näherte Ferdi sich dem Zaun, der den Park der Villa Schwentin umgab. Er hatte sich vom Stadtgraben her zwischen zwei Gärten hindurch von hinten angeschlichen, um nur ja niemandem in die Hände zu laufen. Er musste heute unbedingt mit Stefanie sprechen, um endlich sein Bekenntnis loszuwerden, denn morgen lief die Frist ab, die Güssow ihm gesetzt hatte.

Die lederne Schirmmütze tief ins Gesicht gezogen, lief er am Zaun entlang, bis er an eine Stelle kam, wo ihn dichtes Gebüsch vor eventuellen Blicken aus der Villa oder dem Park verbarg. Wenn er noch einmal erwischt würde, konnte es ihm wirklich an den Kragen gehen. Und nicht nur ihm – er musste auch an Bassewitz denken.

Ferdi hatte die letzten Bestände seiner Barschaft eingesteckt, um jemanden vom Dienstpersonal dazu zu bringen, Stefanie eine Nachricht zu übermitteln. Dann konnte er nur noch hoffen, dass sie sich darauf einließ, sich noch einmal mit ihm zu treffen.

Mit einem kurzen Blick maß er den schmiedeeisernen Zaun mit den pfeilartigen Spitzen. Für ihn, der früher auf fast jeden Baum im Hochwald geklettert war, kein ernstzunehmendes Hindernis.

Ferdi lugte noch einmal durch das Gebüsch, dann zog er sich an der obersten Querstrebe hinauf und sprang auf der anderen Seite hinunter. Das Knacken von Ästen und das Rascheln des Laubs unter seinen Füßen ließ ihn zusammenfahren. Mit wild schlagendem Herzen blieb er stehen und tastete nach dem Brief in seiner Jackentasche, der für Stefanie bestimmt war.

Er huschte unter den Büschen weiter, bis er einen guten Überblick über den Park hatte. Offenbar befand sich niemand hier – doch nein, dort, bei dem Pavillon, wo er bei der Soiree mit Stefanie gesessen hatte, lief ein Mann in grüner Schürze herum, der etwas in der Hand hielt, das wie eine Schere aussah. Wahrscheinlich wollte er die verwelkten Rosenblüten am Pavillon entfernen.

Das war sein Mann. Als Gärtner würde er sich bestimmt über ein Trinkgeld freuen. Wenn der Pavillon nur nicht so nahe beim Haus wäre!

Er musste es wagen. Morgen war die Frist vorbei. Wenn sie ihn wirklich liebte, würde sie einen Weg finden, ihn vor der Rache der Mutius-Sippe zu schützen. Und überhaupt: Stefanie war es wert, dass er etwas wagte. Um sie zu erringen, würde er alles tun.

Mit klopfendem Herzen verließ er den Schutz des Gebüschs. Beim Anblick des Pavillons stürzten tausend Erinnerungen über ihn herein. Hier hatte er Stefanie zum ersten Mal in den Armen gehalten, hatte sie geküsst. Es kam ihm unglaublich vor, dass das noch nicht einmal eine Woche her war, so viel war in den letzten Tagen geschehen.

„He, Sie!“ Der Hüter der Rosen trat auf den Weg. „Wo kommen Sie denn her?“

Ferdi eilte mit wenigen Schritten zu dem Mann mit der grünen Schürze. „Psst, verraten Sie mich nicht. Ich habe eine geheime Botschaft für Baronesse Stefanie.“ Er zog ihn hinter den Pavillon, wo er vom Haus aus nicht gesehen werden konnte.

Das runzelige Gesicht des Gärtners war ein einziger Ausdruck des Misstrauens. „Wer sind Sie?“

Er würde ihm kaum glauben, wenn er sich als Graf ausgab. Ein Graf schlich sich nicht heimlich in den Park, schon gar nicht in dieser einfachen Kleidung. „Ich bin ein Bote des Grafen von Wedell.“ Er zog den zusammengefalteten Brief aus der Jackentasche. „Können Sie das Billett bitte heimlich Baronesse Stefanie übergeben?“

„Wedell? Habe ich nie gehört.“

„Mein Herr weilt zu Besuch in Breslau.“ Ferdi zog seine letzten Münzen aus der Tasche und ließ sie auf der Handfläche springen. „Die Botschaft ist wichtig. Bitte sorgen Sie dafür, dass die Baronesse sie erhält.“

„Sind Sie sicher, dass ich damit nichts Unrechtes tue?“

Ferdi verdrehte die Augen. „Selbstverständlich. Nun nehmen Sie schon!“ Er wollte dem alten Mann gerade das Billett und die Münzen in die Hand drücken, da hörte er vom Haus her das Knarren einer Tür.

Er lugte an den Säulen des Pavillons vorbei. Eine Gestalt im langen Kleid stieg die Treppe vom Balkon herab. Wegen des großen Hutes konnte er nicht erkennen, wer es war, aber jedenfalls niemand von der Dienerschaft. – Er würde einer Entdeckung kaum noch entgehen können. Und je nach dem, wer es war, war er verloren.

* * *

Schwentin zog am Klingelzug von Bassewitz' Wohnung. Tagelang hatte er die Telegrafendrähte nach Bayern glühen lassen und alle Informationen gesammelt, die er bekommen konnte. Und nächtelang hatte er versucht, sich aus den dürftigen Angaben ein Bild von dem Grafen zu machen. Jetzt wusste er, wie er vorgehen konnte, wenn er Wedell ins Kreuzverhör nahm. Auch sein Schwager Mutius würde ihn nicht daran hindern, dem schillernden Grafen auf den Zahn zu fühlen.

Bassewitz' Diener öffnete die Tür und führte Schwentin in den Vorsaal. Dort kam ihm der kugelige Student schon entgegen.

Schwentin konnte den Schrecken seines Gegenübers beinahe mit Händen greifen.

„Herr von Schwentin, was verschafft mir die Ehre?"

„Ich suche den Herrn Grafen von Wedell. Kann ich ihn bei Ihnen finden?" Er nahm seinen Zwicker ab.

Wurde Bassewitz blass? Er konnte es im Dämmerlicht des Vorsaales nicht genau erkennen.

„Mein Vetter ist ausgegangen. Ich kann Ihnen gleichsam nicht sagen, wann er zurückkehren wird. Darf ich ihm etwas ausrichten?"

Das kam ihm ungelegen. „Ich möchte den Herrn Grafen auf ein Feierabendbier in den *Schweidnitzer Keller* einladen."

„Ich vermute, dass mein Vetter Ihre Einladung gern angenommen hätte." Bassewitz knetete seine Finger. „Und dafür haben Sie sich gleichsam eigens herbemüht?"

Ihm war bewusst, dass das ungewöhnlich war. „Ich wollte dem Herrn Grafen meine Einladung persönlich überbringen. Wissen Sie, ob es ihm morgen Abend gelegen wäre?"

„Ich bin nicht sicher. Mein Vetter – er wohnt zwar bei mir, aber ..."

„Es dürfte Ihnen doch bekannt sein, ob der Herr Graf morgen Abend bereits engagiert ist."

„Ihre Einladung ist selbstverständlich eine Ehre. Haben Sie einen bestimmten Grund, warum Sie gleichsam mit ihm zu sprechen wünschen?"

Schwentin sah den kugeligen Studenten scharf an. Wahrscheinlich war es das Beste, wenn er den wahren Grund angab, denn dann konnte Wedell kaum absagen. „Es dürfte Ihnen aufgefallen sein, dass Ihr werter Herr Vetter sich angelegentlich für meine Nichten interessiert. Aus diesem Grunde interessiere ich mich für ihn und würde gern einige Worte von Mann zu Mann mit ihm reden."

Auf Bassewitz' Stirn glänzten einige Schweißperlen. „Das ist gleichsam verständlich. Aber ich kann Ihnen selbst bestätigen, dass mein Vetter ein lupenreiner Ehrenmann ist. Er deutete mir an, dass er die Absicht hat, mit seinem Herrn Vater über Ihr Fräulein Nichte zu sprechen ..."

„Ich freue mich, das zu hören. Aber ich bitte zu bedenken, dass meine Nichten jung und – da auf dem Lande aufgewachsen – unbedarft sind. Deshalb werden Sie Verständnis haben, dass ich den Herrn Grafen persönlich etwas näher kennenlernen möchte."

„Ohne Frage."

„Dann überbringen Sie Ihrem Herrn Vetter bitte meine Einladung. Morgen Abend um fünf Uhr im *Schweidnitzer Keller*." Schwentin klemmte seinen Zwicker wieder auf die Nase. Schwitzte dieser Student immer so oder warum stand ihm der Schweiß mittlerweile in dicken Tropfen auf der Stirn?

„Aber ich versichere Ihnen, Herr von Schwentin, dass mein Vetter nur die ehrenhaftesten Absichten hat. Es würde ihm niemals einfallen ..."

„Herr von Bassewitz." Schwentin trat nahe vor ihn hin. „Was haben Sie für einen Grund, diesen gemütlichen Abend unter Männern verhindern zu wollen?"

„Aber nein, das liegt mir gleichsam fern!" Bassewitz wischte sich mit dem Schnupftuch über die Stirn. „Ich dachte nur – Ihre kostbare Zeit ... Wenn ich Ihre Fragen gleich hier beantworten könnte ..."

„Solcherlei Dinge möchte ich gern mit dem Herrn Grafen selbst besprechen."

Bassewitz verbeugte sich. „Ich werde meinem Vetter Ihre Einladung übermitteln. Er wird sich der Ehre gleichsam bewusst sein."

„Gut."

Allein dieses Gespräch war schon aufschlussreich gewesen. Irgendetwas schien Bassewitz verbergen zu wollen, warum sonst hatte er das Gespräch mit Wedell verhindern wollen? Und warum hatte er ihn nicht, wie es die Höflichkeit erforderte, hereingebeten, sondern ihn im Vorsaal abgefertigt? Wagte er nicht, dem Staatsanwalt die Wohnung, in der angeblich auch der Graf von Wedell wohnte, zu zeigen? – Er würde diesen feinen Grafen schon genauestens ins Verhör nehmen.

Schwentin verabschiedete sich mit ausgesuchter Höflichkeit von Bassewitz, um keinen Verdacht zu erwecken, und kehrte nach Hause zurück.

Er stieg gerade in der Eingangshalle die Treppe hinauf, um in sein Arbeitszimmer zu gehen, als sein Schwager Mutius ihm entgegenkam.

„Ah, Schwentin, es trifft sich gut, dass du mir begegnest."

Schwentin zog die Stirn in Falten. „Was gibt es?"

„Wie deine Frau mir erzählte, hegst du offenbar immer noch Verdacht gegen den Grafen von Wedell?"

Er überlegte, ob er Mutius schon von seinem Gespräch mit Bassewitz erzählen sollte. Aber es war besser, zuerst mit Wedell selbst zu sprechen, bevor sein Schwager das mit allen Mitteln zu verhindern suchte.

„Valeria deutete an, dass du den Grafen zur Rede stellen willst." Mutius trat dicht vor ihn hin. „Du solltest vorsichtig sein, lieber Schwager. Ich dulde es nicht, dass du mir meine Pläne wegen eines grundlosen Verdachts zerstörst."

„Ich bitte dich, Mutius! Wie kommst du mir vor!"

„Du weißt, dass ich dich in der Hand habe: Der hochehrbare Oberstaatsanwalt von Schwentin hat einen dunklen Punkt in seiner Vergangenheit – einen Bastard. Den Plan, Lena mit dem Grafen zu verheiraten, lasse ich mir nicht von deinen Wahnvorstellungen verderben."

„Solche Worte muss ich mir in meinem eigenen Haus nicht gefallen lassen." Am liebsten hätte er seinen Schwager hinausgeworfen, aber das würde Valeria nicht einfach hinnehmen. Und einen handfesten Ehestreit konnte er in der derzeitigen Lage erst recht nicht gebrauchen. „Ich werde tun, was mir beliebt. Und du wirst sehr bald erfahren, dass ich mit meinem Verdacht recht habe."

Mit diesen Worten ließ er Mutius stehen. Sein lieber Schwager würde sich noch wundern, wenn er ihm beweisen würde, dass dieser Wedell ein Blender war. Sicherlich stammte er aus einer völlig verarmten Familie und trat nur wie ein Kronprinz auf, um in der Ferne, wo ihn niemand kannte, durch eine gute Partie an ein großes Erbe zu kommen.

Gut, dass er schon für morgen Abend ein Gespräch mit Wedell vereinbart hatte. Und wenn sein Schwager ernsthaft etwas gegen seine Pläne unternehmen würde, hatte er ein probates Mittel, Mutius per Express nach Juliendorf zurückzuschicken: Er brauchte nur den Gläubigern seines Schwagers die Nachricht zuzuspielen, dass Mutius sich schon wieder in Breslau vergnügte, statt sich um sein Gut zu kümmern. Dann hätte Mutius genug damit zu tun, sich bei seinen Bankiers herauszureden, die ihm ja zur Auflage gemacht hatten, persönlich auf Juliendorf für den Aufschwung zu sorgen.

Kapitel 53

Lena raffte ihr Kleid und stieg die Stufen vom Balkon zum Park hinunter. Der Kies knirschte unter ihren Füßen, als sie langsam auf dem von Buchsbäumen gesäumten Weg in Richtung Pavillon ging.

Sie nahm den Hut ab und wandte ihr Gesicht zum Himmel. Sie genoss die warme Julisonne auf ihrer Haut und den kühlenden Luftzug, der durch ihr offenes Haar fuhr. Wenn da nur nicht die quälenden Gedanken wären! *Mein Gott, ich weiß nicht mehr, was ich denken soll.*

Seit Güssow gestern in das Rendezvous ihrer Schwester mit dem Grafen geplatzt war, war sie völlig verwirrt. Güssow hatte sie selbst nach Hause begleitet, ohne ein Wort darüber zu verlieren, was er mit Wedell gesprochen hatte. Warum war der Graf einfach so verschwunden, ohne etwas zu sagen? Womit hatte Güssow diesen unrühmlichen Abgang erzwungen?

Stefanie war sehr ungehalten über ihren Vetter gewesen, aber er hatte nur gelächelt und gesagt, sie sollten einfach zwei Tage warten, dann würde sich alles aufklären. Seitdem brannte Stefanie darauf, das unterbrochene Gespräch fortzusetzen.

Was war dieser Graf für ein Mensch? Er wurde immer undurchschaubarer. Und trotz allem hing ihr Herz immer mehr an ihm. Als sie gestern mit ansehen musste, wie Stefanie in seinen Armen lag, hatten sie die Tränen übermannt. Und schon wieder spürte sie etwas Feuchtes in den Augen.

Unwillkürlich kam ihr ein Vers von Spitta in den Sinn, den sie heute bei ihrer Morgenandacht gelesen hatte:

Ich nehme, was Du mir bestimmst,
ich lasse fahren, was du nimmst;
wohin Du führst, will ich auch ziehen,
was Du verbeutst, das will ich fliehen.
Machs wie Du willst, ich bins zufrieden,
nur dass wir bleiben ungeschieden.

„Ja, mein Vater“, murmelte sie, „lass mich mit dem zufrieden sein, was Du tust. Dann wird es jedenfalls gut sein.“

Lena wischte sich die Tränen ab und atmete tief ein. Welcher Duft sie im Park umwehte! Waren es die Rosen, die so verschwenderisch dufteten?

Sie sah zum Pavillon hinüber, wo der alte Egon damit beschäftigt war, die verwelkten Blüten abzuschneiden. Doch was war das? Mit wem plauderte der Gärtner denn da?

Lena ging einige Schritte weiter. Der Mann schien sich hinter einer Säule des Pavillons verstecken zu wollen, doch als er sich entdeckt sah, trat er hervor.

Sie riss die Augen auf. War das ein Spuk?

Wedell verbeugte sich so tief, dass er seine Nasenspitze beinahe in den Kies des Weges drückte. „Baronesserl, Sie san bestimmt überrascht ...“

Das war sie allerdings. Wie kam der Graf, an den sie gerade noch gedacht hatte, hierher? Und dann noch in diesem Aufzug? Unwillkürlich dachte sie an ihre erste Begegnung zurück. Damals im Hochwald von Wölfelsgrund war er ebenso schlicht gekleidet gewesen.

„Baronesserl, habens gweint?“

Rasch wandte sie das Gesicht ab. Hoffentlich hatte sie in der Überraschung über sein plötzliches Erscheinen nichts von ihren Gefühlen verraten. Er durfte niemals erfahren, wie es in ihrem Herzen aussah – und auch nicht, dass sie gestern Abend wieder einmal ihren Handschuh hervorgeholt hatte, an dem noch die Spuren seines Blutes zu sehen waren.

„Es ist nichts. Aber wie kommen Sie in den Park?“

„Bitte seins mir net bees, Baronesserl, aber ...“

„Kommen Sie, wir wollen hinter dem Pavillon auf einer Bank Platz nehmen, dort sind wir unbeobachtet.“ Sie schickte Egon fort und nahm mit Wedell auf einer weiß gestrichenen Bank Platz. Jetzt saß sie neben ihm wie gestern ihre Schwester.

Rasch schob sie den Gedanken beiseite. „Erzählen Sie, Herr Graf, was ist gestern zwischen Ihnen und Herrn von Güssow vorgefallen?“

Er seufzte. „’s is koa schene Gschicht net, bitte erlassens mir, drüber zu reden.“

Sie senkte den Kopf und strich sich eine Haarsträhne aus dem

Gesicht. Hatte er denn gar kein Vertrauen zu ihr? „Sie müssen verstehen, dass wir ein wenig erstaunt über Ihren Rückzug waren."

„Baronesserl, i muss Ihr Schwesterl no oamal wiedersehn – ohne Zeugen. Und zwar no heit. Könnens mi zu ihr bringen? Oder sie zu mir naus?"

Sie starrte ihn an. Hatte er den Verstand verloren? „Sie wollen noch einmal heimlich mit ihr sprechen? Hier, vor den Augen meiner beiden Onkel und meiner Tante? Und dann in diesem Aufzug?"

„'s muss sein, Baronesserl." Er faltete die Hände zwischen den Knien. „I seh, dass i aufrichtig sein muss."

Sein warmes Lächeln, das er ihr schenkte, erwärmte ihr Herz.

„Herr von Güssow hat mir gestern a Frist gsetzt. Bis morgen Abend muss i Ihrm Schwesterl an Antrag gmacht ham oder er verrät unser Stelldichein."

Das also war es. „Aber was ist daran so schlimm? Gibt es Gründe, die Sie hindern, um meine Schwester zu werben? Aus dem gestrigen Abend habe ich geschlossen, dass Sie mehr als nur eine flüchtige Zuneigung zu ihr hegen."

„Bei Gott, des ist woahr. Trotzdem *muss* i mit Ihrm Schwesterl no oamal allein sprechen, bevor i um ihre Hand anhalten kann. I muss ihr des erst no sagen, was i ihr gestern net mehr hab sagen kenna."

„Aber es ist unmöglich, dass ich Stefanie zu Ihnen bringe, geschweige denn, dass ich Sie zu ihr ins Haus führe. Es ist schon gefährlich genug, dass Sie hier im Park sind." Sie sah sich um. Zum Glück konnte man sie hinter dem Pavillon vom Haus aus kaum sehen, aber wenn jemand in den Park kam ... „Wie sind Sie überhaupt hereingekommen?"

Über sein Gesicht huschte ein verschmitztes Lächeln, das ihm unglaublich gut stand. Mit dem Daumen wies er zum Zaun. „Da nüber."

„Wenn mein Onkel das erfährt ..." Sie mochte gar nicht darüber nachdenken. „Sagen Sie, Herr Graf – ich darf doch offen mit Ihnen sprechen?"

„Sprechens, Baronesserl. Sie scheinen die Einzige zu sein, von der i Hilfe erwarten kann."

Sie lächelte ihn vorsichtig an. „Bitte seien Sie mir nicht böse, aber ich möchte Sie doch fragen, wie sich das alles mit Ihrem Christsein verträgt? Die heimlichen Treffen mit meiner Schwester?"

Er ließ den Kopf hängen. „I bin Ihnen net bees drum. Sie ham recht mit da Frag. I geb zua, des i in der letzten Zeit wenig nach ma Gott gfragt hab. Aber a tragisches Ereignis hat mi dazu gbracht, wieder mehr nach Ihm zu fragn. Und genau deshalb muss i mit Ihrm Schwesterl reden."

Lena stutzte. Er wollte wegen seines Glaubens mit Stefanie sprechen? Durfte sie dieses Gespräch dann verweigern? Auch wenn es ihr noch so schwer fiel, ein Rendezvous ihrer Schwester mit Wedell zu arrangieren?

„Können Sie es nicht mir sagen? Ich werde es meiner Schwester ausrichten. Oder schreiben Sie einen Brief, den ich ihr zukommen lassen werde."

Er schüttelte den Kopf. „Naa, des gaht net. 's is so wichtig, des muss i ihr scho selbst sagen. Bitte sans mir net bees deswegen ..." Sein entschuldigendes Lächeln ging ihr direkt ins Herz. „I muss ihr ebbas bekennen, bitte verstahns mi, des gaht net per Brief oder Boten."

Da hatte er wahrscheinlich recht. Aber ihr Herz schrie tausendmal *Nein* bei dem Gedanken, dass sie – gerade sie! – dieses Treffen einfädeln sollte.

Da fiel ihr ein Satz von Spitta ein: *Ich will nicht, was mein Wille will* ... Es ging nicht um sie, sondern um ihre Schwester. Und um Wedell, den sie selbst ebenfalls liebte. Sollte sie nicht gerade wegen dieser ihrer Liebe dafür sorgen, dass er glücklich wurde? Auch wenn er dieses Glück bei Stefanie fand? *Die Liebe sucht nicht das Ihre* ...

Sie gab sich einen Ruck. „Heute ist es nicht mehr möglich, dass Sie mit ihr sprechen. Aber morgen ..." Ihr Herz bäumte sich auf. *Herr, hilf mir, selbstlos zu lieben!* „Ich könnte es Ihnen morgen einrichten."

„Würdens des wirklich für mi tun? Baronesserl, i bin Ihnen zu größtem Dank verpflichtet." Er streckte ihr seine Hand entgegen.

Lena zögerte einen Augenblick, bevor sie seine Hand ergriff. Eine Welle von Gefühlen brach über sie herein, doch sie kämpfte sie nieder. „Kommen Sie morgen Abend um fünf Uhr zum Kaiser-Wilhelm-Park südlich des Kaiser-Wilhelm-Platzes."

Er drückte ihre Hand noch fester. „Ists möglich, des Ihr Schwesterl mit einem eigenen Wagen kimmt? Mia könna dann zusamm gen Süden aus da Stadt nausfahrn. Da dürft uns koana überraschen."

Sonderbar, dass er nicht selbst mit einem Wagen kommen wollte, um sie mitzunehmen. Aber vielleicht brauchte Bassewitz, bei dem er ja wohnte, seinen Wagen morgen selbst, und Wedell wollte seine Dame bestimmt nicht in einer Droschke mitnehmen. „Ich werde Stefanie sagen, dass sie den Phaeton nehmen soll. Dann werden Sie auch von keinem Kutscher gestört."

Sie versuchte, ihm ihre Hand zu entziehen, doch er ließ sie nicht los. „Baronesserl, i woaß net, wie i Ihnen danken soll ..."

Sie sprang auf und riss ihre Hand los. Wenn sie nicht sofort von ihm wegkam, würde sie in Tränen ausbrechen – und das war das Letzte, was sie jetzt gebrauchen konnte. „Sorgen Sie dafür, dass Sie nicht wieder entdeckt werden."

Dann ließ sie ihn stehen und eilte davon. Sie sah sich auch nicht mehr um, denn jetzt liefen ihr wirklich die Tränen wie Sturzbäche über die Wangen.

* * *

Überlegend blieb Mutius auf der Treppe stehen und sah Schwentin nach. Das Verhalten seines Schwagers machte ihn stutzig. Hatte er etwa wirklich etwas gegen Wedell in der Hand? Sollte mit dem Grafen tatsächlich etwas nicht stimmen?

Mutius zog an seinem Ohrläppchen. Bis jetzt hatte er Wedell als tadellosen Ehrenmann kennengelernt und auch seine sonst so hellhörige Schwester fand keinen Grund, ihn zu verdächtigen. Es lag wahrscheinlich am Beruf seines Schwagers, überall etwas Unrechtes zu vermuten.

Trotzdem schien Schwentin sicher zu sein. Seine Drohung hatte ihn überhaupt nicht beeindruckt. Sollte Schwentin den Grafen etwa schon „verhört" haben?

Das musste er unbedingt herausfinden. Doch der gewiefte Staatsanwalt würde ihm bestimmt nicht erzählen, wie weit er mit seinen „Ermittlungen" gediehen war, aber vielleicht wusste Valeria etwas. Oder sie konnte es auf ihre charmante Art aus ihrem Mann herausbekommen.

Wahrscheinlich würde er Valeria im Park finden, wo sie sich bei schönem Wetter gern aufhielt. Also eilte er die Treppe hinauf und trat kurz darauf auf den Balkon hinaus. Er stieg die Stufen zum Park hinunter und bog auf den Kiesweg ein – da hielt er inne. Dort hinter dem Pavillon saßen zwei Menschen, die sich anscheinend angeregt unterhielten.

Er ging einige Schritte zur Seite, damit ihm die Büsche nicht die Sicht nahmen. Die Dame war dunkelhaarig, also konnte es nicht Stefanie sein. Doch seine Schwester war es ebenfalls nicht, denn die Dame dort hinter dem Pavillon trug die Haare offen. Lena!

Aber wer war der Mann, der neben ihr saß? Jetzt streckte er ihr sogar seine Hand entgegen. Sie ergriff sie und ließ sie nicht mehr los!

Mutius überlegte, ob er näher herankommen konnte, um etwas zu erlauschen, aber jeder weitere Schritt würde ihn sicherlich verraten. Also verbarg er sich hinter einem riesigen Rhododendronbusch und strengte seine Augen an, um den Mann zu erkennen.

Der Kleidung nach schien es ein einfacher Mann zu sein, vielleicht ein Hausdiener oder Student. Aber warum tat Lena so vertraut mit ihm? Wie lange wollte sie ihm ihre Hand denn noch überlassen?

Irgendetwas lief hier gewaltig schief. Lena traf sich hinter seinem Rücken mit einem Mann aus offenbar niederen Kreisen – sollte *er* der Grund für ihre ablehnende Haltung allen anderen Männern gegenüber sein?

Plötzlich sprang Lena auf, sagte noch etwas und stürmte auf den Balkon zu. Der Mann erhob sich ebenfalls und ging in den hinteren Teil des Parks. Dort verschwand er in einem Gebüsch.

Mutius ballte die Faust. Dieser Kerl war offenbar widerrechtlich eingedrungen! Und seine angeblich so fromme Nichte gab sich mit diesem obskuren Subjekt hier im Park ein Stelldichein!

Am liebsten hätte er sie sofort zur Rede gestellt, doch er stockte. Nein, es gab einen eleganteren Weg, herauszufinden, mit wem sie sich getroffen hatte. Wahrscheinlich ging sie geradewegs zu ihrer Schwester, um ihr alles zu erzählen – bei diesem Gespräch sollte er zugegen sein. Wenigstens mit dem Ohr an der Tür. Und falls sie Stefanie nichts davon erzählte, konnte er sie immer noch zur Rede stellen.

Als Lena sich der Treppe näherte, trat er noch weiter hinter den

Rhododendron, damit sie ihn im Vorübergehen nicht entdecken konnte. Bald schon hörte er ihre Schritte, zuerst auf dem Kiesweg, dann stieg sie die Stufen hinauf. Wenn er sich nicht täuschte, drang sogar leises Schluchzen an sein Ohr. Schließlich klapperte die Tür zum Gartensaal und es wurde wieder still.

Mutius verharrte noch einen Augenblick. Das Gespräch mit Valeria musste warten. Es war viel dringender, herauszubekommen, mit wem die fromme Lena sich getroffen hatte, sonst brachte sie seine Pläne noch völlig durcheinander.

Kapitel 54

Ferdi betrat gerade den Vorsaal zur Wohnung seines Freundes Bassewitz, als dieser ihm bereits entgegeneilte.

„Endlich kommst du, Grüning. Ich warte gleichsam sehnsüchtig auf dich."

„Was hat deine Sehnsucht denn so unermesslich gesteigert?"

Bassewitz zog ihn mit sich in sein Arbeitszimmer. „Was fällt dir überhaupt ein, Grüning? Du verschwindest urplötzlich von der Soiree, ohne mir ein Sterbenswörtchen zu sagen ..."

„Aber so lass dir doch erklären ..."

„Ich erwarte in der Tat eine handfeste Erklärung! Ich habe Blut und Wasser geschwitzt, weil ich gleichsam überhaupt nicht wusste, wo du bist und was vorgefallen ist. Und dann noch die Klausur, bei der ich ohne deine Hilfe mit Pauken und Trompeten durchgefallen bin ..."

„Es tut mir leid ..." Wenn sein Freund ihn doch endlich zu Wort kommen ließe!

„Zu allem Überfluss finde ich, als ich von der Klausur zurückkomme, ein Billett von Herrn von Mutius, der den Grafen von Wedell dringend zu sprechen wünscht." Bassewitz tigerte im Raum auf und ab. „Um endlich zu erfahren, was mit dir los ist, irre ich durch ganz Breslau, um dich ausfindig zu machen, doch keiner kann oder will mir sagen, wo du bist, Pritzens und Schleinitz' sind ebenfalls verreist ..."

„Nun lass mich doch endlich auch einmal reden!" Ferdi trat dicht vor Bassewitz hin, sodass dieser notgedrungen vor ihm stehen blieb. „Ich musste nach Hause. Meine – meine Schwester ist gestorben."

„Deine ..." Bassewitz starrte ihn an. „Deshalb wurdest du von der Soiree geholt? Zu der vermeintlichen Frau Tante?"

Er nickte. „Ich kam zu spät."

Bassewitz legte den Arm um seine Schultern. „Es tut mir leid, Grüning. Ich weiß, wie sehr du deine Schwester geliebt hast."

Wieder sah Ferdi seine tote Schwester vor sich, und das erinnerte ihn daran, dass er sein Ziel nicht aus dem Auge verlieren durfte.

Zunächst musste er Bassewitz warnen, dass Güssow ihn bei einem Stelldichein überrascht hatte.

Er schüttelte den Arm seines Freundes ab und sank in einen Sessel. „Bassewitz, ich ..."

„Warte, Grüning. Ich muss etwas Dringliches mit dir besprechen. Ich hatte gerade Besuch. Unangenehmen Besuch."

Ferdi lehnte sich zurück. Wenn er in das schweißnasse Gesicht seines Freundes sah, musste der Besuch allerdings fürchterlich gewesen sein.

„Der Oberstaatsanwalt von Schwentin war hier."

Ferdi schnellte aus dem Sessel empor. „Schwen... Schwentin?" War man ihm etwa schon auf die Schliche gekommen und wollte ihn wegen Hochstapelei festnehmen? Aber kam deshalb der Oberstaatsanwalt persönlich?

„Ja, Herr von Schwentin." Bassewitz tupfte sich mit dem Schnupftuch die Stirn. „Er wollte den Grafen von Wedell zu einem Abend unter Männern in den *Schweidnitzer Keller* einladen."

Ferdi atmete erleichtert aus. „Ich fürchtete schon, er sei dienstlich hier gewesen."

„*Noch* nicht. Bisher will er gleichsam nur wegen deines Interesses an den Baronessen mit dir reden."

„Nun, da ich bedauerlicherweise nicht zugegen war ..."

„Da ich ja wegen deines plötzlichen Verschwindens leider nicht wusste, was dem Herrn Grafen bei und seit der Soiree zugestoßen ist, sah ich mich genötigt, Schwentin zuzusagen, dass Wedell ihn morgen Abend um fünf Uhr im *Schweidnitzer Keller* treffen wird."

„Morgen Abend? Um fünf Uhr?" Ferdi brach in Lachen aus. „Trefflicher hättest du den Termin nicht wählen können."

„Was soll das heißen?"

Ferdi setzte sich wieder in den Sessel. „Morgen Abend bin ich schon anderweitig vergeben – an Baronesse Stefanie von Hohenau."

„Grüning!" Bassewitz knüllte sein Schnupftuch zusammen und schleuderte es auf den Tisch. „Ist dir dein Verstand gleichsam abhandengekommen?"

„Durchaus nicht. Es ist doch interessant: Während Herr von Schwentin hier war, um mich zu sprechen, war ich dort, um das Stelldichein mit Stefanie zu arrangieren."

„Aber du kannst dich doch nicht heimlich mit ihr treffen! Grüning, das gibt einen Skandal!"

„Ein Skandal wird unvermeidlich sein. Ich habe mich bereits gestern mit Stefanie getroffen und wurde von Herrn von Güssow überrascht. Es gibt nur noch zwei Möglichkeiten: Entweder heirate ich Stefanie oder werde wegen Hochstapelei angeklagt – beides wird in der Gesellschaft Aufsehen erregen."

„Du sprichst – vom Heiraten?" In Bassewitz Augen standen riesige Fragezeichen.

„Ist das so unwahrscheinlich? Es gibt doch genügend Beispiele für eine Mesalliance. Muss ich dich an meine Schwester erinnern, die sogar die Frau eines Grafen geworden ist?"

„Grüning, ich flehe dich an!" Bassewitz legte seine Hände zusammen und beugte sich vor. „Du machst dich und mich unglücklich! Du darfst dich *nicht* noch einmal mit der Baronesse treffen, niemals! Noch hast du die Möglichkeit, das Spiel zu beenden. Ich werde in der Gesellschaft verlauten lassen, dass der alte Herr Graf meinen Vetter plötzlich nach Hause gerufen habe ..."

„Das hilft auch nicht mehr, seitdem Güssow in das Rendezvous geplatzt ist." Ferdi schob beide Hände in die Hosentaschen und grinste seinen Freund an. „Außerdem: Glaubst du wirklich, ich würde einfach so verschwinden? Nein, Bassewitz. Dafür gehen meine Gefühle zu tief. Wenn es nur irgendeine Möglichkeit gibt, Stefanie zu erringen, dann werde ich um sie kämpfen – koste es, was es wolle."

Bassewitz verbarg das Gesicht in den Händen. „Ich hätte dich gleichsam niemals mit zu dem Ball nehmen dürfen. Bitte nimm doch Vernunft an! Sprich morgen mit Herrn von Schwentin, zerstreue seine Bedenken, so gut es geht, und melde dich gleichzeitig ab, weil du nach Bayern zurückkehrst. Nur so können wir uns vielleicht noch unbeschadet aus der Affäre ziehen."

Sein Freund hatte wahrscheinlich recht. Wenn Güssow ihm nur nicht die Frist gesetzt hätte! Verschwand er, ohne einen Heiratsantrag zu machen, würde Bassewitz alles ausbaden müssen – und wenn man dann erfuhr, wer Wedell wirklich war, auch er selbst. Aber von der Frist sagte er seinem Freund lieber nichts, der war schon so aufgeregt genug. „Tu nicht so scheinheilig. Du hast doch selbst Interesse an Baronesse Helena – als Adeliger ohne jeden Titel."

„Du hast keine Ahnung.“ Bassewitz fingerte nach einer Zigarre. „Ich habe kein Interesse an Helena.“

„Dein Verhalten deutete etwas anderes an.“

„Ich sage dir, dass du dich täuschst. Vieles ist anders, als es zu sein scheint.“

Ferdi glaubte ihm zwar kein Wort, aber das ging ihn ja auch nichts an. Es war nur merkwürdig, dass Bassewitz sein Interesse an Baronesse Helena nicht einfach zugab.

Seinem Freund lief der Schweiß in Strömen über das Gesicht. „Bitte geh in den *Schweidnitzer Keller*. Du weißt, was für ein scharfer Hund Herr von Schwentin als Staatsanwalt ist. Aber noch will er privat mit dir sprechen. Wenn du ihn versetzt und stattdessen dein Rendezvous mit der Baronesse einhältst, wird er umso mehr Verdacht schöpfen – und gleichsam viel zu schnell dienstlich werden.“

„Wahrscheinlich hast du recht.“ Ferdi nickte vor sich hin. „Aber es geht nicht.“

„Was willst du damit sagen?“

„Ich werde mit Stefanie ausfahren und ihr meine wahre Identität mitteilen. Wenn sie mich wirklich liebt und Gott es so will, wird sie mir vielleicht vergeben.“

Bassewitz fielen beinahe die Augen aus den Höhlen. „Das ist nicht dein Ernst! Die Baronesse wird doch sofort ihrem Onkel, dem Staatsanwalt, davon berichten, und dann – ich möchte es mir gleichsam gar nicht ausmalen!“

„Es gibt nur einen Weg, wie ich Stefanie gewinnen kann: Bekenntnis und Ehrlichkeit.“

„Grüning, das gibt eine Katastrophe!“

„Oder ein glückliches Paar.“

„Das ist gleichsam ausgeschlossen.“

Wenn man nicht mit Gott rechnete, bestimmt. „Ich werde also morgen nicht in den *Schweidnitzer Keller* gehen.“

„Dann werde ich für dich dorthin gehen. Wir können Herrn von Schwentin unmöglich versetzen.“

Ferdi zuckte mit den Schultern. „Wenn du es für nötig hältst, obwohl ich ohnehin reinen Tisch machen will …“

* * *

Rahel trug ein Tablett mit Waffeln und starkem Kaffee, wie Albert ihn gern hatte, in die Stube. Der Duft der frisch gebackenen Waffeln erinnerte sie an Lisa, die nichts lieber gegessen hatte. Rahel schossen Tränen in die Augen und sie hatte nicht einmal eine Hand frei, um sie fortzuwischen.

Als sie das Tablett auf den Tisch stellte, nahm Albert ihre Hand. „Die Waffeln, nicht wahr?"

Sie nickte nur, und aus dem Sessel, wo ihr Schwiegersohn saß, hörte sie ein unterdrücktes Schniefen.

Albert zog sie neben sich aufs Sofa und legte den Arm um sie. Er sagte kein Wort, aber das musste er auch gar nicht. Sie legte den Kopf an seine Schulter und seufzte tief, während Ludwig sich geräuschvoll in sein Taschentuch schnäuzte, was nahtlos in einen fürchterlichen Hustenanfall überging.

Sie sah zu ihrem Schwiegersohn hinüber. Seit Lisas Beerdigung, bei der sie alle bis auf die Knochen nass geworden waren, schien er sich nicht mehr zu erholen. Er redete zwar nicht darüber, aber die alte Kriegsverletzung machte ihm immer noch zu schaffen.

Als der Husten endlich nachließ, wischte er sich mit dem Taschentuch über den Mund und steckte es dann auffallend schnell in seine Rocktasche. Trotzdem meinte Rahel, rote Flecken auf dem Tuch gesehen zu haben. „Ludwig?"

Er schüttelte den Kopf. „Es ist nichts. Es ist vielmehr an der Zeit, dass ich nach Breslau zurückkehre."

Das war ihr Stichwort. Sie goss ihrem Mann eine Tasse Kaffee ein. „Wir sollten mit ihm fahren, Albert."

„Meinst du, unser Schwiegersohn könnte nicht allein reisen?"

Sie reichte Albert die Tasse und lächelte ihn an. „Wir haben einen Sohn in Breslau, den ich gern wiedersehen möchte."

„Haben ihn erst vor ein paar Tagen gesehen."

„Albert, ist es so schwierig zu verstehen, dass ich ihm in der heiklen Situation, in der er sich befindet, beistehen möchte? Und da sich nun einmal eine Reisemöglichkeit anbietet ..."

„Weißt doch, dass ich derzeit kaum abkömmlich bin, jetzt, kurz vor meiner Pensionierung." Albert schlürfte geräuschvoll seinen Kaffee.

Sie fuhr ihm mit der Hand über das kurz geschnittene Haar. „Auch nicht für deinen Sohn?"

„Begleiten Sie mich doch allein, Mutter." Ludwigs Stimme klang wie das Krächzen einer Elster.

„Ich wünschte mir, Albert, du würdest mit mir fahren."

„Weiß gar nicht, was du dir für Sorgen machst, Rahel. Ferdinand hat versprochen, seine Verfehlungen auszuräumen."

Eben deshalb wollte sie ja zu ihm, damit er das auch wirklich tat und sich nicht durch die Einflüsse in Breslau wieder davon abbringen ließ. „Glaubst du nicht, dass es hilfreich wäre, wenn wir ihm beistehen?"

„Ferdinand ist kein kleines Kind mehr. Ist 25 Jahre alt und weiß, was er tut."

Offenbar wusste er das nicht, sonst hätte er sich kaum in diese schwierige Lage gebracht. „Mich drängt alles zu ihm", flüsterte sie. „Es ist mir, als riefe er nach mir. Und, Albert, ich will ihn nach Lisa nicht auch noch ..." Der Kloß in ihrem Hals würgte ihr die Stimme ab.

Albert fuhr ihr ungelenk mit der Hand übers Haar. „Elisabeth", murmelte er. Sah er auch den stillen Hügel auf dem Waldfriedhof vor sich?

„Kannst du dich nicht wenigstens für einige Tage frei machen, Albert? Für unseren Sohn – und für mich?"

Er sah ihr in die Augen und plötzlich stahl sich ein Lächeln auf sein Gesicht. „Ich kannte einmal ein Mädchen, das mit erstaunlicher Hartnäckigkeit einem grantigen Oberförster den Schlüssel zum Turm an der Altenburg abgeschwatzt hat. Und danach hat sie ihm mit Engelsgeduld sogar seine düstere Vergangenheit entlockt. Wie kommt es bloß, dass ich mich gerade jetzt daran erinnere, Fräulein von Bredow?"

Fräulein von Bredow. Wie lange hatte sie niemand mehr so genannt. „Hat dieses Mädchen dem Herrn Oberförster jemals etwas abgeschwatzt, das ihm zum Schaden gewesen wäre?"

Das Lächeln vertiefte sich, besonders in seinen dunkelbraunen Augen. „Packen Sie Ihre Effekten, Ludwig. Fräulein von Bredow gedenkt nach Breslau zu reisen."

„Aber nur, wenn du mitkommst", vergewisserte sie sich.

Er gab ihr einen Nasenstüber. „Selbstverständlich."

Ludwig erhob sich mühsam und ging zur Stubentür hinüber. Er

hatte sie beinahe erreicht, als ihn ein erneuter Hustenanfall zu schütteln begann. Er wankte und hielt sich am Türrahmen fest.

Rahel sprang auf. „Ludwig ..."

Die geplante Reise war bestimmt nicht gut für ihren Schwiegersohn. Andererseits sollte er so bald wie möglich nach Breslau zurück, um wieder in die Obhut seines Hausarztes zu kommen.

Ludwig riss sein Taschentuch hervor und presste es auf den Mund. Sie eilte zu ihm und wollte ihn stützen, da sackte er plötzlich zusammen. Mit einem Satz war Albert bei ihnen und fing den Grafen auf.

Entsetzt starrte Rahel auf den blutigen Strom, der zuerst Ludwigs Bart, dann seine Weste rot färbte.

„Albert! Schnell! Doktor Wirtz muss kommen!"

Ihr Mann fasste Ludwig unter den Achseln und zog ihn aufs Sofa, dann stürmte er hinaus.

Mit zitternden Fingern hielt sie ihm ein Taschentuch an die Lippen, um den roten Strom aufzufangen. Endlich verebbte der Fluss und Ludwig öffnete mühsam die Augen.

„Verzeihen Sie mir, Mutter, nun können wir doch nicht nach Breslau reisen."

Kapitel 55

Lena legte ihre Hand auf die Klinke zum Salon, wo sie ihre Schwester vermutete – und hielt inne. Sollte sie ihr den Wunsch des Grafen von Wedell wirklich überbringen? Noch hatte sie die Möglichkeit, einfach zu schweigen – aber war das richtig? *Herr, was soll ich tun?*

Natürlich war es nach den Regeln der Gesellschaft unschicklich, wenn Stefanie sich heimlich mit dem Grafen traf. Doch war es auch unvoreingenommen falsch? Oder war es nur ihre eigene unsinnige Liebe zu Wedell, die sie zögern ließ und die Konventionen der Gesellschaft als willkommenen Vorwand nutzte?

Sie zog die Hand zurück und verbarg sie in den Falten ihres Kleides. Nein, es war sicherlich nicht richtig, wenn es erneut ein heimliches Treffen gab. Das letzte hatte schon mit einer Katastrophe geendet.

Aber er wollte doch nur ein Bekenntnis ablegen. Durfte sie ihm das verweigern? Vielleicht musste er schon in Kürze nach Bayern zurückkehren – dann war sie schuldig, wenn sein Bekenntnis unausgesprochen blieb.

Sie legte die Hand wieder auf die Klinke. Wie ihre Finger dabei zitterten! *Herr, gib mir Kraft, das Richtige zu tun!*

Wenn sie nur daran dachte, ihrer Schwester Wedells Botschaft zu überbringen, schossen ihr schon wieder die Tränen in die Augen. *Herr, ich kann es nicht!*

Wie konnte sie dabei zusehen, wenn Stefanie den Grafen heiratete? Allein schon die kurze Zeit auf der Ziegelbastion hatte sie unendlich viel Kraft – und noch mehr Tränen gekostet.

Er ist der Herr, ich bin der Knecht,
und was er tut, das ist mir recht.

Unwillkürlich kamen ihr Spittas Verse in den Sinn. Sie senkte den Kopf. *Ja, Herr, Du machst keinen Fehler.* Sie legte die freie Hand aufs Herz, atmete noch einmal tief durch – dann drückte sie die Klinke hinunter und trat ein.

Stefanie stand auf dem kleinen Balkon, der zur Zufahrt gerichtet war. Auf der Tauenzinstraße ratterten die Kutschen vorbei und übertönten den Gesang der Vögel.

„Stefanie?"

Ihre Schwester drehte sich nicht um, sondern sah zur Straße hinunter, als seien dort die neuesten Wunder des Universums zu entdecken. „Warum kommt er nicht?"

Sie wusste sofort, von wem Stefanie sprach, trotzdem fragte sie: „Wer?"

„Das fragst du noch?" Stefanies Stimme war so leise, dass Lena näher treten musste, um sie über dem Lärm der Straße besser zu verstehen. „Er wollte mir so dringend etwas gestehen. Warum kommt er nicht, um es mir jetzt noch zu sagen, nachdem Güssow" – Stefanie ballte die Faust – „uns so unsanft unterbrochen hat?"

Lena trat neben sie. Als sie ihrer Schwester in die Augen blickte, sah sie Tränen darin. Stefanie schien ihn wahrhaft zu lieben. – Sie musste ihr Wedells Botschaft übermitteln.

„Zuerst wollte er gar nicht mit der Sprache heraus", fuhr Stefanie mit einer Stimme fort, die nach mühsam zurückgehaltenen Tränen klang. „Aber seit ich Wedell gestern getroffen habe, bin ich mir ganz sicher, dass er mich wirklich liebt und dass er mir einen Heiratsantrag machen wollte – zusammen mit dem Geständnis, dass er in Wahrheit ein Prinz ist." Sie fuhr sich mit der Hand über die Augen. „Glaubst du, er wird es noch tun? Oder hat unser Vetter, dieser Trampel, ihn so beleidigt, dass alles verdorben ist?"

Lena war froh über die lange Rede, so konnte sie sich einigermaßen fangen, ehe sie antwortete. Sie legte ihrer Schwester den Arm um die Schultern und drückte sie an sich, obwohl sie der Geruch nach Tabakrauch anwiderte. – Stefanie mit ihrer blühenden Fantasie ... Aber den Prinzen würde sie ihr ohnehin nicht ausreden können.

„Er wird es dir sagen." Hoffentlich spürte ihre Schwester nicht, wie unregelmäßig ihr Herz wummerte.

„Glaubst du das wirklich?" Stefanie lehnte den Kopf an ihre Schulter.

„Mehr noch. Ich weiß es. Ich habe gerade mit ihm gesprochen."

Stefanie fuhr zurück, dass sie mit dem Rücken gegen die Balustrade prallte. „Du – hast – mit – ihm – gesprochen?"

In kurzen Worten erzählte Lena von ihrer Begegnung im Park.

„Er will dich morgen Abend treffen. Um fünf Uhr am Kaiser-Wilhelm-Park. Du sollst mit dem Phaeton kommen."

„Lena! Leenaa!!! Ist das wirklich wahr?" Stefanie packte sie an den Schultern und schüttelte sie.

Lena ließ den Kopf hängen. „Ja. Es ist wahr", flüsterte sie.

Ihre Schwester legte ihr einen Finger unter das Kinn und hob ihren Kopf. „Schwesterchen, widerspricht es deinen Moralvorstellungen so sehr, dass du dich nicht mit mir freuen kannst?"

„Hätte ich dir die Botschaft dann überbracht?" Musste Stefanie unbedingt diese Frage stellen? Sie konnte doch keinen Freudentanz aufführen, wenn ihr Herz ein ganzer Ozean voll Tränen war!

„Aber du machst solch ein bekümmertes Gesicht, als wolltest du jeden Augenblick zu weinen beginnen. Schau mich an, wie glücklich ich bin! Ich hatte gehofft, es würde dich auch freuen."

„Ich – ich freue mich auch – für dich." Lena wandte rasch den Kopf zur Seite. „Stefanie, mir ist – nicht gut ..."

Ihre Schwester packte ihren Arm. „Aber was ist mit dir? Kannst du den Grafen denn so wenig leiden ..."

Wenn Stefanie nicht sofort aufhörte, würde sie einen Schreikrampf bekommen. „Bitte lass mich!"

„Ich verstehe dich nicht, Lena. Wedell ist doch ein charmanter und gebildeter Mann!"

Lena riss sich von ihr los und stürmte durch das Zimmer auf die Korridortür zu.

Stefanie eilte ihr nach. „Warum reagierst du auf ihn wie die Katze aufs Wasser?"

Lena hielt einen Augenblick vor der Tür inne. „Ich schätze und achte den Grafen sehr." Sie rang sich die Worte förmlich ab.

„So, wie du dich benimmst, könnte man fast glauben, du missgönnst ihn mir!"

Sie musste hier weg! Sie riss die Tür auf – und stolperte in die Arme von Onkel Mutius.

* * *

Mutius packte Lena am Arm und zog sie mit sich in sein Arbeitszimmer. Es war ärgerlich, dass er nur die letzten Worte des Gesprächs zwischen den Schwestern verstanden hatte. Aber er würde schon herausbekommen, was sie über den Grafen von Wedell geschwatzt hatten.

„Setz dich, Lena." Mutius wies auf einen Sessel und nahm ihr gegenüber Platz.

Sie sah ihn mit einem Blick an, der ihn fast durchbohrte. „Du hast gelauscht."

Das hatte er allerdings, aber nur mit mäßigem Erfolg. „Was hast du mit dem Grafen von Wedell?"

„Onkel, bitte ..." Lena sah aus, als würde sie jeden Augenblick in Tränen ausbrechen.

„Ich möchte eine Antwort auf meine Frage." Sie wirkte angeschlagen, und das spielte ihm in die Karten.

„Ich habe gar nichts mit dem Grafen!"

„Warum betontest du dann ausdrücklich, dass du ihn schätzt und achtest? Warum meinte deine Schwester, dass du ihn ihr missgönnst?"

Lena schlüpfte mit der Ferse aus ihrem Seidenschuh. „Onkel, ich finde es unerhört, dass du ..."

„Das steht nicht zur Debatte. Wenn ich merke, dass ihr beide etwas tut, was zu eurem Schaden ist, muss ich einschreiten." Er zündete sich ein Zigarillo an. „Was ist mit Stefanie? Liebt sie den Grafen?"

„Ich will nicht mit dir darüber sprechen. Bitte lass mich jetzt gehen!"

„Nicht bevor ich eine Antwort auf meine Fragen habe. Stefanie ist in den Grafen verschossen, das ist doch kein Geheimnis. Aber du – könnte es sein, dass du *auf ihn reagierst wie die Katze aufs Wasser*, weil es dir ebenso geht?" Dann wunderte es ihn nur, warum sie sich heimlich mit einem anderen Mann im Park traf.

„Onkel ..."

Mutius beugte sich vor und hüllte sie in eine Rauchwolke. „Lena." Er gab seiner Stimme einen möglichst sanften Klang. „Es ist doch überhaupt nichts Schlimmes, wenn du den Grafen liebst. Er ist ein galanter Mann, sieht blendend aus, ist ein Christ – warum solltest du ihn nicht lieben? Und – warum solltest du ihn nicht heiraten?"

Lena wandte den Kopf ab, dass die Haare um ihren Nacken schlugen, dann hörte er ein trockenes Schluchzen.

„Schau, ich möchte doch nur dein Bestes."

„Ich – ich kann und werde ihn nie – niemals heiraten!" Das klang wie ein verzweifelter Schrei.

„Du liebst ihn wirklich, nicht wahr?" Er wertete ihr Schweigen als Zustimmung. „Und da deine Schwester ihn ebenfalls liebt, glaubst du, zurückstehen zu müssen."

Das sah der frommen Lena ähnlich. Statt um den Mann, den sie liebte, zu kämpfen, kämpfte sie eher gegen ihre eigene Liebe. Widerwillig empfand er Respekt.

„Wenn du aber den Grafen liebst, mit wem hast du dich dann im Park ..." Er stockte. Lena war keine Frau, die mit zwei Männern gleichzeitig anbändelte. „War *er* es?" Die Figur und die dunklen Haare passten allemal und die einfache Kleidung war wahrscheinlich nur Tarnung gewesen.

Sie sagte wieder nichts, aber ihre Bestätigung brauchte er auch nicht mehr. Lena war in Wedell verliebt – etwas Besseres konnte ihm gar nicht passieren! „Ich werde dafür sorgen, dass Wedell dich heiratet."

Ihr Kopf fuhr herum. „Nein!"

„Ich werde sogar dafür sorgen, dass Stefanie freiwillig zurückstehen wird." Er sog an seinem Zigarillo.

„Warum sollte sie das tun?" Lenas Stimme klang tränendurchtränkt.

„Wenn Stefanie dich wirklich liebt – und das tut sie doch? –, wird sie es tun."

„Ich will nicht, dass sie sich für mich ..." Offenbar erschrocken über das, was sie sagen wollte, brach sie ab.

Tapferes Mädchen, das sich selbst, ohne mit einer Wimper zu zucken, für ihre Schwester opferte, aber kein Opfer von ihrer Schwester annehmen wollte. „Lena, du weißt, dass es ein Geheimnis um deine Person gibt. Es handelt sich um deine Herkunft. Wenn Wedell dich heiratet, wäre dieses Problem mit einem Schlag gelöst."

„Was willst du damit sagen?" Ihr Blick war gehetzt.

„Mehr kann ich dazu nicht sagen."

„Heißt das, dass ich ..." Ihre Augen wurden groß wie Fünfmarkstücke. „Meine Herkunft – was hat das zu bedeuten?"

Er zuckte mit den Schultern und klopfte auf sein Zigarillo. „Du solltest mir dankbar sein, dass ich dir diese glänzende Partie arrangieren will. Und wenn du ihn sogar liebst und er dir Interesse entgegenbringt – woran ich keinen Augenblick zweifle –, ist doch alles in bester Ordnung."

„Was ist mit meiner Herkunft? Und warum sollte eine Ehe mit Wedell dieses Problem aus der Welt schaffen?"

Mutius grinste. Das würde er ihr nicht sagen. Die fromme Lena war imstande und lehnte alles rundweg ab, weil sie ihren zukünftigen Ehemann nicht betrügen wollte. „Lass es dir genügen, dass ich es weiß. Ich will dich damit nicht belasten."

„Wenn es um *mich* geht, will ich – muss ich es wissen, Onkel! Sonst werde ich über deinen Plan nicht einmal nachdenken!" Das sonst so stille Mädchen konnte erstaunlich energisch werden.

„Verlass dich auf mich, ich werde schon alles in die Wege leiten."

Er musste Stefanie das Schicksal ihrer Schwester nur in den schwärzesten Farben ausmalen. So, wie die Schwestern trotz ihrer Verschiedenheit aneinander hingen, würde Stefanie sofort zurücktreten, um ihrer Schwester die Schande zu ersparen. Und mit Stefanie im Verbund würde er auch Lena überreden – was ihm heute ganz offensichtlich noch nicht gelang.

„Du kannst gehen." Mutius drückte sein Zigarillo in einen Aschenbecher und beobachtete Lena, die langsam, fast als würde sie schlafwandeln, aufstand und hinausging.

Als Erstes musste er nun sicherstellen, dass sein Schwager ihm nicht in die Quere kam und den reichen Heiratskandidaten vergraulte. Er hatte ja dadurch, dass Schwentin selbst in das Geheimnis verstrickt war, ein wunderbares Druckmittel in der Hand. Danach würde er sich Stefanie vornehmen, damit sie zugunsten ihrer Schwester auf Wedell verzichtete.

Er sprang auf, eilte aus dem Raum – und prallte um ein Haar mit einem Diener zusammen.

„Herr von Mutius, es ist Besuch für Sie gekommen."

Besuch? Vielleicht war das der Graf von Wedell, der endlich auf das bei Bassewitz hinterlegte Billett reagierte. Aber würde der Graf erst heimlich hinten in den Garten einsteigen, um sich mit Lena zu treffen, und anschließend vorne läuten, um sich bei ihm melden zu lassen?

Der Diener reichte ihm eine Karte. Keine Grafenkrone. Stattdessen das Wappen des Bankhauses Goldschmidt & Co.

Da näherten sich auch schon rasche, feste Schritte – zum Glück nicht sein Bankier selbst, sondern offenbar ein Bote.

„Herr von Mutius, mein Prinzipal bittet Sie, sich umgehend zu ihm zu bemühen. Sie können meinen Wagen benutzen."

Am liebsten hätte Mutius den geschniegelten Geldhai geohrfeigt. Er wusste schon, was sein Bankier von ihm wollte: Vereinbarungsgemäß hätte er sich auf Gut Juliendorf befinden müssen, und nun sollte er zur Rede gestellt werden, warum er in Breslau war. Aber woher der Bankier bloß davon wusste?

Zähneknirschend folgte er dem Bankangestellten.

Kapitel 56

Wie betäubt wankte Lena über den Korridor. Wie hatte es bloß geschehen können, dass Onkel Mutius das Geheimnis ihrer Liebe aus ihr herausgepresst hatte? Und was hatte es mit ihrer Herkunft auf sich? Was war bloß vorgefallen, dass eine Verbindung mit dem Grafen von Wedell so ein großes Glück für sie sein sollte? Oder war auch das wieder nur eine Finte ihres Onkels?

Sie lief durch den Festsaal auf den Balkon hinaus und lehnte sich an die Balustrade. Dort vorne schimmerte der Pavillon durch die Büsche und erinnerte sie lebhaft an das unverhoffte Treffen mit dem Grafen. – Nein. Sie durfte ihn niemals wiedersehen. Selbst wenn ihr Onkel dafür sorgen wollte, dass sie ihn bekam – nicht um den Preis des Glückes ihrer Schwester.

Ob Stefanie wusste, was Onkel Mutius mit seiner Andeutung über ihre Vergangenheit gemeint hatte? Immerhin hatte sie öfter mit Onkel Mutius und Tante Valeria über das Geheimnis gegrübelt. Aber sie konnte doch sonst kaum etwas für sich behalten, warum sollte sie ihr ausgerechnet das verschwiegen haben? Oder war es so schrecklich, dass sie nicht mit ihr darüber sprechen wollte?

Lena löste sich von der Balustrade und wandte sich um. Sie musste ihre Schwester danach fragen.

Doch dann hielt sie inne. Nein. Sie musste vielmehr verhindern, dass Stefanie sich dem Druck ihres Onkels beugte. Und die einzig sichere Quelle über ihre Herkunft waren ihre Eltern. Genau dorthin würde sie zurückkehren – und zwar noch heute. Der ganze Aufenthalt in Breslau war ohnehin eine einzige Katastrophe.

Sie atmete tief durch, dann lief sie ins Haus. Sie musste sofort das Kursbuch der Bahn studieren, um die schnellste Verbindung nach Schönwalde zu finden. Da Onkel Mutius immer mit der Bahn von Juliendorf nach Breslau und zurück reiste, würde sie vermutlich eines in seinem Arbeitszimmer finden.

Aber zuerst musste sie feststellen, ob er nicht schon mit Stefanie sprach. Nicht, dass ihre Schwester sich wirklich überreden ließ.

Lena huschte den Korridor entlang und lauschte an der Tür zum

Salon, den sie sich mit ihrer Schwester teilte. Nichts, absolute Stille. Hier war ihr Onkel nicht. Das war einerseits gut, andererseits war in diesem Fall die Wahrscheinlichkeit größer, dass er noch in seinem Arbeitszimmer war. Trotzdem würde sie es wagen, dort einzutreten. Wenn er dort war, konnte sie sich damit herausreden, dass sie ihm noch etwas zu Wedell sagen wollte.

Ihr Herz klopfte wie ein Schmiedehammer, als sie gegen die Tür des Arbeitszimmers klopfte. Keine Antwort. Langsam drückte sie die Klinke hinunter und schob vorsichtig den Kopf hinein – der Raum war leer. *Danke, Herr.*

Rasch schlüpfte sie hinein und schob die Tür wieder zu. Sie kam sich wie eine Einbrecherin vor, dabei wollte sie doch nur fort von hier. Fort von ihrem Onkel und seinen dunklen Machenschaften, fort von ihrer Tante und ihrem schlechten Einfluss, fort von ihrer verliebten Schwester – und fort von Wedell.

Mit wenigen Schritten war sie am Schreibtisch. Ein paar Zeitschriften lagen darauf, ansonsten grinste sie nur die blank polierte Tischplatte an. Ihr Onkel schien es mit der Arbeit nicht ernst zu nehmen.

Also die Schubfächer. Das oberste war abgeschlossen. Hoffentlich hielt er das Kursbuch nicht für so wichtig, dass er es einschloss. Das nächste Fach – kein Kursbuch. Das dritte – da! Der *Telegraph für Post-, Eisenbahn- und Dampfschiffverbindungen in Deutschland und den angrenzenden Ländern.*

Lena wuchtete den Wälzer aus dem Schubfach. Nur schnell aus dem Büro, bevor ihr Onkel sie entdeckte. Um die richtige Verbindung zu finden, benötigte sie Ruhe – schließlich war es das erste Mal, dass sie allein auf Reisen ging.

Sie schlich wieder aus dem Raum und eilte über den Korridor hinüber in ihr eigenes Zimmer. Hoffentlich überraschte Stefanie sie nicht. Ihre Schwester würde niemals verstehen, warum sie so Hals über Kopf abreisen wollte.

Lena hob das Kursbuch auf ihren Frisiertisch und begann zu blättern. Wo standen bloß die Abfahrtspläne des oberschlesischen Central-Bahnhofs? Sie hätte sich schon viel eher einmal mit solchen Reisen beschäftigen sollen.

Endlich fand sie den Breslauer Bahnhof. Mit dem Zeigefinger

fuhr sie über die Zeilen – und sank dann mutlos auf einen Stuhl. Der für heute letzte Zug über Strehlen und Münsterberg nach Frankenstein, in dessen Nähe Schönwalde lag, war vor über einer Stunde abgegangen. Sie musste noch wenigstens eine Nacht in diesem Haus bleiben. Aber vielleicht hatte ihr Gott es extra so geführt, weil sie morgen Abend leichter ungesehen aus dem Haus kam als heute.

Lena beugte sich wieder über das Buch – der letzte Zug verließ Breslau morgen Abend um sechs Uhr und fünfundfünfzig Minuten. Wenn sie diesen Zug nahm, würde ihr am selben Tag niemand mehr hinterherfahren können. Außerdem war Stefanie dann längst unterwegs, um sich mit dem Grafen zu treffen, und konnte sie also nicht aufhalten. Onkel Schwentin beschäftigte sich um diese Zeit zumeist mit Livia, blieben nur noch Onkel Mutius und Tante Valeria, denen sie irgendwie entkommen musste.

Sie klappte das Kursbuch zu und ging zur Tür, um das Buch in das Büro ihres Onkels zurückzubringen – da wurde die Tür von der anderen Seite geöffnet. Der Wälzer entglitt ihren Händen und sie zog gerade noch rechtzeitig den Fuß zurück, bevor das Buch mit lautem Krach zu Boden fiel.

„Lena? Was machst du für einen Lärm? Und warum wirfst du deine Bibel auf den Fußboden?"

Lena fühlte etwas wie Erleichterung, dass es nur ihre Schwester war. Immer noch besser als Onkel Mutius.

„Es ist gut, dass du kommst, Stefanie." Sie hob das Kursbuch auf und legte es mit dem Titel nach unten auf den Tisch.

„Ich möchte gerne wissen, was mit dir los ist, Lena." Stefanie lümmelte sich aufs Sofa. „Du warst vorhin so merkwürdig."

Lena seufzte und setzte sich ihr gegenüber. „Es tut mir leid, Stefanie, dass ich so plötzlich weggelaufen bin. Bitte mache dir keine Gedanken darüber." Sie schlug die Beine übereinander. „Es könnte sein, dass unser Onkel dich bald überreden möchte, auf den Grafen zu verzichten."

Stefanie zog die Stirn kraus. „Meinst du Onkel Mutius? Das hat er schon mehrfach vergeblich versucht."

„Bitte sage mir ganz ehrlich, Schwesterchen: Liebst du den Grafen?"

Auf Stefanies Gesicht legte sich ein Lächeln, das sie ungemein anziehend machte – viel schöner als bei aller Koketterie. „Ja, Lena. Aber nicht nur, weil er ein reicher Graf oder wahrscheinlich sogar ein Prinz ist. Er könnte ein armer Droschkenkutscher oder Kohlenhändler sein – ich würde ihn trotzdem lieben."

Lena konnte nicht verhindern, dass ihr erneut die Tränen in die Augen schossen. Nur nicht wieder anfangen zu weinen!

„Aber warum fragst du danach? Ich verstehe ohnehin nicht, warum unser Onkel mich wieder von dem Grafen trennen will, nachdem er mir selbst in höchsten Tönen von ihm vorgeschwärmt und mich animiert hat, ihn zu umgarnen."

„Mir scheint, dass er seine Pläne geändert hat. Ich weiß zwar nicht, warum, aber als er vorhin mit mir sprach, setzte er alles daran, *mich* mit dem Grafen zu verkuppeln." Ob sie ihr auch sagen sollte, dass das Geheimnis um ihre Vergangenheit der Grund dafür war? Nein, das sollte sie ihrer neugierigen Schwester besser verschweigen.

„Und du, Lena? Was ...?"

„Du brauchst keine Sorge zu haben. Deswegen sage ich es dir. Ganz egal, was Onkel Mutius dir erzählen wird – ich möchte Wedell nicht heiraten. Und werde es auch unter keinen Umständen tun."

„Gut, dass ich weiß, dass es für dich kein Opfer ist, weil du ihn ja doch nicht leiden kannst." Stefanie sprang auf und warf sich an Lenas Hals. „Ach Schwester, ich freue mich so auf morgen!"

Lena schlang die Arme um ihre Schwester und drückte sie fest an sich. Zum Glück konnte Stefanie ihr dabei nicht ins Gesicht sehen, denn die Tränen kitzelten schon wieder ihre Wangen.

* * *

Regina drehte die Depesche hin und her. Aufgegeben in Wölfelsgrund. Das verhieß nichts Gutes. Die letzte Depesche, die sie aus Wölfelsgrund erhalten hatten, hatte Lisas Tod angekündigt. Hoffentlich wollte ihr Bruder nur mitteilen, wann er nach Breslau zurückkehrte.

Mit bebenden Fingern zerriss sie den Umschlag und starrte auf die wenigen Wörter. *Schleinitz Blutsturz, sehr schwach. Rückkehr nach Breslau unbestimmt.*

Ihr wurde schwarz vor Augen und sie musste sich setzen. Ihrem

Bruder ging es schon länger nicht gut und die Belastung durch Lisas Tod hatte ihn noch mehr geschwächt. Die nasskalte Beerdigung hatte dann wahrscheinlich ihr Übriges getan.

„Guten Abend, meine Liebste."

Regina schrak auf. Sie hatte Wilhelm gar nicht eintreten hören.

Er setzte sich neben sie und ergriff ihre Hand. „Bitte verzeih, dass ich heute wieder so spät komme. Der Oberpräsident droht ob des angekündigten Besuchs Seiner Majestät den Kopf zu verlieren. Er fürchtet, dass die angespannte Finanzlage der Provinz des Kaisers Missfallen ... Regina?"

Sie reichte ihm die Depesche. „Ich muss nach Wölfelsgrund."

Ihr Mann stöhnte. „Ich ahnte, dass deinem Bruder alles zu viel werden würde."

„Bitte, ich möchte zu ihm fahren. Ich habe die gleiche Situation schon einmal erlebt, als Ludwig aus dem Krieg heimkehrte. Ich muss nach ihm sehen, ihm helfen. Jeder Blutsturz kann tödlich für ihn sein – und ich möchte nach meiner Schwägerin nicht auch noch meinen einzigen Bruder verlieren."

Wilhelm starrte auf den Teppich. „Ich würde dich sofort ins Forsthaus fahren lassen, ja, ich würde dich sogar selbst hinbringen. Bloß ..." Er atmete tief durch. „Ich fürchte, dass du hier gebraucht wirst."

„Was meinst du damit, Wilhelm?" Sein Tonfall ließ die Sturmglocken in ihrem Kopf läuten.

„Ich mache mir immer noch Sorgen um Ferdi."

„*Du* machst dir Sorgen um Ferdi?" Wenn sich ihr gutgläubiger Mann schon Sorgen machte, schien wirklich etwas nicht zu stimmen.

„Ich sah ihn heute, als ich auf dem Weg zum Oberpräsidium war – in der Tauenzinstraße."

Regina sah tausend silberne Sterne auf sich zufliegen. In der Tauenzinstraße, wo die Villa Schwentin stand? „Sollte er etwa immer noch ...?"

„Ich fürchte es. Regina, ich bin mir sicher, dass Ferdi uns gerade jetzt braucht. Und das sogar noch dringender als dein Bruder."

„Aber Ludwig ist schwer krank, vielleicht sogar todkrank!" Verstand ihr Mann denn nicht, dass Ludwig sterben konnte?

„Ich weiß, wie sehr du an deinem Bruder hängst. Aber er ist im

Forsthaus in guter Obhut. Warte wenigstens, bis wir noch einmal mit Ferdi gesprochen haben."

Sie seufzte. Zwar zog es sie mit tausend Seilen zu ihrem Bruder, aber wahrscheinlich hatte Wilhelm recht. Gott hatte ihnen die Verantwortung für Ferdi übertragen und wenn er tatsächlich immer noch auf krummen Wegen unterwegs war, musste sie wohl in Breslau bleiben, so schwer es ihr fiel.

* * *

Mutius kochte vor Wut, als er die Villa Schwentin wieder betrat. Sein Bankier hatte ihm kurzerhand eine Hypothek gekündigt, weil er sich nicht an die Absprache gehalten hatte, persönlich auf Juliendorf für den Aufschwung zu sorgen. Und wer hatte dem Bankier die Information zugespielt, dass er wieder in Breslau war? Der verschwiegene Geldmensch hatte es zwar nicht verraten, aber wer anders als sein sauberer Schwager Schwentin sollte es gewesen sein?

Im Sturmschritt jagte er die Treppen hinauf und lief zum Kinderzimmer, von woher er die Stimme seines Schwagers hörte.

„‚Jajaja', rief Meister Böck,
‚Bosheit ist kein Lebenszweck.'"

Was las sein Schwager der kleinen Livia bloß für einen Unsinn vor? Wenn nicht von einem Meister Böck die Rede gewesen wäre, hätte dieser Satz beinahe aus der Bibel stammen können.

„Kurz, im ganzen Ort herum
ging ein freudiges Gebrumm:
‚Gott sei Dank! Nun ists vorbei
mit der Übeltäterei!'"

Rasch trat Mutius ins Kinderzimmer und sah gerade noch, wie Schwentin das Buch zuklappte.

„Nun musst du aber zu Bett gehen, Livia." Er übergab das Kind an ein Kindermädchen und trat dann zu ihm. „Wolltest du zu deiner Nichte, Mutius?"

„Nein, sondern zu dir, mein herzliebster Schwager." Er zog Schwentin hinaus auf den Flur und schloss die Tür. „Was fällt dir ein, dich in meine finanziellen Angelegenheiten zu mischen?"

Schwentin nahm seinen Zwicker ab und musterte ihn mit zusammengekniffenen Augen. „Was soll ich getan haben?"

„Willst du etwa leugnen, dass du beim Bankhaus *Goldschmidt & Co.* hast verlautbaren lassen, dass ich wieder in Breslau bin?"

„Warum sollte ich es leugnen? Ich tat es nur zum Besten deiner selbst und deines Gutes. Oder hast du etwa kein Interesse daran, dass Juliendorf im Besitz der Familie von Mutius bleibt?"

„Weißt du, was du angerichtet hast?" Am liebsten hätte Mutius seinem Schwager den Hals umgedreht. „Ich muss binnen weniger Tage 50 000 Mark aufbringen! Und zwar nur deinetwegen!"

„Meinetwegen? Sollte *ich* etwa auf Gut Juliendorf sein?"

„Hör mit deinen juristischen Wortspielchen auf. Du weißt genau, was ich meine." Er musste wirklich an sich halten, wenn er seinen Schwager so arrogant lächeln sah. „Damit stehe ich vor dem Ruin."

Schwentin zuckte mit den Schultern. „Das wäre früher oder später ohnehin geschehen. Dann lieber jetzt, solange vielleicht noch die Aussicht besteht, dein Gut zu retten."

„Tu nicht so scheinheilig, als ginge es dir nur um Juliendorf. Du willst mich nur von hier forthaben, damit du ungestört den Grafen von Wedell vergraulen kannst."

Schwentin gab keine Antwort, sondern putzte nur hingebungsvoll seine Brillengläser.

„Aber ich werde zu verhindern wissen, dass du den Grafen nach allen Regeln deiner Handwerkskunst befragst", zischte Mutius.

„Warum willst du es denn unbedingt verhindern? Wenn du so fest davon überzeugt bist, dass der Graf der ist, für den er sich ausgibt, hast du doch nichts zu befürchten."

„Wie ich dich kenne, wirst du ihn derart in die Mangel nehmen, dass der Mann sich, statt um die Hand unserer Nichte anzuhalten, beleidigt fühlt und Satisfaktion fordert."

„Davon werde ich mich nicht abschrecken lassen, den Ungereimtheiten bei ihm nachzugehen. Oder wie möchtest du mir beispielsweise erklären, dass der steinreiche Graf von Wedell auch zur Soiree noch in einem schlecht sitzenden Frack erschienen ist? Er hätte genügend Zeit gehabt, sich in der Zwischenzeit einen erstklassigen Frack schneidern zu lassen – bei seinem angeblichen Reichtum sogar mit Goldfäden zusammengenäht."

„Was für ein Unsinn." Mutius zog an seinem Ohrläppchen, bis es zwickte. „Wegen eines schlecht sitzenden Fracks kannst du doch einen unbescholtenen Menschen nicht verdächtigen. Wie viele geschniegelte Herren in tadellosen Anzügen mögen in Wirklichkeit arme Kirchenmäuse sein? Wer tatsächlich reich ist, hat es doch gar nicht nötig zu protzen."

„Nötig hat derjenige es sicher nicht, genauso wenig wie derjenige, dessen Gut gerade dabei ist, vor die Hunde zu gehen. Und *ich* habe nicht nötig, mit dir darüber zu diskutieren. Ich weiß, was ich tue, und du wirst mich nicht daran hindern." Schwentin wollte an ihm vorbei, doch Mutius versperrte ihm den Weg.

„So nicht, mein lieber Schwager. Wenn du mir den Grafen vergraulst und damit eine Verbindung mit Lena verhinderst, weiß am nächsten Tag die ganze Stadt, dass du mit Aurelia, der Schwester deiner Frau, ein Kind hast."

„Damit beeindruckst du mich nicht, Mutius. Im Gegenteil. Wenn du deine Drohungen nicht unterlässt, werde ich dich des Hauses verweisen. Dann kannst du den nächsten Ball in Juliendorf begehen und zum Meckern deiner Ziegen mit deinen abgemagerten Kühen tanzen."

Mutius platzte beinahe vor Wut. War es Schwentin denn wirklich gleichgültig, wenn das Geheimnis ans Licht kam?

„Außerdem kannst du deine Pläne schon jetzt begraben, lieber Schwager", fuhr Schwentin fort. „Ich werde Aurelia warnen und dafür sorgen, dass die Mädchen so bald wie möglich nach Schönwalde zurückkehren." Damit schob er ihn unsanft beiseite.

Stocksteif blieb Mutius stehen. Wenn Schwentin ihm Aurelia auf den Hals hetzte, hatte er unweigerlich verloren. Seine Schwester war ohnehin schon misstrauisch genug und würde den Vorstellungen ihres ehemaligen Liebhabers sicherlich Gehör schenken – vor allem, wenn es um ihre gemeinsame Tochter ging.

Mutius ballte die Faust. Er musste dem zuvorkommen. Er musste unbedingt verhindern, dass die Mädchen abreisten. Sonst standen die Verheiratung Lenas mit dem Grafen, dessen Millionen und damit seine eigene Existenz auf dem Spiel. Und bis er diese Verbindung eingefädelt hatte, musste er irgendwie an Geld für die gekündigte Hypothek kommen.

Er eilte in sein Arbeitszimmer. Gut, dass er beides miteinander verbinden konnte. Das meiste Geld gab es in Schönwalde, und er hatte ein wunderbares Druckmittel, mit dem er an das Geld der Hohenaus kommen und die Rückkehr der Mädchen nach Schönwalde vereiteln konnte. Denn Aurelia würde unter allen Umständen verhindern wollen, dass er Lena ihre wahre Abstammung mitteilte.

Mutius rieb sich die Hände und griff zum Federkiel. Sein schlauer Schwager mochte ruhig glauben, er habe ihn überlistet. Aber auch wenn er nun wieder nach Juliendorf zurückmusste, würde er seine Pläne nicht aufgeben.

Kapitel 57

Als Stefanie die Remisen betrat, drückte sie atemlos die Hand auf ihr wild pochendes Herz. Die dicht an dicht geparkten Kutschen und die dämmrige Halle wirkten bedrückend auf sie.

„Gnädigste Baronesse?“

Die Stimme kam irgendwo zwischen den Kutschen hervor. Erst als sich ihre Augen etwas an die Dämmerung gewöhnt hatten, erkannte sie die stämmige Gestalt des jungen Kutschers.

Rasch legte sie den Zeigefinger auf die Lippen. „Bitte spannen Sie den Phaeton für mich an. Aber bringen Sie ihn nicht vor die Rampe. Ich werde hierhin kommen.“

„Aber …“ Die Augen des Kutschers waren kugelrund.

„Bitte verraten Sie mich nicht!“ Stefanie schenkte ihm ihr verführerischstes Lächeln. „Es – es ist eine Überraschung.“

Der Bursche grinste sie schief an. „Sehr wohl, gnädigste Baronesse. Wird keiner was merken.“

„Danke! In einer Stunde bin ich hier.“ Eilig huschte Stefanie wieder zum Haus hinüber und verschwand in ihrem Ankleidezimmer.

Sie musste sich beeilen, schließlich trug sie noch ihr einfaches Hauskleid. Und heute musste es ihr gelingen, Wedell so zu beeindrucken, dass er ihr auf der Stelle einen Antrag machte, ohne zuerst zu seinen Eltern nach Bayern zu reisen.

Aber wer wusste schon, was Güssow ihm vorgestern alles gesagt hatte? Hoffentlich machte Wedell das nicht noch zurückhaltender! In ohnmächtiger Wut ballte sie die Faust. Güssow hätte zu keinem ungünstigeren Zeitpunkt hereintrampeln können.

Sie wühlte gerade in ihrem Kleiderschrank, als Lena eintrat und ihr von hinten die Arme um die Taille legte. „Schwesterchen, ich bete für dich.“

Stefanie schloss die Augen. Warum wollte Lena für sie beten? „Meinst du etwa, ich ginge einer Gefahr entgegen?“

„Ihr seid immerhin schon einmal erwischt worden.“ Lena ließ sie los und sah sie mit hochgezogenen Augenbrauen an. „Mir ist dieses heimliche Treffen nicht geheuer.“

„Und doch hast du mir die Nachricht überbracht und es sogar arrangiert."

„Ja." Ihre Schwester seufzte. „Wer weiß, ob das nicht ein großer Fehler war."

Stefanie schüttelte den Kopf. Wenn es um den Grafen von Wedell ging, benahm Lena sich wirklich seltsam. Sie stützte die Hände in die Hüften. „Du hältst doch sonst nicht viel von Konventionen. Wieso hast du diesmal solche Angst?"

„Ach Schwesterchen. Bitte tue nichts Unüberlegtes. Wenn er dich heiraten möchte – bitte lass dir Zeit. Wir kennen ihn kaum ..."

„Ich kenne ihn gut genug." Es war doch gerade ihr Ziel, ihn heute zu einer Erklärung zu bringen. „Ich werde bestimmt nicht so dumm sein, ihn abzuweisen, wenn er mir die entscheidende Frage stellt!"

„Aber er muss doch zuerst mit unseren Eltern sprechen!"

„Unsere Eltern sind weit weg auf Schönwalde." Stefanie lachte. „Und Onkel Mutius werde ich schon wieder umstimmen."

„Bitte überstürze nichts, Stefanie. Ich habe Angst, dass es ein Unglück gibt."

„Nun lass doch deine dunklen Vorahnungen und hilf mir lieber in das Kleid." Stefanie zog ein blassrosa Kleid hervor.

Mit einem tiefen Seufzer, der fast wie ein unterdrücktes Schluchzen klang, half Lena ihr, das Hauskleid abzulegen und das ausgewählte Kleid anzuziehen.

Stefanie hüpfte vor den Spiegel und drehte sich auf der Fußspitze. „Gefällt es dir?"

Lena nickte. Doch der Widerwille stand ihr buchstäblich ins Gesicht geschrieben. „Das Kleid ist für deine Verhältnisse erstaunlich einfach."

Stefanie lächelte. „Der Graf trug bei unserem letzten Treffen auch nur einen schlichten Anzug. Offenbar bedeutet ihm Pomp nicht viel."

„Ein raffiniertes Kleid würde dir auch nicht so gut stehen wie dieses." Lena trat ans Fenster. „Es zieht ein Gewitter auf, Stefanie. Hast du die dunklen Wolken im Westen gesehen? Du solltest dem Grafen besser absagen, sonst wirst du bis auf die Haut durchnässt."

„Lena, wir haben schönstes Sommerwetter!" Stefanie lachte.

„Du siehst wirklich Gespenster. Mit diesen Kniffen hältst du mich nicht von meinem Rendezvous ab."

In diesem Augenblick klopfte es an der Tür.

Unwillkürlich beschlich auch Stefanie ein ungutes Gefühl. Auf ihr zögerliches „Herein!" sprang die Tür auf und Onkel Mutius trat ein. Auch das noch.

„Hier finde ich dich also, Lena." Mutius wandte den Blick von Lena ab und kniff die Augen zusammen. „Stefanie? Warum so herausgeputzt?"

Natürlich. Ihr Onkel übersah aber auch gar nichts.

* * *

Schleinitz öffnete die Tür zum Garten des Forsthauses. Die Schwelle war für ihn ein beinahe unüberwindliches Hindernis. Er stützte sich schwer auf seinen Stock und wankte zur Gartenbank. Keuchend legte er die Hand auf die Brust. Er fühlte, dass sich der gestrige Blutsturz wiederholen würde, wenn er nicht rasch nach Breslau in gute ärztliche Behandlung kam. Deshalb musste er so schnell wie möglich nach Hause zurückkehren.

Er sah seine Schwiegermutter auf sich zueilen, begleitet von dem sonnenverliebten Elko. „Ludwig, was tun Sie denn! Sie sollen das Haus doch noch nicht verlassen!"

Ihr besorgtes Gesicht erinnerte ihn lebhaft an seine Frau, nur dass die Augen der Forstfrau blau wie der Sommerhimmel waren, während Lisa dunkelbraune Augen gehabt hatte. Bei der Erinnerung an seine Frau spürte er, wie sich sein Herz zusammenzog.

„Ich muss zurück nach Breslau, Mutter."

„Das ist doch ausgeschlossen! Gestern erst hatten Sie einen so schlimmen Anfall und wollen heute schon die weite Reise auf sich nehmen?"

Sollte er ihr von seiner Angst vor einem weiteren Blutsturz erzählen? Aber das würde sie wahrscheinlich nur unnötig beunruhigen. Sie trauerte schon genug um ihre Tochter. „Glauben Sie mir, es ist besser so." Er versuchte ein Lächeln. „Die Erinnerungen hier im Forsthaus sind zu schmerzhaft für mich."

Sie schloss die Augen, doch das verhinderte nicht, dass sich zwei

Tränen von ihren Wimpern lösten. „Glauben Sie, dass Sie in Breslau weniger Erinnerungen an sie haben werden?"

„Hier im Hochwald hat alles begonnen." Er würde nie vergessen, wie er an der Altenburg auf die schlafende Lisa getroffen war und neben ihr seine unter Lebensgefahr erbeuteten Rosen aus Böhmen hatte liegen lassen. Und nun lag sie schon seit einer Woche auf dem einsamen Waldfriedhof ...

Seine Schwiegermutter legte ihm die Hand auf den Arm. „Ich verstehe Sie – Ludwig, lassen Sie mich *du* sagen, auch wenn es gegen den Brauch ist. Wir leiden gemeinsam."

Er nahm ihre Hand. „Ich danke Ihnen – ich danke dir, Mutter."

Aus einem Gebüsch kam Flecki angeschlichen. Sie schielte misstrauisch zu Elko hinüber, der im Schatten eines Baumes schlief, dann hüpfte sie neben Schleinitz auf die Gartenbank.

Gedankenvoll kraulte er ihr den Nacken. „Verstehst du, warum ich zurück nach Breslau möchte? Zwar mag ich noch gar nicht an die einsame Wohnung denken, wo wir so glücklich waren ..."

„Warte noch einige Tage, Ludwig, bis du wieder ein wenig zu Kräften gekommen bist. Ich möchte nach meiner Tochter nicht auch noch meinen Schwiegersohn verlieren." Das Lächeln auf ihrem Gesicht sah trauriger aus, als wenn sie geweint hätte.

Wenn er hierblieb, würde wahrscheinlich genau dieser Fall eintreten. Er musste nach Breslau, bevor es zu spät war. Zwar hielt ihn nicht mehr viel auf dieser Erde, aber er hatte immerhin noch einen Schwager, den Lisa ihm kurz vor ihrem Tod ans Herz gelegt hatte. Es war Lisas heiliges Vermächtnis, dass er die Mission, die sie begonnen und wofür sie mit ihrem Leben bezahlt hatte, zu Ende führte.

„Glaube mir, Mutter, es ist besser, wenn ich abreise. Aber vielleicht ist Vater ja gnädig und lässt dich mit mir fahren, damit du Ferdi wiedersiehst."

„Ich werde noch einmal alles versuchen, ihn zu überzeugen. Denn wenn du dich wirklich nicht aufhalten lässt, ist es wahrscheinlich besser, wenn ich dich begleite. In deinem Zustand können wir dich unmöglich allein reisen lassen."

„Es wird schon gehen." Hoffentlich. In seiner Lunge stach es, als wären tausend Bienen darin gefangen. Er stützte sich auf seinen Stock und erhob sich mühsam von der Bank.

Plötzlich hatte er das Gefühl, als würde ihm ein Löwe mit seinen Krallen den Brustkorb von oben bis unten zerreißen. Er wollte schreien, doch es kam nur noch ein Gurgeln, ehe es schwarz um ihn wurde.

Kapitel 58

Die Droschke kroch förmlich durch die Breslauer Straßen, als wollte sie den Kaiser-Wilhelm-Park nie erreichen. Was würde ihn dort erwarten? Hatte Baronesse Helena seine Botschaft wirklich ausgerichtet? Oder würde er vergebens auf Stefanie warten?

Endlich bog die Kutsche von der Gartenstraße in die Kaiser-Wilhelm-Straße ein. Bald musste der Park in Sicht kommen. Wohl zum hundertsten Mal suchte er in seinen Taschen nach dem Zettel, auf dem er aufgeschrieben hatte, was er Stefanie gleich sagen wollte – oder vielmehr: musste –, damit ihm nicht wieder die Worte fehlten. Aber entweder hatte er ihn zu Hause vergessen oder unterwegs verloren. Am liebsten würde er sofort wieder umkehren. Oder sich mit Stefanie treffen, ohne etwas von seinem Schwindel zu sagen. Aber sie hatte ein Recht darauf, alles zu erfahren, schließlich liebte sie ihn.

Ob sie das nach seinem Bekenntnis auch noch tun würde? Oder würde sie sich voller Verachtung abwenden, vielleicht gar mit einer Ohrfeige? Oder würde es noch schlimmer kommen? Immerhin war es ihr gutes Recht, ihn wegen Hochstapelei anzuzeigen.

Seine Gedanken wanderten zu seinen Eltern. Was würden sie dazu sagen? Würden sie Stefanie – sollte sie ihm vergeben – mit offenen Armen als ihre Schwiegertochter empfangen? Er konnte sich kaum vorstellen, dass sein Vater einen Begeisterungstanz aufführen würde. Sollte er aber stattdessen sogar wegen seines Schwindels vor Gericht kommen – er mochte gar nicht weiter darüber nachdenken, was sein Vater dann sagen würde.

Am einfachsten wäre es, wenn er heimlich aus Stefanies Leben verschwand, genauso wie er und Bassewitz es geplant hatten. Aber nachdem er Güssow sein Wort gegeben hatte, um Stefanies Hand anzuhalten, konnte er nicht mehr zurück. Sonst wäre jedem sofort klar, dass er ein Schwindler war, und Schwentin und Mutius würden keine Sekunde zögern, ihm die Gendarmen auf den Hals zu hetzen. Abgesehen davon, dass Stefanie viel zu fest in seinem Herzen saß, als dass er sie kampflos aufgeben konnte.

Die Droschke hielt. Ferdi sah aus dem Fenster auf die Grünflächen des Kaiser-Wilhelm-Parks. Noch war keine andere Kutsche zu sehen, aber er war ohnehin viel zu früh.

Er öffnete den Schlag, sprang hinaus und reichte dem Kutscher seine letzten Pfennige. Dann glättete er seinen Sonntagsanzug und zupfte einige Flusen von dem Stoff. Beim letzten Treffen hatte Stefanie nichts zu diesem für ihre Verhältnisse einfachen Anzug gesagt – sollte sie es gar nicht bemerkt haben? Aber er konnte ja schlecht im Frack erscheinen.

Ein Windstoß rauschte durch die Bäume im Park. Ferdi sah nach Westen, wo sich am Horizont eine dunkle Wolkenwand zusammenbraute. Hoffentlich hielt Gott den Regen noch so lange zurück, bis er mit Stefanie gesprochen hatte.

Gott. Warum hatte er die ganze Zeit über nicht daran gedacht, zu beten und Gottes Führung und Hilfe zu erbitten? Er war doch auf dem richtigen Weg, wenn er seine Irrtümer bekennen wollte.

Sonderbarerweise wollte ihm kein rechtes Gebet über die Lippen kommen. Er hatte das Gefühl, als wäre sein Gott noch weiter von ihm entfernt als die Sonne, die gerade von der schwarzen Wolkenbank verschluckt wurde.

* * *

Mutius umfasste seine Nichte Stefanie mit seinem Blick. Eigentlich wollte er ja erneut mit Lena wegen des Grafen sprechen und ihr eine Verbindung mit ihm noch einmal in den wärmsten Farben vormalen. Wenn seine Nichte den Grafen liebte, musste es doch gelingen, sie mit ihm zusammenzubringen, ehe Schwentin dafür sorgte, dass die Mädchen nach Schönwalde zurückkehrten – und ehe er selbst morgen nach Juliendorf zurückkehren musste.

Doch Stefanie lenkte ihn ab. Ihre Toilette ließ darauf schließen, dass sie etwas Wichtiges vorhatte. Und herauszufinden, was das war, hatte jedenfalls Vorrang.

„Stefanie? Warum so herausgeputzt?“

Sie nahm eine Zigarette aus ihrem silbernen, mit Ranken verzierten Etui, aber als sie sie zwischen die Lippen klemmen wollte, fiel sie zu Boden.

Mutius grinste. Stefanie war ganz offensichtlich nervös. Hatte sie gar etwas vor, das er nicht wissen sollte? So, wie sie sich zurechtgemacht hatte, konnte es sich doch nur um eine Männergeschichte handeln.

Stefanie bückte sich nach der Zigarette und zündete sie mit fliegenden Fingern an. „Verzeih mir, Onkel ..."

„Nun? Willst du mir etwa erzählen, du trügest das Kleid nur zum Spaß?" Er sah zu Lena hinüber. „Oder möchtest du mir vielleicht sagen, Lena, was deine Schwester vorhat?"

Lena knickste. „Ich bitte mich zu entschuldigen." Sie raffte ihren Rock und rauschte hinaus.

Mutius trat dicht vor Stefanie hin, damit sie ihm nicht auch noch entkam. „Möchtest du nun die Güte haben, mir mitzuteilen, warum du dieses Kleid trägst?"

Stefanie hüllte sich in eine Rauchwolke. „Ist es mir nicht erlaubt, mich auch ohne besonderen Anlass chic zu machen?"

„Nur glaube ich nicht daran, dass du es ohne besonderen Anlass tust." Es war ja nicht nur das Kleid. Die neckisch aufgesteckten Locken, das Rouge auf den Wangen, ihre Nervosität – alles deutete darauf hin, dass sie einen Mann beeindrucken wollte.

„Wenn du mir nicht glauben willst, Onkel – ich kann dir nichts anderes sagen."

Er packte sie an den Handgelenken, dass Stefanie aufschrie und die Zigarette auf den Boden fiel. Die Männergeschichten seiner Nichten musste er unter Kontrolle halten, vor allem, weil er morgen nach Juliendorf zurückkehren musste.

„Ich will wissen, was du vorhast!" Er erhob seine Stimme. „Du kannst mir doch nicht weismachen, dass du ohne jeden Anlass den Aufwand der großen Toilette vornimmst!"

Stefanies Augen weiteten sich. „Aber Onkel, bitte lass mich los!" Sie sah an ihm vorbei. „Tante Valeria!"

„Was geht hier vor?"

Mutius fuhr zu seiner Schwester herum.

Kopfschüttelnd hob Valeria die Zigarette auf und gab sie Stefanie zurück. Dann wandte sie sich an ihn. „Julian, was soll das?"

„Wo kommst du so plötzlich her?"

„Dein Gebrüll ist ja nicht zu überhören." Valeria legte den Arm um Stefanies Schultern. „Was ist denn los?"

„Siehst du das denn nicht selbst?"', herrschte er seine Schwester an. „Ich will wissen, warum das Mädchen so herausgeputzt herumläuft!"

Valeria lächelte. „Frauen machen sich eben gerne chic, nicht wahr, Stefanie? Das ist doch kein Grund, die Contenance zu verlieren."

„Genau das versuche ich ja, dem Onkel zu erklären, aber er will mir nicht glauben." Stefanie zog an ihrer Zigarette.

„Ich verstehe dich nicht, Valeria. Bei diesem Aufzug kann es sich doch nur um eine Männergeschichte handeln."

Valeria trat zu ihm und sah ihn verschwörerisch an. „Ist es nicht wichtiger, dass du dich um Lena kümmerst? Es geht um sie!"

„Ich glaube eher, dass Stefanie wichtiger ist", raunte er ihr zu und zog sie einen Schritt zur Seite. „Lena wird ihrer Schwester niemals den Mann streitig machen wollen, aber wenn Stefanie freiwillig auf ihn verzichtet ..."

Just in diesem Augenblick raschelte ein Kleid und Stefanie huschte aus dem Zimmer.

„Stefanie!", rief Mutius. „So warte doch!"

Er wollte ihr nach, doch Valeria hielt ihn fest. „Julian! So warte *du* doch!"

„Wie kann ich warten? Weißt du überhaupt, was auf dem Spiel steht? Ich muss wissen, was Stefanie vorhat! Trifft sie sich mit Wedell? Aber warum hatte Lena dann ein Stelldichein mit dem Grafen? Also kann es sich doch nur um einen anderen Mann handeln, und damit wäre Wedell frei für Lena!"

Er riss sich von seiner Schwester los, stürmte durch den Korridor und in die Eingangshalle hinunter. Stefanie war nirgendwo zu sehen. Sie konnte sich doch nicht in Luft aufgelöst haben!

Mutius drehte sich einmal im Kreis – da sah er gerade noch, wie die Dienstbotentür ins Schloss fiel. Sofort stürmte er los und wäre auf seinen Ledersohlen beinahe ausgerutscht. Vor der Tür hielt er schlitternd an und stieß sie so kräftig auf, dass sie mit Getöse gegen die Wand flog.

Verflixte Dämmerung! Nur schemenhaft sah er weit vor sich in dem schmalen Gang eine zierliche Gestalt im langen Kleid. Schnell weiter, sie durfte ihm nicht entwischen!

Am Ende des Ganges wurde eine Tür aufgerissen, gleißende Helle flutete in den Dienstbotengang. Gleichzeitig schlüpfte die Gestalt hinaus ins Freie. Sie trug ein hellrosa Kleid – kein Zweifel: Das war Stefanie! Mit lautem Krach flog die Tür wieder ins Schloss.

Mutius stürmte weiter – und prallte plötzlich mit dem Leib gegen irgendetwas. Ein Stöhnen, dann ein ohrenbetäubendes Klirren. Er taumelte gegen die Wand. Vor ihm rappelte sich ein Diener keuchend aus einem Trümmerfeld von Scherben auf.

„Gnädiger Herr, bitte entschuldigen Sie ...“

„Können Sie nicht aufpassen, wenn Sie auf den Gang heraustreten, Sie Hornochse!“

Der Diener verbeugte sich und versperrte ihm damit erneut den Weg.

„Machen Sie doch Platz!“ Mutius stieß den Mann beiseite, dass der dienstbare Geist auf den Scherben ausrutschte und schreiend auf seinem Hinterteil zu sitzen kam.

Mutius stolperte über das Chaos hinweg, stürmte so schnell wie möglich zur Tür und riss sie auf. Gerade verschwand die rosagekleidete Gestalt um eine Ecke.

Hinterher! Er spurtete über den Hof. Als er um die Ecke bog, blieb er wie angewurzelt stehen. Vor den Remisen stand ein angespannter Phaeton – Stefanie saß schon auf dem Sitz und der Kutscher reichte ihr die Zügel hinauf.

Blitzschnell zog Mutius sich hinter die Ecke zurück. Stefanie musste nicht wissen, dass er ihr folgte, sonst gab sie ihren Plan womöglich auf.

Ein Peitschenknall, dann das Klappern von Hufen und das Rollen des Wagens. Mutius wartete, bis die Geräusche sich entfernten, dann stürmte er zu den Remisen.

Er packte den Kutscher am Kragen, dass ein Knopf seines Hemdes mit einem Knall davonflog. „Wohin fährt die Baronesse?“

„Ich weiß nicht. Spazieren vermutlich.“

„Unsinn. Los, geben Sie mir ein Pferd!“

Der Bursche hob den Knopf auf, schlurfte dann zum Stall hinüber und fingerte dabei an seinem Hemd herum.

„Machen Sie gefälligst schneller!“, schnauzte Mutius.

„Welches Pferd wünschen gnädiger Herr?“

Mutius hechtete hinter dem Kutscher her. Er konnte nicht warten, bis der schläfrige Pferdeflüsterer einen Gaul gesattelt hatte. Er zog das erstbeste Tier aus dem dunklen Stall und warf sich auf dessen Rücken. Nur schnell hinter Stefanie her, bevor sie aus seinem Blickfeld verschwand.

Sein Pferd machte die wildesten Bocksprünge und erst jetzt bemerkte er, dass er in seiner Eile statt eines Reitpferdes ein Kutschpferd erwischt hatte.

* * *

Georg Friedrich von Hohenau nahm den Brief seines Schwagers Mutius und ging zu seiner Frau hinüber.

Sie sah von ihrem Buch auf. „Du siehst besorgt aus, Georg. Es ist doch nichts Unangenehmes geschehen?"

Hohenau klopfte mit dem Brief in seine Handfläche. „Dein Bruder hat geschrieben."

Aurelia seufzte. „Wie viel will er dieses Mal?"

„70 000 Mark."

Aurelia sprang auf, dass ihr Buch polternd zu Boden fiel. „70 000 Mark? Ist er denn von allen guten Geistern verlassen?"

„Vielleicht sind seine Pläne, über diesen ominösen Grafen von Wedell an Geld zu kommen, gescheitert?"

„Aber 70 000 Mark können wir unmöglich aufbringen! Zumal zu befürchten steht, dass er immer öfter und immer mehr fordern wird, wenn wir darauf eingehen."

„Wenn wir nicht zahlen, droht er, Lena das Geheimnis ihrer Abstammung mitzuteilen." Hohenau sank in einen Sessel und vergrub seine Hände in seinem Bart.

Aurelia setzte sich auf die Lehne neben ihm und legte den Arm um seinen Hals. „Georg, ich glaube, es ist an der Zeit, dass wir den Mädchen die Wahrheit sagen."

„Willst du das wirklich tun? Hast du es dir genau überlegt?" Sein Herz krampfte sich bei dem Gedanken daran zusammen.

„Das Geheimnis drückt mich mehr, als ich dir sagen kann." Sie ließ den Kopf hängen. „Du kannst dir kaum vorstellen, wie sehr ich meine Sünde bereue."

Er fuhr ihr ungeschickt mit dem Finger über die Wange. „Es ist doch alles vergeben. Lena ist uns eine wunderbare Tochter und letztlich war es diese Sünde, die dich zu unserem Heiland geführt hat."

„Ich bin dir heute noch unendlich dankbar, dass du mich nicht verstoßen hast, sondern mir meinen Betrug und meine schlimme Sünde vergeben hast."

„Abgesehen von der Tatsache, dass ich dich liebe – hätte ich dich verstoßen dürfen? Was wäre dann aus dir und Lena geworden?"

Sie drückte ihr Gesicht an seine Wange. „Genau das war es, was mich zum Herrn Jesus geführt hat. Wenn du mir vergeben konntest, durfte ich darauf hoffen, auch bei Gott Vergebung zu finden."

Hohenau lächelte sie an. „So hat unser wunderbarer Gott aus dem, was wir verdorben haben, noch etwas Gutes gemacht."

„Doch jetzt holt uns meine Vergangenheit ein. Es ist wie ein Fluch, solange ich Lena nicht alles gesagt habe."

„Aber Aurelia, bedenke doch, was auf dem Spiel steht! Wir wissen nicht, wie Lena reagieren wird. Vielleicht wendet sie sich voller Enttäuschung, voller Verachtung von uns ab!"

„Willst du denn ewig dieses Geheimnis zwischen uns und unserer Tochter bestehen lassen?"

Lächelnd nahm er ihre Hand. „Das hast du gut gesagt, Aurelia. *Unsere* Tochter. Wollen wir sie wirklich aus diesem Glauben reißen?"

„Es ist eine Lüge, Georg! Ich will meiner Tochter gegenüber reinen Tisch machen – ehe sie es von anderer Seite erfährt."

„Glaubst du ernsthaft, dein Bruder wäre so niederträchtig, es ihr zu eröffnen?"

„Leider muss ich sagen, dass ich Julian alles zutraue. Vor allem, wenn es um Geld geht."

„Ich fürchte, dass es Lena hart treffen wird."

„Und wenn sie es von Julian erfährt, noch viel härter. Ganz zu schweigen davon, dass unsere finanziellen Mittel nicht so unerschöpflich sind, dass wir den unersättlichen Julian immer weiter durchfüttern können."

Hohenau atmete tief durch. Leider musste er zugeben, dass seine Frau recht hatte. „Dann wäre es wirklich das Beste, unsere Töchter aus Breslau zurückzuholen. Aber Mutius droht auch in diesem Fall damit, Lena das Geheimnis mitzuteilen."

„Ist das wahr?" Aurelia riss ihm den Brief aus der Hand. „Dieser Schuft, dieser Verbrecher, dieser skrupellose ..."

„Beruhige dich, Aurelia. Durch Schimpfen wird es nicht besser." Aber Hohenau musste zugeben, dass sie gewaltig in der Klemme saßen. Mutius hatte sie mit dem Geheimnis in der Hand. Und wenn es ausgerechnet Lenas umtriebiger Onkel war, der es ihr offenbarte, anstatt dass Aurelia und er selbst es taten, würde ihre Tochter ihn dann noch wie einen Vater lieben können?

Kapitel 59

Wieder sah Ferdi auf seine Uhr. Es war schon weit nach fünf Uhr und Stefanie war immer noch nicht eingetroffen. Würde sie gar nicht mehr kommen? War ihr etwas dazwischengekommen, dass sie das Haus nicht ungesehen hatte verlassen können? Oder war seine wahre Identität irgendwie ans Licht gekommen, dass sie nun überhaupt nicht mehr kam? Aber hätten ihn dann nicht statt ihrer Gendarmen erwartet, um ihn wegen Hochstapelei festzunehmen?

Zwischendurch schielte er immer wieder zum westlichen Himmel, wo die schwarze Wolkenbank näher rückte. Wenn Stefanie nicht bald käme, würden sie mitten in das schönste Gewitter geraten. War es vielleicht das, was sie abhielt?

Da näherte sich ein Phaeton, in dem eine blassrosa gekleidete Dame saß, die ihm schon von Weitem zuwinkte. Er winkte zurück, und wenig später hielt der Wagen vor ihm.

Rasch sprang Ferdi hinauf, und Stefanie reichte ihm lächelnd die Zügel. „Ich vertraue mich Ihrer Führung an, Herr Graf."

Er schnalzte mit der Zunge und der leichte Phaeton ruckte an. Im Trab ging es aus Breslau hinaus.

Die Strecke war Ferdi gut bekannt. Es war die Straße, die nach Süden Richtung Glatz, Richtung Schneeberger Forst führte – würde es ihm gelingen, nicht nur als Förster, sondern auch als Bräutigam der Baronesse Stefanie von Hohenau in den Hochwald zurückzukehren?

Er schielte zu seiner Begleiterin hinüber, die ihn lächelnd von der Seite ansah.

„Ich freue mich, Herr Graf, dass wir noch einmal zusammentreffen. Leider hat mein Vetter unser letztes Gespräch jäh beendet."

Ferdi bog von der Chaussee nach links in einen Feldweg ab. Das Getreide wogte wie ein hellgrünes Meer unter dem warmen Hauch des Sommerwindes. Vor ihnen lag ein Wald, der, wenn er sich recht erinnerte, von einem romantischen Bachlauf durchzogen wurde. „Ich danke Ihnen, dass Sie mir noch einmal die Möglichkeit einräumen, mit Ihnen zu sprechen."

Sie zog die Mundwinkel nach unten. „Das klingt, als wäre es das letzte Mal."

Er ließ das Pferd in den Schritt zurückfallen. „Ich fürchte, dass dieses Treffen eine große Enttäuschung für Sie wird, Baronesse."

„Herr Graf? Sie kommen mir so – ernst vor. Und wo ist Ihr bayerischer Dialekt geblieben?"

An den Dialekt hatte er gar nicht mehr gedacht. Aber das war jetzt ohnehin gleichgültig. In wenigen Minuten würde sie wissen, dass nicht der Graf von Wedell, sondern – Ferdi Grüning neben ihr im Wagen saß. „Baronesse ..."

„Können wir nicht wieder zu der Anrede zurückkehren, auf die wir uns beim letzten Mal bereits geeinigt haben?" Sie lehnte sich an ihn und wieder umwehte ihn ein Gemisch aus Tabaksduft und Veilchenparfum. „Waren wir nicht schon über solche Förmlichkeiten hinaus?"

Er schlang den Zügel um sein Handgelenk und legte den anderen Arm um ihre Schultern. War es das letzte Mal, dass sie sich so vertrauensvoll an ihn schmiegte? Wenigstens noch einige Minuten wollte er sich ihrem Zauber hingeben. „Stefanie."

Als sie ihm ihr strahlendes Lächeln schenkte, ging in ihren Augen die Sonne auf. „Ferdl." Sie nahm seine Hand, die über ihrer Schulter lag.

Er hasste sich selbst dafür, dass er diesen Zauber zerstören musste.

Doch ehe er sich dazu durchringen konnte, weiterzusprechen, sagte sie: „Ich möchte ewig so mit dir weiterfahren. Durch wogende Kornfelder, begleitet vom Gesang der Vögel ..."

Wenn sie wirklich weiter gen Süden führen, wären sie irgendwann in der Grafschaft Glatz – und im Hochwald. Wenn sie wüsste, dass dort seine Heimat war und nicht in den bayerischen Alpen! Er legte seine Finger zwischen die ihren und schloss die Augen. Immer so weiterfahren, den Traum einfach weiterträumen – wenn das möglich wäre! Aber zwischen ihnen stand das Gespenst seines Schwindels, das nur weichen würde, wenn er ihr endlich die Wahrheit sagte.

„Ferdl?" Ihre Stimme riss ihn aus seinen Gedanken.

„Ich wünschte auch, diese Fahrt würde niemals enden."

„Warum fahren wir nicht einfach weiter? Weg von Breslau, weg von den Konventionen der Gesellschaft? Irgendwo in die Einsamkeit, wo außer uns beiden niemand ist?"

Sein Herz begann zu rasen, fast so wie das Pferd damals im Hochwald, als er Stefanie und ihre Schwester gerettet hatte. „Würdest du das wirklich tun? Weg von aller Pracht, von allem Glanz der Gesellschaft?"

Ein versonnenes Lächeln ließ zwei Grübchen in ihren Wangen entstehen. „Mit dir würde ich all das nicht einmal vermissen."

Klangen diese Worte nicht wie eine süße Verheißung? Sollte sie wirklich bereit sein, auf alles zu verzichten? Aber wäre sie auch noch dazu bereit, wenn sie wüsste, dass er sie von Anfang an belogen hatte?

Das Schlagen eines Finken riss ihn aus seinen Gedanken. Urplötzlich fühlte er sich zurückversetzt in die Wohnstube des Forsthauses, auf dem Sofa lag seine tote Schwester. Da war auch Finkenschlag vom Garten der Oberförsterei zum Fenster hereingeschallt. Die Erinnerung an seine Schwester ließ ihn aus dem Traum erwachen. Er musste endlich alles bekennen, und zwar jetzt, sofort.

Ruckartig richtete er sich auf und zog seinen Arm zurück. „Baronesse, ich muss Ihnen ein Geständnis machen."

* * *

Bassewitz sah nach den Zeigern der großen Standuhr in seinem Arbeitszimmer, die langsam vorrückten. Schon zehn nach fünf Uhr. Grüning machte seine Ankündigung also wirklich wahr und traf sich statt mit Schwentin mit Baronesse Stefanie, obwohl Bassewitz ihm heute Morgen in der Universität noch einmal ernst ins Gewissen geredet hatte, unbedingt das Treffen mit Schwentin wahrzunehmen und vorher bei ihm vorbeizukommen, damit sie sich nicht in Widersprüche verstrickten.

Es hatte also nicht gefruchtet. Grüning konnte manchmal ein unerträglicher Dickkopf sein – wenn er verliebt war, wahrscheinlich umso mehr. Wenn er sich vorstellte, dass sein Freund justament mit der Baronesse unterwegs war und ihr offenbarte, wer er wirklich war – ihm wurde ganz schwindelig dabei. Und gleichzeitig wartete Schwentin im *Schweidnitzer Keller* auf den vermeintlichen Grafen und schimpfte wahrscheinlich schon über die Verspätung des feinen Herrn.

Ihm entfuhr ein ellenlanger Fluch. Wenn Schwentin zu lange warten musste, würde er das einzig Logische tun: zu ihm in seine Studentenwohnung kommen und fragen, warum der Graf von Wedell nicht komme. Wenn er den Staatsanwalt dann der Höflichkeit halber hereinbat, würde unweigerlich auffallen, dass sein vorgeblicher Vetter gar nicht bei ihm wohnte – was den aufmerksamen Juristen zweifellos noch misstrauischer machen würde.

Seufzend stand Bassewitz auf. Er hatte keine andere Wahl: Er musste selbst in den *Schweidnitzer Keller* gehen und die Fragen des Staatsanwalts beantworten. Und das sofort, bevor Schwentin hier aufschlug.

Er eilte zur Garderobe, stülpte seinen Hut auf den Kopf und hastete aus seiner Wohnung.

Kapitel 60

Mutius kam sich vor, als säße er auf einem jungen Stier, dem man gerade ein Brandzeichen auf den Leib gedrückt hatte. Nur mit Mühe schaffte er es, das Kutschpferd in die gewünschte Richtung zu lenken, und einige Passanten wiesen lachend mit dem Finger auf ihn. Zwar war er aus seiner Zeit als Kavallerieoffizier das Reiten ungesattelter Pferde gewöhnt, aber dieses störrische Biest legte es wirklich darauf an, ihn abzuwerfen.

Er presste seine Beine fest an den Leib des Pferdes und versuchte gleichzeitig, den Phaeton nicht aus den Augen zu verlieren. Am Kaiser-Wilhelm-Park schien Stefanie anzuhalten.

Mutius musste all sein Können aufbieten, um das Pferd zum Stehen zu bringen, und als es endlich schnaufend und tänzelnd hielt, sah er gerade noch, wie ein Mann in den Phaeton sprang. Dummerweise war er zu weit entfernt, als dass er die Person hätte erkennen können. – Also wirklich ein Stelldichein!

Der Wagen zog wieder an und Mutius drückte seinem Pferd die Hacken in die Weichen. Doch statt im Schritt vorwärtszugehen, bäumte es sich auf, schlug mit den Vorderhufen in die Luft, und er wäre beinahe hinten hinuntergerutscht, wenn er sich nicht am Hals festgehalten hätte. Wenn es so weiterging, würde er nie erfahren, wer zu Stefanie in die Kutsche gestiegen war und was die beiden vorhatten.

Mit Mühe beruhigte er das aufgeregte Tier, sodass es endlich im Trab der Straße folgte. Er ließ die letzten Häuser von Breslau hinter sich. Weit vor sich zwischen den hellgrünen Kornfeldern sah er den Phaeton, und als er bemerkte, dass er ihm immer näher kam, versuchte er sein Pferd dazu zu bewegen, im Schritt weiterzulaufen. Offenbar ließen sich Stefanie und ihr Begleiter Zeit.

Wer mochte es wohl sein, mit dem Stefanie sich heimlich traf? Beim Debüt und bei der Soiree hatte Stefanie so offensichtlich mit Wedell poussiert, dass er sich kaum einen anderen vorstellen konnte, aber wie passte das zu dem Rendezvous von Lena und Wedell? Die Schwestern mochten zwar oftmals unterschiedlicher Meinung sein, trotzdem würden sie sich niemals gegenseitig den Geliebten ausspannen.

Oder sollte Stefanie gar nichts von Lenas Liebe wissen? Lena sprach schließlich nicht gerne über ihre Gefühle. Aber wenn sogar er es bemerkt hatte, sollte es dann nicht erst recht Stefanie wissen? Obwohl Lena andererseits erschrocken gewesen war, als er sie darauf angesprochen hatte, so, als wäre es ein wohlgehütetes Geheimnis gewesen. Oder – vielleicht war es doch ein anderer Verehrer, der bei Stefanie im Wagen saß? Warum sollte sie nicht mit mehreren Männern gleichzeitig anbändeln? Ihre Mutter hatte es früher schließlich auch getan.

Für seine Pläne war es jedenfalls unerlässlich, dass er herausfand, wer dort vorne neben Stefanie im Wagen saß, sonst würde er die Kontrolle über die Ereignisse verlieren.

Der Phaeton bog nach links in einen Seitenweg ab. Wo wollten sie bloß hin? Sie entfernten sich immer weiter von der Stadt, ohne auf das sich nähernde Unwetter zu achten.

Es dauerte einige Zeit, bis er sein Pferd dazu gebracht hatte, ebenfalls in den Seitenweg einzubiegen. Doch wenn er der Kutsche einfach nur weiter folgte, würde er niemals erfahren, mit wem Stefanie unterwegs war.

Als ein schmaler Pfad nach rechts abbog, war sein Entschluss rasch gefasst – er würde die Kutsche auf diesem Weg überholen und dann im Wald an einer verdeckten Stelle warten, bis sie vorbeikam.

Mit Schlägen und guten Worten lenkte er sein Pferd in den Pfad und drückte ihm so oft die Fersen in die Weichen, bis es endlich in Galopp fiel. Wenn die Kutsche weiterhin im Schritt dahinrumpelte, sollte es ihm nicht schwerfallen, sie auf diese Weise zu umreiten.

Kapitel 61

Das Geständnis wollte Ferdi einfach nicht über die Lippen. Er räusperte sich. „Also – Baronesse – Sie müssen erfahren ..."

Stefanie sah ihn an, ihr Lächeln war schmerzlich. „Schon wieder das *Sie*?"

„Es geht leider nicht anders. Baronesse, ich darf Ihnen nicht länger verschweigen ..."

„Sie haben mir etwas verschwiegen?" Sie zwinkerte schalkhaft. „Ich ahne es seit unserer ersten Begegnung: Sie sind kein Graf, nicht wahr?"

Beinahe wäre Ferdi vor Schreck aus der Kutsche gefallen. „Wie – wie kommen Sie darauf?"

„Ich habe schon damals im Schneeberger Forst bemerkt, dass Sie aus den besten Kreisen stammen. Wenn Ihre damalige Kleidung Ihr Inkognito wahren sollte, warum sollte der *Graf von Wedell* nicht ebenfalls ein Inkognito sein?"

„Verzeihen Sie, Baronesse, ich verstehe nicht. Was wollen Sie damit sagen?"

Sie schmiegte sich an ihn. „Verstellen Sie sich nicht. Ich habe natürlich Verständnis dafür, dass auch ein Prinz einmal die Feste genießen will, ohne an das Zeremoniell gebunden zu sein."

Er hatte das Gefühl, als stürze er samt Stefanie und der Kutsche in einen Abgrund. Sie hielt ihn für einen Prinzen? Das machte ja alles nur noch schlimmer! Wie groß würde ihre Enttäuschung sein, wenn sie erfuhr, dass der *Graf von Wedell* zwar wirklich ein Inkognito war – aber statt für einen Prinzen für einen Studenten der Forstwissenschaften!

„Baronesse, es tut mir leid, Sie enttäuschen zu müssen ..."

Sie schlug die Augen zu ihm auf. „Glauben Sie mir, ob Graf oder Prinz, Sie können mich nie enttäuschen."

Ferdi befestigte die Zügel am Sitz und nahm ihre beiden Hände. „Baronesse, bitte hören Sie mir gut zu. Sie haben recht, der Graf von Wedell ist ein Inkognito. Aber nicht für einen Prinzen."

Sie lächelte. „Was ist es dann? Was hat Sie veranlasst, einen anderen Namen anzunehmen?"

„Ich wäre sonst niemals in Ihre Nähe gekommen. Wir hätten uns niemals näher kennengelernt.“ Wie sollte er die Wahrheit bloß herausbringen? Eine Wahrheit, die alle ihre Träume, all ihr Vertrauen zerstören würde?

In ihrem Gesicht spiegelte sich ihre Verwirrung wider. „Was sollte Sie gehindert haben, in meine Nähe zu kommen?“

„Mein Name.“ Er ließ sie los, faltete seine Hände zwischen den Knien und jagte ein Stoßgebet zum Himmel. „Er lautet ...“

Die atemlose Spannung sprang ihn aus ihren Augen geradezu an. „Er lautet?“

„Er lautet – Ferdinand Grüning, Sohn des Oberförsters im Schneeberger Forst zu Wölfelsgrund, Student der Forstwissenschaften in Breslau.“

Ihre Augen wurden riesengroß, ihre Hände krallten sich in seinen Arm. „Grüning? Sohn eines Oberförsters? Forststudent?“, stammelte sie. „Sie sind ...“

„Ich bin kein Graf, noch nicht einmal adelig. Sondern nur ein einfacher Bürger, der einmal einen Blick in die feine Gesellschaft werfen wollte. Es sollte ein einmaliges Abenteuer werden, nach Ihrem Debüt sollte der Graf von Wedell für immer verschwinden. Doch als ich Sie dort wiedersah, Baronesse, da ...“

Sie ließ den Kopf hängen, ihre Hände sanken herab. „Bitte geben Sie mir einen Augenblick Zeit, ich – ich ...“

Wahrscheinlich brach für sie gerade eine Welt zusammen. Der, den sie sogar für einen Prinzen gehalten hatte, war nur ein Student! Und in den hatte sie sich verliebt ...

Als sie in den Wald hineinfuhren, wurde es dämmrig um sie. Ferdi hatte das Gefühl, als würde ihm die Sonne nie wieder scheinen, wenn Stefanie ihn jetzt von sich stieß.

„Baronesse.“ Er merkte, dass seine Stimme furchtbar dünn klang. „Es tut mir leid, dass ich Sie belogen habe. Aber bitte glauben Sie mir eines: Meine Liebe zu Ihnen ist kein Schwindel. Es war nicht nur ein Spiel, ein Vergnügen, als Förstersohn die Baronesse zu erobern.“

Über ihre blassen Wangen kullerten Tränen. „Ich wünschte, ich könnte das glauben. Sie verstehen, dass mein Vertrauen zu Ihnen erschüttert ist.“

„Genau das ist der Grund, warum ich immer wieder gezögert

habe, Ihnen die Wahrheit zu offenbaren. Aber wer konnte schon ahnen, dass aus dem einmaligen Ballbesuch gleich eine Liebesgeschichte werden würde? Ich wusste ja nicht einmal, dass ich gerade auf *Ihr* Debüt gehen würde!" Lag es nur daran, weil sie sich im Wald befanden, dass er ein Gefühl der Kälte verspürte? Oder stiegen aus dem Bachtal zur Seite des Weges kühle Dünste auf?

„Es scheint fast, als hätte es eine höhere Macht geplant. Unser Treffen im Wald bei Wölfelsgrund, Ihr als Studentenstreich gedachter Ballbesuch findet ausgerechnet bei unserem Debüt statt ..." Sie zog ihr Spitzentaschentuch hervor und wischte sich die Tränen ab. „Herr Graf – nein, Herr Grüning, ich habe erst gestern zu meiner Schwester gesagt, dass ich Sie nicht nur liebe, weil Sie ein reicher Graf sind, sondern dass ich Sie auch als Droschkenkutscher oder Kohlenhändler lieben würde." Sie atmete tief durch. „Offenbar wird meine Behauptung soeben auf die Probe gestellt."

Über Ferdi brach eine Welle des Glücks herein. Er fasste ihre beiden Hände. „Baronesse, ich flehe Sie an: Stoßen Sie mich nicht von sich! Ich habe Sie belogen, ja, aber ich liebe Sie aufrichtig. Ich liebe nicht die Baronesse von Hohenau, sondern dich, Stefanie. Das Mädchen, das mich schon im Hochwald fasziniert hat. Von diesem Augenblick an träume ich von dir."

Sie lächelte. „Auch ich habe immer von meinem Märchenprinzen geträumt. Ferdinand, ich – ich brauche noch etwas Zeit, Ihre Mitteilung zu verarbeiten. Bedenken Sie, was es für mich bedeutet! Meine Familie, insbesondere meine Familie hier in Breslau, wird mich verstoßen ..."

„Ich verstehe dich. Ich verlange viel von dir. Ich kann dir nur wenig bieten. Ein einsames Forsthaus im Hochwald, unsere einzige Gesellschaft würden die Hirsche und Rehe sein, unser Orchester der Gesang der Waldvögel. Stefanie ..."

Urplötzlich bäumte sich das Kutschpferd auf und schlug mit den Vorderhufen in die Luft.

Hastig löste Ferdi die Zügel vom Sitz. Da sah er aus dem Augenwinkel einen Reiter aus einem Nebenpfad auftauchen. Der Mann hatte offenbar Mühe, sein Pferd zu bändigen. Das war doch ...? Dieser Mann hatte unverkennbare Ähnlichkeit mit Mutius!

In diesem Augenblick fuhr ein Windstoß über den Wald, die

Wipfel beugten sich wie unter einer Riesenfaust. Gleichzeitig krachte ein Donnerschlag, der die Erde erbeben ließ.

Ruckartig zog das Pferd an. Die Zügel entglitten Ferdis Fingern, er fasste nach – zu spät, sie fielen vom Wagen, während das Pferd losraste, als sei Wothans wilde Jagd hinter ihm her.

* * *

Wie aus weiter Ferne drang Gemurmel an Schleinitz' Ohr. Eine tiefe Stimme, eine andere, helle Stimme antwortete. Diese Stimme erinnerte ihn an Lisa. War er etwa schon im Himmel?

Aber warum glaubte er dann zu schweben, während gleichzeitig Zentnersteine auf seiner Brust lagen? Ganz langsam hob er die bleischweren Augenlider. Er war noch auf der Erde, im Forsthaus. Warmer Sonnenschein erfüllte sein Gastzimmer.

„... strikte Bettruhe." Das war die tiefe Stimme. „Ein weiterer Anfall muss unter allen Umständen vermieden werden, ich fürchte, dass der Herr Graf ihn nicht überleben würde."

„Ich werde mein Bestes tun." Die helle Stimme war die seiner Schwiegermutter.

Urplötzlich erinnerte er sich. Der erneute Blutsturz. Er hatte vorgehabt, zusammen mit seiner Schwiegermutter nach Breslau zu fahren, da kam der neuerliche Anfall dazwischen.

Er schloss die Augen, während seine Schwiegermutter den Arzt verabschiedete. Dann kam sie wieder an sein Bett.

Schleinitz richtete sich mit Mühe auf die Ellenbogen auf und sah sie an. „Lass uns nach Breslau fahren, Mutter."

Sie drückte ihn sanft in die Kissen zurück. „Ludwig, ich schätze deine Rücksicht mir gegenüber sehr, aber der Arzt hat gesagt ..."

„Ich habe es gehört. Aber Ferdi – ich bin überzeugt, dass er dich braucht. Wer könnte ihm so gut helfen wie du – jetzt, nachdem Lisa ..."

„Nicht um diesen Preis. Wir werden fahren, sobald du dich erholt hast."

„Und wenn du allein fährst? Doktor Wirtz wird schon nach mir sehen."

„Du weißt, dass Albert es nicht wünscht, und ich hätte ihn gern an meiner Seite. Außerdem" – sie lächelte – „soll ich dich wirklich der Pflege deines Schwiegervaters überlassen? Er ist zwar ein herzensguter Mann – auch wenn er es nicht immer zeigt – und pflegt sein Getier des Waldes mit Hingabe, aber ob er für dich ein geeigneter Krankenpfleger wäre? Das bezweifle ich dann doch!"

Er musste grinsen. Wahrscheinlich hatte sie recht. Sein Schwiegervater hatte zwar viele Fähigkeiten, aber hingebungsvolle Krankenpflege gehörte ganz sicher nicht dazu. Doch er hasste es, dass er der Hinderungsgrund für die Reise seiner Schwiegermutter nach Breslau war!

„Wir sollten nicht weiter darüber sprechen, Ludwig. Wenn Gott wollte, dass wir zu Ferdi nach Breslau fahren, dann hätte er den Blutsturz verhindert. Wahrscheinlich will Er es einfach nicht – noch nicht. Wer weiß, welche Wege Er mit Ferdi zu gehen vorhat. Jedenfalls gute Wege."

So kannte er seine Schwiegermutter. Immer voller Gottvertrauen. Manchmal wünschte er sich, wenigstens etwas davon abzubekommen.

Kapitel 62

Schwarze Wolkenberge schoben sich vor die Sonne, während Schwentin vor dem *Schweidnitzer Keller* auf und ab ging. Die Rathausuhr verkündete mit blechernem Bimmeln, dass es schon halb sechs Uhr war – und von Wedell war noch nichts zu sehen. Dieser Graf schien es für fein zu halten, zu spät zu kommen. Schwentin konnte diese Unsitte überhaupt nicht leiden.

Da nahte vom Blücherplatz her Bassewitz' kugelige Gestalt. Was hatte das zu bedeuten?

Keuchend kam der Student näher. „Bitte verzeihen Sie, Herr von Schwentin ..."

„Sie hier? Wo ist der Graf von Wedell?"

„Es tut mir leid." Bassewitz knetete seine Finger. „Mein Vetter hat heute Abend einen wichtigen Termin, den er gleichsam nicht verschieben konnte."

Gab es etwas, das wichtiger war als Wedells eigene Zukunft an der Seite einer seiner reizenden Nichten? Oder sollte der Graf dem Gespräch bewusst ausweichen, weil es etwas zu verbergen gab und er Angst hatte, ein erfahrener Staatsanwalt würde es herausfinden? „Sie gestatten, dass ich einigermaßen verwundert bin. Hatten Sie dem Herrn Grafen nicht mitgeteilt, warum ich ihn zu sprechen wünsche?"

„Doch, sehr wohl. Aber ich sagte bereits: Der Termin ließ sich leider unmöglich aufschieben. Er sandte mich her, um Ihnen sein Bedauern auszudrücken."

Mit diesem Bedauern konnte er wenig anfangen. Er brauchte Informationen über den Grafen, und zwar jetzt. Aber konnte er die nicht auch von Bassewitz bekommen? Vielleicht sogar noch besser?

Er setzte sein freundlichstes Lächeln auf. „Dann lassen wir den Grafen seinen Verpflichtungen nachgehen. Aber da wir schon einmal vor dem *Schweidnitzer Keller* stehen – darf ich Sie zu einem Bier einladen?"

Bassewitz hustete, als habe er eine Fliege verschluckt. „Ich danke herzlich, Herr von Schwentin, aber eigentlich ..."

„Ach, kommen Sie." Schwentin hakte sich bei ihm ein und zog ihn die Stufen in den Keller hinunter. „Sicherlich werden auch Sie mir einiges über Ihren Vetter erzählen können."

„Gewiss."

Bassewitz ließ sich widerwillig von ihm in den Gastraum führen, wo sie sich an einen Tisch setzten und ein Schweidnitzer Bier bestellten.

„Mögen Sie eine Zigarre?" Bassewitz nestelte zwei Zigarren aus seiner Westentasche.

„Danke, heute nicht." Wenn, dann musste es schon eine Upmann sein.

Schwentin lehnte sich zurück und wartete, bis der Kellner das Bier brachte. Er nahm einen kräftigen Zug. Das frische Bier, das auf der anderen Seite des Rings[7] gebraut und unterirdisch direkt in den Schweidnitzer Keller gebracht wurde, schmeckte herrlich erfrischend.

„Bitte, Herr von Bassewitz, gestatten Sie mir, Ihnen einige Fragen zu Ihrem Vetter vorzulegen."

„Selbstverständlich." Bassewitz schnitt seine Zigarre an. Täuschte er sich, oder zitterten die Finger des jungen Mannes dabei?

„Wenn ich mich recht erinnere, haben Sie meinem Schwager, Herrn von Mutius, anlässlich des Debüts meiner Nichten einige Einzelheiten über den Grafen erzählt."

Bassewitz nickte. Dabei riss er so schwungvoll ein Streichholz an, dass der Kopf abbrach und dem Ellen-Malchen, das wie jeden Abend Lineale und Puppen an den Mann zu bringen versuchte, an die Stirn flog.

„Pardon." Bassewitz entzündete ein neues Streichholz und steckte die Zigarre an.

Schwentin unterdrückte ein Grinsen. „Bitte verstehen Sie mich nicht falsch, Herr von Bassewitz. Seit der Herr Graf sich für meine Nichten interessiert, möchte ich mehr über ihn erfahren. Fassen Sie es bitte nicht als Misstrauen auf."

„Aber nein." Bassewitz schmauchte dicke Wolken vor sich hin.

Schwentin lächelte ihn an. „Dann bitte berichten Sie doch etwas über die Familie Ihres Herrn Vetters."

7 Der im Karree bebaute Markt- und Rathausplatz in Breslau

„Ich erzählte Herrn von Mutius ja bereits, dass mein Vetter Bayer ist. Sein Vater ist der Majoratsherr von Wedell."

„Ihr Vetter ist der einzige Sohn und Erbe?"

Bassewitz nickte.

„Was hat Ihren Vetter denn veranlasst" – Schwentin nahm seinen Zwicker ab und beugte sich vor –, „nach Schlesien zu kommen? Handelt es sich um einen Verwandtenbesuch?"

„Nein. Der Majoratsherr besitzt ausgedehnte Wälder. Um die Forstwirtschaft in verschiedenen Regionen des Reiches gleichsam besser kennenzulernen, hat er seinen Sohn auf Reisen geschickt."

Genau das hatte Mutius ihm auch wiedergegeben. „Ich gehe also recht in der Annahme, dass der Majoratsherr von Wedell betucht ist?" Er lächelte Bassewitz verbindlich an. Zuerst musste er ihn in Sicherheit wiegen, indem er unverfängliche Fragen stellte.

„Selbstverständlich."

„Mein Schwager deutete etwas an, dass der Majoratsherr geschäftliche Beziehungen zum bayerischen Königshaus unterhält. Ist das korrekt?"

„Ja, er ist Hofholzlieferant für das bayerische Königshaus."

Erneut lächelte Schwentin verbindlich. „Dieses Geschäft ist bei den vielen Bauten des Königs sicherlich eine Goldgrube."

„Durchaus." Bassewitz schien sich vorgenommen zu haben, ihn mit einsilbigen Antworten abzuspeisen.

Schwentin hauchte seine Brillengläser an und putzte sie mit seinem seidenen Schnupftuch. „Der Majoratsherr ist aber nicht Ihr Onkel?"

„Nur angeheiratet." Bassewitz lachte. „Die Verwandtschaft zu meinem Vetter geht über seine Mutter."

„Wie ich hörte, ist die Mutter des Grafen sogar mit dem bayerischen Königshaus verwandt?"

Bassewitz wurde blass. Erst nach geraumer Zeit nickte er.

„Dürfte ich die Art dieser Verwandtschaft erfahren?"

„Selbst... Selbstverständlich." Bassewitz zog ein Schnupftuch hervor und wischte sich über die Stirn. „Ein Bruder König Ludwigs II. von Bayern hat die Schwester von Wedells Mutter geheiratet."

Schwentin nickte so ernsthaft wie möglich. Offenbar hatte Bassewitz selbst bemerkt, dass er sich soeben um Kopf und Kragen geredet hatte. Wenn die Verwandtschaft zwischen ihm und Wedell über dessen Mutter ging, musste sie Bassewitz' Tante sein – und damit wäre Bassewitz ebenfalls mit dem bayerischen Königshaus verwandt. Davon hatte er allerdings noch nie etwas gehört.

Er sollte schnell von diesem heiklen Thema ablenken, um Bassewitz nicht merken zu lassen, dass er ihm und dem feinen Grafen auf der Spur war. „Können Sie voraussehen, wie lange der Herr Graf noch in Breslau bleiben wird?"

Bassewitz nahm einen tiefen Zug aus seiner Zigarre. „Das ist noch unbestimmt. Ich vermute aber, dass er schon in Kürze weiterreisen wird."

„Das wäre bedauerlich. Ich fürchte, dass meine Nichten sich die Augen nach ihm ausweinen werden."

„Muss ich annehmen, dass auch die Baronessen Gefallen an meinem Vetter gefunden haben?" Bassewitz trommelte einen Parademarsch auf seine Zigarre.

„Es ist denkbar." Schwentin lächelte vor sich hin. „Hat der Herr Graf Ihnen denn nichts Näheres von seinem Verhältnis zu meinen Nichten erzählt?"

„Nicht im Detail. Gleichsam." Der Student stellte eine riesige Tabakswolke zwischen sie. „Unser Verhältnis ist nicht so innig, dass er mich über seine Herzenssachen in Kenntnis setzen würde."

„Nun, das ist verständlich." Wie beiläufig setzte Schwentin seinen Zwicker wieder auf die Nase und beugte sich noch weiter vor. Bei der nächsten Frage musste er Bassewitz' Gesicht genau beobachten. „Obwohl auch verwunderlich. Schließlich sind Sie doch der einzige Bekannte des Herrn Grafen hier in Schlesien, wenn ich mich nicht irre?"

Bassewitz nickte. „Ja." Als er Schwentins Blick bemerkte, schien er zu stutzen. Dann schob er schnell nach: „Bis auf seine Tante natürlich."

„Ach ja, seine Tante. Ich erinnere mich, dass sie erkrankte und der Herr Graf deshalb die Soiree so plötzlich verlassen musste. Sie wohnt auch in Breslau?"

Bassewitz zögerte, und Schwentin unterdrückte ein Grinsen. Sollte er hier einem weiteren Schwindel auf die Spur kommen?

„Wenn ich mich recht entsinne", antwortete Bassewitz endlich mit heiserer Stimme, „wohnt sie in Trebnitz. Leider ist mir die Dame unbekannt."

„So, sie ist Ihnen unbekannt." Schwentin lehnte sich wieder zurück. „Dann sind *Sie* mit der Dame also nicht verwandt? Weil doch Herr von Wedell Ihr Vetter ist."

„Nein – nein. Die Verwandtschaft zu der Tante geht über den Vater meines Vetters."

„Wohingegen Sie über seine Mutter mit ihm verwandt sind – verstehe." Er lächelte Bassewitz freundlich an – obwohl er mehr über seinen Erfolg lächelte. Verwandtschaftliche Beziehungen waren häufig so kompliziert, dass es leicht war, jemanden in Widersprüche zu verstricken. Stefanie gegenüber hatte Wedell behauptet, die Dame in Trebnitz sei eine Tante mütterlicherseits. „Noch etwas, Herr von Bassewitz. Ich war ein wenig erstaunt, dass der Herr Graf mit Herrn von Pritzen bekannt ist. Sie hatten doch erzählt, dass er sonst keine Bekannten in Breslau habe."

Bassewitz sog an seiner Zigarre, als wäre sie für sein ganzes Leben die letzte. „Ich war selbst überrascht", antwortete er und stieß beim Sprechen den Qualm aus. „Ich wusste weder von der Tante noch davon, dass diese Tante mit Herrn von Pritzen bekannt ist. Aber ich muss gestehen, dass ich gleichsam verwundert bin, dass Sie sich so intensiv für die Verwandtschaftsverhältnisse des Grafen interessieren. Ich hatte eher Fragen bezüglich seiner Finanzen und seines Leumundes erwartet."

„Oft sagen die Verwandtschaftsverhältnisse mehr über einen Menschen aus." In diesem Fall war es jedenfalls so. Gleich in zwei Punkten waren die Geschichten des Grafen und Bassewitz' widersprüchlich.

„Aber Sie müssen zugeben, mein werter Herr von Schwentin, dass Ihre Wissbegier schon an Misstrauen grenzt."

„Herr von Bassewitz! Welch harter Vorwurf angesichts der Fragen eines besorgten Oheims!" Er wusste diese überzogene Reaktion schon richtig einzuschätzen. Hätte Bassewitz ein reines Gewissen, würde er ihm noch lange kein Misstrauen unterstellen. Offenbar fühlte er sich in die Ecke gedrängt und sah keinen anderen Ausweg mehr.

„Merken Sie denn nicht, dass Sie ein regelrechtes Verhör mit mir anstellen? Ich bitte zu bedenken, dass weder mein Vetter noch ich Angeklagte vor Gericht sind."

Noch nicht. Aber die Informationen, die er heute Abend bekommen hatte, reichten beinahe schon aus. „Bitte gestatten Sie mir noch eine letzte Frage. Ich finde es sonderbar, dass der Herr Graf Ihnen nichts von seiner Tante erzählt hat. Es ist doch eine Frage der Höflichkeit, ihr einen Besuch abzustatten, wenn er schon in Breslau weilt."

Bassewitz schob sein Bierglas zurück, dass es überschwappte und eine schäumende Pfütze auf dem Tisch hinterließ. „Herr von Schwentin, in dieser Weise mögen Sie mit Ihren Angeklagten umspringen. Aber nicht mit mir." Er sprang auf und knallte einige Münzen auf den Tisch. „Ich werde mich nicht weiter verhören lassen. Schließlich ist der Herr Graf über jedes Misstrauen erhaben."

Da war Schwentin ganz anderer Meinung. Zwar hätte er gerne noch mehr über Wedell erfahren und wahrscheinlich hätte Bassewitz sich in noch weitere Widersprüche verstrickt, aber die Anhaltspunkte, die er heute erhalten hatte, waren immerhin ein Anfang.

* * *

Lena wuchtete die kleine Tasche, die nur das Nötigste ihrer Effekten enthielt, über die Schulter. Die Gelegenheit war selten günstig: Onkel Schwentin war noch nicht von der Arbeit zurückgekehrt, Onkel Mutius war eben hinter Stefanie hergelaufen und ihre Schwester traf sich mit dem Grafen von Wedell.

Vorsichtig öffnete sie ihre Zimmertür und lauschte auf den Korridor hinaus. Von Tante Valerias Salon schallten Livias fröhliches Lachen und die scheltende Stimme ihrer Tante herüber. Das kleine Mädchen fiel seiner Mutter wohl wieder einmal auf die Nerven. – Arme kleine Livia. Am liebsten hätte sie sie mit nach Schönwalde genommen.

Lena schlüpfte durch die Tür und atmete tief durch. Wie froh würde sie sein, wenn sie endlich im Zug saß!

Livias Lachen ging in wütendes Weinen über, dann krachte eine Tür ins Schloss. Kurz darauf klangen die stampfenden Schritte ihrer kleinen Cousine durchs Haus.

Lena packte ihre Tasche fester und eilte den Korridor entlang. Bloß fort, ehe Livia sie entdeckte.

Sie stürmte die Treppe zur Eingangshalle hinunter. Plötzlich glitt sie aus und wäre fast die restlichen Stufen hinuntergestürzt, wenn sie sich nicht blitzschnell am Geländer festgehalten hätte. Doch dabei rutschte ihr die Tasche von der Schulter und kollerte wie eine Lawine in die Eingangshalle hinunter.

Von oben näherten sich Livias kurze Schritte, und unten trat ein Diener in die Halle. „Gnädiges Fräulein, haben Sie sich verletzt?"

Lena richtete sich auf und stieg die letzten Stufen hinunter. „Danke, mir ist nichts geschehen." Sie nahm ihre Tasche wieder auf. „Bitte verraten Sie mich nicht."

„Lena?" Livias Stimme klang weinerlich.

Sie blieb stehen und sah zur Galerie hinauf, wo Livia durch die Balustrade sah. Nun hatte die Kleine sie doch erwischt.

„Wohin gehst du?" Livia löste sich von der Balustrade und polterte die Treppe herab.

Mit einem unterdrückten Seufzer stellte Lena ihre Tasche ab und breitete die Arme aus, um Livia aufzufangen.

Das Mädchen stürmte auf sie zu und legte die Arme um sie. „Du darfst nicht weggehen, Lena."

Was sollte sie bloß sagen? Sie wollte ihre kleine Cousine auf keinen Fall anlügen, aber wie kam sie von ihr los, ohne ihr zu sagen, dass sie nach Schönwalde fahren wollte?

Das Rascheln eines Kleides ließ sie aufblicken. Natürlich. Tante Valeria war ihrer Tochter gefolgt und legte soeben die letzten Stufen zur Eingangshalle herab zurück.

„Was hat das zu bedeuten, Lena?"

Alles Leugnen war zwecklos. Und die Wahrheit war ohnehin immer die bessere Wahl. „Ich kehre nach Schönwalde zurück."

Während Livia sich noch fester an sie krallte, baute ihre Tante sich vor ihr auf und fauchte: „So, nach Schönwalde zurück. Und warum bitte, wenn ich fragen darf?"

Weil ich Wedell nicht mehr wiedersehen darf!, schrie es in ihr. Doch zum Glück fiel ihr die naheliegendste Ausrede ein, die ja sogar stimmte. „Ich habe Heimweh."

„Und das fällt dir so plötzlich ein, dass du dich heimlich wie ein Dieb aus dem Haus schleichen willst?" Die Stimme ihrer Tante klang unangenehm scharf.

„Ich kann nach Hause zurückkehren, wann ich will." Lena richtete sich so hoch wie möglich auf und stellte sich dabei noch auf die Zehenspitzen. So war sie wenigstens etwas größer als ihre Tante.

„Was bist du bloß für ein undankbares Wesen. Wochenlang genießt du unsere Gastfreundschaft, wir führen dich in die Gesellschaft ein, sorgen dafür, dass du mit galanten Herren aus den besten Kreisen zusammenkommst – und nun willst du uns einfach so verlassen? Du solltest uns vielmehr dabei unterstützen, dich standesgemäß zu verheiraten!"

Durch ihren Rock fühlte sie etwas Feuchtes – Livias Tränen. Sie strich dem Mädchen über die Locken. „Tante, ich bin euch dankbar für die Möglichkeiten, die ihr mir gegeben habt. Aber ich habe nicht die Absicht, mich so bald zu verheiraten."

„Du tätest gut daran, dich den Wünschen deines Onkels zu fügen. Er tut alles für dich, um dir zu helfen ..."

„Um mir zu helfen? Es ist sicherlich keine Hilfe, wenn er mich zu einer Ehe drängt, die ich nicht möchte."

„Du weißt doch nicht, wovon du sprichst!" Tante Valerias Augen funkelten. „Gerade für dich ist es ein großes Glück, wenn du einen standesgemäßen Mann bekommst."

„Bitte lass diese Andeutungen." Lena griff nach ihrer Tasche. „Ich werde nach Hause zurückkehren und du wirst mich nicht daran hindern."

„Nach Hause?" Ihre Tante lachte schrill. „Meinst du damit etwa Schönwalde?"

Was wollte sie damit sagen? „Ich verstehe dich nicht ..."

„Eben deshalb tätest du gut daran, mit meinem Bruder zu kooperieren. Im Gegensatz zu dir weiß er nämlich, dass Schönwalde gar nicht deine Heimat ist."

„Wie bitte?"

„Du hast ganz recht gehört. Du wirst auf Schönwalde geduldet, aber du hast kein Recht, es dein Zuhause zu nennen."

„Tante, was willst du damit sagen?" Sollte das das Geheimnis sein, von dem Stefanie und Onkel Mutius schon die ganze Zeit faselten? Aber warum sollte sie auf Schönwalde nicht zu Hause sein? Sie war doch dort geboren und aufgewachsen! Aber Onkel Mutius hatte ihr auch gesagt, dass es um ihre Herkunft ging.

„Dein Onkel wird dir alles erklären. Warte nur, bis er wieder zurückkommt.“

Lena taumelte zu einem Sessel und sank hinein. Sie hatte das Gefühl, die riesige Halle würde sich um sie drehen, die Wände würden einstürzen und sie unter sich begraben.

Stimmte das, was ihre Tante sagte? Sie sollte auf Schönwalde nur geduldet sein? Oder wollte Tante Valeria nur das Vertrauen zu ihren Eltern erschüttern, damit sie nicht nach Schönwalde zurückkehrte und auf diese Weise die Pläne ihres Onkels durchkreuzte? Sie musste die Wahrheit erfahren, aber wer würde sie ihr wirklich sagen?

Kapitel 63

Rechts und links rasten die Bäume vorüber und Ferdi warf schaudernd einen Blick den Abhang hinab, wo tief unter ihnen der Bach gurgelte. Der Phaeton schwankte bedenklich und Stefanie klammerte sich fest an Ferdis Arm.

Irgendwie musste er an die Zügel kommen, denn nur so konnte er das Pferd zum Stehen bringen. Vielleicht konnte er sie mit der Peitsche wieder auf den Bock ziehen?

Er beugte sich vor, aber Stefanie hielt seinen Arm so fest, dass er sie nicht erreichen konnte.

„Lass mich los!“, überschrie er das Poltern des Wagens und das Heulen des Windes in den Baumwipfeln.

Doch Stefanie klammerte sich nur noch fester an ihn. „Herr Graf ... Ferdl! Rette uns!“

Der Wagen schlingerte vom rechten Wegesrand zum linken und wieder zurück. Mal kam er den Bäumen, mal dem Abhang bedrohlich nahe.

Ferdi redete beruhigend auf das Pferd ein. Gleichzeitig haschte er erneut nach der Peitsche – und bekam sie zu fassen. Während er mit der Peitsche nach den Zügeln angelte, hatte er den Eindruck, als würde das Tier seinen rasenden Galopp endlich etwas verlangsamen.

Da! Ein neuer Donnerschlag. Das Pferd wieherte auf, warf den Kopf zurück und jagte dahin, als ginge es um sein Leben.

„Hiiilfe!“, schrie Stefanie und schlang beide Arme um ihn.

Hoffentlich waren sie bald aus diesem Wald hinaus! Auf freiem Feld war die Gefahr nicht so groß. Aber auf dem schmalen Waldweg würden sie gleich an einem Baum zerschmettert oder den Abhang hinuntergeschleudert werden.

Der Phaeton sprang wie ein bockiger Esel auf und nieder. Trotzdem gelang es ihm endlich, die Zügel mit der Peitsche zu sich heranzuziehen – da machte der Wagen erneut einen Satz, sodass sie wieder hinunterfielen, ehe er sie ergreifen konnte.

Stefanies Kreischen gellte in seinen Ohren.

Mit lautem Getöse brach das rechte Vorderrad. Einzelne Speichen flogen den Abhang hinunter. Der Phaeton neigte sich zur Seite.

„Lass mich los und halt dich an der Kutsche fest!“, schrie er Stefanie zu.

Doch sie legte ihre Arme noch fester um ihn, sodass er sich kaum noch bewegen konnte.

Erneut sprach er dem Pferd beruhigend zu, aber ein gewaltiger Donnerschlag, der die Grundfesten der Erde erzittern ließ, machte es noch wilder. Es half nichts, er musste Stefanie irgendwie aus der Kutsche bringen – ohne dass sie beim Abspringen gegen einen Baum prallte.

„Du musst hinunter!“, brüllte er.

Auch wenn sie unsanft auf dem Weg landen und vielleicht einige Knochenbrüche davontragen würde, war es immer noch besser, als samt Kutsche gegen einen Baum zu krachen oder den Abhang hinunterzustürzen.

Sie schien seine Worte gar nicht wahrgenommen zu haben. Sie umklammerte ihn, als wollte sie alle Luft aus ihm herauspressen.

Unwillkürlich erinnerte er sich an ihre erste Begegnung im Hochwald. Da war es ihm gelungen, die Schwestern zu retten – er musste es heute wieder schaffen!

Er fasste sie unter den Armen. „Vertrau mir, Stefanie, bitte!“

Als er eine Stelle sah, wo die Bäume etwas weiter auseinanderstanden, drückte er die Baronesse mit aller Kraft zum Rand der Kutsche, doch sie stemmte sich mit den Füßen so fest auf, dass er sie keinen Zentimeter bewegen konnte.

„Stefanie! Du musst aus dem Wagen!“

Wie ein Spielball flog der demolierte Phaeton hinter dem Pferd her. Inzwischen zuckten die Blitze in rascher Folge vom pechschwarzen Himmel herab und die Donnerschläge gingen in ein ununterbrochenes dumpfes Grollen über, das sogar das Poltern der Kutsche übertönte. Das Pferd wurde immer wilder. Wenn doch wenigstens der Regen beginnen würde! Der würde das Tier bestimmt beruhigen.

An einer winzigen Lichtung versuchte er noch einmal, Stefanie vom Sitz zu stoßen. Und tatsächlich schaffte er es diesmal, sie von ihrem Platz wegzuschieben, doch dann verfing sich ihr Kleid irgendwo an der Kutsche.

„Ferdl!“, kreischte sie. „Bitte lass mich nicht los!“ Sie krallte sich an seinen Arm, dass sich ihre Fingernägel durch sein Hemd in seine Haut bohrten.

„Dann springen wir gemeinsam!“, schrie er und nestelte mit fliegenden Fingern an ihrem Kleid. Doch er bekam es einfach nicht los. Dann musste es eben beim Sprung zerreißen.

Vor ihnen sah er eine schmale Holzbrücke, die den Bachlauf überspannte. Sie mussten unbedingt vor der Brücke aus dem Wagen, denn für den schlingernden Phaeton war die Brücke viel zu schmal.

„Hör zu!“, schrie er. „Wir müssen sofort abspringen! Wehre dich nicht!“

Ferdi stemmte sich mit aller Kraft gegen sie, aber ihr Klammergriff hinderte ihn in seiner Bewegungsfreiheit. Trotzdem rutschte sie Zentimeter für Zentimeter weiter, das Kleid zerriss mit einem hässlichen Laut, und mit einem mächtigen Ruck schob er sie bis an die Kante der Kutsche.

„Lass dich fallen!“, brüllte er.

Endlich lockerte sie den Griff um ihn. Noch einmal spannte er alle Muskeln an, um sie von der Kutsche zu stoßen – da raste der Wagen schon auf die Brücke und schlingerte gegen das Geländer.

Ein Schrei panischer Angst gellte, das Mädchen krallte sich wieder an ihm fest.

„Herr, hilf!“ Hatte er es gebrüllt? Oder nur gedacht?

Der Phaeton durchbrach das Geländer, schleuderte über die Kante der Brücke, das Pferd wurde zurückgerissen und vom Gewicht des Wagens zur Seite gezogen.

Mit lautem Getöse ging es abwärts, Holz splitterte, die Stränge zerbarsten. Ferdi flog durch die Luft und Stefanie wurde aus seinen Armen gerissen.

Sie schrie etwas, das sich anhörte wie „Ich liebe ...“ – dann prallte er gegen einen Baum, krachte auf die Erde und blieb auf dem Bauch liegen.

Tausend Sterne flogen auf ihn zu – nur nicht ohnmächtig werden! Er musste sich um Stefanie kümmern!

Rasch versuchte er, sich auf Knie und Hände aufzurichten, da traf ihn etwas am Kopf. Er sackte wieder zusammen. Das furchtbare

Poltern und Splittern des Wagens wurde dumpfer, leiser – dann war es plötzlich still und schwarz um ihn.

* * *

„Du Mistvieh!" Mutius kämpfte mit seinem Gaul, der ihn wieder einmal abzuwerfen versuchte. Er musste unbedingt dem Phaeton hinterher, denn so, wie sich das Pferd vor der Kutsche bei seinem Auftauchen aus dem Seitenweg gebärdet hatte, drohte höchste Gefahr.

Endlich brachte er das Tier dazu, auf den Hauptweg einzubiegen und der Kutsche im Galopp zu folgen. Weit vor sich sah er das Gefährt dahinrasen, immer rechts und links zum Wegesrand schlingernd. Jedes Mal hielt Mutius für einen Augenblick die Luft an, denn der Phaeton drohte dann entweder auf der einen Seite an den Bäumen zu zerschellen oder auf der anderen Seite den Abhang zum Bachbett hinabzustürzen.

Mutius versuchte, sein Pferd zu größerer Eile anzuspornen, doch die Donnerschläge, die in immer dichterer Folge dröhnten, machten auch sein Tier unruhig. Trotzdem musste er versuchen, ein Unglück zu verhindern. Er mochte sich nicht ausmalen, was seine Schwester Aurelia sagen würde, wenn Stefanie unter seiner Obhut etwas zustieß, ja, wenn das Unglück vielleicht sogar durch sein Auftauchen heraufbeschworen worden war. Nicht dass sie ihm noch die Schuld daran gab! Ganz abgesehen davon, dass er den Grafen von Wedell noch für seine Pläne brauchte.

Ein weiterer Blitz zuckte und erhellte schlagartig den finsteren Wald. Es folgte ein Donner, der die Säulen der Erde erbeben ließ. Sein Pferd wieherte und bäumte sich dann kerzengerade in die Höhe, es schlug mit den Vorderhufen aus, als wollte es senkrecht in den Himmel hinauflaufen.

Mutius packte die Mähne, doch das Pferd richtete sich so steil auf, dass es beinahe hintenüberfiel. Ehe er wusste, wie ihm geschah, rutschte er über die Kruppe des Tieres und landete auf dem Rücken. Ein jauchzendes Wiehern und das Pferd raste davon, eine Wolke aus Staub aufwirbelnd.

Hustend richtete Mutius sich auf und betastete sein Kreuz. Er versuchte, seine Glieder zu bewegen – offenbar hatte er Glück gehabt, es schien nichts gebrochen zu sein.

Humpelnd folgte er dem Weg weiter. Er musste unbedingt erfahren, was aus der Kutsche und ihren beiden Insassen geworden war. Wenn es tatsächlich zum Schlimmsten gekommen war, konnte er sich immer noch schnell davonmachen – wer könnte ihm dann schon nachweisen, dass er in der Nähe gewesen war und das Unglück ausgelöst hatte?

Am Wegesrand sah er die Speiche eines Wagenrades liegen und als er den Hang hinabblickte, bemerkte er auch andere Teile des Rades weit unten in der Nähe des Bachlaufes. Das sah mehr als gefährlich aus. Ein Wagen mit einem gebrochenen Rad und einem wild gewordenen Pferd davor würde unaufhaltsam ins Unglück rasen.

Mutius beschleunigte seine Schritte, soweit sein schmerzender Rücken das zuließ. Weit vor sich hörte er plötzlich ein fürchterliches Getöse, Holz splitterte. Die Brücke! Sofort war ihm klar, was geschehen war. Seine Nichte und ihr Begleiter mussten schon ungeheures Glück haben, um lebend aus dem Phaeton herauszukommen.

Er hinkte weiter. Der Weg schien sich endlos zu ziehen, bis er endlich die schmale Holzbrücke über den Bach vor sich sah. Von der Kutsche und dem Pferd war nichts zu sehen, aber das Geländer der Brücke war vollkommen zerstört.

Unwillkürlich verlangsamte Mutius seine Schritte. Was würde er zu sehen bekommen? Kein menschlicher Laut war zu hören, nur der Sturm sauste in den Bäumen, immer wieder übertönt vom Donnergrollen.

Als er die Brücke betrat und zum Bachlauf hinabsah, bemerkte er als erstes das Pferd. Es lag auf der Seite etwas unterhalb der Brücke im Bach und regte sich nicht. Wahrscheinlich hatte es sich das Genick gebrochen.

An einem Baum wenige Meter unterhalb des Weges sah er jetzt die Gestalt eines Mannes – der Graf von Wedell, ebenfalls regungslos. Aus einer Wunde an seiner Stirn rann Blut. Mitten auf ihm lag ein Rad, das von der Schere[8] auf seinen Rücken gedrückt wurde. Nicht weit von ihm entfernt lagen weitere Trümmerteile des Phaetons.

8 Die „Deichsel“ eines Einspänners. Zwischen die beiden Stangen („Anzen“) wird das Zugtier eingespannt.

Und endlich sah er auch den Rest der Kutsche ganz unten im Bachtal. Der Wagen war dermaßen zertrümmert, dass er nur hoffen konnte, Stefanie sei vorher hinausgefallen. Aus diesen Trümmern kam gewiss niemand lebend heraus.

Da bemerkte er etwas Blassrosafarbenes zwischen den Wrackteilen – hatte Stefanie nicht ein blassrosa Kleid getragen?

Schaudernd stand er da und fühlte sich plötzlich unendlich hilflos. Hier konnte er allein nichts ausrichten. Er sollte eiligst in die Stadt zurückkehren und Hilfe holen – doch welchen Sinn hatte das überhaupt noch? Wedell sah mehr tot als lebendig aus und bei Stefanie würde es kaum anders sein. Sollte er sich nicht lieber schnellstens vom Unfallort entfernen, bevor ihn jemand entdeckte und mit der Katastrophe in Verbindung brachte?

Auf das Blätterdach fielen die ersten Tropfen. Rasch wandte er sich um, um in die Stadt zurückzukehren, da ertönte auf den Bohlen der Brücke Hufschlag. Sein Pferd! Und daneben stand ein Mann in grüner Forstuniform.

„Vermute ich recht, dass es sich um Ihr Pferd handelt?“

Er konnte also nicht mehr ungesehen entkommen.

Mutius wies den Abhang hinunter. „Hier ist ein Unfall geschehen! Wir brauchen dringend Hilfe!“ Er schwang sich auf den Rücken des zitternden Pferdes. „Ich reite sofort zur Hauptwache in Breslau.“

Der Förster sah den Abhang hinunter. „Ja, tun Sie das. Da können wir alleine nichts ausrichten. Ich werde in der Zwischenzeit meine Jagdgehilfen zusammentrommeln.“

Mutius trieb das erschöpfte Tier an. Wenigstens hatte es sich so sehr verausgabt, dass es keinen Widerstand mehr leistete.

Kopfschüttelnd trabte er davon. Dieses Gewitter hatte seine Pläne innerhalb von Sekunden vernichtet. Der Graf war vermutlich tot und seine Millionen damit für ihn verloren. Und eine seiner Nichten war wahrscheinlich ebenfalls tot, sodass er sie nicht mehr gewinnbringend verheiraten konnte. Zwar blieb ihm noch Lena, aber die widersetzte sich ja all seinen Plänen. Wahrscheinlich würde sie nun unverheiratet nach Schönwalde zurückkehren – und damit kam Juliendorf unter den Hammer, wenn es ihm nicht gelang, Hohenau weiter zu erpressen.

Kapitel 64

Etwas tropfte auf ihn hernieder. Ferdi wollte die Tropfen aus seinem Gesicht wischen, doch er konnte den rechten Arm nicht bewegen und als er es mit dem linken versuchte, durchfuhr ihn ein Strahl des Schmerzes von der Fingerspitze bis zur Schulter. Was war bloß geschehen? Wo befand er sich?

Mit Gewalt riss er die Augen auf, doch er sah nur braune Blätter und Erde um sich herum. Er lag auf dem Bauch und irgendetwas drückte ihn im Rücken und auf den Beinen.

Schlagartig wurde ihm bewusst, was geschehen war. Sie waren im Phaeton unterwegs gewesen, dann war das Gewitter herangezogen und beim Anblick eines Reiters – Mutius! – war das Pferd durchgegangen und hatte den Wagen in den Abgrund geschleudert.

Er hob den Kopf, soweit es ihm möglich war. Wo war Stefanie? War sie wie er aus der Kutsche geschleudert worden? Oder war sie mitsamt dem Wagen den Abhang hinuntergestürzt?

Über das eintönige Rauschen des Regens auf dem Blätterdach meinte er schwache Laute zu hören, fast wie ein Stöhnen, das von weiter unten zu kommen schien. Doch er konnte nichts sehen, konnte sich auch nicht auf den Rücken drehen, weil ihn irgendetwas auf den Boden drückte.

Er versuchte, mit dem linken Arm nach hinten zu tasten, dabei war der Schmerz unerträglich. Der rechte Arm wurde anscheinend ebenfalls von dem Gegenstand niedergedrückt, der auf seinem Rücken lag. Er fühlte mit der Hand daran entlang. Es schien die Speiche eines Wagenrades zu sein. Aber ein Rad allein war doch nicht so schwer, dass er es nicht beiseiteschieben konnte?

Ferdi versuchte, sich mit den Knien vom Boden abzudrücken, obwohl ihm jede Bewegung furchtbare Schmerzen verursachte. Schließlich gelang es ihm wenigstens, das Rad ein wenig zu bewegen, doch das ließ ihn vor Schmerzen im Rücken beinahe aufschreien.

Er hielt still, um zu lauschen. Das Stöhnen war immer noch zu hören. – Er musste sich befreien! Er musste Stefanie helfen!

„Stefanie!“ In seinem Brustkorb explodierte eine Granate des Schmerzes. Trotzdem wiederholte er den Ruf. „Stefanie!“

Es kam keine Antwort, nur das Stöhnen hielt an.

Ferdi biss die Zähne aufeinander. Und wenn es ihm noch so viele Schmerzen verursachte, er musste sich von dem Gewicht auf seinem Rücken befreien. Er riss seinen rechten Arm hervor, obwohl er das Gefühl hatte, seine Hand würde aus dem Gelenk gerissen.

Als der Schmerz langsam nachließ, tastete er erneut nach dem Rad. Irgendetwas lag darauf, das sich wie eine metallene Stange anfühlte – wahrscheinlich die abgerissene Schere. Mit aller Kraft drückte er dagegen, doch er konnte sie keinen Millimeter bewegen.

Erschöpft legte er den Kopf hin. Seine Schläfe hämmerte, sein Brustkorb tat weh, als wäre ein mit Eichenstämmen beladener Wagen darüber hinweggerollt. Er kam einfach nicht frei!

Er lauschte wieder auf Stefanies Stöhnen. War es überhaupt noch zu hören? Oder war das Rauschen des Regens lauter geworden?

Erneut stemmte er sich gegen das Etwas, das ihn am Boden hielt. Er konnte Stefanie nicht helfen – er brauchte selbst Hilfe. Doch wo war Mutius geblieben? Sollte er sich feige aus dem Staub gemacht haben, nachdem sein plötzliches Auftauchen das Unglück ausgelöst hatte? Aber er musste doch Hilfe bringen! Oder hatte er den Unfall gar nicht bemerkt? War er von seinem Pferd abgeworfen worden und lag selbst verletzt irgendwo am Wegesrand? Dann konnte es sein, dass sie noch stundenlang hier im Regen ausharren mussten, bis sie jemand fand – wer ging schon bei so einem Unwetter in den Wald?

Ferdi schloss die Augen. Vielleicht sollte er beten. Aber warum hatte Gott dieses Unglück überhaupt zugelassen? Er hatte Stefanie doch seine Schwindeleien bekannt – warum hatte Gott gerade dieses Gespräch so rüde unterbrochen? War denn seine Überzeugung, dass Gott es gewesen war, der ihn und Stefanie zusammengeführt hatte, völlig falsch? Aber sie waren sich doch nicht umsonst im Hochwald begegnet!

„Mein Gott, ich verstehe Dich nicht“, stammelte er. „Aber Du bist jetzt meine einzige Zuflucht, meine einzige Hilfe. Bitte hole uns hier heraus – vor allem Stefanie. Lass sie nicht schwer verletzt sein. Bitte schicke uns schnell Hilfe!“

Wieder lauschte er, ob er etwas von Stefanie hörte. Der Regen hatte etwas nachgelassen, trotzdem war kein Stöhnen, kein Laut mehr zu hören.

„Stefanie!“

Alles blieb still, nur die Vögel hoben nach dem Gewitter wieder ihre Gesänge an. Irgendwo in seiner Nähe erklang Finkenschlag – wie an Lisas Todestag. Sollte der Fink auch für Stefanie der Totenvogel sein?

„Stefanie!“ Er brüllte es beinahe – jedenfalls fühlte es sich in seinem Kopf und seiner Brust so an.

Keine Antwort.

Da packte ihn die Kraft der Verzweiflung. Er drückte noch einmal gegen die Schere, die das Wagenrad auf seinem Rücken niederhielt. Seine Zähne knirschten aufeinander, sein Kopf hämmerte wie ein Schmiedehammer, sein Atem jagte. Er stemmte sich hoch, er schob, er drückte, er zerrte. Alle seine Muskeln waren gespannt wie ein Seil beim Tauziehen – nichts!

Er begann, sich in rhythmischen Abständen aufzubäumen, um die Last in Schwingung zu versetzen. Endlich hörte er ein Knarzen, dann bewegte sich die Stange, ruckte zur Seite, das Wagenrad kippte auf seinen linken Arm, ein lautes Knacken, eine glühend heiße Schmerzenswelle.

Atemlos blieb er liegen. Aber er merkte, dass er frei war. Offenbar war sein Rückgrat soweit unverletzt, dass er alle Glieder bewegen konnte, obwohl der Schmerz, besonders in seinem linken Arm, unerträglich war. Doch darauf durfte er keine Rücksicht nehmen, er musste Stefanie helfen, auch wenn es sein eigenes Leben kostete.

Er schob das Wagenrad ganz zur Seite, nahm mehrmals Anlauf und drehte sich auf den Rücken. Seine Rippen stachen, anscheinend waren mehrere gebrochen, aber er lag auf dem Rücken und konnte endlich mehr sehen.

Mit der Rechten wischte er sich Wasser und Dreck aus den Augen, schmierte sich stattdessen aber Blut ins Gesicht. Er zwinkerte, bis er endlich klar sehen konnte.

Dort unten, in der Nähe des Bachlaufes, zwischen einigen Felsbrocken, lagen die Trümmer der Kutsche. Wenn er nicht gewusst hätte, dass es sich um einen Phaeton handelte, er wäre nicht darauf gekommen. In der Nähe lag Stefanies Hut und dort – mitten zwischen den Wrackteilen – schimmerte da nicht etwas Rosafarbenes?

„Stefanie!"

Er wollte sich aufrichten, doch seine Beine versagten den Gehorsam. Wahrscheinlich waren auch sie gebrochen. Gerade begann er, auf seinem Hinterteil den Abhang hinunterzurutschen, um zu ihr zu kommen, als er innehielt. – Stimmen!

Sollte endlich Hilfe nahen? Hoffentlich war es für Stefanie nicht schon zu spät!

„Hilfe!" Er hob den rechten Arm und winkte. „Hierher! Schnell!"

Mit lauten Rufen sprangen einige Männer vom Weg den Abhang hinunter.

Ferdi atmete auf – gleich würde Stefanie Hilfe erhalten. „Ich habe alles getan ..." Er wollte sagen, dass er alles getan hatte, was er konnte, um Stefanie zu helfen, doch dann bemerkte er, dass die Männer nicht zu Stefanie hinabstiegen, sondern auf ihn zueilten.

„Nicht zu mir! Dorthin! Sie liegt bei der Kutsche!" Er wies zum Bachlauf hinunter.

Kapitel 65

Als Schwentin die Eingangshalle seines Hauses betrat, hörte er erregte Stimmen. Offenbar lieferte seine Frau sich ein Wortgefecht mit Helena. Was gab es denn nun schon wieder für Diskussionen?

Er eilte weiter. Valeria stand mit Livia an der Treppe, während Helena weinend in einem der hochlehnigen Sessel saß. Mit wenigen Schritten war er bei seiner Frau.

„Was geht hier vor?" Ein Blick auf die Reisetasche zu Helenas Füßen ließ ihn ahnen, dass Mutius' Machenschaften das Mädchen zur Verzweiflung gebracht hatten.

„Stelle dir nur vor, Otto, Lena wollte heimlich nach Schönwalde abreisen!" Valerias Gesicht war trotz der Schminke zornesrot.

Schwentin schaute seine Nichte – oder vielleicht richtiger: seine Tochter? – an. „Du wolltest uns verlassen? Kannst du mir erklären, warum?"

Helena setzte zu einer Antwort an, doch Valeria kam ihr zuvor. „Ist das nicht pure Undankbarkeit? Wir geben uns alle Mühe, dieses Mädchen trotz ihrer Vergangenheit glänzend zu verheiraten, und sie will sich einfach davonschleichen!"

„Dass deine Heiratspläne und die deines Bruders als *glänzend* zu bezeichnen sind, wage ich zu bezweifeln." Schwentin hockte sich vor Helena und lächelte sie an. „Sicherlich meint deine Tante den Grafen von Wedell, nicht wahr? Ich komme gerade von Herrn von Bassewitz. Wedell ist nicht der, für den er sich ausgibt."

„Was willst du damit sagen?" Valeria starrte ihn an, und auch Helenas Augen wurden riesengroß.

„Leider weiß ich noch nicht, wer dieser Wedell wirklich ist. Aber als ich Herrn von Bassewitz nach den Verwandtschaftsverhältnissen fragte, verstrickte er sich in Widersprüche."

„Widersprüche? Wahrscheinlich nur in deiner überreizten Fantasie", giftete seine Frau. „Was man sich oft genug einredet, hält man am Ende für wahr."

„Nein, meine liebe Valeria, das trifft wohl nicht auf mich zu." Schwentin richtete sich wieder auf und schob seine Frau zu einem

Sessel. „Livia, bitte geh auf dein Zimmer und suche deinen *Max und Moritz*. Ich werde dir gleich vorlesen."

Als das kleine Mädchen die Treppe hinaufstürmte, wandte er sich wieder an seine Frau.

„Erinnerst du dich, dass Bassewitz behauptet hat, Wedell sei über seine Mutter mit dem bayerischen Königshaus verwandt?"

„Selbstverständlich."

„Die Verwandtschaft der beiden Vettern soll ebenfalls über die Mutter des Grafen bestehen – so jedenfalls sagte er mir. Damit wäre folgerichtig auch Bassewitz mit dem bayerischen König verwandt. Ist dir davon etwas bekannt?"

Valeria zündete sich mit zitternden Fingern eine Zigarette an. „Ist es so unwahrscheinlich, dass Bassewitz wirklich mit Ludwig II. verwandt ist?"

„Stelle dich nicht dumm, Valeria. Das wäre uns sicher bekannt." Er sah zu Lena hinüber, die mit gesenktem Kopf dasaß und unaufhörlich aus ihrem Schuh hinaus- und wieder hineinschlüpfte. „Aber auch mir reichte dieses Indiz nicht aus. Deshalb fragte ich Herrn von Bassewitz auch nach dieser ominösen Tante des Grafen, die ja – wie Wedell Stefanie gegenüber behauptet hat – eine Tante mütterlicherseits sein soll."

„Ich erinnere mich daran." Valeria tippte auf ihre Zigarette. „Sonst wäre sie ja eine Komtesse von Wedell."

Schwentin nickte. „Da die Verwandtschaft zwischen Wedell und Bassewitz ebenfalls über Wedells Mutter geht, müsste diese Tante auch mit Herrn von Bassewitz verwandt sein, nicht wahr? Gerade dieses aber stritt Bassewitz ab. Er behauptete, die Tante nicht zu kennen, er sei nämlich nicht mit ihr verwandt, weil die Verwandtschaft zu ihr – über Wedells Vater ginge." Er grinste Valeria breit an. „Nun? Ist dieser Graf noch so eine erstrebenswerte Partie, wie du immer meintest?"

„Ich bin ganz erschlagen", flüsterte seine Frau. „All diese verwandtschaftlichen Verwicklungen ..."

„Genau darin haben sich auch Bassewitz und dieser angebliche Graf verstrickt." Er wandte sich an Helena. „Du brauchst keine Angst zu haben, dass wir dich in die Arme dieses Schwindlers zwingen werden. Und wenn du nach all den schlimmen Erlebnissen in diesem Hause nach Schönwalde zurückkehren möchtest, bringe ich dich noch heute zur Bahn."

„Onkel." Sie sah zu ihm auf. „Bitte sage mir, warum gerade *ich* so dringend verheiratet werden soll. Welches Geheimnis liegt in meiner Vergangenheit?"

„Ich kann es dir nicht sagen, Helena." Er seufzte. Schließlich wusste er selbst nicht sicher, ob sie seine Tochter war, auch wenn er es vermutete. Aber mit Vermutungen war ihr nicht geholfen. „Bitte frage deine Eltern danach. Sie werden dir die beste Auskunft geben können."

„Dann bitte ich darum, zur Bahn gebracht zu werden." Sie zog ihre Schuhe an und stand auf.

„Nein!" Valeria schnellte aus ihrem Sessel hoch wie ein Korken aus der Champagnerflasche. „Otto, du kannst sie doch nicht einfach nach Schönwalde zurückkehren lassen! Wir müssen trotz allem dafür sorgen, dass sie gut verheiratet wird!"

„Wir werden nichts mehr in diese Richtung unternehmen. Helena und ihre Eltern werden ihre Zukunft auch ohne uns planen können."

Er griff gerade nach Lenas Reisetasche, als ein Wagen vor die Rampe rumpelte. Dann wurden Stimmen laut, hastige Schritte polterten die Freitreppe hinauf, die Tür wurde aufgerissen.

Zuerst sah Schwentin nur einige Gendarmen in ihren blauen Uniformen, dazwischen seinen Schwager Mutius mit klatschnassem Haar und beschmutzter Kleidung, dann kamen vier Männer mit einer Trage, dahinter vier weitere Männer mit einer zweiten Trage.

Mit wenigen Schritten war er bei ihnen. „Was ..."

Der Anblick des Mädchens auf der ersten Trage verschlug ihm die Sprache. Stefanie.

Und auf der zweiten lag der ominöse Graf von Wedell.

Er hatte das Gefühl, als befände er sich in einem schlechten Traum. Doch Lenas gellender Aufschrei, als sie an Stefanies Trage niedersank, machte ihm klar, dass es schreckliche Wirklichkeit war.

* * *

„Gnädiger Herr, der Wagen steht bereit."

„Danke." Christian von Güssow bürstete seinen Bart und kontrollierte noch einmal, ob sein Binder richtig saß. Immerhin würde er heute Abend zur Verlobung seiner Cousine fahren – wenn dieser Graf von Wedell Wort gehalten hatte.

Güssow eilte hinaus und sprang vor dem Haus in die wartende Kalesche.

„Bitte zum Oberstaatsanwalt von Schwentin", rief er dem Kutscher zu und lehnte sich dann aufatmend in die Polster zurück. Er würde es sich nicht nehmen lassen, Stefanie heute Abend noch zu ihrer Verlobung zu gratulieren, auch wenn sie ihn nicht leiden konnte.

Er verschränkte die Finger und ließ die Gelenke krachen. Wenn Stefanie mit diesem Wedell verlobt war, würde Lena den Grafen wahrscheinlich schnell vergessen. Jedenfalls sähe es Lena gar nicht ähnlich, den Bräutigam ihrer Schwester anzuschmachten. Dann würde endlich *seine* Stunde schlagen.

Und wenn dieser Bayer nicht bereit war, um Stefanie zu werben?

Er grinste. In diesem Fall würde Lena noch heute Abend erkennen, dass Wedell kein Ehrenmann war. Er hatte Stefanie eindeutig Hoffnungen gemacht, indem er sich mit ihr getroffen hatte. Würde er heute, nach Ablauf der 48 Stunden, nicht das entscheidende Wort gesprochen haben, wäre er ein Schuft, und mit so jemandem würde Lena sich nicht abgeben.

Güssow rieb sich die Hände. Gleichgültig welcher Fall eintrat, er würde jedenfalls davon profitieren.

Seine Kalesche bog in die Tauenzinstraße ein. Dort vorn sah er schon das prächtige Palais des Staatsanwalts. Aber was war dort los?

Zwei Leiterwagen standen vor dem Portal, mehrere Männer eilten geschäftig umher, einige in der blauen Uniform der Gendarmerie. Irgendetwas stimmte dort nicht.

„Bitte halten Sie an." Güssow öffnete den Schlag und sprang aus dem Wagen.

Als er die Stufen zur Eingangstür hinaufstieg, kam von der anderen Seite der Zufahrt der bekannteste Chirurg Breslaus angehetzt. „Herr Medizinalrat, was ...?"

„Ein Unglück, Herr von Güssow, ein schreckliches Unglück." Der Arzt riss die Tür auf und eilte in die Eingangshalle.

Güssow blieb stehen und atmete tief durch. Ob Lena etwas zugestoßen war? *Oh Herr, bitte nicht!*

Kapitel 66

Mutius starrte auf die Papiere des Grafen von Wedell, die ihm ein Gendarm beim Betreten der Eingangshalle gereicht hatte.

Es war unfassbar. Der Mann war kein Graf, nicht einmal ein *von*, offenbar stimmte nur der Vorname – Ferdinand. Der Nachname aber tanzte förmlich vor seinen Augen: Grüning. Genauso hatte das Förstermädchen geheißen, das seiner Schwester den Grafen von Schleinitz abspenstig gemacht hatte.

Mutius ballte die Faust. Der Kerl war also nichts anderes als ein Schwindler – ein Hochstapler. Schwentin hatte mit seinem Verdacht recht gehabt. Und er selbst hatte erst Stefanie und dann Lena mit ihm verheiraten wollen!

Er trat zu der Trage des falschen Grafen, die etwas abseits von Stefanie abgestellt worden war. Grüning schien bei Bewusstsein zu sein, jedenfalls murmelte er irgendetwas vor sich hin.

Mutius schaute zu seiner Schwester hinüber, die kreidebleich neben Stefanies Trage stand, und winkte sie herbei. „Verstehst du, was er sagt, Valeria?“

Er ging neben dem Schwindler in die Hocke, sie tat es ihm gleich.

„Ich – ich wollte sie aus dem Wagen werfen.“ Sein Blick ging irr durch den Raum. „Ist sie tot? Wenn sie sich nicht an mir festgeklammert hätte ...“

Verwirrt sah Valeria ihn an. „Was hat das zu bedeuten?“

Doch Mutius wusste es selbst noch nicht. Dieser angebliche Graf hatte sich auf betrügerische Weise in die Gesellschaft eingeschlichen, hatte sich an Stefanie herangemacht – mit welchem Ziel? Ernsthafte Absichten konnte er nicht gehabt haben, denn eine Verbindung zwischen einem Försterlümmel und einer Baronesse von Hohenau war ja völlig ausgeschlossen.

Plötzlich fiel ihm ein Satz ein, den der Graf von Wedell beim ersten Ball gesagt hatte: Manchmal sei es besser, zu sterben, als das Mädchen, das man liebt, dem Falschen zu überlassen. Sollte er damit nicht den eigenen Tod, sondern den Tod der Geliebten gemeint haben? Was hatte Grüning noch gerufen, als er mit den

Rettern am Unglücksort eingetroffen war? *Ich habe das alles getan ...*

Ruckartig richtete Mutius sich auf und zog seine Schwester beiseite. „Er ist ein Schwindler, aber nicht nur das ..."

„Bitte was?"

„Hier. Die Papiere des Grafen von Wedell. Er heißt in Wirklichkeit Ferdinand Grüning."

„Ferd..." Valerias Mund klappte wie bei einem Karpfen auf und zu. „Grüning!"

„Ja, Grüning." Mutius lachte hart auf. „Da hat uns diese Grüning-Sippe schon wieder einen schönen Streich gespielt."

„Diese Bande!" Valeria ballte die Faust.

„Ich bin überzeugt, dass es sich nicht um einen Unfall handelt."

Ihre Augen wurden riesengroß. „Ein – Mordversuch? Du glaubst ...?"

„Du hast doch selbst gehört, was er gesagt hat: Er wollte sie aus dem Wagen werfen! Dass er selbst ebenfalls verletzt ist, gehörte nicht zu seinem Plan, Stefanie hat sich nur zu sehr an ihm festgekrallt."

„Das – das ist unglaublich! Aber – was ist mit Stefanie?"

Mutius zuckte mit den Schultern. „Wir müssen warten, was der Arzt sagt, aber es sieht nicht gut aus. Wir fanden sie von den Trümmern des Phaetons bedeckt. – Ich muss sofort mit deinem Mann sprechen. Dieser Kerl muss umgehend verhaftet werden!"

Während er zu seinem Schwager hinüberging, schlug sein Hirn Purzelbäume. Wedell war kein Graf, vielleicht sogar ein Mörder. Und er war derjenige, der den falschen Grafen entlarvt hatte. Das würde zumindest sein Ansehen in der Gesellschaft steigern, wenn er es richtig verkaufte. Vielleicht ließ sich daraus sogar Kapital schlagen?

Da trat ihm Güssow plötzlich in den Weg. Wo kam dieser Frömmling auf einmal her?

„Herr von Mutius, erlauben Sie mir, Ihnen mein tiefstes Bedauern auszudrücken. Ich vermutete, hier ein glückliches Verlobungspaar anzutreffen und nicht solch ein Elend."

„Wie bitte?" Hatte Güssow etwa den Verstand verloren?

„Ich erwartete, dass der Herr Graf von Wedell sich inzwischen mit Stefanie verlobt habe, und bin gekommen, um ihnen zu gratulieren. Wedell hat mir vorgestern versichert, innerhalb von 48 Stunden um Stefanies Hand anhalten zu wollen."

„Das hat er Ihnen versichert?" Mutius durchbohrte Güssow mit seinem Blick. Das war ja völlig absurd. Aber dieser Frömmling würde ihn niemals anlügen. „Dieser Schwindler ist gar kein Graf, sondern ein einfacher Forststudent."

Güssow fiel die Kinnlade herunter. „Ein Forststudent? Wedell ist gar kein Graf?"

„Sie haben schon richtig gehört. Aber bitte entschuldigen Sie mich, ich muss unbedingt meinen Schwager informieren."

Mutius ließ Güssow stehen und eilte zu Schwentin, der gerade mit den Gendarmen sprach. Er winkte ihn in eine Nische und reichte ihm die Papiere.

„Das ist unser ominöser Graf – Ferdinand Grüning aus Wölfelsgrund in der Grafschaft Glatz."

Schwentin nahm die Papiere entgegen und studierte sie eingehend. „Das überrascht mich nicht. Ich war bereits auf der richtigen Fährte. Nun weiß ich also auch, wer er wirklich ist."

„Trotzdem weißt du noch nicht alles. Denn es handelt sich nicht um einen Unfall. Du solltest diesen Hochstapler und – Mörder umgehend festnehmen lassen."

Schwentin starrte immer noch auf die Papiere. Hatte sein Schwager denn gar nicht gehört, was er gesagt hatte?

„Dieser Kerl ist ein Mörder, hörst du? Die Gendarmen sind gerade im Haus – du musst ihn festnehmen lassen!"

„Langsam, lieber Schwager. Ein Hochstapler – ja, das ist er ganz offensichtlich. Und dafür werde ich ihn zweifelsohne vor Gericht bringen. Aber wie kommst du darauf, dass er ein Mörder ist?"

Mutius berichtete, was Ferdinand Grüning damals beim ersten Ball, vorhin am Unglücksort und gerade eben gesagt hatte. „Wenn das nicht alles auf einen absichtlich herbeigeführten Unfall hinweist!"

„Du stellst dir das so einfach vor." Schwentins mitleidiges Lächeln brachte ihn zur Weißglut. „Gemäß Paragraf 112 Strafprozessordnung kann ein Angeschuldigter nur in Untersuchungshaft genommen werden, wenn Fluchtgefahr besteht oder Tatsachen vorliegen, aus denen zu schließen ist, dass Spuren der Tat vernichtet werden. In seinem verletzten Zustand wird Ferdinand Grüning zu beidem nicht fähig sein."

Jetzt warf sein Schwager auch noch mit seinen leidigen Paragrafen um sich! „Du willst also einen Mörder laufen lassen, nur weil er verletzt ist? Er hat gewiss genug Freunde in Breslau, die ihn noch heute über die Grenze bringen werden!"

„Wenn nicht nur ein Vergehen, sondern ein Verbrechen vorliegt, muss ich gemäß Paragraf 112 Strafprozessordnung die Fluchtgefahr tatsächlich nicht weiter begründen. Aber deine vagen Aussagen belegen noch lange nicht, dass er wirklich ein Verbrechen begangen hat. Bis jetzt ist er lediglich ein Hochstapler. Wenn sich bei den Befragungen Hinweise auf einen Mordversuch ergeben, kannst du sicher sein, dass ich ihnen nachgehen und einen Haftbefehl erwirken werde."

Es war nicht zu fassen. Dieser verknöcherte Beamte kannte nur seine Paragrafen und vergaß darüber, dass seine eigene Nichte schwer verletzt war. „Lässt dich der Anblick deiner Nichte denn völlig kalt? Willst du denn nicht, dass derjenige, der an ihrem Zustand die Schuld trägt, dafür büßt?"

„Selbstverständlich will ich das. Die ganze Härte des Gesetzes soll den Verantwortlichen treffen. Aber um einen Mordversuch zu beweisen, braucht es etwas mehr als ein paar hingeworfene Sätze."

„Was willst du denn noch für Beweise, wenn dir seine eigenen Aussagen nicht genügen?"

Schwentin schob die Papiere in seine Westentasche. „Wenn es Beweise für einen Mordversuch gibt, kannst du sicher sein, dass ich sie finde – solange muss ich jedoch von einem tragischen Unfall ausgehen. Aber vielleicht finden sich im Laufe der Ermittlungen ja auch Hinweise darauf, dass der Unfall gar nicht durch das Gewitter, sondern durch einen anderen Reiter, der zufällig in der Nähe war, ausgelöst wurde? Jedenfalls habe ich von den Gendarmen erfahren, dass derjenige, der sie alarmiert hat, auf einem ungesattelten Kutschpferd unterwegs war und auffällig hinkte. Wahrscheinlich sollte ich auch diesen sonderbaren Reiter befragen."

„Was ...?" Mutius schnappte nach Luft. „Willst du etwa andeuten ..."

„Ich werde alle Spuren verfolgen, die ich finde. Und jetzt werde ich dafür sorgen, dass die Verletzten gut untergebracht werden." Schwentin wandte sich ab.

* * *

Nachdem sie erneut eine Depesche aus dem Forsthaus erhalten hatte, konnte Regina es nicht erwarten, bis ihr Mann vom Dienst nach Hause kam. Doch seit der Kaiser der Provinz Schlesien seinen Besuch angekündigt hatte, ließ ihm der Oberpräsident keine Ruhe mehr.

Endlich hörte sie die Schritte ihres Mannes im Vorsaal. Sofort eilte sie ihm entgegen, und noch ehe er sie in den Arm nehmen konnte, reichte sie ihm die Depesche.

„Wilhelm, nun wirst du mich nicht mehr in Breslau halten können. Ludwig hat schon wieder einen Blutsturz erlitten."

Ihr Mann hob die Hand, um den Zylinder abzunehmen, doch er hielt inne. „Schon wieder? Aber wie ist das möglich? Er hatte sich doch seit der Operation vor sieben Jahren gut erholt!"

„Aber es war ja unmöglich, alle Splitter aus seiner Brust herauszuoperieren, immerhin konnten wohl alle aus der Lunge entfernt werden. Aber ich habe davon gehört, dass Fremdkörper wandern und noch später Schäden anrichten können."

Wilhelm schüttelte den Kopf und legte den Zylinder auf die Hutablage. „Ich kann dich unmöglich nach Wölfelsgrund begleiten, Regina. Du weißt, wie sehr mich der Oberpräsident gerade jetzt benötigt."

Sie legte die Arme um ihn. „Ich weiß. Ich würde zwar lieber mit dir zusammen fahren, aber notfalls muss ich eben allein reisen. Doch ich kann nicht ruhig in Breslau sitzen bleiben, wenn mein Bruder vielleicht im Sterben liegt."

„Ich verstehe dich, Regina." Er seufzte. „Es gefällt mir gar nicht, dich in diesen turbulenten Tagen von mir zu lassen, aber ich sehe, dass es nicht anders geht. Lass deine Effekten packen, damit du morgen früh gleich aufbrechen kannst."

Sie schmiegte sich an ihn. „Ich danke dir, Wilhelm. Ich hoffe sehr, dass ich recht bald mit Ludwig hierher zurückkehren kann."

„Das wünsche ich mir auch." Ihr Mann wandte den Kopf zur Tür. „Aber wer kommt da?"

Nun hörte auch Regina die hastigen Schritte draußen, dann schepperte die Türglocke so heftig, als wolle jemand die Schnur abreißen. Sie merkte, wie ihr das Blut aus dem Kopf floss. Wenn es jemand so eilig hatte, gab es zumeist schlechte Nachrichten.

Ein Dienstmädchen schoss heran, um die Tür zu öffnen, doch Wilhelm scheuchte es fort und öffnete selbst. „Herr von Bassewitz?"

Das Kugelgesicht des Studenten glitzerte von Schweiß, die Wangen waren puterrot angelaufen. „Herr von Pritzen, gnädige Frau", keuchte er zwischen zwei Schnaufern.

Wilhelm trat einen Schritt zurück. „Kommen Sie herein und teilen Sie uns mit, warum Sie uns in solcher Eile aufsuchen."

Regina musste sich an einer Kommode abstützen. Wenn Bassewitz so derangiert hier eintraf, musste etwas Schlimmes geschehen sein – und zwar mit Ferdi. Was hatte der Bursche nun schon wieder angestellt? Er wollte doch mit seinen bösen Wegen brechen und alles in Ordnung bringen!

Bassewitz trat in den Vorsaal und tupfte sich mit einem Schnupftuch die Schweißperlen von der Stirn. „Bitte verzeihen Sie", japste er, „dass ich gleichsam unvermittelt hier erscheine."

Regina starrte ihn an. „Was ist geschehen? Ist etwas mit Ferdi?"

„Ist er hier? Ich muss ihn dringend sprechen."

Regina stieß sich von der Kommode ab und trat nahe vor Bassewitz hin. „Es geht ihm doch gut?"

„Bestimmt." Bassewitz holte tief Luft. „Er ist also nicht hier?"

„Ich vermutete ihn bei Ihnen. Sagen Sie, ist etwas geschehen, dass Sie ihn so dringend sprechen müssen?" Die Angst legte sich wie ein eiserner Reif um ihre Brust.

„Es – es ist nichts." Bassewitz wischte sich wieder die Stirn.

Wilhelm trat näher an ihn heran. „Herr von Bassewitz, Sie brauchen es nicht zu leugnen. Die Aufregung ist Ihnen doch anzusehen."

„Bitte entschuldigen Sie ..." Der kugelige Student trat den Rückzug an, aber Wilhelm kam ihm zuvor und lehnte sich gegen die Tür.

„So einfach entkommen Sie mir nicht. Ich verlange, dass Sie mir auf der Stelle sagen, was Sie von Ferdi wollen."

„Es ist nichts von Wichtigkeit."

„Warum kommen Sie dann in solcher Eile und Aufregung zu uns? Doch nicht aus Vergnügen!" Wilhelm funkelte den Studenten an.

„Lassen Sie uns nicht im Ungewissen." Regina legte dem jungen Mann die Hand auf den Unterarm. Die Bitte einer Dame konnte doch ein Kavalier wie Bassewitz nicht abschlagen.

Seufzend ließ Bassewitz den Kopf hängen. „Ich kann gleichsam nur mit Grüning selbst darüber sprechen."

„Sie beide stecken in Schwierigkeiten, nicht wahr?" Regina versuchte, so sanft wie möglich zu sprechen, obwohl sie Bassewitz am liebsten durchgeschüttelt hätte, bis er die Wahrheit ausspuckte.

„Geht es um das falsche Spiel, das Ferdinand getrieben hat?" Wilhelm senkte seine Stimme. „Bitte vertrauen Sie sich uns an, wir werden alles tun, um Ihnen zu helfen."

„Und mein Mann hat bestimmt die Möglichkeiten dazu", fügte Regina an.

„Grüning wird mich gleichsam köpfen, wenn er erfährt, dass ich geplaudert habe." Bassewitz knüllte das schweißdurchtränkte Schnupftuch zusammen und steckte es in die Tasche. „Aber ich müsste lügen, wenn ich sagte, dass wir nicht in Schwierigkeiten stecken."

Im Stillen flehte Regina zu ihrem Gott, dass Bassewitz sich endlich einen Ruck gab.

„Ich hatte soeben ein Gespräch mit Herrn von Schwentin." Bassewitz flüsterte nur. „Er hat mich zu der Verwandtschaft des vorgeblichen Grafen von Wedell befragt. Und ich fürchte, ich habe mich in Widersprüche verstrickt."

„Es musste ja so kommen." Wilhelm fuhr sich mit beiden Händen durchs Haar.

„Wir müssen sofort mit Ferdinand sprechen! Aber wo mag er nur sein?" Regina wäre am liebsten sofort losgestürmt. „Herr von Bassewitz, Sie müssen doch wissen, wo er sich befindet!"

„Wie sollte er denn, wenn er ihn bei uns sucht?" Ihr Mann sprach so ruhig, als suchten sie einen Kolonialwarenladen, um einen erlesenen Kaffee zu kaufen.

„Ich hoffte, Grüning wäre schon wieder zurückgekehrt." Bassewitz knetete seine Finger.

„Dann – dann wissen Sie also doch, wo er ist!" Regina sprang vor und packte ihn am Revers. „Ich beschwöre Sie, sagen Sie es uns!"

„Er – er ist gleichsam ausgefahren. Mit Baronesse Stefanie von Hohenau."

Regina meinte, der Raum würde sich um sie drehen. „Er ist ...?"

„... mit der Baronesse ausgefahren?", vollendete Wilhelm ihren Satz. „Er hat uns versprochen, alles in Ordnung zu bringen!"

„Er will der Baronesse wirklich offenbaren, wer er ist." Bassewitz kramte sein Schnupftuch wieder aus der Tasche. „Aber er hofft, dass die Baronesse ihm nicht nur vergibt, sondern sogar seinen Antrag annimmt."

„Seinen Antrag?" Regina schrie das Wort hinaus. „Er will ihr einen Antrag machen? Ist er denn von allen guten Geistern verlassen?" Und ihnen erzählte Ferdi etwas davon, alles ausräumen zu wollen!

„Ich bin wie vor den Kopf gestoßen!" Wilhelm war kreidebleich. „Was ist bloß in den Bengel gefahren?"

Bassewitz tupfte sich wieder die Stirn. „Ich fürchte, er ist gleichsam unsterblich verliebt."

„Wenn Schwentin sich bereits einschaltet, ist größte Gefahr im Verzuge. Der Mann wird es nicht dulden, dass sich jemand unter falschem Namen in seine Familie einschleicht und dann auch noch um seine Nichte wirbt." Wilhelm wirkte so verzweifelt, wie Regina ihn noch nie gesehen hatte.

Bassewitz zog so heftig an seinem Schnupftuch, dass es mit einem lauten *Ratsch* in zwei Teile zerriss. „Ich habe alles versucht, ihn von dem Treffen abzuhalten. Aber er hatte sich nun einmal in den Kopf gesetzt ..."

In diesem Augenblick schrillte erneut die Glocke.

Regina fuhr zusammen. „Bitte nicht noch eine schlechte Nachricht."

Wilhelm öffnete wieder die Tür und ließ einen Lakaien herein. „Sie wünschen?"

„Bitte verzeihen Sie die Störung." Der dienstbare Geist verbeugte sich tief. „Ich bin von Herrn von Schwentin zu Ihnen gesandt worden."

Reginas Knie begannen zu zittern. Schnell lehnte sie sich gegen die Wand. Ein Bote von Schwentin. Das konnte nur das personifizierte Unheil sein. Obwohl es sie wunderte, dass der Staatsanwalt nicht gleich die Gendarmen geschickt hatte.

Ihr Mann bewahrte die Ruhe. „Welche Nachricht bringen Sie uns?“

„Es hat ein Unglück gegeben“, näselte der Lakai.

Es hatte ja so kommen müssen. „Was ist geschehen?“, keuchte Regina.

„Baronesse Stefanie von Hohenau und ein gewisser Herr Grüning, der Ihnen, wie Herr von Schwentin meinte, wohlbekannt sei, hatten während des Gewitters einen Kutschunfall.“

„Und?“ Er sollte doch endlich weiterreden.

„Sie leben beide, sind aber schwer verletzt.“

Wilhelm eilte an Reginas Seite und nahm sie in den Arm. „Wir werden sofort zu ihm fahren. – Wo befindet sich Herr Grüning jetzt?“

„Die Verletzten wurden zu meiner Herrschaft in die Tauenzinstraße gebracht“, antwortete der Bote.

„Ich lasse sofort anspannen.“ Wilhelm hastete davon, während Regina einen Diener beauftragte, eine Depesche ins Forsthaus zu schicken.

Kapitel 67

Ferdi hatte das Gefühl, als hätte er Watte in seinem Kopf. Alle Geräusche klangen dumpf und wenn er einen Gedanken fassen wollte, schienen die Rädchen in seinem Hirn ins Leere zu greifen. Sollte das an dem Medikament liegen, dass ihm ein Arzt in aller Eile verabreicht hatte, ehe er sich um Stefanie kümmerte?

Der Transport in die Tauenzinstraße war für ihn eine Tortur gewesen. Alle Knochen taten im weh, von außen schien ein Schmiedehammer gegen seinen Schädel zu dröhnen – und von innen stach das Gewissen wie eine glühende Nadel.

„He, Sie!"

Ferdi versuchte, seinen Blick auf den Mann zu konzentrieren, der sich über ihn beugte. Die Gesichtszüge waren undeutlich, wie hinter einer Nebelwand.

„He, Grüning!"

Der Name explodierte in seinem Kopf. Man wusste also bereits, wer er wirklich war. Schlagartig sah er scharf und erkannte den Mann. Mutius. Neben ihm tauchte ein weiterer Kopf auf, der von Frau von Schwentin.

„Was ...? Wie ...?" Seine Zunge lag wie ein dicker Lappen in seinem Mund.

„Bitte lasst ihn doch."

Die Stimme tönte in Ferdis Ohren wie Engelsmusik und er versuchte, das Gesicht hinter Mutius und dessen Schwester zu erkennen. Tatsächlich, dort stand Baronesse Helena. Ihre Augen waren gerötet, aber während Mutius' Blick flammend auf ihn niederbrannte, sah er in ihren Augen keinen Vorwurf.

„Seht ihr nicht, wie schlecht es ihm geht?"

„Halte dich gefälligst da heraus, Lena." Mutius Stimme klang scharf wie ein Skalpell. „Ich habe mit diesem Schwindler zu reden."

Ferdi hob den Kopf mühsam ein wenig an und suchte Helenas Blick. „Wie – wie geht es ihr?"

Sie schenkte ihm sogar ein Lächeln, beinahe so freundlich wie auf der Ziegelbastion. Keine Spur mehr von ihrer Unnahbarkeit.

Doch statt einer sanften Antwort von ihr schrillte wieder Mutius' Stimme in seinen Ohren. „Stefanie wurde schwer verletzt – durch Ihre Schuld!"

„Aber – aber ich habe doch alles getan ..."

„Natürlich haben *Sie* das alles getan!"

Aber so hatte er es doch gar nicht gemeint! „Nein, ich habe alles versucht ..."

„Was haben Sie versucht?"

Wenn doch die Rädchen in seinem Kopf endlich wieder ineinandergriffen! „Ich wollte – bevor das Unglück geschah – ich wollte sie – aus dem Wagen werfen!" Dann wäre Stefanie bestimmt nicht so schwer verletzt worden.

Helena schob Valeria von Schwentin etwas zur Seite und trat einen Schritt näher. „Bitte lass ihn in Ruhe, Onkel Mutius. Ich glaube, er kann seine Gedanken noch nicht klar äußern."

„Doch – doch!", stieß er hervor. Sie mussten doch begreifen, dass er alles zu tun versucht hatte, um Stefanie zu retten!

„Da hörst du es", schnarrte Mutius.

„Bitte sagen Sie mir – lebt sie noch?" Er musste es endlich erfahren.

Helena beugte sich zu ihm herab. „Ja, sie lebt – noch."

„Aber der Arzt fürchtet, dass sie ihren Verletzungen erliegen wird", fügte Mutius mit zusammengekniffenen Augen hinzu.

„Gott sei Dank", stammelte er. Solange sie lebte, konnte er auf ein Wunder Gottes hoffen.

Mutius flüsterte seiner Schwester etwas zu, dann wandte er sich an Helena. „Kümmere dich um deine Schwester. Dort ist deine Anwesenheit wichtiger als hier bei diesem Schwindler."

Ferdi wollte Helena ansehen, sie bitten, ihn nicht zu verlassen. Sie schien die Einzige in diesem Haus zu sein, die zu ihm stand.

Doch ehe er auch nur ein Wort herausgebracht hatte, richtete sie sich auf. „Ihr solltet ihn nach Hause bringen lassen."

Sie wollte ihn fortschaffen lassen? Trotz seiner Verletzungen, obwohl er noch nicht einmal richtig untersucht worden war?

„Erst habe ich noch einige Fragen an den Burschen."

Mutius hockte sich neben ihn, und jetzt traten noch zwei andere Männer hinzu: Herr von Schwentin und Herr von Güssow. Versammelte sich denn die ganze Welt um seine Trage? Aber zum Glück blieb auch Lena bei ihm stehen.

Ferdi schloss die Augen. Wahrscheinlich war es am besten, wenn er gar nichts mehr sagte. Wer weiß, was er gerade schon für einen Unsinn von sich gegeben hatte.

„He, machen Sie die Augen wieder auf!“ Mutius' Stimme blaffte wie die eines Offiziers auf dem Kasernenhof. „Sie haben also wirklich versucht, die Baronesse aus der Kutsche zu werfen?“

Er blinzelte den Staatsanwalt an, der ihn erstaunlich freundlich anlächelte. Und aus Lenas verweinten Augen traf ihn ein Blick, der sich wie das Streicheln einer Hand über seinen Kopf anfühlte. Was hatte Mutius gerade noch gefragt?

„Ich will wissen, ob Sie wirklich versucht haben, die Baronesse aus der Kutsche zu werfen!“

„Ja – ja. Ich – ich wollte verhindern ...“

„Unfassbar. Hast du es gehört, Schwentin?“ Mutius sah den Staatsanwalt an.

„Lass ihn doch ausreden!“, wies Schwentin ihn zurecht. „Was wollten Sie verhindern?“

Was hatte er bloß sagen wollen? „Meine Rädchen – sie greifen nicht ineinander.“

„Rädchen? Was redet er?“, fragte Valeria von Schwentin.

Ja, was redete er eigentlich? Hatte er schon Dinge gesagt, die der Staatsanwalt gegen ihn verwenden würde?

Er schloss erneut die Augen. Wahrscheinlich sollte er besser so tun, als sei er in Ohnmacht gefallen.

„He, Sie! Simulieren Sie nicht!“ Mutius Stimme verstärkte seine Kopfschmerzen noch.

„Bitte, Onkel Mutius. Es geht ihm wirklich schlecht.“

Lenas Worte wirkten wie Balsam, und er sah sie dankbar an.

„Aber nicht so schlecht, dass er nicht antworten könnte.“ Mutius sah ihn fest an. „Was hatten Sie mit Stefanie vor?“

Ferdi sah in die Gesichter um sich herum. Was wollten sie alle von ihm? Es war ein Unfall geschehen, ein schrecklicher Unfall. „Ich ...“

„Genug jetzt.“ Noch nie hatte er Helena so entschieden erlebt. Sie winkte einige Diener herbei. „Bringen Sie diesen Herrn sofort zu Herrn und Frau von Pritzen.“

Baronesse Helena warf ihm noch einen Blick zu, dann wandte sie sich ab. Sie ließ ihn also wirklich fortbringen. Fort aus ihrer Gegenwart. Wahrscheinlich wollte sie ihn nie mehr wiedersehen. Schließlich war er auch in ihren Augen ein Schwindler und wahrscheinlich sogar schuld daran, dass ihre Schwester lebensgefährlich verletzt worden war.

„Aus ihm ist wirklich nichts mehr herauszuholen." Der Staatsanwalt trat zur Seite und zog Mutius mit sich. „Sieh du bitte noch einmal nach Stefanie. Ich muss währenddessen etwas mit den Gendarmen besprechen."

* * *

Mutius trat zusammen mit Güssow zu Stefanies Trage, wo der Arzt immer noch fieberhaft beschäftigt war. Als der Doktor sie bemerkte, richtete er sich auf.

„Mehr kann ich im Moment nicht für die Baronesse tun. Bitte veranlassen Sie, dass sie in ein ruhiges Zimmer gebracht wird, lassen Sie keine Besucher zu ihr und vermeiden Sie jede Aufregung. Ich werde später noch einmal nach ihr sehen."

Mutius beugte sich über seine Nichte. Sie lag mit geschlossenen Augen da, der Arzt hatte unzählige Verbände an Armen, Beinen und am Kopf angebracht. An der Schläfe hatte sich der Verband schon wieder rot gefärbt.

Er wandte sich gerade ab, um dafür zu sorgen, dass sie endlich aus der Eingangshalle fortgebracht wurde, als sie irgendetwas vor sich hin murmelte.

Mutius beugte sich tief zu ihr hinab und winkte Güssow herbei. „Hören Sie, was sie sagt!"

„Warum – warum hast du mir das angetan?" Ihre Augenlider flatterten. „Ferdl! Warum gerade du?"

„Was, Stefanie, was hat er dir angetan?"

Sie atmete rasselnd ein, dann sank ihr Kopf zur Seite und sie sagte nichts mehr. Wahrscheinlich hatte sie wieder das Bewusstsein verloren.

Mutius sah Güssow an. „Haben Sie das gehört?"

„Ja. Aber was meinte sie damit?"

Sicherlich nichts anderes, als dass sie Grünings Handeln als Mordversuch aufgefasst hatte. Aber das sagte er lieber noch nicht.

* * *

Der Wagen rumpelte über das Kopfsteinpflaster und schüttelte Ferdi dermaßen durch, dass er die Zähne aufeinanderbeißen musste, um nicht aufzuschreien. Sein Rücken, seine Beine, seine Arme und vor allem sein Kopf brüllten vor Schmerzen. Er fühlte sich, als würde er gevierteilt.

Und Lena war es gewesen, die dafür gesorgt hatte, dass er fortgeschickt wurde. Warum hatte sie das getan? Nur um ihn vor den lästigen Fragen von Mutius zu schützen? War es ihr denn völlig gleichgültig, dass sich sein Zustand durch den erneuten Transport verschlechtern könnte? Hasste sie ihn nun so sehr, weil ihre Schwester seinetwegen schwer verletzt war?

Stefanie. Offenbar stand es wirklich ernst um sie. Dagegen schien er noch glimpflich davongekommen zu sein, wahrscheinlich, weil er aus dem Phaeton geschleudert worden, sie aber samt Wagen bis zum Bachlauf hinuntergestürzt war.

Wenn er wenigstens wüsste, was sie im Fallen hatte rufen wollen. Sollte es *Ich liebe dich* heißen? Oder wollte sie einen ganz anderen Namen einsetzen und ihm damit eine Absage erteilen? Das musste er unbedingt herausfinden.

Und was war Gottes Plan mit dem allen? Warum hatte Er dieses Unglück zugelassen? War denn alles falsch gewesen? Sollte er Stefanie doch nicht heiraten? Oder hatte er zwar das richtige Ziel, aber gänzlich falsche Mittel angewandt?

Er musste an die Geschichte von Jakob denken, der sich nicht auf Gott verlassen hatte, um den versprochenen Segen zu bekommen, sondern ihn mit List und Betrug ergaunert hatte. Handelte er nicht genauso wie Jakob? Oder hatte er noch nicht einmal das richtige Ziel gehabt?

Unwillkürlich sah er das Gesicht von Baronesse Helena vor sich. Ihre sanften Augen, ihr freundliches Lächeln, das aber nur selten ihm gegolten hatte. Wenn sie ihn angesehen hatte, war ihr Gesichtsausdruck fast immer abweisend geworden.

Ein Schlagloch warf ihn gegen die Wand des Wagens. Seine Zähne knirschten aufeinander.

Bitte, Gott, lass Stefanie nicht sterben. Plötzlich fiel ihm auf, dass er nie mit ihr über den Glauben gesprochen hatte. Mit Helena ja, aber was war mit Stefanie? Ihr Verhalten ließ nicht unbedingt darauf schließen, dass sie an den Herrn Jesus glaubte.

Lag da sein Fehler? Er hatte sich von der hübschen und koketten Stefanie nur zu gerne den Kopf verdrehen lassen, ohne sie nach ihrem Glauben zu fragen – und das wäre die wichtigste Frage gewesen. Er hatte Gottes Reihenfolge und Wertmaßstab einfach auf den Kopf gestellt.

Er musste unbedingt erfahren, wie es mit Stefanie weiterging. Auch wenn sein Schwindel nun offenbar war, musste er wissen, ob sie überlebte und ob sie ein Kind Gottes war. Nur musste es ihm dazu selbst erst einmal besser gehen.

Am besten sollte er mit seinem Schwager Schleinitz darüber sprechen. Der hatte sich ja früher auch in mancherlei Schwierigkeiten verstrickt, hätte wahrscheinlich am meisten Verständnis für ihn und vielleicht auch einen guten Rat. Hoffentlich erholte sein Schwager sich rasch und kehrte bald nach Breslau zurück.

Plötzlich hielt der Wagen an. Waren sie etwa schon da? Er hob den Kopf, um aus dem Fenster zu sehen, doch die Schmerzen ließen ihn gleich wieder zurücksinken.

Stimmen wurden laut, dann wurde der Schlag geöffnet.

„Ferdi!" Das war Reginas Stimme.

Hinter ihr tauchten die Gesichter von Pritzen und Bassewitz auf. Wo kamen die so plötzlich her?

„Wie gut, dass wir hier auf dich treffen." Regina kletterte zu ihm in den Wagen und nahm seine Hand. „Wir erfuhren soeben von dem Unglück. Auf dem Weg in die Tauenzinstraße begegneten wir diesem Wagen mit dem Schwentin'schen Wappen." Sie zog den Schlag zu und rief dem Kutscher zu, weiterzufahren.

„Danke, dass du gekommen bist, Regina."

Vor allem war er ihr dankbar, dass sie ihn nicht sofort ausfragte oder gar mit Vorhaltungen überschüttete. Sie blieb ungewöhnlich still neben ihm sitzen.

„Regina, gibt es neue Erkenntnisse, wann Ludwig zurückkehrt?"

Sie seufzte. „Ach Ferdi, du bist nicht der einzige Unglücksfall. Mein Bruder erlitt heute schon wieder einen Blutsturz."

„Oh nein." Nahmen die Tragödien denn gar kein Ende? Vor allem die, an denen er schuld war? Sicherlich war Schleinitz' Zustand durch Lisas Tod bedingt, den er ja zweifellos mitverursacht hatte.

Mein Gott, meine Schuld wird immer größer.

Kapitel 68

Mutius klopfte leise an Stefanies Zimmertür. Es dauerte eine Weile, bis Lena ihm öffnete.

Er huschte hinein. „Wie geht es ihr?“

„Unverändert.“ Lena setzte sich auf den Stuhl, der an Stefanies Bett stand.

„Ist sie seit gestern immer noch nicht aufgewacht?“

Lena warf ihr offenes Haar über den Rücken. „Nein.“

Mutius beugte sich über seine schwer verletzte Nichte. Sie sah fast so aus, als würde sie gar nicht mehr leben, so wachsbleich war ihr Gesicht. Es war kaum zu erkennen, dass sie noch atmete.

Und alles nur wegen dieses Ferdinand Grüning. *Grüning!* Wenn er schon an diesen Namen dachte, wurde ihm direkt schlecht. Er hatte nicht vergessen, was dieses Grüning-Mädchen ihm und seiner Schwester angetan hatte: Sie hatte Valeria den Grafen Schleinitz, der mit einer standesgemäßen Frau Erbe eines ungeheuren Vermögens geworden wäre, vor der Nase weggeheiratet!

Der Stachel dieser Niederlage schmerzte noch immer, und es war nur eine äußerst schwache Genugtuung gewesen, dass Schleinitz wegen der Mesalliance enterbt worden war. Die Rache für diesen Fehlschlag stand noch aus, und die Affäre mit dem falschen Grafen schien ihm den willkommenen Anlass zu bieten, endlich die alte Rechnung zu begleichen. Und die neue Rechnung gleich mit: Niemand durfte ihn ungestraft hintergehen, schon gar nicht jemand, der Grüning hieß.

Er sah zu Lena hinüber, die in ihrer Bibel blätterte. Sie war nun seine einzige Hoffnung. Nachdem sich die Geldquelle *Wedell* als trügerisch, ja geradezu als giftig herausgestellt hatte, musste durch eine anderweitige Verheiratung Lenas endlich Geld in seine klammen Kassen gespült werden.

Unwillkürlich dachte er an Güssow. Zwar konnte er diesen frommen Kerl immer noch nicht ausstehen, aber bei ihm gab es nicht den geringsten Zweifel, dass er wirklich Geld hatte. Und wahrscheinlich würde Lena am wenigsten Widerstand leisten, wenn er sie mit einem

Frömmling verheiraten wollte. Doch dazu musste sie zuerst den falschen Grafen vergessen – so verliebt, wie sie war, würde dazu die Überführung des Schwindlers allein kaum reichen.

Mutius legte den Finger an seine Lippen. Es gab ein ganz einfaches Mittel, alles miteinander zu verbinden. Wenn es ihm gelang, den Unfall als einen Anschlag des falschen Grafen auf Stefanies Leben darzustellen – Lena würde niemals den Mörder ihrer Schwester lieben können.

Anhaltspunkte für den Mordvorwurf hatte er reichlich, schließlich waren Grünings Aussagen verfänglich genug gewesen. Und der einzige Augenzeuge des Unfalls – oder vielmehr: des Anschlags – war niemand anders als er, Julian von Mutius.

Eine Schlüsselrolle bei all dem würde bestimmt auch Güssow spielen. Der hatte schließlich ebenfalls Grünings Aussagen gehört, und sein Schwager würde mit einer erbarmungslosen Befragung schon die gewünschte Aussage aus diesem Schwächling herausholen.

Er grinste. Grüning alias Wedell hatte ihm trotz allem einen großen Dienst erwiesen. Er, Mutius, würde dafür sorgen, dass dieser Mann als Mörder entlarvt wurde, was ihm bestimmt einiges Ansehen einbringen würde. Wenn ihn die Presse als den Helden feierte, der einen hinterhältigen Mörder entlarvt hatte, wären möglicherweise sogar seine Geldgeber zu überzeugen, dass er kreditwürdig war.

Wenn er genau darüber nachdachte, eröffnete sich ihm dadurch sogar die Möglichkeit, an Pritzens Geld zu kommen. Sicherlich würde es sich Schleinitz' Schwager eine Kleinigkeit kosten lassen, wenn er in seinem Buch nicht erwähnte, dass die rechte Hand des Oberpräsidenten den Mörder beherbergt hatte. Eine weitere Position, die er auf der offenen Rechnung mit der Schleinitz-Grüning-Sippe verbuchen konnte.

Das einzige, was ihm nicht daran gefiel, war, dass Stefanies Leben der Preis für seine Pläne war. Ja, so makaber es klingen mochte, ihr Tod würde ihm sogar in die Karten spielen, denn wenn sie starb, handelte es sich nicht mehr nur um einen Mordversuch, sondern um Mord. Aber dafür würde er Grüning auch büßen lassen. Dann würde es dem Burschen buchstäblich an den Kragen gehen.

* * *

Seit Reginas Depesche vor vier Tagen hatte Rahel keine ruhige Minute mehr verbracht. Doktor Wirtz hatte Schleinitz zwar dringend von der Reise abgeraten, aber da Albert sie nicht allein reisen lassen wollte und sie ihren Schwiegersohn auch nicht alleine zurücklassen konnten, hatte dieser sie gedrängt, aufzubrechen – auch auf Kosten seiner Gesundheit. Und nun waren sie endlich in Breslau.

Rahel tastete nach der Hand ihres Mannes, während Frau von Pritzen sie zu Ferdis Zimmer führte.

„Es geht ihm schon viel besser", beruhigte Frau von Pritzen. „Die Sorge, dass schwere innere Verletzungen vorliegen, konnte der Arzt zerstreuen. Äußerlich ist er allerdings übel zugerichtet."

Als Frau von Pritzen die Tür öffnete, blieb Rahel stehen und legte die Hand auf ihr wild pochendes Herz. Auch wenn Ferdis Verletzungen nicht lebensbedrohlich waren, wie stand es um seine Seele? Er hatte versprochen, alles in Ordnung zu bringen – und war stattdessen bei einer Kutschfahrt mit der Baronesse von Hohenau in einen Abgrund gestürzt!

Ihr Mann zog sie an der Hand mit ins Zimmer bis vor Ferdis Bett. Um den Kopf trug er einen dicken Verband und auch der linke Arm und das rechte Bein waren bandagiert.

Ihr Sohn versuchte sich aufzurichten und lächelte sie an. „Endlich kommt ihr!"

Rahel setzte sich auf die Bettkante und nahm seine Hand. „Wir wären sofort gekommen, aber Ludwig ..."

„Wie geht es ihm?" Er wich ihrem Blick aus, seine freie Hand irrte über die Bettdecke.

„Die Reise hat ihn sehr angestrengt", antwortete Rahel. „Ich hoffe, dass er keinen bleibenden Schaden davonträgt."

„Ferdinand ..." Alberts Stimme war tief und grummelnd.

„Ich weiß, ihr wollt wissen, wie es zu dem Unfall kommen konnte." Er seufzte. „Mama, Vater, ich ..."

Rahel lächelte ihn an. „Du kannst uns alles sagen, Ferdi. Ich werde dir keinen Vorwurf machen."

Er grinste – beinahe wie der Lausbub von früher. „Das ist der Vorteil, wenn man krank ist. Dann wird man nicht ausgeschimpft, selbst wenn man den größten Unsinn ausgefressen hat."

Sie drohte mit dem Finger. „Dir scheint es schon wieder erstaunlich gut zu gehen, Bursche!"

„Rede." Alberts Stimme klang wie das Donnern der Wölfel im Frühling. „Warum die Ausfahrt mit der Baronesse? Obwohl du deine falschen Wege verlassen wolltest?"

Das Lachen verschwand aus Ferdis Gesicht. „Ich hatte Stefanie schon im Hochwald kennengelernt – erinnerst du dich, Mama, dass ich an dem Tag, bevor ich nach Breslau zurückmusste, verdreckt und mit zerrissener Hose nach Hause kam? Da habe ich ihr durchgegangenes Kutschpferd eingefangen."

„Das war ...? Du sagtest doch, sie wären nicht mehr ganz jung gewesen."

„Richtig. Immerhin waren sie schon den Windeln entwachsen." Wieder das Ferdi-Grinsen.

Albert holte schon Luft, um loszupoltern, doch Ferdi kam ihm zuvor.

„Ich traf sie als falscher Graf wieder und – kurz und gut, Stefanie und ich verliebten uns ineinander."

„Ferdi!" Rahel schlug die Hand vor den Mund.

„Just in dieser Situation starb Lisa. Da wurde mir klar, dass ich mein falsches Spiel beenden musste. Ich wollte Stefanie gegenüber ein Bekenntnis ablegen und dann um ihre Hand anhalten."

„Ferdinand!" Diesmal entfuhr ihrem Mann der Name ihres Sohnes. „Bist wohl von allen guten Geistern verlassen?"

„Warum? Was ist daran so ungewöhnlich, wenn ein Förster eine Adelige heiratet? Schließlich habe ich ein treffliches Vorbild in der Familie."

„Ja, aber bei uns war es doch etwas ganz anderes!", sagte Albert bestimmt.

Ferdi richtete sich etwas auf und sah Rahel an. „Mama, ich habe Stefanie die Wahrheit gesagt. Ich habe ihr gestanden, dass ich nur der Student Ferdi Grüning bin – und sie war zwar erschrocken und enttäuscht, aber noch im Fallen rief sie etwas von Liebe. Verstehst du nicht, dass ich nicht von ihr lassen kann?"

Rahel legte ihrem Mann die Hand auf den Arm, damit er nichts Unbedachtes sagte. Es war Ferdi nicht damit geholfen, ihm seine Fehler an den Kopf zu werfen. „Erzähle mir von ihr, mein Sohn."

„Sie ist – so lebendig, lebhaft, immer fröhlich, voller Lebensfreude. Wenn sie den Saal betritt, meint man, die Sonne gehe auf, ihr Lachen ist ansteckender als eine Erkältung."

„Und ihr Glaube?"

Das Funkeln in Ferdis Augen erlosch. „Ich schäme mich, weil ich sie nie danach gefragt habe. Ihre Eltern sind gläubig und auch für ihre Schwester Helena ist der Glaube an den Herrn Jesus Lebensinhalt. Mama, du solltest Baronesse Helena kennen. Du würdest sie auf der Stelle lieben. Manchmal glaubte ich, dass sie unnahbar sei, dann aber wirkt sie wiederum so weich, so mild und beinahe verletzlich."

Aufmerksam sah Rahel ihren Sohn an. Als er von Baronesse Helena zu sprechen begann, röteten sich seine Wangen und in seine Augen trat ein warmes Leuchten.

„Mama, ich muss zu Stefanie. Ich muss wissen, ob sie noch lebt, und vor allem muss ich erfahren, ob sie mir vergibt und mich wirklich liebt."

„Ausgeschlossen. Gehst nicht dorthin."

„Aber Albert!" Rahel nahm die Hand ihres Mannes. „Wir können die Sache doch nicht auf sich beruhen lassen. Du musst doch einsehen, dass ein Bekenntnis auch vor der Familie der Baronesse unumgänglich ist."

„Richtig. Aber ich werde mitgehen." Er wandte sich ihr zu und sah ihr tief in die Augen. „Rahel, du hattest recht – wieder einmal. Wollte aus den schlimmen Erfahrungen, als ich mit Elisabeth und Schleinitz zu hart war, lernen – und fiel ins Gegenteil. Ich trage Schuld daran, dass Ferdinand so weit auf seiner falschen Bahn gehen konnte. Werde ihn also begleiten, wenn er sein Bekenntnis ablegen wird."

„Aber Vater, das ist doch unmöglich! Ich war derjenige, der Stefanie und ihrer Familie mit einer falschen Identität gegenübergetreten ist. Deshalb muss ich auch allein zu ihnen."

„Werde dich nicht allein gehen lassen. Fürchte, dass dieses Weibsbild dir wieder den Kopf verdreht."

„Albert, bitte", versuchte Rahel einzugreifen. „Noch ist Ferdi ohnehin viel zu schwach, um dieses schwierige Gespräch zu führen. Und ich meine, er ist erwachsen und sollte schon selbst für seine Fehler geradestehen, ohne seinen Papa mitzubringen."

„Diese Baronesse scheint eine kokette Schlange zu sein. Werde meinen Sohn nicht allein in die Gefahr gehen lassen."

„Stefanie ist keine kokette Schlange!" Ferdis Stimme überschlug sich beinahe. „Ich *muss* erfahren, ob sie mich wirklich liebt. Wenn sie mir, dem Schwindler, trotz allem verzeiht und mich weiterhin liebt – was hindert mich, sie zu bitten, meine Frau zu werden?"

„Da hast du es." Alberts Augen sprühten Blitze. „Er will in Wirklichkeit gar nicht mit ihr brechen."

„Warum sollte ich auch? Du, Vater, hast ein Fräulein von Bredow geheiratet und bist sicher, dass es Gottes Wille war. Lisa hat den Grafen von Schleinitz geheiratet und selbst du musstest anerkennen, dass es von Gott so geführt war. Was sollte mich also hindern, die Baronesse von Hohenau zu heiraten?"

„Ferdi ..." Rahel wollte ihren aufgebrachten Sohn beruhigen, doch ihr Mann fuhr dazwischen.

„Hast wohl nichts gelernt, Bengel? Was muss noch geschehen, damit du begreifst, dass du dich verrannt hast? Hätte viel eher eingreifen sollen!"

„Ich werde jedenfalls so bald wie möglich zu Stefanie gehen – wenn ich sie noch lebend antreffe. Niemand wird mich daran hindern!"

„Werden dich schon daran zu hindern wissen!"

Rahel stand auf. Sie musste diesen Disput unbedingt beenden. Wenn ihr Mann einmal zu poltern begann, würde er so schnell nicht wieder aufhören. Irgendwie musste sie Albert hinausbringen, damit sie in Ruhe allein mit ihrem Sohn weiterreden konnte.

Doch Ferdi kam ihr zuvor. „Bitte Vater, lass uns später weiter darüber reden. Ich bin sehr erschöpft. Gönne mir erst noch etwas Ruhe."

„Willst doch nur von deiner Konkubine träumen!", grollte Albert.

Ferdi gähnte, als habe er seit drei Tagen nicht mehr geschlafen. Wenn er sich noch nicht einmal über das Wort Konkubine empörte, war er wirklich am Ende seiner Kräfte.

Rahel zog ihren Mann zur Tür. „Ferdi hat recht. Wir haben ihn viel zu sehr angestrengt. Lassen wir ihn schlafen."

Grummelnd folgte Albert ihr.

An der Tür sah Rahel noch einmal über die Schulter zu Ferdi zurück, der sich wohlig in seine Kissen kuschelte, erneut herzhaft gähnte und dann die Augen schloss.

Leise zog Rahel die Tür zu.

Kapitel 69

Lena war froh, dass sie allein bei ihrer Schwester sein konnte. Ihre beiden Onkel befanden sich im Nebenzimmer, von woher sie deren gedämpfte Stimmen hörte – wahrscheinlich stritten sie wieder einmal darüber, ob der Unfall ein Mordversuch war oder nicht. Und Tante Valeria hatte eine beinahe abergläubische Furcht davor, bei ihrer schwer verletzten Nichte zu sein – wahrscheinlich erinnerte sie das zu sehr daran, dass es dem Menschen gesetzt ist, einmal zu sterben.

Vier Tage war der Unfall nun her – und genauso lange war Stefanie nicht mehr aus ihrer Ohnmacht erwacht. Der Arzt kam zwar mehrmals täglich, um nach ihr zu sehen, aber zumeist ging er kopfschüttelnd wieder davon.

Wenn doch wenigstens ihre Eltern endlich einträfen! Aber ihr Vater konnte nicht einfach Hals über Kopf abreisen und das Gut allein lassen. Zudem verabscheute ihr Vater die Fahrt mit der Eisenbahn, da er glaubte, die hohen Geschwindigkeiten dieser neumodischen Maschinen seien gesundheitsgefährdend. Trotzdem wollten ihre Eltern spätestens heute hier eintreffen.

Lena strich ihrer Schwester eine lockige Strähne aus dem Gesicht – sie zeigte keine Reaktion. „Mein Gott, bitte lass sie noch einmal erwachen! Ich habe so wenig mit ihr über Dich gesprochen – und nun weiß ich nicht einmal, ob sie zu Dir geht, wenn sie stirbt."

Wenn Stefanie so aus dem Leben scheiden würde – der Gedanke war einfach fürchterlich! Sie hatte zwar genau wie sie selbst immer wieder die Geschichten aus der Bibel gehört, sie hatte auch gelernt, dass sie ihre Sünden dem Heiland bekennen musste, wenn sie nicht verloren gehen wollte – aber hatte sie es getan?

Lena versuchte sich zurückzuerinnern. Warum hatten sie bloß so wenig über den Herrn Jesus gesprochen? Stefanie hatte fast immer genervt abgewehrt, wenn sie vom Glauben anfing – war das etwa ein Hinweis darauf, dass sie gar keine Beziehung zum Herrn Jesus hatte?

An den Tag, als sie selbst in furchtbare Sündennot gekommen war, konnte Lena sich noch genau erinnern. Sie hatte als Kind Diphtherie gehabt und aufgrund der entsetzlichen Atemnot geglaubt, sterben zu müssen. Plötzlich stand die Hölle mit all ihren Schrecken vor ihr. Sie wusste: Wenn sie nicht an den Herrn Jesus glaubte, würde sie eine Ewigkeit lang die Strafe Gottes ertragen müssen.

Da hatte ihre Mutter ihr erklärt, dass der Herr Jesus am Kreuz auf dem Hügel Golgatha genau diese Strafe erduldet hatte. Wenn sie Ihm nur ihre Sünden sagen und glauben würde, dass Er stellvertretend für sie gestorben war, würde sie nicht mehr ins Gericht kommen – weil Er die Strafe ja schon für sie getragen hatte. Trotz ihrer Schwachheit durch die Krankheit hatte sie sich in kindlichem Glauben in die Arme des Retters geworfen. Seitdem hatte sich ihr Leben vollständig verändert.

Aber einen solchen Wandel hatte es bei Stefanie nie gegeben – jedenfalls hatte sie ihn nicht bemerkt. Und hatte der Heiland nicht gesagt: *An ihren Früchten werdet ihr sie erkennen*?

Lena kniete am Bett ihrer Schwester nieder und nahm ihre beiden Hände, die erschreckend kalt waren. „Herr Jesus, ich flehe Dich an, lass sie nicht sterben, ohne dass sie Dich als Heiland kennt! Bitte lass sie leben, damit sie sich noch bekehren kann!“

* * *

Ferdi hörte, wie sich die Stimmen seiner Eltern von seiner Tür entfernten. Er stemmte sich mit seinem gesunden Arm hoch, schob zuerst das unverletzte, dann das bandagierte Bein aus dem Bett und angelte nach seinen Achselstützen. Er musste zu Stefanie, und zwar sofort, ehe seine Eltern ihn daran hinderten oder gar mit ihm gehen wollten.

Allein der Gedanke, mit seinem Vater dort aufzutauchen, war schon absurd. Und er zweifelte daran, dass sein Vater mit seinem ruppigen Ton eine Versöhnung herbeiführen konnte. Nein, das musste er schon selbst tun – zumal er immer noch die Hoffnung hatte, dass Stefanie ihn liebte und vielleicht sogar seine Frau wurde.

Er schob die Amerikaner Krücken unter seine Achseln und stellte sich auf sein gesundes Bein. Gut, dass er schon einige Gehübungen unternommen hatte. Ein paar Schritte schaffte er allemal. Ob er bis zu Schwentins Villa kommen würde, musste sich zeigen.

Er öffnete die Schubfächer seines Nachttischchens. Kein Pfennig war zu finden. Am Tag des Unfalls hatte er sein letztes Geld eingesteckt, um die Droschke zu bezahlen – also würde er sich heute keine Droschke mieten können. Aber vielleicht nahm ihn ein Wagen mit.

Ferdi humpelte zur Tür und lauschte. Alles war still. Wahrscheinlich wollten sie ihn nicht in seinem Schlummer stören.

Er grinste. Sie würden sich wundern, wie er schlummerte.

Vermutlich hatten seine Eltern sich zurückgezogen und seine Mutter versuchte gerade seinen Vater davon zu überzeugen, ihn allein zu Hohenaus gehen zu lassen. Sollten sie reden – er würde handeln.

Pritzen war um diese Zeit bestimmt noch im Büro, wie fast immer in den letzten Tagen. Also drückte er entschlossen die Klinke hinunter. Die Tür quietschte ein wenig in den Angeln. Er streckte vorsichtig den Kopf hinaus und hinkte dann so leise wie möglich auf den Korridor.

Besonders sein linker Arm schmerzte entsetzlich, als er sich auf den Weg zur Treppe machte. Es ließ sich aber nicht vermeiden, dass er sich auch mit diesem Arm ein wenig abstützte, da er das gebrochene Bein nicht belasten konnte.

Die Treppe stellte ein großes Hindernis dar, und als er endlich an der Haustür stand, blieb er keuchend stehen. Der Schweiß rann ihm in Strömen in die Augen.

Weiter. Er durfte nicht zögern, denn die Kräfte würden ihn sicher schon bald verlassen.

Er hinkte über das Trottoir. Für seine Eile kam er viel zu langsam voran. Aber dort vorne nahte ein leerer Leiterwagen, auf dem Bock saß ein Fuhrmann, der den Hut tief ins Gesicht gezogen hatte.

Ferdi trat an den Bordstein. „He!“ Er schwenkte seine Krücke. „Ich muss zur Tauenzinstraße. Bitte nehmen Sie mich mit.“

Der Wagen hielt vor ihm und der Fuhrmann schob mit dem Zeigefinger den Hut aus der Stirn. „Wer bist denn du?“

„Ich muss dringend zur Tauenzinstraße ...“

„Landstreicher!“, schnaubte der Fuhrmann. „Lasse doch nicht jedes Gesindel auf meinem Wagen mitfahren.“ Er schnalzte mit der Zunge und drückte den Hut wieder in die Augen.

Ferdi sah an sich herunter. In seinem Nachtgewand musste er wirklich einen höchst lächerlichen Anblick bieten. Aber wie hätte er sich auch umziehen sollen? Abgesehen davon, dass ihn das viel zu viel Zeit gekostet hätte, hätte er die Kleidung gar nicht über seine Bandagen bekommen.

Ob er in diesem Aufzug überhaupt irgendwie in Stefanies Nähe kommen würde? Wahrscheinlich würde man ihn im Hause Schwentin sofort hinauswerfen, wenn man ihn entdeckte – oder gleich verhaften. Trotzdem musste er es wenigstens versuchen. Und dazu musste es ihm irgendwie gelingen, bis zur Schwentin'schen Villa zu kommen. Eine größere Herausforderung, als er gedacht hatte.

Kapitel 70

Lena wusste kaum noch, wie lange sie schon so kniete und betete, als ihr mit einem Mal ein neuer Gedanke wie ein Dolchstoß durch das Herz fuhr. Wenn Stefanie wirklich starb, dann wäre Ferdinand Grüning in größter Gefahr. Ihr Onkel Mutius arbeitete seit dem Unfall daran, ihm einen Mordversuch unterzuschieben – mit Stefanies Tod wäre es ein Mord! Und die einzige Zeugin, die ihn glaubhaft entlasten konnte – nämlich Stefanie –, wäre tot ...

Stefanie durfte einfach nicht sterben, sie *musste* überleben! Gott konnte doch nicht zulassen, dass sie unversöhnt starb und dadurch auch noch ein unschuldiger Mann Gefahr lief, wegen Mordes verurteilt zu werden!

Auf einmal fiel ihr ein Gedicht von Spitta ein, das sie heute Morgen noch gelesen hatte.

Wie schwer ists doch, ganz still zu sein,
wenn Gott wir nicht verstehen,
wie redet man so bald Ihm drein,
als ob Er was versehen;
wie stellt man Ihn zur Rede gar,
wenn Seine Wege wunderbar
und unbegreiflich werden.

Aber es konnte doch nicht richtig sein, dass Stefanie ohne eine weitere Möglichkeit, sich zum Herrn Jesus zu wenden, starb! Oder hatte Gott oft genug zu ihr geredet, hatte sie bereits genügend Möglichkeiten gehabt – und sie ungenutzt verstreichen lassen? Oder hatte sie sich vielleicht doch bekehrt, ohne dass jemand es bemerkt hatte? Aber gab es so etwas überhaupt? Sie hoffte inständig, dass Gott nicht gerade einen Fehler machte.

Was hatte sie da gedacht? Glaubte sie wirklich, dass Gott einen Fehler machen konnte? *Vergib mir, dass ich an Dir zweifle.*

Die nächste Strophe von Spitta fiel ihr ein:

Das tun wir und der Güt'ge schweigt,
bis Er durch Seiner Taten
glorreichen Ausgang uns gezeigt,
dass Ihm noch nichts missraten.
Dann kommt auch endlich unsre Stund,
wo voll Beschämung wir den Mund
vor Ihm nicht auftun mögen.

Was hatte Gott mit ihr, mit Stefanie – und mit Ferdinand Grüning vor? Musste Stefanie sterben, damit Seine Pläne zur Ausführung kamen?

Lena hob den Kopf und sah in das Gesicht ihrer Schwester. Es sah sonderbar blass aus. Sie legte ihr die Hand auf die Stirn – sie war feucht und kalt.

„Stefanie!"

Sie legte ihr Ohr an die Brust ihrer Schwester – alles still. Kein Herzschlag, kein Atemzug.

Da warf Lena sich über ihre Schwester, wie von einem Gewitterregen strömten ihr die Tränen aus den Augen. „Stefanie! Oh mein Gott, Stefanie!"

Auf dem Korridor wurden Stimmen laut, die Tür wurde aufgerissen.

„Was ist los?", rief Mutius.

Lena sah über die Schulter zurück zu ihren beiden Onkeln. „Stefanie ist tot."

Kapitel 71

Endlich erreichte Ferdi die Tauenzinstraße und sah die Schwentin'sche Villa vor sich. Sein Nachtrock klebte überall an seinem Körper, seine verletzten Knochen schmerzten, dass er die Zähne zusammenbeißen musste, und er hatte das Gefühl, als würde er jeden Augenblick zusammenbrechen.

Keuchend blieb er stehen, doch der Anblick seines Ziels gab ihm neue Energie. Er klemmte die Gehhilfen fester unter die Achseln und schleppte sich weiter voran, bis er endlich vor der Villa stand.

Nie hatte er das palastartige Gebäude so furchteinflößend empfunden. Als er mit Bassewitz als Graf von Wedell hier angekommen war, hatte die Vorfreude alles überlagert. Heute aber stand er hier als Ferdinand Grüning, der wahrscheinlich in Kürze wegen Hochstapelei vor Gericht gezogen würde. Und er hatte keine Ahnung, wie er zu Stefanie kommen sollte. Seine einzige Hoffnung war Baronesse Helena. Auch wenn sie es war, die ihn nach dem Unglück des Hauses verwiesen hatte, war sie die Einzige, die ihm helfen würde – vielleicht. Immerhin hatte sie ihn gegen Mutius' Vorwürfe verteidigt.

Auf dem Vorplatz war kein Mensch zu sehen, wahrscheinlich würde er erst in der Eingangshalle auf einen Diener stoßen. Den musste er überzeugen, ihn zu Stefanie zu bringen oder wenigstens bei Baronesse Helena zu melden.

Er kämpfte sich die erste Stufe zur Eingangstür hinauf. Treppen aufwärts zu steigen war noch schwieriger als abwärts, insbesondere eine Freitreppe, an der es kein Geländer gab.

Sein gebrochener Arm tat dermaßen weh, dass sich sein Magen zusammenkrampfte. Hoffentlich musste er sich nicht übergeben! Seine gebrochenen Rippen stachen bei jedem Atemzug und die Sommerhitze machte ihn ganz schwindelig.

Die nächste Stufe. Er stellte die Krücken hinauf, stemmte vorsichtig das gesunde Bein auf die Stufe und zog das verletzte nach.

Die Säulen, auf denen der Balkon über der Freitreppe ruhte, drehten sich, schienen sich voreinander zu verbeugen und dann einen Walzer miteinander zu tanzen.

Ferdi drückte die Augen fest zu, doch als er sie wieder öffnete, blieb es so dunkel wie vorher. Was war nur los mit ihm? Er sah keine tanzenden Säulen mehr, die Eingangstür war verschwunden, nur ein Meer von grellen Blitzen sauste auf ihn zu.

„Stefanie!", rief er mit letzter Kraft – oder war es nur ein Flüstern? „Helena!"

Er hörte noch den dumpfen Schlag, als er vornüber auf die Stufen krachte, doch fühlte er sonderbarerweise keinen Schmerz. Dann wurde es still – totenstill.

* * *

Rahel beobachtete ihren Mann, der in dem Salon, den Pritzens ihnen zugewiesen hatten, auf und ab tigerte.

„Wundere mich, dass Ferdi so lange schläft."

„Aber Albert." Sie ging zu ihm und legte ihm die Hand auf den Arm. „Warum bist du so ungeduldig? Der Unfall ist gerade vier Tage her, da braucht Ferdi noch Ruhe."

„Aber nicht zwei Stunden lang am helllichten Nachmittag! Werde nachsehen, ob er wirklich noch schläft." Er wollte zur Tür, doch Rahel hielt ihn am Ärmel fest.

„Nicht doch. Was stört dich denn daran, wenn er schläft? Das wird das Beste für seine Gesundheit sein."

„Habe das Gefühl, dass etwas nicht stimmt."

Sie zog ihn mit sich auf das Sofa und schmiegte sich an ihn. „Albert, was du noch vor wenigen Tagen zu milde warst, bist du nun wieder zu misstrauisch. Was für einen Unsinn soll Ferdi denn anstellen? Er ist verletzt, kann mit seinen Bandagen kaum drei Schritte gehen ..."

„Hat immerhin schon Gehübungen unternommen."

Sie schüttelte den Kopf. Konnte ihr Mann denn nicht einmal vernünftig sein? Entweder war er blauäugig bis zum Leichtsinn oder misstrauisch wie ein Untersuchungsrichter. „Du willst doch nicht ernsthaft behaupten, er habe sein Zimmer verlassen?"

„Er wollte schließlich zu dieser Stefanie."

„Dann wäre er höchstens bis zur Treppe gekommen." Sie lächelte.

„Der Bursche ist zäh. Und hat uns lange genug ein Theater vorgespielt."

Sie strich mit dem Zeigefinger über die tiefe Kerbe zwischen seinen Augenbrauen. „Nur weil Ferdi uns einmal enttäuscht hat, musst du nicht erwarten, dass er es gleich wieder tut. Und, Albert" – sie versuchte, so sanft wie möglich zu sprechen –, „lass ihn allein dorthin gehen."

„Niemals. Dieses Weibsstück wickelt ihn sonst wieder um den Finger."

„*Er* hat das alles verbockt – dann muss *er* auch dafür geradestehen. Du kannst dich als sein Vater nicht dafür entschuldigen."

Albert ließ den Kopf hängen. „Aber ich hätte das alles verhindern können, wenn ich nicht so gutgläubig gewesen wäre."

Rahel legte den Arm um seinen Hals. „Dich trifft allenfalls eine kleine Mitschuld, nicht mehr. Ferdi ist von vielen Seiten gewarnt worden. Ich halte es sogar für gut, dass er auch bei ihrer Familie um Verzeihung bitten möchte."

„Ich glaube eher, dass er zu *ihr* will. Die Ungewissheit über ihren Zustand wird ihm übernatürliche Kräfte verleihen."

„Aber keine Flügel!" Sie lachte. „Und die brauchte er, wenn er es allein nur bis auf die Straße schaffen wollte."

„Werde nachsehen." Albert stand wieder auf. „Lässt mir keine Ruhe."

Rahel seufzte. „Dann lass wenigstens mich gehen. Wenn du in sein Zimmer polterst, wird er sofort erwachen."

Über das Gesicht ihres Mannes huschte ein Grinsen, das sie unwillkürlich an Ferdi erinnerte.

Sie gab ihm noch einen Kuss, dann verließ sie den Salon, um zu Ferdis Zimmer hinüberzugehen.

Vor seiner Tür blieb sie stehen und legte das Ohr an das Holz. Nichts war zu hören. Wahrscheinlich schlief er immer noch.

Sachte drückte sie die Klinke hinunter. Die Tür quietschte leise in den Angeln, als sie sie langsam aufdrückte.

Als sie sie so weit geöffnet hatte, dass sie den Kopf hineinstrecken konnte, hielt sie inne und lugte in den Raum. Ihr Blick fiel direkt auf das Bett – es war leer.

Sie trat vollends ein und sah sich um. Ferdi war nirgendwo zu sehen und seine Gehhilfen waren auch verschwunden. „Albert, er ist fort!"

Kapitel 72

Rief da jemand Stefanies Namen?

Lena trat ans Fenster und hielt den Atem an. Hinter sich hörte sie das unterdrückte Gemurmel ihrer Onkel und Tante Valerias, die um das Totenbett versammelt waren.

Da! Wieder! „Helena!“

Das war ganz deutlich! Wer rief da nach ihr? Sollten ihre Eltern endlich eingetroffen sein?

Lena wischte sich die Tränen ab und ging auf den Balkon hinaus. Sie trat an die Brüstung und lauschte. Doch bis auf das Rattern der Kutschen, die am Haus vorbeifuhren, und das Zwitschern der Vögel war nichts mehr zu hören. Es stand auch kein Reisewagen aus Schönwalde vor dem Portal.

Hatte sie sich getäuscht? Aber sie hatte doch ganz deutlich von draußen ihren Namen gehört! Oder hieß von der Dienerschaft auch jemand Helena?

Sie beugte sich über die Brüstung – und riss die Augen weit auf. Auf den Stufen, die zur Eingangshalle hinaufführten, lag eine Gehhilfe.

In ihrem Kopf überschlugen sich die Gedanken. Unwillkürlich tauchte ein Gesicht vor ihr auf: lustige Augen, ein spitzbübisches Lächeln, eine widerspenstige Locke in der Stirn. Der Graf von Wedell – nein, Ferdinand Grüning, wie er ja richtig hieß. Wer sonst sollte Stefanies und ihren Namen rufen?

Aber warum lag dann die Krücke auf den Stufen? Überhaupt – wenn er hereinkam, war es um ihn geschehen. Ihr Onkel Mutius würde ihn in der Luft zerreißen. Sie musste so schnell wie möglich zu ihm, bevor ihn jemand von der Dienerschaft bemerkte – obwohl die Dienstboten durch den Sterbefall wahrscheinlich alle abgelenkt waren.

Lena wandte sich um. Onkel Mutius, Onkel Schwentin und Tante Valeria waren hinreichend mit ihrer toten Schwester beschäftigt. Niemand würde bemerken, wenn sie den Raum verließ.

Sie raffte ihre Röcke und eilte aus dem Sterbezimmer. Als sie die Treppe in die Eingangshalle hinuntereilte, stolperte sie beinahe über ihre Absätze. Sie nahm die letzten Stufen mit einem gewagten Sprung, dann riss sie die Haustür auf.

Da lag er, ausgestreckt auf den Stufen, aus einer Wunde an der Stirn rann Blut. Er trug ein Gewand, das einem Nachtkleid täuschend ähnlich sah – trotzdem erkannte sie ihn sofort. Er schien nicht ohnmächtig zu sein, denn er regte sich und versuchte an seine Gehhilfe zu kommen, die drei Stufen unter ihm lag.

Sie flog förmlich zu ihm hin. „Herr Gra... Grüning!"

Ein schmerzliches Lächeln flog über sein Gesicht. „Helena – Baronesse Helena, Sie erscheinen mir wie ein Engel."

„Seien Sie froh, dass ich es bin und niemand anderes aus diesem Haushalt." Am liebsten hätte sie die Arme um ihn geschlungen, doch sie bezwang sich und kniete neben ihm nieder. „Sie sind verletzt."

„Harmlos. – Ich muss zu Stefanie."

Sie hätte es sich denken können. Er liebte ihre Schwester. Sie mochte ihm zwar wie ein Engel erscheinen, aber sie war für ihn nur ein Mittel, um zu Stefanie zu kommen. Mehr nicht. Daran änderte auch Stefanies Tod nichts. „Sie können nicht zu ihr. Sie sollten sofort wieder nach Hause gehen."

Mühsam richtete er sich mit ihrer Hilfe soweit auf, dass er neben ihr auf einer Stufe zu sitzen kam. „Baronesse, ich weiß, dass ich Ihre Verachtung, ja, sogar Ihren Hass verdient habe. Aber Sie haben mir einmal gesagt, dass Sie an Jesus Christus glauben. Können Sie mir als Christin verweigern, noch einmal mit Ihrer Schwester zu sprechen?"

Sie stützte das Kinn in eine Hand und sah ihn an. „Auch Sie haben mir einmal versichert, Sie glaubten an Jesus Christus. Erinnern Sie sich noch daran? Ich muss annehmen, dass es eine ebensolche Lüge war wie Ihr Name, *Herr Graf*."

Sein Blick ging ihr bis in die Seele und ließ neue Tränen die Wangen hinunterlaufen. „Baronesse, ich habe vieles falsch gemacht, und Sie zweifeln zu Recht an meinem Glauben. Aber ich kam zur Einsicht, als ..."

Sah sie richtig? Schimmerten auch in seinen Augen Tränen?

„Meine Schwester – kennen Sie sie? Die Gräfin von Schleinitz?"

Fing er schon wieder mit der Hochstapelei an? „Sie wollen mir weismachen, dass Ihre Schwester eine Gräfin von Schleinitz ist?"

„War. Sie starb vor anderthalb Wochen." Jetzt schluchzte er. „Als ich sie das letzte Mal gesehen habe, habe ich sie schamlos belogen. Ich konnte ihr das nicht mehr bekennen, mich nicht einmal von ihr verabschieden."

Sie konnte an seinen Worten kaum noch zweifeln. Der Schmerz in seinem Gesicht war kein Theater.

„Sie ist meinetwegen gestorben", fuhr er mit erlöschender Stimme fort. „Es war die Sorge um mich. An ihrem Totenbett fasste ich den Entschluss, Ihrer Schwester Stefanie alles zu bekennen. Das erste Mal auf der Ziegelbastion wurden wir von Herrn von Güssow gestört – Sie waren ja selbst zugegen. Beim zweiten Mal geschah der Unfall."

„Mein Onkel glaubt nicht an einen Unfall. Deshalb sollten Sie schnellstmöglich von hier verschwinden. Ich werde Ihnen eine Droschke bestellen."

„Bitte bringen Sie mich zu Ihrer Schwester. Oder bringen Sie sie zu mir. Ich muss erfahren, ob sie mir vergibt und ..."

... ob sie mich trotzdem liebt, hatte er wohl sagen wollen.

„Sie können nicht zu ihr." Lena richtete sich auf. Die beste Möglichkeit, ihn zum Heimkehren zu bewegen, war vermutlich die Wahrheit. „Stefanie ist tot."

Ferdinand Grüning starrte sie an, seine Augen wurden groß wie Kutschenräder. Er bewegte die Lippen, als wollte er etwas sagen, aber es kam kein Ton heraus.

Wahrscheinlich sollte sie jetzt gehen und ihm eine Droschke besorgen, auch wenn es ihr das Herz zerriss, ihn in seinem Schmerz allein zu lassen.

Sie stand auf, wandte sich um und ...

„Nein!" Das war kein Ruf, kein Schrei. Beinahe nur ein Hauchen. Aber vielleicht gerade deshalb umso eindringlicher.

Lena drehte sich wieder zu ihm um. Seine Züge waren von Schmerz zerwühlt. So konnte sie ihn nicht zurücklassen. Trotz allem, was er getan hatte – sie liebte ihn.

Eine innere Stimme warnte sie davor, ihre Zurückhaltung aufzugeben, aber sie beschloss, heute endlich einmal nicht darauf zu hören. Sie kniete sich neben ihn und nahm seine Hand.

„Sie haben das nur gesagt, damit ich endlich gehe, nicht wahr?"

„Nein, es stimmt. Stefanie starb vor wenigen Minuten."

„Das – das kann nicht wahr sein! Baronesse, ich flehe Sie an, scherzen Sie nicht mit mir!"

„In einer solchen Sache scherzt man nicht. Ich sage die Wahrheit."

Er klammerte sich an ihre Hand wie ein Ertrinkender an das Rettungsseil. „Hat sie – noch einmal etwas gesagt? Hat sie mir vergeben?"

Lena schüttelte den Kopf. „Sie ist nicht mehr aufgewacht." Gerne hätte sie ihm gesagt, dass Stefanie ihm bestimmt vergeben hatte, aber sie wusste nicht, ob das stimmte. Hätte ihre Schwester, die sich so leicht von Glanz und Flitter hatte beeindrucken lassen, die Kraft gehabt, einem Hochstapler zu verzeihen? „Ich weiß nicht einmal, ob Stefanie zum Herrn Jesus umgekehrt ist."

Sein Kopf sank gegen ihre Schulter, alle Kraft schien ihn zu verlassen. Was musste er empfinden? Hatte er Stefanie wirklich geliebt oder war es nur Leidenschaft für ein schönes Mädchen gewesen, das ihm wie von einem anderen Stern vorgekommen sein musste? Trotzdem – welche Qualen musste er durchleiden, denn zweifellos gab er sich die Schuld an dem Unfall!

Plötzlich richtete er sich auf. „Bringen Sie mich zu ihr."

Hatte er den Verstand verloren?

„Bitte bringen Sie mich zu ihr! Ja, ich habe verstanden, dass sie nicht mehr lebt – aber bitte gönnen Sie mir einen letzten Blick auf sie. Ich habe sie geliebt, verstehen Sie? Ich wollte sie davon überzeugen, meine Frau zu werden – trotz meines Betrugs, trotz meiner Herkunft." Er verbarg das Gesicht in den Händen. „Wollen Sie so grausam sein, mir einen Abschied von ihr zu verweigern?"

„Es ist unmöglich! Hören Sie, meine Familie ist bei ihr, mein Onkel Mutius möchte Sie am liebsten an den Galgen bringen und mein Onkel Schwentin ist Oberstaatsanwalt! Was glauben Sie, was für ein Hass sich in diesem Haus gegen Sie zusammenbraut!"

„Baronesse, bitte verstehen Sie mich. Mir ist alles gleichgültig. Ich möchte nur noch von ihr Abschied nehmen. Dann mag kommen, was da will. Ich bin bereit, die Folgen meiner Taten auf mich zu nehmen."

Die Folgen seiner Taten ... Sie hielt den Atem an. „Stimmt es etwa ...?"

„Was Ihr Onkel behauptet? Dass ich den Unfall absichtlich herbeigeführt habe?" Er lächelte schmerzlich. „Nein. – Trauen *Sie* es mir denn auch zu?"

Sie konnte nicht anders – wo war bloß ihre Scheu geblieben? –, sie fuhr mit den Fingern durch sein dunkles Haar und lächelte ihn an. „Nein."

„Dann bringen Sie mich bitte zu ihr."

Ruckartig fuhr sie zurück. „Verstehen Sie denn nicht? Es ist unmöglich!"

„Vielleicht jetzt. Aber es wird doch sicherlich ein Augenblick kommen, da Sie allein im Totenzimmer Ihrer Schwester sein können."

Sie sah in seine dunklen Augen, die immer noch voller Tränen standen. Nie zuvor hatte sie so gespürt, wie sehr sie ihn liebte.

„Zeigen Sie mir ein Versteck, meinetwegen im Keller. Ich kann warten. Nur lassen Sie mich Abschied von ihr nehmen. Danach werde ich Ihnen nie wieder begegnen."

Nie wieder. Er – der Mann, den sie über alles liebte – richtete eine letzte Bitte an sie.

Sie stand auf und reichte ihm seine Gehhilfen. „Ich werde Sie in den Park bringen. In den Schuppen, wo der Gärtner seine Geräte aufbewahrt."

Kapitel 73

„Dieser Lümmel!" Grüning schlug seine rechte Faust in die linke Hand. „Habe doch gesagt, dass Ferdinand nicht zu trauen ist!" Da war der Kerl einfach verschwunden, während alle glaubten, er schliefe!

Rahel lehnte sich an ihn. „Es tut mir leid, Albert. Ich hätte auf dich hören sollen."

„Schon gut. Werde ihm sofort folgen. Weißt du, wo dieser Schwentin wohnt?"

„Nein, wir müssen Pritzens danach fragen."

Er nahm Rahel am Arm und verließ mit ihr Ferdinands Zimmer. Auf dem Korridor kamen ihnen Herr und Frau von Pritzen entgegen.

„Herr Grüning? Frau Grüning? Ist etwas geschehen? Ich hörte erregte Stimmen ...", fragte Pritzen.

„Wo wohnt Schwentin?"

„Wie bitte?" Pritzen machte große Augen.

„Muss hin, Ferdinand ist dort."

„Nein! Das ist unmöglich!" Frau von Pritzen schüttelte den Kopf, dass ihre Frisur ins Wanken geriet. „Wie sollte er dorthin gekommen sein?"

Rahel berichtete in kurzen Worten, was geschehen war, während Grüning mit harten Schritten auf und ab ging. Am liebsten hätte er sich selbst geohrfeigt, weil er seinem gewieften Sohn auf den Leim gegangen war.

„Wo also wohnt dieser Staatsanwalt?"

Pritzen trat zu ihm und legte ihm die Hand auf den Arm. „*Oberstaatsanwalt* bitte, wenn Sie ihn anreden, Herr Oberförster. Herr von Schwentin legt Wert darauf. Ich werde Sie zu ihm begleiten."

„Ausgeschlossen. Ist eine Familienangelegenheit. Fahre allein."

„Herr Grüning, seien Sie doch vernünftig. Herr von Schwentin wird kaum davon erbaut sein, wenn Ihr Sohn bei ihm erscheint. Ich fürchte ..." Pritzen zögerte.

„Was denn?" Traute er ihm etwa nicht zu, die Sache in Ordnung zu bringen?

Rahel lehnte sich an ihn. „Ich vermute, dass Herr von Pritzen andeuten möchte, dass dein Erscheinen die Situation möglicherweise sogar erschweren könnte."

Grüning sah Pritzen scharf in die Augen. „Ist das so?"

„Ihre charmante Frau Gemahlin ..."

„Lassen Sie das Gewäsch! Sie bleiben hier. Kann allein für mich und meinen Sohn sorgen."

„Aber Herr Grüning, wahrscheinlich werden Sie nicht einmal vorgelassen. Mit mir möchte man es sich jedoch nicht so leicht verderben."

„Herr von Pritzen hat recht." Rahel nahm seine Hand. „Seine hohe Stellung beim Oberpräsidenten wird für uns hilfreich sein."

„*Uns?* Was soll das bedeuten, Rahel?"

„Dass ich dich den schweren Weg selbstverständlich nicht allein gehen lasse."

Ihrem Lächeln hatte er noch selten widerstehen können. „Dann kann ja gleich die ganze Sippe mitgehen", knurrte er. „Meinetwegen kommst du mit, Rahel. Aber Herr von Pritzen, Sie bleiben hier. Regle meine Familienangelegenheiten selbst."

„Herr Grüning, so lassen Sie sich doch helfen!", unterstützte Frau von Pritzen ihren Mann.

„Brauche keine Hilfe!"

„Bitte nimm doch Vernunft an, Albert." Seine Frau schlug sich aber auch nie auf seine Seite. „Ich bin wirklich froh, dass Herr von Pritzen uns so freundlich unterstützt."

Er schüttelte den Kopf. Durfte er denn niemals etwas so tun, wie er es wollte?

Doch Pritzen gab bereits einem Diener den Auftrag, einen Wagen anspannen zu lassen.

„Brauchen keinen Wagen. Werden diese neumodische Pferdebahn nehmen." Bis der Wagen endlich bereit war, hätten sie viel zu viel Zeit verloren.

„Aber Herr Grüning, bitte bedenken Sie, dass Sie sich zum Herrn Oberstaatsanwalt von Schwentin begeben möchten." Pritzen lächelte viel zu freundlich für seinen Geschmack. „Dort müssen Sie schon mit einem Wagen vorfahren. Wie sähe es denn sonst aus!"

Diese verrückten Regeln der Stadt! Er wusste schon, warum er sich damals in den Hochwald vergraben hatte. „Bis Ihre Kutsche endlich abfahrbereit ist, hat der Staatsanwalt Ferdinand wahrscheinlich längst erschießen lassen.“

„Keine Sorge, Herr Grüning, wir werden noch rechtzeitig kommen. So schnell schießen die Preußen nicht.“

„Wer weiß, was der Bengel bis dahin wieder angestellt hat.“ Ungeduldig rannte Grüning im Korridor umher, bis endlich ein Diener meldete, der Wagen sei vorgefahren.

* * *

Mutius Blick wanderte von seiner toten Nichte zu seiner Schwester, die Livias Kopf in ihren Schoß drückte, und dann zu Schwentin. Sein Schwager wischte sich tatsächlich mit dem Schnupftuch die Augen. – Dieser Schwächling! Er sollte nicht trauern, er sollte lieber etwas unternehmen!

Mit zwei Schritten war Mutius bei ihm und packte ihn am Arm. „Schwentin, ich habe mit dir zu reden.“

Sein Schwager schüttelte seine Hand ab. „Valeria, du solltest Livia zu Bett bringen. Das hier ist nichts für sie.“ Dann wandte er sich an Mutius. „Komm mit ins Nebenzimmer.“

Mutius folgte ihm ins Nebenzimmer, schloss die Tür und lehnte sich dagegen. „Was sagst du nun, mein lieber Schwager? Willst du denjenigen, der Stefanies Tod verschuldet hat, immer noch ungeschoren davonkommen lassen?“

„Wer spricht von ungeschoren? Selbstverständlich werde ich den Hochstapler seiner verdienten Strafe zuführen.“

„Hochstapler? Ist dir nicht bewusst, was soeben passiert ist? Unsere Nichte ist *tot*!“

„Ja.“ Sein Schwager sank in einen Sessel. „Das Unfassbare ist eingetreten.“

„Und du sitzt hier und tust nichts? Du, der Onkel? Und“, fügte er leiser hinzu, „du, der Oberstaatsanwalt?“

„Du kannst sicher sein, dass alles seinen Gang gehen wird. Aber alles nach der vorgeschriebenen Ordnung.“

„Nach der vorgeschriebenen Ordnung!“ Wenn Mutius diesen Ausdruck schon hörte, wurde ihm übel. „Wach auf, Schwentin! Es ist nicht mehr nur ein Mord*versuch*. Der Tod ist eingetreten!"

„Du hast recht." Schwentin sah auf. „Der Tod ist eingetreten. Damit liegt nunmehr möglicherweise ein Tötungsdelikt vor."

Endlich sah sein Schwager es ein – wenigstens das. „Du wirst diesen Grüning also festnehmen lassen?"

„Dazu ist es noch zu früh. Wir wissen noch nicht, was passiert ist. War es fahrlässige Tötung? Totschlag? Mord? Alles ist denkbar, aber eben auch ein ganz gewöhnlicher Unfall. Ich werde mir die Akten über den Vorfall kommen lassen und alle Zeugenaussagen genau studieren."

Mutius ballte die Faust. „Wie lange willst du denn über den staubigen Akten brüten? Bis dieser Kerl einen weiteren Mord begeht? Bis er vielleicht auch noch Lena umbringt – deine Tochter?"

Schwentin zuckte zusammen. Doch er schüttelte den Kopf. „Du steigerst dich in etwas hinein, Mutius. Ich gebe zu, dass Grüning einige verfängliche Aussagen gemacht hat – wenn er sie so getätigt hat, wie du sie darstellst. Ich werde diesen Hinweisen nachgehen, aber auf deinen bloßen Verdacht hin kann ich ihn nicht festnehmen lassen. Dazu brauche ich die Sicherheit, dass es gerechtfertigt ist."

Dieser gründliche Beamte! Der Anblick der Leiche seiner Nichte rührte ihn zu Tränen, aber sobald es um seinen Dienst ging, wich er um keinen Millimeter von seinen Paragrafen ab. „Ich rate dir, einmal bei Herrn von Güssow nachzufragen. Er war zugegen, als Stefanie und der vorgebliche Graf verletzt in der Eingangshalle behandelt wurden. Er wird meine Aussagen sicherlich bestätigen können."

„Du brauchst dir keine Sorgen zu machen. Ich werde selbstverständlich auch Güssow vernehmen."

Mutius grinste. Wenn man Güssow Lena als Belohnung anbot, würde er bestimmt die gewünschten Aussagen machen. „Übrigens erinnere ich dich daran, dass Güssow einmal Interesse an Lena bekundet hat, was du sogar unterstützt hast. Nach den Dingen, die geschehen sind, kann ich mir Güssow inzwischen auch als Lenas Ehemann vorstellen."

„Lass das jetzt!" Sein Schwager schüttelte sich. „Selbst an Stefanies Totenbett kannst du es nicht lassen, deine Ränke zu schmieden!"

Mutius musterte seinen Schwager. Mochten Schwentin diese Überlegungen jetzt auch zuwider sein, die Saat war gelegt. Für den Rest konnte er sich getrost auf den messerscharfen Juristenverstand seines Schwagers verlassen. Es wurmte ihn nur, dass es nicht zu einer Festnahme kam, denn dann würde Lena sogleich sehen, dass Grüning ein Verbrecher war, und ihn schnell vergessen. „Bist du wirklich sicher, dass du ihn laufen lassen willst? Obwohl er eine Gefahr für andere darstellt?"

„Ich habe es dir doch soeben erklärt: Es gibt noch keinen stichhaltigen Grund, ihn festnehmen zu lassen. Aber ich werde unverzüglich weitere Ermittlungen einleiten."

Das war wenigstens etwas – aber für Mutius viel zu wenig. Erst, wenn dieser Grüning für den Rest seines Lebens ins Zuchthaus wanderte oder, noch besser, an den Galgen kam, würde Lena ihn sicher vergessen. Dann erst würde sein Plan, Lena gewinnbringend zu verheiraten, doch noch aufgehen.

Kapitel 74

„Kommen Sie." Baronesse Helena winkte Ferdi heran. „Sie haben Glück, dass es so schnell ging. Meine Tante bringt Livia zu Bett und meine beiden Onkel streiten schon wieder."

So schnell seine Krücken es zuließen, hinkte Ferdi hinter der Baronesse her. Von Büschen und Hecken verdeckt, erreichten sie das Haus.

Sie öffnete eine Tür. „Hier hinauf. Diese Treppe ist für das Personal."

Wieder eine Treppe. Ein schier unüberwindliches Hindernis.

„Legen Sie Ihren Arm um meine Schultern, Herr Grüning, ich werde Ihnen helfen."

War das noch die gleiche Baronesse, die er für unnahbar gehalten hatte?

Während er sich auf sie stützte und sich von ihr die Treppe hinaufhelfen ließ, fragte er sich, warum sie das eigentlich für ihn tat. Er war der Verführer ihrer Schwester, und wenn er nicht als Graf von Wedell in ihr Leben getreten wäre, würde Stefanie wahrscheinlich noch leben. Gab ihr der Glaube die Kraft, ihm das alles zu verzeihen?

Ehe er weiter darüber nachdenken konnte, erreichten sie das Ende der Treppe.

„Warten Sie." Baronesse Helena öffnete vorsichtig eine Tür und lugte in den Korridor. „Niemand zu sehen."

Sie ging voran und er folgte ihr. Ihm wurde schwindelig, wenn er daran dachte, dass er in wenigen Minuten vor Stefanie stehen würde – vor der toten Stefanie. Schon allein bei dem Gedanken blieb ihm die Luft weg. Trotzdem musste es sein. Er musste sie noch einmal wiedersehen. Sein ganzes Herz schrie danach, wenn es auch noch so unsinnig erschien.

„Wir sind da." Die Baronesse blieb erneut vor einer Tür stehen und drückte sie langsam auf.

Aus dem Nebenzimmer hörte er erregte Stimmen; das waren bestimmt Mutius und Schwentin, die sich stritten. Hoffentlich beendeten sie ihren Streit nicht so bald.

Baronesse Helena führte ihn ins Zimmer. „Ich werde bei Ihnen bleiben, falls ..." Sie wies mit dem Kopf zu der Wand hinüber, durch die immer noch die erregten Stimmen zu hören waren.

Er wäre zwar lieber allein gewesen, aber wahrscheinlich war es besser so. Und die Baronesse schien es wirklich gut mit ihm zu meinen.

Zögernd ging er auf das Bett zu, als sie zu ihm trat und ihm die Hand auf den Arm legte. Es schien ihm, als wollte sie etwas sagen, doch dann schüttelte sie nur den Kopf und wandte sich ab. Was ging in diesem Mädchen vor?

Aber er konnte jetzt nicht weiter auf Baronesse Helena achten. Er trat an das Bett. Das zweite Totenbett innerhalb von anderthalb Wochen. Da lag sie – seine Stefanie. Der Anblick stach wie eine glühende Nadel in sein Herz. Dieses lebhafte Mädchen plötzlich unbeweglich, steif daliegen zu sehen ...

Er sank an ihrem Lager nieder. Die Schmerzen, die dabei durch sein Bein schossen, nahm er nur am Rande wahr.

„Stefanie", murmelte er. „Ach, wenn du doch noch einmal mit mir reden könntest!" Er tastete nach ihrer Hand, aber als er die Kälte spürte, zog er seine Hand rasch wieder zurück.

Was hatte er bloß angerichtet! Dieses blühende Menschenleben war vernichtet – durch seine Schuld! Und Baronesse Helena war noch nicht einmal sicher, dass Stefanie errettet war.

Dieser Gedanke war zu fürchterlich. Wenn sie sich wirklich nicht bekehrt hatte, dann ging sie in die Hölle, in ewige Qualen – und konnte es niemals mehr ändern. Sie, die alles gewusst hatte. Die gläubige Eltern hatte und eine gläubige Schwester – genau wie er.

Ferdi schauderte. Zwar hatte er selbst dem Herrn Jesus seine Sünden schon als Jugendlicher bekannt, aber so, wie er in den letzten zwei Monaten gelebt hatte, hatte sein Heiland sicher keine Freude an ihm gehabt.

Unwillkürlich kam ihm die Geschichte vom verlorenen Sohn in den Sinn. Der auch aus bestem Elternhaus kam, sich in den Vergnügungen der Welt verlor und am Ende bei den Schweinen landete.

War er besser? Nicht ein bisschen, eher sogar schlimmer. Schließlich kniete er vor einer Leiche – und das war allein seine Schuld!

Ferdi legte das Gesicht auf die Matratze. Die Stimmen aus dem

Nebenraum hörte er nur noch aus weiter Ferne. Ab und zu raschelte das Kleid von Baronesse Helena, sonst hörte er nur sein eigenes Schluchzen.

Plötzlich legte sich eine Hand auf seine Schulter. Er fuhr auf – und sah in Helenas sanfte Augen. „Der verlorene Sohn fand den Weg zurück. Und wurde mit Freuden aufgenommen."

Konnte sie Gedanken lesen?

„Mein Vater hat mir einmal von einem Freund erzählt", fuhr die Baronesse mit weicher Stimme fort. „Er ging als junger Mann von zu Hause fort, vergeudete sein Vermögen und endete ähnlich wie der junge Mann im Lukasevangelium. Aber er kam zur Besinnung und schrieb nach Hause, dass er zurückkehren und mit welchem Zug er kommen werde. Da die Bahnlinie am Gut seines Vaters vorüberführte, bat er ihn in dem Brief, ein weißes Tuch in die Linde, die neben den Gleisen stand, zu hängen, wenn er gewillt sei, ihm zu vergeben. Dann würde er wissen, ob er nach Hause zurückkehren dürfe oder nicht."

Erwartungsvoll sah Ferdi zu dem Mädchen auf. In ihren Augen stand ein beinahe überirdisches Leuchten.

„Sie können sich denken, wie gespannt er war, als sich der Zug dem Gut näherte." Sie lächelte. „Er öffnete das Fenster – noch eine langgestreckte Kurve, dann kam die Linde in Sicht."

„Es hing ein weißes Tuch darin, nicht wahr?"

Sie schüttelte den Kopf. „Nein. Die ganze Linde hing voll weißer Tücher. – Und nun fragen Sie Ihren Gott, ob Er Sie weniger freundlich empfangen wird."

Ehe er etwas antworten konnte, trat sie von ihm weg ans Fenster. Sie wollte ihn wohl mit seinem Gott allein lassen und das war wahrscheinlich gut so.

* * *

Die Kutsche rumpelte über das Breslauer Pflaster. Grüning hatte sich in solchen Kästen noch nie wohlgefühlt. Viel lieber ging er allein oder nur mit Rahel durch seinen Wald, Harzduft und Vogelgesang um sich herum.

Er starrte Pritzen an, der ihm gegenüber saß. Wie gern hätte er ihn eigenhändig aus der Kutsche geworfen. Was der Mann sich überhaupt einbildete! Ferdi war *sein* Sohn, und *er* würde die Angelegenheit mit der Familie der Baronesse klären. Dazu brauchte er keinen geschniegelten Ministerialdirigenten.

„Auch wenn Sie mitfahren, überlassen Sie es mir, mit diesen Leuten zu sprechen."

„*Mit diesen Leuten*?" Pritzen schüttelte den Kopf. „Herr Grüning, das sind keine *Leute*, sondern *Herrschaften*."

„Ist doch gleichgültig!", grunzte Grüning.

„Nein. Diese Herrschaften legen Wert auf korrekte Umgangsformen. Beherrschen Sie diese nicht, könnte es Ihnen passieren, dass Sie hinausgeworfen werden, noch bevor Sie überhaupt Ihr Anliegen vorbringen konnten."

„Was wollen Sie damit sagen?" Dieser aufgeblasene Pritzen wurde ihm von Minute zu Minute unsympathischer, dabei hatte er bisher immer den Eindruck, er sei ein umgänglicher Mann. „Halten Sie mich etwa für ungehobelt?"

Rahel nahm seine Hand. „Albert, Herr von Pritzen meint es nur gut. Er ist es gewöhnt, mit solchen Herrschaften zu verkehren, und wird ganz sicher den richtigen Ton treffen."

„Zweifelst etwa auch du an mir?"

„Ich zweifle nicht im Geringsten." Ihre Stimme klang einschmeichelnd. „Aber ich sehe es als Vorteil an, wenn Herr von Pritzen das Wort führt."

„Nein. Nur weil Ferdinand bei ihm wohnt, muss er sich nicht wie ein Vater um ihn kümmern."

„Nichts liegt mir ferner, als Ihnen Ihre Vaterrolle streitig zu machen", erwiderte Pritzen. „Aber ich könnte mir vorstellen, dass es besser ist, wenn ich ..."

„Keine Diskussion mehr! Ist ganz allein meine Aufgabe als Vater. Hat mir niemand dreinzureden!"

„Aber Albert!" Rahel sah ihn eindringlich an.

„Schluss! Will nichts mehr davon hören!"

Kapitel 75

Lena stand am Fenster und sah zur Straße hinab. Sie konnte den Anblick des trauernden Ferdinand nicht länger ertragen. Es war bereits eine Qual, ihn so zerschunden zu sehen und seiner Trauer beiwohnen zu müssen. Aber dass es der Schmerz um Stefanie war, der ihn zerriss, während sie mit einem Herzen voller Liebe zu ihm daneben stand, das setzte allem die Krone auf. Dazu noch ihre eigene Trauer um ihre Schwester – sie hatte das Gefühl, jeden Augenblick zusammenzubrechen. *Mein Gott, es ist zu schwer für mich!*

Sie wunderte sich selbst noch, dass sie die Kraft gehabt hatte, ihn auf Gottes vergebende Liebe hinzuweisen. Wie es wirklich in ihrem Herzen aussah, durfte niemand erfahren, am allerwenigsten Ferdinand. Es war schon schlimm genug, dass Onkel Mutius ihr das Geheimnis ihrer Liebe zu dem vermeintlichen Grafen von Wedell entlockt hatte. Hoffentlich nahm ihr Onkel an, dass die Offenbarung seiner wahren Identität diese Liebe erstickt hatte.

Sie warf einen Blick über die Schulter zu Ferdinand hinüber. Seine Schultern zuckten, ab und zu hörte sie ein unterdrücktes Schluchzen. Er sollte nur keinen Lärm machen, sonst ständen ihre Onkel sofort im Raum. Sie musste ohnehin zusehen, dass sie ihn so bald wie möglich ungesehen wieder hinausbrachte, sie hatten nicht unendlich viel Zeit.

Leise trat sie zu ihm und legte ihm die Hand auf die Schulter. „Herr Grüning!"

Er rührte sich nicht.

„Herr Grüning, es wird Zeit, dass Sie das Haus wieder verlassen." Als er immer noch nicht reagierte, beugte sie sich zu ihm hinab. „Ich fürchte, dass bald jemand von meiner Familie hereinkommen wird." Sie musste lauter sprechen, als es in dieser Situation angebracht war.

„Ich kann nicht", murmelte er.

Immerhin hatte er sie gehört und verstanden. „Herr Grüning, wenn jemand Sie hier findet, gibt es eine Katastrophe!"

„Die Katastrophe ist doch längst eingetreten." Er hob sein tränenüberströmtes Gesicht zu ihr. „Ist dies nicht schon die größte Katastrophe, die überhaupt eintreten konnte?“ Er wies auf die Leiche.

Für sie wäre die Katastrophe jedenfalls noch viel größer, wenn er festgenommen würde. „Bitte beschwören Sie nicht noch ein weiteres Unglück herauf. Denken Sie an Ihre Eltern!“

„Baronesse, bitte sagen Sie mir: Warum musste das geschehen?“, fragte er viel zu laut.

„Psst! Man hört Sie sonst nebenan!“

„Bitte, haben Sie eine Antwort?“, wiederholte er leiser.

Sie seufzte. Wer konnte diese Frage schon beantworten! „Gottes Wege sind uns manchmal unverständlich, aber sie sind immer weise.

Drum, meine Seele, sei du still
zu Gott, wie sich's gebühret,
wenn Er dich so, wie Er es will,
und nicht, wie du willst, führet.
Kommt dann zum Ziel der dunkle Lauf,
tust du den Mund mit Freuden auf,
zu loben und zu danken.“

Er sagte nichts darauf. Sie wusste nicht einmal, ob er ihre Worte wahrgenommen hatte. Sie konnte nur im Stillen für ihn beten.

Plötzlich hörte sie Schritte und dann Stimmen auf dem Korridor.

„Komm mit zu ihrem Totenbett, Schwentin.“ Das war Onkel Mutius' Stimme. „Und dann sage mir angesichts ihrer Leiche noch einmal, dass du diesen Grüning weiter frei herumlaufen lassen willst.“

Blitzschnell sah Lena sich im Raum um. Gab es nicht irgendeine Möglichkeit, wo Ferdinand sich verstecken konnte?

Doch da wurde bereits die Tür geöffnet. Onkel Mutius trat ein, er zog Onkel Schwentin am Arm mit sich. „Sieh, da liegt deine tote Nichte. Willst du als Staatsanwalt ... Donnerwetter!“

Mit zwei Schritten war Onkel Mutius am Totenbett, Onkel Schwentin folgte ihm.

„Ferdinand Grüning!“, rief der Oberstaatsanwalt.

„Da hast du es.“ Wie ein Pistolenschuss knallte Onkel Mutius den Satz in den Raum.

* * *

Ferdi sah die Funken förmlich aus Mutius' Augen sprühen, als er Baronesse Helena am Oberarm packte und sie von ihm fortriss.

„Du Schlange! Was fällt dir bloß ein, den Mörder deiner Schwester im Haus zu dulden? Noch dazu an diesem heiligen Ort der Totenruhe?"

Mühsam richtete Ferdi sich auf und stützte sich auf seine Gehhilfen. Wenn er doch nicht so schwach wäre! „Bitte, Herr von Mutius ..."

„Ruhe, um Sie kümmere ich mich später. – Also, Lena, rede!"

„Aber, Onkel, Herr Grüning ist doch kein Mörder!", stotterte die Baronesse. „Ich ließ ihn ein, weil ..."

„Ah, du hast ihn sogar eingelassen", giftete Mutius. „Schämst du dich nicht, diesem Schwindler, diesem Hochstapler, diesem Betrüger Zutritt zum Totenbett deiner Schwester zu gewähren, damit er ihre Ehre auch noch in ihrem Tod besudeln kann?"

Baronesse Helena wurde beinahe so blass wie Stefanie. Sie lehnte sich an die Wand und schüttelte den Kopf, während ihr die Tränen von den Wimpern purzelten.

„Herr von Mutius", sagte Ferdi so laut wie möglich, „ich bitte Sie, darauf aufmerksam machen zu dürfen, dass ich es war, der ..."

„Sie sind also widerrechtlich in dieses Haus eingedrungen?" Herr von Schwentin packte ihn so heftig am Arm, dass Ferdi beinahe das Gleichgewicht verloren hätte und er vor Schmerz die Zähne aufeinanderbeißen musste. „Ihnen ist doch wohl klar, dass Ihre Gegenwart in diesem Hause nicht mehr erwünscht ist ..."

„Bitte verzeihen Sie, Herr von Schwentin. Ich wusste nicht, dass Stefanie ..."

„Für Sie ist meine Nichte immer noch die Baronesse von Hohenau, verstanden?", schnauzte Schwentin.

Ferdi schielte zu Baronesse Helena hinüber, die immer noch von Mutius attackiert wurde. Aber er konnte ihr nicht zu Hilfe kommen, solange der Staatsanwalt ihn zur Rede stellte. „Ich wollte nur noch einmal zu ihr. Ich habe ihr bereits die Wahrheit gestanden und wollte wissen, ob ..."

„So, die Wahrheit. Das können Sie meinetwegen Ihrer Tante in Trebnitz weismachen, aber nicht mir. Sie wollten sich wohl nur vergewissern, dass Ihr Anschlag gegen Baronesse Stefanie gelungen ist. Und dazu bedienten Sie sich kaltblütig meiner anderen Nichte."

„Sie missverstehen die Situation." Was sollte er nur tun? Wenn er sich darauf berief, dass Baronesse Helena ihn hereingelassen hatte, würde er sie damit in noch größere Schwierigkeiten bringen, denn genau das warf Mutius ihr ja vor. Wenn er jedoch angab, unerlaubterweise ...

„Ich begreife die Situation sehr genau, Herr Grüning." Schwentin baute sich vor ihm auf und stemmte die Fäuste in die Hüften. „In der Juristensprache bezeichnet man so etwas als Hausfriedensbruch."

Ferdi musste sich schwer auf seine Krücken stützen, um nicht umzufallen. Auch wenn Baronesse Helena ihn erst eingelassen hatte, nachdem er sie dazu überredet hatte – eine Straftat hatte er diesmal wirklich nicht begangen. Sein Hals wurde trocken und er schnappte nach Luft – beinahe als ob ihm ein Strick um den Hals gelegt würde. „Bitte, gnädiger Herr", krächzte er.

Doch ehe er sich verteidigen konnte, wurde die Tür erneut geöffnet und ein Diener meldete: „Frau Baronin und Herr Baron von Hohenau."

Ferdi starrte zur Tür. Die Eltern der Baronesse kamen ausgerechnet im falschen Augenblick.

Zuerst trat ein hochgewachsener, breitschultriger Mann mit einem patriarchalischen Bart ein, den er niemals für einen Baron, geschweige denn für den Vater der Mädchen gehalten hätte. Die Frau, die ihm folgte, ließ Ferdi unwillkürlich erstarren. Die Ähnlichkeit mit Stefanie war frappierend.

„Ihr kommt gerade recht." Mutius wandte sich von Baronesse Helena ab und verbeugte sich vor deren Eltern. „Darf ich euch Herrn Ferdinand Grüning alias Graf Ferdinand von Wedell vorstellen? Der Mörder eurer Tochter."

Mörder. Mutius belegte ihn tatsächlich mit diesem schrecklichen Wort.

Ferdi sah zu Helena hinüber. Sie lehnte mit tränenüberströmtem Gesicht an der Wand und wandte den Blick von ihm ab – sollte es Mutius gelungen sein, sie von seinen haarsträubenden Vorwürfen zu überzeugen?

„Bitte nicht, Herr", murmelte er. Warum tat es ihm so weh, dass Helena an den Verdacht glauben könnte?

Da stieß sie sich plötzlich von der Wand ab und eilte auf ihre

Eltern zu. Die Baronin breitete die Arme aus, doch Helena blieb vor ihr stehen und schüttelte den Kopf.

„Lasst euch nichts von Onkel Mutius erzählen." Ihre Stimme war trotz der Tränen erstaunlich fest. „Es war ein Unfall. Herr Grüning ist kein Mörder."

Ihre Worte umschmeichelten ihn wie ein warmer Sommerwind. Wenn die Schwester der Getöteten nicht an seine Schuld glaubte, würde sie bestimmt auch ihre Eltern überzeugen können.

„Dürfen wir bitte mit unserer Tochter ...", begann Hohenau.

„Ich dringe darauf, dass dieser Mann unverzüglich festgenommen wird!", rief Mutius. „Schwentin, hast du vergessen, was ich dir eben sagte? Dass er sich vielleicht sogar noch an Lena heranmachen würde, um auch sie ...? Und? Wen findest du hier ganz allein mit Lena?"

„Ist er wirklich so gefährlich?", stotterte die Baronin und starrte Ferdi an, als wäre er ein Kannibale. „Glaubst du wirklich, Julian, er habe Stefanie absichtlich in den Abgrund gestürzt? Und dass er nun auch Lena ...? Aber warum sollte er ...?"

„Es gibt bereits jetzt so viele eindeutige Hinweise, dass es keinen Zweifel mehr geben kann, liebe Schwester."

Aber das war doch reiner Irrsinn! Selbst Baronesse Helena schien es bei so viel Unverfrorenheit die Sprache zu verschlagen, sie brachte kein Wort mehr zu seiner Verteidigung hervor.

„Was davon stimmt, werden die Untersuchungen ergeben", schaltete Schwentin sich ein. Wenigstens der Staatsanwalt schien einen kühlen Kopf zu bewahren. „Diesen Hausfriedensbruch werde ich jedoch keinesfalls dulden."

„Aber Onkel!" Die Baronesse schrie es beinahe. „Er bat mich, zu Stefanie geführt zu werden, und ich erfüllte ihm den Wunsch. Damit ist es doch kein Hausfriedensbruch!"

„Du falsche Schlange!", schimpfte Mutius.

Ferdi warf Baronesse Helena ein Lächeln zu. „Sie sollen nicht meine Schuld auf sich nehmen, Baronesse." Er wandte sich an Schwentin. „Die Baronesse hat mich zwar eingelassen, aber erst, nachdem ich sie mit vielen Worten überredet habe. Sie wollte es eigentlich nicht."

„Da hast du es!", frohlockte Mutius.

Die Baronin nahm ihre Tochter in den Arm. „War es wirklich so, wie dieser Mann sagt, Lena?“

Sie lehnte den Kopf an die Schulter ihrer Mutter und ließ ihren Tränen freien Lauf. Ihr Nicken war nur angedeutet, doch der Staatsanwalt sah es natürlich sofort. „Ich werde die Gendarmerie informieren.“

Er läutete nach dem Diener, doch schon im gleichen Augenblick öffnete sich die Tür und ein Lakai erschien. „Herr von Pritzen sowie Herr Oberförster Grüning nebst Gemahlin wünschen vorgelassen zu werden.“

Auch das noch. Seine Eltern hatten ihm gerade noch gefehlt. Sein Vater würde die ganze Situation nur noch schlimmer machen.

Kapitel 76

Lena warf einen Blick auf den stattlichen alten Herrn in der Försteruniform und die erstaunlich jugendliche Frau im schwarzen Kleid. Das also waren Ferdinand Grünings Eltern. Doch es gab jetzt Wichtigeres, als seine Eltern kennenzulernen.

Sie wartete, bis Onkel Schwentin die Besucher begrüßt hatte, dann zog sie ihn ein wenig beiseite. „Du darfst ihn nicht festnehmen, Onkel! Ich weiß – ich fühle, dass er unschuldig ist!"

Er lächelte sie an, und sie sah in seinen Augen, wie gern er sie mochte. „Ich werde tun, was richtig ist, Lena. Es geht hierbei nicht um Gefühle, sondern um das Gesetz."

„Aber das Gesetz kann doch nicht wollen, dass ein Unschuldiger arretiert wird!" Sie schielte zu dem Oberförster hinüber, der gerade mit Onkel Mutius sprach.

„Das Gesetz fordert aber die Verfolgung von Straftaten. Und bei einem Verbrechen, dessen Grüning ja verdächtigt wird, habe ich das Recht, unverzüglich eine Festnahme zu veranlassen. Wenn er wirklich unschuldig ist, wie du behauptest, ist er bald wieder frei. Allerdings wage ich inzwischen daran zu zweifeln."

Lena ballte die Fäuste. „Onkel, es war ein Unfall!"

„Das glaubte ich bisher auch." Seine Stimme klang lakonisch. Als Staatsanwalt durfte er wohl keine Gefühle zeigen. „Aber dass er in unser Haus eingedrungen ist, dass ich ihn mit dir allein hier angetroffen habe – das ist zu viel. Er schleicht sich immer wieder in unsere Nähe. Der Mann scheint gefährlicher zu sein, als ich gedacht habe."

Lena seufzte kopfschüttelnd und sah zu dem Oberförster hinüber, dessen Augenbrauen einen einzigen Strich bildeten, während Onkel Mutius ihn süffisant angrinste.

„Herr Grüning, die Taten Ihres Sohnes sind nicht mit einem einfachen *Pardon* abzutun."

Unterdessen winkte Onkel Schwentin den Diener herbei, der Herr von Pritzen und Ferdinand Grünings Eltern hereingeführt hatte. „Sofort zur Gendarmerie. Es gilt eine Festnahme vorzunehmen."

Lena schlug die Hände vors Gesicht. War das alles ein Albtraum? Ihre schlimmsten Befürchtungen wurden noch übertroffen.

Eine polternde Stimme riss sie zurück in die Gegenwart. „Sollen mich gefälligst zu meinem Sohn lassen!"

„Psst, Herr Grüning, ruhig!" Das war Herr von Pritzen, der den Oberförster an seiner Uniform zurückhalten wollte, doch der alte Herr riss sich unwirsch los.

„Sind hier alle verrückt geworden? Mein Sohn ist kein Mörder!"

Offenbar hatte Onkel Mutius dem Oberförster gehörig zugesetzt, dass er sich so echauffierte. Jedenfalls konnte ihr Onkel ein Grinsen nicht verbergen.

„Herr Grüning", belehrte Schwentin ihn nun, „es wird sich noch herausstellen, was Ihr Sohn alles verbrochen hat. Die Justiz wird ihren geregelten Gang gehen."

„Können Sie einen Unfall nicht von einem Mord unterscheiden?", donnerte der Oberförster.

„Ihr Sohn ist ein Hochstapler, hat ein Tötungsdelikt begangen, steht deshalb unter Mordverdacht, und hat sich heute noch des Hausfriedensbruchs schuldig gemacht. Das sollte für eine Festnahme genügen."

„Sie legen das Gesetz wohl so aus, wie es Ihnen passt, wie?"

Lena krampfte die Hände zusammen. Wenn der Oberförster so weitermachte, würde alles nur noch schlimmer.

Schwentin nahm seinen Zwicker ab. „Die rechtliche Würdigung von Sachverhalten ist in der Tat meine Aufgabe, Urteile obliegen jedoch einzig dem Gericht."

„Vater, bitte, beruhige dich", redete nun Ferdinand auf den Förster ein. „Die Wahrheit wird zweifellos ans Licht kommen."

„Naseweis! Weißt doch gar nicht, was auf dem Spiel steht!"

Frau Grüning legte die Arme um ihren Mann. „Albert, bitte ..."

Lena wandte sich an ihre Mutter. „Mama, kannst du nicht dafür sorgen, dass Ferdinand Grüning nicht arretiert wird? Ich weiß, dass er unschuldig ist! Er hätte Stefanie niemals umgebracht – er liebte sie!"

Ihrer Mutter blieb der Mund offenstehen. „Er – liebte sie? Das ist doch sicherlich nur Theater gewesen!"

Lena schüttelte den Kopf. „Nein, und sie liebte ihn auch. Ich weiß es gewiss. Er darf nicht arretiert werden! Wenn Onkel Schwentin ihn einmal in seinen Fängen hat – du weißt selbst, wie hart er als Staatsanwalt agiert!"

„Aber Kind." Ihre Mutter nahm sie in den Arm. „Wenn er wirklich unschuldig ist, wird die Untersuchung es ans Licht bringen. Allerdings hat Julian recht gut begründet, warum zumindest ein Mordverdacht besteht. Du siehst Herrn Grüning wahrscheinlich im besten Licht, weil Stefanie von ihm geschwärmt hat."

Lena zog sich von ihrer Mutter zurück. Das durfte nicht wahr sein! Also auch sie ging Onkel Mutius auf den Leim. Gab es denn keine Gerechtigkeit mehr in der Welt?

„Bin wohl in einem Tollhaus!", grollte der Oberförster derweil. „Solch ein Narr will Staatsanwalt sein!" Offenbar waren die Versuche der Forstfrau, ihren Mann zu beruhigen, fruchtlos geblieben.

„Hüten Sie Ihre Zunge", warnte Schwentin. „Die Gendarmerie ist bereits im Anmarsch. Wenn Sie Beleidigungen gegen Amtspersonen ausstoßen, wird sie Sie gleich mit Ihrem Sohn festnehmen."

„Unerhört!"

„Vater!" Ferdinand hinkte zu dem Oberförster, doch was er weiter sagte, konnte Lena nicht mehr verstehen.

Da flog die Tür auf und vier Gendarmen marschierten herein.

Mit zwei Schritten war Lena bei Ferdinand Grüning und stellte sich vor ihn. „Gehen Sie! Er ist unschuldig!" Sie wunderte sich selbst über ihren Mut.

Von hinten spürte sie seine Hand auf ihrer Schulter. „Psst. Seien Sie vernünftig, Baronesse."

„Ich kann doch dieses Unrecht nicht mit ansehen!" Seine Hand jagte heiße Schauer durch ihren Körper.

„Baronesse, Sie tun bereits mehr für mich, als Sie sich vorstellen können. Es tut mir unbeschreiblich gut, dass Sie zu mir halten."

Am liebsten hätte sie sich nach hinten an seine Brust gelehnt. In seiner Stimme lag eine Wärme, die ihr die Tränen in die Augen trieb. Sie hatte es endlich einmal geschafft, ihre Gefühle zu zeigen, und seine Reaktion belohnte sie reichlich.

Plötzlich schoss ihr durch den Kopf, dass der Weg zu Ferdinand Grüning nun frei war – aber um welchen Preis! Ihre Schwester war tot! Und selbst wenn er Interesse an ihr bekunden würde – er würde in wenigen Augenblicken wegen Mordverdachts arretiert werden, ihr Onkel, der ihr noch kürzlich zugeredet hatte, sich den Grafen von Wedell zu angeln, würde nun alles tun, um eine solche Verbindung zu verhindern, und ihre ganze Familie würde sich gegen sie stellen.

Beinahe willenlos ließ sie sich von den Gendarmen beiseiteschieben. Ferdinands Hand rutschte von ihrer Schulter – es war wie ein Abschied für immer. Barsche Kommandos füllten den Raum.

Lena versank in einem Ozean der Verzweiflung, doch die Stimme des Oberförsters schreckte sie wieder auf.

„Finger weg von meinem Sohn!"

„Ruhe!", brüllte ein Gendarm.

Lena sah zu der Forstfrau hinüber, die still weinend neben der Tür stand. Was musste diese Frau empfinden! Rasch eilte sie zu ihr und ergriff ihre Hand. „Frau Grüning, es tut mir so leid ..."

Die Frau zog ihre Hand zurück und wandte sich ab. „Mein Sohn hat Ihrer Familie viel Leid zugefügt. Aber was gerade geschieht – ich ertrage es nicht."

„Ich weiß, was Sie empfinden ..."

„Wissen Sie das wirklich, Baronesse?" In Frau Grünings Gesicht zeichnete sich der Schmerz ab. „Was wissen Sie schon davon, wie eine Mutter empfindet, der vor anderthalb Wochen die einzige Tochter genommen wurde und vor deren Augen nun der einzige Sohn wegen Mordverdachts festgenommen wird."

Lena schwieg. Vielleicht hatte Frau Grüning recht. Aber auch ihr blutete das Herz – um den Mann, den sie über alles in der Welt liebte.

Zwei Gendarmen nahmen Ferdinand in die Mitte und führten ihn zur Tür. Als er in ihre Nähe kam, lächelte er sie an. „Danke, dass Sie für mich eingestanden sind."

Brachte sie es fertig, ihm etwas Ermutigendes zu antworten? Er war schon fast an ihr vorbei, da flüsterte sie: „Ich glaube fest daran, dass Sie unschuldig sind. Vertrauen Sie Gott, Er wird Sie befreien. Ich bete für Sie!"

„Ich danke Ihnen. Ich bin in Seiner Hand. Baronesse ..." Er schien noch etwas sagen zu wollen, doch die Gendarmen stießen ihn aus dem Raum, dass er beinahe über seine Krücke gestolpert wäre.

Sie sah ihm nach, solange sie konnte.

„Wie konntest du dich nur so vergessen!" Onkel Mutius packte sie am Oberarm. „Willst du gleich in die ganze Welt hinausschreien, dass du diesen Lüstling liebst?"

„Lass mich los!", fauchte sie. Daraus, wie sie sich gerade verhalten hatte, konnte nun sicherlich jeder schließen, dass sie ihn liebte. Auch Ferdinand Grüning selbst. Was würde er jetzt von ihr denken?

* * *

Tausend Schmerzgranaten explodierten in Ferdis Körper, als er von den Gendarmen aus dem Raum geschubst wurde. Er warf einen Blick über die Schulter zurück zu Baronesse Helena, dann sah er auch seine Mutter an, die ihm tränenüberströmt nachsah. Sein Vater schien immer noch mit Mutius und dem Staatsanwalt zu diskutieren.

Das war also aus seinem Bekenntnis geworden: eine Festnahme wegen Mordverdachts. Sein Abschied von Stefanie war roh unterbrochen worden und er hatte noch nicht einmal vor ihren Eltern seine Entschuldigung vorbringen können. Und auch von seinen Eltern musste er scheiden, ohne sie für seine Überlistung um Verzeihung bitten zu können.

Er wandte sich an die Gendarmen. „Bitte erlauben Sie mir einige Minuten, um mich wenigstens von meinen Eltern zu verabschieden."

Der Wachtmeister sah den Hauptwachtmeister, der hinter ihnen ging, fragend an.

„Nein. Sofort abführen."

„Aber ich bitte Sie, Sie sehen doch, wie sehr es meine Mutter angreift ..."

„Das hätten Sie sich eher überlegen sollen", schnauzte der Hauptwachtmeister.

„Aber es wird doch erlaubt sein ..."

„Ruhe jetzt! Wachtmeister, führen Sie den renitenten Kerl ab!"

Ferdi ließ den Kopf hängen. Hoffentlich wurde seinen Eltern wenigstens erlaubt, ihn in der Haft zu besuchen.

Die Gendarmen schoben ihn den Korridor entlang zur Eingangshalle. Trotz aller Schmerzen machte sich in seinem Herzen ein warmes Gefühl breit. Warum war Baronesse Helena so mutig für ihn eingetreten? War es nur, weil sie an seine Unschuld glaubte und eine Ungerechtigkeit verhindern wollte? Beinahe hatte er das Gefühl, als würde sie ihn mögen. Was war bloß aus der unnahbaren Baronesse geworden? Auf einmal schien sie so ganz anders zu sein, als er sie vorher eingeschätzt hatte.

Während die Gendarmen ihn mehr die Treppe hinuntertrugen, als dass er selber ging, wurde ihm bewusst, dass er keine Gelegenheit mehr haben würde, Helenas Beweggründe näher zu erforschen. Wahrscheinlich würde er sie höchstens noch einmal vor Gericht wiedersehen.

Vielleicht hätte er sich mehr Mühe geben sollen, dieses so abweisend wirkende Mädchen kennenzulernen. Aber er war ja sofort Stefanies Zauber verfallen, obwohl Baronesse Helena ihn von der ersten Begegnung an fasziniert hatte.

Doch nun war es zu spät. Stefanie war tot, er ein Häftling und Baronesse Helena würde wahrscheinlich keinen einzigen Gedanken mehr an ihn verschwenden.

Kapitel 77

„Herr Oberstaatsanwalt, Sie möchten bitte sofort zu Herrn Oberstaatsanwalt von Dümpten kommen."

Schwentin sah von der Akte Wedell auf. „Ist gut, ich komme." Wenn sein Leitender Oberstaatsanwalt rief, durfte er nicht zögern.

Wenig später betrat er das prachtvolle Büro seines Vorgesetzten, der hinter dem massiven Mahagoni-Schreibtisch thronte. „Ah, Herr von Schwentin, bitte nehmen Sie Platz."

Dümpten kam um seine Festung herum und setzte sich zu ihm in die Sitzgruppe. Der Gesichtsausdruck des Leitenden Oberstaatsanwalts verhieß nichts Gutes. Hoffentlich wollte er ihn nicht wieder zu mehr Milde überreden oder gar von dem Fall Wedell abziehen.

„Zigarre?" Dümpten schob die Kiste herüber.

„Echte Upmann. Da kann ich nicht widerstehen." Schwentin griff in die Kiste und schnitt eine Zigarre an.

Dümpten lächelte. Ein verkrampftes Lächeln. „Herr von Schwentin, ich erhielt Post vom königlich-preußischen Justizministerium zu Berlin. Man hat auf Veranlassung unseres Kaisers und Königs[9] eine Erhebung durchgeführt und festgestellt, dass im Gerichtsbezirk Breslau die mit Abstand mildesten Urteile gefällt werden."

„Das wundert mich nicht." Dümpten selbst hatte oft genug dafür gesorgt, dass nur das Mindeststrafmaß gefordert wurde.

„Seine Majestät waren sehr ungehalten über diesen Zustand", fuhr der Leitende Oberstaatsanwalt fort. „Es wurde festgestellt, dass in manchen Fällen die Strafe sogar niedriger ausfiel als das Mindeststrafmaß." Er seufzte theatralisch. „Ich weiß, Herr von Schwentin, dass ich selbst die Schuld daran trage. Ich bin für meine Position oft zu nachsichtig gewesen."

„Dann geben Sie eben eine Weisung an alle Staatsanwälte heraus, dass zukünftig das Gesetz mit äußerster Schärfe in Anwendung zu bringen sei. Damit werden wir die Herren in Berlin schon zufriedenstellen."

„Wenn das so einfach wäre! Die Herren in Berlin mögen damit

9 Der König von Preußen war in Personalunion deutscher Kaiser.

zufrieden sein, aber der Kaiser, der Kaiser! Bedenken Sie, Seine Majestät werden der Provinz zum Sedantag einen Besuch abstatten. Das ist bereits in knapp anderthalb Monaten! Ich fürchte, dass er nicht nur mit Seiner Exzellenz dem Herrn Oberpräsidenten über die Finanzlage der Provinz Schlesien zu sprechen gedenkt, sondern auch mir gegenüber diese unselige Erhebung zur Sprache bringen wird."

Schwentin klopfte auf seine Upmann. Das war hervorragend. „Das ist höchst unangenehm", sagte er und unterdrückte mühsam ein Grinsen. „Wir müssen Seiner Majestät also beweisen, dass wir auch in Breslau harte Urteile durchsetzen können. Ich hoffe, dass auch die Richter die Missbilligung aus Berlin erhalten haben?"

„Ja. Allerdings liegt es zuerst an der Staatsanwaltschaft. Wir müssen durch die Forderung härterer Strafen die Grundlage für scharfe Urteile legen, die dann auch gefällt und vollzogen werden – obwohl es mir im Innersten widerstrebt."

Das spielte ihm bestens in die Karten und würde noch einmal Schwung in seine Karriere bringen. „Herr von Dümpten, darf ich mir erlauben, Ihnen eine Lösung vorzuschlagen?"

„Gerade deshalb ließ ich Sie zu mir bitten."

Schwentin nahm einen tiefen Zug. „Ich habe einen Fall übernommen, bei dem es sogar auf ein Todesurteil hinauslaufen könnte. Ein solches ist in unserem Gerichtsbezirk schon seit Jahren nicht mehr gesprochen, geschweige denn vollzogen worden. Meinen Sie nicht, dass die Forderung eines Todesurteils den Kaiser beeindrucken würde?"

„Welchen Fall meinen Sie?"

Schwentin nahm seinen Zwicker ab. „Den Fall Wedell. Es deutet vieles darauf hin, dass der Angeschuldigte den Unfall mit Vorbedacht herbeigeführt hat. Ich habe gerade gestern Klage eingereicht und meine Anklageschrift ist hieb- und stichfest, sodass das Gericht zweifellos schon in wenigen Tagen das Hauptverfahren eröffnen wird. Insbesondere, da die Gerichte von Seiner Majestät zu einer härteren Gangart angehalten worden sind. Wenn Sie also diesen Fall dem Kaiser vorlegen, wird er sicherlich mit Ihnen zufrieden sein." Und mit ihm selbst natürlich auch. Wahrscheinlich würde Seine Majestät ihm gleich auf der Stelle den Orden Pour le Mérite an die Brust heften.

„Aber mein lieber Herr von Schwentin, meinen Sie nicht, dass Sie mit der Forderung eines Todesurteils in diesem Fall zu weit gehen? Ich bin der Meinung, dass es sich nur um einen Dummejungenstreich handelt. Meinetwegen verklagen Sie diesen Grünling oder wie er heißt wegen Betrugs, aber ist Mord nicht ein wenig zu hoch gegriffen?"

„Keineswegs." Immer dieser milde Dümpten. Selbst in dieser Situation wollte er ihm noch Einhalt gebieten. „Es gibt mehrere Zeugen, deren Aussagen den Beschuldigten erdrücken werden. Und schon haben Sie einen Fall, vermittels dessen Sie dem Kaiser Ihr scharfes Vorgehen beweisen können."

„Welche Zeugen meinen Sie? Und sind Sie sicher, dass deren Aussagen zuverlässig und vor allem übereinstimmend sind?"

Daran würde er noch arbeiten müssen, aber er zweifelte nicht daran, dass es ihm gelingen würde. Er ließ seinen Zwicker an der Kette baumeln. „Ich werde selbstverständlich einige Zeugen benennen, die den Angeklagten während der beiden Gesellschaften als falschen Grafen kennengelernt haben. Da sind zum Beispiel Graf Götzen, Herr von Gedigk und andere mehr zu nennen. Von ihnen erwarte ich allerdings keine tiefgründigen Aussagen, die eine Mordanklage rechtfertigen. Dazu benötige ich zunächst den einzigen Augenzeugen des Unglücks, Herrn von Mutius. Allein seine Aussage wird beinahe ausreichen, dem Angeklagten den Mord nachzuweisen. Sodann habe ich die Absicht, meine Frau in den Zeugenstand zu rufen."

Dümpten lachte. „Mein lieber Herr von Schwentin, das wird die Verteidigung niemals zulassen."

„Selbstverständlich nicht." Schwentin putzte seine Brillengläser. „Ich nehme aber an, dass der Richter ihre Aussagen aufnehmen wird, wenn ich auf eine eigene Befragung verzichte. Durch dieses Zugeständnis werde ich meine Neutralität und Gerechtigkeitsliebe unter Beweis stellen. Und sollte ich meine Frau vorher beeinflusst haben, wäre der Richter garantiert so geschickt, dies aufzudecken. – Des Weiteren werde ich Herrn von Güssow als Zeugen vorladen." Der musste nur noch so weit bearbeitet werden, dass er das Richtige aussagte. Aber das würde er von Mutius besorgen lassen.

„Herrn von Güssows Aussagen dürften jedenfalls Gewicht haben. Er genießt einen einwandfreien Leumund, was die Geschworenen sicherlich beeindrucken wird."

Umso wichtiger war es, dass Güssow in seinem Sinn aussagte. Und dann war da noch Helena. Ihre Zeugenaussage barg ein gewisses Risiko, denn sie würde zweifellos alles versuchen, um Grüning zu retten. Aber genau das würde er auszunutzen wissen. Zumal sie ganz sicher ehrliche Antworten geben würde. Obwohl er eine so wichtige Zeugin jedenfalls vorladen musste, wollte er mit seinem Vorgesetzten noch nicht darüber sprechen.

„Eine Herausforderung ist der Zeuge, den die Verteidigung wahrscheinlich heranziehen wird. Maximilian von Bassewitz."

„Der Mann, der Grüning in die Gesellschaft eingeführt hat? Er wird doch vor allen Dingen versuchen, sich selbst von aller Mitschuld reinzuwaschen."

Schwentin legte seine Upmann in den Aschenbecher. „Darauf werde ich abzielen. Für Bassewitz ist nichts wichtiger als sein Ruf in der Gesellschaft – sogar wichtiger als die Rettung seines Freundes."

„Ich sehe, dass Sie sich bereits vortrefflich in den Fall eingearbeitet haben." Dümpten stäubte die Asche von seiner Zigarre. „Bleibt nur noch eine Schwierigkeit: Sie sind mit dem Opfer verwandt! Und der Verteidiger wäre ein Esel zu nennen, wenn er nicht einen Befangenheitsantrag gegen Sie stellen würde."

Schwentin grinste. „Der Verteidiger, unser wohlbekannter und gewiefter Herr Doktor von der Trenck, wird sich diese Gelegenheit sicherlich nicht entgehen lassen. Aber dann sorgen Sie doch dafür, dass diesem Antrag nicht stattgegeben wird. Zeitgründe, Mangel an adäquaten Staatsanwälten, meine Unbestechlichkeit und Unparteilichkeit – Gründe finden Sie genug. Außerdem muss der Kaiser ja nicht erfahren, dass die Geschädigte meine Nichte ist."

„An sich ist Ihr Vorschlag durchaus bedenkenswert." Dümpten räusperte sich. „Ich würde allerdings lieber einen anderen Staatsanwalt einsetzen, damit Seine Majestät am Ende nicht wegen der Verwandtschaft verstimmt sind."

Nur das nicht. „Sie kennen meinen Ruf als scharfer Hund, nicht wahr? Trauen Sie irgendeinem der anderen Staatsanwälte zu, diesen Fall so kurzfristig zu übernehmen und im Sinne Seiner Majestät zu Ende zu führen?"

„Wenn ich ehrlich bin" – Dümpten grinste – „nein. Also gut. Arbeiten Sie weiter daran und reizen Sie die Möglichkeiten, die das

Gesetz einräumt, aus. Aber bleiben Sie gerecht. Übertreiben Sie es nicht."

Schwentin unterdrückte ein Seufzen. Dümpten hatte ihn geschickt in eine Zwickmühle gebracht. Er sollte den Kaiser damit beeindrucken, dass er eine harte Bestrafung erreichte, und gleichzeitig den Leitenden Oberstaatsanwalt mit einer milden Strafforderung zufriedenstellen. Einer der beiden hohen Herren würde also auf jeden Fall verstimmt sein.

Kapitel 78

Lena war endlich wieder zu Hause – und doch fühlte sie sich nicht zu Hause.

Seit ihre Schwester vor zwei Wochen in der Familiengruft beigesetzt worden war, war auf Schönwalde nichts mehr wie früher. Stefanie hatte immer Frohsinn verbreitet – nun war es so merkwürdig still hier. Wenn Lena dann in die schmerzverzerrten Gesichter ihrer Eltern sah, kamen ihr sofort wieder die Tränen. Sie hatte gehofft, die Rückkehr in ihre Heimat würde ihr helfen, die Trauer zu verarbeiten, aber das Gegenteil schien der Fall zu sein.

Ihre Heimat? Lena trat ans Fenster und sah in den strömenden Regen hinaus. War Schönwalde überhaupt ihre Heimat? Tante Valeria hatte behauptet, dass sie gar nicht hierher gehörte – stimmte das? Sie musste es unbedingt erfahren, auch wenn sie sich so kurz nach Stefanies Tod noch nicht bereit fühlte, neue Schicksalsschläge zu ertragen.

Es klopfte.

„Ja bitte?"

Ihre Mutter trat ein. „Lena, ich – ich muss mit dir sprechen."

„Ich dachte mir, dass du früher oder später mit mir sprechen möchtest, Mama." Sie nahmen nebeneinander auf dem Sofa Platz.

„Wir haben doch selten ein Geheimnis voreinander gehabt, auch wenn du immer zurückhaltender warst als Stefanie." Ihre Mutter schloss für einen Moment die Augen.

Selten ein Geheimnis? Lena hätte beinahe bitter aufgelacht.

„Dieser Ferdinand Grüning", fuhr ihre Mutter fort, „was ist er für ein Mensch?"

Was wollte sie von ihr wissen? „Ich kenne ihn doch selbst kaum. Und nur unter falschem Namen."

„Mir scheint, dass du ihn besser kennst, als du zugeben möchtest. Sonst wärst du doch nicht so vehement für ihn eingetreten, als er festgenommen wurde."

Am liebsten hätte sie sich in die Arme ihrer Mutter geworfen und ihr alles erzählt, wie sie es früher getan hatte, als sie noch ein

Kind gewesen war. Warum das Leben nur nicht so einfach bleiben konnte! Aber wie sollte sie ihrer Mutter noch vertrauen? Welches Geheimnis lag zwischen ihnen?

Ihre Mutter beugte sich vor. „Was bedeutet dir dieser Mann?"

Da konnte sie nicht mehr anders, die ganze unglückliche Geschichte musste heraus. „Wir haben ihn schon einmal getroffen, bevor wir nach Breslau gingen. Erinnerst du dich daran, dass uns ein Unbekannter im Hochwald von Wölfelsgrund das Leben rettete? Das war er. Ich glaube, schon damals begann ich ihn zu lieben. Du kannst dir nicht vorstellen, wie ich mich freute, als ich ihn in Breslau wiedersah! Doch Stefanie ..." Lena seufzte. „Sie umgarnte den schneidigen Grafen mit ihrer Koketterie – du kennst sie ja."

„Ja, so war sie. Und du standest daneben ..."

„Vielleicht ahnst du, wie weh es tat – und tut." Allein schon bei der Erinnerung daran spürte sie einen riesigen Kloß im Hals. „Ich hatte zuerst den Eindruck, als würde er mich mögen, aber schon bald erlag er Stefanies Zauber – wie alle Männer. Und ich wollte nicht um ihn kämpfen – nicht gegen meine Schwester. Hoffte ich doch, dass sie durch ihn auf einen besseren Weg käme, schließlich hatte er mir gesagt, dass er an den Herrn Jesus glaube."

„Ist das wahr? Aber das muss doch eine Lüge gewesen sein!"

„Ich glaube ihm, Mama. Du hättest ihn erleben sollen, als er vor Stefanies Totenbett kniete."

„Dieser Mann ist ein glänzender Schauspieler. Das hat er doch zur Genüge bewiesen, oder nicht?" Die Stimme ihrer Mutter wurde hart. „Ich verstehe, dass du ihn in Schutz nimmst, aber nach allem, was ich über ihn gehört habe, glaube ich ihm kein Wort."

„Mir scheint vielmehr, dass Onkel Mutius ihn verleumdet, wo er nur kann. Selbstverständlich hat Ferdinand Grüning uns betrogen, aber es war ursprünglich ein Streich, der im Übermut geplant wurde. Nur wegen seiner – seiner Liebe zu Stefanie spielte er die Rolle überhaupt weiter. Aber diese Katastrophe hat er ganz sicher nicht mit Absicht herbeigeführt."

„Ich bin trotzdem froh, dass er arretiert wurde. Ich traue diesem Menschen nicht und hoffe, dass Schwentin ihn seiner verdienten Strafe zuführt."

„Glaubst du etwa auch – dass er ein Mörder ist?"

Ihre Mutter wiegte den Kopf. „Ich weiß es nicht. Ich kenne meinen Bruder und weiß, dass er nicht immer bei der Wahrheit bleibt. Trotzdem wünsche ich, dass dieser Hochstapler bestraft wird für alles, was er getan hat. Und ich hoffe, dass du diese unsinnige Neigung zu ihm so schnell wie möglich aus deinem Herzen reißt."

„Wer kann schon seinem Herzen gebieten?" Lena sah ihre Mutter fragend an.

„Denke doch daran, dass er den Tod deiner Schwester verschuldet hat!" Die Stimme ihrer Mutter überschlug sich. „Kannst du noch in Liebe an einen solchen Mann denken? Ich bitte dich, Lena, ich bin sehr enttäuscht von dir."

Wie sehr Lena von ihrer Mutter enttäuscht war, sagte sie lieber nicht. Aber es war ja verständlich, dass sie nach Stefanies Tod wütend auf Ferdinand Grüning war. „Ich werde jedenfalls zur Gerichtsverhandlung nach Breslau reisen. Ich muss wissen, wie es mit ihm weitergeht."

„Aber Lena! Du solltest nie mehr an diesen Grüning denken! Ich verstehe dich einfach nicht."

Das merkte sie allerdings. „Ich muss dabei sein, Mama. Und wahrscheinlich wird man mich ohnehin als Zeugin vorladen." Sie stand auf und ging zum Fenster. „Mama, da ist noch etwas. Tante Valeria hat mir gesagt, dass Schönwalde eigentlich gar nicht mein Zuhause ist. Stimmt das?"

Auf dem Sofa blieb es still.

Lena folgte mit dem Zeigefinger einem Regentropfen, der außen an der Scheibe hinunterlief. „Welches Geheimnis umgibt unsere Familie? Warum soll Schönwalde nicht meine Heimat sein?"

„Aber Lena ..."

„Ist es die Wahrheit?" Sie drehte sich um, dass die Haare um ihre Schultern schlugen, und sah ihre Mutter an.

Die senkte den Kopf und verknotete die Finger im Schoß. „Lass uns jetzt nicht darüber sprechen, Lena. Ein anderes Mal, wenn du dich etwas beruhigt hast, aber nicht jetzt."

„Es stimmt also? Bitte sage mir, was geschehen ist!"

Ihre Mutter sprang auf und ging zur Tür. „Beruhige dich erst einmal, Lena."

„Es ist also wahr." Lena ließ den Kopf hängen. Offensichtlich war dieses Geheimnis so schwerwiegend, dass ihre Mutter es ihr in ihrem jetzigen Zustand nicht zu offenbaren wagte. Welches Damoklesschwert schwebte da nur über ihr?

* * *

Schwentin leerte sein Weinglas und tupfte sich mit der Serviette den Mund. Es war an der Zeit, dass er seinen Schwager endlich für seine Ziele einspannte, aber in den letzten Tagen war Mutius ausnahmsweise einmal auf Gut Juliendorf gewesen, um dort zur Beruhigung seiner Kreditgeber nach dem Rechten zu sehen.

„Komm mit mir in die Bibliothek, Julian. Wir wollen dort eine Zigarre rauchen."

Valeria legte ihr Besteck beiseite. „Was gibt es schon wieder für Heimlichkeiten?"

„Heimlichkeiten?" Schwentin stand auf und beugte sich über seine Frau. „Ich möchte nur bei einer guten Zigarre ein wenig mit deinem Bruder plaudern."

Auch Mutius stand auf und zündete sich ein Zigarillo an. „Gehen wir."

Schwentin streichelte Livia über die blonden Locken. „Iss noch brav deinen Teller leer, damit wir wieder schönes Wetter bekommen."

„Aber ich mag keine Erbsen", maulte die Kleine.

„Schau, ich zeige dir, wie du sie essen kannst." Schwentin nahm mit spitzen Fingern eine Erbse von Livias Teller und steckte sie in den Mund. „Du musst sie herunterschlucken, ohne sie zu kauen. Wie die Tabletten, die du bekommen hast, als du das hitzige Fieber hattest."

Livia grinste ihn an, dann steckte sie eine Erbse in den Mund und schluckte sie hinunter. „Es geht! Danke, Papa!"

Er zog sie an einer ihrer Locken. „Natürlich geht es. Ich muss es ja wissen, schließlich kann ich auch keine Erbsen ausstehen. – Komm, Julian." Er verbeugte sich vor seiner Frau und ging seinem Schwager voran in die Bibliothek.

„Nun denn, was gibt es?" Mutius klemmte sich das Zigarillo zwischen die Lippen und setzte sich in einen breiten Ledersessel.

Schwentin lehnte sich an eines der bis an die Decke reichenden Bücherregale und zog eine Upmann-Zigarre aus der Westentasche. Das Gericht hatte die Anklage binnen kürzester Zeit zugelassen und die Eröffnung des Hauptverfahrens beschlossen – die kaiserliche Rüge schien zu wirken. „Stelle dir vor, Mutius, ich hätte dienstlich mit einem Mordfall zu tun."

„Ich habe dir schon unmittelbar nach dem Unfall gesagt, dass es sich um einen Mord handelt", grunzte sein Schwager. „Woher kommt nun plötzlich dein Sinneswandel?"

„Ich spreche von keinem konkreten Fall." Auch wenn er nicht über Dienstangelegenheiten sprechen oder Einfluss auf Zeugen nehmen durfte, musste er ausloten, welche Zeugenaussagen er vor Gericht zu erwarten hatte. Er hatte Mordanklage erhoben – wenn er die Tat nun nicht bis zur Evidenz beweisen konnte, würde die ganze Provinz über ihn lachen.

„Selbstverständlich sprechen wir nur ganz allgemein." Mutius grinste. „Du meinst sicherlich einen Fall, bei dem es wie ein Unfall aussieht? Und bei dem es nur einen einzigen Augenzeugen gibt?"

Schwentin zog die Banderole von seiner Zigarre. „Das ist denkbar. Ein einziger Zeuge wäre für eine Mordanklage jedoch reichlich wenig."

„Was ist, wenn der Mörder Äußerungen getätigt hat, die einem Geständnis gleichkommen?"

„Solche Äußerungen könnten allerdings ein schweres Gewicht haben – wenn es mehrere Zeugen gäbe, die die Äußerungen gleichlautend bestätigen könnten." Schwentin schnitt seine Upmann an.

Mutius zog an seinem Zigarillo und stieß den Rauch durch die Zähne. „Willst du etwa, dass Valeria ..."

„Keine Namen bitte!" Schwentin hob die Hand. „Nehmen wir an, es gäbe noch einen weiteren Zeugen, der die Äußerungen gehört hat."

„Hm, ich verstehe. Ist dieser weitere Zeuge vielleicht ein frommer Mann?"

„Setzen wir den Fall, es wäre so." Schwentin riss ein Streichholz an und setzte die Zigarre in Brand. „Die Geschworenen sind in Mordfällen sehr vorsichtig, weil ein Todesurteil, wenn es denn einmal vollstreckt ist, nicht rückgängig gemacht werden kann."

„Aber nur deshalb darf man einem Mörder doch nicht die Strafe erlassen, die das Gesetz für ihn vorsieht!" Mutius war ein schlauer Bursche. Er packte ihn genau da, wo er bekanntermaßen auf größte Gründlichkeit achtete: beim Gesetz.

„Die Geschworenen sind Laien und schrecken oftmals vor der Strenge des Gesetzes zurück." Schwentin zog an seiner Upmann und genoss den Geschmack des edlen Tabaks auf seiner Zunge. „Eben weil die Geschworenen keine Juristen sind, muss ein Staatsanwalt besondere Sorgfalt darauf verwenden, sie wirkungsvoll zu überzeugen. Juristische Winkelzüge helfen wenig."

„Sage, lieber Schwager, was möchtest du eigentlich von mir?" Mutius sah ihn durch eine Tabakswolke hindurch an.

Schwentin legte eine große Portion Entrüstung in seine Stimme. „Ich möchte selbstverständlich überhaupt nichts von dir. Ich *unterhalte* mich lediglich allgemein mit dir über meine Arbeit. Mehr nicht."

„Immer der übervorsichtige Jurist." Mutius schüttelte den Kopf.

„Nehmen wir an, es gäbe bei einem Mordfall drei Zeugen, die belastende Äußerungen des Angeklagten gehört hätten. Wenn nun einer von ihnen eine wenn auch nur geringfügig abweichende Aussage machte, und wenn dieser eine auch noch als frommer und gewissenhafter Mann bekannt wäre, was würden da die Geschworenen tun?"

„Du glaubst, die Aussage dieses Frömmlings hätte mehr Gewicht bei den Geschworenen als die übereinstimmenden Aussagen zweier anderer Zeugen?"

„Ich sagte bereits" – Schwentin klopfte auf seine Zigarre –, „dass die Geschworenen Laien sind, sich also mehr durch ihre Gefühle leiten lassen als durch die Paragrafen. Übereinstimmende Aussagen wären daher unerlässlich."

Mutius wiegte den Kopf und tippte auf sein Zigarillo. „Du kennst doch die Frommen. Ehe sie etwas sagen, was einem anderen schadet, sagen sie lieber gar nichts."

Schwentin sah seinen Schwager durchdringend an. „Dann würde es schwierig, übereinstimmende Aussagen der Zeugen zu bekommen, und die Mordanklage wäre hinfällig."

„Warum spricht der Staatsanwalt nicht mit diesem frommen Zeugen und versucht, von ihm die gewünschte Aussage zu bekommen?"

„Ich bitte dich, Mutius! Es ist einem Staatsanwalt selbstverständlich nicht erlaubt, Zeugen zu manipulieren. Warum sollte er das auch tun? Es ist ja nur im Interesse des Staatsanwalts, wahre Aussagen zu bekommen."

„Jetzt sage mir doch bitte, was du eigentlich von mir willst. Du redest nun schon eine Viertelstunde auf mich ein ..."

„Setzen wir den Fall doch noch etwas fort. Denke dir, ein Zeuge sagte gegen einen Verbrecher etwas aus und ein weiterer Zeuge widerspräche dieser Aussage, oder er widerlegte sie sogar. Was glaubst du, müsste ein guter Staatsanwalt dann tun?" Er las die Antwort in Mutius' Augen. „Ganz recht: Wegen Meineides gegen diesen Zeugen ermitteln, weil er geschworen hat, nichts als die reine Wahrheit zu sagen. Und Meineid wird mit bis zu zehn Jahren Zuchthaus bestraft."

„Du meinst ..."

Schwentin verbarg sein Grinsen hinter einer Tabakswolke. Er wusste genau, dass Mutius kurz davor war, aufzuspringen und zu Güssow zu stürmen, um ihn zu der „richtigen" Aussage zu überreden.

„Du würdest tatsächlich ..." Mutius klappte den Mund auf und zu wie ein Fisch auf dem Trockenen. „Du würdest gegen mich vorgehen ...?"

„Wer sprach denn bitte von *dir*? Ich müsste gegen Zeugen vorgehen, die sich in ihren Aussagen widersprechen. Mehr habe ich nicht gesagt." Aber das genügte völlig.

Mutius starrte auf sein Zigarillo, das längst erloschen war, dann sah er zu ihm auf. „Wehe dem Angeklagten, der dich zum Ankläger hat. Im Vergleich mit dir war ja sogar Iwan der Schreckliche der reinste Philanthrop."

Schwentin lächelte seinen Schwager an. „Bitte entschuldige mich, Mutius, ich muss noch einmal zum Gericht. Der Fall Wedell erfordert meinen vollen Einsatz." Er klemmte die Upmann zwischen die Zähne und ging zur Tür. Dort blieb er noch einmal stehen und drehte sich zu Mutius um. „Da fällt mir noch etwas ein. Wenn es außerdem noch einen Zeugen gäbe, der grundsätzlich zugunsten des Angeklagten aussagte, der sich aber mit dieser Aussage in der Gesellschaft in Schwierigkeiten brächte ..."

„Wen meinst du?"

„Niemanden konkret. Aber es ist doch bestimmt der Fall denkbar, dass einem Zeugen sogar eine gewisse Mitschuld angelastet werden könnte. Meinetwegen weil er in engem Kontakt mit dem Angeklagten stand und die Planungen für das Verbrechen mitbekommen hat."

„Ah, ich begreife." Mutius lächelte. „Wäre es denn *gleichsam* sinnvoll, diese Person als Zeugen zu befragen?"

„Ein schlauer Staatsanwalt würde es jedenfalls tun. Denn er zeigt damit, dass er unvoreingenommen ist. Außerdem könnte ja auch die Verteidigung diesen Zeugen berufen." Schwentin sah seinen Schwager durchdringend an. „Glaubst du, es wäre möglich, dass dieser Zeuge aufgrund der Sorge, in der Gesellschaft geächtet zu werden, seine Aussage noch einmal überdenkt?"

Mutius schien ihn verstanden zu haben. „Du meinst, es wäre hilfreich, dieser Person die Gefahr noch einmal vor Augen zu malen?"

Schwentin zuckte mit den Schultern. „Wer sollte das schon tun? Es war ja ohnehin nur ein fiktives Beispiel." Er zwinkerte seinem Schwager zu und verließ die Bibliothek.

Kapitel 79

Ferdi blätterte in seiner Bibel, die seine Mutter ihm bei einem ihrer letzten Besuche mitgebracht hatte. Etwas Besseres hätte sie kaum tun können. Seit er endlich wieder begonnen hatte, regelmäßig darin zu lesen, spürte er die göttliche Kraft, die von diesem Buch ausging.

An der Stelle, wo er gestern aufgehört hatte zu lesen, lag eine Ambrotypie[10] seiner Schwester. Er rechnete es seiner Mutter hoch an, dass sie ihm dieses Bild geschenkt hatte, das einzige, das von Lisa existierte. Immer wieder schossen ihm die Tränen in die Augen, wenn er daran dachte, dass er seine Schwester auf der Erde nie wiedersehen würde. Würde sie noch leben, wenn er auf sie gehört und ihr die Wahrheit bekannt hätte?

Er legte Lisas Ambrotypie neben sich und las im 12. Kapitel des ersten Buches Mose weiter: *Und es geschah, als Abram nahe daran war, nach Ägypten zu kommen, da sprach er zu Sarai, seiner Frau: „Sieh doch, ich weiß, dass du eine Frau schön von Aussehen bist; und es wird geschehen, wenn die Ägypter dich sehen, so werden sie sagen: ‚Sie ist seine Frau'; und sie werden mich erschlagen und dich leben lassen. Sage doch, du seist meine Schwester."*

Ferdi sah auf. *Sage doch, du seist meine Schwester.* Falsche Identität, eine Lüge, Betrug. Also auch Abraham hatte sich dieser Tat schon schuldig gemacht. Aber hatte Abraham es nicht aus gutem Grund getan? Musste er nicht wirklich fürchten, dass er seiner schönen Frau wegen ermordet wurde?

Er stützte das Kinn in die Hand. Eine Lüge aus gutem Motiv. Abraham hatte nichts Böses vorgehabt – und er selbst auch nicht. Zwar war es mehr zu seinem Vergnügen gewesen als zum Schutz einer anderen Person, aber das Unglück, das geschehen war, hatte er wirklich nicht gewollt. Warum hatte Gott es so geführt, dass Stefanie starb? Und dass nun das Gericht der Mordanklage stattgegeben und das Hauptverfahren eröffnet hatte?

Und es geschah, als Abram in Ägypten ankam, da sahen die Ägypter, dass die Frau sehr schön war. Und die Fürsten des Pharaos

10 Ein Vorläufer der Fotografie, zwischen 1852 und 1890 gebräuchlich.

sahen sie und priesen sie dem Pharao; und die Frau wurde in das Haus des Pharaos geholt.

Abraham blieb zwar am Leben, weil die Ägypter nicht wussten, dass Sara seine Frau war, aber Sara hatte er trotzdem verloren – an den Pharao.

Ferdi versuchte, sich in Abrahams Lage zu versetzen, als dieser in dem fremden Land wohnte und seine Frau im Palast des Herrschers wusste. Hatte er damit gerechnet?

Und der Herr schlug den Pharao und sein Haus mit großen Plagen um Sarais willen, der Frau Abrams. Und der Pharao ließ Abram rufen und sprach: „Was hast du mir da getan? Warum hast du mir nicht mitgeteilt, dass sie deine Frau ist? Warum hast du gesagt: ‚Sie ist meine Schwester', so dass ich sie mir zur Frau nahm? Und nun siehe, da ist deine Frau, nimm sie und geh hin."

Damit hatte Abraham wohl nicht gerechnet – dass die Ägypter so moralisch waren und seine Frau nicht angetastet hätten. Seine Lüge wäre also gar nicht nötig gewesen, hatte im Gegenteil alles schlimmer gemacht.

Ferdi faltete die Hände über der Bibel. Er hatte sogar ohne Not gelogen und betrogen. Wenn Gott schon Notlügen missbilligte, wie musste er dann erst über ihn und seine mutwilligen Lügen denken!

Wegen seines Betrugs war Stefanie tot! *Und der Herr schlug den Pharao und sein Haus mit großen Plagen ...* „Oh Gott, meine Schuld ist unermesslich groß. Wie kannst Du mir Stefanies Tod jemals verzeihen? Vor allem, weil ich noch nicht einmal weiß, ob sie an Deinen Sohn Jesus Christus glaubte?"

Was hast du mir da getan? Die Frage des Pharaos an Abraham hallte tausendfach in Ferdis Kopf wider und erinnerte ihn an die Frage, die Gott selbst dem ersten Menschen gestellt hatte: *Was hast du da getan?*

„Ich habe gelogen, und ich habe nichts, was ich zu meiner Entschuldigung vorbringen könnte."

Und doch hatte Abraham seine Sara wiederbekommen. Dafür hatte der gnädige Gott gesorgt. Er durfte mit seiner Frau unbeschadet weiterziehen.

Gnade. Das war die Lösung für alles. „Ich habe Deine Vergebung nicht verdient. Trotzdem erbitte ich sie von Dir, mein Gott. Bitte steh mir in dem Verfahren bei. Und lass mich meinen Fehler nicht wiederholen, wie Abraham es tat!"

Er steckte Lisas Ambrotypie bei 1. Mose 12 zwischen die Seiten und klappte die Bibel zu. Er würde vor Gericht nur die Wahrheit sagen, nichts als die Wahrheit. Gott hatte bestimmt einen Weg, wie Er ihn ohne Lügen retten konnte. Und wenn Gott es anders wollte, würde er seine verdiente Strafe tragen.

Ein Schlüssel rasselte im Türschloss, dann wurde die Tür aufgestoßen und ein Beamter trat ein. „Grüning, mitkommen. Besuch für Sie."

„Wer ist es?"

Doch der Wachmann winkte ihn nur ungeduldig aus seiner Zelle heraus.

* * *

Gespannt betrat Ferdi den winzigen Besucherraum und staunte nicht schlecht. Neben der Tür stand Pritzen – er wirkte mit seinem gebügelten Anzug in der tristen Zelle wie ein Buntspecht in den stinkenden Breslauer Hinterhöfen.

Was mochte er von ihm wollen? Pritzen war doch im Oberpräsidium dermaßen eingespannt, dass er kaum abkömmlich war – warum nahm er sich plötzlich die Zeit, ihn zu besuchen?

„Viertelstunde", blaffte der Wachmann, verließ die Zelle und warf die Tür krachend ins Schloss. Dann setzte er sich auf dem Korridor hinter eine Scheibe, durch die er jeden Vorgang in der Besucherzelle beobachten konnte.

„Pritzen, ich bin überrascht, dass du mich besuchst." Ferdi reichte seinem Gastvater die Hand.

„Als ich hörte, dass das Hauptverfahren gegen dich eröffnet ist, musste ich unbedingt zu dir kommen, Ferdi. Wollen wir uns nicht setzen?"

Ferdi sank auf einen der wackeligen Stühle, und Pritzen setzte sich auf die andere Seite des verkratzten Tisches.

„Ferdi, wir haben nicht viel Zeit. Aber ich habe eine gute Nachricht für dich."

Er atmete auf. „Gute Nachrichten nehme ich gerne entgegen."

Pritzen lächelte. „Sagt dir der Name Doktor Carl Theodor von der Trenck etwas?"

„Von der Trenck? Doktor von der Trenck?" Ferdi kratzte sich am Kopf. „Der Name – ah! Ist das nicht der berühmte Anwalt, der jeden schwierigen Fall in Breslau übernimmt und zu einem guten Ende führt?"

„Genau der. Doktor von der Trenck ist *dein* Anwalt."

„Mein ..." Ferdi fiel die Kinnlade herunter. „Wie hast du es geschafft, ihn zu engagieren?"

Pritzen lächelte schwach. „Ich gebe zu, dass es nicht einfach war. Zumal alles so rasend schnell geht. Aber für ein üppiges Honorar erklärte er sich bereit, den Fall zu übernehmen."

„Ich – ich weiß nicht, wie ich dir danken soll." Am liebsten hätte Ferdi wie ein bayerischer Hütebub gejodelt, aber er bezwang sich. Der Wachmann hinter der Scheibe hätte das Gespräch sonst sofort beendet.

„Doktor von der Trenck wird dich noch heute aufsuchen, um sein Vorgehen mit dir zu besprechen. Ich bin sehr froh, dich in den Händen dieses fähigen Anwalts zu wissen."

„Ich danke dir, Pritzen." Ferdi beugte sich vor und sah ihm in die Augen. „Aber warum tust du das für mich? Nach allem, was ich euch angetan habe? Ich habe euch belogen, wo ich nur konnte, habe Regina böse Dinge unterstellt, und durch den Skandal, den ich ausgelöst habe, bist auch du in ein schlechtes Licht geraten, schließlich habe ich bei euch gewohnt – warum tust du das für mich?"

„Ich war zuerst wirklich wütend auf dich. Bis ich einsah, dass ich nicht besser bin als du." Pritzen seufzte tief. „Auch deshalb bin ich hier – um dich um Verzeihung zu bitten."

„Du willst mich ...?" Hatte er seinen Gastvater richtig verstanden?

„Ja, ich will dich um Verzeihung bitten. Du hast uns belogen – ja. Aber ich habe selbst auch gelogen. Und wahrscheinlich hätte all das Unglück vermieden werden können, wenn ich das nicht getan hätte."

„Ich verstehe dich nicht." Ferdi schüttelte den Kopf. „Ich trage doch die alleinige Schuld an allem."

„Nein. Erinnerst du dich an die Soiree, als Regina und ich dich von dort wegholten? Regina wollte dich vor der Gesellschaft entlarven, ich wollte es ohne Skandal und heimlich tun, deshalb habe ich dein falsches Spiel mitgespielt."

„Ich war dir damals sehr dankbar dafür", warf Ferdi ein.

„Ich war überzeugt, das Richtige zu tun, obwohl ich schamlos gelogen habe. Ich hätte wissen müssen, dass es niemals richtig ist zu lügen. Du kennst doch Kolosser 3 Vers 9? *Belügt einander nicht ...*"

„Dieser Vers gilt zuallererst für mich." Ferdi ließ den Kopf hängen.

„Er gilt für jeden. Auch für mich. Wenn ich mich bei der Soiree an diesen Vers gehalten hätte, wäre das Unglück sicher nicht passiert." Pritzen faltete seine Hände auf dem Tisch. „Baronesse Stefanie hätte sicherlich nicht eingewilligt, sich mit dir zu treffen, wenn sie gewusst hätte, dass du Ferdinand Grüning bist. Dann hätte es keine Kutschfahrt gegeben, keinen Unfall – und keinen Todesfall."

„Du solltest dir deswegen keine Vorwürfe machen. Die Schuld an dem allen trage immer noch ich – ich allein. Und wenn Gott mich unbeschadet aus diesem Prozess herausbringt, dann ist es nur Gnade – ganz allein Gnade."

„Du hast sicherlich recht. Trotzdem möchte ich dir bekennen, dass meine Lügen falsch waren. Verstehst du jetzt, warum ich mit Freuden einige Mark opfere, um dir einen guten Anwalt zu besorgen?"

„Ich habe es nicht verdient." Ferdi blinzelte die Tränen weg.

Pritzen stand auf, trat hinter ihn und klopfte ihm auf die Schulter. „Die Zeit ist fast um. Doktor von der Trenck wird in wenigen Minuten bei dir sein. Ich werde für dich beten."

Ferdi schnellte von seinem Stuhl empor und drückte Pritzen beide Hände. „Bitte grüße Regina von mir. Sage ihr, wie leid es mir tut, was ich ihr angetan habe."

Der Wachmann riss die Tür auf. „Auseinander da! – Herr von Pritzen, die Zeit ist um."

„Ich komme." Pritzen legte Ferdi die Hand auf den Arm. „Ich werde wahrscheinlich kaum Zeit finden, dich noch einmal zu besuchen, aber bei der Schlussverhandlung bin ich auf jeden Fall zugegen." Dann verließ er die Besucherzelle.

* * *

„Mein Name ist von der Trenck." Der Anwalt lehnte seine Aktentasche ans Tischbein und streckte Ferdi die Hand entgegen.

„Grüning." Ferdi ergriff die Hand und betrachtete das geistvolle Gesicht, die meergrauen Augen hinter der goldenen Brille und die polierte Glatze des Anwalts.

„Setzen wir uns doch." Trenck zog die Aktentasche auf den Tisch und ließ das Schloss aufspringen.

Ferdi nahm ihm gegenüber Platz. Die geschäftsmäßige Stimme seines Verteidigers erzeugte eine Gänsehaut auf seinem Rücken.

Der Anwalt breitete einen Wust von Papieren auf dem kleinen Tisch aus. „Mir wurde von der Staatsanwaltschaft eine Abschrift der Anklage zugestellt." Er befeuchtete den Zeigefinger und blätterte, bis er ein Schreiben mit dem Wappen der Provinz Schlesien fand. „Die Anklage lautet auf Hausfriedensbruch, Hochstapelei, Betrug und – Mord."

Natürlich wusste er bereits, dass Oberstaatsanwalt von Schwentin ihn wegen Mordes angeklagt hatte, trotzdem war es wie ein Keulenschlag, dies so amtlich vorgetragen von seinem Anwalt zu hören. „Ich wollte Stefanie niemals umbringen!"

„Das tut nichts zur Sache." Trenck schielte über seine Brille. „Wir müssen den Geschworenen beweisen, dass es kein Mord, sondern ein Unfall war."

„Ich habe Stefanie geliebt", sagte Ferdi leise. „Ich würde doch niemals die Frau umbringen, die ich liebe!"

„Das ist zwar noch lange kein Beweis, aber das Argument *Liebe* zieht bei den Geschworenen meistens." Trenck ließ ein schiefes Grinsen sehen. „Als Erstes jedoch werde ich einen Befangenheitsantrag gegen Oberstaatsanwalt von Schwentin stellen. Immerhin ist die Getötete seine Nichte."

Das klang nach einem guten Vorschlag. „Glauben Sie, dass dieser Antrag Erfolg haben wird?"

„Dem Gesetz nach ist es nicht verboten, dass Schwentin den Fall übernimmt. Trotzdem halte ich es für möglich, dass das Gericht dem Antrag stattgibt. – Sodann sollten Sie unumwunden zugeben, dass Sie sich unter falschem Namen in die Gesellschaft eingeschlichen haben, sich also des Betrugs in Form von Hochstapelei schuldig gemacht haben."

„Ich habe ohnehin vor, nichts anderes als die Wahrheit zu sagen." Ferdi faltete die Hände. „Ich habe in den vergangenen Wochen viel zu viel gelogen."

„In der Frage des Betrugs ein lobenswerter Entschluss." Trenck nickte ihm zu. „Wenn Sie zeigen, dass Sie bereit sind, Ihre Fehler einzugestehen, werden Sie einen guten Eindruck bei den Geschworenen hinterlassen. Ich warne Sie jedoch: Wenn Sie vom Staatsanwalt zu der Mordsache befragt werden, sollten Sie sich auf keine Diskussion einlassen."

„Sie meinen, dass der Staatsanwalt mich in Widersprüche verwickeln könnte, auch wenn ich die Wahrheit sage?"

„Oberstaatsanwalt von Schwentin ist ein Fuchs der Worte. Leugnen Sie konsequent alles, verweigern Sie notfalls die Aussage. Überlassen Sie mir die Diskussion, ich weiß, wie ich mit Staatsanwälten wie Herrn von Schwentin umzugehen habe."

„Ich werde mich Ihnen anvertrauen – unter einer Bedingung." Ferdi sah dem Anwalt fest in die Augen.

„Bedingung?" Trenck zog die Augenbrauen in die Höhe. „*Sie* stellen eine Bedingung?"

„Schließlich geht es um mich." Ferdi atmete tief durch. „Zwingen Sie mich nicht, zu lügen."

„Ehrlichkeit ist gut, wenn sie an den richtigen Stellen eingesetzt wird. Aber mit Ehrlichkeit allein erreichen wir keinen Freispruch."

„Wollen Sie damit sagen, dass Sie es nicht schaffen werden, ohne Lügen einen Freispruch für mich zu erwirken?"

„Herr Grüning, überlassen Sie mir die Taktik. Tun Sie nur, was ich Ihnen sage. Ich habe 38 Jahre Erfahrung als Verteidiger, ich kenne Herrn von Schwentin aus vielen Prozessen ..."

„Ich möchte und werde nichts anderes als die Wahrheit sagen."

Trenck verzog das Gesicht, als habe ihm noch niemand in seinem Leben widersprochen. „Wenn Sie unbeschadet aus dem Prozess herauskommen wollen, sollten Sie sich strikt an meine Anweisungen halten."

„Ich bin gläubiger Christ, Herr Doktor. Auch wenn ich in den letzten Wochen nicht gerade diesem Bekenntnis entsprechend gelebt habe. Ich möchte mich nach den Worten meines Herrn Jesus Christus richten. Und deshalb werde ich nicht lügen." Ferdi richtete sich auf seinem Stuhl auf. Dieses Bekenntnis gab ihm Mut.

„Lassen Sie Ihre christlichen Überzeugungen aus dem Spiel. *Ich* werde Sie vor Gericht verteidigen, nicht Ihr Gott."

Ferdi zuckte zurück. „Bitte sagen Sie so etwas nicht!"

Trenck räusperte sich. „Verzeihen Sie, wenn ich Ihre religiösen Gefühle verletzte. Ich werde versuchen, so viel Rücksicht wie möglich auf Ihren Glauben zu nehmen. Aber ich muss darauf bestehen, dass Sie mir bei den Verhandlungen das Wort überlassen. Sonst garantiere ich für nichts."

Die Garantie würde schon sein Gott übernehmen.

Kapitel 80

„Vielen Dank, dass Sie mich empfangen, mein lieber Güssow." Mutius ließ sich in einem Sessel nieder.

„Was verschafft mir die Ehre Ihres Besuches?" Güssow setzte sich ihm gegenüber.

„Zunächst möchte ich Ihnen mein Beileid zu dem schmerzlichen Verlust aussprechen, den Sie erlitten haben." Mutius verachtete sich selbst dafür, dass er dem ungehobelten Bären so viel Honig um den wüsten Bart schmieren musste.

„Ich danke Ihnen. Es ist fürwahr schmerzlich, eine geliebte Cousine zu verlieren. Sie werden das verstehen können, Stefanie war schließlich Ihre Nichte."

Mutius nickte. „Es schmerzt in der Tat sehr. Aber am meisten scheint Ihre andere Cousine unter dem Verlust zu leiden."

„Ich glaube, Helena hat ihre Schwester mehr geliebt, als sie sich hat anmerken lassen." Güssow strich mit der Hand über seinen Bart.

„Ich wäre froh, wenn Lena in diesen schweren Tagen einen starken Beistand hätte", wagte Mutius sich weiter vor. Bevor er mit seinem Anliegen herausrückte, sollte er Güssow die Belohnung so glänzend wie möglich vor Augen malen. „Sicherlich könnten Sie ihr durch Ihren Glauben ein besonderer Trost sein."

„Wie ich hörte, ist meine Cousine nach Schönwalde zurückgekehrt. Und während des Prozesses wird es sicher schwierig ..."

„Aber wenn der Prozess vorbei ist, ergibt sich für Sie sicherlich die Gelegenheit ..."

„Meinen Sie ... Sie wollen mir nahelegen ...?" Güssow verschränkte seine Wurstfinger und ließ die Gelenke krachen.

„Ich denke, dass Lena durch den plötzlichen Verlust ihrer Schwester zugänglicher geworden ist." Mutius lächelte sein Gegenüber so freundlich wie möglich an. „Ich wäre Ihnen sogar ausgesprochen dankbar, wenn Sie ihr nach dem Prozess zur Seite stehen würden."

„Ich bat Sie erst kürzlich darum, meiner Cousine den Hof machen zu dürfen, aber Sie gaben mir nur hinhaltende Antworten."

„Sie müssen verzeihen, mein lieber Güssow. Stefanies plötzlicher

Tod hat vieles verändert. Sie haben vermutlich bemerkt, dass auch Lena dem falschen Grafen gewisse" – Mutius räusperte sich – „Gefühle entgegenbrachte. Diese sind durch die Tatsache, dass er ihre Schwester ermordet hat, schlagartig vernichtet worden."

„Ermordet?" Güssows Augen wurden riesengroß. „Sie halten das Geschreibsel der Zeitungsleute, dieser Wedell habe Stefanie absichtlich getötet, doch nicht etwa für wahr?"

Mutius hatte erwartet, dass Güssow nicht im Entferntesten an einen Mord glaubte, trotzdem tat er, als wäre er in höchstem Grade erstaunt. „Ja, glauben Sie denn etwa nicht daran? Sie haben doch selbst gehört, wie Grüning alias Wedell am Tag des Unfalls in der Eingangshalle der Villa meines Schwagers gesagt hat, dass er versucht habe, Stefanie aus der Kutsche zu werfen."

„Ich erinnere mich. Aber das bedeutet doch nicht, dass er Stefanie ermorden wollte."

„Ach nicht? Und warum bitte wollte er sie dann aus dem Wagen werfen?"

„Ich – ich dachte, um sie zu retten. Weil doch das Pferd durchgegangen war."

„So, um sie zu retten." Mutius lachte hart auf. „Und wie erklären Sie sich dann Stefanies Worte – sie erinnern sich gewiss –: *Warum wolltest du mir etwas antun?*"

„Aber – aber ..." Güssow schüttelte den Kopf. „Sagte sie nicht: *Warum hast du mir das angetan?* Ich dachte, sie meinte damit seinen Betrug."

„Woher sollte Stefanie von dem Betrug wissen? Die wahre Identität des Grafen kam doch erst ans Licht, als das Unglück längst geschehen war. Was anders sollte Stefanie wohl meinen, als dass sie gemerkt hat, dass er ihr wirklich etwas antun wollte? Dass er einen Anschlag auf ihr Leben geplant hatte?"

„Lassen Sie mich nachdenken." Güssow grub seine Finger in den Bart. „Ich habe nie daran gedacht, dass Stefanies Worte vielleicht so gemeint waren."

„Mein lieber Güssow, ich bin enttäuscht von Ihnen." Ganz langsam zog Mutius seinen wichtigsten Trumpf aus dem Ärmel. „Und wie enttäuscht wird erst Ihre Cousine von Ihnen sein."

Güssows Kopf ruckte hoch. „Helena? Was meinen Sie?"

„Wenn Sie mit Ihrer Aussage vor Gericht dafür sorgen, dass der Mörder ihrer Schwester mit einer milden Strafe davonkommt, wird Lena Ihnen gegenüber kaum zugänglicher werden."

„Nein, so rachedurstig ist Helena nicht. Als gläubige Christin weiß sie, dass sich so etwas nicht geziemt."

Immer diese Frommen. „Es geht ihr nicht um Rache. Aber sie war selbst in Gefahr und möchte nicht, dass noch jemand anderes das Gleiche ..."

„Wie bitte? Sie war in Gefahr?"

„In der größten Gefahr." Mutius zog an seinem Ohrläppchen. „Grüning hat sich an dem Tag, als Stefanie starb, widerrechtlich in Schwentins Haus eingeschlichen, hat dazu Lena benutzt, ja, sie geradezu bedroht. Offenbar wollte er nachsehen, ob sein Anschlag geglückt war und wenn nicht, ihn vollenden. Ich fürchte sogar, dass er auch Lena etwas angetan hätte, wenn wir nicht dazwischengekommen wären."

Güssow purzelten beinahe die Augen aus den Höhlen. „Sie – Sie sehen mich völlig fassungslos. Ich hatte ja keine Ahnung ..."

„Merken Sie nun, wie wichtig Ihre Aussage vor Gericht für die Sicherheit Ihrer Cousine ist? Denken Sie nur, Grüning würde freigesprochen und die Freiheit dazu nutzen, solch finstere Tat auch an Lena auszuführen!"

„Allein der Gedanke ist furchtbar! Aber – warum sollte Grüning so etwas tun?"

Mutius grinste. Diese Frage hatte er erwartet. Kein Mord ohne Motiv – das wusste auch Güssow. „Sie erinnern sich gewiss an das Debüt Ihrer Cousinen", antwortete Mutius. „Sie waren doch auch zugegen, als der vermeintliche Graf von Wedell sich dazu äußerte, was er tun würde, wenn er die Frau, die er liebt, einem anderen überlassen müsste."

Güssow legte den Zeigefinger an die Nasenspitze. „Sie haben recht. Er sagte etwas davon, dass er lieber sterben würde, als das geliebte Mädchen dem Falschen zu überlassen."

„Augenblick." Mutius hob die Hand. „Sagte er, dass er lieber sterben würde? Mitnichten!"

„So habe ich es in Erinnerung."

„Es war geringfügig anders. Er sprach vom Tod, aber nicht von seinem eigenen. „*Manchmal ist es besser, zu töten, als das Mädchen, das man liebt, dem Falschen zu überlassen.*“

„Herr von Mutius! Ich bin sicher, dass Wedell es nicht so gesagt hat!“

„Vermutlich, weil Sie seine Worte anders gedeutet haben, haben Sie sie auch anders in Erinnerung.“

„Aber wenn er es wirklich so gesagt hätte, wäre doch jeder hellhörig geworden.“

„Aber nicht doch.“ Mutius lächelte ihn an. „Ich habe diesen Satz mit einem Duell in Verbindung gebracht und hielt es sogar für edel, dass er sich so für seine große Liebe einzusetzen bereit war. Leider hat die Aussage durch die Ereignisse der letzten Tage einen ganz anderen Sinn bekommen.“

„Aber ich bin sicher ...“

Mutius beugte sich vor und sah Güssow fest in die Augen. „Merken Sie denn nicht, dass plötzlich alles einen Sinn ergibt? Grüning hat sich unter falschem Namen in die Gesellschaft eingeschlichen und sich dabei unsterblich in Ihre Cousine verliebt. Weil ihm der Gedanke unerträglich war, dass er sie einem anderen überlassen musste – sie hätte doch niemals einen Lümmel namens Ferdinand Grüning geheiratet –, tat er genau das, was er bei dem Debüt angekündigt hatte: Er tötete sie.“

„Es – es ist ungeheuerlich.“

„Was glauben Sie, wie entsetzt ich war, als ich die Raffinessen des falschen Grafen durchblickte. Und Lena ...“

„Sie ist ebenfalls überzeugt von Ihrer Sichtweise?“

„Warum sollte sie nicht?“ Mutius lehnte sich zurück. Er sollte Güssow nicht zu nahe sein, wenn er ihm eine fette Lüge erzählte, sonst würde er es ihm noch an der Nasenspitze ansehen. „Lena selbst war es, die mich auf die Spur brachte. Sie erst hat mir die Zusammenhänge so dargelegt, wie ich sie Ihnen soeben geschildert habe.“

„Dann wundert es mich nur, dass sie Grüning überhaupt ins Haus gelassen hat, sogar in Stefanies Sterbezimmer.“

„Wie ich bereits sagte: Er hat sie bedroht.“

Güssow schüttelte den Kopf. „Das hätte ich von dem feinen Grafen niemals erwartet.“

Das war es ja gerade, was Mutius so wurmte: Es war diesem Ferdinand Grüning gelungen, sogar ihn so weit zu täuschen, dass er ihn für einen exzellenten Heiratskandidaten gehalten hatte. Das schrie buchstäblich nach Rache – abgesehen davon, dass Lena ihre Liebe zu Grüning ganz schnell vergessen musste, was zweifellos am sichersten zu erreichen war, wenn er des Mordes überführt wurde.

Mutius beugte sich wieder vor. „Sie sehen also ein, dass Grüning ein von Grund auf durchtriebener Verbrecher ist? Dass er Ihre Cousine aus der Kutsche werfen wollte, um sie umzubringen? Und dass Stefanie diesen Anschlag durchschaut und gefragt hat, warum er ihr etwas antun wollte? Dass beide selbst gesagt haben, dass es mehr als ein normaler Unfall war? Und dass Grüning dies schon bei dem Debüt verschleiert angekündigt hat?“ Mutius streckte Güssow die Hand entgegen, obwohl er fürchtete, sein Gegenüber würde ihm mit seinen Pranken alle Finger brechen.

Doch Güssow schlug nicht ein. „Sind Sie sicher, dass Helena das wirklich so verstanden hat, wie Sie es gerade dargestellt haben?“

„Allerdings. Und sie wird Sie nie wieder ansehen, wenn Sie nicht der Wahrheit die Ehre geben.“

„Und Sie gestatten mir wirklich, um Helena zu werben?“

„Hier meine Hand, ich verspreche es Ihnen.“

Noch immer schlug Güssow nicht ein. „Sie werden auch wirklich meine Werbung unterstützen?“

„Aber selbstverständlich, mein lieber Güssow.“ Wie viele Zugeständnisse sollte er denn noch machen? „Ich werde dafür sorgen, dass Lena Ihre Gemahlin wird, wenn Sie das Ihrige tun und sie nicht durch unangebracht zurückhaltende Aussagen vor Gericht verstimmen.“

Güssow atmete tief durch. Dann ergriff er Mutius’ Hand und quetschte seine Finger, dass ihm ein leiser Schmerzenslaut entfuhr.

Das war geschafft. Güssow stand auf seiner Seite – solange er nicht erfuhr, dass Lena gar keine Verurteilung für Grüning, sondern im Gegenteil dessen Entlastung wünschte. Aber Lena war weit weg auf Schönwalde und würde wahrscheinlich nur für kurze Zeit wieder nach Breslau kommen, um vor Gericht ihre Aussage zu machen. Dann müsste er es nun seinerseits nur noch schaffen, Lena dazu zu bewegen, keine für Grüning günstige Aussage zu machen. Und ein geeignetes Druckmittel hatte er schließlich, seit er das Geheimnis kannte.

Kapitel 81

„Bleiben Sie ruhig", flüsterte Doktor von der Trenck Ferdi zu, während sie durch die verschachtelten Gänge zum Gerichtssaal gingen. „Antworten Sie ganz nach meinen Anweisungen, ich werde Sie schon mit einem Freispruch hier herausholen."

Ferdi nickte geistesabwesend. Er war entschlossen, konsequent die Wahrheit zu sagen. Dann würde er zwar eine Strafe für den Betrug erhalten, aber die würde er gerne auf sich nehmen. Und für alles andere wollte er auf Gottes Hilfe vertrauen, die Er ihm vielleicht durch Doktor von der Trenck zukommen lassen würde.

Auf der Schwelle zum Sitzungssaal blieb Ferdi stehen. Der Raum mit den winzigen vergitterten Fenstern wirkte wie ein Grab und der Staatsanwalt in seiner schwarzen Robe wie ein Totengräber.

„Kommen Sie schon", drängte sein Anwalt, „zeigen Sie keine Angst!"

Herr, bitte steh mir bei! Ferdi nahm die Schultern zurück und ging zielstrebig auf die Anklagebank zu. Dabei wich er den gespannten Blicken der Zuschauer, die die Köpfe nach ihm reckten, nicht aus.

Als er Platz nahm, suchte er zwischen all den neugierigen Leuten seine Eltern. Dort saßen sie, mit Regina von Pritzen. Seine Mutter lächelte ihm zu und hob die gefalteten Hände.

Im Stillen hatte er gehofft, heute auch Baronesse Helena zu sehen, aber sie sollte ja noch als Zeugin aussagen und durfte deshalb bis zu ihrer Befragung dem Prozess nicht bewohnen.

Eine Seitentür flog auf, gleichzeitig erhoben sich alle von ihren Stühlen. Die drei Richter, gefolgt von den zwölf Geschworenen, betraten den Saal, und als sie ihre Plätze eingenommen hatten, setzten sich auch alle anderen wieder.

Der vorsitzende Richter, dessen Name Ferdi schon wieder entfallen war, öffnete seine Akten, dann warf er Ferdi einen stechenden Blick zu. „Hiermit eröffne ich das Verfahren gegen Ferdinand Grüning, geboren am 8. April 1853 zu Wölfelsgrund in Schlesien, zurzeit Student der Forstwissenschaften in Breslau." Er blätterte in seinen Papieren. „Herr Doktor von der Trenck, Sie hatten einen Befangenheitsantrag gegen Oberstaatsanwalt von Schwentin gestellt. Das Gericht hat entschieden, diesem Antrag nicht stattzugeben. Herr von Schwentin ist zwar der Onkel der Getöteten, jedoch nur ein angeheirateter Onkel. Außerdem ist Herr von Schwentin als gewissenhafter Staatsanwalt bekannt, der sich nicht durch Gefühle von seiner Pflicht ablenken lässt."

„Dann werde ich eben erneut mit Schwentin die Klingen kreuzen", raunte Trenck Ferdi ins Ohr. „Keine Sorge, ich weiß, wie ich diesen *gewissenhaften Staatsanwalt* aufs Kreuz lege."

Ferdi hoffte, dass das wirklich stimmte.

Der Richter nickte Schwentin zu. „Bitte, Herr Oberstaatsanwalt."

Schwentin stand auf und richtete seine Robe. „Anklage gegen Herrn Ferdinand Grüning, Personalien wie erörtert. Der Angeklagte nahm am 9. Juni dieses Jahres unter dem angenommenen Namen Graf Ferdinand von Wedell an dem Debüt der Baronessen Helena und Stefanie von Hohenau teil. Am 29. Juni nahm er erneut unter demselben Namen an einer Soiree zu Ehren der Baronessen von Hohenau teil. Damit ist der Tatbestand des Betrugs gemäß Paragraf 263 Reichsstrafgesetzbuch erfüllt. Weiterhin näherte sich der Angeklagte im Besonderen der Baronesse Stefanie von Hohenau. Die Staatsanwaltschaft hat überprüft, ob ein Verbrechen oder Vergehen wider die Sittlichkeit gemäß Paragraf 182 vorliegt. Diese Anklage wird fallengelassen."

Schwentin führte als erneutes betrügerisches Auftreten unter falschem Namen das Treffen mit Stefanie auf der Ziegelbastion an und kam dann zu jener verhängnisvollen Kutschfahrt. In Schwentins Amtsdeutsch klangen sogar harmlose Dinge wie Verbrechen.

Am liebsten hätte Ferdi sich die Ohren zugehalten. Wenn Schwentin nicht bald aufhörte, einen Paragrafen nach dem anderen aufzuführen, gegen die er angeblich verstoßen hatte, würden sich die Strafen garantiert zu einem Todesurteil summieren.

„Dem Angeklagten wird zur Last gelegt", schnarrte Schwentin weiter, „die Kutsche mit voller Absicht den Abhang hinuntergestürzt zu haben. Die Vorgeschichte macht deutlich, dass er die Tötung mit Überlegung ausgeführt hat. Somit ist auch der Tatbestand des Mordes gemäß Paragraf 211 Reichsstrafgesetzbuch erfüllt."

Die Zuschauer tuschelten miteinander. „Unerhört!“, rief ein älterer Herr und funkelte Ferdi durch sein Lorgnon[11] an.

Beinahe wäre Ferdi aufgesprungen, doch sein Verteidiger legte ihm die Hand auf den Arm. „Ruhig. Sie werden später noch zu allen Einzelheiten befragt werden. Lassen Sie mich nur antworten.“

Ob er die Antworten wirklich seinem Verteidiger überließ, würde er erst noch sehen.

Schwentin nahm wieder Platz, und der vorsitzende Richter wandte sich an Ferdi. „Sie haben also am 9. Juni dieses Jahres unter dem Namen Graf von Wedell an dem Debüt der Baronessen von Hohenau teilgenommen. Geben Sie das zu?“

„Ja.“ Ferdi nickte und sah aus dem Augenwinkel, dass sein Anwalt dasselbe tat.

„Wie kamen Sie denn dazu?“, fragte der Richter nach.

Ehe Trenck etwas sagen konnte, antwortete Ferdi: „Ich träumte schon lange davon, einmal einen Ball der besseren Gesellschaft mitzuerleben, besonders seitdem meine Schwester als Gräfin von Schleinitz selbst dazugehörte.“

Sein Verteidiger warf ihm einen missbilligenden Blick zu. „Herr Vorsitzender, mein Mandant war verliebt. Er traf die Baronessen von Hohenau bereits einmal in seiner Heimat und rettete ihnen das Leben. Ist es ein Wunder, dass er die Damen wiederzusehen wünschte?“

Das stimmte zwar, aber er hatte ja keine Ahnung gehabt, dass er ausgerechnet auf dem Ball landen würde, der zu Ehren seiner Damen aus dem Hochwald gegeben wurde.

Der Staatsanwalt bat um das Wort. „Herr Grüning, Sie haben also die Baronessen von Hohenau bereits einmal in der Nähe von Wölfelsgrund kennengelernt. Offenbar befanden sich die Damen damals in einer Gefahrensituation. Können Sie uns erklären, wie diese entstand?“

„Unvorsichtige Fahrweise“, warf Trenck ein. „Baronesse Stefanie lenkte selbst, sie kannte Pferd und Wagen nicht, da beide aus dem Hotel ausgeliehen waren. Außerdem waren die Damen auf schmalen Nebenpfaden unterwegs. Wahrscheinlich wurde das Pferd vom Getier des Waldes erschreckt – da geschah das Unglück.“

11 eine Brille ohne Bügel, die mittels eines Stieles vor die Augen gehalten wird.

„Sie wollen mich also glauben machen“, warf Schwentin mit scharfer Stimme ein, „dass Ihr Mandant *zufällig* in der Nähe war, dass *zufällig* das Pferd durchging und dass es Ihrem Mandanten *zufällig* gelang, den Wagen zum Stehen zu bringen und die Damen zu retten?“

„Es war mein Hund.“ Wahrscheinlich machte er mit dieser Aussage alles schlimmer, aber er wollte die Wahrheit sagen. „Elko hörte die Kutsche kommen, bellte und richtete sich auf – da ging das Pferd durch.“

Trenck gab ihm einen Stoß in die Seite.

„Aha, Ihr Hund also.“ Schwentin nahm seinen Zwicker ab. „Ich vermerke somit, dass schon einmal ein Unfall durch den Angeklagten ausgelöst wurde. Ich bitte das zu Protokoll zu nehmen. Der Angeklagte selbst verhinderte Schlimmeres – vermutlich hat er den Hund absichtlich bellen lassen, um ein Unglück auszulösen und sich dann durch eine heldenmutige Rettungstat bei den Damen einzuschmeicheln. – Keine weiteren Fragen.“

„Bitte keine Vermutungen“, schnarrte der Richter. „Halten Sie sich an die Fakten. – Kommen wir zurück zu dem Ball am 9. Juni.“ Der Richter sah Ferdi durchdringend an. „Sie haben dort mit Baronesse Stefanie gesprochen?“

„Es wurden die üblichen Höflichkeiten ausgetauscht“, antwortete Trenck an seiner Stelle. „Nichts von Belang.“

Ferdi schüttelte den Kopf. „Ich habe der Baronesse versprochen, sie wiederzusehen.“ Wie sollte er sonst erklären, dass er zu der Soiree gekommen war?

„So, Sie versprachen ihr also ein Wiedersehen. Hat ein solches stattgefunden?“

„Ja, bei der Soiree am 29. Juni.“

„Dazwischen gab es kein Treffen?“

„Mein Mandant wollte sein falsches Spiel beenden.“ Der Verteidiger räusperte sich. „Herr Grüning bemerkte, dass Baronesse Stefanie tiefere Gefühle für ihn hegte. Um sie zu beruhigen, sprach er von einem Wiedersehen, wollte sich aber endgültig von ihr zurückziehen.“

„Also waren es doch nicht nur belanglose Gespräche“, hakte Schwentin nach.

„Wenn Sie das für weltbewegende Gespräche halten – bitte, Herr Oberstaatsanwalt. – Herr Vorsitzender, ich bitte um eine kurze Unterbrechung, um mich mit meinem Mandanten zu beraten."

Der Richter nickte.

Sofort traten zwei Gendarmen zu Ferdi und führten ihn aus dem Sitzungssaal. Sein Anwalt folgte ihm.

„Herr Grüning, merken Sie denn gar nicht, dass Sie sich gerade um Kopf und Kragen reden?"

„Ich möchte die Wahrheit sagen. Was helfen mir Lügen, wenn sie am Ende auffallen und alles nur noch schlimmer machen?"

„Herr Grüning." Trenck räusperte sich vernehmlich. „Ich habe einen Plan, und zwar einen guten Plan, wie ich dafür sorge, dass Sie im besten Fall sogar freigesprochen werden. Aber wenn Sie sich nicht nach meinen Anweisungen richten, garantiere ich für nichts!"

„Ich weiß Ihre Mühe wirklich zu schätzen. Aber ich habe Ihnen bereits gesagt, dass ich Christ bin. Trotzdem habe ich die letzten Monate mit Betrügereien verbracht. Aber das ist vorbei. Ich will wieder als ehrlicher Mann leben. Deshalb werde ich keinen Deut von der Wahrheit abweichen."

Der Anwalt seufzte theatralisch. „Aber begreifen Sie denn nicht? Ihre Ehrlichkeit in allen Ehren, aber Sie liefern dem Staatsanwalt nur neue Angriffspunkte! Nun haben Sie bereits den Beinahe-Unfall im Schneeberger Forst verursacht und mein Argument, Sie hätten Ihren Betrug in einem verliebten Gefühl begangen – so etwas macht bei den Geschworenen immer Eindruck! –, haben Sie torpediert, indem Sie gesagt haben, dass Sie so etwas schon lange geplant hätten. Schließlich geben Sie auch noch zu, dass Sie der Baronesse ein Wiedersehen versprochen haben!"

„Aber wie sollte ich denn sonst begründen, dass ich auch zu der Soiree gegangen bin? Wenn ich es Stefanie nicht versprochen hätte, wäre ich doch nie wieder in der Gesellschaft aufgetaucht!"

„Da haben Sie den Beweis, dass Sie meine Strategie nicht durchblicken." Trenck ballte die Faust. „Mutius hat Sie bedrängt, an der Soiree teilzunehmen. Damit können wir es so darstellen, als sei Mutius selbst schuld an allem, was danach passiert ist."

Ferdi schwieg. Die Argumente seines Verteidigers hatten etwas für sich. Immerhin entsprachen sie zum Teil der Wahrheit – aber eben nur zum Teil. Mutius hatte ihn zwar bedrängt, aber das hätte ihn nicht dazu gebracht, den Betrug fortzusetzen. Es war Stefanie gewesen. Sie hatte ihn verzaubert.

„Also, der Vorsitzende wird Sie gleich zu der Soiree befragen", fuhr Trenck fort. „Lassen Sie *mich* antworten und widersprechen Sie mir nicht, verstanden? Sonst bin ich nicht gewillt, Sie weiter zu vertreten – ich habe den Ruf, Angeklagte auch in scheinbar aussichtslosen Prozessen zu retten. Und besonders Herr von Schwentin hat es darauf abgesehen, endlich einen Prozess gegen mich zu gewinnen. Ich werde bestimmt nicht wegen Ihrer überzogenen Wahrheitsliebe die erste Niederlage einstecken und meinen Ruf zerstören lassen."

Im Gesicht seines Anwalts stand echte Sorge. Es schien ihm wirklich ernst zu sein.

Schließlich führten die Wachen Ferdi wieder in den Sitzungssaal, der ihm jetzt noch düsterer vorkam als vorher.

„Herr Grüning", nahm der Vorsitzende den Faden der Befragung wieder auf, „Sie besuchten am 29. Juni dieses Jahres die Soiree mit Anna Grobecker, und zwar wieder unter dem angenommenen Namen Graf von Wedell, ist das richtig?"

Ferdi nickte. „Jawohl."

„Sie sagten doch eben, dass Sie nur einmal einen Ball der besseren Gesellschaft miterleben wollten. Wie kam es dann, dass Sie erneut an einer Veranstaltung teilnahmen?"

Er schielte zu seinem Verteidiger hinüber. „Ich hatte es Baronesse Stefanie und Herrn von Mutius versprochen."

„Herr von Mutius hat Sie bedrängt!", raunte Trenck ihm zu.

Nein. Er würde bei seiner Linie bleiben und ehrliche Antworten geben. Nur dann wusste er Gott auf seiner Seite, und das war mehr wert als der beste Verteidiger. „Außerdem war ich nach dem Ball vollkommen in die Baronesse vernarrt, sodass ich die Einladung nicht abzulehnen vermochte."

Immerhin hatte er den Ratschlag seines Anwalts beherzigt, von seiner Liebe zu sprechen. Aber die Gesichter der Geschworenen drückten eher Langeweile aus. Einer von ihnen fuhr sich ständig mit der Hand über den Scheitel, als fürchte er, seine Frisur säße nicht korrekt, ein anderer knotete sich soeben den Binder neu.

„Sie wurden dann von Herrn und Frau von Pritzen abgeholt, weil angeblich Ihre Tante gesundheitlich schlecht zurecht war“, fuhr der Richter fort.

Ferdi nickte. „Ja. Diese Tante war eine Erfindung von mir, weil ich Baronesse Stefanie mein Weggehen erklären musste. In Wirklichkeit handelte es sich um meine Schwester, die Gräfin von Schleinitz, die ...“ Er holte tief Luft, um die Tränen zurückzuhalten. „Sie starb wenig später.“

„Sagen Sie, Herr Grüning“, ergriff der Staatsanwalt wieder das Wort, „was haben Sie mit Baronesse Stefanie besprochen, als Herr und Frau von Pritzen Sie abholten?“

„Belanglose Dinge, wie Verliebte sie eben reden“, beeilte Trenck sich, einzuwerfen.

„Unsere Definitionen von *belanglos* gehen ja weit auseinander, wie wir bereits feststellten, Herr Doktor von der Trenck.“ Schwentin lächelte viel zu freundlich. „Vielleicht möchte Herr Grüning uns berichten, was genau beim Abschied besprochen wurde.“

Trenck gab Ferdi einen Stoß. „Belanglosigkeiten“, zischte er.

Ferdi schüttelte den Kopf. „Ich wollte sie unbedingt wiedersehen. Wir hatten Zuneigung zueinander gefasst und ich fühlte die Verpflichtung, ihr die Wahrheit zu gestehen.“

„Sie wollten Ihr also sagen, wer Sie wirklich sind? Warum haben Sie das nicht sofort getan? Dazu hätte es nur eines Satzes bedurft.“ Schwentin putzte hingebungsvoll seine Brillengläser.

„Ich sagte bereits, dass wir Zuneigung zueinander gefasst hatten. Eine so tiefe, dass ich begründete Hoffnung hatte, dass sie mir ihre Hand gewähren würde, wenn ich sie darum bitten würde.“

Schwentin, der gerade seinen Zwicker auf die Nase klemmte, hielt inne. „Sie wollen mir weismachen, dass Baronesse Stefanie bereit war, Sie zu heiraten? Als Graf von Wedell vielleicht, aber doch niemals, wenn Sie ihr Ihre wahre Identität offenbart hätten.“

„Sagen Sie, dass sie betrunken waren!“, flüsterte Trenck. „Be-trun-ken!“

„Nein!“, wisperte Ferdi. Dann sah er Schwentin wieder an. „Ich hoffte wirklich, dass Baronesse Stefanie einwilligen würde. Aber dazu brauchte ich Zeit.“

Ferdi warf einen Seitenblick auf seinen Anwalt, der das Gesicht in den Händen vergrub, dass nur noch die polierte Glatze zu sehen war.

„Lächerlich. Die Zeugenaussagen werden beweisen, dass Sie schon lange den Anschlag gegen die Baronesse geplant hatten. Deshalb wollten Sie sie wiedersehen, nicht aber, um sie zu einer Heirat zu überreden." Schwentin lachte meckernd. „Keine weiteren Fragen, Herr Vorsitzender."

„Sie haben die Baronesse noch zweimal getroffen", fuhr der Richter fort. „Am 4. Juli trafen Sie sich mit ihr an der Ziegelbastion. Dabei soll es zu einem Zusammenstoß mit Herrn von Güssow gekommen sein. Stimmt es, dass Sie bei dieser Gelegenheit ein Eheversprechen abgegeben haben?"

„Herr von Güssow hat meinen Mandanten unter Druck gesetzt", sagte von der Trenck. „Er konnte nicht anders, als dieses Versprechen zu geben, obwohl ihm bewusst war, dass er es nicht würde halten können."

„Aber Herr Grüning sagte doch soeben, er habe versuchen wollen, die Baronesse wirklich zu seiner Frau zu machen", erwiderte der Richter.

„So war es auch." Ferdi sah den Richter an. „Ich hoffte, die Baronesse trotz meines Schwindels für mich zu gewinnen. Dazu musste ich sie aber noch einmal wiedersehen, um ihr endlich das Geständnis zu machen, an dem Herr von Güssow mich gehindert hatte."

„Deshalb also die Kutschfahrt am 6. Juli?"

„Dieses weitere Treffen beweist doch, dass Herr Grüning nie im Sinn hatte, die Affäre wirklich zu beenden." Schwentin schleuderte seinen Zwicker auf den Tisch. „Er wollte nur einmal zum Ball, traf dort aber *zufällig* auf die beiden Baronessen. Dann *musste* er zur Soiree, die wiederum das letzte Mal sein sollte. Aber *zufällig* erkrankte seine nicht existente Tante, also *musste* er sich erneut mit der Baronesse treffen. Dieses Treffen sollte seinen Betrug endgültig beenden, aber nein, Herr Grüning *musste* noch einmal ein Treffen mit der Baronesse arrangieren – bei dem er dann endlich seinen mörderischen Plan erfolgreich umsetzen konnte. Finden Sie nicht auch, dass Ihre Geschichte reichlich unglaubwürdig klingt, Herr Grüning?"

„Mein Mandant ist entschlossen, nur die Wahrheit zu sagen", warf Trenck ein.

„Dann, Herr Grüning, darf ich Sie jetzt um die Wahrheit bitten? Legen Sie ein offenes Geständnis ab und lassen Sie Ihre albernen Ausflüchte."

Ferdi faltete die Hände. Ein kurzes Stoßgebet, dann sah er Schwentin voll an. „Ich habe nichts als die reine Wahrheit gesagt."

„Sie bleiben also dabei", fragte der Vorsitzende, „dass das Unglück am 6. Juli, das fünf Tage später zum Tode von Baronesse Stefanie von Hohenau führte, ein Unfall war? Es wurde nicht vorsätzlich von Ihnen herbeigeführt?"

„Ich gestehe, dass ich mich unter falschem Namen wiederholt in höhere Kreise begeben habe. Aber mir wäre niemals in den Sinn gekommen, nach dem Leben der Baronesse zu trachten. Was hätte ich dazu auch für einen Grund gehabt?"

„Das wird uns der Herr Staatsanwalt sicherlich noch darlegen."

„Richtig, die Zeugenaussagen werden es ans Licht bringen." Schwentin nahm seinen Zwicker wieder auf und klemmte ihn auf die Nasenspitze.

Der Vorsitzende nickte. „Herr Grüning, am 11. Juli wurden Sie im Totenzimmer der Baronesse Stefanie von Hohenau angetroffen. Können Sie uns erklären, wie Sie dorthin kamen?"

„Ich wusste nicht, dass die Baronesse gerade gestorben war. Ich wollte unbedingt erfahren, wie es ihr geht."

„Ich fragte nicht, warum Sie dorthin gingen, sondern wie Sie ins Haus kamen", hakte der Richter nach.

„Baronesse Helena von Hohenau war so freundlich, meinen Mandanten einzulassen", warf Trenck ein.

„So, sie war also so freundlich." Der Richter beugte sich vor. „Sind Sie sicher, Herr Grüning, dass Sie zu dieser Freundlichkeit nicht ein wenig nachgeholfen haben?"

„Mein Mandant hat sie selbstverständlich darum gebeten."

„Und die Baronesse hat sofort eingewilligt?" Der Vorsitzende durchbohrte Ferdi beinahe mit seinem Blick.

„Ich musste sie überreden." Ferdi ignorierte Trencks zusammengezogene Brauen. „Sie hat alles getan, mich dazu zu bringen, nach Hause zurückzukehren."

„Sie haben die Baronesse also unter Druck gesetzt?"

„Ich appellierte an ihren christlichen Glauben. Das ist wohl kaum

Druck zu nennen."

Schwentin erhob sich. „Bitte gestatten Sie. – Es stellt sich nun also heraus, dass der Angeklagte Baronesse Helena von Hohenau massiv bedrängt hat, um ins Haus zu gelangen. Ich zitiere Paragraf 123 Reichsstrafgesetzbuch: *Wer in die Wohnung eines anderen widerrechtlich eindringt, wird wegen Hausfriedensbruchs bestraft.* Ich bitte, das der Anklage hinzuzufügen."

Der Protokollant sah zum Richter hinüber, und als dieser nickte, kratzte seine Feder wieder eilfertig übers Papier, um diese neue Straftat festzuhalten.

„Noch eine Frage, Herr Grüning", fuhr Schwentin fort. „Was wollten Sie im Haus?"

„Wie ich eben sagte: Ich wollte sehen, wie es Baronesse Stefanie ging. Und ich wollte sie wegen des schrecklichen Unglücks um Verzeihung bitten."

„Aber sagte Ihnen Baronesse Helena denn nicht, dass ihre Schwester bereits verstorben war?"

„Doch." Ferdi ließ den Kopf hängen. „Trotzdem wollte ich sie noch einmal wiedersehen. Um Abschied von ihr zu nehmen. Immerhin habe ich sie ..." *Geliebt*, wollte er sagen. Aber hatte er das wirklich?

„Was haben Sie?", schnarrte Schwentin.

„Ich war in sie verliebt."

„So." Der Staatsanwalt tippte mit dem Zeigefinger auf die Akten vor sich. „Es ist doch erstaunlich, dass der Angeklagte den Hausfriedensbruch beging, obwohl der eigentliche Grund, ins Haus zu gelangen, weggefallen war, da Baronesse Stefanie bereits verschieden war. Er ließ sich von Baronesse Helena dennoch nicht von diesem Vorhaben abbringen, erfand einen neuen Grund, um ins Haus zu gelangen, er bedrängte die Baronesse – meine Herren Geschworenen, ich frage Sie: Warum?"

Von den Geschworenen war niemand mehr mit seiner Frisur oder seinem Binder beschäftigt, aller Augen hingen wie gebannt an dem Staatsanwalt. Einer der Herren kaute an seinen Fingernägeln, ein anderer saß mit offenem Mund da, als könnte er die Spannung, bis Schwentin endlich die Antwort auf seine selbst gestellte Frage gab, kaum noch ertragen.

„Meine Herren." In Schwentins Stimme schwang Triumph mit. „Liegt es nicht auf der Hand, dass der Angeklagte sich überzeugen wollte, dass sein Anschlag tatsächlich gelungen war? Dass er sich am Anblick seines Opfers weiden wollte? Und" – der Staatsanwalt hob den Zeigefinger – „wollte er vielleicht sogar eine ähnlich gräuliche Tat an Baronesse Helena von Hohenau begehen?"

„Nein!" Ferdi brüllte es heraus, doch damit übertönte er kaum das Stimmengewirr im Saal, das sich nach den Worten des Staatsanwalts erhob.

„Ruhe!", donnerte der Vorsitzende. „Sonst lasse ich den Saal räumen!"

Trotzdem dauerte es eine Weile, bis endlich wieder Stille einkehrte.

„Herr Staatsanwalt", fragte der Richter schließlich, „haben Sie Beweise für die Anschuldigung, die Sie erheben?"

„Indizien", räumte Schwentin ein.

Ferdi wandte sich an seinen Verteidiger. „Warum sagt er so etwas, wenn er keine Beweise hat?"

„Er hofft, dass die Geschworenen die fehlenden Beweise bis zur Urteilsfindung vergessen haben und sich in ihren Köpfen nur festsetzt, dass Sie vielleicht einen weiteren Mord planten", raunte Doktor von der Trenck. „Ein schlauer Fuchs, dieser Schwentin."

„Können Sie denn nichts dagegen tun?"

„Doch." Trenck stand auf. „Herr Vorsitzender, wenn Sie erlauben. Herr von Schwentin hat soeben eine Anschuldigung in den Raum geworfen, zu der er – wie er selbst zugibt – keinen Beweis in der Hand hält. Ich bitte, diese Ausführungen aus dem Protokoll zu löschen."

„Bewilligt."

Trenck nahm wieder Platz. „Wenigstens etwas. Aber bei den Geschworenen zählt leider viel mehr der Eindruck als die Worte."

„Wir sollten zu dieser Frage unbedingt die Ausführungen der Baronesse von Hohenau hören", sagte der Richter. „Wenn ich mich recht entsinne, haben Sie sie als Zeugin geladen, Herr Oberstaatsanwalt?"

„Sehr wohl." Schwentin nickte.

Ferdi starrte ihn an. Natürlich kam Schwentin nicht umhin, Baronesse Helena als Zeugin zu laden, aber er wirkte vollkommen sicher, dass ihm das sogar in die Karten spielte. Ahnte er denn nicht, dass sie auf seiner, des Angeklagten, Seite stand? Oder war etwas geschehen, das er nicht wusste, das Schwentin aber sicher machte, von Helena die gewünschten Aussagen zu bekommen? Oder war er einfach nur überzeugt davon, sie in die Enge treiben zu können? Immerhin war Helena durch und durch ehrlich – und wie der Staatsanwalt ehrliche Antworten verdrehen konnte, hatte er gerade schon zur Genüge bewiesen.

„Noch Fragen?“ Der Vorsitzende sah Schwentin und Trenck nacheinander an.

Beide schüttelten den Kopf.

„Dann vertage ich die Sitzung auf den 13. August.“ Er erhob sich und verließ mit seinen beiden Richterkollegen und den Geschworenen den Raum.

„Hat Ihnen bereits jemand gesagt, dass Sie ein ausgemachter Esel sind?“ Trenck sah Ferdi mit hochrotem Kopf an. „Müssen Sie dem Staatsanwalt denn jedes Argument gegen Sie auf dem Silbertablett servieren?“

Ferdi zuckte die Achseln. „Ich sagte Ihnen doch: Ich will bei der Wahrheit bleiben.“

„Damit ist noch kein Angeklagter freigesprochen worden. Wenn Sie bei den nächsten Verhandlungen nicht das antworten, was ich Ihnen sage, werde ich mein Mandat niederlegen!“

Kapitel 82

Mutius näherte sich zu Fuß dem Gut Schönwalde. Sein Pferd hatte er im Dorf untergestellt, um sich möglichst unauffällig zu nähern. Schließlich wollte er Lena unter vier Augen sprechen, ohne dass sein Schwager oder – noch schlimmer! – seine schier allgegenwärtige Schwester dazwischenplatzte.

Auf Schusters Rappen kam ihm der Weg durch die goldenen Kornfelder schier endlos vor. Zwar war das Herrenhaus am Ende des Weges schon von einem Staubkörnchen zur Größe einer Hundehütte angewachsen, aber immer noch schien es einen ganzen Tagesmarsch entfernt zu sein.

Als ihm einige Feldarbeiter begegneten, hielt er sie an. „Sie gehören zum Gut Schönwalde? Ist die Herrschaft daheim?"

Ein graubärtiger Mann nahm seine Mütze ab. „Der Herr Baron ist auf den Feldern. Aber die Frau Baronin ist daheim."

Mutius zog an seinem Ohrläppchen. Konnte Aurelia nicht einmal ausgefahren sein, wenn er nach Schönwalde kam? „Und die Baronesse?"

„Ich habe sie heute noch nicht gesehen", antwortete der Knecht.

„Danke." Mutius tippte an seinen Hut und ging weiter.

Er bog in einen Seitenweg ab, der auf einem kleinen Umweg zum Herrenhaus führte. Die Trakehner auf den Weiden erinnerten ihn wieder einmal daran, was für ein glückliches Händchen sein Schwager hatte.

Als er endlich, unter Bäumen verborgen, vor dem Herrenhaus stand und auch die inzwischen fertiggestellten Schweineställe sah, zerbiss er einen Fluch zwischen den Zähnen. Warum war das Leben so ungerecht? Aurelia und ihrem Mann schwammen die Goldmark nur so zu, während er darben musste. Da war es doch nur gerecht, wenn er an ihrem Erfolg partizipierte.

Doch das war eine andere Sache. Zuerst musste er Lena überzeugen, gegen Ferdinand Grüning auszusagen, damit sich die Zeugenaussagen nicht widersprachen. Und wenn Grüning dann zu einer hohen Haftstrafe oder vielleicht sogar zum Tode verurteilt worden war, würde sie diesen Hochstapler schnell vergessen, vor allem – welche Ironie! – wenn sie selbst noch zu diesem Urteil beigetragen hatte.

Er musste grinsen. Solch ein brillanter Plan konnte nur von ihm sein.

Danach konnte er dann sein eigentliches Ziel, über Güssow endlich an das große Geld zu kommen, weiter verfolgen.

Mutius trat aus dem Schatten der Bäume auf das Parktor zu. Er drückte die Klinke herunter – verschlossen. Es wäre ja auch ein Wunder gewesen.

Er schlich an der Hauswand entlang zur Freitreppe, huschte die Stufen hinauf und drückte sich in die Eingangshalle. Sofort schoss ein Diener auf ihn zu.

„Herr von Mutius ..."

„Psst!" Mutius legte den Finger auf die Lippen. „Eine Überraschung. Wo finde ich Baronesse Helena?"

„Sie ist in ihren Gemächern. Darf ich Sie führen?"

„Und wo befindet sich meine Schwester?"

„Die Frau Baronin ist ebenfalls in ihren Gemächern."

Er musste es trotzdem wagen. „Führen Sie mich zur Baronesse. Aber sorgen Sie dafür, dass meine Schwester nichts von meinem Besuch erfährt. Sonst zerstören Sie die Überraschung." Er steckte dem Diener eine halbe Mark zu.

„Sehr wohl, gnädiger Herr. Wenn Sie sicher sein wollen, nicht entdeckt zu werden, führe ich Sie über das Dienstbotentreppenhaus hinauf."

„Gerne." Mutius folgte dem Diener über ein enges Treppenhaus ins Obergeschoss.

Vor einer Tür machte der Diener Halt. „Hier ist es. Ich werde Sie anmelden." Er hob die Hand, um anzuklopfen, doch Mutius hielt seinen Arm fest.

„Das werde ich selbst besorgen."

„Aber gnädiger Herr, ich muss Sie doch melden!"

„Ebendas werde ich selbst übernehmen." Seine Nichte war sonst imstande und würde ihn gar nicht vorlassen.

Endlich zog sich der Diener mit einer Verbeugung zurück.

Mutius klopfte an. Auf das leise „Herein" trat er in den Raum.

Lena ließ ein dickes Buch – vermutlich ihre Bibel – sinken und starrte ihn an, als sei er ein vorsintflutliches Riesentier. „Onkel Mutius, du?"

„Du täuschst dich nicht." Er lächelte so freundlich wie möglich.

„Ich bin überrascht, dich hier zu sehen." Sie schlüpfte aus ihrem Schuh und ließ ihn auf der Fußspitze baumeln.

Obwohl sie ihm keinen Platz anbot, setzte er sich in einen Sessel ihr gegenüber. „Was ist so ungewöhnlich daran, dass ich dich, meine Nichte, besuche?"

„Ich hatte nicht erwartet, dass wir uns noch etwas zu sagen hätten."

„Warum so abweisend, meine Liebe?" Er lächelte immer noch. Schließlich konnte er es ja erst einmal mit Freundlichkeit versuchen. Wenn das nicht fruchtete, blieb ihm immer noch die Möglichkeit, sein Druckmittel zur Anwendung zu bringen. „Dein Onkel Schwentin ist besorgt um dich, weil du wegen deiner Zeugenaussage am 20. August gewiss schon aufgeregt bist."

„Und deshalb schickt mein Onkel ausgerechnet *dich*? Das kann ich kaum glauben!" Lena fasste ihr offenes Haar im Nacken zusammen und legte es nach vorn über die Schulter.

„Selbst kann er es ja nicht tun, da es ihm als Staatsanwalt nicht erlaubt ist. Aber es ist wichtig für ihn, dass du wegen deiner Nervosität nicht eine unbedachte Aussage tätigst."

„Ich werde keinerlei Einfluss dulden, sondern treu bei der Wahrheit bleiben."

„Genau das erwarten wir von dir." Mutius schlug die Beine übereinander. „Schließlich leistest du vor deiner Aussage einen Eid, nur die Wahrheit zu sagen. Allerdings ist die Wahrheit manchmal eine subjektive Sache. So gibt es Fakten, an denen nicht zu rütteln ist, aber auch Eindrücke, Empfindungen ..."

„Wenn du gekommen bist, mich zu überreden, gegen Ferdinand Grüning auszusagen ..."

„Ruhig, liebe Nichte." Mutius hob die Hand. „Niemand will dich zu irgendetwas überreden."

„Ferdinand Grüning ist unschuldig, und genau das werde ich vor Gericht aussagen." Sie verschränkte die Arme vor der Brust.

Mit Freundlichkeit war Lena also wieder einmal nicht beizukommen. Aber er sollte es wenigstens noch einmal versuchen. „Ich bitte dich, Lena, noch einmal zu überdenken ..."

„Ich habe nichts zu überdenken. Ich weiß, dass Ferdinand Grünings einziges Vergehen seine Hochstapelei war und sonst nichts."

Mutius zog die Augenbrauen zusammen. Dann würde er eben zu seinem Druckmittel greifen. „Ich denke, dass du deine Meinung über Ferdinand Grüning schnell ändern wirst, wenn du erfährst, was ich über *dich* weiß."

„Fängst du schon wieder von deinem Geheimnis an? Ich will davon nichts hören – jedenfalls nicht von dir!"

„Wenn du verhindern willst, Lena, dass das, was ich über dich und deine Familie weiß, morgen ganz Breslau erfährt, solltest du dich schnell entschließen, mit mir zu kooperieren."

„Du wirst mich nicht erpressen." Sie warf die Haare über die Schulter zurück. „Und jetzt bitte ich dich, mein Zimmer zu verlassen."

„Nicht so schnell." Er schielte zu dem Klingelzug hinüber. Glücklicherweise hing er weit genug von Lena entfernt. „Möchtest du etwa, dass alle Welt erfährt, dass du gar keine Baronesse von Hohenau bist?"

Er konnte zusehen, wie ihr das Blut aus dem Kopf floss. „Was – was willst du damit sagen?"

„Baron Hans Georg von Hohenau ist nicht dein Vater, auch wenn dir das immer eingeredet wurde. Ich werde dieses Geheimnis gerne weiterhin für mich behalten. Wenn du allerdings darauf bestehst, vor Gericht die Falschaussage, Ferdinand Grüning sei unschuldig ..."

„Ich glaube dir kein Wort!", schrie Lena. „Du willst mich nur erpressen, aber das ist eine leere Drohung!"

„Leider nicht, meine Liebe." Mutius lächelte sie an. „Du musst dich an den Gedanken gewöhnen, dass deine Mutter vor 20 Jahren einen Fehltritt begangen hat. Der Herr Oberstaatsanwalt, der sich immer nur dein Onkel nennt, kann es dir bestätigen."

„Du meinst ... Du willst sagen ..." Sie verknotete die Finger so fest, dass er fürchtete, sie würde sich die Knochen brechen.

„Du hast schon ganz richtig verstanden. Deine ach so fromme Mama und der feine Herr Oberstaatsanwalt ..."

„Du bist ein Ekel!“ Lena sprang auf.

„Der Zorn steht dir gut.“ Mutius konnte ein Grinsen nicht unterdrücken. „Aber ist es nicht selbstverständlich, dass du deinen Vater, den Oberstaatsanwalt, unterstützt?“

„Was hat das mit meiner Zeugenaussage zu tun? Wahrheit bleibt Wahrheit, unabhängig davon, was du mir einreden willst.“

Er stand auf und trat dicht vor sie hin. „Dann willst du also, dass die ganze Welt erfährt, dass du ein Bastard bist?“

„Was bist du bloß für ein Mensch.“ Wie eine Furie fuhr Lena auf ihn los und trommelte mit den Fäusten gegen seine Brust. „Lass es meinetwegen in allen Zeitungen des Reiches drucken, ich werde vor Gericht nicht lügen. Besser ein ehrlicher Bastard als eine ehrlose Baronesse.“

Mutius packte sie an den Unterarmen. „Und deine Mutter? Ist es dir gleichgültig, dass auch ihre Schande in der Zeitung stehen wird? Ich dachte, du wärst eine vorbildliche Tochter und liebtest deine Mutter.“

Sie starrte ihn an. „Das würdest du tun? Gegen deine eigene Schwester? Nur um Ferdinand Grüning an die Guillotine zu liefern? Warum? Warum hasst du ihn so?“

Seine wahren Motive nannte er ihr besser nicht. „Ich bin überzeugt, dass er der Mörder meiner Nichte ist. Und als solcher muss er seine Strafe empfangen.“

„Aber ich reiche meine Hand nicht zu diesem schmutzigen Geschäft. Was auch immer ihr tun wollt“ – sie wand sich aus seinem Griff –, „ich werde Ferdinand Grüning niemals durch meine Aussage ans Messer liefern. Wenn er schuldig ist, dann beweist es auf legalem Wege.“

„Aber genau das wollen wir doch! Bist du es nicht, die Grüning mit einer falschen Aussage vor seiner verdienten Strafe bewahren will?“

Lena schien stutzig zu werden. Sie starrte ihn an, öffnete den Mund, brachte aber kein Wort heraus.

„Siehst du? Genau deshalb bin ich hier, um dich vor einem schlimmen Fehler zu bewahren. Stelle dir vor, dir würde nachgewiesen, dass du etwas Falsches aussagst und demzufolge einen Meineid geschworen hast!“

„Ich will nichts mehr hören!“, fauchte sie. „Bitte verlasse sofort mein Zimmer, sonst rufe ich die Dienerschaft.“

Mutius ging zur Tür. „Denke noch einmal in Ruhe darüber nach. Dann wirst du dich für das Richtige entscheiden.“

„Geh!“

Er öffnete die Tür und trat vorsichtig auf den Korridor hinaus. Dann huschte er zum Dienstbotentreppenhaus hinüber und ...

„Julian! Was tust du hier?“

Aurelias Stimme ließ ihn erstarren.

* * *

„Herr Grüning.“ Rechtsanwalt Doktor von der Trenck ging in der Besucherzelle auf und ab, die Hände hinter dem Rücken verschränkt. „Ich weise Sie noch einmal darauf hin, dass ich für nichts die Verantwortung übernehme, wenn Sie meinen Anweisungen nicht folgen.“

Ferdi faltete die Hände auf dem Tisch und legte den Kopf darauf. „Welches Verhalten fordert Ihre Strategie jetzt wieder von mir?“

„Am nächsten Verhandlungstag werden Herr von Mutius und Frau von Schwentin befragt. Gegen die Befragung von Frau von Schwentin durch den Staatsanwalt werde ich selbstverständlich Einspruch einlegen, aber Herr von Mutius wird zweifellos alles dafür tun, Sie zu belasten. Aus meiner Sicht ist diese Mordtheorie wirklich absurd. Aber darum geht es vor Gericht nicht. Dort zählen nur Beweise!“ Er blieb vor Ferdi stehen und wiederholte nachdrücklich, indem er bei jeder Silbe auf den Tisch klopfte: „Be-wei-se!“

„Ich weiß. Aber kann es Beweise für etwas geben, was ich gar nicht getan habe?“ Wahrscheinlich war diese Frage wieder naiv.

Sein Anwalt schlug die Hände über dem Kopf zusammen. „Es gibt Aussagen von Ihnen, die mehr als verfänglich sind, Herr Grüning. Wenn diese Aussagen als Beweise zugelassen werden, kommen Sie in – na, Sie wissen schon, in wessen Küche.“

Und wenn mehrere Zeugen diese Aussagen bestätigten, würden die Geschworenen ohne Frage an die Mordtheorie glauben.

„Lassen Sie sich auf keine Diskussion ein. Leugnen Sie strikt, jemals etwas dergleichen gesagt zu haben.“

Ferdi seufzte. Immer noch diese Strategie, die Unehrlichkeit erforderte. „Wenn ich aber wirklich einmal so etwas gesagt habe?"

„Sie müssen leugnen, verstehen Sie nicht? Wenn Sie eine solche Aussage zugeben, aber behaupten, falsch verstanden worden zu sein, kommen Sie in eine Diskussion, in der jeder Staatsanwalt Sie zu noch verfänglicheren Aussagen bringt. Allen voran Herr von Schwentin."

„Aber Herr Doktor, ich habe Ihnen doch schon so oft gesagt, dass ich nicht mehr lügen will. Die letzten zwei Monate waren nichts als eine einzige Lüge. Und die Folge: zwei Tote."

„Und wenn Sie jetzt nicht meinen Anweisungen folgen, wird es einen weiteren Toten geben: Sie selbst!" Trenck fuhr sich mit der flachen Hand über die polierte Glatze. „Jede Diskussion wird zu Ihrem Nachteil ausschlagen. Betreiben Sie keine Wortklauberei. Sätze wie *So habe ich das nicht gesagt* fordern den Staatsanwalt geradezu zu scharfen Nachfragen heraus – und machen bei den Geschworenen einen denkbar schlechten Eindruck. Und die müssen Sie schließlich überzeugen! Die Schuldfrage entscheiden die zwölf Geschworenen, da haben selbst die Richter kein Wort mitzureden, die bestimmen nur das Strafmaß gemäß dem Schuldspruch der Geschworenen. Also überzeugen Sie die Geschworenen! Aber nicht mit Diskussionen über *Ihre* Aussagen, sondern indem Sie Ungereimtheiten in den *Zeugenaussagen* aufdecken! Dort müssen wir Widersprüche aufzeigen, und seien sie auch noch so klein. Wir müssen die Glaubwürdigkeit der Zeugen ins Wanken bringen, dann haben Sie die Geschworenen auf Ihrer Seite. Glauben Sie mir, ich kenne die Spielregeln. Ich bin seit fast 40 Jahren als Anwalt tätig, ich habe die Erfahrung, die Ihnen fehlt. Sie sind nur der Laie. Also hören Sie auf mich, und ich werde Sie wenigstens vor dem schlimmsten Urteil bewahren."

Das klang beinahe wie ein Plädoyer. Aber das verfing bei ihm nicht. „Ich habe einen anderen, der mich bewahren kann. Ich gehöre meinem Vater im Himmel an und *Er* weiß ganz sicher einen Weg zu finden, der Seinen heiligen Grundsätzen entspricht, wenn Er mich befreien will. Aber Sein Ziel ist nie durch Unehrlichkeit zu erreichen, das habe ich durch bittere Erfahrungen gelernt."

Ferdi bedeckte das Gesicht mit den Händen. Er hatte geglaubt, eine Verbindung mit Stefanie wäre Gottes Plan für ihn gewesen, und er hatte alles getan, um dieses Ziel zu erreichen – mit Schwindel und Betrug. So wie Abraham betrogen hatte, um sich und seine Frau zu schützen. Auch Abraham hatte lernen müssen, dass Gott Seine eigenen Wege hat und zu Lug und Trug niemals Seinen Segen gibt.

„Sie sind doch verrückt, Herr Grüning. Ganz Breslau ist auf den Ausgang dieses neuerlichen Duells zwischen Oberstaatsanwalt von Schwentin und mir gespannt. Glauben Sie, ich will nachher als der Anwalt dastehen, der es nicht geschafft hat, seinen Mandanten vor der Guillotine zu bewahren?"

Ferdi schüttelte sich. Das also war die wahre Intention seines Anwalts: Angst um seinen Ruf. Was für ein armseliger Mensch!

Doktor von der Trenck setzte sich zu ihm an den Tisch und sah ihn an. „Herr Grüning." Seine Stimme klang auf einmal ganz ruhig. „Verlassen Sie sich auf mich und nicht auf Ihren Gott. Bei mir können Sie sicher sein, dass ich Sie vor dem Fallbeil rette. Wer weiß, ob es Ihren Gott überhaupt gibt, und wenn doch, ob er Sie überhaupt wahrnimmt."

„Lassen wir es auf eine Probe ankommen." Ferdi stand auf. „Mit Gott ist die stärkste Macht des Universums auf meiner Seite, also verlasse ich mich lieber auf Ihn. Sie können mir gerne zur Seite stehen, aber nur unter der Bedingung, dass Sie als Gottes Assistent tätig sind und mich vor Gericht die Wahrheit sagen lassen."

„Das ist mir zu unsicher." Auch Doktor von der Trenck stand auf. „Entweder sind Sie bodenlos dumm oder ein religiöser Fanatiker oder beides. Herr Grüning, ich wünsche Ihnen viel Glück. Bitte suchen Sie sich einen neuen Verteidiger, ich lege mein Mandat nieder."

Ferdi taumelte zurück. Das hatte er nicht gewollt. „Aber ..."

„Sie kennen meine Bedingung. Erfüllen Sie sie nicht, bin ich nicht länger Ihr Verteidiger."

Mein Gott, was soll ich tun? War es nicht wirklich bodenloser Leichtsinn, diesen erstklassigen Verteidiger zu vergrämen? Und Pritzen hatte sich den Anwalt viel Geld kosten lassen. Aber konnte Gott bei dessen Strategie auf seiner Seite stehen? *Der Herr ist mit euch, wenn ihr mit ihm seid ... Wenn ihr ihn aber verlasst, wird er euch verlassen ...* Wie Blitze schossen ihm die Sätze aus dem Alten Testament durch den Kopf.

„Wie Sie wünschen, Herr Doktor." Er reichte dem Anwalt die Hand. „Unsere Zusammenarbeit ist beendet. Ich danke Ihnen für Ihre Mühe."

Doktor von der Trenck musterte ihn wie einen Irren, ehe er den Raum verließ.

Kopfschüttelnd sank Ferdi wieder auf den Stuhl. Was hatte er getan! In der Kürze der Zeit würde er kaum wieder einen anständigen Anwalt bekommen. Abgesehen davon, dass Pritzen bestimmt dermaßen wütend sein würde, wenn er davon erfuhr, dass er ihm keinen erstklassigen Anwalt mehr bezahlte. Wahrscheinlich würde ihm ein Pflichtverteidiger zur Seite gestellt, der so viel Lust hatte, ihn zu verteidigen, wie eine Katze zum Schwimmen.

Kapitel 83

Lena stürmte in ihr Schlafzimmer und warf sich aufs Bett. Was sie gerade von ihrem Onkel gehört hatte, war einfach ungeheuerlich. Das also hatte Tante Valeria gemeint, als sie gesagt hatte, Schönwalde sei nicht ihre Heimat.

Sie drückte den Kopf ins Kissen. Schon bald spürte sie, dass es nass wurde. Wahrscheinlich würde sie gar nicht genug Tränen haben, um das zu beweinen, was Mutius ihr soeben genommen hatte: ihre Heimat, ihren Vater.

Im ersten Impuls wollte sie ihre Koffer packen und fort von hier – aber wohin? Sie hatte doch niemanden mehr auf der Welt! Und noch nicht einmal einen ehrlichen Namen.

Aber hierbleiben? Auf dem Gut eines Mannes, der ihr eigentlich fern stand? Und bei einer Frau, die zwar ihre Mutter war, die sie aber ihr ganzes Leben lang belogen hatte?

„Mein Gott, ich halte es nicht mehr aus!“, schluchzte sie. „Wie hart willst Du mich noch prüfen? Der Mann, den ich liebe, ist ein Hochstapler und des Mordes an meiner Schwester angeklagt. Mein Vater ist der skrupellose Staatsanwalt von Schwentin, meine Mutter eine ...“ Das schreckliche Wort wollte ihr nicht über die Lippen.

Ruckartig richtete sie sich auf. Sie musste erst einmal erfahren, ob das, was Mutius ihr offenbart hatte, wirklich stimmte. Es war ihrem Onkel durchaus zuzutrauen, dass er die Geschichte nur erfunden hatte, um sie zu einer Aussage gegen Ferdinand Grüning zu überreden.

Sie würde ihre Mutter danach fragen. Nur noch nicht heute. Zuerst musste sie das verarbeiten, was sie soeben gehört hatte. Aber dann musste sie zweifelsfrei erfahren, ob sie eine Baronesse von Hohenau oder Schwentins uneheliche Tochter war. Obwohl sie in ihrem Innern kaum noch Zweifel hatte.

Und wenn es wirklich so war, würde sie nach Breslau reisen. Nichts konnte sie dann noch auf Schönwalde halten. Außerdem musste sie wissen, wie es mit Ferdinand Grüning weiterging. Und irgendetwas für ihn tun.

Sicherlich würden auch ihr Vetter Christian von Güssow und Herr von Bassewitz als Zeugen befragt. Und sie war sich sicher, dass Mutius versuchen würde, auch diese beiden zu einer Aussage gegen Grüning zu überreden. Also war es an ihr, dafür zu sorgen, dass diese beiden sich nicht von ihrem Onkel beeinflussen ließen. Auch wenn es sich als Frau nicht geziemte, alleinstehende Männer ohne Begleitung aufzusuchen, auch wenn es ihr noch so schwerfiel – sie musste etwas für Ferdinand Grüning unternehmen.

Es klopfte an ihrer Tür. „Lena, bist du da?"

Ihre Mutter. Hatte sie etwas von dem Besuch ihres Onkels mitbekommen? So laut, wie sie gesprochen hatten, war es nicht verwunderlich, zumal ihre Mutter beinahe alles mitbekam, was auf dem Gut vor sich ging.

* * *

Ganz langsam drehte Mutius sich zu seiner Schwester um. „Aurelia, wie schön, dich zu sehen! Du siehst blendend aus!"

Aurelia zeigte nicht einmal den Ansatz eines Lächelns. „Was tust du hier? Wie bist du überhaupt hereingekommen?"

„Wie es sich für einen anständigen Menschen gehört: Euer Portier hat mich eingelassen. Aber bitte entschuldige mich nun, ich habe nicht viel Zeit." Er griff nach der Türklinke des Dienstbotentreppenhauses.

„Willst du etwa durch den Dienstboteneingang verschwinden? Bist du etwa auch so hereingekommen?" Aurelia trat dicht vor ihn hin. „So entkommst du mir nicht. Wenn du dich heimlich in mein Haus schleichst, will ich auch wissen, was du hier willst. Du warst bei Lena, nicht wahr?"

Natürlich wusste Aurelia, wo er gewesen war, schließlich lagen Lenas Räume nur wenige Türen entfernt. „Ich hatte etwas mit meiner Nichte zu besprechen."

„Etwa solche Dinge, die du auch in deinen Erpressungsbriefen schreibst? Du bist mir ein sauberer Bruder! Los, heraus mit der Sprache!"

Mutius grinste sie frech an. „Die Zornesfalte auf deiner Stirn steht dir zwar sehr gut, aber ich fürchte, dass sie dauerhafte Falten hinterlässt, und das wird dir gewiss nicht gefallen."

„Rede nicht solches Gewäsch!“ Aurelias Gesicht lief krebsrot an. „Was wolltest du von Lena?“

„Nichts, was dich interessieren könnte.“

„Ganz offensichtlich doch, sonst hättest du es ja nicht so heimlich getan. Also?“

„Beruhige dich doch Schwesterchen. Denke an deinen Blutdruck ...“

Aurelia schlug mit der Faust gegen seine Brust. „Julian, wenn du nicht augenblicklich redest, werden wir dir noch heute deinen Kredit kündigen!“

Mutius verzog das Gesicht. Das sah seiner Schwester ähnlich: Statt ihm endlich die zuletzt geforderten 70 000 Mark zu zahlen, drohte sie damit, den Kredit zurückzuverlangen. „Das wirst du sicherlich nicht tun, sondern mir mit Freuden das Geld, um das ich in meinem letzten Brief gebeten habe, zu Füßen legen. Oder willst du, dass über deine Schande und die deiner Tochter schon morgen in allen Breslauer Zeitungen berichtet wird?“ Er schob Aurelia unsanft beiseite. „Und nun lass mich gehen.“

„Du Ekel!“, schrie Aurelia.

Hatte er diese Worte nicht gerade schon einmal gehört? Aber das war gleichgültig. Viel schlimmer war, dass Aurelia nun wieder versuchen würde, ihre Tochter in ihrem Sinne zu beeinflussen. Doch wenn er Glück hatte, würde Lena sich nach seiner Eröffnung vielleicht sogar von ihrer Mutter lossagen.

Jetzt musste er nur noch dafür sorgen, dass Bassewitz in der gewünschten Weise aussagte. Schwentin hatte nicht umsonst angedeutet, dass ein Gespräch mit Grünings Kommilitonen sinnvoll sein könnte. Bei dem Freund des Angeklagten konnte man nicht sicher sein, auf wessen Seite er stand. Dort würde er als nächstes ansetzen.

* * *

Lena sah ihre Mutter durch den Schleier ihrer Tränen nur verschwommen. „Mama, bitte lass mich allein.“

Doch ihre Mutter setzte sich neben sie auf das Bett und legte den Arm um ihre Schultern. „Was hat dein Onkel dir angetan?“

Sie wollte doch noch gar nicht darüber sprechen. Sie musste doch selbst erst verarbeiten, was sie soeben erfahren hatte. „Bitte, Mama, noch nicht."

„Was auch immer dein Onkel gesagt haben mag, du solltest ihm nicht alles glauben."

„Das weiß ich. Aber ... Ach Mama, es ist so schrecklich!"

Ihre Mutter reichte ihr ein Schnupftuch und zog sie noch näher an sich heran. „Sprich dich aus, mein Kind."

Lena schniefte in das Schnupftuch. „Onkel Mutius – er hat mir alles erzählt. Von meiner Abstammung."

Die Augen ihrer Mutter wurden riesengroß. „Komm, Lena. Wir müssen in Ruhe darüber sprechen. Geh voraus in meinen Salon. Dein Vater ist soeben von den Feldern heimgekehrt, ich werde ihn hinzuholen."

Ihren Vater? Am liebsten hätte sie geschrien: *Dann musst du Onkel Schwentin holen!* Doch sie raffte ihren Rock, stand auf und ging zu den Räumen ihrer Mutter hinüber.

Das Haus kam ihr mit einem Mal so fürchterlich fremd vor. Wenn es wirklich stimmte, dass Georg Friedrich von Hohenau nicht ihr Vater war, dann trug sie nicht nur dessen Namen zu Unrecht, sondern dann hatte sie auch nie das Recht gehabt, hier zu wohnen.

Lena nahm im Salon ihrer Mutter auf einer Chaiselongue Platz, schlüpfte aus ihren bestickten Seidenschuhen und zog die Füße hinauf. Nun würde sie die Wahrheit also doch schon heute erfahren. Aber vielleicht war es am besten so.

Als ihre Eltern eintraten, sah sie ihnen die Nervosität an. Ihre Mutter war weiß wie der Schimmel, den sie immer ritt, und ihr Vater wühlte mit den Fingern in seinem Bart, dass sie meinte, er würde ihn sich ausreißen wollen.

Ihre Mutter setzte sich neben sie und wollte wieder den Arm um ihre Schultern legen, doch Lena wich zurück.

„Mama ..." Sie schlug die Hände vors Gesicht, damit sie ihre Tränen nicht sah.

„Was hat dein Onkel dir erzählt? Wie kam es überhaupt dazu?" Die Stimme ihrer Mutter klang gepresst.

„Er wollte mich dazu bringen, gegen Ferdinand Grüning auszusagen. Dazu hat er mich mit dem Geheimnis unter Druck gesetzt."

„Dieser Schuft!“, knirschte ihr Vater.

„Ich hätte wissen müssen, dass er es irgendwann herausfinden und für seine Zwecke missbrauchen würde. Aber dass er so weit gehen würde ...“ Ihre Mutter fuhr sich mit der Hand über die Augen. „Es tut mir leid, Lena. Wir hätten es dir viel eher sagen sollen.“

„Es ist also wahr? Papa, du – du bist nicht mein Vater?“

Ihre Mutter sah sie an. „Hat er dich je fühlen lassen, dass du nicht seine Tochter bist? Hast du je einen Unterschied zu Stefanie gemerkt?“

Sie musste zugeben, dass sie das nie bemerkt hatte. Trotzdem ... „Warum habt ihr es mir verheimlicht? Warum habt ihr es mir so lange verschwiegen, bis es durch jemand anderen ans Licht kam?“

„Schau, Lena, wir wussten nicht, wie du es aufnehmen würdest. Du ahntest nichts und wir hatten Angst, das unbeschwerte Verhältnis zwischen dir und deinem Vater zu zerstören.“ Ihre Mutter atmete tief durch. „Du müsstest doch Verständnis dafür haben, schließlich hattest du auch ein Geheimnis vor uns.“

„Ich hatte ein Geheimnis vor euch?“ Worauf wollte ihre Mutter hinaus?

„Wusstest du etwa nichts davon, dass Stefanie mit dem vorgeblichen Grafen von Wedell anbändelte? Und du hast nie ein Sterbenswörtchen davon geschrieben. Vielleicht hätten wir die Katastrophe verhindern können.“

Lena starrte ihre Mutter an. „Willst du damit sagen, dass ich – dass ich an Stefanies Tod mitschuldig bin?“ Wollten sie ihr nun auch noch die Schuld daran geben, dass ihre einzige gemeinsame Tochter tot war?

„Niemand will dir eine Schuld zuweisen.“ Ihre Mutter legte ihr die Hand auf den Arm. „Ich wollte dir nur zeigen, dass es manchmal richtig zu sein scheint, ein Geheimnis zu wahren.“

„Wahrscheinlich hätte ich das Unglück wirklich verhindern können.“ Lena schniefte. „Ich verstehe, dass ihr mich nun nicht mehr bei euch haben möchtet.“

„Ich bitte dich, Lena“, schaltete sich nun der Mann ein, den sie ihr Leben lang für ihren Vater gehalten hatte. „Es ist wirklich schlimm, eine Tochter zu verlieren, schlimmer als du dir vorstellen kannst. Vor allem, wenn es die einzige ist. Aber ...“

Die einzige. Es war nur zu verständlich, dass ihr Vater ihr zürnte. „Ich wünschte, ich wäre an ihrer Stelle gestorben."

„So höre mir doch zu Ende zu!"

Sie schüttelte den Kopf. „Ich kann nicht von euch verlangen, dass ihr mich weiter in Schönwalde duldet. Ich habe genug Unglück über euch gebracht."

„Es war ein Unfall, Lena, nichts anderes. Und wenn überhaupt jemand die Schuld daran trägt, dann ist es dieser Ferdinand Grüning." Ihre Mutter wirkte regelrecht verzweifelt. „Verzeih mir, Lena, dass ich überhaupt davon angefangen habe."

„Ich bin dir dankbar dafür, Mama. Nun weiß ich endlich, woran ich bin – und ich verstehe euch. Stefanie war eure gemeinsame Tochter, und ich bin eben nur – ein Bastard."

„Lena!" Der Schrei ihrer Mutter schrillte in ihren Ohren.

„Es ist doch so. Ich bin euch unendlich dankbar, dass ihr mich so lange geduldet habt, dass ich eine unbeschwerte Kindheit und Jugend in Schönwalde genießen durfte. Aber das ist jetzt vorbei."

Ihr Vater beugte sich zu ihr vor. „Du weißt doch, Lena, dass ich mich des Öfteren ungeschickt ausdrücke. Verstehe mich bitte nicht falsch. Natürlich war Stefanie meine einzige leibliche Tochter ..."

„Und ich werde sie niemals ersetzen können." Lena schwang ihre Beine von der Chaiselongue und angelte mit den Füßen nach ihren Schuhen. „Ich habe hier nichts mehr zu suchen und werde noch heute nach Breslau zurückkehren. Außerdem muss ich ohnehin in dem Verfahren gegen Ferdinand Grüning aussagen – vielleicht bin ich die Einzige, die ihn entlasten kann. Und dann ..." Ja, was dann?

„Du liebst diesen – diesen Mann immer noch?", fragte ihre Mutter.

Lena nickte. „Auch wenn ihr in ihm den Hauptschuldigen am Tod eurer einzigen Tochter seht – ich glaube nicht daran!"

„Ich verstehe nicht", murmelte ihr Vater, „dass du immer noch zu diesem Betrüger hältst."

„Wie könntet ihr mich auch verstehen. Schließlich gehöre ich in euren Augen ja auch zu denen, die Stefanies Tod hätten verhindern können." Endlich hatte sie ihre Schuhe gefunden und stand auf.

Über die Wangen ihrer Mutter kullerten Tränen. „Lena, es tut mir so leid. Wir hätten es dir viel eher sagen sollen."

„Das hättet ihr." Sie ging zur Tür. Dort sah sie sich noch einmal um. Da saßen ihre Eltern. Zu denen sie immer aufgeschaut hatte, von denen sie geglaubt hatte, dass sie unverbrüchlich zu ihr stehen würden. Und nun war alles zerstört.

„Lena." Die Stimme ihrer Mutter klang müde. „Wollen wir nicht zusammen beten? Unser Gott ist doch der Einzige, der den Bruch zwischen uns heilen kann!"

Beten? Mit den Menschen, die sie ihr ganzes Leben lang belogen hatten? Wie sollte das möglich sein? Sie schüttelte den Kopf, dann wandte sie sich um und verließ fluchtartig den Raum.

„Lena!" Es war ein doppelter Schrei, der ihr folgte.

Sie sah noch, wie ihre Mutter aufsprang, doch ihr Vater haschte nach ihrer Hand und hielt sie fest.

„Es bringt jetzt nichts ...", hörte sie ihn noch sagen, dann warf sie die Tür ins Schloss.

Schon eine Stunde später verließ sie Schönwalde. Als sie aus dem Hof fuhr, schaute sie zurück auf das gemütliche Herrenhaus, die Stallungen, die ausgedehnten Pferdekoppeln ... Dort graste ihre Stute mit dem glänzend braunen Fell, die sie zu ihrem 16. Geburtstag bekommen hatte.

Tausend Erinnerungen überfielen sie. An die glückliche Kindheit, die sie hier verbracht hatte. Hier hatte sie mit ihrer Schwester gespielt und getollt, und abends hatten ihre Mutter und ihr Vater sich abgewechselt, sie zu Bett zu bringen, mit ihnen zu beten und ihnen eine Geschichte aus der Bibel zu erzählen. War das alles nur frommes Theater gewesen? Wie konnten sie ihr vom liebenden Heiland erzählen und sie gleichzeitig so schmählich belügen?

Als sie durch die goldenen Kornfelder fuhr und auf den Weiden die Zuchtstuten sah, auf die ihr Vater so stolz war, liefen ihr die Tränen in Bächen übers Gesicht. Sie wollte es nicht mehr sehen. Schönwalde war nicht mehr ihre Heimat, war es niemals gewesen und sie würde nie mehr hierhin zurückkehren können.

Es war alles vorbei.

Kapitel 84

„Ferdinand, bist du vollkommen verrückt geworden?“ Die Stimme seines Vaters füllte die Besucherzelle. „Was fällt dir ein? Den berühmten Doktor von der Trenck zu vergraulen?“

Ferdi lehnte sich auf seinem wackeligen Stuhl nach vorn und starrte auf die verkratzte Tischplatte vor sich. Wahrscheinlich würde jedes Wort seinerseits seinen Vater noch mehr in Rage bringen.

„Rede, Bengel!“ Er hob mit dem Zeigefinger Ferdis Kinn, seine dunklen Augen funkelten ihn an und die Kerbe über seiner Nase war tiefer denn je.

„Können wir nicht in Ruhe darüber sprechen, Vater?“

„Ich begreife dich nicht, Ferdinand. Was ist in dich gefahren? Pritzen gibt sich alle Mühe, dir den besten Verteidiger Schlesiens zu beschaffen, zahlt dafür ein Vermögen, und du hast nichts Besseres zu tun, als dich mit ihm zu überwerfen!“

„Weil mir seine Strategie nicht gefiel.“

„*Nicht gefiel!*“ Sein Vater schlug sich mit der flachen Hand vor die Stirn. „Was hast du schon für eine Ahnung von einem Prozess?“

Die Zellentür flog auf. „Nicht so laut, Herr Grüning! Sonst muss ich den Besuch beenden!“ Der Wachmann nahm wieder hinter der Scheibe Platz.

„Vater, bitte höre mir in Ruhe zu.“

„Da soll einer die Ruhe bewahren!“

„Herr Doktor von der Trenck mag ein fähiger Anwalt sein, aber seine Methoden vertrugen sich nicht mit meinem Gewissen.“

„Gewissen? Lächerlich!“ Die Stimme seines Vaters wurde schon wieder bedenklich laut. „Hast in den letzten Monaten zur Genüge gezeigt, wie dein Gewissen beschaffen ist.“

Ferdi ließ den Kopf hängen. Den Vorwurf musste er sich wohl gefallen lassen. „Aber ich möchte nichts Unehrliches mehr tun. Und genau das forderte der Anwalt von mir.“

„Wird so schlimm nicht gewesen sein“, bollerte sein Vater.

„Doch. Ich sollte lügen.“

„Bah, was heißt das schon. Werden juristische Winkelzüge gewesen sein."

Ferdi schüttelte den Kopf. „Was ich als Schwindler zu erwarten habe, siehst du: Ich bin im Gefängnis. Glaubst du, ich würde mit neuen Schwindeleien da herauskommen?"

„Kannst dir kaum vorstellen, wie Pritzen getobt hat."

„Es tut mir leid, dass er das viele Geld nun umsonst ausgegeben hat. Ich würde mich wirklich gern bei ihm entschuldigen."

„Er hat keine Zeit, zu dir zu kommen." Sein Vater ließ sich auf einem Stuhl nieder. „Du weißt, was es bedeutet, dass du nun einen Pflichtverteidiger hast?"

„Ja." Ferdi nickte. „Er hat bisher noch nicht einmal Gelegenheit gefunden, mit mir zu sprechen, obwohl übermorgen schon der nächste Verhandlungstermin ansteht. Noch dazu der wohl wichtigste: Herr von Mutius wird als Zeuge aussagen."

„Bei den Herren Anwälten geht es doch nur ums Geld", grollte sein Vater. „Nicht um Recht oder Unrecht. Ein Pflichtverteidiger bekommt nur ein dürftiges Honorar vom Gericht. Kannst also nicht erwarten, dass er sich für dich in Stücke reißen wird."

„Zumal er kaum Zeit hat, sich in den Fall einzulesen." Trotzdem war er überzeugt, richtig gehandelt zu haben. „Ich glaube, dass ich meinen Gott an meiner Seite habe."

Wahrscheinlich würde er selbst die Initiative ergreifen müssen, um seine Unschuld zu beweisen. Hoffentlich würde ihm seine Unerfahrenheit dabei nicht zur Schlinge, aber da sein neuer Anwalt kaum in der Lage sein würde, ihn angemessen zu verteidigen, blieb ihm wohl keine andere Wahl.

* * *

„Schwentin, ich muss dich vor Lena warnen." Mutius setzte sich neben seinen Schwager auf eine Bank im Park des Schwentin'schen Palais. „Sie ist entschlossen, alles zu tun, um Grüning vor einer Verurteilung wegen Mordes zu retten."

Schwentin schlug die Beine übereinander. „Was kann sie denn schon tun?"

Mutius starrte Schwentin an. Begriff er denn das Naheliegendste nicht? „Sie wird doch als Zeugin befragt. Und sie ist in Grüning verliebt. Das wird der Verteidiger auszunutzen wissen."

„Wenn er davon weiß." Schwentin lächelte. „Mir scheint, dass noch nicht einmal Grüning sich dessen bewusst ist. Außerdem hat Doktor von der Trenck sein Mandat niedergelegt. Grüning wird mit einem Pflichtverteidiger auskommen müssen."

„Fantastisch!" Mutius klopfte sich auf die Schenkel. „Trenck glaubte wohl nicht daran, seinen Mandanten retten zu können?"

„Ich vermute eher, dass es Differenzen zwischen Angeklagtem und Verteidiger gab. – Aber was hast du nun mit Helena?"

„Ich war bei ihr. Du musst damit rechnen, dass sie wie eine Löwin für Grüning kämpfen wird."

„Damit erzählst du mir nichts Neues. Trotzdem würde ich sie jederzeit wieder als Zeugin benennen."

Mutius sprang von der Bank auf. War sein Schwager etwa übergeschnappt? „Schwentin, sie ist eine Gefahr für den Erfolg ..."

„Ich verfolge eine spezielle Taktik. Ich bin sicher, dass Helena in ihrem Eifer, Grüning zu retten, Fehler machen wird – Fehler, die ich nutzen werde, um ihre Aussage ins Gegenteil zu verkehren."

„Ich möchte wirklich wissen, wie du das schaffen willst."

„Ich habe schon einen Plan. Ich hätte sie nicht geladen, wenn ich nicht sicher wäre, mit ihren Aussagen meine Ziele zu erreichen. Du kannst ganz beruhigt sein."

Mutius schüttelte den Kopf. Wenn sein Schwager nur nicht zu selbstsicher war.

Kapitel 85

„Herr Staatsanwalt, haben Sie noch Fragen an den Zeugen Mutius?“, fragte der vorsitzende Richter.

Ferdi schielte zu seinem neuen Verteidiger hinüber. Das war vermutlich der kritischste Teil seines Prozesses, doch Rechtsanwalt Diehlmann – ein junger Mann, der nicht viel älter als 30 Jahre sein konnte – hatte nichts Besseres zu tun, als unaufhörlich in den Akten zu blättern. Er schien bestenfalls nebenbei auf Mutius' Antworten zu hören – ganz im Gegensatz zum Staatsanwalt.

„Ich würde dem Zeugen allerdings gerne noch einige ergänzende Fragen stellen, Herr Vorsitzender.“ Schwentin stand auf und richtete seine Robe. „Herr von Mutius, der Herr Vorsitzende hat Sie ja bereits zu dem Ball am 9. Juni befragt. Gab es schon bei diesem ersten Treffen Auffälligkeiten, die auf die mörderischen Absichten des Angeklagten hindeuten könnten?“

Zum ersten Mal seit Mutius in den Zeugenstand getreten war, sah Ferdis junger Pflichtverteidiger auf – und blätterte gleich darauf umso eifriger weiter in seinen Akten. Sein übermäßig pomadisiertes Haar, das zu einem strengen Seitenscheitel gekämmt war, trotzte diesen ruckartigen Kopfbewegungen ungerührt, ebenso wie das dauerhafte Lächeln, das auf Diehlmanns glatt rasiertem Gesicht lag und das Ferdi bereits jetzt auf die Nerven ging.

„Ich erinnere mich an eine Aussage“, erklärte Mutius derweil, „die der vorgebliche Graf von Wedell tat. Ich maß ihr damals keinerlei Bedeutung bei, sondern hielt sie für eine – zwar etwas geschmacklose – Übertreibung. Erst nach dem Tod meiner Nichte wurde mir der Sinn dieser Aussage bewusst.“

„Wenn Sie die Güte hätten, uns den Inhalt dieser Aussage mitzuteilen.“ Schwentin nahm seinen Zwicker ab und sah Mutius an.

Ferdi widerte dieses abgekartete Spiel an. Aber er konnte nichts dagegen tun. Der Antrag, den Staatsanwalt wegen Befangenheit auszutauschen, war abgelehnt worden. Daran war nichts mehr zu ändern.

Mutius warf Ferdi einen Blick zu. „Der falsche Graf sagte in Gegenwart meiner Schwester und Herrn von Güssows, dass es besser sei, zu töten, als die Frau, die man liebt, einem anderen zu überlassen."

Durch den Saal ging ein Raunen, und Ferdi hielt die Luft an. Diese Lüge war ungeheuerlich!

„Das habe ich so niemals gesagt!", rief er.

Diehlmann hob wieder die Nase aus seinen Akten und warf ihm einen missbilligenden Blick zu.

„Ich sagte, dass es manchmal besser sei zu *sterben*, als auf die Frau, die man liebt, zu verzichten. Zwischen töten und sterben besteht denn doch ein großer Unterschied."

„Bitte Ruhe!", rief der Vorsitzende. „Herr Grüning, Sie reden nur, wenn Sie gefragt werden. – Herr von Mutius, sind Sie sicher, dass Sie sich recht erinnern? Sagte der Angeklagte, dass es besser sei, zu töten oder zu sterben?"

„Ich erinnere mich sehr genau, dass er von Töten sprach." Mutius zog an seinem Ohrläppchen. „Ich schloss aus diesem Wort, dass er von einem Duell spräche, bei dem er einen potenziellen Nebenbuhler ausschalten würde. Und dieser Gedanke wäre mir nicht sofort gekommen, wenn er von *sterben* gesprochen hätte."

„Ich frage Sie trotzdem noch einmal, weil diese Aussage entscheidend sein kann." Der Vorsitzende sah Mutius mit gefurchter Stirn an. „Bedenken Sie, dass Sie geschworen haben, nur die reine Wahrheit zu sagen."

„Ebendeshalb sage ich nichts anderes als die reine Wahrheit."

Der Richter wandte sich an Diehlmann. „Hat die Verteidigung noch etwas dazu zu sagen?"

„Ich bitte Sie", raunte Ferdi seinem Verteidiger zu, „Mutius hat gelogen! Ich habe nie von *töten* gesprochen!"

Diehlmann erhob sich. „Herr von Mutius, Sie sagten aus, dass Sie sich genau an das Wort *töten* erinnern, weil Sie an ein Duell dachten. Ist das korrekt?"

„Sehr wohl."

Der Verteidiger fuhr sich mit der flachen Hand über das vor Pomade glänzende Haar. „Glauben Sie nicht, dass das Wort *sterben* ebenfalls mit einem Duell assoziiert werden kann? Ich meine, bei einem Duell kann man sowohl seinen Gegner töten als auch selbst sterben. Allein die Gedankenverbindung zu einem Duell erklärt somit nicht, warum Sie sich an das Wort *töten* zu erinnern glauben."

Ferdi sah zu seinem Verteidiger auf. Dieser ewig lächelnde Anwalt schien doch nicht ganz so unfähig zu sein, wie er gedacht hatte.

Mutius zog an seinem Ohrläppchen. „Aber bei dem Wort *sterben* hätte ich nicht zuerst an ein Duell gedacht, sondern eher an eine heroische Tat, meinetwegen an eine abenteuerliche Flucht mit tödlichem Ausgang oder etwas dergleichen. Außerdem erinnere ich mich genau an mein Erstaunen, als das Wort *töten* fiel."

Diehlmanns Lächeln wurde so breit, dass die Ohren beinahe Besuch von den Mundwinkeln bekamen. „Ah, nun auf einmal sind Sie sicher, dass das Wort *töten* fiel, weil Sie darüber erstaunt waren. Bei Ihrer Aussage eben war es aber die Assoziation zu einem Duell. – Halten wir also fest, dass die Erinnerungen des Herrn von Mutius lückenhaft sind."

„Mehr noch!", raunte Ferdi ihm zu. „Das ist eine Falschaussage! Mutius hat doch geschworen, nur die reine Wahrheit zu sagen, also hat er einen Meineid geschworen!"

„Es steht Aussage gegen Aussage. Wir müssen abwarten, was die anderen Zeugen aussagen." Der Verteidiger schüttelte den Kopf. „Keine weiteren Fragen."

„Das ist eine infame Lüge!", schrie Ferdi. „Ich verlange ..."

„Ruhe!" Der Vorsitzende schlug mit der flachen Hand auf den Tisch. „Mäßigen Sie sich, Herr Grüning. – Herr Staatsanwalt, weitere Fragen an den Zeugen Mutius?"

„Jawohl. Herr von Mutius, Sie waren der Erste, der an der Unfallstelle eintraf. Bitte beschreiben Sie, was Sie vorgefunden haben."

Ferdi stützte den Kopf in die Hände, während Mutius erzählte, wie er ihn und Stefanie angetroffen hatte. „Der vermeintliche Graf von Wedell war offenbar noch bei Bewusstsein. Er sah mich kommen und sagte: *Ich habe das alles getan.*"

„Was sagen Sie dazu, Herr Grüning?" Schwentin ließ seinen Zwicker an der Kette baumeln.

Ferdi schickte ein Stoßgebet zum Himmel. „Ich kann mich nur schwach an die Situation erinnern, weil ich wegen des Sturzes benommen war. Aber ich bin sicher, gesagt zu haben, dass ich alles getan habe, um die Baronesse vor dem Unglück zu bewahren."

„Herr von Mutius, bitte wiederholen Sie, wie Sie die Aussage gehört haben." Schwentin warf Ferdi einen stechenden Blick zu.

„Er sagte ganz deutlich: *Ich habe das alles getan.*"

„So sagen Sie doch etwas!", zischte Ferdi seinem Verteidiger zu.

Diehlmann erhob sich mit seinem unvermeidlichen Lächeln. „Herr von Mutius, ist es richtig, dass Sie der Erste an der Unfallstelle waren?"

„Das sagte ich doch bereits", grunzte Mutius.

„Dann erklären Sie bitte, wie es kam, dass Sie ausgerechnet zu dieser Zeit in ausgerechnet diesem Wäldchen südlich von Breslau unterwegs waren. Das war doch sicherlich kein Zufall."

„Selbstverständlich nicht." Auf Mutius' Stirn glänzte ein Schweißfilm im schummrigen Licht der Gaslampen. „Ich habe beobachtet, dass meine Nichte Stefanie ohne Begleitung ausfuhr. Um zu erfahren, was der Grund für dieses ungewöhnliche Verhalten war, folgte ich ihr unauffällig zu Pferde. Am Kaiser-Wilhelm-Platz sprang der Angeklagte zu ihr in den Wagen und riss ihr förmlich die Zügel aus der Hand."

„Das ist nicht wahr!", rief Ferdi dazwischen. „Sie selbst hat mir die Zügel gegeben!"

Ein Raunen ging durch den Saal, und einem der Geschworenen las Ferdi von den Lippen ab: „Dieser renitente Lümmel!"

„Angeklagter, bewahren Sie Ruhe!", schnauzte der Richter und griff zu seiner Glocke. „Warten Sie, bis Sie gefragt werden. – Herr von Mutius, bitte fahren Sie fort."

„Als ich beobachtete, wie der Angeklagte meiner Nichte die Zügel aus der Hand riss und losfuhr, geriet ich in Sorge. Doch der Angeklagte fuhr so schnell, dass es mir nicht gelang, die Kutsche einzuholen. Ich konnte nur von hinten beobachten, wie er versuchte, meine Nichte aus dem Wagen hinab in den Abgrund zu stürzen." Mutius deckte die Hand über die Augen und setzte mit brechender Stimme hinzu: „Ihre Angstschreie gellen mir noch heute in den Ohren."

„Aber ..." Ferdi sprang auf.

„Ruhig bitte", ermahnte ihn sein Verteidiger. „Lassen Sie Herrn von Mutius ausreden."

„Als es dem Angeklagten offenbar nicht gelang, meine Nichte in den Abgrund zu stürzen ... Es war schauderhaft."

Ferdi ballte die Faust. Mutius war ein viel zu guter Schauspieler – viel besser als er selbst in der Rolle als Graf. Als Ferdi zu den Geschworenen hinübersah, bemerkte er, wie sie gebannt an den Lippen des Zeugen hingen.

Mutius wischte sich mit seinem Schnupftuch die Augen. „Ich musste tatenlos zusehen, wie der Angeklagte den Wagen in den Abgrund lenkte. Er selbst versuchte noch abzuspringen, doch gelang es ihm nicht mehr."

„Lüge! Alles Lüge!" Ferdi konnte sich nicht mehr beherrschen.

„Sie wollen einen Zeugen der Lüge bezichtigen?" Schwentin sprach aufreizend ruhig. „Der Zeuge hat bei Gott dem Allmächtigen und Allwissenden geschworen, nur die Wahrheit zu sagen. Und ein Ehrenmann hält seinen Schwur unter allen Umständen."

„Es war ein Meineid!"

Diehlmann zog ihn am Rock. „Ruhig, Grüning, verderben Sie nicht alles." Der Verteidiger wandte sich an den Vorsitzenden. „Bitte erlauben Sie Herrn Grüning, zu den Vorfällen Stellung zu beziehen."

Ferdi sah den Anwalt an. Eigentlich wäre es seine Aufgabe, Stellung zu beziehen, aber er hatte sich wohl noch nicht gründlich genug in die Akten eingelesen.

„Bitte, Herr Grüning, sprechen Sie", sagte der Richter. „Aber bewahren Sie Contenance und stoßen Sie keine wilden Anschuldigungen und Beleidigungen aus."

Ferdi atmete tief durch. „Zuerst möchte ich klarstellen, dass ich Baronesse Stefanie nicht die Zügel aus der Hand gerissen habe. Es ist richtig, dass ich die Kutsche gelenkt habe, aber sie hat mir die Zügel freiwillig übergeben."

„Ich habe es genau gesehen!", rief Mutius. „Von freiwilliger Übergabe kann keine Rede sein. Ich sah, dass es ein kleines Handgemenge gab, dann hielt der Angeklagte die Zügel in der Hand und raste los."

„Wir nehmen beides zu Protokoll", sagte der Vorsitzende. „Bitte, Herr Grüning, nehmen Sie dazu Stellung, ob Sie die Baronesse aus der Kutsche werfen wollten."

„Ja, ich habe versucht, Stefanie aus dem Wagen zu werfen ..."

„Unglaublich!" – „Unerhört!", so grummelte es im Raum durcheinander.

Sein Verteidiger zischte: „Grüning, abstreiten!"

„Aber ich tat es, um sie zu retten", fuhr Ferdi fort. „Wegen des Gewitters war das Pferd unruhig, und als dann aus einem Seitenweg plötzlich ein Reiter auftauchte, und zwar genau dieser Herr dort" – er wies mit dem Finger auf Mutius –, „ging das Pferd durch. Um die Baronesse zu retten, wollte ich sie aus dem Wagen werfen, da das Gefährt an einem Baum zu zerschellen drohte."

„Das ist ungeheuerlich", stammelte Mutius. „Der Angeklagte verdreht die Tatsachen nach Belieben. Ich bin nie aus einem Seitenweg aufgetaucht und das Unwetter setzte erst ein, kurz nachdem das Unglück geschehen war."

Schwentin bat ums Wort, und als der Richter ihm zunickte, sagte er: „Herr Grüning, es mag Ihnen als ein genialer Schachzug erscheinen, den einzigen Augenzeugen zu diskreditieren, indem Sie ihm Ihre Schuld zuschieben. Aber Sie werden zugeben, dass Ihre Geschichte völlig unwahrscheinlich ist."

„Sie hat sich genauso zugetragen!", rief Ferdi.

„Herr von Mutius", wandte Schwentin sich wieder an den Zeugen, „Sie sagten aus, dass Sie zu Pferde der Kutsche folgten, sie aber nicht einzuholen vermochten. Wie erklären Sie diese Tatsache, da doch ein Reiter zumeist schneller ist als eine Kutsche?"

„In der Eile, in der ich meiner Nichte folgen wollte, zerrte ich das erstbeste Pferd aus dem Stall – und erwischte ein Kutschpferd", antwortete Mutius. „Das Tier war störrisch und schwer zu bändigen."

„Danke. Genau das haben die Gendarmen zu Protokoll gegeben, als Herr von Mutius sie über das Unglück in Kenntnis setzte." Schwentin reichte dem Vorsitzenden ein Dokument und wandte sich dann an Ferdi. „Wenn Herr von Mutius Ihnen zu Pferde gefolgt ist, plötzlich aber aus einem Seitenweg auftauchte, hätte er einen Umweg reiten müssen, um Sie zu überholen. Sie glauben doch selbst nicht, dass das mit einem störrischen Kutschpferd möglich ist, wenn die Kutsche offenbar mit großer Geschwindigkeit unterwegs ist."

Diehlmann lächelte breit. „Dass Herr von Mutius der Kutsche zu Pferde folgte, hat nur er selbst ausgesagt. Mein Mandant hat nichts davon bemerkt."

„Sie meinen also, Herr von Mutius sei der Kutsche gar nicht gefolgt?" Schwentin rückte seinen Zwicker höher auf die Nase. „Dann wäre sein Auftauchen aus dem Seitenweg nichts anderes als ein bloßer Zufall gewesen, was Sie selbst, mein lieber Herr Diehlmann, vor wenigen Minuten selbst ausgeschlossen haben."

Ferdi sank wieder auf seinen Sitz und starrte Diehlmann an. Auf dem Gesicht des Anwalts gefror das Lächeln und er blätterte fieberhaft in den Akten.

„War Mutius nicht Offizier bei der Kavallerie?", raunte Ferdi ihm zu. „Als solcher sollte er auch auf einem Kutschpferd schnell reiten können."

Diehlmann zuckte mit seinem unvermeidlichen Lächeln die Achseln.

Ferdi sprang wieder auf. „Herr von Mutius ist doch alter Kavallerieoffizier. Er würde sicherlich auch ein Kutschpferd bändigen können."

„Herr Vorsitzender", sagte Schwentin, „wenn Sie geruhen, einen Blick in das Protokoll der Gendarmen zu werfen, werden Sie dort finden, dass Herr von Mutius hinkend und mit offenbar großen Rückenschmerzen zur Wache kam. Er hat dort angegeben, das Pferd habe ihn abgeworfen. Stimmt das, Herr von Mutius?"

„Ja, das störrische Biest warf mich ab."

„Können Sie uns den Zeitpunkt angeben, wann das geschah?", hakte Schwentin nach.

„Während ich der Kutsche folgte, kurz bevor der Angeklagte sie in den Abgrund steuerte." Er zog an seinem Ohrläppchen. „Der Angeklagte fuhr immer noch schnell, schien das Gefährt aber trotz des Handgemenges mit der Baronesse, als er sie hinauswerfen wollte, sicher im Griff zu haben. Ich erinnere mich genau, dass ich mich gerade aufgerappelt hatte, um die Kutsche nicht aus dem Auge zu verlieren, als der Angeklagte plötzlich nach rechts zog und den Wagen den Abhang hinunterstürzte. Der Angstschrei meiner Nichte ... Ich werde ihn nie vergessen."

„Sie sehen also" – Schwentin nahm seinen Zwicker ab –, „dass Herr von Mutius unmöglich die Kutsche auf einem Umweg überholen konnte. Er befand sich die ganze Zeit *hinter* der Kutsche, konnte das Unglück also nie und nimmer durch sein Erscheinen auslösen, stattdessen aber alles beobachten, was der Angeklagte tat. Herr Grüning, schämen Sie sich Ihres Versuchs, einen ehrenwerten Mann des Meineids zu beschuldigen."

Ferdi ließ sich auf seinen Stuhl fallen. Wie war es nur möglich, dass Schwentin alles beweisen konnte, wie er es wünschte? *Mein Gott, wo soll das hinführen?*

„Hat die Verteidigung noch Fragen an den Zeugen?“, fragte der Richter.

Diehlmann nickte. „Herr von Mutius, könnten Sie bitte noch einmal wiederholen, was mein Mandant gesagt haben soll, als Sie ihn nach dem Unfall fanden?“

„*Ich habe das alles getan.* Was soll die erneute Frage?“

„Die Fragen stelle ich, nicht Sie.“ Trotz der Schärfe in seiner Stimme behielt Diehlmann sein Lächeln bei. „Sie haben eben gehört, dass mein Mandant von dem Sturz benommen war. Das mag sein Erinnerungsvermögen beeinträchtigt haben, aber sicherlich auch seine Zurechnungsfähigkeit. Ich beantrage, diese Aussage nicht als Beweis zuzulassen.“

„Gestatten Sie, dass ich an der Unzurechnungsfähigkeit zweifle“, warf Mutius ein.

Ferdi schüttelte den Kopf. Was hatte der sich überhaupt einzumischen? Und warum wies der vorsitzende Richter ihn nicht darauf hin, dass er nur zu reden habe, wenn er gefragt werde?

Stattdessen sah der Richter Mutius fragend an. „Dürfen wir den Grund Ihres Zweifels erfahren?“

„Als der Angeklagte verletzt nach Breslau gebracht worden war, behauptete jemand, er könne seine Gedanken nicht klar äußern. Der Angeklagte bestritt dies sofort vehement.“

Ferdi hatte das Gefühl, als würde ihm der Boden unter den Füßen weggezogen. Hatte er das wirklich gesagt? Er konnte sich einfach nicht daran erinnern! „Das ist nicht wahr! Herr von Mutius verdreht meine Aussagen!“

„Ruhe, Angeklagter!“, donnerte der Richter, während die Geschworenen unisono die Köpfe schüttelten.

„Wer war dieser *Jemand*, der behauptete, mein Mandant könnte seine Gedanken nicht klar äußern?“, fragte Diehlmann.

Mutius zögerte.

„Beantworten Sie bitte die Frage des Verteidigers“, schnarrte der Richter.

„Es war – Baronesse Helena von Hohenau.“

„Danke." Schwentin lächelte. „Ich habe die Baronesse bereits als Zeugin benannt und beantrage, sie am nächsten Verhandlungstag nach dem Grafen Götzen und Herrn von Gedigk zu vernehmen."

Der Richter nickte.

Ferdi atmete auf. Helena würde bestimmt nichts aussagen, was gegen ihn sprach. Es sei denn, es entsprach der Wahrheit. Wenn er sich bloß erinnern könnte!

„Wir werden die Zeugin über den Zustand des Angeklagten nach dem Unfall befragen, ebenso wie Frau von Schwentin, die Sie ebenfalls als Zeugin angegeben haben." Der Vorsitzende wandte sich an Schwentin. „Weitere Fragen, Herr Oberstaatsanwalt?"

„Ja." Schwentin lächelte süßlich, klemmte seinen Zwicker auf die Nase und blätterte in seinen Papieren. „Gibt es noch weitere relevante Aussagen des Angeklagten, die Sie gehört haben?"

Mutius nickte. „Der Angeklagte wiederholte die Aussage, dass er das alles getan habe, nachdem er in die Stadt gebracht worden war, während der Arzt sich um Baronesse Stefanie kümmerte. Er sagte außerdem – in Gegenwart meiner Schwester –, dass er Baronesse Stefanie aus dem Wagen werfen wollte. Das sei ihm aber nicht gelungen, weil sie sich an ihm festgeklammert habe."

Ferdi sprang auf. „Selbstverständlich wollte ich das! Ich habe doch bereits erklärt ..."

Schwentins Blick durchbohrte ihn fast. „Sie geben also, obwohl zur Evidenz bewiesen ist, dass von einer Gefahr keine Rede sein konnte, immer noch zu, dass Sie Baronesse Stefanie von Hohenau gewaltsam aus dem Wagen werfen wollten? Herr Vorsitzender, wenn das kein Geständnis ist!"

„Nein!", schrie Ferdi. Waren denn hier alle verrückt?

„Ruhe im Saal!" Der Vorsitzende funkelte ihn an. „Ich muss Sie bereits zum wiederholten Male zur Ordnung rufen, Herr Grüning."

„Bitte darauf aufmerksam machen zu dürfen" – Diehlmann lächelte den Vorsitzenden an –, „dass der Herr Oberstaatsanwalt meinen Mandanten unterbrach."

„Bitte, Angeklagter, was wollten Sie zu Ihrer Verteidigung vorbringen?"

Ferdi atmete tief durch, um sich zu beruhigen. „Wie ich eben ausgeführt habe, befanden die Baronesse und ich uns in größter Gefahr, weil das Pferd wegen des Gewitters unruhig und wegen des plötzlichen Auftauchens von Herrn Mutius durchgegangen war. Als einzige Rettungsmöglichkeit sah ich, die Baronesse aus der Kutsche zu werfen."

„Herr Grüning, ermüden Sie uns nicht mit Ausflüchten, die längst widerlegt wurden", sagte Schwentin.

„Aber wenn es doch die Wahrheit ist!" Ferdis Stimme überschlug sich.

„Setzen Sie sich hin." Diehlmann zog an Ferdis Rock. „Merken Sie denn nicht, dass Sie Ihre Lage nur verschlimmern?"

Ferdi sank auf seinen Stuhl. „Wenn Sie mich nicht verteidigen, muss ich es ja selbst tun."

Diehlmann zuckte mit den Schultern. „Sie hatten doch einen erstklassigen Verteidiger. Warum haben Sie den verärgert?"

„Doktor von der Trenck wollte mich zum Lügen überreden."

Diehlmann starrte ihn einen Augenblick lang an, dann schaute er kopfschüttelnd wieder auf die vor ihm ausgebreiteten Schriftstücke. „Ich habe Ihren Fall erst vor wenigen Tagen übernommen und hatte kaum Zeit, einen Blick in die Akten zu werfen."

„Aber Sie werden die Geschworenen auch nicht nur mit Ihrem Lächeln von meiner Unschuld überzeugen können", zischte Ferdi.

Da sprach der Vorsitzende ihn an. „Herr Grüning, bitte antworten Sie mir besonnen auf meine Frage: Wollten Sie Baronesse Stefanie mit Gewalt aus dem Wagen werfen?"

„Ich musste es doch!" Als er die entsetzten Blicke der Geschworenen sah, merkte er, dass er offenbar falsch verstanden wurde. „Ich ..."

„Ich frage Sie noch einmal: Sie geben zu, dass Sie die Baronesse aus der Kutsche werfen wollten?"

„Um sie vor dem drohenden Sturz in den Abgrund oder dem Anprall gegen einen Baum zu bewahren, ja."

Der Richter verzog die Stirn zu einem Waschbrett. „Der Herr Oberstaatsanwalt wies soeben schon darauf hin, dass diese Möglichkeit widerlegt ist. – Herr von Mutius, Sie haben mit dem Angeklagten gesprochen, als er verletzt in der Stadt angekommen war. Worüber haben Sie gesprochen?"

„Der Angeklagte wollte von mir wissen, wie es Baronesse Stefanie ging." Mutius zog an seinem Ohrläppchen. „Ich antwortete ihm, dass sie wahrscheinlich nicht überleben werde. Seine Antwort war: *Gott sei Dank!*"

Ferdi schloss die Augen. Er konnte sich erinnern, dass Mutius davon gesprochen hatte, dass Stefanie vielleicht nicht überleben würde. Aber daraufhin würde er niemals *Gott sei Dank!* geantwortet haben. Er musste das in einem anderen Zusammenhang gesagt haben, aber er konnte sich einfach nicht erinnern, in welchem.

„Herr Grüning?"

Ferdi riss die Augen wieder auf und sah den Blick des Vorsitzenden auf sich gerichtet.

„Was sagen Sie dazu?"

„Ich kann mich nicht daran erinnern. Aber so etwas habe ich bestimmt nicht gesagt."

Der Richter sah Schwentin an. „Gibt es dazu weitere Zeugen?"

„Sie können die nächste Zeugin danach befragen, Herr Vorsitzender."

„Danke. – Herr von Mutius, gab es weitere Gespräche, die für die Aufklärung der Vorfälle an jenem 6. Juli wichtig sein könnten?"

Mutius nickte. „Nicht mit dem Angeklagten selbst, aber es gelang mir, von meiner Nichte Stefanie einige Worte zu erhaschen, ehe sie endgültig das Bewusstsein verlor."

„Die Baronesse war noch einmal bei Bewusstsein?" Der Vorsitzende blätterte in seinen Akten. „Laut Protokoll der Gendarmen hat sie das Bewusstsein nicht wiedererlangt."

„Doch, sie war noch einmal für wenige Augenblicke wach. Ich trat gemeinsam mit Herrn von Güssow an ihre Trage, kurz nachdem der Arzt sie versorgt hatte. Dabei hörten wir, dass sie leise murmelte: *Warum wolltest du mir etwas antun? Ferdl, warum gerade du?*"

„Ah, das ist interessant." Schwentin riss seinen Zwicker von der Nase. „Herr von Güssow hat diese Aussage also ebenfalls vernommen?"

„Sehr wohl." Mutius zog an seinem Ohrläppchen.

„Wir werden den Zeugen Güssow dazu befragen." Der Richter tauchte eine Feder in das Tintenfass auf seinem Pult und machte sich eine Notiz. „War sonst noch jemand in der Nähe?"

„Nein, nur Herr von Güssow."

„Gut.“ Schwentin setzte die Sehhilfe wieder auf die Nase. „Ich habe keine weiteren Fragen.“

Der Vorsitzende sah Diehlmann an. „Hat die Verteidigung noch Fragen an den Zeugen Mutius?“

„Bitte tun Sie doch etwas!“, raunte Ferdi. Es musste dem Verteidiger doch möglich sein, Mutius die Falschaussage nachzuweisen!

„Was soll ich schon tun? Sie haben doch ungefragt mehr gesagt, als gut für Sie ist.“ Diehlmann wandte sich mit seinem penetranten Lächeln dem Richter zu. „Herr Vorsitzender, ich beantrage, die nächste Zeugin, Frau Valeria von Schwentin, nicht zuzulassen, da es sich um die Gattin des Herrn Oberstaatsanwalts handelt.“

„Ich denke, dass Frau von Schwentin wertvolle Aussagen machen kann“, erwiderte der Richter. „Ich werde die Befragung allein vornehmen, Sie, Herr Oberstaatsanwalt, und Sie, Herr Verteidiger, werden keinerlei Fragen stellen. Sind Sie einverstanden?“

„Nein!“, raunte Ferdi seinem Verteidiger zu, doch der nickte bereits, und Schwentin bekundete ebenfalls seine Zustimmung.

Der Richter entließ Mutius und rief Valeria von Schwentin herein.

Ferdi wusste schon vorher, dass sie dasselbe aussagen würde wie ihr Bruder.

Als er am Ende der Verhandlung abgeführt wurde, hatte er das Gefühl, als würde das Gefängnis sein dauerhafter Aufenthaltsort. Es blieb ihm nichts anderes übrig, als zu hoffen, dass wenigstens Herr von Güssow eine wahrheitsgemäße Aussage machen würde. Aber selbst wenn das so wäre, würde sein ewig lächelnder Pflichtverteidiger das wahrscheinlich nicht zu seinem Vorteil nutzen können.

Kapitel 86

„Herr von Bassewitz, ich bin froh, dass Sie gekommen sind." Mutius wies auf eine der Bänke, die am Oderufer standen. „Wollen wir Platz nehmen?"

Bassewitz nahm die Zigarre aus dem Mund und stieß eine Rauchwolke von sich wie der vor ihnen beidrehende Ausflugsdampfer. „Bei der Sommerhitze ist das Sitzen gleichsam bequemer als das Lustwandeln in der Sonne."

Mit behaglichem Stöhnen ließ Mutius sich ebenfalls nieder und legte die Beine übereinander. „Die Herrschaften auf dem Dampfer scheinen der gleichen Ansicht zu sein wie Sie." Er warf einen heimlichen Blick auf seinen Nebenmann, der sich mit seinem Schnupftuch den Schweiß von der Stirn tupfte.

Der Student nahm erneut einen Zug aus seiner Zigarre. „Darf ich erfahren, Herr von Mutius, weshalb Sie mich zu sprechen wünschten?"

„Sie dürfen." Mutius zog an seinem Ohrläppchen.

Der Dampfer ließ ein dumpfes Tuten hören, dann legte er direkt vor ihnen an.

„Ich möchte von Ihnen wissen, was Sie über Herrn Grüning alias den Grafen von Wedell denken."

Bassewitz klopfte die Asche von seiner Zigarre. „Was soll ich von ihm denken? Ich habe ihn gleichsam oft genug gewarnt."

„Wovor haben Sie ihn gewarnt?"

„Dass dieses gefährliche Spiel kein gutes Ende nehmen werde."

Mutius sah zu den Ausflüglern hinüber, die den Dampfer verließen. Die Damen klappten ihre Sonnenschirme auf und die Herren stülpten die Zylinder auf den Kopf. „Sie hatten also Sorge, dass der Schwindel auffallen würde?"

„Selbstverständlich. Es sollte ein einmaliger Spaß sein. Grüning hatte mir versprochen, dass es bei dem einen Mal bleiben würde."

Mutius zündete sich bedächtig ein Zigarillo an. „Sagen Sie, Herr von Bassewitz, ist Ihnen nie der Gedanke gekommen, dass Ihr vermeintlicher Freund von Anfang an gar nicht nach dem ersten Ball damit aufhören wollte – weil er genau dieses Ende herbeizuführen beabsichtigte?"

Bassewitz brach in einen Hustenanfall aus. „Verzeihen Sie." Er wischte sich eine Träne aus dem Augenwinkel. „Ich weiß, Herr von Mutius, dass Sie überzeugt sind, mein Freund habe in mörderischer Absicht gehandelt. Ich bin allerdings sicher, dass dem nicht so ist."

„Hm." Mutius kniff ein Auge zusammen. Wenn er wollte, dass Grüning wegen Mordes verurteilt wurde, dann musste er Bassewitz zu einer gegenteiligen Aussage bewegen. „Ich glaube Ihnen, dass Ihnen keine Mordpläne oder -absichten aufgefallen sind – sonst wären Sie ja zweifellos sofort eingeschritten. Aber im Nachhinein – gab es nicht vielleicht doch Anzeichen, dass er den Anschlag plante?"

Bassewitz warf seinen Zigarrenstummel in hohem Bogen in die Oder und wandte sich ihm zu. „Was wollen Sie von mir? Soll ich etwa gegen meinen Freund aussagen, damit ihm der Kopf abgeschlagen wird? Warum sollte ich das tun, noch dazu gegen meine feste Überzeugung?"

So freundlich wie möglich lächelte Mutius ihn an. „Sie sind doch derjenige, der Herrn Grüning am nächsten stand. Sie haben doch mit ihm zusammen den Schwindel geplant. Es wird Ihnen in der Gesellschaft sicherlich nicht zur Ehre gereichen, wenn sich herausstellen würde, dass Sie wissentlich an einem solchen Plan mitgearbeitet haben – und denken Sie nur an Ihren gestrengen Herrn Vater! Aber so war es ja bestimmt nicht. Sie sind übertölpelt worden wie wir alle, nicht wahr?"

„Worauf wollen Sie hinaus, Herr von Mutius? Bitte lassen Sie Ihre diplomatischen Winkelzüge und reden Sie gleichsam geradeheraus!"

Mutius zog an seinem Zigarillo und ließ den Rauch langsam durch die Nase entweichen. „Wenn Ihnen erst im Rückblick aufgefallen sein sollte, dass Grüning den Anschlag gegen Baronesse Stefanie geplant hat, und Sie dies mit Ihrer Zeugenaussage manifestieren würden – dann wäre in der Gesellschaft sonnenklar, dass Grüning Sie ebenso hinters Licht geführt hat wie uns alle. Andernfalls – müsste man davon ausgehen, dass Sie mit einem Mörder im Komplott waren. Was würden die Damen und Herren der Gesellschaft" – er wies auf die feinen Herrschaften, die soeben den Oder-Dampfer bestiegen – „und vor allem Ihr Herr Vater dazu sagen?"

Bassewitz sprang auf, viel behänder, als Mutius es ihm zugetraut hätte. „Sagen Sie es doch deutlich, Herr von Mutius: Ich soll Grüning den Mord anlasten, um mich selbst zu schützen, aber natürlich vor allen Dingen damit Sie Ihr Ziel, meinen Freund aus Rache – oder warum auch immer – zum Tode verurteilt zu sehen, erreichen. So ist es doch gleichsam, nicht wahr?" Er trat nahe vor ihn hin. „Aber ich sage *Nein*, Herr von Mutius. Mag man sich in der Gesellschaft ruhig das Maul darüber zerreißen, dass ich meine Hand zu einer kindischen Schwindelei gereicht habe – das habe ich mir selbst zuzuschreiben –, aber ich werde mich nicht dazu hinreißen lassen, einen Unschuldigen an die Guillotine zu liefern, um mich vor dieser Schmach zu drücken. Ohne mich, Herr von Mutius."

Wie zur Bestätigung tutete der Dampfer und legte ab.

Mutius warf sein Zigarillo fort. Hier kam er offensichtlich nicht weiter. Das Schiff war abgefahren.

* * *

Wilhelm von Pritzen bog so heftig an seinem Bleistift, dass er durchbrach. Frustriert warf er die beiden Hälften auf die Papierberge, die seinen Schreibtisch bedeckten, und lehnte sich zurück.

Der Oberpräsident hatte ihm die schier unlösbare Aufgabe gestellt, in kürzester Zeit Lösungsmöglichkeiten für die finanzielle Misere der Provinz aufzuzeigen. Schlesien und seine Industrie litten noch immer unter den Folgen des Börsenkrachs von 1873. Und bis zum Besuch des Kaisers wollte der Oberpräsident zumindest Ansätze zur Überwindung der Krise haben, die er Seiner Majestät präsentieren konnte.

Pritzen seufzte. Die anhaltende Deflation machte der Provinz zu schaffen und der Oberpräsident war beim Kaiser ohnehin nicht gut angeschrieben, seit sein Schwager einen offenen Konflikt mit Fürst Bismarck um die Reichskanzlerschaft austrug.

Er kramte einen neuen Bleistift aus der Schreibtischschublade und wandte sich gerade wieder seinen Papieren zu, als die Bürotür ohne Klopfen geöffnet wurde. Graf von Arnim-Boitzenburg, der Oberpräsident der Provinz Schlesien, trat ein.

Blitzschnell sprang Pritzen auf und verbeugte sich. „Exzellenz."

Arnim winkte ab. „Behalten Sie Platz, Pritzen." Pritzen setzte sich und der Oberpräsident ließ sich auf der anderen Seite des Schreibtisches nieder. „Ich erhielt heute ein Schreiben der Staatskanzlei zu Berlin."

„Hat der Kaiser seinen Besuch abgesagt?" Es wäre immerhin nicht das erste Mal.

„Leider nicht", seufzte Arnim. „Es bleibt dabei, dass er die Feierlichkeiten zum Sedantag in Breslau zu begehen gedenkt. Er wird bereits ein paar Tage vorher anreisen, um einige Verwaltungsangelegenheiten mit mir zu besprechen. Der Sedantag soll der feierliche Abschluss seines Besuchs sein."

„Also bleiben uns keine zwei Wochen mehr."

„Am 31. August, so das Schreiben der Staatskanzlei, beabsichtigen Seine Majestät mit mir und dem Herrn Finanzminister über die schlesischen Finanzen zu sprechen. Ich wünsche, dass Sie bei dieser Audienz zugegen sind."

Ausgerechnet am 31. August, dem Tag, an dem Ferdis Schlussverhandlung stattfinden sollte. Wenigstens bei der Urteilsverkündung wollte er zugegen sein. „Verzeihen Sie, Exzellenz, für den 31. August erbat ich mir Urlaub. Und Sie hatten die Güte, ihn zu genehmigen."

„Just an diesem Tag? Pritzen, Sie müssen Ihren Urlaub verschieben."

„Aber das ist unmöglich, Exzellenz." Pritzen atmete tief durch. „Sie erinnern sich vermutlich an den Prozess gegen Ferdinand Grüning. Er hat monatelang bei mir gewohnt. Deshalb will ich unbedingt dabei sein, wenn das Urteil gesprochen wird."

„Dieser Lümmel, der sich als falscher Graf in die Gesellschaft eingeschlichen hat? Ich entsinne mich." Arnim schüttelte den Kopf. „Nein, Pritzen, ich kann Ihnen den Urlaub nicht gewähren. Sie müssen mich bei der Audienz unterstützen."

Pritzen räusperte sich. „Exzellenz mögen bedenken, dass ich kein Politiker, kein geübter Redner bin. Ich erarbeite gern Lösungen für Sie – am Schreibtisch. Aber ich rate Ihnen, das Vortragen derselben anderen zu überlassen. Als Verwaltungsmann bin ich nicht dazu geeignet."

„Aber mein lieber Pritzen." Arnim lachte. „Das machen Sie sich doch selbst nicht weis. Niemand wird die Lösungsvorschläge so überzeugend vortragen können wie derjenige, der sie ausgearbeitet hat."

„Ich denke, der Herr Finanzminister ..."

„Pah, der Finanzminister." Arnim fegte mit der Hand über den Tisch. „Er ist ein reiner Opportunist. Er wird sich beim Kaiser einschmeicheln und mich dann im Regen stehen lassen."

Mit dieser Einschätzung lag Arnim wahrscheinlich nicht einmal verkehrt. „Aber ich bin nicht der richtige Mann dafür. Seine Majestät werden kaum mit einem Beamten der Provinzialverwaltung sprechen wollen, geschweige denn auf mich hören."

„Der Kaiser ist kein Mensch, der die Person ansieht. Er ist sachlichen Argumenten gegenüber stets aufgeschlossen." Der Oberpräsident beugte sich vor und sah Pritzen an. „Versetzen Sie sich in meine Lage, Pritzen. Mein Schwager hat die Dummheit begangen, sich mit Reichskanzler Otto von Bismarck anzulegen, ja, er wollte ihn sogar aus dem Amt drängen. Man ist in Berlin also auf die Arnims nicht gut zu sprechen, weshalb ich dem Kaiser eine perfekte Vorstellung bieten muss, um meinen Posten nicht zu verlieren. Denken Sie auch an Herrn von Puttkamer, der schon lange auf den Posten des Oberpräsidenten von Schlesien spekuliert – und er ist mit Bismarcks Frau verwandt. Ich habe Feinde, wohin ich sehe. Sie sind der Einzige, der loyal zu mir steht. Wenn wir den Kaiser überzeugen können, dass wir es schaffen werden, Schlesien aus der Depression zu führen, würde ich mich vielleicht noch einige Zeit im Amt halten können – und damit auch Sie. Wer weiß, ob mein Nachfolger noch mit Ihnen arbeiten will."

Das war allerdings zweifelhaft. Und war es nicht seine Pflicht, seinem Vorgesetzten zur Seite zu stehen, so gut er konnte? Wenn es nicht gerade am 31. August wäre!

„Sie sehen also, dass ich auch in Ihrem Interesse darauf bestehen muss, dass Sie mich begleiten."

Pritzen neigte den Kopf. „Sehr wohl, Exzellenz. Ich werde Sie begleiten."

Kapitel 87

Das Bimmeln des Rathausglöckchens, der dumpfe Schlag der Domglocken, das Tuten der Schiffe auf der Oder – die Geräusche in Breslau waren Lena merkwürdig vertraut. Wenn der Anlass nur nicht so traurig wäre! Übermorgen musste sie vor Gericht ihre Aussage machen. Hoffentlich würde es ihr gelingen, Ferdinand Grüning ein wenig zu entlasten.

Doch ihre Aussage allein würde Ferdinand Grüning kaum vor den dunklen Machenschaften ihrer Onkel retten können. Deshalb musste sie vorher unbedingt noch mit Güssow und mit Bassewitz sprechen. Es wäre bestimmt von Vorteil, wenn sie sich in ihren Aussagen abstimmen würden, damit sie sich nicht in Widersprüche verwickelten. Oder falls die beiden nicht sicher waren, dass Ferdinand Grüning unschuldig war, konnte sie sie vielleicht noch davon überzeugen.

Ihr Herz klopfte in wildem Staccato, als ihre Droschke vor Güssows Wohnung hielt. Schließlich war es gegen jede Etikette, wenn sie ohne Begleitung zu einem unverheirateten Mann ging. Aber welchen Ruf hatte sie noch zu verlieren, seitdem sie wusste, dass sie ein Bastard war? Hoffentlich legte er ihren Besuch nicht so aus, dass sie sein Interesse an ihr erwiderte. Trotzdem musste sie versuchen, mit ihm über die Zeugenbefragung zu sprechen.

Güssows Dienstmädchen sah sie erstaunt an, führte sie aber dienstbeflissen in den Salon des Hausherrn, der wohl gerade erst von der Arbeit gekommen war.

„Cousine Helena, welch ungewöhnlicher Besuch! Bitte nimm Platz."

„Ich bin froh, dich anzutreffen, Christian." Sie nahm in dem angebotenen Sessel Platz. „Ich muss dringend mit dir sprechen."

Er fuhr sich mit der Hand über den Bart, als ob er ihn glätten wollte – ein sinnloses Unterfangen. „Ich nehme an, dass dein Onkel Mutius dich geschickt hat?"

„Onkel Mutius? Nein, wie kommst du darauf?"

„Ich ging davon aus, er habe mit dir gesprochen ..."

„Ich wüsste nicht, was er noch mit mir zu reden hätte." Sonderbar. Warum sollte Mutius sie zu Christian von Güssow geschickt haben? „Christian, ich muss mit dir über den Prozess gegen Ferdinand Grüning sprechen."

Er krachte mit seinen Fingern, dass Lena eine Gänsehaut bekam. „Ich vermutete es. Wenn der Prozess erst vorbei ist, dann ..."

„Er ist noch nicht vorbei. Ich werde übermorgen meine Aussage machen und ich vermute, dass auch du als Zeuge geladen bist."

„Ja, ebenfalls übermorgen."

„Darüber möchte ich mit dir sprechen."

„Also hat Mutius dich doch geschickt." Güssow wühlte in seinem Bart. „Du wirst es gut haben bei mir, Helena. Herr von Ruffer hat mich erst letzten Monat noch einmal befördert und mir versichert, dass ich wahrscheinlich bald schon die nächste Gehaltserhöhung bekommen werde, falls es mir gelingen wird, die Maschinenfabrik trotz der Krise weiterhin über Wasser zu halten."

Was faselte er da? Glaubte er etwa doch, dass sie seinem Werben nachgab, weil sie allein zu ihm gekommen war? „Christian, bitte erzähle mir nichts von deiner Arbeit ..."

„Ja, ich weiß, dass es in den Augen der feinen Gesellschaft ehrenrührig ist, wenn ein Adeliger sein Brot in abhängiger Stellung verdient. Ich hatte jedoch geglaubt, dass es dir gleichgültig ist."

„Mir ist es auch völlig gleichgültig, wie du dein Geld verdienst!" Sie schüttelte so heftig den Kopf, dass sich ihr Knoten beinahe auflöste.

„Ich dachte mir doch, dass du von solchen Vorurteilen frei bist." Er verzog seinen Bartwald zu einem Lächeln. „Mir ist das Wichtigste, dass wir in Glaubensfragen übereinstimmen, und das tun wir doch. Deswegen bin ich überzeugt, dass wir eine glückliche Ehe führen werden. Und wenn Ruffer mir wirklich noch eine weitere Gehaltserhöhung zukommen lässt, können wir uns eine schöne Villa am Stadtrand von Breslau leisten ..."

Irgendetwas lief hier völlig schief. Hörte er ihr überhaupt zu? Was machte ihren Vetter bloß so sicher, dass sie ihn heiraten werde? Sie hatte ihm niemals eine Andeutung gemacht, geschweige denn eine solche Zusage gegeben. Sollte sie etwa schon wieder verschachert werden? „Christian, ich möchte mit dir nicht über eine Verheiratung sprechen, sondern ..."

„Du hast recht, das muss warten, bis der Prozess vorüber ist." Wieder ließ er seine Finger krachen. „Du brauchst zweifellos ein wenig Zeit, um Abstand von all den schlimmen Ereignissen zu bekommen."

Lena starrte ihn an. Am liebsten wäre sie sofort davongelaufen. Wenn er glaubte, Onkel Mutius habe sie geschickt, gab es da gar irgendwelche Absprachen zwischen den beiden?

„Ich freue mich, dass du zu mir gekommen bist, Helena. Lange Zeit warst du mir gegenüber sehr abweisend. Ich bin froh, dass dein Onkel dich offenbar überzeugen konnte."

„Christian, bitte höre mir doch zu. Mein Onkel hat mich nicht überzeugt. Ich bin aus freien Stücken zu dir gekommen ..."

„Das macht mir dein Kommen noch viel wertvoller."

„Aber ich komme nicht aus dem Grund, den du anzunehmen scheinst. Ich möchte mit dir über deine Aussage bezüglich Ferdinand Grüning sprechen."

Er beugte sich vor und sah ihr in die Augen. „Darüber brauchst du dir keine Sorgen machen, Helena. Ich werde genau in deinem Sinne aussagen. Das verspreche ich dir."

„Ist das wahr? Du wirst ...? Du bist auch überzeugt ...?"

„Selbstverständlich. Ich habe den vermeintlichen Grafen doch selbst oft genug getroffen. Und ich weiß genau, was du bezüglich meiner Aussage von mir wünschst. Ich werde alle deine Erwartungen erfüllen."

Lena atmete auf. Das war doch eine Zusage. Sie streckte ihrem Vetter die Hand entgegen. „Ich danke dir, Christian. Ich wusste, dass du deinem Gewissen folgen würdest."

„Das ist doch selbstverständlich. Je länger ich über den Fall nachdenke, umso sicherer weiß ich, was ich zu sagen habe."

Sie schenkte ihm ein Lächeln. „Eigentlich hatte ich das von dir auch so erwartet. Aber das andere ..."

„Über das andere sprechen wir nach der Schlussverhandlung. Ich bin sehr froh, dass du deinen Widerstand endlich aufgegeben ..."

„Christian, ich möchte ..." Was sollte sie nur sagen? Sie durfte ihn keinesfalls verärgern, sonst würde er vielleicht doch nicht in ihrem Sinne aussagen. Zwar würde ihr Vetter bestimmt nicht lügen, aber er konnte auch bei der Wahrheit bleiben, ohne das ganze Gewicht seiner Persönlichkeit in die Waagschale zu werfen. Doch Güssow musste für Ferdinand Grüning kämpfen!

„Ich lasse dir Zeit, liebe Helena. Ich weiß, dass du sie benötigst."

Eigentlich benötigte sie keine Zeit. Sie wusste schon jetzt, dass sie Güssow niemals heiraten würde, selbst wenn er sie trotz ihrer Herkunft noch wollte. Aber durfte sie ihm das sagen? Wenn vielleicht sogar Ferdinand Grünings Leben davon abhing? Aber war es nicht unehrlich, wenn sie nichts sagte?

„Christian, verzeih mir bitte, ich möchte gehen. Lass uns später darüber sprechen." Sie stand auf. „Ich danke dir, dass ich mich bezüglich Ferdinand Grünings auf dich verlassen kann."

„Du weißt, dass ich beinahe alles für dich tue, liebe Cousine."

Als sie wieder in der Droschke saß, rollten ihr die Tränen über die Wange. Zwar hatte sie Güssows Zusicherung in Bezug auf seine Aussage, trotzdem war das Gespräch eine einzige Katastrophe gewesen.

Sollte sie dennoch zu Herrn von Bassewitz fahren? Würde er auch denken, er dürfte sich Hoffnung auf eine Verbindung mit ihr machen? Dachten etwa alle Männer so, wenn eine Frau sie allein besuchte?

Nein, sie durfte nicht noch einem weiteren Mann falsche Hoffnungen machen. Sie hatte schon während der Soiree viel zu viel Zeit mit ihm verbracht. Zwar war er angenehm unaufdringlich geblieben, aber wer wusste schon, was er sich im Nachhinein für Gedanken gemacht hatte.

Es taugte wirklich nichts, wenn sie ihre Scheu überwand. Gab sie einmal ihre Zurückhaltung auf, ging alles schief.

Kapitel 88

Ferdi starrte Baronesse Helena an, während sie die Eidesformel wiederholte: „Ich schwöre bei Gott dem Allmächtigen und Allwissenden, dass ich nach bestem Wissen die reine Wahrheit sagen, nichts verschweigen und nichts hinzusetzen werde. So wahr mir Gott helfe."

Sie war blass und unter ihren Augen lagen dunkle Ringe, als habe sie viele schlaflose Nächte hinter sich. Kein Wunder – er konnte nur zu gut nachvollziehen, wie es jemandem erging, der gerade seine geliebte Schwester verloren hatte.

Trotzdem sah sie so schön aus wie ein Engel. Vielleicht würde sie in diesem Prozess sogar noch zu seinem rettenden Engel. Bei seiner Verhaftung hatte sie sich auch auf seine Seite gestellt. Andererseits hatte sie aber auch dafür gesorgt, dass er aus Schwentins Haus entfernt wurde. Wie würde sie sich heute entscheiden?

Der Vorsitzende befragte sie zum Ball und zur Soiree. Ferdi hörte gar nicht mehr recht zu. Schon viel zu oft waren diese Ereignisse erörtert worden, gerade vorher noch mit einigen Herren aus der Gesellschaft, deren Aussagen aber keine neuen Erkenntnisse gebracht hatten.

Ferdi vertiefte sich in Helenas Anblick. Eigentlich hatte sie ihm von Anfang an besser gefallen, und es war nur Stefanies Koketterie gewesen, die ihn zu ihr hingezogen hatte – und Helenas Kälte. Hätte er geahnt, wie warmherzig sie sein konnte, wäre er vielleicht von Beginn an mehr von Helena angezogen worden.

„Herr Oberstaatsanwalt, bitte übernehmen Sie die weitere Befragung." Der Vorsitzende lehnte sich zurück, und Schwentin stand auf.

Helena warf Ferdi einen Blick zu – und ließ ein schwaches Lächeln sehen, das ihm bis ins Herz ging. Wo hatte er in den vergangenen Monaten bloß seine Augen gehabt?

„Baronesse von Hohenau, Sie waren zugegen, als Ihre Schwester und der vorgebliche Graf von Wedell verletzt nach Breslau gebracht wurden. Sie haben mit dem Angeklagten gesprochen. Ist das richtig?"

„Ja, das stimmt."

„Wie schätzen Sie die damalige Verfassung des Angeklagten ein?"

„Ich habe mehrfach darauf hingewiesen, dass es ihm sehr schlecht ging. Herr von Mutius attackierte ihn mehrfach, obwohl sein Zustand überhaupt kein sinnvolles Gespräch zuließ."

„Bitte eine Zwischenfrage stellen zu dürfen." Diehlmann stand auf, und Ferdi sah ihn erstaunt an. Was hatte sein Verteidiger wohl für einen Geistesblitz?

Der Richter nickte.

„Gnädige Baronesse, Sie sagten, Herr von Mutius habe meinen Mandanten attackiert. Muss ich daraus schließen, dass Herr von Mutius handgreiflich wurde?"

Helena schüttelte den Kopf. „Nein, ich meinte es verbal."

„Sind Sie sicher" – Diehlmann lächelte sie an –, „dass er Herrn Grüning nur verbal attackierte?"

Sie sah zu Ferdi hinüber.

Er schüttelte den Kopf und sagte: „Nein, Herr von Mutius wurde nicht handgreiflich."

Seufzend nahm Diehlmann wieder seinen Platz ein. „Sie Esel!", zischte er. „Hätten Sie gesagt, dass Mutius handgreiflich geworden sei, und die Zeugin hätte das bestätigt, hätten wir seine Aussagen aushebeln können – Sie hätten alles nur unter dem Druck körperlicher Misshandlung gesagt."

„Keine Lügen – haben Sie das schon wieder vergessen?"

Schwentin nahm seinen Zwicker ab. „Sie sind also der Ansicht, Baronesse, dass die Aussagen, die der Angeklagte kurz nach seiner Ankunft gemacht hat, nicht bei vollem Bewusstsein getätigt wurden?"

Sie zögerte einen Augenblick. „Herr Grüning wirkte benommen und nicht Herr seiner Sinne."

Ferdi atmete durch. *Danke, Baronesse.*

„Der Angeklagte selbst schätzte seinen Zustand jedoch anders ein", rekapitulierte Schwentin. „Herr von Mutius und seine Schwester sagten aus, dass er geäußert habe, er könne seine Gedanken klar äußern. Haben Sie das ebenfalls gehört?"

„Ja. Allerdings ist es doch durchaus verständlich, dass er glaubte, klare Äußerungen tun zu können, obwohl jeder Außenstehende sofort merkte, dass es nicht so war."

Schwentin nickte. „Gehen wir doch die Äußerungen der Reihe nach durch. Können Sie sich daran erinnern, dass der Angeklagte sagte, dass er das alles getan habe?"

„Ich erinnere mich, dass er so etwas sagte – so etwas *Ähnliches.*" Sie warf Ferdi einen Blick zu, und er lächelte sie an. „Er sagte, dass er alles getan habe, nicht dass er *das* alles getan habe. Damit meinte er zweifellos, dass er alles in seiner Macht Stehende getan hatte, um meine Schwester zu retten."

„Woher wissen Sie so genau, was er meinte?", hakte Schwentin nach.

„Aus seiner Wortwahl, wie ich soeben dargelegt habe."

Der Staatsanwalt grinste. „Die Dame legt Wert auf Spitzfindigkeiten. Wir wollen das zu Protokoll nehmen."

Der Protokollant sah auf, und Schwentin drängte: „Nun schreiben Sie schon!"

Die Feder kratzte über das Papier.

Schwentin wandte sich wieder an Helena. „Baronesse, wie erklären Sie sich, dass der Angeklagte offensichtlich – wie Sie ausgesagt haben – nicht zurechnungsfähig war, aber trotzdem seine Worte so bewusst gewählt haben soll?"

Sie starrte den Staatsanwalt an.

„Nun, Baronesse? Entweder war er nicht zurechnungsfähig und konnte dementsprechend auch keine präzisen Aussagen machen. Oder er war doch dazu in der Lage, dann war er aber sehr wohl zurechnungsfähig. Oder sehen Sie das anders?"

„Herr Grüning war definitiv benommen. Er wies darauf hin, dass die Rädchen in seinem Kopf nicht mehr recht ineinandergriffen. Trotzdem hat er unbestreitbar gesagt, dass er alles getan habe und nicht, dass er *das* alles getan habe."

„Er wusste also mit benommenem Kopf die Worte noch genau zu setzen." Schwentin lächelte. „Nehmen wir auch das zu Protokoll."

Der Protokollant sah erneut auf, und als der Staatsanwalt sich zu ihm umdrehte, schrieb er rasch weiter.

Schwentin zog sein Schnupftuch aus der Westentasche und putzte seinen Zwicker. „Des Weiteren soll der Angeklagte zugegeben haben, dass er Ihre Schwester aus der Kutsche zu werfen versucht habe. Haben Sie diese Aussage ebenfalls gehört?"

„Es stimmt, dass er gesagt hat, er wollte sie, bevor das Unglück geschah, aus der Kutsche werfen. Jedoch ..."

„Auch das sollten wir zu Protokoll nehmen."

„Einen Augenblick." Der Richter hob die Hand. „Herr Oberstaatsanwalt, bitte lassen Sie die Zeugin ausreden. Dann wollen wir ihre komplette Aussage zu Protokoll nehmen. – Bitte, Baronesse, vollenden Sie Ihren Satz."

„Danke, Herr Vorsitzender." Sie neigte den Kopf gegen den Richter. „Ich wollte sagen, dass er sie zwar aus der Kutsche werfen wollte, jedoch zu ihrer Rettung."

„Haben Sie einen Beweis, dass er es zu ihrer Rettung tun wollte? Oder ist es eine Vermutung Ihrerseits?"

„Es liegt auf der Hand. Herr Grüning sah das Unglück kommen, die Kutsche raste gefährlich nahe am Abhang entlang. Ich halte es für sehr umsichtig und selbstlos von Herrn Grüning, dass er bemüht war, meine Schwester vor dem Absturz zu bewahren. Und das einzige Mittel dazu war, sie aus dem Wagen zu werfen."

„Waren Sie zugegen, als das Unglück geschah?"

„Nein, natürlich nicht."

„Also ist das alles *Ihre* Interpretation der Ereignisse." Schwentin klemmte seinen Zwicker wieder auf die Nase und blätterte in seinen Akten. „In den Protokollen steht, dass der Angeklagte fragte, ob Ihre Schwester noch lebe. Auf die Aussage Herrn von Mutius', dass sie wahrscheinlich nicht überleben werde, sagte er *Gott sei Dank*. Ist Ihnen dies ebenfalls erinnerlich?"

„Ich erinnere mich – aber wiederum anders. Das *Gott sei Dank* bezog sich auf meine Antwort, dass meine Schwester noch lebe."

„So?" Schwentin zog die Augenbrauen hoch. „Lassen Sie sich Zeit und überlegen Sie genau, wie der Ablauf war. Der Angeklagte fragte nach dem Zustand Ihrer Schwester. Was geschah als Nächstes?"

„Ich antwortete, dass sie noch lebe."

„Und daraufhin sagte der Angeklagte *Gott sei Dank*?"

Sie zögerte. Ferdi konnte den Kampf in ihrem Gesicht sehen. Zu dumm, dass er sich selbst nicht mehr daran erinnern konnte. Was würde sie sagen? Selbstverständlich nur die Wahrheit – aber was war die Wahrheit?

Unter den Zuschauern entstand ein Murmeln, die Geschworenen sahen die Zeugin gespannt an. Ferdi merkte, wie viel von ihrer Antwort abhing.

„Er sagte es nicht sofort." Sie sprach langsam, stockend.

„Sondern?" Schwentins Augen funkelten hinter seinen Brillengläsern.

„Mein Onkel warf dazwischen, dass Stefanie wahrscheinlich nicht überleben werde."

„Und was sagte der Angeklagte darauf?"

Die Baronesse schwieg.

„Bitte beantworten Sie die Frage des Staatsanwalts", warf der Richter ein.

„Könnte es sein, dass er daraufhin sagte: *Gott sei Dank?*", hakte Schwentin nach.

Immer noch zögerte Helena.

Im Saal herrschte Totenstille, Ferdi hörte nur sein eigenes Herz wummern wie ein Artilleriegeschütz.

Endlich holte Helena tief Luft. „In der zeitlichen Reihenfolge, ja. Aber es bezog sich inhaltlich auf meine Aussage, dass Stefanie noch lebe."

„Worauf stützen Sie diese Überzeugung?" Blitzschnell schoss Schwentin die Frage ab, während das Gemurmel der Zuschauer lauter wurde.

„Er wirkte erleichtert, als ich sagte, dass Stefanie noch lebe. Ich glaube, er hat überhaupt nicht mitbekommen, dass mein Onkel davon sprach, dass sie vielleicht sterben könne."

Schwentin nahm seinen Zwicker wieder ab. „Halten wir also fest, dass alle drei Zeugen übereinstimmend berichten, dass der Satz des Angeklagten *Gott sei Dank* unmittelbar nach der Information, dass Baronesse Stefanie vermutlich bald sterben werde, gesagt wurde. – Herr Protokollant, bitte notieren Sie dies."

Die Feder kratzte über das Papier – in Ferdis Ohren klang es wie ein schadenfrohes Lachen.

Baronesse Helena kämpfte mit den Tränen. Aber Schwentin nahm darauf keine Rücksicht.

„Gnädiges Fräulein, erinnern Sie sich des Balls, an dem der Angeklagte erstmals als Graf von Wedell teilnahm? Wie würden Sie seinen Zustand an diesem Tag beschreiben? Hatte er viel Alkohol getrunken, war er nüchtern ...?“

Sie schien zu überlegen. Offenbar hatte sie Angst, wieder etwas Falsches zu sagen, weil sie noch nicht wusste, worauf der Staatsanwalt hinauswollte. „Wenn ich mich recht erinnere, hat Herr Grüning keinen oder nur wenig Alkohol getrunken. Er machte auf mich einen nüchternen Eindruck.“

„Das deckt sich mit den Aussagen der anderen Zeugen. Er hat bei diesem Ball angeblich gesagt, dass es besser sei, zu töten, als das Mädchen, das man liebt, einem anderen zu überlassen. Können Sie sich daran erinnern?“

Bitte bezeuge, dass ich gesagt habe, es sei manchmal besser, zu sterben! Wenn doch seine Gedanken in ihren Kopf fliegen könnten!

„Ich kenne diese Aussage nicht, kann mir aber nicht vorstellen, dass Herr Grüning so etwas gesagt hat.“

„Sie waren also nicht zugegen, als er diese Aussage tätigte?“

Sie schüttelte den Kopf und warf Ferdi einen Blick zu, der wahrscheinlich so etwas wie eine Entschuldigung sein sollte.

„Danke, keine weiteren Fragen.“ Schwentin setzte sich.

„Hat die Verteidigung noch Fragen an die Zeugin?“, fragte der Vorsitzende.

Diehlmann stand auf und lächelte den Richter an. Dann wandte er sich an Helena. „Gnädige Baronesse, Sie haben soeben überzeugend dargelegt, welche Bedeutung die Aussagen meines Mandanten wirklich haben. Ich vermute, dass Sie Herrn Grüning besser und länger kennen als Ihr Onkel, Herr von Mutius?“

„Es gab eine Begegnung im Hochwald bei Wölfelsgrund“, antwortete Helena zögernd. „Dort hat er meiner Schwester und mir das Leben gerettet.“

„Wann und wo gab es weitere Begegnungen?“

„Bei unserem Debüt, bei der Soiree mit Anna Grobecker, dann bei dem Treffen mit meiner Schwester, das Herr von Güssow so unsanft unterbrach, dann noch, als er mich um das Rendezvous mit meiner Schwester bat, und zuletzt am Tag, als er verhaftet wurde.“

„Danke, Baronesse.“ Diehlmanns Lächeln wurde breiter. „Nehmen wir also auch zu Protokoll: Die Zeugin Baronesse von Hohenau traf den Angeklagten weit häufiger als alle anderen Zeugen, sie kannte ihn also bedeutend besser und kann mithin besser einschätzen, welche Bedeutung seine Aussagen wirklich haben. – Keine weiteren Fragen." Diehlmann setzte sich und grinste Ferdi breit an.

Da erhob Schwentin sich wieder. „Herr Vorsitzender, bitte gestatten Sie mir noch einige Fragen." Er wandte sich an Helena. „Der Herr Verteidiger hat soeben beeindruckend bewiesen, wie gut Sie den Angeklagten kannten. Als Sie ihn am 14. Mai in der Nähe von Wölfelsgrund trafen, wie trat er dort auf?"

Helena tastete mit zitternden Fingern nach ihren Haarnadeln und drückte sie in den Knoten. „Herr Staatsanwalt, ich verstehe nicht, worauf Ihre Frage abzielt."

„Für was hielten Sie Herrn Grüning? Trat er auf wie ein Herr aus der gehobenen Gesellschaft?"

„Nein. Meine Schwester meinte zwar, dass er sogar aus allerhöchsten Kreisen stammen könnte, aber ich widersprach ihr. Ich hielt ihn für einen Bürgerlichen, einen Studenten oder etwas dergleichen."

„Dann trafen Sie ihn bei Ihrem Debüt wieder. Haben Sie sich nicht gewundert, den Studenten oder Bürgerlichen als Grafen wiederzusehen? Haben Sie nichts von seinem Schauspiel bemerkt?"

„Es gab einige Dinge, die mir sonderbar vorkamen. Aber ich war überzeugt davon, dass er wirklich Graf von Wedell war."

„Und wie erklärten Sie sich sein Auftreten in Wölfelsgrund?"

Helena zögerte und sah Ferdi an.

„Bitte antworten Sie, Baronesse!", schnarrte der Richter.

„Ich vermutete, dass er in Wölfelsgrund inkognito aufgetreten war."

„Danke. – Halten wir also ebenfalls fest, dass die Zeugin, obwohl sie den Angeklagten so gut kannte, nicht in der Lage war, Wahres und Unwahres in seinen Aussagen und seinem Auftreten zu unterscheiden. Ich melde somit starke Zweifel an, dass sie den wahren Sinn seiner Aussagen besser erklären kann als die anderen Zeugen."

Ferdi hatte das Gefühl, als würde der Stuhl unter ihm weggezogen. Wieder einmal hatte Schwentin die Aktion des Verteidigers ins Gegenteil verkehrt.

„Und noch etwas." Schwentin hauchte die Gläser seines Zwickers an und berieb sie erneut mit seinem Schnupftuch. „Gnädige

Baronesse, Sie haben ausgesagt, dass der Angeklagte Sie um das Rendezvous mit Ihrer Schwester gebeten habe. Bitte erklären Sie, wann und unter welchen Umständen das geschah."

Helena schlug die Augen nieder. „Ich – ich traf ihn im Park."

„In welchem Park?"

„Im Park, der zu Ihrer Villa gehört."

„Wann war das? Während einer Gesellschaft?"

„Nein."

Schwentin setzte seinen Zwicker auf und funkelte Helena an. „Bitte antworten Sie ausführlich, wenn ich Sie frage. Wie kam der Angeklagte zu Ihnen in den Park?"

„Er – er ..."

„Antworten Sie, Zeugin!" Die Stimme des Richters klang scharf wie ein Messer.

„Er war über den Zaun geklettert." Helenas Antwort war kaum zu verstehen.

Die Zuschauer steckten die Köpfe zusammen und begannen zu murmeln, bis der Richter zu seiner Glocke griff. „Ruhe im Saal!"

„Angeklagter, was sagen Sie dazu?", herrschte Schwentin Ferdi an.

„Die Zeugin sagt die Wahrheit. Ich wollte Baronesse Stefanie unter allen Umständen wiedersehen. Ich drang in den Park ein und traf dort auf Baronesse Helena, die ich um ein Treffen mit ihrer Schwester bat."

„Halten wir also fest, dass der Angeklagte sich unerlaubt Zutritt zu einem fremden Grundstück verschafft hat – ein weiterer Hausfriedensbruch. Es zeigt sich, dass er regelmäßig gegen geltendes Recht verstieß und sich zwei Mal in die Nähe von Baronesse Helena zu bringen wusste." Schwentins Augen blitzten. „Übrigens gibt es einen weiteren Zeugen, der den Hausfriedensbruch bestätigen kann, nämlich den Gärtner. Ich behalte mir vor, diesen Zeugen gegebenenfalls auch noch anzuhören."

„Ich denke, auf eine Vernehmung dieses Zeugen kann verzichtet werden", entgegnete der Vorsitzende, „da der Angeklagte diese Tat gestanden hat."

Ferdi sah zu Diehlmann hinüber, der ihn immer noch breit anlächelte. Wie sein Anwalt in dieser Lage noch sein Lächeln bewahren konnte, war ihm ein Rätsel. Am liebsten hätte er seinen Verteidiger, dessen Einwürfe die Lage immer nur verschlimmerten, gewürgt.

„Baronesse von Hohenau, Sie sind aus dem Zeugenstand entlassen. Sie dürfen, wenn Sie wünschen, im Zuschauerraum Platz nehmen." Der Vorsitzende winkte einem Gerichtsdiener. „Herr von Güssow bitte."

Ferdi sah Helena nach, wie sie unter den Zuschauern Platz nahm. Ihre Wangen waren nass von Tränen.

Kapitel 89

„... so wahr mir Gott helfe." Güssow krachte mit seinen Fingern. Er war fest entschlossen, in Helenas Sinn auszusagen. Nicht nur, weil sie selbst die Belohnung dafür sein sollte, sondern weil es bestimmt auch die Wahrheit war. Helena war überzeugt, dass Grüning ein Mörder war und wollte so aussagen – und Helena würde niemals vor Gericht lügen.

Der Vorsitzende befragte ihn in aller Ausführlichkeit zu seinen Erlebnissen mit dem falschen Grafen, und Güssow atmete befreit auf, weil er nicht nach den strittigen Äußerungen gefragt wurde. Dann übergab der Richter das Wort an den Staatsanwalt.

Schwentin erhob sich und lächelte Güssow freundlich an. „Herr von Güssow, kommen wir ohne Umschweife zur Sache."

Güssow wich seinem Blick aus und schaute in die Reihen der Zuschauer. Er sah viele bekannte Gesichter: Frau von Pritzen, Graf Götzen, der bei der Soiree das Pianoforte gespielt hatte, der alte Herr in der grünen Uniform musste der Vater des Angeklagten sein, mit seiner erstaunlich jungen Frau an seiner Seite, Valeria von Schwentin, Julian von Mutius – und da saß sie. Helena.

Ihr Haar schimmerte trotz des kalten Lichts der Gaslampen wie Ebenholz und in ihren wundervollen Augen lag ein seelenvoller Blick, der ihn immer wieder neu beeindruckte. Nichts weniger als sie war der Preis, um den es ging.

„Herr von Güssow, hören Sie mir zu?"

„Pardon." Er richtete seinen Blick wieder auf Schwentin. „Ich achte auf Ihre Worte."

„Hören Sie mir bitte genau zu." Schwentin sah ihn durchdringend an.

Güssow fuhr sich mit den Fingern in den Bart. Wahrscheinlich wurde jetzt von ihm die entscheidende Antwort erwartet.

„Herr von Mutius und seine Schwester haben ausgesagt, dass Sie bei dem Ball am 9. Juni zugegen waren, als der Angeklagte sich dazu äußerte, wie er handeln wolle, wenn er eine Frau, die er liebt, nicht bekommen kann. Erinnern Sie sich?"

Güssow verknotete die Finger ineinander. Er wusste genau, was von ihm verlangt wurde. „Ich – ich erinnere mich, dass Herr Grüning etwas dazu sagte."

„Können Sie uns wiedergeben, was genau der Angeklagte sagte?"

Das Krachen seiner Finger donnerte wie eine Gewehrsalve durch den Raum. „Ich kann mich – an den genauen Wortlaut nicht erinnern."

„So." Schwentins Blick wurde eisig. „Können Sie wenigstens den Inhalt angeben?"

„Es ging darum, dass er die Frau, die er einmal lieben würde, niemand anderem überlassen wolle." Eine Hitzewelle überrollte ihn.

„Was wollte er tun, anstatt sie einem anderen zu überlassen?"

Güssow schielte zu Helena hinüber. Ihr Blick hing beinahe flehend an ihm. Was wollte sie damit sagen? Lag ihr wirklich so viel daran, dass derjenige, der den Tod ihrer Schwester verschuldet hatte, hart bestraft wurde? „Er sprach vom Sterben."

„Bitte achten Sie genau auf die Formulierung." Wie ein Eiszapfen durchbohrte Schwentins Stimme die Totenstille im Saal. „Was sagte er vom Sterben?"

„Es sei besser ..." Güssow senkte den Blick.

„Was sei besser?"

„Es sei besser ..." Er hob den Kopf und sah Schwentin in die Augen.

Von seiner Aussage hing viel ab, für den Angeklagten vielleicht sogar alles. Aber Helena hatte sicherlich schon das Gleiche ausgesagt, Mutius und Frau von Schwentin und andere Gäste des Debüts, die befragt worden waren, wahrscheinlich auch. Also würde es Grüning ohnehin kaum etwas nützen, wenn er nun als Einziger etwas anderes sagte. Trotzdem war da irgendetwas, das ihm die Kehle zuzudrücken schien, sodass die Worte nicht herauskamen.

Er spürte, wie sich Schweißperlen an den Schläfen bildeten und in den Bart rannen. Mit bebenden Fingern durchtastete er die Taschen seines Rocks auf der Suche nach seinem Schnupftuch.

„Nun?", dröhnte Schwentins Stimme in die Stille des Gerichtssaals hinein.

Mit einem Seufzer atmete Güssow durch. „Es sei besser, dass das Mädchen stürbe, als sie einem anderen zu überlassen."

Jetzt war es heraus. Und schließlich hätte man die Aussage des falschen Grafen ja auch so verstehen können. Grüning hatte zwar nicht deutlich gesagt, dass er den Tod des Mädchens meinte, aber wen sollte er sonst meinen?

Er sah zu Helena hinüber und lächelte sie an. Er hatte getan, was sie von ihm gefordert hatte – doch warum lächelte sie nicht zurück? Im Gegenteil zogen sich ihre Augenbrauen zusammen. Sie schoss einen flammenden Blick auf ihn ab, dann schloss sie die Augen und senkte den Kopf. War ihr seine Aussage etwa nicht weit genug gegangen?

„Danke, Herr von Güssow." Schwentins Blick taute auf. „Bitte, Herr Protokollant, schreiben Sie das auf."

„Das ist nicht wahr!", schrie Ferdinand Grüning dazwischen. „Ich habe es nicht so gesagt!"

„Ruhe, Angeklagter!", schnauzte der Richter ihn an. „Das haben Sie uns mittlerweile oft genug erzählt, aber es gibt eine hinreichende Anzahl von Zeugen, die sich dazu übereinstimmend geäußert haben. Wie können Sie da noch die Unverfrorenheit besitzen, zu leugnen? Legen Sie endlich ein umfassendes Geständnis ab!"

Einige der Geschworenen nickten, während der Verteidiger seinen Mandanten wieder auf den Sitz zog. Es gab ein kurzes Getuschel zwischen dem Anwalt und dem Angeklagten, dann wandte der Richter sich an den Staatsanwalt.

„Bitte fahren Sie mit der Befragung fort, Herr Oberstaatsanwalt."

Schwentin nickte. „Gern. – Herr von Güssow, Sie waren ebenfalls zugegen, als die Verletzten nach Breslau gebracht wurden."

„Ich kam hinzu, als sie schon da waren", korrigierte er.

„Auch gut. War Baronesse Stefanie von Hohenau die ganze Zeit ohne Bewusstsein?"

Güssow schüttelte den Kopf. Er wusste schon, worauf Schwentin hinauswollte. „Als ich mich mit Herrn von Mutius ihrer Trage näherte, bekam ich so gerade noch mit, dass sie etwas murmelte. Sie fragte, warum ein gewisser Ferdl ihr ..." Sollte er es wirklich sagen? Aber hatte Stefanie es denn nicht genau so gesagt? Er schielte wieder zu Helena hinüber, doch die hielt ihr Gesicht in den Händen verborgen. „... warum ein gewisser Ferdl ihr etwas antun wollte."

Schwentin nickte. „Danke, Herr von Güssow, keine weiteren Fragen."

„Hat die Verteidigung noch Fragen an den Zeugen Güssow?“, fragte der Vorsitzende.

„Mein Mandant gibt zu Protokoll, dass seine Aussage auf dem Ball am 9. Juni falsch wiedergegeben wurde.“ Der Verteidiger blätterte zurück. „Er hat gesagt: *Manchmal ist es besser zu sterben, als das Mädchen, das man liebt, einem anderen zu überlassen.* Ich bitte das zu Protokoll zu nehmen.“

Der Richter nickte, die Feder des Protokollanten kratzte wieder über das Papier.

Endlich fand Güssow sein Schnupftuch, zog es hervor und wischte sich über die Stirn. Er hatte das Gefühl, als habe er mehrere Stunden in Ruffers brutheißer Maschinenhalle gestanden.

Als der Verteidiger keine Anstalten machte, weitere Fragen zu stellen, sagte der Richter: „Herr von Güssow ...“

Endlich war die Befragung vorbei. Die Anspannung begann von ihm abzufallen.

„... Sie sehen erschöpft aus. Neigen Sie des Öfteren zur Transpiration?“

Also doch noch nicht vorüber? Er krachte mit seinen Fingern. „Herr Vorsitzender, es ist sehr warm hier. Die Hitze draußen, die Lampen im Saal ...“

„Ich weise Sie noch einmal darauf hin, Herr von Güssow, dass Sie bei Gott geschworen haben, nur die Wahrheit zu sagen. Und ich habe Sie darüber belehrt, dass Meineid mit Zuchthaus bis zu zehn Jahren bestraft werden kann.“

Güssow schloss die Augen. Worauf wollte der Richter hinaus? Er hatte doch nichts anderes als die Wahrheit gesagt. Sicherlich hätte er sie anders darstellen können, aber er hatte definitiv nicht die Unwahrheit gesagt.

„Sind Sie sicher, Herr von Güssow“, fuhr der Vorsitzende fort, „dass Sie die Aussagen des Angeklagten korrekt wiedergegeben haben?“

Die Schweißtropfen kitzelten ihn schon wieder an der Stirn. Konnte er seine Aussage jetzt noch abmildern? Würde Schwentin ihn dann nicht in der Luft zerreißen? Und Lena seinen Antrag mit einer Ohrfeige ablehnen? „Ich – ich habe sie so in Erinnerung“, stieß er hervor.

„Erlauben Sie, Herr Vorsitzender." Rechtsanwalt Diehlmann sprang auf. „Herr von Güssow, Sie sagten eingangs, dass Sie sich nicht genau erinnern könnten. Trotzdem sagen Sie jetzt, dass Sie die Äußerungen exakt so in Erinnerung haben?"

„Ich meine, es so gehört zu haben. Ich bitte aber zu bedenken, dass der Ball, wo die erste Äußerung getätigt wurde, über zehn Wochen her ist."

„Sie sind sich also nicht ganz sicher?"

Er warf Schwentin einen Blick zu, der sah ihn mit versteinerter Miene an. Von dort ließ er seine Augen zu Helena wandern. Ihr liefen die Tränen über die Wangen – was war los mit ihr? Er sagte doch genau das, was sie wollte! Dann sah er Mutius an, der heimlich die Faust ballte und mit dem Kopf kaum merklich in Helenas Richtung deutete.

„Doch, ich bin sicher, dass es so war, wie ich ausgesagt habe." Aber wenn der Verteidiger ihn noch länger bedrängte, würde er bald doch noch alles widerrufen.

„Danke, keine weiteren Fragen."

Güssow taumelte aus dem Saal.

Kapitel 90

Ferdi sank auf die Pritsche und drückte den Kopf auf das dünne Kissen. Er konnte immer noch nicht begreifen, was gerade geschehen war. Er hatte definitiv nicht gesagt, dass er jemanden umbringen wolle, wenn er das Mädchen, das er liebte, nicht bekäme, und war sich sicher, dass Güssow das genau wusste.

Dass Mutius und seine Schwester seine Aussagen verdrehten, wunderte ihn nicht. Aber dass auch Güssow als einer, der an den Herrn Jesus glaubte, sich dazu hinreißen ließ, war ihm unverständlich. Was hatte Güssow dazu gebracht?

Selbst Diehlmann hatte am Ende sein unerschütterliches Lächeln verloren – es musste also wirklich ernst um ihn stehen.

Baronesse Helena war die Einzige gewesen, die sich für ihn eingesetzt hatte, auch wenn Schwentin alles ins Gegenteil verkehrt hatte.

Helena. Er lächelte vor sich hin. Tapferes Mädchen. Wie sie für ihn gekämpft hatte, obwohl ihr Onkel sie so hart bedrängt hatte. Bestimmt würden Schwentin und Mutius jetzt mit ihr schimpfen, weil sie sich ihren Machenschaften widersetzt hatte.

Und er konnte ihr nicht einmal für ihren Einsatz danken. – Konnte er das wirklich nicht? Zwar war es nicht erlaubt, aus dem Gefängnis Briefe zu schreiben, aber er konnte seiner Mutter ja bei einem ihrer Besuche heimlich einen Brief zustecken – wenn sie denn gewillt war, ihn der Baronesse zuzustellen. Und darin konnte er auch gleich um Verzeihung wegen seines Betrugs und des tödlichen Unfalls bitten.

Ferdi sprang von der Pritsche, setzte sich an das kleine Tischchen, das in seiner Zelle stand, und begann zu schreiben. Gerade setzte er seine Unterschrift unter den Brief, als seine Zellentür mit lautem Gepolter aufgestoßen wurde.

„Grüning, Besuch für Sie."

Er lächelte. Das konnte nur seine Mutter sein. Nach dem katastrophalen Verhandlungstag ließ sie es sich offenbar nicht nehmen, ihn zu besuchen und ihm Mut zu machen. Er schob den Brief heimlich in seine Rocktasche und ließ sich von dem Wachmann zum Besuchsraum führen.

Ferdi drückte seiner Mutter die Hand. „Danke, Mama, dass du heute noch kommst."

„Die Viertelstunde ist doch ohnehin viel zu kurz. Und nach dem schlimmen Tag heute ..."

Er führte sie zu einem der klapprigen Stühle und sah zu dem Wachmann hinüber, der draußen hinter der Scheibe seinen Posten eingenommen hatte. „Mama, ich möchte dich um einen Gefallen bitten. Kannst du mir einen Brief hinausbringen und besorgen?"

„Einen – Brief?" Sie riss die Augen auf. „Das ist doch nicht erlaubt!"

„Ich habe an Baronesse Helena ..."

„Baronesse Helena von Hohenau? Ferdi, was fällt dir ein? Du kannst doch nicht an die Baronesse schreiben!"

„Ich musste es tun, Mama. Schau, sie ist heute so tapfer für mich eingetreten, obwohl ihr Onkel, der Staatsanwalt, sie hart attackiert hat. Ich muss ihr dafür danken."

Seine Mutter schüttelte den Kopf. „Niemals, Ferdi. Wenn jemand erfährt, dass du an sie schreibst ..."

„Wer soll es denn schon erfahren? Ich habe den Brief in meiner Rocktasche und werde ihn dir beim Abschied heimlich zustecken."

„Nein! Es braucht nur ein dummer Zufall einzutreten – der Staatsanwalt wird dich vor Gericht zerreißen, wenn er davon erfährt! Das ist doch nur Wasser auf seine Mühlen! Außerdem musst du wirklich jeden Kontakt zu dieser Familie unterlassen. Wohin soll das führen?"

„Es geht mir nicht nur um den Dank an Baronesse Helena. Ich bitte darin auch Stefanies Familie um Verzeihung ..."

„Das ist gut und richtig. Aber das solltest du bei ihren Eltern tun."

Er seufzte. „Ich kenne sie aber gar nicht. Baronesse Helena dagegen hat bewiesen, dass sie trotz allem auf meiner Seite steht."

„Ferdi?" Seine Mutter nahm seine beiden Hände und sah ihm in die Augen. „Legst du nicht etwas viel in die Aussagen der Baronesse? Sie hat doch nicht mehr als nur die Wahrheit gesagt."

„Ich bin überzeugt, dass sie vorher unter Druck gesetzt wurde, gegen mich auszusagen. Trotzdem hat sie alles versucht, die Aussagen ihres Onkels und ihrer Tante abzumildern."

„Es ist schön, dass es solch charakterstarke Menschen gibt, und ich kann verstehen, dass du ihr danken willst. Ich halte es auch für gut, um Verzeihung zu bitten, aber ich bleibe dabei, dass die Baronesse nicht die richtige Adresse dafür ist."

„Ich weiß, dass ich auch mit ihren Eltern sprechen muss. Aber bei ihr bin ich sicher, dass sie mir wohlgesonnen ist. Vielleicht kann sie mir den Weg bereiten, auch die Vergebung ihrer Eltern zu erlangen. Baronesse Helena ..." Er zögerte, als er sich ihr Bild ins Gedächtnis rief. „Sie ist eine besondere Frau."

In den Augen seiner Mutter flackerte Angst auf. „Ferdi, was ist mit der Baronesse? Du wirst doch wohl nicht ..."

Plötzlich stellte er fest, dass er lächelte. Und natürlich konnte er seine Mutter nicht hinters Licht führen. „Doch, Mama."

Sie lehnte sich zurück, ihr Kopf sank auf die Brust. „Ferdi!" Es war nur ein Hauchen.

„Ich liebe sie, Mama. Daran ist nichts zu machen. Wahrscheinlich schon, seit ich sie zu Hause im Hochwald gesehen habe. Nur hatte mir Stefanie den Kopf verdreht."

„Ach Ferdi. Ich hatte gehofft, du hättest dazugelernt und mit Baronesse Stefanies Tod sei diese unglückselige Liebesgeschichte zu Ende. Und nun offenbarst du mir, dass sie mit Baronesse Helena weitergeht!"

Er sah zu dem Wachmann hinüber, der schon wieder auf die Uhr schielte, die neben ihnen an der Wand hing. „Bitte besorge mir den Brief. Ich flehe dich an, Mama!"

Sie schüttelte den Kopf. „Was soll ich bloß von dir denken, Ferdi? Vor wenigen Tagen noch hast du dich heimlich mit Baronesse Stefanie getroffen, wolltest sie sogar darum bitten, deine Frau zu werden – und jetzt gestehst du mir deine Liebe zu Baronesse Helena? Nur weil die eine tot ist, willst du jetzt die andere ..."

„Mama! Sprich nicht so!" Diese Worte taten weh. „Stefanie war – faszinierend. Du hättest sie kennenlernen sollen. Sie war eine schillernde Person, jeder war von ihr angezogen. Natürlich auch ich. Und ich war doch gänzlich unerfahren. Ist es ein Wunder, dass ich an ihr hängenblieb? Aber Helena war immer in meinem Kopf, immer wieder zog es mich zu ihr. Doch sie war wie ein Igel: Sobald ich mich ihr näherte, stellte sie die Stacheln auf. War es nicht nur natürlich, dass ich dann immer wieder zu Stefanie ging?"

„Trotzdem musst du sie doch geliebt haben, sonst hättest du sie doch nicht bitten wollen, deine Frau ..."

„Zumindest glaubte ich das. Ich hielt diese Faszination wirklich für Liebe – ohne zu wissen, dass meine Liebe die ganze Zeit über schon der anderen gehörte. Als Stefanie starb und ich an ihrem Totenbett einen Blick in Helenas Herz tun durfte, ich glaube, da wurde mir zum ersten Mal bewusst, dass ich die ganze Zeit einem Phantom nachgejagt war."

Seine Mutter schüttelte den Kopf. „Ferdi, Ferdi, nimmt diese Geschichte denn nie ein Ende?"

„Noch zwei Minuten", blökte der Wachmann herein.

„Mama", flüsterte Ferdi, „bitte besorge mir den Brief!"

Seine Mutter beugte sich vor. „Gut, ich werde dafür sorgen, dass Baronesse Helena deinen Brief erhält. Unter einer Bedingung."

Er lächelte sie an. „Ich wusste, dass ich mich auf dich verlassen kann, Mama!"

„Du kennst meine Bedingung ja noch nicht." Sie sah ihm tief in die Augen. „Es wird dein Abschiedsbrief sein. Du nimmst zu dieser Familie keinen Kontakt mehr auf, höchstens noch einmal mit ihren Eltern, um sie um Verzeihung zu bitten. Dir ist doch hoffentlich klar, dass es nie eine Verbindung mit Baronesse Helena geben kann."

Er schloss die Augen. Wahrscheinlich hatte seine Mutter recht. Selbst wenn hinter Helenas mutigem Eintreten für ihn tiefere Empfindungen steckten, war seine Liebe trotzdem aussichtslos. Ihre Schwester war durch seine Schuld gestorben, gegen ihn lief ein Mordprozess ... „Aber dann muss ich den Brief noch einmal schreiben. Unter diesen Umständen muss ich ihr auch schreiben, dass es mein einziger und letzter Brief an sie ist. Denke nur, sie würde mir antworten und ich dürfte nicht mehr zurückschreiben!"

„Gut. Schreibe ihn neu. Ich komme morgen wieder und werde ihn heimlich mitnehmen."

„Frau Grüning, die Zeit ist um." Der Wachmann schlurfte herein und packte Ferdi am Arm.

Rasch hauchte seine Mutter noch einen Kuss auf seine Wange, dann wurde er abgeführt.

Kapitel 91

Ferdi hasste diesen nüchternen Raum, wo er seine Besucher empfangen musste. Wenn seine Mutter zu ihm kam, brachte sie immer etwas Wärme mit, doch sein heutiger Gast, der Pflichtverteidiger Diehlmann, machte den Raum trotz seines ewigen Lächelns noch kälter als er schon war.

Heute spürte er den Unterschied besonders deutlich, denn seine Mutter war unmittelbar vorher hier gewesen. Dabei war es ihm auch gelungen, ihr den neu geschriebenen Brief an Helena zuzuschmuggeln, ohne dass der Wachmann es gesehen hatte.

Ferdi setzte sich auf einen der wackeligen Stühle und sah Diehlmann an. „Ich hoffe, Sie bringen einen guten Plan mit, wie Sie die Scharte des letzten Verhandlungstages auszuwetzen gedenken. Lassen Sie mich Ihre Strategie wissen."

Der Anwalt befeuchtete seinen Zeigefinger und blätterte in der Akte. „Herr Grüning, ich entnehme den Aufzeichnungen, dass Herr Doktor von der Trenck eine probate Strategie entwickelt hatte, der Sie jedoch nicht folgen wollten. Sehe ich das richtig?"

„Wie ich Ihnen bereits sagte, konnte ich sie nicht mit meinem Gewissen vereinbaren. Inzwischen sollten Sie sich aber gut genug in meinen Fall eingelesen haben, um eine eigene Strategie entwickelt zu haben."

Der Anwalt lehnte sich zurück. „Ich muss sagen, dass mir Trencks Strategie ausnehmend hilfreich erschien. Aber nachdem Sie sich bei den letzten Zeugenbefragungen durch Ihre Äußerungen noch tiefer in den Sumpf geritten haben, frage ich mich allen Ernstes, wie ich Sie noch retten soll."

„Indem Sie selbst meine Verteidigung übernehmen! Ihre Einwürfe führten doch regelmäßig zu einer Verschlimmerung meiner Lage. Ich verstehe ja, dass Sie bei der ersten Befragung noch nicht in den Fall eingelesen waren. Aber beim letzten Mal, als Baronesse Helena und Herr von Güssow befragt wurden, hätte ich mehr von Ihnen erwartet."

„So, das hätten Sie also erwartet." Diehlmann schüttelte den

Kopf, lächelte ihn aber trotzdem an. „Denken Sie, es sei ein Vergnügen, über Nacht vom Gericht zum Pflichtverteidiger in einem Mordfall berufen zu werden? Die Einarbeitung in einen Fall mit so vielen Zeugen braucht Zeit! Warum waren Sie bloß zu dickschädelig, um mit Herrn Doktor von der Trenck, dem besten Strafverteidiger Schlesiens, zu kooperieren?"

„Leider ist Herr von der Trenck nicht im Geringsten auf meinen Gewissenskonflikt eingegangen und hat stattdessen unbeirrt seine auf Lügen gestützte Strategie verfolgt." Ferdi versuchte so ruhig wie möglich zu sprechen. „Jetzt sind Sie mein Verteidiger, Herr Diehlmann. Also muss ich darauf bestehen, dass Sie mich adäquat verteidigen!"

„Sie müssen verstehen, Herr Grüning, dass meine Zeit knapp bemessen ist. Ich habe viele Fälle zur Bearbeitung, manche von reichsweiter Bedeutung."

Am liebsten wäre Ferdi dem Anwalt an den Kragen gegangen. „Sie geben also unverblümt zu, dass Sie sich nicht besser für mich einsetzen wollen, weil Sie wichtigere Fälle in Bearbeitung haben? Ist Ihnen etwa völlig gleichgültig, dass es bei mir um ein Todesurteil geht?"

„Ich tue selbstverständlich, was in meinen Kräften steht." Diehlmann fuhr sich mit der flachen Hand über das von Pomade glänzende Haar. „Aber bitte bedenken Sie, dass Sie im schlimmsten Fall auch noch die Möglichkeit haben, ein Gnadengesuch an den Kaiser zu richten. Seine Majestät sind zumeist gnädig gestimmt und bewilligen ein solches Gesuch."

„Ist mein Wunsch, dass ich erst gar nicht auf solch ein Gnadengesuch angewiesen sein möchte, so unbescheiden? Liegt das nicht auch in Ihrem Interesse?"

„Es geht natürlich auch um meinen Ruf. Aber Sie können nicht verlangen, dass ich zu Ihren Gunsten meine anderen Mandanten, die mir ihre Fälle wegen meiner bekannten Fähigkeiten anvertraut haben, vernachlässige."

„Worin sollen diese *bekannten Fähigkeiten* denn bestehen? Etwa darin, dass Sie auch in den ausweglosesten Situationen stets Ihr Lächeln beibehalten? Oder dass Sie die Geschworenen mit drei Litern Brillantine im Haar überzeugen? Bringen Sie doch endlich einmal etwas vor, was die auf Falschaussagen beruhende Strategie des Staatsanwalts ins Wanken bringt!“

„Sind Sie denn völlig übergeschnappt?“ Der Anwalt schlug mit lautem Knall seine Akten zu. Sogar sein Lächeln erlosch. „Solche Frechheiten muss ich mir von einem Grünschnabel, wie Sie einer sind, nicht gefallen lassen.“

„Herr Diehlmann.“ Ferdi versuchte, seine Stimme so ruhig wie möglich klingen zu lassen. „Bitte verstehen Sie meine Lage. Ihre Unkenntnis über meinen Fall war mir in den letzten Verhandlungen sehr zum Schaden.“

„Zu Ihrem Schaden ist einzig und allein Ihr vorlautes Mundwerk. Und die Tatsache, dass Sie Herrn Doktor von der Trenck vergrault haben. Er kannte jedes Wort, das in diesen Akten steht, auswendig.“ Diehlmann packte seine Akten in den Koffer. „Wir sehen uns am 27. zu den letzten Zeugenaussagen vor Gericht wieder.“

Ferdi war sich sicher, dass die Akten bis zu diesem Termin unberührt in dem Koffer bleiben würden.

* * *

Lena drehte den Brief, der ihr gerade von einem Hoteldiener des *Polnischen Hofes* gebracht worden war, hin und her. *Baronesse Helena von Hohenau* stand in eckigen Buchstaben auf dem Umschlag, mehr nicht. Wer sollte ihr schreiben, vor allem ohne Adresse? Wenn es jemand von ihrer Familie wäre, hätten sie doch den *Polnischen Hof* angegeben.

Sie griff zum Brieföffner, der auf dem Schreibtisch lag, und schlitzte den Umschlag auf. Ein Bogen eng beschriebenen Papiers war darin. Rasch wanderte ihr Blick nach unten, um nach der Unterschrift zu sehen – *Ferdi Grüning*. Sie wischte sich über die Augen, aber es stand immer noch dasselbe da: *Ferdi Grüning*.

Lena sank in einen Sessel. Er schrieb ihr. Was hatte das zu bedeuten? Fast spürte sie so etwas wie Angst, ehe sie ihren Blick wieder auf das obere Ende des Blattes richtete.

Der Brief war zwei Tage alt. Wahrscheinlich hatte es so lange gedauert, bis der Überbringer herausgefunden hatte, wo sie wohnte.

Sie begann zu lesen:

Liebe Baronesse Helena!

Ihr fuhr eine Gänsehaut den Rücken hinunter. Was war das? Warum redete er sie gegen jede Regel so an? Hätte er nicht *Verehrte gnädige Baronesse von Hohenau!* schreiben müssen? Aber konnte sie das von ihm erwarten? Er war nicht von Adel – und sie war auch keine wahre Baronesse, obwohl er das natürlich nicht wissen konnte.

Doch war es wirklich nur Unkenntnis über die Form, die ihn so schreiben ließ? Es war wahrscheinlich nur ihr dummes Herz, das sie hoffen ließ, dass er es mit Absicht getan hatte.

Sie las weiter und musste zwischendurch immer wieder blinzeln, weil Tränen ihr den Blick verschleierten. Zuerst dankte er ihr für ihren Einsatz vor Gericht – sie wünschte, sie hätte damit auch etwas für ihn erreichen können. Dann offenbarte er ihr seine Reue über das, was er getan hatte und was geschehen war. Aber warum schrieb er das gerade ihr? Warum schrieb er nicht an ihre Eltern, die doch viel mehr zu verzeihen hatten, weil ihre Tochter zu Tode gekommen war?

Sie las weiter – und dann fand sie die Antwort: *Ich vertraue mich Ihnen an, Baronesse, weil Sie die Einzige waren, die für mich eintrat, als ich als falscher Graf entlarvt wurde. Und weil ich glaube, dass Sie die Einzige in der Gesellschaft sind, der ich bedenkenlos vertrauen kann.*

Sie ließ das Blatt sinken. Ihr strömte eine Wärme zum Herzen, wie sie sie in den letzten schweren Wochen nicht mehr verspürt hatte. War das Gottes liebevolle Antwort auf die Not, die über sie gekommen war? Oder legte sie zu viel in seine Worte hinein?

Ich habe für diese Erkenntnis lange gebraucht, schrieb er weiter. *Als ich Sie in der Gesellschaft kennenlernte, hielt ich Sie für unnahbar, aber was später geschah, hat mir gezeigt, dass ich mich geirrt habe.*

Also doch. Er hatte sie falsch eingeschätzt. Das war aber auch kein Wunder. Sie hatte ihn schließlich immer wieder abgewiesen. War es da nicht natürlich, dass er wegen ihrer Kälte dem Charme ihrer Schwester erlegen war? Wäre vielleicht alles ganz anders gekommen, wenn sie auf ihr Herz gehört hätte und liebenswürdiger zu ihm gewesen wäre? Aber war es nicht ihre Pflicht gewesen, hinter den Interessen ihrer Schwester zurückzustehen?

Sie wischte sich die Tränen von den Wangen und las den letzten Abschnitt. Es war also ein Abschiedsbrief. Er bat sie, ihre Eltern darauf vorzubereiten, dass er sie um Vergebung bitten wolle. Dass er danach aber nie mehr mit ihrer Familie in Verbindung treten wolle. Nein – sie las den Satz noch einmal. *Dürfe* stand da. Warum durfte er nicht? Gab es ein Hindernis, das außerhalb seiner Person lag? Was sollte das sein?

Lena wickelte ihre Haare um das Handgelenk. Konnte sie zulassen, dass dieser Brief ihr letzter Kontakt war? Musste sie ihm nicht wenigstens darauf antworten?

Aber das reichte ihr nicht. Sie musste erfahren, ob das, was sie in seinen Brief hineinlegte, Einbildung oder Wirklichkeit war. Mit welchen Gefühlen hatte er ihn geschrieben? War es wirklich nur großes Vertrauen zu ihr oder doch ...? Sie wagte es kaum zu Ende zu denken.

Aber war das überhaupt möglich? Er war doch bis über beide Ohren in Stefanie verliebt gewesen, wahrscheinlich hatte er sie sogar wahrhaft geliebt. Warum sollte er so kurz nach dem Tod ihrer Schwester plötzlich auf sie umschwenken? Und selbst wenn es so wäre, konnte es dann wahre Liebe sein? Wenn sie sich allerdings an ihr Debüt und die Soiree erinnerte – er hatte immer wieder versucht, mit ihr ins Gespräch zu kommen oder mit ihr zu tanzen, obwohl Stefanie ihn ununterbrochen umschwärmt hatte.

Sie musste einfach erfahren, welche Gefühle hinter seinem Brief standen. Ob er wirklich so oberflächlich war, wie es auf den ersten Blick anmutete. Doch das konnte sie nicht mittels eines Antwortbriefes herausfinden, sondern nur, wenn sie ihn wiedersah, wenn sie persönlich mit ihm sprach, wenn sie ihm dabei in die Augen sehen und seine Stimme hören konnte.

Bloß wie sollte das möglich sein? Sie konnte ihn doch nicht einfach im Gefängnis besuchen! Und selbst wenn sie es täte, würde sie wahrscheinlich nicht einmal vorgelassen werden, wenn sie keinen Passierschein hatte.

Aber das Schwierigste war: Was würde er denken, wenn sie plötzlich bei ihm erschien? Kam es nicht einer Liebeserklärung gleich? Sie hatte schließlich kürzlich erst bei Güssow erlebt, welche Gedanken ihr Besuch bei einem ledigen jungen Mann geweckt hatte. Und wenn ihre Überlegungen nur Hirngespinste waren – würde er sie dann nicht verachten, schlimmstenfalls sogar auslachen?

„Ach Herr, was soll ich tun? Ich möchte so gerne Gewissheit haben. Was ist Dein Wille? Es fällt mir so schwer, meine Gefühle zu zeigen. Wenn ich es tun soll, dann hilf mir bitte, meine Scheu zu überwinden."

Kapitel 92

Wieder dieser düstere, bedrückende Gerichtssaal. Dazu all die Augenpaare der Zuschauer, die Ferdi neugierig musterten, die stechenden Blicke der Geschworenen, das lächelnde Gesicht seines Verteidigers. Wann war dieser Albtraum endlich vorbei?

Da wurde Bassewitz hereingerufen. Wie würde sich sein Freund zu ihm stellen? War er bereit, für ihn einzustehen, oder würde er so aussagen, dass er selbst am besten wegkam?

Es folgte das übliche Prozedere der Vereidigung, dann erzählte Bassewitz der Reihe nach, wie sich aus seiner Sicht alles entwickelt hatte.

Ferdi fühlte sich erleichtert, denn sein Freund berichtete nicht nur wahrheitsgemäß, sondern er versuchte offensichtlich, ihn soweit wie möglich zu schonen.

Da bat Schwentin um das Wort. „Herr von Bassewitz, Sie sagten soeben, der Besuch des Balles am 9. Juni sollte ein einmaliger Spaß sein, weil der Angeklagte einmal ein solches Ereignis miterleben wollte. Daraus schließe ich, dass der Vorschlag von dem Angeklagten kam?"

Bassewitz nickte widerstrebend. „Jawohl, der Vorschlag kam von Herrn Grüning. Aber wir haben gemeinsam die Durchführung geplant."

„Wussten Sie zu diesem Zeitpunkt, dass der Angeklagte die Baronessen von Hohenau vorher schon einmal in Wölfelsgrund getroffen hatte?"

Bassewitz schüttelte den Kopf. „Nein."

„Er hat es Ihnen also verschwiegen?"

„Verschwiegen?" Bassewitz warf Ferdi einen Blick zu. „Er wusste ja nicht einmal, um wessen Debüt es sich handelte. Warum hätte er mich also darüber in Kenntnis setzen sollen? Vermutlich rechnete er gar nicht damit, die Baronessen bei dem Ball wiederzusehen."

„Wir wollen nicht spekulieren, sondern uns an die Fakten halten: Der Angeklagte hat Sie über wesentliche Dinge nicht in Kenntnis gesetzt." Schwentin warf dem Protokollführer, dessen Feder kreischend über das Papier fuhr, einen Blick zu, dann wandte er sich wieder an Bassewitz. „Haben Sie dem Vorschlag des Angeklagten, unter falschem Namen einen Ball zu besuchen, unmittelbar zugestimmt?"

„Nicht unmittelbar ..."

„Der Angeklagte hat Sie also überredet?"

Ferdi sah, wie Bassewitz die Schweißtropfen an der Schläfe herunterrannen, und ihm selbst war mindestens genauso heiß. Dieser Schwentin wusste schon genau, wie er sein Opfer in die Enge treiben konnte. Wäre Schwentin sein Verteidiger, würde er es wahrscheinlich noch schaffen, dass er einen Orden für seinen Schwindel bekäme.

„Ich brauchte gleichsam eine Weile, bis ich mich mit dem Gedanken anfreunden konnte", gab Bassewitz zu. „Es kam eben plötzlich."

„Halten wir also fest, dass der Angeklagte Herrn von Bassewitz zu dem Betrug überreden musste." Schwentin nahm seinen Zwicker ab. „Herr von Bassewitz, war Ihnen bewusst, dass es sich bei der falschen Identität um Hochstapelei und damit um den Tatbestand des Betrugs handelte?"

„Ich ..." Bassewitz tupfte sich mit seinem Schnupftuch die Stirn. „Ich ..."

Ferdi presste die Lippen aufeinander. Wenn Schwentin so weitermachte, würde Bassewitz gleich neben ihm auf der Anklagebank Platz nehmen müssen. „Er hat mich mehrfach gewarnt", warf Ferdi hastig dazwischen, bevor sein Freund sich um Kopf und Kragen redete. „Ich konnte Herrn von Bassewitz nur überreden, indem ich ihn daran erinnerte, dass ich ihm regelmäßig bei seinem Studium behilflich war."

„Stimmt das?" Schwentin funkelte Bassewitz an. „Haben Sie den Angeklagten gewarnt? Haben Sie ihn darauf hingewiesen, dass es sich um Betrug und damit um eine Straftat handelt? Und hat er Sie unter Druck gesetzt?"

Bassewitz zögerte. „*Unter Druck gesetzt* ist gleichsam eine zu harte Formulierung. Er versprach mir als Belohnung, mir weiterhin im Fach Rechtskunde zu helfen. Und da ich in diesem Fach in großen Schwierigkeiten steckte ..."

„Danke, Herr von Bassewitz." Schwentin nickte dem Zeugen zu.

„Der Angeklagte hat also im vollen Bewusstsein gehandelt und mit Wissen – ich wiederhole: mit Wissen! – gegen geltendes Recht verstoßen. Außerdem hat er die Notlage seines Kommilitonen schamlos ausgenutzt. Berücksichtigt man dazu, dass der Angeklagte zweimal bewusst Hausfriedensbruch begangen hat, so hat er damit sein skrupelloses Wesen überdeutlich an den Tag gelegt. – Keine weiteren Fragen."

Der Vorsitzende sah von seinen Akten auf. „Hat die Verteidigung noch Fragen an den Zeugen?"

Als Diehlmann aufstand, bekam Ferdi Herzklopfen. Hoffentlich stellte sein Anwalt nicht wieder Fragen, die Schwentin mit Leichtigkeit zum Schlimmeren verdrehen konnte.

Sein Verteidiger setzte sein breitestes Lächeln auf und sah sich einmal im Raum um, ehe er seinen Blick auf Bassewitz richtete. „Herr von Bassewitz, ich nehme an, dass Sie Herrn Grüning gut kennen?"

„Ja, wir studieren bereits seit fünf Semestern gemeinsam Forstwirtschaft."

„Dann können Sie uns sicherlich ein Zeugnis über den Charakter meines Mandanten abgeben."

„Einspruch!", rief Schwentin. „Der Zeuge soll Fakten nennen, aber keine subjektive Einschätzung vorbringen."

„Abgelehnt." Der Vorsitzende nickte Diehlmann zu. „Es ist legitim, die Einschätzung eines engen Bekannten des Angeklagten zu hören. Bitte, Herr von Bassewitz, wenn Sie uns berichten mögen."

Bassewitz wischte sich erneut mit dem Schnupftuch über die Stirn. „Grüning war immer etwas abenteuerlustig, manchmal gleichsam leichtsinnig, aber niemals boshaft. Er war hilfsbereit, er hat mir oftmals beim Lernen geholfen – wie ich bereits berichtete. Einer solchen Tat, wie sie ihm zur Last gelegt wird, halte ich ihn nicht für fähig."

„Danke. Ich bitte, diese Einschätzung zu Protokoll zu nehmen." Diehlmann nahm Platz.

„Erlauben Sie." Schwentin sprang auf.

Ferdi ließ den Kopf hängen. Natürlich musste Schwentin wieder eingreifen.

„Herr von Bassewitz, Sie haben gesagt, dass der Angeklagte niemals boshaft gewesen sei. Gleichwohl hat er Ihnen, als Sie ihn nicht mit in die Gesellschaft nehmen wollten, gedroht, Ihnen nicht mehr beim Studium zu helfen. Wie erklären Sie sich diesen Widerspruch?"

„Wie ich gleichsam dargelegt habe, hat Grüning mir nicht gedroht, sondern mir versprochen, mir zu helfen, wenn ich ihn bei diesem einmaligen Vergnügen unterstützte."

Schwentin grinste. „Läuft es nicht auf dasselbe hinaus? Sie haben eben gesagt, dass Sie in dem Fach, für das der Angeklagte seine Hilfe anbot, in großen Schwierigkeiten steckten. Er hätte Ihnen also nicht geholfen, wenn Sie sein Ansinnen abgelehnt hätten. Meine Herren Geschworenen, der Angeklagte hat also nachweislich mit dem Mittel der Erpressung gearbeitet. Ich bitte dies der Anklage hinzuzufügen. – So viel zu der Aussage, er sei niemals boshaft gewesen."

Ferdi stützte den Kopf in die Hände. Es war wieder einmal passiert. „Danke, Herr Diehlmann", zischte er seinem Verteidiger zu.

Bassewitz war der letzte Zeuge gewesen, damit war die Beweisaufnahme abgeschlossen. Und wenn er die drei Richter und die Geschworenen betrachtete, sah er Gesichter, in denen er keine freundliche Regung erkennen konnte. Im Gegenteil, ihre Blicke ruhten bewundernd auf Schwentin, und wurden finster, sobald sie auf ihn, den Angeklagten, trafen.

Er schaute zu den Zuschauern hinüber, um zu sehen, wie seine Eltern die Ereignisse verkrafteten. Seiner Mutter standen Tränen in den Augen, trotzdem warf sie ihm ein Lächeln zu, das wahrscheinlich aufmunternd sein sollte – in Wirklichkeit aber ihre ganze Trauer zeigte.

Endlich stand der Vorsitzende auf. „Herr Grüning, bevor ich die Beweisaufnahme schließe, frage ich Sie ein letztes Mal, ob Sie ein umfassendes Geständnis ablegen wollen. Das Gericht wird dies bei der Urteilsfindung wohlwollend berücksichtigen."

„Das habe ich bereits getan." Ferdi schaute zu Baronesse Helena hinüber, die ihn aber kaum einmal ansah. Wahrscheinlich fand sie es anmaßend, dass er ihr geschrieben hatte. „Ich habe zugegeben, dass ich mich der Hochstapelei und damit des Betrugs schuldig gemacht habe. Aber ich wollte Baronesse Stefanie von Hohenau nicht töten. Es war ein Unfall, der durch Herrn von Mutius ausgelöst wurde. Das Pferd ging durch, als er aus einem Seitenweg auftauchte. Das ist die ganze Wahrheit."

Der Vorsitzende schüttelte den Kopf, und er sah, wie einige der Geschworenen miteinander tuschelten. Aus dem Zuschauerraum waren Worte wie „Verstockter Verbrecher!“ und „Kaltblütiger Mörder!“ zu hören, und einem Geschworenen las er „Herrn von Mutius zu beschuldigen – unerhört!“ von den Lippen ab.

Er spürte, dass er verloren hatte. Doch das Gefühl, in allem die Wahrheit gesagt zu haben, erfüllte ihn mit Frieden. Mochten alle zwölf Geschworenen gegen ihn sein – Gott war auf seiner Seite. *Wenn Gott für uns ist, wer gegen uns?*

Kapitel 93

Lena verknotete die Finger im Schoß, während ihre Droschke zum Gefängnis ratterte. Seit dem gestrigen Verhandlungstag hatte sie keine Zweifel mehr, dass sie Ferdinand Grüning besuchen sollte. Wenn sich alles gegen ihn verschwor, sollte er wenigstens wissen, dass sie auf seiner Seite stand. Auch wenn sie immer noch rätselte, wie sie seinen Brief verstehen sollte. Und falls sie merkte, dass er wirklich tiefere Gefühle für sie hegte – vielleicht würde es ihr endlich einmal gelingen, ihm auch etwas von ihren Gefühlen für ihn zu zeigen? *Bitte, mein Gott, gib mir Weisheit und die Kraft, mich selbst zu überwinden.*

Das Gerichtsgebäude mit dem Gefängnis machte auf Lena den Eindruck einer Festung. Doch sie wollte sich nicht abschrecken lassen.

Mit einem erneuten Stoßgebet nestelte sie den Passierschein hervor, den sie sich selbst ausgestellt hatte. Obwohl sie die Unterschrift ihres Onkels für gelungen hielt, hoffte sie, dass der Wachmann das Dokument nicht so genau prüfte.

Sie atmete tief durch und betrat das Gebäude. Muffige Amtsstubenluft vermischt mit Kaffeeduft schlug ihr entgegen und legte sich beengend auf ihre Lungen. Doch sie ließ sich nicht aufhalten und ging entschlossen auf den ersten Wachmann zu.

„Ich möchte zu dem Untersuchungshäftling Ferdinand Grüning. Mein Onkel, Oberstaatsanwalt von Schwentin, hat mir einen Passierschein ausgestellt."

Der Mann in der blauen Uniform musterte sie mit zusammengezogenen Augenbrauen. Vielleicht hätte sie sich doch wie eine Dame von Adel kleiden und nicht gerade das einfachste Kleid wählen sollen, in dem sie sich kaum von einer Bürgerlichen unterschied. Sie hatte nur überlegt, welchen Eindruck sie auf Ferdinand Grüning machen wollte, nicht jedoch, wie sie auf das Wachpersonal wirkte.

„Warten Sie hier", brummte der Hüter der königlichen Gerichtsbarkeit und verschwand mit ihrem Schreiben in einer Amtsstube.

Bitte, Herr Jesus, lass es gelingen!

Endlich kehrte der Beamte mit einem weiteren Mann, offensichtlich seinem Vorgesetzten, zurück. „Sie sind mit dem Herrn Oberstaatsanwalt verwandt?"

Sie nickte. „Ich bin seine Nichte."

„Warum kommen Sie dann nicht mit ihm zusammen? Er hat doch seinen Besuch bei einigen Gefangenen für heute angekündigt."

Auch das noch. Hoffentlich würde er nicht ausgerechnet kommen, während sie hier war! „Das war mir nicht bekannt. Vielleicht hat es sich kurzfristig ergeben?"

Der Beamte zuckte mit den Schultern. „Sie sind also Baronesse von Hohenau?"

Lena richtete sich auf und legte so viel Stolz wie möglich in ihre Stimme. „So steht es doch auf dem Passierschein, nicht wahr? Dann wird es wohl auch so sein."

„Bitte verzeihen Sie, gnädige Baronesse. Wir haben unsere Bestimmungen. Können Sie sich ausweisen?"

Lena nestelte ihre Karte aus dem Pompadour. „Genügt Ihnen das?"

„Selbstverständlich." Beide Beamten machten einen Bückling und der Vorgesetzte reichte ihr das Schreiben und ihre Karte zurück. „Zu Diensten, Baronesse. – Hennefeld, bringen Sie die Baronesse zu dem Häftling Grüning."

„Wenn Sie mir bitte folgen wollen, Baronesse."

Sie musste lächeln. Ihr Name wirkte noch immer, obwohl sie gar kein Recht hatte, ihn zu tragen. Aber das Lächeln verging ihr sofort wieder, als der Beamte sie durch ein wahres Labyrinth schmaler Gänge führte. Wenn sie die Luft am Empfang schon als muffig empfunden hatte, fiel ihr für die Moderluft hier gar kein Ausdruck mehr ein.

Einige Gefangene wurden von einem anderen Wärter an ihr vorbeigeführt. Mit großen Augen starrten sie sie an, wahrscheinlich hatten sie seit Jahren keine Frau mehr gesehen.

Hennefeld führte sie in einen kleinen Raum, in dem ein verkratzter Holztisch und drei wackelige Stühle standen. Eine große Scheibe trennte ihn vom Korridor.

„Einen Augenblick, Baronesse. Ich werde Grüning sogleich zu Ihnen bringen." Er machte einen Bückling und eilte hinaus.

Vorsichtig nahm sie auf einem der Stühle Platz. Hier saß man wie auf einem Präsentierteller, durch die große Scheibe war der ganze Raum vom Korridor aus leicht zu überblicken. Wenn ihr Onkel wirklich in diesen Gefangenentrakt käme, würde er sie sofort entdecken. Auch wenn sie gerne so lange wie möglich mit Ferdinand Grüning sprechen würde, musste sie doch zusehen, dass sie schnell wieder hier herauskam.

Endlich kehrte Hennefeld zurück und schubste Ferdinand Grüning unsanft in den Raum. „Eine halbe Stunde." Er schloss die Tür von außen und nahm hinter der Scheibe Platz.

Ferdinand Grünings Augen leuchteten auf, als er sie ansah. „Baronesse, Sie?"

„Sie hatten mich wohl nicht erwartet?"

„Ich vermutete meine Mutter ... Obwohl sie für gewöhnlich zu einer anderen Stunde kommt."

Sie lächelte ihn an. „Setzen Sie sich zu mir, Herr Grüning. Unsere – meine Zeit ist begrenzt."

Auf seinem Gesicht erschien das spitzbübische Grinsen, das sie so an ihm liebte. „Ich weiß. Eine halbe Stunde. Aber das ist schon viel. Für gewöhnlich sind mir nur 15 Minuten vergönnt."

Viel mehr würde ihnen heute auch nicht vergönnt sein, aber das musste sie ihm ja noch nicht sagen.

Er setzte sich auf einen Stuhl, der dabei bedenklich knarzte, und stützte die Ellenbogen auf den Tisch. „Baronesse, erlauben Sie mir, über Ihren Besuch verwundert zu sein?"

„Ihr Brief. Ich wollte nicht dulden, dass es ein Abschiedsbrief ist. Hätte ich Ihnen aber nur geschrieben, würde ich niemals erfahren, ob Sie meine Antwort erhalten haben." Wie weit durfte sie gehen? Sie wollte ihm so gerne zeigen, wie viel er ihr bedeutete – aber durfte sie das? Sie als Frau – und noch dazu uneheliche Tochter des Mannes, der alles dafür tat, dass Ferdinand Grüning zum Tode verurteilt wurde? Und dann auch noch mit den Zweifeln, ob er sie, nachdem er Stefanie hatte heiraten wollen, überhaupt wahrhaft lieben konnte.

„Es ist mir wichtig, dass ich Ihre Vergebung und besonders die Ihrer Eltern erlange", antwortete er. „Unabhängig davon, wie der Prozess in drei Tagen ausgeht."

„Ich habe mich gefreut, dass Sie Vertrauen zu mir gefasst haben."

Sie zögerte und sah auf die Uhr an der Wand. „Ich – ich habe nie geglaubt, dass Sie den Unfall absichtlich herbeigeführt haben."

„Ich danke Ihnen, Baronesse."

Er war so schrecklich zurückhaltend! Natürlich war sie für ihn die Baronesse, er aber nur ein Häftling, der in drei Tagen wahrscheinlich wegen Mordes verurteilt würde, und er hatte deutlich geschrieben, dass es ein Abschiedsbrief war. Trotzdem hatte sie gedacht, in seinem Brief tiefere Gefühle entdeckt zu haben – hatte sie sich so sehr geirrt?

Sie musste noch einen Vorstoß wagen, auch wenn es ihr schwer fiel. „Sie schrieben, dass Sie keinen Kontakt mehr mit mir haben *dürfen* – was hindert Sie?"

Er lächelte beinahe mitleidig. „Bedenken Sie, wer ich bin, Baronesse. Ich bin des Mordes an Ihrer Schwester angeklagt, habe mich unter falschem Namen in Ihre Nähe geschlichen – was sollte es für Gemeinsamkeiten zwischen uns und unseren Familien geben?"

Das war eindeutig. Und musste er nicht so denken? Doch wenn sie ihm sagte, dass sie in Wirklichkeit nicht die Baronesse von Hohenau, sondern nur Schwentins uneheliche Tochter war, würde die Kluft zwischen ihnen vermutlich noch größer werden. „Es ist nicht alles so, wie Sie denken, Herr Grüning." Sie seufzte und stand auf. „Aber wahrscheinlich haben Sie recht."

* * *

Sie wollte schon gehen? Nach gerade einmal fünf Minuten? Ferdi stand ebenfalls auf.

„Baronesse, lassen Sie mich Ihnen bitte noch etwas sagen, was ich Ihnen nicht schreiben konnte." Er fuhr sich mit allen zehn Fingern durchs Haar. Wie gern hätte er ihr gesagt, dass er sie unendlich liebte, aber das war ja unmöglich. Oder sollte ihr Besuch ein Hinweis sein, dass er ihr nicht gleichgültig war? Wie konnte er das nur herausfinden?

Sie drehte sich zu ihm um. „Ja, bitte?"

Ihre Antwort klang kalt, so abweisend wie bei den Feierlichkeiten im Hause Schwentin. Aber in ihrem Blick lag eine Wärme, dass er meinte, die Sonne würde in den düsteren Raum fallen.

„Ihre Schwester – Stefanie – ich war verliebt." Er sah den Schmerz in ihren Augen. „Sie hat mir buchstäblich den Kopf verdreht ..." Wie sollte er es ihr nur sagen?

„Wollen Sie damit sagen, dass Sie sie nicht wahrhaft geliebt haben?", keuchte sie.

Er nickte. So war es wahrscheinlich. „Es war eine Leidenschaft, aber Liebe – darunter stelle ich mir etwas anderes vor. Bis zu ihrem Tod glaubte ich, es sei Liebe, aber ..." Ferdi schüttelte den Kopf. Wie konnte er bloß sagen, dass er wahre Liebe nur für sie, Helena, empfand? Und war es nicht völlig sinnlos, ihr das zu offenbaren? So, wie der Prozess stand ...

„Was möchten Sie sagen?" Ihr Gesicht drückte ihre ganze Spannung aus.

„Nichts. Es ergibt ja doch keinen Sinn. Ich habe vielleicht den Tod, mindestens aber viele Jahre Zuchthaus vor mir."

„Ich bete täglich für Sie, dass Gott Sie aus dieser Lage rettet. Bei Ihm ist alles möglich!" Sie schlang die Finger ineinander und sah zu Boden. „Ich muss Ihnen auch etwas erklären. Ich habe eben gesagt, dass nicht alles so ist, wie Sie denken. Sie meinen, der Prozess und das, was man Ihnen anlastet, würde uns – unsere Familien – abgrundtief voneinander trennen."

„Ist es denn nicht so?"

„Vielleicht, aber Abgründe können überwunden werden. Wenn da nicht noch mehr wäre."

Noch mehr? Konnte noch mehr zwischen ihnen stehen als der Mordprozess? Offenbar war es so. „Was meinen Sie?"

„Ich bin ..." Sie knetete ihre Finger.

Ferdi schielte zu dem Wachmann hinter der Scheibe hinüber – und erstarrte. Dort stand niemand anders als Oberstaatsanwalt von Schwentin.

Die Tür wurde geöffnet und der Wachmann streckte den Kopf herein. „Baronesse, würden Sie bitte herauskommen. Der Herr Oberstaatsanwalt ..."

Sie wurde kreideweiß. „Mein Onkel – er ist zu früh gekommen", flüsterte sie Ferdi zu. „Es tut mir leid."

Mit zwei Schritten war Helena zur Tür hinaus, und der Wachmann warf sie hinter ihr wieder krachend ins Schloss. Durch die

Scheibe sah Ferdi, wie Schwentin auf seine Nichte einredete, allerdings konnte er kein Wort verstehen. Die Baronesse antwortete etwas, das den Staatsanwalt noch mehr in Rage brachte. Er fuchtelte mit den Armen, als würde er ein unsichtbares Orchester dirigieren.

Ferdi sank auf den Stuhl zurück. Was hatte der Staatsanwalt mit seiner Nichte zu diskutieren? Es konnte doch kein Zufall sein, dass die beiden hier zusammentrafen.

Zuerst keimte der Verdacht nur unterschwellig auf, drängte aber, je länger die beiden miteinander debattierten, umso mehr an die Oberfläche. Ein abgekartetes Spiel. Schwentin schickte seine Nichte zu ihm, weil er wusste, dass sie sein Vertrauen gewonnen hatte. Sie sollte sich bei ihm einschmeicheln, um so noch einige Details aus ihm herauszukitzeln, die Schwentin bei seinem Plädoyer in drei Tagen gegen ihn verwenden konnte. Und da ihr das nicht gelungen war, machte der enttäuschte Staatsanwalt ihr nun eine Szene.

Es war nur erstaunlich, dass er das vor seinen Augen tat. Aber wahrscheinlich gehörte auch das zur Tarnung: Er sollte glauben, dass Schwentin über Lenas Besuch erbost war, damit er gar nicht auf den Gedanken kam, dass Schwentin sie geschickt hatte. Genau deshalb hatte er das Gespräch wahrscheinlich auch unterbrochen – nur zu früh, wie Helena selbst gesagt hatte.

Und er hätte ihr um ein Haar seine Liebe gestanden!

Aber konnte das tatsächlich die Wahrheit sein? Oder spielte ihm seine aufgereizte Fantasie einen Streich? Litt er schon unter Verfolgungswahn? Oder hatte sie sich wirklich nur aus der frostigen Baronesse in die liebenswürdige Helena verwandelt, um ihm näher zu kommen? Und ihm auf diese Weise Informationen zu entlocken? Die ihr Onkel dann gegen ihn verwenden konnte? Damit er auch buchstäblich seinen Kopf verlor?

Und er hatte beinahe gedacht, zwischen ihren Worten etwas herauszuhören, das wie Zuneigung klang. War das alles nur Theater gewesen?

Endlich schien Schwentin sich beruhigt zu haben. Er legte den Arm um Helenas Schultern und führte sie in den Korridor. Sie warf keinen Blick zurück – dann war sie verschwunden.

Kapitel 94

Rahel Grüning hasste das Gerichtsgebäude am Stadtgraben. Und noch mehr hasste sie die Menschenmenge, die vor dem Sitzungssaal darauf wartete mitzuerleben, wie ihr Sohn verurteilt wurde.

Als sie in das Gesicht ihres Mannes sah, bemerkte sie seine zusammengezogenen Augenbrauen, die dasselbe widerspiegelten, was sie selbst empfand. Sie nahm seine Hand und drückte sie. Aber selbst das entlockte ihm heute kein Lächeln. Sein Sohn würde verurteilt werden.

Und gleichgültig, wie streng oder mild das Urteil ausfiel, es würde katastrophale Folgen haben. Als Vorbestrafter würde Ferdi niemals Oberförster und damit nicht Nachfolger seines Vaters werden können, was bedeutete, dass sie mit Alberts Pensionierung aus dem Forsthaus ausziehen mussten.

Aber was war das alles gegen ein Todesurteil! Wenn Ferdi nur mit dem Leben davonkam, würde sie gerne alles andere ertragen.

Da entdeckte sie Regina von Pritzen, die sich durch die wartende Menge schob. Glücklicherweise ging es Ludwig inzwischen so gut, dass sie ihn allein lassen konnte. Der Beistand dieser gottesfürchtigen Frau, die ihr trotz des gesellschaftlichen Abstands beinahe zu einer Freundin geworden war, war ihr gerade heute wichtig. Allerdings war Herr von Pritzen, der ebenfalls hatte hier sein wollen, wegen der heutigen Audienz des Oberpräsidenten beim Kaiser leider unabkömmlich. Aber trotz seines Ansehens hätte er ohnehin nichts mehr für Ferdi tun können.

Rahel schielte zu der großen Uhr über der Saaltür. Viertel vor zehn Uhr. In einer Viertelstunde würde die Schlussverhandlung beginnen.

Ihr Blick wanderte von der Uhr zum Eingang des Gerichtssaales hinab, in dem gleich über das Schicksal ihres Sohnes entschieden würde. In der Nähe der Tür stand eine junge Frau, die auffallend blass war und immer wieder mit der Ferse aus ihrem halbhohen Absatzschuh schlüpfte. Baronesse Helena von Hohenau. Die Frau, die Ferdi liebte.

An dem Tag, als Ferdi verhaftet worden war, hatte Rahel einige wenige Worte mit der Baronesse gewechselt. Aber das genügte ihr nicht. Sie musste diese Frau näher kennenlernen. Außerdem wollte sie erfahren, ob sie auf seinen Brief geantwortet hatte. Denn in den letzten Tagen war Ferdi immer seltsam einsilbig geworden, wenn sie ihn danach gefragt hatte.

Rahel löste sich von ihrem Mann. „Entschuldige mich einen Augenblick."

Zögernd näherte sie sich der Baronesse, während sie gleichzeitig ihren Gott um Weisheit und die richtigen Worte bat. Noch einmal musterte sie die junge Frau und sah nun, dass sie dunkle Ringe unter ihren Augen hatte, als hätte sie nächtelang nicht geschlafen.

„Baronesse?"

Nur langsam richtete die junge Frau ihre Augen auf Rahel; ihr Blick sah aus, als kehrten ihre Gedanken aus weiter Ferne zurück. „Frau Grüning, wenn ich nicht irre?"

Rahel nickte. „Haben Sie den Brief meines Sohnes erhalten?"

„Ja."

Sie stutzte ob der kurzen Antwort. Wollte auch die Baronesse nicht darüber sprechen? „Ich hoffe, Sie können meinem Sohn verzeihen?"

Die Baronesse sah an ihr vorbei und zögerte mit einer Antwort. Endlich sagte sie: „Ich habe ihm nichts zu verzeihen."

„Ich weiß, dass es Ihre Eltern sind, deren Vergebung er in erster Linie erlangen sollte. Ich hoffe, Sie haben es ihm nicht übel vermerkt, dass er sich zuerst an Sie gewandt hat."

Sie schüttelte den Kopf. „Nein."

Was hatten diese knappen Antworten zu bedeuten? Ferdi hatte die Baronesse doch ganz anders geschildert, und sie selbst erinnerte sich gut an Ferdis Verhaftung und ihre Aussage im Prozess, als die junge Frau vehement für Ferdi eingetreten war. Von Wärme und Herzensgüte spürte sie heute jedenfalls nichts.

„Ich habe Ihnen den Brief nur unter der Maßgabe überbringen lassen, dass er der letzte Kontakt zu Ihrer Familie ist – abgesehen von einer Entschuldigung bei Ihren Eltern."

„Deshalb der Abschiedsbrief." Die Baronesse sah sie groß an. In ihren Augen spiegelte sich ein Universum von Gefühlen, aber ihre Miene drückte Kälte aus. „Wahrscheinlich ist es besser so."

Irgendetwas stimmte hier nicht. Die Worte der Baronesse klangen wie Floskeln, aber was Helena von Hohenau wirklich dachte, würde sie sich heute wohl nicht mehr entlocken lassen. „Verzeihen Sie, dass ich gewagt habe, Sie anzusprechen, gnädige Baronesse."

Urplötzlich ergriff das Mädchen Rahels Hand, ihre Augen füllten sich mit Tränen. „Ich wünsche Ihnen viel Kraft, Frau Grüning."

Im gleichen Augenblick teilte sich die Menge der Zuschauer auf dem Korridor. Zwei Wachmänner führten Ferdi in den Gerichtssaal.

Rahel bemerkte, wie die Baronesse erstarrte, dann schoss flammende Röte in ihr Gesicht. Sie starrte Ferdi an, die Blicke der beiden schienen sich für einen kurzen Augenblick zu treffen – dann sah Ferdi zur Seite und schob die Schultern zurück.

Abrupt deckte die Baronesse eine Hand über die Augen und wandte sich ab.

Rahel hatte das Gefühl, als würde der Boden unter ihr wanken. Was ging hier vor? Sollte auch die Baronesse etwas für ihren Sohn empfinden? Das wäre eine Katastrophe!

Ferdis unselige Leidenschaft für Baronesse Stefanie hatte schon so viel Unglück heraufbeschworen. Wenn Ferdi etwas davon ahnte, was Lena für ihn empfand ... Sie traute ihrem Sohn durchaus zu, dass er trotz seines Versprechens auch aus dem Gefängnis heraus versuchen würde, den Kontakt zu der Baronesse zu halten.

Rahel war froh, als Albert hinter sie trat und die Arme um sie legte. Der Prozess, bei dem Ferdi ein Todesurteil drohte, war doch schon schlimm genug. Warum musste er sich nun schon zum zweiten Mal in eine Baronesse verlieben – und die junge Frau seine Liebe vielleicht auch noch erwidern?

* * *

Ferdi sah die Geschworenen der Reihe nach an. Der erste zupfte gewissenhaft einen Fussel nach dem anderen von seinem Frack, der nächste gähnte herzhaft und hatte so tiefe Ringe unter den Augen, dass Ferdi annahm, er habe die letzte Nacht durchgefeiert. Ein anderer putzte hingebungsvoll seine Brille – hatte er diese Manie schon von dem Staatsanwalt übernommen? –, und ein weiterer zog seine Manschetten aus und stellte sie vor sich auf den Tisch. Diese zwölf

Herren würden heute darüber entscheiden, welcher Straftaten er sich schuldig gemacht hatte. Er fürchtete, dass von ihnen nichts Gutes zu erwarten war.

Als der Vorsitzende mit den beiden anderen Richtern eintrat, erhoben sich alle. Ferdi warf einen Blick zu Baronesse Helena hinüber, doch sie hielt den Kopf gesenkt.

„Bitte nehmen Sie Platz." Der Vorsitzende griff zu seinen Akten. „Bevor wir zu den Plädoyers kommen, gebe ich Ihnen, Herr Grüning, noch einmal Gelegenheit, sich zu den Vorwürfen zu äußern oder ein umfassendes Geständnis abzulegen."

Wie oft wollte der Richter es denn noch versuchen? Er konnte doch nichts gestehen, was er nicht getan hatte! Er sah seinen Verteidiger an, doch der zuckte nur lächelnd mit den Schultern.

„Herr Vorsitzender, ich habe mehrfach erklärt, dass ich bereits ein umfassendes Geständnis abgelegt habe. Ja, ich habe mich mehrfach unter falschem Namen in die Gesellschaft eingeschlichen. Aber ich hatte niemals die Absicht, Baronesse Stefanie von Hohenau zu töten."

Der Vorsitzende schüttelte den Kopf. „Herr Grüning, es ist Ihre letzte Gelegenheit, ein Geständnis abzulegen und damit auf ein milderes Strafmaß zu hoffen. Tun Sie es nicht und die Geschworenen befinden Sie für schuldig, wird Sie die ganze Härte des Gesetzes treffen."

„Wenn ich wegen Mordes verurteilt werde, dann ist das ein Fehlurteil", rief Ferdi. „Niemals werde ich eine Tat zugeben, die ich nicht begangen habe."

„Herr Grüning", mischte sich nun auch Schwentin ein, „die Beweislast gegen Sie ist erdrückend. Lassen Sie das unsinnige Leugnen."

„Sie haben doch von Anfang an nichts anderes vorgehabt, als mich aufs Schafott zu bringen." Ferdi spürte, dass ihn die Wut wie ein Tiger im Genick packte. „Es ist doch nur Ihr persönlicher Rachefeldzug gegen mich, weil ich es gewagt habe, Sie und Ihre Familie zu hintergehen."

„Unerhört!" Schwentin sprang auf und pfefferte seinen Zwicker auf die Akten. „Was erlauben Sie sich!"

„Ich sage die Wahrheit!", schrie Ferdi zurück.

Einer der Geschworenen schnellte von seinem Sitz empor, riss seinen Kragenknopf auf und schnappte nach Luft, als würde er gewürgt. Die anderen begannen zu tuscheln oder schüttelten den Kopf.

„Ruhe!“ Der Vorsitzende schwang wie wild seine Glocke. „Angeklagter, mäßigen Sie sich, sonst können wir Ihrer Liste von Straftaten auch noch Beleidigung einer Amtsperson hinzufügen. – Herr Oberstaatsanwalt, bitte beginnen Sie mit Ihrem Plädoyer.“

Der Geschworene, der eben einen Erstickungsanfall bekommen hatte, zog ein blütenweißes Taschentuch hervor, wischte sich über die Stirn und ließ sich mit einem Seufzer laut vernehmlich wieder auf die Geschworenenbank plumpsen. Währenddessen klemmte Schwentin umständlich seinen Zwicker auf die Nase.

Ferdi faltete seine zitternden Hände. Jetzt ging es um Leben und Tod, und wahrscheinlich hatte er seine Lage durch seine unbedachten Worte nur noch verschlimmert.

Kapitel 95

Allein schon der Gedanke, dass der Mann, der gerade mit scharfen Worten die Verurteilung Ferdinand Grünings forderte, ihr Vater war, verursachte Lena körperliche Schmerzen.

„Die Staatsanwaltschaft konnte im Verlauf des Prozesses nachweisen, dass der Angeklagte den Anschlag auf Baronesse Stefanie von Hohenau schon frühzeitig geplant hat", führte Schwentin aus. „Ich weise noch einmal auf einige wesentliche Punkte hin, die das belegen: Der Angeklagte gab allen Vorstellungen, dass er mit seiner Hochstapelei eine Straftat begehe, kein Gehör. So wies ihn sein Kommilitone, der bis zum Schluss an einen Dummejungenstreich glaubte, mehrfach darauf hin, doch der Angeklagte verfolgte seinen eigentlichen Plan unbeirrt weiter. Das zeigt, dass der Angeklagte sich wissentlich und skrupellos über geltendes Recht hinwegzusetzen gewillt war, wie auch die beiden bewusst begangenen Hausfriedensbrüche bestätigen."

Lena schüttelte den Kopf. Schwentin stellte Ferdinand Grüning dar, als habe er sein ganzes Leben lang nichts anderes als Straftaten begangen – dabei war er noch nicht einmal vorbestraft!

„Ferner kündigte der Angeklagte bereits am 9. Juni an, dass er zu töten bereit sei, wenn er die von ihm begehrte Frau nicht bekäme." Schwentin nahm seinen Zwicker ab. „Wir haben drei Zeugen gehört, die diese Aussage übereinstimmend bestätigt haben. Der Angeklagte hat also mit Überlegung gehandelt und gemäß Paragraf 211 Reichsstrafgesetzbuch den Tatbestand des Mordes erfüllt."

Immer wieder hallte es in ihrem Kopf: *Dieser widerliche Mensch ist dein Vater! Der Mann, der dir auf der Erde am nächsten stehen sollte, zerstört gerade das Leben des Mannes, den du über alles liebst!*

Sie richtete ihren Blick auf Schwentin. Konnte sie ihn nicht wenigstens noch überzeugen, dass Ferdinand Grüning nicht des Todes schuldig war? Aber er beachtete sie gar nicht, sondern führte mit preußischer Pedanterie weitere Zeugenaussagen an.

„Kurz nach dem Anschlag gab der Angeklagte zu, das alles getan zu haben und sogar versucht zu haben, die Baronesse aus der Kutsche zu werfen. Letzteres hat er auch hier vor Gericht mehrfach eingestanden."

Da konnte Lena sich nicht mehr halten. „Er hat nie gesagt, dass er das alles getan hat", rief sie dazwischen. Urplötzlich drehten sich alle Köpfe zu ihr um, aber sie konnte nicht mehr zurück. „Er sagte, dass er alles getan habe, um meine Schwester zu retten. Und dazu gehörte, dass er sie aus dem Wagen werfen wollte, bevor dieser den Abhang hinunterstürzte."

„Genauso ist es gewesen!" Ferdinand Grüning sprang auf. „Herr von Schwentin verdreht meine Aussagen!"

„Ruhe! Was fällt Ihnen ein? Unterbrechen Sie den Herrn Staatsanwalt nicht!" Der Vorsitzende bekam einen so roten Kopf, dass Lena meinte, er würde gleich zerplatzen.

„Wenn es doch eine infame Lüge ist!", schrie Ferdinand Grüning.

„Sie haben sich doch alle miteinander verschworen!" Lena wunderte sich selbst, dass ihre Stimme so fest und laut sein konnte. „Allein deshalb verdient dieses Gericht eher den Namen *Ver*schworenengericht."

Schwentin fiel der Zwicker aus der Hand. Klirrend landete er auf dem Tisch. „Unverschämtheit!", murmelte er.

„Nehmen Sie sofort wieder Ihre Plätze ein, sonst werde ich Sie des Saales verweisen!", donnerte der Vorsitzende.

„Nur weil ein Mensch, noch dazu ein schwaches Weib, es wagt, Ihnen den Spiegel der Wahrheit vorzuhalten?" Lena wusste gar nicht, woher sie den Mut nahm.

Der Vorsitzende gab den Gerichtsdienern einen Wink. „Führen Sie die Dame hinaus auf den Korridor."

Sofort wurde sie rechts und links am Arm gepackt und aus ihrer Sitzreihe gezerrt. Das hatte sie nun davon. Nun durfte sie die Verhandlung noch nicht einmal bis zum Ende verfolgen. Und wahrscheinlich hatte sie Ferdinand Grünings Lage nur verschlimmert.

Während die beiden Gerichtsdiener sie zur Tür hinausstießen, drehte sie sich zu dem Angeklagten um. „Ich bete für dich!", rief sie. Hatte sie ihn gerade geduzt? Aber jetzt war ohnehin alles gleichgültig.

Als die Tür zum Sitzungssaal hinter ihr zugeschlagen wurde, klang es, als fiele eine Gefängnistür ins Schloss.

* * *

Ferdi starrte auf die Tür, die sich gerade geschlossen hatte. Er hörte gar nicht mehr auf Schwentins leidenschaftliche Rede, als dieser sein Plädoyer fortsetzte. Was hatte Lena gerade gesagt? *Ich bete für dich. Vater, ich danke Dir.* Wenn ihm ihr Verhalten gerade nicht schon klar gemacht hätte, was sie für ihn empfand, dann spätestens dieser letzte Zuruf. Sie liebte ihn. Selbst wenn er mit dem Tode bestraft würde – den er nicht verdient hatte! –, durfte er nun in der Gewissheit sterben, dass sie ihn liebte.

Er lehnte sich zurück und lächelte. Wie hatte er bloß glauben können, dass sie zu ihm ins Gefängnis gekommen war, weil Schwentin sie geschickt hatte? Er konnte sich selbst nicht mehr begreifen. Sie hatte so viel für ihn getan – er schämte sich für seine Zweifel.

Endlich richtete er seine Aufmerksamkeit wieder auf den Staatsanwalt, der offenbar am Ende seines Plädoyers angekommen war. „Damit ist also hinreichend bewiesen, dass der Angeklagte Baronesse Stefanie von Hohenau mit Absicht und Überlegung zu Tode gebracht hat. Zusätzlich hat er sich, wie er selbst gestanden hat, durch Zulegen einer falschen Identität gemäß Paragraf 263 Reichsstrafgesetzbuch des Betruges, gemäß Paragraf 123 in zwei Fällen des Hausfriedensbruches und gemäß Paragraf 253 der Erpressung schuldig gemacht. Paragraf 211 Reichsstrafgesetzbuch sieht für einen vollzogenen Mord die Todesstrafe vor. Da dem Angeklagten dieses Verbrechen im Laufe des Prozesses zweifelsfrei nachgewiesen werden konnte, fordere ich im Namen des preußischen Staates für den Angeklagten Ferdinand Grüning die Todesstrafe." Schwentin setzte seinen Zwicker auf, nickte dem Vorsitzenden zu und nahm wieder Platz.

Ferdi starrte auf die Tischplatte vor sich und begann unbewusst die Kratzer zu zählen. Todesstrafe. Etwas anderes war nicht zu erwarten gewesen. Doch jetzt, da das grausige Wort im Raum schwebte, traf es ihn wie eine Keule. Der Trost, den er eben durch Lenas Worte erhalten hatte, war verflogen wie der Duft einer Rose im Herbststurm.

Zwar war es ein schönes Gefühl, sich ihrer Liebe gewiss zu sein. Aber man wollte ihm die Möglichkeit nehmen, um diese Liebe zu kämpfen. Und das schmerzte. Je weiter in seinen Verstand vordrang, dass die Baronesse ihn liebte, desto mehr glühten seine Gehirnwindungen, um trotz allem eine Möglichkeit für eine gemeinsame Zukunft zu finden.

Kapitel 96

Ferdi stieß seinen Verteidiger an. „Herr Diehlmann, ich beschwöre Sie: Halten Sie jetzt die Rede Ihres Lebens!"

Diehlmann befeuchtete seinen Zeigefinger und blätterte in der Akte. „Ich weiß schon, was ich zu tun habe."

„Ich hoffe, Sie wissen auch, worum es geht. Um mein Leben!"

„Keine Sorge." Er stand auf, richtete seine Robe und sah sich lächelnd im Saal um. Dann begann er mit einigen Höflichkeitsfloskeln.

Ferdi verdrehte die Augen. Wahrscheinlich gehörte das dazu, aber ihm wäre lieber gewesen, Diehlmann wäre sofort zur Sache gekommen.

„Mein Mandant hat die Hochstapelei und somit den Betrug gemäß Paragraf 263 Reichsstrafgesetzbuch gestanden. Ebenso scheint der Hausfriedensbruch erwiesen. Gegen den Vorwurf des Mordes verwahrt sich mein Mandant jedoch vehement." Diehlmann räusperte sich. „Die Warnungen seines Kommilitonen vor den Folgen der Hochstapelei und das In-den-Wind-schlagen derselben durch meinen Mandanten lässt keineswegs den Rückschluss zu, er sei skrupellos. Wenn er nicht bei der ersten Teilnahme an einem gesellschaftlichen Ereignis zufälligerweise auf die beiden Damen gestoßen wäre, denen er in Wölfelsgrund kurz zuvor das Leben gerettet hatte, wäre dieser Betrug niemals wiederholt worden."

Ferdi nickte. Das war doch immerhin ein Anfang.

„Die Aussagen, die mein Mandant sowohl bei dem Ball als auch später, als er verletzt und daher nicht im Vollbesitz seiner geistigen Fähigkeiten war, getan hat, sind umstritten."

„Meineid!", raunte Ferdi seinem Verteidiger zu. „Die Zeugen haben falsch ausgesagt!"

„Ruhe!" Diehlmann schüttelte den Kopf. „Die verschiedenen Aussagen, die wir hier vor Gericht gehört haben, sind zwar weitgehend übereinstimmend, weichen jedoch in entscheidenden Nuancen voneinander ab. Auch die Bedeutung der Worte meines Mandanten wird unterschiedlich aufgefasst."

„Die Zeugen haben den Wortlaut verfälscht!", flüsterte Ferdi. Diehlmann sollte nicht so zaghaft sein.

„Bitte unterbrechen Sie mich nicht, sonst werde ich mein Plädoyer auf der Stelle beenden!" Der Verteidiger blätterte wieder in seiner Akte. „Ich bitte das Gericht daher, die umstrittenen Aussagen nicht als Beweise zuzulassen und diese zweifelhaften Äußerungen nicht zur Grundlage eines so schwerwiegenden Urteils zu machen. Ich bitte zu bedenken, dass ein vollstrecktes Todesurteil niemals revidiert werden kann."

Am liebsten wäre Ferdi aufgesprungen. Was war das denn für ein Argument! „Ich bin unschuldig!", presste er erneut zwischen zusammengebissenen Zähnen hervor. „Ich habe den Tod nicht verdient! Und die Zeugen haben falsch geschworen! So tun Sie doch endlich etwas!"

Diehlmann beugte sich zu ihm herab und funkelte ihn an. „Ich tue, was ich für richtig halte. Stören Sie bitte nicht meine Konzentration!" Dann richtete sich sein Verteidiger wieder auf und wandte sich dem Vorsitzenden zu. „Bitte gestatten Sie, dass ich mein Plädoyer beende. Ein Mord konnte meinem Mandanten nicht nachgewiesen werden, die angeblichen Beweise, auf die sich der Herr Oberstaatsanwalt stützt, sind umstrittene Aussagen. Ferdinand Grüning ist von der Anklage des Mordes freizusprechen. Für die Vergehen Betrug und Hausfriedensbruch fordere ich eine Gefängnisstrafe von zwei Jahren und sechs Monaten, die nicht zur Bewährung auszusetzen ist." Diehlmann nahm wieder Platz und schlug die Akte mit einem lauten Knall zu.

Ferdi senkte den Kopf. Damit war sein Schicksal besiegelt. Er fühlte sich so, wie Daniel sich damals in der Löwengrube gefühlt haben musste. Nur dass Daniel göttlichen Schutz erhalten hatte, weil er völlig unschuldig in diese Situation geraten war. Bei ihm selbst war das jedoch ganz anders: Er hatte sich ohne Not selbst in diese Situation gebracht.

* * *

Rahel saß da wie erschlagen. Wenn sie zu den Geschworenen gehörte, würde sie wahrscheinlich auch das wortgewandte Plädoyer des Staatsanwalts bewundern. Leider hatte Diehlmann seinem Kontrahenten nicht einmal ansatzweise das Wasser reichen können. Im

Geiste sah sie schon, wie das Fallbeil auf den Hals ihres Sohnes herniedersauste, vor allem nach dem Tumult, den Baronesse Helena und Ferdi verursacht hatten.

Der Vorsitzende erteilte Ferdi das letzte Wort, und er beteuerte noch einmal seine Unschuld. Auf die Geschworenen schien das allerdings wenig Eindruck zu machen, sie sahen beinahe gelangweilt aus. Dann händigten die Richter den Geschworenen die Fragen aus, die diese beantworten und damit über Schuld oder Unschuld ihres Sohnes entscheiden sollten. Schließlich zogen sich die Geschworenen zurück.

Rahel sah ihren Mann an, der zusammengesunken neben ihr saß. Sie strich ihm mit der Hand über das Haar, doch er schien es nicht zu bemerken. Von hinten hörte sie Reginas aufgeregte Stimme, die offenbar mit einem Bekannten über Ferdis Schuld oder Unschuld diskutierte.

Als sie sah, dass die Wachmänner sich anschickten, Ferdi aus dem Saal zu führen, trat sie zu ihnen. „Bitte gestatten Sie mir, einige Worte mit meinem Sohn zu sprechen."

Einer der Beamten sah zum Vorsitzenden hinüber; der nickte.

Rahel ging zur Anklagebank und wäre um ein Haar mit dem Verteidiger zusammengestoßen, der fluchtartig den Saal verließ. Kopfschüttelnd setzte sie sich auf den Platz des Rechtanwalts. „Ferdi, lass den Mut nicht sinken."

Er lächelte. Aber es war nicht mehr das Lausbubenlächeln ihres Jungen, sondern das eines Mannes, der dem Tod ins Auge sah. „Es gibt ja noch die Möglichkeit, ein Gnadengesuch an den Kaiser zu richten."

Sie merkte an seinen Worten, dass Ferdi selbst nicht daran glaubte, dass diese Möglichkeit Erfolg haben würde. Und wahrscheinlich hatte er damit sogar recht. Der Kaiser würde sich kaum um den Fall des kleinen Studenten der Forstwissenschaften Ferdinand Grüning kümmern. Aber das durfte sie ihm nicht sagen. „Bestimmt wird der Kaiser milde sein und die Todesstrafe nicht vollstrecken lassen. Und schließlich bist du ja noch nicht verurteilt." Sie ärgerte sich darüber, dass ihre unsichere Stimme das Gegenteil von ihren Worten sagte.

„Mama, es tut mir leid, dass ich euch so viele Sorgen bereite. Und das gerade, nachdem Lisa ..." Tränen würgten ihm die Worte ab.

Rahel nahm seine Hände. „Ich bin dir nicht böse, Ferdi." Sie sah ihm in die Augen. „Aber was war das gerade mit Baronesse Helena?"

Er sah zu der Baronesse hinüber, die sich vor der offenen Saaltür gerade in die Arme ihrer Mutter fallen ließ.

„Ferdi?" Sie würde sich nicht damit zufrieden geben, dass er gar nichts sagte.

Er zuckte mit den Schultern. „Ich – ich weiß nicht, was in sie gefahren ist."

Doch sie wusste es genau. Die Baronesse liebte ihren Sohn.

Immer noch hing Ferdis Blick an der jungen Frau, obwohl sie ihm den Rücken zuwandte. Sie konnte schon verstehen, dass er von ihr fasziniert war. Aber würde daraus nicht ein neues Unglück entstehen? „Ferdi, sie ist nichts für dich."

Er seufzte. „Das weiß ich, Mama."

„Es hat dich beeindruckt, wie sie für dich eingetreten ist, nicht wahr?"

„Ich glaube, sie hat mir einen Blick in ihr Herz gestattet." Der Schmerz in seiner Stimme trieb ihr Tränen in die Augen.

„Ich habe mich vor der Verhandlung mit ihr unterhalten. Sie war kalt wie der Wind, der im Winter vom Glatzer Schneeberg herunterweht."

„Das kenne ich." Sein Lächeln war schmerzlich. „So gibt sie sich nach außen. Wie es wahrhaft in ihr aussieht, hast du gerade gesehen, als sie ihren Onkel in Grund und Boden geredet hat."

„Was, glaubst du, ist ihr wahres Ich?"

„Ich werde niemals mehr an ihr zweifeln, Mama. Das habe ich erst kürzlich getan, als ich dachte, der Staatsanwalt habe sie ins Gefängnis geschickt, um mich auszuhorchen."

„Was sagst du da?" Rahel traute ihren Ohren nicht. „Sie war bei dir im Gefängnis?"

Er lächelte – es war ein Lächeln, das aus dem Herzen kam. „Ja."

In diesem einen Wort lag alles. Sie wusste, dass er nicht mehr darüber sagen würde, aber sie spürte auch, dass sie ihm dieses Mädchen nicht mehr ausreden konnte.

Sein Blick hing immer noch an ihr.

Warum sollte sie jetzt noch weiter versuchen, Ferdi die Baronesse auszureden? Wenn er nach dem Willen des Staatsanwalts wirklich zum Tode verurteilt würde, sollte sie ihm diese letzte Freude nicht nehmen.

Kapitel 97

Endlich verließen ihre Eltern den Gerichtssaal.

Lena konnte nicht mehr anders. Sie musste ihre Not mit jemandem teilen. Und sie hatte ja nur noch ihre Mutter. Aufschluchzend stürzte sie zu ihr und warf sich an ihre Brust.

„Ruhig, mein Kind." Die Hände ihrer Mutter strichen über ihren Rücken und das tat unendlich gut.

„Mama, ich überlebe es nicht, wenn er zum Tode verurteilt wird!"

„Warte doch erst ab, wie die Geschworenen urteilen werden. Noch ist nichts entschieden."

Diese Worte gaben ihr nur wenig Trost. Jahrelanges Zuchthaus war kaum besser als der Tod. „Dass ausgerechnet *er* so hart gegen ihn vorgehen musste!"

„Du meinst Schwentin? Aber er ist doch der Staatsanwalt, was sollte er denn anderes tun?"

Begriff ihre Mutter denn nicht, was es für sie bedeutete, wenn ihr Vater gegen den Mann vorging, den sie liebte? „Aber er weiß doch, wie sehr ich ihn liebe. Hätte er nicht mir zuliebe milder verfahren können?"

Ihre Mutter schüttelte den Kopf. „Lena, du musst Grüning vergessen. Selbst wenn er kein Mörder sein sollte – bedenke, was er getan hat! Er ist doch immerhin schuldig am Tod deiner Schwester!"

„Kann man ihm diese Schuld anlasten, wenn es ein Unfall war? Nein, Mama, ich werde ihn niemals vergessen." Und sie hasste ihren Vater dafür, dass er ihn zu Tode bringen wollte.

„Beruhige dich, Lena."

„Ich muss noch einmal mit Ferdinand Grüning sprechen." Sie wandte den Kopf und konnte durch die offene Tür sehen, wie er mit seiner Mutter redete. „Ich muss ihm wenigstens sagen, wie sehr ich das Verhalten meines Vaters verabscheue."

„Deines Vaters?" Ihre Mutter sah zu ihrem Mann hinüber. „Was hat er damit zu tun?"

„Ich weiß doch genau, dass *er* nicht mein Vater ist. Und der, der wirklich mein Vater ist, tut alles dafür, dass Ferdinand Grüning zum Tode verurteilt wird."

„Ich verstehe dich nicht."

Das merkte sie allerdings.

„Der, der wirklich dein Vater ist, ist doch gar nicht in den Prozess involviert."

Jetzt war sie es, die nichts mehr verstand. „Wie kommst du darauf, der Staatsanwalt sei nicht in den Prozess involviert?"

„Der Staatsanwalt?" Die Augen ihrer Mutter sprangen beinahe aus den Höhlen. „Wie kommst du auf deinen Onkel?"

Wollte ihre Mutter etwa leugnen, dass Schwentin ihr Vater war? Sie öffnete schon den Mund, um danach zu fragen, als das Zeichen gegeben wurde, dass die Geschworenen bereits zurückgekehrt waren und ihren Spruch verkünden würden. Das war kein gutes Zeichen.

Und ihre Fragen zu ihrem Vater mussten nun auch zurückstehen. Jetzt ging es zuerst darum, dass sie wieder in den Gerichtssaal kam, um wenigstens das Urteil mitzuerleben.

„Mama, bitte überrede den Richter, dass ich wieder in den Saal darf!"

Ihre Mutter sah sie zweifelnd an. „Ich weiß nicht, ob das gut für dich ist, Lena."

„Mama, bitte!" Sie umklammerte die Hände ihrer Mutter. „Ich muss hinein!"

„Nun gut, ich werde mit dem Richter sprechen." Ihre Mutter hakte sich bei ihrem Mann ein und ging in den Saal.

Lena beobachtete, wie sie zu dem vorsitzenden Richter trat und nach einem höflichen Knicks zu sprechen begann. Der Richter sah durch die Tür zu ihr herüber, dann schüttelte er den Kopf.

Bitte, Herr, ich möchte dabei sein!

Erneut redete ihre Mutter auf den Richter ein. Wenn es *ihr* nicht gelang, den Mann zu erweichen, würde es niemandem gelingen. Der Richter begann ebenfalls zu gestikulieren, dann verbeugte er sich mit einem Lächeln.

Ihre Mutter drehte sich zu ihr um und winkte sie heran.

Mit raschen Schritten war Lena bei ihr.

„Der Vorsitzende hat es erlaubt, sofern du dich ruhig verhältst."

„Ich gebe mir Mühe."

Als sie neben ihrer Mutter auf die Zuschauerbänke zuschritt, schaute sie zu Ferdinand Grüning hinüber. Sie hoffte, ihn wenigstens noch durch einen Blick aufmuntern zu können, wenn sie schon nicht mit ihm sprechen konnte. Doch er sah sie nicht an, sondern sprach mit seinem Verteidiger, der sich gerade wieder neben ihn setzte.

Wie in Trance nahm sie ihren Platz ein und wusste nicht, was sie denken sollte. Was war mit Schwentin? Wieso hatte ihre Mutter so merkwürdig reagiert, als sie auf ihn zu sprechen kamen? Was würde das alles für ihr weiteres Schicksal bedeuten? Und die dringendste Frage: Wie würde das Urteil gegen Ferdinand Grüning lauten?

Lenas Seele bestand nur noch aus einem einzigen Gebet: *Bitte, Herr, schicke ein Wunder!*

Kapitel 98

Als der Obmann der Geschworenen sich erhob, um den Spruch der Geschworenen kundzutun, wischte Ferdi seine schweißnassen Hände an der Hose ab.

„Auf Ehre und Gewissen bezeuge ich als den Spruch der Geschworenen ..." Der Obmann legte eine Kunstpause ein.

Durch Ferdis Kopf rasten tausend Gedanken, die er gar nicht alle ordnen konnte. Warum hatte er gerade jetzt den Duft von frischem Rhabarberkuchen, den seine Mutter so fantastisch buk, in der Nase? Und wieso glaubte er, Finkenschlag zu hören – wie an Lisas Todestag? Wo kamen plötzlich die Klänge der *Lebensstürme* her, die Lisa so oft gespielt hatte? Und auf einmal tauchten noch mehr Melodien auf. *Auf Flügeln des Gesanges* – das Lied, das Anna Grobecker bei der Soiree gesungen hatte. Dann fiel die Erinnerung an Stefanies Todestag über ihn herein. Dort hatte er zum ersten Mal die wahre Lena kennengelernt, die warmherzige, liebevolle Lena.

Als der Obmann plötzlich seine Stimme hob, wurde Ferdi aus seinen Gedanken gerissen. „... und damit komme ich zum letzten Straftatbestand. Die Frage, ob der Angeklagte des Mordes schuldig ist, haben die Geschworenen mit *Ja* beantwortet. Die Geschworenen urteilen, dass Beweise in hinreichender Anzahl vorliegen und durch Zeugenaussagen erhärtet sind. Es besteht für die Geschworenen kein Zweifel daran, dass der Angeklagte die Tötung der Baronesse Stefanie von Hohenau geplant und mit Überlegung ausgeführt hat."

„Danke." Der Vorsitzende nickte dem Obmann zu. „Die Richter ziehen sich zur Beratung zurück."

Ferdi sah zu Baronesse Helena hinüber. Ihre Augen starrten ausdruckslos ins Leere, ihre Wangen waren nass von Tränen. Liebte sie ihn tatsächlich so sehr, dass sie um ihn weinte?

Wenn er ihr doch wenigstens bei ihrem Besuch im Gefängnis gestanden hätte, dass er sie liebte! Nun war es zu spät. Das Urteil der Richter konnte kaum anders als auf Todesstrafe lauten. Dann blieb ihm nur noch, auf die Gnade des Kaisers zu hoffen – eine äußerst schwache Hoffnung, denn dann würde das Urteil lediglich in eine lebenslängliche Haftstrafe umgewandelt werden.

Schon nach wenigen Minuten kehrten die drei Richter zurück. Alle im Saal erhoben sich von ihren Plätzen.

Ferdis Herz begann zu rasen. *Bitte lass es kein Todesurteil sein!*, flehte er.

„Im Namen des Volkes verkünde ich das Urteil in der Strafsache gegen Ferdinand Grüning."

Ferdi nahm die Schultern zurück. Nicht schwach werden! Da fing er einen Blick von Baronesse Helena auf. Sie deutete mit dem Zeigefinger nach oben, und er warf ihr ein Lächeln zu.

„Der Angeklagte ist von den Geschworenen des Mordes an Baronesse Stefanie von Hohenau für schuldig befunden worden. Der Angeklagte wird dafür gemäß Paragraf 211 Reichsstrafgesetzbuch mit dem Tode bestraft. Zur Urteilsbegründung ..."

„Das ist Mord!" Ferdi sprang auf und deutete auf Schwentin. „Er wollte doch nur, dass ich hingerichtet werde, weil seine eigene Nichte zu Tode gekommen ist. Sie wissen doch ganz genau, dass Sie einen Unschuldigen hinrichten lassen!"

„Ruhe!", donnerte der Vorsitzende, und Diehlmann zog an Ferdis Rock.

„Ich lasse mich nicht hinrichten, ohne dass ich die Wahrheit noch einmal gesagt habe. Sie laden die Verantwortung für einen Justizmord auf Ihre Seelen!"

„Das ist doch die Höhe! Sie sind streng nach dem Gesetz beurteilt und verurteilt worden", schnaufte der Vorsitzende. „Bewahren Sie gefälligst Ruhe, sonst lasse ich Sie sofort abführen."

„Sie wollen wohl die Wahrheit nicht hören! Aber glauben Sie mir, ich werde jedes Detail nach Berlin an Seine Majestät berichten, wenn ich mein Gnadengesuch einreiche."

Da fing Schwentin an zu lachen. „Tun Sie das nur, Grüning, berichten Sie dem Kaiser alles. Ein Gnadengesuch von einem renitenten Schwerverbrecher wird Seine Majestät sicherlich in eine so milde Stimmung versetzen, dass er mir gleich den Orden *Pour le Mérite* verleiht."

„Ruhe jetzt, damit ich endlich in meinen Ausführungen fortfahren kann!" Der Vorsitzende schrillte mit seiner Glocke.

„Bitte lügen Sie weiter", zischte Ferdi.

Plötzlich flog die Tür auf. Die Blicke aller Anwesenden richteten sich dorthin.

„Was geht da vor? Bitte sorgen Sie für Ordnung!", rief der Vorsitzende der Wache zu.

Die Wachleute schnellten empor. „Herr Vorsitzender ..."

Weiter kamen sie nicht. Mit donnernden Schritten marschierten sechs Soldaten des in Breslau stationierten Infanterieregiments herein und bildeten ein Spalier an der Tür.

Was hatte das zu bedeuten? Ferdi sah zu Helena hinüber, die zuckte aber nur mit den Schultern. Sollte er etwa sofort zur Hinrichtung abgeführt werden? Aber das ging doch nicht an!

Dann sah er Pritzen mit zwei weiteren Herren hereinkommen. Er wusste zwar, dass sein Gastvater eine hohe Stellung im Oberpräsidium bekleidete, aber dass er mit militärischer Eskorte kam, war denn doch ungewöhnlich.

Der eine Herr kam Ferdi vage bekannt vor. War das nicht seine Exzellenz der Oberpräsident der Provinz Schlesien persönlich? Was wollte so ein hoher Herr bei seiner Gerichtsverhandlung?

Und dann erkannte er endlich auch den dritten Herrn, der zwischen Pritzen und dem Oberpräsidenten ging. Die hohe, ehrfurchtgebietende Gestalt, der mächtige graue Backenbart, der Schwarze-Adler-Orden auf der linken Brustseite – Ferdis Beine begannen zu zittern und unwillkürlich verbeugte er sich tief. Als er vorsichtig zur Seite sah, stellte er fest, dass alle anderen es ihm gleichgetan hatten.

Im selben Moment wurde ihm bewusst, dass sein Gnadengesuch an Seine Majestät den Kaiser hinfällig geworden war. Wenn dieser Mann schon selbst in den Gerichtssaal kam, würde er sich zweifellos jetzt und hier seine Meinung bilden – bevor Ferdi sich überhaupt angemessene Worte zurechtlegen konnte.

Ferdi schielte zu Schwentin hinüber. Auf dem Gesicht des Staatsanwalts lag ein triumphierendes Lächeln. Wenn es wirklich so war, dass der Kaiser die Gnadengesuche uneinsichtiger Verurteilter abschlägig beschied, hatte er jetzt endgültig verloren. Selbst wenn es ihm gestattet würde, sich vor dem Kaiser zu verteidigen – Schwentin war ein erfahrener Jurist und brillanter Redner, und der 80-jährige

Kaiser würde sich wahrscheinlich leicht von den meisterhaften Ausführungen des Staatsanwalts um den Finger wickeln lassen.

Mein Gott, warum raubst du mir meine letzte Hoffnung?

Kapitel 99

Im Saal herrschte Totenstille. Ferdi hörte nur sein eigenes Herz pochen wie einen der Dampfhämmer, die weit über die Mauern von Ruffers Fabrik hinausschallten.

Endlich gab der Kaiser das Zeichen, dass sie sich wieder aufrichten durften. Dann sah er Ferdi an. Was für einen durchdringenden Blick dieser Mann hatte!

„Sie sind der Angeklagte?"

„Jawohl, Majestät."

„Wessen sind Sie angeklagt?"

„Des Mordes an Baronesse Stefanie von Hohenau. Aber ich bin unschuldig, Majestät."

Die Stirn des Kaisers zog sich zusammen. „Das sagen sie alle." Er wandte sich an den Vorsitzenden. „Sie haben das Urteil bereits gefällt?"

„Jawohl, Majestät. Todesurteil wegen vollzogenen Mordes."

„Ein strenges Urteil, nicht wahr?"

„So, wie der Herr Oberstaatsanwalt es forderte."

Schwentin riss sich seinen Zwicker von der Nase und verbeugte sich. „So, wie Eure Majestät es wünschten."

Der Kaiser nickte. „Ich habe mich allerdings über die milden Urteile in Schlesien gewundert."

Also stimmte es wirklich. Der Kaiser mochte keine aufmüpfigen Verbrecher. Und er wünschte strenge Urteile. Dann würde es wahrscheinlich darauf hinauslaufen, dass Schwentin einen Orden bekam – und er selbst hatte keine Möglichkeit mehr, sich gegen das Urteil zu wehren.

* * *

Schwentin rieb sich innerlich die Hände, als er das wohlwollende Nicken des Kaisers sah.

„Herr Oberstaatsanwalt, ich habe mich genauestens über den Fall Grüning unterrichten lassen." Der Kaiser wies auf den Oberpräsidenten und Herrn von Pritzen. „Wie kommt es, dass Sie als Onkel des Opfers die Anklage übernommen haben?"

„Der Leitende Oberstaatsanwalt, Herr von Dümpten, hat mir das Verfahren übertragen." Schwentin wurde unter dem forschenden Blick des Kaisers mulmig zumute. Dabei hatte er sich doch nichts vorzuwerfen.

„Und Sie sind nicht auf den Gedanken gekommen, wegen Befangenheit die Übernahme des Verfahrens abzulehnen?"

Wer hatte den Kaiser bloß darauf gestoßen, dass er mit dem Opfer verschwägert war? Sein Blick fiel auf Herrn von Pritzen. Natürlich. Dass die rechte Hand des Oberpräsidenten selbst mit dem Kaiser sprechen würde, hatte er nicht einkalkuliert. Wie hätte er auch darauf kommen sollen! „Majestät, ich bitte bemerken zu dürfen, dass Herr von Dümpten mich für den fähigsten Staatsanwalt hält. Nachdem wir die Wünsche Eurer Majestät erhalten haben ..."

„Sie meinen also, sich mit meinen Wünschen herausreden zu können?" Die buschigen Augenbrauen des Kaisers bildeten eine einzige graue Linie. „Sie hätten dieses Verfahren nicht übernehmen dürfen, auch wenn von Gesetzes wegen nichts dagegen spricht."

„Aber Majestät ..." Schwentin schluckte, und selbst dieses leise Geräusch dröhnte bei der Stille im Saal wie ein Wasserfall in seinen Ohren.

„Widersprechen Sie nicht. Sie sind durch die verwandtschaftliche Bindung zum Opfer unzweifelhaft befangen. Und ich glaube nicht, dass es außer Ihnen keinen fähigen Staatsanwalt in Schlesien gibt."

„Majestät mögen bedenken, dass ein Staatsanwalt seine Gefühle stets unter Kontrolle haben muss. Niemals darf er sich von Sympathien leiten lassen, weder für den Angeklagten noch für das Opfer." Obwohl er zugeben musste, dass ihm Stefanies Tod nahe gegangen war. Aber das wäre jedem anderen Staatsanwalt ebenso gegangen – wen ließ der jähe Tod eines jungen Mädchens schon kalt?

„Und Sie wollen derart gefühlskalt sein? Wo es um die Tochter Ihrer Schwägerin geht?"

„Selbstverständlich, Majestät." Schwentin deutete eine Verbeugung an. „Sonst hätte ich meinen Beruf verfehlt."

„Sie möchten mir also weismachen, dass das Todesurteil auch von einem anderen Staatsanwalt gefordert worden wäre, der nicht mit dem Opfer verschwägert ist?"

„Jawohl, Majestät." Schwentin sah zu den Zuschauern hinüber. Keiner von ihnen wagte sich zu regen, aller Blicke hingen an dem Kaiser und ihm. „Majestät haben gewünscht, die Verbrecher die ganze Härte des Gesetzes treffen zu lassen, und jeder andere Staatsanwalt hätte ebenso gehandelt wie ich."

„Dann hätte also ebenso gut ein anderer Staatsanwalt das Verfahren übernehmen können."

Ein kaum vernehmbares Wispern ging durch die Reihen der Zuschauer. Der Kaiser argumentierte messerscharf. Erstaunlich bei seinem Alter.

„Durchaus, Majestät." Schwentin schob den Zeigefinger unter seinen Hemdkragen. War es schon den ganzen Tag über so schwül im Saal? „Aber die wichtigsten und schwierigsten Fälle werden stets dem fähigsten Staatsanwalt anvertraut, um hohe Erfolgsaussichten zu haben. Und um dem Wunsch Eurer Majestät Rechnung zu tragen ..."

„Ich wünsche vor allem anderen gerechte Urteile." Der Kaiser durchbohrte ihn beinahe mit seinem Blick.

„Majestät, bitte ..." Die Weisung des Kaisers hatte sich vollkommen anders angehört.

„Schweigen Sie." Der Kaiser drehte ihm den Rücken zu. „Grüning, treten Sie vor."

Schwentin fühlte sich, als wäre er auf dem Breslauer Ring öffentlich ausgepeitscht worden.

Kapitel 100

Als Ferdi den Zeugenstand verließ, spürte er, wie sein Puls in den Halsschlagadern pochte. Im Saal herrschte atemlose Stille. Was hatte der Kaiser mit ihm vor? Die Rüge für den Staatsanwalt ließ noch keinen Rückschluss darauf zu, wie Seine Majestät zu dem Fall selbst stand.

„Grüning, was bringen Sie zu Ihrer Rechtfertigung vor?"

Er sah dem Kaiser gerade in das Gesicht. Lag in seinem Blick Wohlwollen oder Missfallen? Er konnte es nicht recht erkennen. Das würdige Altherrenantlitz mit dem prachtvollen silbernen Backenbart flößte ihm beinahe etwas wie Zutrauen ein. Doch vor knapp dreißig Jahren war genau dieser Wilhelm als Kartätschenprinz verschrien worden und hatte nach England fliehen müssen, weil er während der 48er Revolution auf die Berliner hatte schießen lassen. Er mochte noch so gutmütig aussehen – er war Deutscher Kaiser und König von Preußen und hatte offenbar verlangt, dass strenge Urteile gefällt wurden. Aber er hatte auch gesagt, dass er gerechte Urteile wünsche, und in seinem Tonfall hatte etwas gelegen, das darauf hindeutete, dass er dieses Urteil für ungerecht hielt.

Ferdi jagte ein Stoßgebet zum Himmel. Und dachte an Abraham in Ägypten. *Ehrlichkeit*. Das war das Einzige, was ihm helfen konnte. Der Kaiser mochte zwar 80 Jahre alt sein, aber er wirkte nicht so, als könnte man ihm etwas vorflunkern. Und das war sicher auch nicht der Weg, den Gott von ihm wollte.

„Majestät, ich habe in den letzten Monaten viel Schuld auf mich geladen."

Die Augenbrauen des Kaisers schossen in die Höhe, doch er sagte nichts.

„Leider habe ich weder auf die Warnungen meiner Eltern, Verwandten und Freunde noch auf die meines Gewissens gehört. Majestät sehen einen verlorenen Sohn vor sich, der noch tiefer gesunken ist als bis zu den Schweinen."

Er musste an sein Gespräch mit Baronesse Helena denken, als sie ihm die Geschichte von dem Freund ihres Vaters erzählt hatte. *Mein*

Gott, wenn Du bewirkst, dass ich von dem rächenden Arm der Justiz gerettet werde, dann weiß ich, dass Du mir alles vergeben hast. Dann hängt die Linde voll weißer Tücher.

„Ich habe mir den Namen Graf von Wedell zugelegt", fuhr er fort, „um einmal einen Ball der besseren Gesellschaft zu besuchen. Mit dieser falschen Weichenstellung begann es. Dort sah ich die Baronessen von Hohenau wieder, denen ich schon einmal in meiner Heimat im Schneeberger Forst begegnet war. Wegen meiner unglückseligen Neigung zu Baronesse Stefanie blieb es nicht bei diesem einen Ball, sodass sich die Neigung weiter vertiefte."

„Hat die Baronesse dazu beigetragen, dass sich diese Neigung entwickeln konnte und dass Sie sich wiedersahen?" Die hellblauen Augen des Monarchen blickten streng und gütig zugleich.

Ferdi zögerte. Wollte der Kaiser ihm eine goldene Brücke bauen? Wenn er die Schuld auf Stefanie schob, würde ihm das den Kopf retten? Nein, diese Brücke würde er nicht betreten. „Ich war von ihr fasziniert, wurde von ihr angezogen wie der Hirsch vom taufrischen Gras. Ich schaffte es einfach nicht, die falsche Identität aufzugeben, weil ich sie dann nie wiedergesehen hätte."

„Sie waren also verliebt?" War es ein Schmunzeln, das unter dem Backenbart lauerte? „Auch ich war einmal – unstandesgemäß verliebt[12]. Scheuen Sie sich nicht, weiterzusprechen."

Ferdi sah zu Helena hinüber. „Ja, ich war verliebt." Hoffentlich verstand sie den Unterschied zwischen *lieben* und *verliebt sein*. „Ich hätte sie niemals bewusst in Gefahr gebracht, geschweige denn umgebracht. Es war ein Unfall. Trotzdem muss ich die Schuld an ihrem Tod auf mich nehmen. Ohne meine falsche Weichenstellung wäre es nie dazu gekommen."

Der Kaiser nickte. „Danke, das genügt mir."

* * *

Schwentin schwitzte so sehr, dass er sich am liebsten die Robe vom Leib gerissen hätte. Dieser Grüning bewies auf einmal ein Geschick, sich zu verteidigen, das ihm fast so etwas wie Bewunderung abnötigte.

12 Gemeint ist die Liebe des Prinzen Wilhelm zu Prinzessin Elisa Radziwiłł, der er aus Standesgründen entsagen musste.

„Für diesen Mann haben Sie also das Todesurteil gefordert?"

Schwentin wurde es unter dem Blick der eisblauen Augen des Monarchen immer schwüler zumute. Sein Zwicker rutschte ihm von der Nase und er fing ihn noch soeben auf. „Majestät, die Beweise sprechen eindeutig gegen ihn. Die Zeugen ..."

„Wer waren die Zeugen?"

„Es gibt viele Zeugen aus den besten Kreisen Breslaus ..."

„Zum Beispiel Herrn von Mutius?"

Hatte Pritzen dem Kaiser etwa jedes Detail erzählt? Und wie kam Pritzen, der zwar ein ranghoher Provinzbeamter war, aber mehr auch nicht, überhaupt in die Nähe des Kaisers? „Neben anderen wurde auch er vom Gericht befragt."

„Wir haben auch den Herrn Grafen von Götzen befragt ...", warf der Vorsitzende ein.

Der Kaiser beachtete ihn gar nicht. „Wenn ich recht unterrichtet bin, musste Herr von Mutius vor sieben Jahren wegen einer Spionageaffäre die Armee verlassen, ist das korrekt?"

„Er – er hat seinen Abschied genommen." Gab es hier nirgendwo ein Loch, in das er sich verkriechen konnte? Der greise Kaiser nahm ihn ja auseinander wie ein gewiefter Verteidiger!

„Außerdem ist Herr von Mutius ebenfalls der Onkel des Opfers?"

„Jawohl, Majestät." Schwentin zerrte sein Schnupftuch hervor und tupfte sich die Stirn. „Es wurde weiterhin auch Herr von Bassewitz ..."

„Mir kam zu Ohren, dass Sie auch Frau von Schwentin vorladen ließen?"

„Ich verzichtete aus eigenem Antrieb darauf, sie selbst zu befragen, und überließ dies dem Herrn Vorsitzenden allein." Er hauchte seine Brillengläser an, doch da entglitt der Zwicker seinen zitternden Fingern und fiel klirrend auf den Tisch.

„Sie luden also Ihre Frau und die Tante des Opfers als Zeugin vor?"

„S... sehr wohl, M... Majestät." Jetzt fing er auch noch an zu stottern. „Allerdings sagte Herr von Güssow ebenfalls aus, dass ..."

„Der Vetter des Opfers?"

Schwentin unterdrückte mühsam einen Fluch. Der Kaiser schien geradezu allwissend zu sein.

„Herr von Schwentin – *Oberstaatsanwalt* will ich Sie gar nicht mehr nennen –, Sie sollten sich schämen."

Das war kein Auspeitschen mehr, das glich einer öffentlichen Hinrichtung. Das war das Ende seiner Karriere.

Durch die Zuschauer ging ein Raunen, irgendjemand rief: „Hoch!" Doch als der Kaiser die Hand hob, wurde es augenblicklich wieder totenstill.

Schwentin sank auf seinen Stuhl, während der Kaiser sich an den Richter wandte.

„Sagen Sie mir bitte, Herr Vorsitzender, ob Sie wirklich tief in Ihrem Innern überzeugt sind, dass dieser Mann ein Mörder ist?"

Der Kopf des Vorsitzenden nahm die Farbe an, die die Sonne an einem Spätsommerabend hat, wenn sie am Horizont verschwindet. „Majestät, die Argumente des Staatsanwalts und der Spruch der Geschworenen ..."

„Sie brauchen mich nicht darüber zu belehren, dass die Geschworenen über die Schuldfrage befinden. Mit diesen Herren habe ich später auch noch ein Wort zu reden. Trotzdem bleibt Ihnen bei dem Urteil ein gewisser Spielraum. Ich verlange gerechte Urteile. Streng – ja. Aber gerecht. Wo käme Preußen, wo käme Deutschland hin, wenn unsere Gerichte nicht mehr Recht sprächen? Wegen dieses Dummejungenstreichs, der leider außerordentlich traurige Folgen hatte, ein Todesurteil zu sprechen – es wäre zum Lachen, wenn es nicht so traurig wäre." Die tiefe Stimme des Kaisers füllte den ganzen Saal. „Sie werden keine Urteile in meinem Staate mehr fällen."

Die Geschworenen wurden auf ihren Sitzen immer kleiner, während die Zuschauer zu tuscheln begannen.

„Aber, Majestät, ich bitte Sie ...", versuchte der Richter das Raunen zu übertönen.

„Sie wollen mir widersprechen?" Augenblicklich war es wieder totenstill.

Der Vorsitzende zog den Kopf ein und sagte nichts mehr.

Schwentin legte die Stirn auf die Tischplatte. Nun war alles vorbei. Und ausgerechnet er hatte seinem Leitenden Oberstaatsanwalt vorgeschlagen, mit diesem Fall den Kaiser zu beeindrucken. Wer hätte aber auch damit rechnen können, dass Seine Majestät trotz der Mahnung zur Strenge ausgerechnet in diesem Fall für Milde plädierte?

Er sah zu Mutius und Valeria hinüber, die totenblass dasaßen. Natürlich, sie fürchteten, wegen Meineides bestraft zu werden.

Am liebsten wäre Schwentin aus dem Saal geflohen, doch das Schauspiel schien noch nicht zu Ende zu sein.

Kapitel 101

Ferdi beobachtete gebannt, wie der Kaiser sich an Mutius wandte. „Herr von Mutius, ich nehme an, dass Ihr rücksichtsloses Vorgehen gegen Herrn Grüning darin begründet liegt, dass Sie die Ehre Ihrer Familie angegriffen fühlten, weil ein Bürgerlicher die Hand nach Ihrer Nichte ausgestreckt hat?"

Mutius schien die Möglichkeit zu wittern, sich elegant aus der Affäre zu ziehen. „Majestät, die Ehre der Familien Schwentin, Hohenau und Mutius wurde durch diesen Frechling befleckt, der sich eingeschlichen und es als armer Forststudent gewagt hat, eine Baronesse von Hohenau zu kompromittieren."

„Seien Sie versichert, Ihnen wird Gerechtigkeit widerfahren."

Der Kaiser wandte sich wieder Ferdi zu.

Jetzt würde er sein Urteil bekommen. Wahrscheinlich ein gerechtes – aber auch ein strenges. Das Versprechen an Mutius war kein gutes Omen.

„Grüning, Sie haben gesagt, dass Sie schuldig seien. Zwar nicht des Mordes, aber der Hochstapelei, des Betrugs."

Ferdi nickte. „Majestät, ich bin bereit, meine verdiente Strafe zu tragen."

„Sie haben gehört, dass Herr von Mutius Genugtuung fordert. Wie kann die Schmach der Familien, die Sie mit Ihrem Schwindel hinters Licht geführt haben, beseitigt werden?"

Ferdi atmete tief durch. „Wahrscheinlich nur, indem ich angemessen bestraft werde."

Da schmunzelte der Kaiser. „Das ist allerdings eine Möglichkeit. Und glauben Sie mir: Ich hätte diese Möglichkeit gewählt, wenn Sie sich wütend verteidigt und jede Schuld von sich gewiesen hätten." Der Kaiser winkte den Oberpräsidenten herbei, der forschen Schrittes neben ihn trat und ihm ein Schriftstück überreichte.

Mit dem Dokument in der Hand drehte sich der Kaiser um. „Herr von Mutius, wenn nun derjenige, der Ihre Nichte hofiert hat, kein bürgerlicher Hochstapler, sondern tatsächlich ein Graf gewesen wäre – wäre die Ehre Ihrer Familie dann auch verletzt worden?"

„Aber, Majestät, ich bitte bemerken zu dürfen ...“

„Nein, Sie dürfen nichts bemerken, sondern einfach nur meine Frage beantworten!“

„Selbstverständlich muss die Antwort *Nein* lauten“, stammelte Mutius. „Aber der Angeklagte hat doch zugegeben, dass er unter falschem Namen ...“

Der Monarch wandte sich wieder um, und Ferdi glaubte, in seinen Augen ein lustiges Glitzern zu sehen. „Es ist die Pflicht der Richter, Strafe zu üben. Aber es ist das Vorrecht des Landesherrn, Gnade zu üben. – Herr von Mutius, der Mann, der Ihrer Nichte den Hof gemacht hat, ist *Graf Ferdinand von Wedell*.“

„Aber dieser Name ist doch falsch!“, schrie Mutius.

„So? Ist er das?“ Der Kaiser reichte Ferdi das Schriftstück.

Fassungslos starrte Ferdi den Monarchen an. Was ging hier vor?

„Nun lesen Sie schon“, sagte der Kaiser. „In meinem runzeligen Gesicht werden Sie nicht lesen können, was in dem Dokument steht. Und lesen Sie bitte laut, damit Herr von Mutius es hört.“

Ferdi faltete das Blatt auseinander. „Hiermit wird Herr Ferdinand Grüning, geboren am 8. April 1853 zu Wölfelsgrund/Schlesien mit Wirkung vom 14. Mai 1877 in den gräflichen Stand erhoben. Er trägt fortan den Namen Ferdinand Grüning Graf von Wedell.“

Das Blatt entglitt Ferdis Fingern und schwebte langsam zu Boden. Mit Wirkung vom 14. Mai – dem Tag, an dem er den Baronessen von Hohenau zum ersten Mal begegnet war. Er beugte schon die Knie, um dem Kaiser zu Füßen zu sinken, doch ein wütender Schrei von Mutius ließ ihn zögern.

„Das ist ... So geht das nicht! Er war trotzdem ein bürgerlicher Schwindler, als er meine Nichte verführte!“

„Haben Sie Zweifel an Unserer Verfügung?“ Die Stimme des Kaisers war ruhig, aber mit einem gefährlichen Unterton. „Wenn Wir die Nobilitierung verfügen, hat niemand daran zu zweifeln – schon gar nicht jemand, dessen Vergangenheit nicht sauber ist.“

Mutius verstummte und sackte in sich zusammen.

„Herr Graf von Wedell“, wandte sich der Kaiser wieder an Ferdi, „Sie kennen das Datum des 14. Mai. Sie haben den Baronessen von Hohenau an ebenjenem Tag das Leben gerettet – dies bot mir einen willkommenen Anlass für Ihre Nobilitierung. Dieses Dokument ist nur ein vorläufiger Adelsbrief, den ich in aller Eile im Büro dieses Herrn" – er wies auf Pritzen – „erstellen ließ. Bedanken Sie sich bei ihm, er hat mich bei der heutigen Audienz mit seinem herausragenden Einsatz überzeugt. Er hat es nicht nur geschafft, mir auf beeindruckende Weise einen tadellosen Plan zur Sanierung der schlesischen Finanzen vorzustellen, ohne sich dabei durch seine große Sorge um den Ausgang Ihres Verfahrens ablenken zu lassen, sondern hat es anschließend auch verstanden, meinen Dank und meine Anerkennung zu Ihren Gunsten zu nutzen."

Ferdi sah mit offenem Mund zwischen dem Kaiser und seinem Gastvater hin und her. Er wollte sich kneifen, um sicher zu gehen, dass er nicht träumte, doch seine Hände versagten ihm den Dienst.

„Den offiziellen Adelsbrief erhalten Sie im Heroldsamt zu Berlin. Als Existenzgrundlage verpachte ich Ihnen den Schneeberger Forst – hüten Sie ihn mir gut."

Da sank Ferdi auf die Knie. „Majestät sehen mich fassungslos. Ich kann dieses Geschenk unmöglich annehmen."

„Sind Sie nicht Christ, Herr Grüning? Sie sind doch auch durch Gnade ein Kind Gottes geworden."

„Aber Majestät, ich habe es nicht verdient!"

Trotz des Tränenschleiers, der sich über seine Augen legte, konnte Ferdi das Lächeln sehen, das über das Antlitz des Monarchen zog. „Sie haben recht. Sie haben es nicht verdient. Deswegen nennen wir es Gnade."

Ferdi sah zu Lena hinüber. „Es hängt nicht nur eine Linde voll weißer Tücher, der ganze Hochwald ist mit weißen Tüchern geschmückt", murmelte er.

Sie sprang auf, drängte sich durch die Reihen der Zuschauer und stürmte auf die Tür des Gerichtssaals zu.

* * *

Blind vor Tränen stürzte Lena aus dem Gerichtssaal. Der Jubel in ihr über diesen wunderbaren Ausgang war riesengroß, doch der Schmerz war mindestens genauso groß. Wenn Ferdinand nur begnadigt worden, aber ein Bürgerlicher geblieben wäre, hätte sie noch auf eine Vereinigung hoffen können. Aber so? Er vom Kaiser geadelt, sogar ein echter Graf geworden – und sie unehelich geboren, ohne Anrecht auf den Titel der Baronesse, von der Gesellschaft geächtet und die Tochter – ja, wessen Tochter denn nun eigentlich? Wenn Schwentin wirklich ihr Vater wäre, hätte ihre Mutter doch nicht so merkwürdig reagiert. Aber wer war es dann?

Sie blieb stehen und fühlte schon kurz darauf eine Hand auf ihrer Schulter. Ihre Mutter.

„Wer ist es?“ Was würde sie nun erfahren? Wenn nicht der grausame Schwentin ihr Vater war, war es vielleicht ein noch schlimmeres Subjekt?

„Es tut mir leid, Lena. Ich hätte mir denken können, dass Schwentin glaubte, du seiest seine Tochter. Aber er ist es nicht.“

„Wer dann, Mama?“

Ihre Mutter sah sich um und winkte einen jungen Mann herbei. Maximilian von Bassewitz – was sollte das bedeuten?

„Dieser Mann ist dein Bruder“, sagte sie.

Lena starrte ihn an. Und plötzlich verstand sie, warum Bassewitz sich bei der Soiree so eingehend, aber doch rücksichtsvoll um sie gekümmert hatte. Er war ihr Bruder.

„Also ist es gleichsam wahr, was mein Vater mir mitgeteilt hat?“ Bassewitz lächelte. „Er schrieb mir einen Brief, als er erfahren hatte, dass die Baronessen von Hohenau in Breslau in die Gesellschaft eingeführt worden waren. Er wollte unglückliche Verwicklungen vermeiden. Ich mochte gar nicht glauben, was ich las, und sah mich gleichsam genötigt, zu ihm zu fahren, um es aus seinem eigenen Mund zu hören.“

„Es ist traurig, den Schmutz der Vergangenheit wieder ans Licht zu ziehen.“ Ihre Mutter wischte sich eine Träne aus dem Augenwinkel. „Aber es muss wohl sein, um die Vergangenheit endgültig begraben zu können.“

Lena streckte Bassewitz die Hand entgegen. „Ich habe einen Bruder. Gott ist so unendlich gütig. Er nimmt mir eine Schwester und gibt mir einen Bruder.“

Statt ihre Hand zu ergreifen, breitete Bassewitz die Arme aus. „Darf ich, Schwester?“

Da ließ sie sich in seine Arme fallen.

„Nach dem, was ich heute gleichsam erlebt habe, fällt es mir schwer, nicht an diesen Gott zu glauben, an den du glaubst, Lena.“

Plötzlich richtete sie sich auf. Diese Worte durchfuhren sie wie ein Blitz. Dieser Gott, der heute solch ein Wunder getan hatte, würde es Ihm zu schwierig sein, auch die Hindernisse zwischen ihr und Ferdinand Grüning – nein, Graf von Wedell – aus dem Weg zu räumen?

„Bitte, Max, bringe mich zu deinem Freund.“

Kapitel 102

Ferdi stutzte, als Lena am Arm seines Freundes Bassewitz auf ihn zukam. Hatte er sich also doch nicht getäuscht, dass Bassewitz an der Baronesse interessiert war? Sie war seinem Freund gegenüber ja auch sonderbar aufgeschlossen gewesen.

Bassewitz strahlte über das ganze Gesicht. „Grüning – darf ich dich überhaupt noch so nennen? Es ist gleichsam ein Glückstag heute."

Ferdi hatte das Gefühl, als stürzte das Gerichtsgebäude über ihm zusammen. Hatte er Lenas Verhalten im Gerichtssaal denn so völlig falsch interpretiert? Es konnte doch nicht sein, dass sie nun auf einmal in Bassewitz ihr Glück fand! Dann wäre sein Grafentitel, so plötzlich und unerwartet, wie er ihn erhalten hatte, auch wieder völlig wertlos geworden.

„Mein Freund wird Graf und ich bekomme gleichsam eine Schwester." Bassewitz' Bauch tanzte beim Lachen auf und nieder.

„Eine – Schwester? Machst du Witze?"

„Gleichsam nicht." Bassewitz packte Ferdi am Arm. „Komm heraus aus diesem schauderhaften Gebäude. Ich werde dich mit meiner Schwester zur Ziegelbastion bringen. Dort werdet ihr ungestört die gleichsam dringend nötige Aussprache führen können. Mein Wagen steht vor der Tür."

Kopfschüttelnd folgte Ferdi seinem Freund, der glückstrahlend mit der Baronesse voranging. Sonderbarerweise sah sie viel weniger glücklich aus als Bassewitz.

* * *

Ferdi genoss den warmen Sommerwind, der ihm durch das Haar fuhr. Nach den Wochen im Gefängnis glaubte er, noch nie so klare Luft geatmet zu haben.

Bassewitz hielt mit seinem Wagen etwas entfernt von ihnen, während er sich mit Baronesse Helena auf der Bank niederließ, auf der sie damals schon gesessen hatte, als er sich mit Stefanie getroffen hatte.

Der Tag ging zu Ende und die Oder spiegelte den rosig überhauchten Himmel wider. Vom Dom auf der anderen Seite des Flusses dröhnten sieben dumpfe Schläge. Sie hatten lange gebraucht, bis sie endlich das Gerichtsgebäude hatten verlassen können. Seine Eltern, Pritzens, eine ganze Horde Journalisten – alle hatten ihn aufgehalten. Aber Bassewitz hatte letztendlich dafür gesorgt, dass sie dennoch hierhergekommen waren – und nun erzählte sie ihm von ihrer Abstammung. Wie sie gelitten hatte, weil sie im Glauben gewesen war, dass Schwentin ihr Vater sei.

Sie sah ihn an. „Herr Graf, nun muss *ich* Ihnen also gestehen, dass ich gar keine Baronesse bin."

Er lächelte. „Die Wege Gottes sind manchmal eigentümlich. Der, der nie ein Graf war, wird plötzlich zu einem Grafen gemacht, und die, die ihr Leben lang eine Baronesse war, ist plötzlich keine Baronesse mehr." Er musste lachen. War das alles, was sie als Hindernis zwischen ihnen sah? „Was sind schon irdische Titel und Ehren vor unserem Gott wert? Darüber sollten wir keine Worte verlieren."

Ein staunender Blick traf ihn. „Herr Graf, es macht Ihnen wirklich nichts aus, dass ich unehelicher Abstammung bin? Denken Sie daran, wie die Gesellschaft sich über mich das Maul zerreißen wird!"

Er machte eine wegwerfende Handbewegung. „Die Gesellschaft. Legen Sie so viel Wert auf ihr Urteil?"

„Nein, ich nicht ..."

„Glauben Sie mir: Ich noch viel weniger!" Er beobachtete ihren Schuh, den sie am Riemchen auf der Fußspitze wippte. „Was können Sie für die Sünden Ihrer Mutter? Und sollte ich – gerade ich! – den ersten Stein auf Ihre Mutter oder gar auf Sie werfen? Ich, der ich gerade Gnade in überreichlichem Maß erfahren habe? Mir sind 10 000 Talente erlassen worden – was sind dagegen 100 Denare?[13]"

Ihre Augen füllten sich mit Tränen.

Da nahm er vorsichtig ihre Hände, die verschlungen in ihrem Schoß lagen. „Die Linde", flüsterte er, „nein, der ganze Hochwald hängt voll weißer Tücher."

Eine Träne kullerte ihre Wange hinunter, während sie gleichzeitig lächelte. „Herr Graf, Sie glauben kaum, welche Last Sie von meiner Seele nehmen."

13 Matthäus 18,21ff

Er konnte es sich schon denken. Die Annahme, Schwentins Tochter zu sein, musste furchtbar auf ihr gelastet haben. Und in der besseren Gesellschaft als unehelich gebrandmarkt zu sein, kam wahrscheinlich einem Spießrutenlauf gleich. Aber bestimmt hatte sie noch mehr gelitten, als sie zusehen musste, wie er sich Stefanie zugewandt hatte. Er ließ ihre Hand los und rückte ein Stück von ihr ab.

„Baronesse, ich weiß nicht, ob Sie mir je verzeihen können."

„Was hätte ich Ihnen zu verzeihen?"

Fast hatte er diese Antwort erwartet, seit er hinter der oft so abweisend wirkenden Baronesse die warmherzige Lena entdeckt hatte. „Stefanie. Nicht nur ihr Tod – ich weiß, dass Sie ihn mir nicht zurechnen. Aber ..." Wie sollte er es ihr nur sagen?

„Ich weiß, was Sie sagen wollen." Ihr Blick ging in die Ferne zum anderen Oderufer hinüber. „Sind Sie sicher, dass Sie Stefanie nicht geliebt haben?"

Er folgte ihrem Blick zum Dom hinüber. „Sie fragen mich mit Recht, zumal ich noch vor nicht einmal zwei Monaten mit Ihrer Schwester ausgefahren bin, um ihr einen Heiratsantrag zu machen. Aber, Baronesse, ich bin wie eine Biene zu der bunt leuchtenden Blume geflogen und musste erst durch bittere Erfahrungen lernen, dass der wirkliche Nektar in der Blume zu finden ist, die zwar nicht weniger schön, aber – mit Stacheln versehen war."

Zögerlich streckte sie die Hand aus und erfasste die seine. „Es tut mir leid, dass ich so abweisend war. Ich wollte nicht gegen meine Schwester um Sie kämpfen. Und glauben Sie, ich kannte meine Schwester und weiß, wie sie auf Männer wirkte. Ist es ein Wunder, dass Sie zuerst diese Blüte ansteuerten? Dass Sie in sie verliebt waren? Aber ich kenne sehr wohl den Unterschied zwischen *verliebt sein* und *lieben.*"

„Baronesse ..."

„Meine Schwester war wirklich wie eine bunte Blüte, die jeder anziehend fand. Und wenn sie es darauf angelegt hätte, hätte sie an jedem Finger einen Mann haben können. *Sie* aber hat sie wirklich geliebt, davon bin ich überzeugt. Und nur deshalb ließ ich Sie die Stacheln fühlen. Bitte verzeihen Sie mir das."

„Baronesse!" Er zog sie an ihren Händen näher zu sich, dass ihr Schuh raschelnd ins Gras fiel. „Sie bitten mich um Verzeihung, weil Sie so großherzig waren, hinter Ihrer Schwester zurückzustehen? Und ich war so kurzsichtig und hielt Sie für unnahbar. Bitte verzeihen *Sie* mir."

„Herr Graf ..."

„Nein." Er schlang seine Finger zwischen die ihren. „Lassen Sie den Grafen. Wenn uns wirklich nichts mehr trennt, und wenn Sie mir wirklich vertrauen können, dann nennen Sie mich *Ferdi.*"

Die untergehende Sonne, die die Türme des Doms rotgolden anhauchte, schien in ihren Augen aufzugehen. „Ferdi", wisperte sie.

Er beugte sich zu ihr hinüber. „Noch eine Linde voll weißer Tücher."

Doch dann zögerte er. Sollte er ihr die entscheidende Frage stellen? Heute schon? Eigentlich wollte er Lena etwas mehr Zeit geben und sich zuerst mit ihren Eltern und auch mit seiner Familie – seinen Eltern, Schleinitz, Pritzens – aussprechen. Aber würde das etwas an seiner Liebe zu Lena ändern?

Ohne ihre Hände loszulassen, stand er auf und beugte das Knie vor ihr. „Lena, du kennst mich besser als viele andere Menschen. Willst du mich, den Schwindler, trotzdem heiraten?"

Sie fuhr mit dem Daumen über seinen Handrücken. „Du warst ein Schwindler, ja, aber du hast es nicht böse gemeint – du ehrlicher Schwindler."

„Und das andere? Meine unselige Leidenschaft für deine Schwester? Wird es wirklich niemals einen Schatten auf unser Verhältnis werfen? Lena, bist du ganz sicher, dass du mir und meiner Liebe vertraust?"

Sie beugte sich zu ihm herab, dass eine Strähne ihres dunklen Haares seine Wange kitzelte. „Ich bin mir so sicher, wie noch nie in meinem Leben. Ja, Ferdi, ich möchte dich heiraten."

„Auch wenn ich noch nicht weiß, ob deine Eltern mir vergeben werden?"

„Ich habe auch noch manches mit meinen Eltern in Ordnung zu bringen. Wir sollten es gemeinsam tun, Ferdi."

Da stand er auf und zog sie zu sich hoch. „So, wie wir ab jetzt alles gemeinsam tun werden." Er besiegelte dieses Versprechen mit einem endlosen Kuss.

Über ihnen in einer Kiefer ließ ein verspäteter Fink sein Lied erklingen und von der Dominsel tönte das Abendgeläut herüber.

„Da wird gleichsam euer neues Leben eingeläutet."

Ferdi fuhr herum – und sah in Bassewitz' lachendes Gesicht.

„Gratulation, Schwester, Schwager."

Ferdi legte den Arm um Lenas Schultern. „Danke. Aber es liegen noch schwere Aufgaben vor uns."

Sie lächelte ihn an. „Die wir gemeinsam meistern werden – mit unserem Gott."

Kapitel 103

14. Mai 1878

Mit gefalteten Händen stand Ferdi vor dem Grab seiner Schwester. Der Stein war so schlicht, wie sie es gewünscht hatte. *Lisa, 1851-1877* stand darauf. Für den Bibelvers aus 1. Johannes 3 Vers 16 hatte Schleinitz gesorgt: *Hieran haben wir die Liebe erkannt, dass er für uns sein Leben hingegeben hat. Auch wir sind schuldig, für die Brüder das Leben hinzugeben.*

„Ach Lisa, wenn du den heutigen Tag noch erlebt hättest!" Ferdi würgte an seinen Tränen. „Ich vermisse dich."

Langsam drehte er sich um, verließ den kleinen Waldfriedhof und ging die vertrauten Wege in Richtung Altenburg. Nach den Jahren in Breslau sog er die Gerüche und Klänge des Hochwaldes in sich auf wie ein Verdurstender.

Tosend rauschte die Wölfel zu Tal, aber das Jubilieren der Vögel übertönte sie noch. Sie begrüßten den Frühling mit einem Konzert, für das das Raunen des Hochwaldes und das Donnern der Wölfel einen stimmungsvollen Klangteppich bildeten. Die Luft schmeckte nach Freiheit – und nicht mehr nach Pferdemist und Schornsteinqualm. Das Einzige, was ihm noch fehlte, war Lena.

Die Trennung hatte für seinen Geschmack viel zu lange gedauert. Aber nachdem er die Vergebung ihrer Eltern erlangt hatte, hatte er sein Studium beenden müssen, während Lena mit ihrem Bruder zum alten Herrn von Bassewitz gereist war, um ihren leiblichen Vater kennenzulernen. Dann wollte sie noch einige Wochen auf Schönwalde verbringen, um die Beziehung zu ihren Eltern auf einer erneuerten Grundlage wieder aufzubauen, die nicht mehr durch Geheimnisse und Missverständnisse geprägt war.

Er erreichte den Abzweig zur Altenburg, wo er einen der Forstgehilfen seines Vaters platziert hatte. „Wenn die Kutsche mit meiner Braut kommt, weisen Sie sie zur Altenburg. Ich werde dort auf sie warten."

„Sehr wohl, gnädiger Herr."

Ferdi grinste. Er musste sich erst daran gewöhnen, mit *gnädiger Herr* angeredet zu werden.

Die Lichtung an der Altenburg war mit Frühlingsblumen übersät. Ferdi lehnte sich an die sonnenwarmen Steine der Ruine und ließ sich den Maiwind durch das Haar fahren. Wahrscheinlich war Lena überrascht, dass er sie nicht schon in Wölfelsgrund in Empfang nahm, wo sie mit ihren Eltern im Hotel *Zum gelben Dragoner* Quartier nehmen wollte, aber er konnte sich keinen schöneren Ort denken, seine Braut zu begrüßen, als hier.

Die Ereignisse der letzten Monate waren ihm wie ein Traum vorgekommen. Er hatte eigens nach Berlin reisen müssen, um Adelsbrief und Pachtvertrag entgegenzunehmen. Währenddessen hatten seine Eltern begonnen, das Forsthaus so auszubauen, dass er mit seiner Frau in einem abgetrennten Flügel wohnen konnte. Dank der Nobilitierung hatten sie mühelos Geldgeber gefunden.

Nun konnte er kaum noch erwarten, dass Lena endlich kam, um ihre neue Heimat kennenzulernen. Zwar hatte er ihr immer wieder Zeichnungen des Forsthauses geschickt, aber was halfen Grundrisse, die den Flair des Hochwaldes nicht einfangen konnten?

Das dumpfe Stampfen von Pferdehufen und das Knarren von Federn ließen ihn aufblicken. Das musste sie sein. Und da tauchten auch schon zwei weiße Pferde zwischen den Stämmen auf, die einen offenen Landauer zogen.

Ferdi stieß sich von den Mauerresten ab und war mit wenigen Schritten bei der Kutsche. So schön war ihm Lena noch nie vorgekommen – oder sollte es an der mehrmonatigen Trennung liegen? Ihre braunen Augen glänzten wie zwei Kastanien und auf ihr nur von zwei geflochtenen Strähnen gehaltenes Haar zauberte das Sonnenlicht eine strahlende Krone. Sie trug das himmelblaue Kleid, das ihm schon bei der Soiree ausnehmend gut gefallen hatte.

„Was stehst du stumm wie ein Denkmal da?“ Ihr leises Lachen riss ihn aus seiner Starre.

„Lena, bist du es wirklich? Du bist wirklich gekommen, um mich – zu heiraten?“ Er umfasste ihre Taille und hob sie aus dem Wagen.

„Ich war zwar schon einmal zur Sommerfrische in Wölfelsgrund, aber dieses Mal bin ich gekommen, um für immer zu bleiben.“

Er presste sie an sich und küsste sie, bis sie beide nach Luft schnappen mussten. „Hast du dich nicht gewundert, dass ich dich nicht im Hotel abgeholt habe?"

Sie lehnte sich in seinen Armen zurück. „Meine Eltern wunderten sich schon, aber ich dachte mir, dass du mich irgendwo im Hochwald überraschen würdest – ich kenne dich doch." Sie lächelte verschmitzt. „Und hier ist es auch viel schöner, als in dem lauten Hotel, wo jedermann die neuen Gäste anstaunt."

Er führte sie zu den Ruinen und hob sie auf einen Mauerrest. Ihr strahlendes Gesicht verriet ihm schon genug, trotzdem musste er die Frage stellen. „Fühlst du dich wirklich wieder, wie du mir geschrieben hast, als Tochter deiner Eltern auf Schönwalde aufgenommen?"

„Ich bin so dankbar, dass ich wieder an ihre Liebe, besonders an die meines Vaters, glauben kann. Es war schön bei meinem leiblichen Vater, aber als ich nach Schönwalde kam, habe ich gespürt, wie sehr meine Eltern mich lieben."

„Ich dachte mir, dass es gut ist, zuerst zu Herrn von Bassewitz zu reisen, damit du den Unterschied merkst, wenn du nach Schönwalde kommst." Er schwang sich neben sie auf die Mauer und legte den Arm um sie. „Weißt du etwas von Güssow, Mutius, Schwentin und seiner Frau?"

„Mein Vetter ist mit einem blauen Auge davongekommen. Ein Meineid konnte ihm nicht nachgewiesen werden. Wie ich gehört habe, bemüht er sich um Herrn von Ruffers Tochter – ich gönne ihm von Herzen, dass er glücklich wird."

Ferdi presste die Lippen aufeinander. „Es fällt mir schwer, wegen seiner Aussagen vor Gericht nicht wütend auf ihn zu sein."

„Christian war verblendet und verführt. Onkel Mutius ist es gelungen, ihn glauben zu machen, dass ich ebenfalls deine Verurteilung wünschte."

„Dieser Schuft!"

Sie seufzte. „Onkel Mutius hat ein hartes Schicksal getroffen. Onkel Schwentin hat ihn aus seinem Haus in Breslau hinausgeworfen. Daraufhin ist Onkel Mutius nach Juliendorf zurückgekehrt. Das Gut kam zwar unter den Hammer, aber mein Vater hat es ersteigert und wollte es an ihn verpachten. Er sollte auch ein kleines Darlehen bekommen samt unserer Milchkuh Rosamunde, die er einmal wütend abgelehnt hat."

Ferdi musste grinsen, wenn er sich Herrn von Mutius beim Melken einer dicken Kuh vorstellte. Das feine Leben in der Stadt war für den ehemaligen Kavallerieoffizier vorbei. „Mutius als Milchviehzüchter – es muss ein ergötzlicher Anblick sein."

„Dazu ist es nicht gekommen. Seine Geldgeber haben ihn wegen Verschleppung seines Bankrotts vor Gericht gezogen – da war er eines Tages plötzlich verschwunden und wird noch immer steckbrieflich gesucht."

„Das hat den alten Ränkeschmied sicher hart getroffen."

„Es hat ihm wohl am meisten zugesetzt, dass er dabei zusehen musste, wie genau das geschah, worauf er ursprünglich mit allen Mitteln hingearbeitet hatte: Seine uneheliche Nichte heiratet den Grafen von Wedell – nur hat er nichts davon."

„Es geschieht ihm ganz recht." Ferdi grinste.

„Trotzdem finde ich es tragisch." Lena lehnte den Kopf an seine Schulter. „Dass er als steckbrieflich gesuchter Verbrecher endet ..."

Er legte den Arm um ihre Schultern. „Du hast recht. Schadenfreude steht uns nicht zu, wenn auch die Versuchung groß ist. – Was ist nun mit Juliendorf? Bewirtschaftet dein Vater auch dieses Gut?"

„Nein, nach Onkel Mutius' Verschwinden hat mein Vater Onkel Schwentin das Gut übergeben, damit er nach seiner Entlassung aus dem Staatsdienst wenigstens etwas zum Überleben hat. Nun dürfen Onkel Schwentin und Tante Valeria sich mit Rosamunde vergnügen."

„Ich kann mir den feinen Oberstaatsanwalt und seine Frau gar nicht als Landwirte vorstellen."

„Aus der Baronesse von Hohenau wird ja auch die Frau eines Forstwirtes." Sie sah zu ihm auf und lächelte ihn an. „Als ich damals mit Stefanie durch den Hochwald fuhr, habe ich gleich gespürt, dass dies ein Ort ist, wo ich mein ganzes Leben verbringen könnte. Als du uns dann gerettet hast, ahnte ich sofort, dass du der Mann bist, mit dem ich hier leben möchte. Und Gott hat alle diese Träume tatsächlich wahr gemacht."

Leider war er selbst zuerst dem falschen Traum nachgejagt, obwohl er es unterschwellig immer besser gewusst hatte. Doch trotz aller Umwege ... „Morgen werden für uns in Wölfelsgrund die Hochzeitsglocken läuten. Und dann bekommt der Schneeberger Forst eine neue Herrin: Gräfin Helena von Wedell."

Sie schmiegte sich an ihn. Tief atmete er den Lavendelduft ihres Haares ein. Der gefiel ihm noch besser als der harzige Geruch des Hochwaldes.

„Die Wege des Herrn sind manchmal sonderbar, aber am Ende müssen wir einsehen, dass sie gut waren", flüsterte sie verträumt.

„Dann kommt auch endlich unsre Stund,
wo voll Beschämung wir den Mund
vor Ihm nicht auftun mögen."

Er nahm ihre Hand und sie legte seine Finger zwischen die ihren. Schon allein ihretwegen würde er Spittas *Psalter und Harfe* lieb gewinnen. „Wir haben dieses Glück nicht verdient, aber Gott hat es uns trotzdem geschenkt. Wie unser Kaiser gesagt hat: *Genau deshalb nennen wir es Gnade."*

Sie lächelte ihn an und ihre braunen Augen strahlten, als seien Sonnenfunken darin gefangen.

Nachwort

Haben Sie Ihre Entführung gut überstanden?

Während ich Ihnen die Fesseln lockere, höre ich schon, wie Sie mich mit Fragen löchern: Was stimmt eigentlich an der Geschichte? Hat der Kaiser wirklich Verurteilte vor der Guillotine bewahrt? Und gab es eine Prinzessin von Bayern, die einen Grafen von Wedell geheiratet hat?

Die letzte Frage würde Ihnen der *Gothaische genealogische Hof-Kalender nebst diplomatisch-statistischem Jahrbuch* beantworten – ja, dieses ominöse Werk gibt es tatsächlich. Und – nein, es hat *keine* Prinzessin von Bayern einen Grafen von Wedell geheiratet. Aber selbst wenn Sie diese unstandesgemäße Verbindung nur der Fantasie Ihres Autors verdanken, ausgeschlossen ist sie nicht. So heiratete z. B. ein Bruder der Kaiserin Elisabeth von Österreich, geborene Prinzessin von Bayern (der berühmten Sisi) die Schauspielerin Henriette Mendel, die daraufhin zur Freiin Wallersee erhoben wurde. Solche Mesalliancen waren zwar nicht an der Tagesordnung, kamen aber immer wieder vor.

Ein historisch schwieriger Fall ist der Oberpräsident der Provinz Schlesien, Graf Adolf von Arnim-Boitzenburg. Ich kann nicht mit Sicherheit behaupten, dass er im Spätsommer 1877, wie von mir dargestellt, noch im Amt war. Nach manchen Quellen schied er bereits 1874/75 aus dem Amt, andere Quellen nennen das Jahr 1877, wieder andere sogar 1879. Bei so viel Unsicherheit sucht sich der Autor das Passendste heraus.

Historisch korrekt ist jedenfalls, dass Graf Adolf von Arnim-Boitzenburg über den Skandal seines Schwagers Harry von Arnim-Suckow stolperte. Als Harry von Arnim auf Betreiben Bismarcks zu einer Haftstrafe verurteilt wurde, trat Adolf von Arnim zurück; sein Nachfolger wurde der im Buch genannte Robert von Puttkamer.

Ebenfalls historisch ist die Gründerkrise, die nach dem Börsenkrach von 1873 eintrat, im Deutschen Reich aber vergleichsweise moderat ausfiel.

Die *Maschinenbauanstalt G. H. von Ruffer* wurde 1833 in Breslau gegründet, lieferte 1861 die erste Lokomotive an die Oberschlesische Eisenbahn-Gesellschaft und wurde 1897 von der Breslauer Aktiengesellschaft für Eisenbahnwagenbau übernommen. Die Rolle Herrn von Güssows ist selbstverständlich frei erfunden.

Die erste Pferdebahn in Breslau fuhr am 10. Juli 1877. Sie werden es kaum glauben: Ich habe extra die Handlung des Buches vom ursprünglich geplanten Jahr 1876 auf 1877 verschoben, um Albert Grüning die Möglichkeit zu geben, am 11. Juli 1877 mit der Pferdebahn zu fahren.

Ein paar Worte noch zu dem Prozess, dann habe ich den Knoten Ihrer Fesseln endlich gelöst. Um den Ablauf des Prozesses so authentisch wie möglich darzustellen, musste ich immer wieder das *Strafgesetzbuch für das Deutsche Reich* von 1876 und die Strafprozessordnung von 1877 zurate ziehen. Manche Dinge habe ich jedoch vereinfacht dargestellt oder ganz weggelassen (z. B. die Auswahl der Geschworenen) – schließlich habe ich einen Roman geschrieben und keinen Kommentar zu den Gesetzestexten von 1876/77. Kleinere Ungenauigkeiten, die wissentlich und versehentlich im Buch vorhanden sind, bitte ich zu entschuldigen.

Wilhelm I., 1797-1888,
König von Preußen 1861-1888,
Deutscher Kaiser 1871-1888.
(Bildquelle: Wikipedia)

Und der Kaiser? Sein Besuch in Breslau zum Sedantag 1877 ist nicht überliefert. Und sein Auftreten in dem Prozess selbstverständlich auch nicht. Es gibt aber Hinweise darauf, dass Wilhelm I. sich hin und wieder in laufende Prozesse eingemischt hat, obwohl ihm das nach der Bismarckschen Reichsverfassung von 1871 grundsätzlich nicht zustand. Es gibt auch Anekdoten, deren Wahrheitsgehalt natürlich umstritten ist, in denen berichtet wird, dass Wilhelm I. z. B. Geldstrafen für Verurteilte bezahlt hat. Sicherlich hat es keinen Fall wie den von mir beschriebenen gegeben, doch scheint er zu dem Charakter des „greisen Kaisers“ zu passen. Wilhelm I. soll zwar erzkonservativ und starrsinnig gewesen sein, auf der anderen Seite aber leutselig, gütig, freundlich und demütig. Wie es um seinen Glauben bestellt war, weiß ich leider nicht sicher. Also: Die Geschichte ist zwar frei erfunden, hätte aber vielleicht so geschehen können.

Psalter und Harfe habe ich mir übrigens nicht ausgedacht. Die Gedichte von Carl Johann Philipp Spitta (1801-1859) erschienen in zwei Bänden 1833 und 1843. Der tiefe Glaube, der Spittas Verse durchweht, führt – getreu dem Titel – zum Lob Gottes. Und letztlich zu Gott selbst, der die Welt so geliebt hat, dass Er Seinen eingeborenen Sohn gab, damit jeder, der an Ihn glaubt, nicht verloren gehe, sondern ewiges Leben habe (Johannes 3,16).

Jetzt sind Ihre Fesseln gelöst und ich entlasse Sie ein wenig betrübt in die Freiheit – vorübergehend. Denn ich weiß schon genau, an welche Orte und in welche Zeit ich Sie als Nächstes verschleppen werde.

Michael Meinert

Gescheiterte Flucht

Hochwald-Saga I

ISBN 978-3-942258-05-0: Paperback, 420 Seiten
ISBN 978-3-942258-55-5: eBook, ePub-Format

Schlesien, um 1850. Oberförster Albert Grüning lebt zurückgezogen hoch oben im Wald. Erfolgreich verjagt er mit seiner ungehobelten Art jeden, der in seine Einsamkeit vorzudringen wagt. Doch als zunächst ein Wilddieb und wenig später die junge Rahel von Bredow in seinem Forst auftauchen, ist es um seine Ruhe geschehen. Seine Vorgesetzten setzen ihn wegen des Wilddiebs unter Druck. Gleichzeitig muss er sich eingestehen, dass die gottesfürchtige Rahel für ihn mehr als nur eine Sommerfrischlerin ist. Und dann erscheint auch noch ein Feind aus seiner verdrängten Vergangenheit im Forsthaus. Ist seine Flucht vor Gott und der Vergangenheit gescheitert? Aber so schnell gibt Grüning nicht auf ...

Michael Meinert

Der zerissene Graf

Hochwald-Saga II

ISBN 978-3-942258-06-7: Paperback, 593 Seiten

ISBN 978-3-942258-56-2: eBook, ePub-Format

Breslau, 1866. Der in der besseren Gesellschaft beliebte und lebensfrohe Leutnant Graf von Schleinitz wird einmal ein großes Vermögen erben. Wegen der Knauserigkeit seines Erbonkels kann er seinen Lebensstil dennoch nur durch Schulden finanzieren. Um seine Verbindlichkeiten loszuwerden, lässt er sich auf eine Wette ein. Er soll der von allen Offizieren umworbenen Tochter seines Generals einen Strauß Rosen aus dem feindlichen Böhmen bringen. Unterwegs trifft er im schlesischen Hochwald auf ein bezauberndes Mädchen: Lisa Grüning, die Tochter des Oberförsters von Wölfelsgrund. Und plötzlich befindet sich Schleinitz zwischen zwei völlig verschiedenen Welten. Auf der einen Seite städtisches Amüsement, unheilvolle Intrigen und die verführerische Tochter des Generals – auf der anderen Seite die Ruhe des Waldes, schlichter Glaube und die gottesfürchtige Tochter des Oberförsters. Er ist hin- und hergerissen, dabei erfordern die Dienstpflichten bei der lebensgefährlichen Jagd auf Spione seine ganze Aufmerksamkeit ...

Terri Blackstock

Gefährliche Zuflucht

Cape Refuge-Reihe Band 1

ISBN 978-3-942258-01-2: Paperback, 384 Seiten

ISBN 978-3-942258-51-7: eBook, ePub-Format

Der brutale Doppelmord an den tiefgläubigen Owens erschüttert Cape Refuge, eine kleine Insel vor der Küste Georgias. Alles deutet darauf hin, dass Polizeichef Cades bester Freund, der hitzköpfige Schwiegersohn der Opfer, der Täter ist. Aber Cade ist nicht überzeugt, denn die Owens führten ein Übergangshaus für entlassene Strafgefangene, das weit fragwürdigere Gestalten beherbergt.

Und auch Blair, die Tochter der Ermordeten, gibt sich nicht mit einfachen Antworten zufrieden. Zusammen mit ihrer Schwester will sie den Dingen auf den Grund gehen. Wer steckte wirklich hinter dem Mord? Wo war Gott, als ihre Eltern ermordet wurden? Was soll nun aus dem Übergangshaus werden? Und ... hat der Mörder es auch noch auf Blair und ihre Schwester abgesehen?

Terri Blackstock
Die einzige Hoffnung
Cape Refuge-Reihe Band 2
ISBN 978-3-942258-02-9: Paperback, 384 Seiten
ISBN 978-3-942258-52-4: eBook, ePub-Format

Bei einem Einsatz fährt Cade, der tiefgläubige Polizeichef von Cape Refuge, einen Fußgänger an. Im Krankenhaus stellen die Ärzte fest, dass der Unbekannte vor dem Unfall angeschossen wurde. Ein Mord- oder Selbstmordversuch? Trotz Not-OP stirbt der Mann und Cade macht sich schwere Vorwürfe. Hätte er ihn retten können?

Und dann ist Cade am nächsten Morgen spurlos verschwunden. Doch niemand scheint sich ernsthaft Sorgen zu machen, stattdessen findet man sein Verschwinden verdächtig. Blair Owens, eine Freundin Cades, ist von seiner Unschuld überzeugt und macht sich allein auf die Suche. Dadurch wird sie auch mit Cades Glauben, den sie selbst ablehnt, konfrontiert. Kann sein Gott ihr helfen, ihn zu finden?

Terri Blackstock
Falsche Wahl
Cape Refuge-Reihe Band 3

ISBN 978-3-942258-03-6: Paperback, 384 Seiten
ISBN 978-3-942258-53-1: eBook, ePub-Format

Mitten im Wahlkampf verschwindet plötzlich Lisa, die Frau eines der drei Kandidaten für das Amt des Bürgermeisters von Cape Refuge. Großangelegte Suchaktionen werden eingeleitet, doch erst durch den Hinweis eines Wahrsagers findet die Polizei Lisa – ermordet und im Fluss versenkt. Während Lisas Freundin Morgan und ihr Mann Jonathan versuchen, dem verzweifelten Ehemann beizustehen, begeben sich Polizeichef Cade und Blair, die Inhaberin der lokalen Zeitung, jeder auf seine Weise auf Spurensuche. Wie konnte der Wahrsager wissen, wo Lisas Leiche ist? Ist er selbst in das Verbrechen verwickelt? Oder hat der Mord an Lisa etwas mit der Bürgermeisterwahl, einer angeblichen Affäre ihres Mannes oder ihrer erfolglosen Kinderwunschbehandlung zu tun?

Gaba Mertins

Von langer Hand geplant

ISBN 978-3-942258-41-8: Paperback, 463 Seiten

ISBN 978-3-942258-91-3: eBook, ePub-Format

Seit Corrie eine Castingshow gewonnen hat, geht es bei ihr von Erfolg zu Erfolg. Nun steht ein großes Konzert in Hamburg an – ein weiterer wichtiger Schritt in ihrer Gesangskarriere. Und sie hofft, damit endlich ihren ihr unbekannten Vater auf sich aufmerksam zu machen und seine Zuneigung zu gewinnen.

Doch dann wird sie von einem Security-Mann, der eigentlich auf sie aufpassen sollte, entführt. Oder hat Jan Wächter sie nur vor den Leuten ihrer Plattenfirma beschützt? Hängt das mit den Drohungen gegen sie zusammen, die ein Unbekannter im Internet postet? Und was hat es mit Jans mächtigem Freund auf sich, der angeblich bei allem seine Hand im Spiel hat?

Richard Kilian

Auf getrennten Wegen

ISBN 978-3-942258-00-5: Paperback, 499 Seiten

ISBN 978-3-942258-50-0: eBook, ePub-Format

Sie sind jung. Sie sind Freunde und Pflegebrüder. Und sie teilen eine Leidenschaft: die Naturwissenschaften. Doch während der eine ein überzeugter Christ ist, lehnt der andere den Glauben strikt ab. Als der Zweite Weltkrieg sie plötzlich auseinanderreißt, setzen beide alles daran, den anderen wiederzufinden. Aber unschuldig angeklagt und von Freunden hinters Licht geführt, sind ihre Bemühungen vergeblich.

Doch ihre alte Leidenschaft ist ungebrochen. Und so nimmt die Karriere als Naturwissenschaftler bald alle Aufmerksamkeit in Anspruch. Denn dabei geht es um nichts weniger als den Beweis, dass die eigene Überzeugung auch in Leben und Forschung standhält. Ist der Glaube des Christen stark genug, um alle Krisen zu meistern? Wird der Verstand des Atheisten ausreichen, um die Rätsel der Natur zu knacken? Und werden sich die Wege der beiden je wieder kreuzen?

Anneli Klipphahn

Paolo – Der GerümpelSchatzKlau

für Kinder ab ca. 10 Jahren – mit 18 s/w-Abbildungen

ISBN 978-3-942258-16-6: Paperback, 293 Seiten

ISBN 978-3-942258-66-1: eBook, ePub-Format

Seit seine geliebte Oma gestorben ist, geht bei Paolo alles schief. Und weil er seine Trauer und Wut an seinen Mitschülern auslässt, hat er bald keine Freunde mehr. Doch eine unerwartete Begegnung auf dem Friedhof, Schokoladenkuchen und die Suche nach geheimnisvollen Schätzen in Herrn Höfers Gerümpelscheune geben Paolo neue Hoffnung. Er erfährt, dass es einen gibt, der ihm seine Schuld und Sorgen abnehmen will – Jesus Christus, den Sohn Gottes. Als die wertvollsten Stücke des Gerümpelschatzes gestohlen werden, gerät Paolo unter Verdacht. Verzweifelt versucht er, seine Unschuld zu beweisen und den wahren Täter zu finden, doch es wird immer schlimmer. Ob ihm dieser Jesus wirklich helfen kann?